U0510390

本书为十三五国家重点出版物出版规划项目

本书 1—10 卷获中国人民大学 2016 年度"建设世界一流大学（学科）和特色发展引导专项资金"资助出版。

本书 11—13 卷获中国人民大学科学研究基金（中央高校基金科研业务费专项资金）项目（12XNL007）资助出版。

李　今 主编
屠毅力 编注

汉译文学序跋集

第十卷

1934—1935

上海人民出版社

本书编委会

致谢和说明

　　大约 1999 年，因为参与了杨义先生主编的《二十世纪中国翻译文学史》的写作，我进入了一个方兴未艾的研究新领域。在搜集爬梳相关文献史料的过程中，我深深感到汉译文学作品的序跋对于认识翻译行为的发生、翻译方法及技巧的使用，对于不同时期中国面向世界的"拿来"选择，对于中国知识界如何在比较融合中西文化异同中重建现代文化新宗的艰难探索，都具有切实而重要的历史价值和意义。同时也体会到前辈方家编撰的工具书与史料集，如北京图书馆编的《民国时期总书目》，贾植芳、俞元桂主编的《中国现代文学总书目》嘉惠后学的无量功德。于是，编辑一套《汉译文学序跋集 1894—1949》，助益翻译文学研究的想法油然而生。但我也清楚，这样大型的文献史料集的整理汇印，没有一批踏实肯干的学人共同努力，没有充足的经费支持是难以实施的。

　　2006 年，我从中国现代文学馆调到中国人民大学文学院，曾和院领导谈起我的这一学术设想。让我感动的是，孙郁院长当场鼓励说，你若能完成就是具有标志性的成果，不用担心经费问题。后来出任人大副校长的杨慧林老师一直对此项研究给予默默的支持。我的学术设想能够获得学校项目的资助，是与他们的关心和支持分不开的。我先后招收的博士生、博士后让我有幸和他们结成工作团队。师生传承历来都是促进学术发展的有效传统，我对学生的要求即我的硕士导师朱金顺先生、博士导师严家炎先生给予我的教诲：见书（实物）为准，做实学。只因适逢当今电子图书数据库的普及与方便，我打了折扣，允准使用图书电子复制件，但要求时时警惕复制环节发生错误的可能性，只要有疑问一定查证实物。即使如此，《序跋集》收入的近 3000 篇文章都是各卷编者罗文

军、张燕文、屠毅力、樊宇婷、刘彬、崔金丽、尚筱青、张佳伟一本本
地查阅、复印或下载，又一篇篇地录入、反复校对、整理出来的。为了
找到一本书的初版本，或确认难以辨识的字句，他们有时要跑上好几个
图书馆。为做注释，编者们更是查阅了大量的资料文献。尤其是崔金丽
在编撰期间身患重病，身体康复后仍热情不减，重新投入工作。从他们
身上，我看到作为"学人"，最基本的"求知""求真""求实"的精神品
质，也因此，我常说我和学生没有代沟。

　　本套丛书虽说是序跋集，但所收录的文章并未完全局限于严格意
义上的序跋，也就是说，我们编辑的着眼点并不仅仅在于文体价值，
还注重其时代信息的意义，希望能够从一个侧面最大限度地汇集起完
整的历史文献史料。考虑到对作家作品的评价往往保存着鲜明的时代
烙印，译者为推出译作有时会采用理论、评论、文学史等相关论说，
以阐明其翻译意图与译作价值，因而译本附录的作家评传及其他文章
也一并收入。

　　鉴于晚清民国时期外国作家、作品译名的不统一，译者笔名的多
变，编者对作家、译者、译作做简要注释，正文若有原注则照录。其
中对译作版本的注释主要依据版权页，并参考封面、扉页、正文的信
息撰写。由于晚清民国初期出版体制正在形成过程中，版权页著录项
目并不完备，特别是出版部门尚未分工细化，发行者、印刷者、个人
都可能承担出版的责任，因而，对出版者的认定，容易产生歧义，出
现由于选项不同，同一版本录成两个版本的错误。为避免于此，遇有
难以判断，或信息重要的情况，会以引号标志，照录版权页内容。《序
跋集》按照译作初版的时间顺序排列，如未见初版本，则根据《民国
时期总书目·外国文学》《中国现代文学总书目·翻译文学》，并参考
其他相关工具书及著述确定其初版时间排序。但录文所据版本会于文
末明确标注。经过编者的多方搜求，整套丛书已从450万字又扩充了
近200万字，计划分18卷出版。为方便查阅，各卷都附有"书名索

引"和"作者索引",终卷编辑全书"《序跋集》书名索引"和"《序跋集》作者索引"。其他收录细则及文字处理方式详见凡例。

经过六七年的努力,《汉译文学序跋集 1894—1949》第三辑即将面世,我和各卷的编者既感慨万千,又忐忑不安。尽管我们致力为学界提供一套可靠而完整的汉译文学序跋文献汇编,但时间以及我们能力的限制,讹漏之处在所难免,谨在此恳切求教于方家的指正与补遗,以便经过一定时间的积累出版补编本。此外,若有任何方面的问题都希望能与我取得联系(中国人民大学文学院)。

本套大型文献史料集能够出版,万万离不开研究与出版经费的持续投入,谨在此感谢中国人民大学及文学院学术委员会对这套丛书的看重和支持;感谢中国人民大学 2016 年度"建设世界一流大学(学科)和特色发展引导专项资金"支持了 1—10 卷的出版经费;感谢中国人民大学科学研究基金(中央高校基金科研业务费专项资金)项目(12XNL007)资助编撰研究费用和 11—18 卷的出版经费;感谢科研处的沃晓静和侯新立老师的积极支持和帮助。另外,还要特别感谢每当遇到疑难问题,我不时要叨扰、求教的严家炎、朱金顺老师,还有夏晓虹、解志熙老师,我们学院的梁坤老师帮助校对了文中的俄语部分;感谢各卷编注者兢兢业业,不辞辛苦地投入编撰工作;感谢在编辑过程中,雷超、樊宇婷、刘彬事无巨细地承担起各种编务事宜。感谢屠毅力对《序跋集》体例、版式、文字规范方面所进行的认真而细心的编辑。

总之,从该项目的设立、实施,到最后的出版环节,我作为主编一直充满着感恩的心情,处于天时、地利、人和的幸运感中。从事这一工作的整个过程,所经历的点点滴滴都已化为我美好的记忆,最后我想说的还是"感谢!"

李今

凡　例

一、本书所录汉译文学序跋，起 1934 年，终 1935 年。

二、收录范围：凡在这一时段出版的汉译文学单行本前后所附序跋、引言、评语等均予以收录。作品集内译者所作篇前小序和篇后附记均予以收录。原著序跋不收录，著者专为汉译本所作序跋收录。

三、文献来源：收录时尽量以原书初版本或其电子影印件为准。如据初版本外的其他版本或文集、资料集收录的，均注明录自版次、出处。

四、编录格式：以公元纪年为单位，各篇系于初版本出版时间排序，同一译作修订本或再版本新增序跋也一并归于初版本下系年。序跋标题为原书所有，则直录；若原书序跋无标题，加"［　］"区别，按书前为［序］，书后为［跋］，篇前为［小序］，篇后为［附记］格式标记。正文书名加页下注，说明译本所据原著信息，著者信息，译者信息及出版信息等。若原著名、著者原名不可考，则付阙如。

五、序跋作者：序跋作者名加页下注，考录其生卒年、字号、笔名、求学经历、文学经历、翻译成果等信息。凡不可确考而参引其他文献者，则注明引用出处。凡不可考者，则注明资料不详。在本书中多处出现的同一作者，一般只在首次出现时加以详注。若原序跋未署作者名，能确考者，则加"（　）"区别，不能确考者则付阙如。

六、脱误处理：原文脱字处、不可辨认处，以"□"表示。原文误植处若能确考则直接改正，若不能完全确考则照录，并以"［　］"标出改正字。部分常见异体字保留，部分不常见字则改为规范汉字，繁体字统一为通行简体字。原文无标点或旧式标点处，则皆改用新式标点。

　　七、注释中所涉外国人名、书名，其今译名一般以中国大百科全书出版社中文版《不列颠百科全书》《简明不列颠百科全书》等为依据。

目　录

1934 年

《梅特林剧曲选集》^①

《梅特林剧曲选集》译者序

（萧石君^②）

　　梅特林一八六二年八月二十九日生于比利时的干（Gand）城。幼时在圣巴尔蒲（Sainte-Barbe）中学肄业即显出对于文学的嗜好。后顺从两亲的意旨在干城大学习法律，一八八六年为律师。是年游巴黎和几位有名的象征派诗人相遇，很受了他们的影响，就中他最心折的是玮里耶（Villiers de l'Isle-Adam），因此他的作品便走向主情的象征的神秘的方面去了，他的第一部诗集《温室》（*Serres Chaudes*）刊于一八八九年，是象征人性脆弱的抒情诗集。第二年发表第一部剧曲《玛莲公主》（*La Princesse Maleine*），米尔波（Octave Mirbeau）大加赞赏，公然称他为比利时的莎士比亚。

　　《玛莲公主》是一篇运命的悲剧，共计五幕，描写荷兰一地方之

---

① 《梅特林剧曲选集》，戏剧集，比利时梅特林﹝Maurice Meaterlinck，今译梅特林克，1862—1949﹞著，萧石君译。上海中华书局 1934 年 9 月初版，"现代文学丛刊"之一。其中《裴列哀和梅丽莎》为陈楚淮译。

② 萧石君，生卒年不详，湖南人。曾留学日本，1923 年日本大地震后回国，后留学法国，并定居法国。中国留法艺术学会会员、华胥社成员。抗战时期曾被中华全国文艺界抗敌协会聘为驻法代表。编著有《世纪末英国新文艺运动》《西洋美术史纲要》，另译有美国马歇尔﹝H. Marshall﹞《美学原理》，法国玮里耶、佛朗士《无上的恋爱》，日本板垣鹰穗《美术的表现与背景》等。

王名马塞略（Marcellus）的，将其女玛莲许配于荷兰另一地方之王查尔玛尔（Hjalmar）之子为妻。一次两人在席间因酒后语言冲突，加以那时候查尔玛尔爱一后妃安侬（Anne）非常妒悍，人言将来恐有不利于玛莲公主，于是马塞略想解除婚约。但玛莲公主倾慕查尔玛尔王子，不愿依从父命。其后查尔玛尔统兵来攻，马塞略全家倾覆，惟玛莲和其乳母逃出，中途经多少波折，卒和查尔玛尔王子相遇。而查尔玛尔所宠爱的安侬，原系豫朗（Jutland）的王妃，未来查尔玛尔的宫廷以前，曾生一女名雨格丽安（Uglyane），安侬欲将其许配于查尔玛尔王子。既见查尔玛尔王子将和玛莲公主结婚，她毅然地诱逼查尔玛尔一同下手，将玛莲公主勒毙。此剧大旨如此。勒毙玛莲公主一场，悽怆无比，批评家谓可与莎翁之《马克贝思》（Macbeth）相匹敌。但就全剧论尚有松懈的地方，未能表出作者特殊的本领。

梅特林前期的作品大抵惴惴于死的威胁，运命的神秘，人性的脆弱。在《玛莲公主》后继续发表的几篇独幕剧，如《闯入者》（L'intruse）、《群盲》（Les Aveugles）、《屋内》（Intérieur）等，均能表出这种思想，现在依次叙述于下。

《闯入者》的布景为老邸宅中的一间阴暗的房子，桌上安置一盏灯。三个女儿和盲了目的年高的祖父，父亲，叔父在一块儿谈话。各人神色不安。因为女儿们的母亲数星期前产生一小孩，卧病在邻室中，正在等候慈惠病院的看护妇和医生来诊视。年高的祖父和女儿们听见一种声音，像有人向家中走来。父亲和叔父则疑是看护妇到了，唤女仆来询问，女仆答没有人至。盲目的祖父仍说有人走进房中来了，不久桌上的灯焰去，月光射进室中，各人都感到不安。钟响十二下后，迄今没有出声过的小孩突然在他自己的房中哭泣起来，同时听到一种脚步声向病妇的室中消逝。空气异常沉默。随后左室的门敞开，看护妇出现，全身黑服，俯首画十字架，报告病妇已经死去。全幕描写闯入者——死神的降临非常灵妙，使观者走进另一世界中去。

《群盲》系描写一年老的牧师领导群盲出外游览，牧师忽在中途一座古林中死去，群盲欲归不得，其一种张皇失措的情态动人心目。批评家认为是极有意义的象征的作品。

《屋内》系一老人和一过客走进一所住宅的旧园中，原是报告这家女儿在外溺死的消息的。两人从玻璃窗望过去，约略看到室中的情景，这家中的父亲坐在火炉旁。母亲的一肘枕在桌上，一小孩睡得正熟，头靠着她的左肩。旁边有两个女孩刺绣，脸上带着微笑。室内的人全不知窗外有黑夜死亡和运命的侵袭。老人和过客看到这种情景不忍进去报告消息，免惊破他们的美梦。不久一群人将溺死的女儿的尸体抬到，老人不得已才进去说明原委。

除上述几篇独幕剧外，《旦达几尔的死》（*La mort de Tintagiles*）尤为批评家所称道，谓最能代表梅特林初期的思想和作风。此剧共计四幕。年幼的旦达几尔被人领到隔海的一地方，这地方系一疑忌最深的女王的领土。女王恐人夺去她的王位，常将许多年轻的子胤置于死地，因此旦达几尔的运命只在旦夕间。他的两个姊姊得讯后，便邀同一位老人守护着他，免被女王夺去，但这三人的爱力，在女王的威力前面极形脆弱，旦达几尔卒被夺去。他的姊姊伊格莲（Ygraine）奋不顾身地追寻。后知道了他的处所，可是隔一扇铁门无法通过。伊格莲拼命敲击铁门，铁门动也不动，同时门里面旦达几尔呼救的声音一刻一刻紧急起来。伊格莲只好将手中持着的一盏灯当作武器敲打铁门。结果灯熄了，门仍没有打开。随后听到旦达几尔窒死到地上。女王象征死神，伊格莲即是人类本身的影子，生与死的隔离只一扇铁门，死的威力谁也不能抵抗。

梅特林初期作品中所描写的恋爱，亦带运命的浓厚的色彩。一八九二年的《裴列哀与梅丽沙》（*Pelléas et Mélisande*）和一八九四年的《阿娜汀与巴洛米德》（*Alladine et Palomides*）均属显明的例证。《裴列哀与梅丽沙》共计五幕，描写歌洛（Goland）王子在一森林中遇见梅丽沙心里非常爱她，虽则梅丽沙说他年纪大了，说他须发都灰白了，并没有像他对她的热情。但是他们毕竟结了婚。结婚后回到家中，梅丽沙和歌洛的年轻貌美的弟弟裴列哀相遇，不知不觉间同落于恋爱的陷阱中。一次裴列哀与梅丽沙在花园中的喷水池旁谈心，梅丽沙没有留意，将结婚时歌洛给她的戒指掉在水里了，歌洛得知后命她寻找回来。又一次梅丽沙在窗畔梳头，裴列哀在窗下经过，时已薄暮，裴列哀看见梅丽沙的青发好像一缕阳光，要求她伸出手来以便让他亲吻。当梅丽沙俯下身子的时候，她的发都从窗畔垂下来了，于是裴列哀挽着她的发狂吻。没隔多久，歌洛来了，看见这种情景，只好苦笑着说：你们多么孩子气。裴列哀本有一友患重病，写信叫他马上去看。他因自己的父亲患病，加以等候歌洛带领梅丽沙回家，所以没有即去。后来父亲的病好了，他想离开家里，便约梅丽沙在花园中的喷水池旁作最后一次的密会。裴列哀自己说："我作梦似地在运命的陷阱的周围玩耍"（Jái joué en rêve autour des pièges de la destinée……）。歌洛早已对裴列哀和梅丽沙两人怀疑，又从他前妻所生的一小孩名伊尼阿尔（Yniold）的口中得到一些消息，当他们这一次最后互相拥抱的时候，歌洛从旁跳出，用剑将裴列哀刺死。梅丽沙亦受了伤。后虽请医诊治，终归没有发生效力死了。

《阿娜玎与巴洛米德》亦系描写三角恋爱的五幕悲剧。老王阿布拉莫尔（Ablamore）疼爱一美女阿娜玎。阿娜玎则和老王的女婿巴洛米德互相恋爱。老王原生有数女，均已死去，现在仅留下即将和巴洛米德结婚的阿斯多朗（Astolaine），睹此情景，妒愤交集，为自己又为女儿报复，便将阿娜玎和巴洛米德捆绑投到地洞中。他们在洞中彼此解下缚带亲吻，并赏玩洞中的美景。及至一道阳光射进来，他们从前以为美景的地方，实在是一些污秽的东西。随后进来了阿斯多朗和巴洛米德的几位姊妹，她们是乘老王出外特来洞中救他们的。他们出洞后害重病，各居一室。临危的时候彼此隔室呼唤。这种呼声无异两人灵魂的交响乐。

以上两剧既非不可疗治的情热的悲剧，亦非由境遇和性格所酿成的悲剧。它们的特色纯在暗示运命的神秘，添上奇异的背景和闪灼的言辞，使观者的官能完全沉浸在神秘的空气中。这时期梅特林视恋爱只是不可抗的运命的陷阱。所以有人称他为悲观主义的剧曲家，及至一八九六年发表《阿格娜嬛与绥莉柔特》(Aglavaine et Sélysette)，划出了他转圜期。此剧主人公绥莉柔特甘愿自杀以便其夫和情敌阿格娜嬛结婚。就她们两人的地位论，原应互相仇视的，但她们两人却互相惜，互相谅解。她们的对话，是心灵和心灵的对话。她们追求的生活，是超越现实的生活，这在许多描写三角恋爱的剧曲中，获得一种特殊的地位。同时阿格娜嬛和梅列安德尔的恋爱，不独未毁灭在运命的威力前面，而且牺牲绥莉柔特以暗示恋爱的优越，这已显然表出作者思想的蜕变。从此以后，作者由悲观的一变而为乐观的了，虽然作者自己声明并非有意寻求一种进展或一种新的愿望。

一九○二年作的《蒙娜凡娜》(Monna Vanna)，更是歌颂爱的作品。这是一篇有新意义的史剧，取材于十五世纪末叶，共计三幕。第一幕描写意大利一个地方叫做毗滋(Pis)的，被佛罗连斯(Florence)军所包围，城的陷落在旦夕间。毗滋军司令官吉多(Guido)遣其父往佛罗连斯佣兵队长蒲朗齐瓦尔(Prinzivalle)的军中请求饶恕毗滋市民的过失。吉多的父亲归来后，先只缕述蒲朗齐瓦尔怎样优礼他；蒲朗齐瓦尔读过他的著述，并谈到他所译的柏拉图的三篇对话；又怎样遇着了一位学者叫做菲桑(Marcille Ficin)的一同采掘古代的艺术品等等。吉多听得不耐烦，便追问敌人对于毗滋三万市民的生命究竟安排怎样处置。他的父亲绕了许多道路，才把真相说出。敌人所出的条件，是要吉多的美妻蒙娜凡娜除穿一袭外套外，要赤裸裸的一身到蒲朗齐瓦尔的军中过一夜。蒲朗齐瓦尔愿运许多粮食到毗滋来拯救毗滋市民的生命。吉多听后，当然怒不可遏，认这是无上的耻辱。而他

的父亲则以为爱情必须扩大，一个美妻的生命究敌不过三万市民的生
命。最后征求蒙娜凡娜本人的意见，她却愿意到敌人的军中去，为的
是和吉多的父亲同一意见。第二幕描写蒲朗齐瓦尔受佛罗连斯政府的
疑忌，将有生命的危险。佛罗连斯原非蒲朗齐瓦尔的祖宗坟墓之所，
他只是一个雇佣的将士。蒙娜凡娜未到蒲朗齐瓦尔的军中以前，以为
蒲朗齐瓦尔是一个暴戾恣睢的武夫，却不料蒲朗齐瓦尔是她幼时嬉戏
的伴侣，是柏拉图的崇拜者，是精神恋爱的信徒。当晚蒲朗齐瓦尔向
她提起当她八岁，蒲朗齐瓦尔十二岁的时候，两人常在一块玩耍，一
次蒙娜凡娜掉下一个戒指在水里，蒲朗齐瓦尔曾冒险将它捞起。后来
蒲朗齐瓦尔的父亲领他到了非洲，他自己又在亚剌伯、土耳其、西班
牙各地流浪，及至他再回到威尼斯（Venice），蒙娜凡娜的母亲已死，
蒙娜凡娜和吉多结婚了。蒲朗齐瓦尔抱着失恋的悲痛从军，转战各
地，仍梦寐不忘蒙娜凡娜。适逢有这次的机缘，便要求蒙娜凡娜到自
己的军中来。他的意思只求蒙娜凡娜了解他的爱慕的精诚，此外什么
也不要求。蒙娜凡娜因此既大为感动，知道佛罗连斯政府将不利于蒲
朗齐瓦尔，她即邀蒲朗齐瓦尔一同回到毗滋。第三幕蒙娜凡娜回到毗
滋，市民把她当作救世主欢迎。但是吉多悄然不乐，以为蒙娜凡娜失
掉了贞操。及至看见她领来了蒲朗齐瓦尔，他又欢喜起来，以为蒙娜
凡娜要报她自己失身之仇，所以用诡计引诱敌人来此地。但是蒙娜凡
娜再三说她没有失身，吉多疑她这种说法是为辩护蒲朗齐瓦尔的，无
论如何他不相信。到这时候，蒙娜凡娜觉得吉多的人格太小，对她的
爱也离不掉自私。比起蒲朗齐瓦尔高洁的情怀，不由她不生出一种觉
悟。于是她敷衍吉多说她果失了身，她要把蒲朗齐瓦尔投到任何人走
不进去的极深的地牢里，这牢狱的钥匙让她自己保管，她的本意是在
预备和蒲朗齐瓦尔一同逃亡，所以闭幕的时候，蒙娜凡娜嚷着美梦要
开始了……美梦要开始了……

　　这篇史剧除歌颂爱外，它所包含的新意义即在蒙娜凡娜对于不

真实的爱的觉醒。但一般批评家都说这剧颇受德国浮贝尔（Hebbel 1813—1863）一八四〇年作的《犹娣特》(*Judith*) 一剧的暗示。现在试将《犹娣特》一剧的情节摘录于下，以资参证。

纪元前五六百年称霸于东方的巴比伦国王派遣荷洛菲尔奴（Holopherne）征贝度里（Béthulie）。荷洛菲尔奴是勇冠一世的猛将，喜将征服地的妇女为囊中物。依照他的意思，男女间除肉以外再没有什么。男女情态燃烧时所发生的血滴滴的接吻和拥抱，乃是上帝造人的本意。女子未接近男子以前所抱的嫌恶和卑怯的愤懑，一等到她尝到肉的快乐，自然而然地消释净尽。这种胜利的滋味，荷洛菲尔奴迄今尝过无数次。现在贝度里被他所包围，可以说这城池已经在他的掌握中了。城中有一美女名犹娣特，是孀妇，但是处女，因为新郎在结婚的那夜卒然死了。犹娣特矢志不嫁，愿将一生献之于神。贝度里既濒于破灭的悲运，她便奋然兴起来救国难。计画是牺牲自己的贞操去侍荷洛菲尔奴的枕席，好乘间将他杀毙。她带了一个婢女到敌营中去，几天后果然割下荷洛菲尔奴的头带回贝度里了。市民热烈地欢迎她，如同欢迎凯旋的将军一般。但是犹娣特心里非常不安，她怕怀了仇人的胤。加以她杀荷洛菲尔奴的动机，和她从贝度里出发时的决心完全不同。出发时她的决心是为国杀敌，一旦和荷洛菲尔奴对面，她只觉得荷洛菲尔奴是旷代的英雄，现实界的勇者，和贝度里庸俗的市民相比，真有小巫大巫之别。即和她迄今所信仰的神的威力相比，亦觉神力虚幻，远不及荷洛菲尔奴的真实和伟大之足以使她倾倒。而出发时为国杀敌的决心，不外是一种稚气。但到最后的那晚，荷洛菲尔奴强拉她就寝时，无论她怎样哀恳他都不愿，他的拥抱和接吻，威胁了她的灵魂，她才打算杀他。这种报仇，完全为的自己，绝非为的是乡国，她在市民的欢呼声中不得不耽心自己怀了妊。

《犹娣特》和《蒙娜凡娜》摆在一块，我们可以看出这两篇史剧有多少共通的地方。两剧中的女主人公，都是近代女性的先驱者。荷洛菲尔奴虽是气力盖世的超人，然因奴视女性，忽视女性的灵的一面，卒取了杀身之祸，吉多之被蒙娜凡娜遗弃，亦即在他不尊重蒙娜凡娜的自由意志。《蒙娜凡娜》在梅特林的作品中，单就作风说，亦和他以前的作品不同。他以前的作品，时代和场所都不分明，剧中的人物活动在神秘的世界里。《蒙娜凡娜》则明白记出时代是十五世纪末，地点是毗滋。所以有人称这作品是梅特林从初期幻想的运命剧蜕变到现实的生活剧的革命的作品。

一九〇八年发表的《青鸟》（L'Oiseau bleu）自然是梅特林的杰作。本来梅特林的戏曲无论哪一篇都搀有梦的成分，不过《青鸟》更是集梦的大成。这篇剧的情节，是耶稣圣诞节夜贫穷樵夫的儿女在梦里为探寻那只象征事物与幸福的大秘密的青鸟旅行了许多地方，到头没有寻着。有时他们以为捕到手了，青鸟又变了颜色，或者死了，再不然就逃了。等到他们醒来的时候，男孩看见自己鸟笼中的小鸟觉得比迄今所见的鸟的颜色还青。意思是指所谓幸福、美、爱，人一意识到的时候，马上就要幻灭。其实这些东西只在我们的身旁我们没有留意罢了。

《青鸟》，一九〇八年初演于莫斯科戏院，一九一一年才在巴黎上演。它的成功有一点我们应当注意，即是它颇得力于舞台装饰。近代舞台的装饰，有舞台监督专司其事。电灯和各种机关的配置，背景与戏曲内容的吻合，当舞台监督的须有适当的天才。近代一篇戏剧在舞台上获得巨大的成功，不单是戏曲家与俳优共同努力的结果，舞台监督亦有不少的功绩。近代戏剧之得发挥综合艺术的特色即由于此。

萧伯纳（Bernard Shaw）说：没有新哲学，便没有新戏曲。他这句话很可说明近代戏剧的异彩。梅特林被称为新浪漫派的巨擘，亦由于他的作品有他的注重睿智和直觉的哲学作根据。他的作品常用老人和女子为运命或死的预告者，即因他以为老人和女子富于直觉。十九世纪因自然科学的进展，哲学文学上的自然主义盛极一时，欧洲剧坛所表演的亦多属自然主义的作品。直到一八九〇年前后才发生一种反动。这种反动虽依各国作家的个性不同，所表现的形式亦因之不同，但他们的根本精神则均置重于官感以上的事物，力求阐明生命的本相，注重情绪过于理智，注重心灵过于物质，注重主观过于客观。梅特林是戏剧的诗人，同时是思想家。他的论文集如《谦卑者的宝藏》（*Le trésor des humbles*），《智慧与运命》（*La Sagesse et la Destinée*），《蜜蜂的生活》（*La vie des Abeilles*），《埋没了的寺院》（*Le temple enseveli*），《二重花园》（*Le double jardin*），《花的智慧》（*L'intelligence des fleurs*），《死》（*La mort*），《战争的残物》（*Les débris de la guerre*），《陌生生的客人》（*L'hôte inconnu*），《山中的小径》（*Les sentiers dans la montagne*），《大秘密》（*Le grand secret*），《白蚁的生活》（*La vie des termites*）等，均发挥了他思想家的面目。虽有少数人评他的思想只是走着耶美逊（Emerson）路斯布洛克（Ruysbroeck）诸人所走的路径，但他的真挚的努力仍为一般人所重视。

　　现在试述一述梅特林私人生活上所发生的一桩事件，这事件是与梅特林的艺术生活有重大的关系的。一八九五年他和一位渴慕他的名女优卢布朗（Georgette Leblanc）夫人相遇，他也非常爱她，不久即实现了同居的计画。划出他的转圜期的作品《阿格娜嬛与绥莉柔特》以及一九〇二年作的《蒙娜凡娜》都表现了他因这次的爱所发生的内心生活的蜕变，那时卢布朗夫人刚好二十岁，她对梅特林的景仰，和梅特林对于她的热爱，现在我们可由她自己所著的《回忆录》（*Souvenirs*）及《回忆录》中所摘录的梅特林的信札看出。但他们两人的情谊到一九　·九年正式宣告破裂，因为是牟梅特林和一位与卢布朗夫人一同演剧的年轻的女子正式举行了结婚礼。这本《回忆录》是今年才出版的。卢布朗夫人在书尾曾说及为什么事隔十年她才写出这本书。因为那时候她过于悲痛，下不了笔，所以一直拖延到现在。不消说这本书里面充满了牢骚语。例如说她的生活好像一块糕饼，人吃去了一大块，把剩余的弃之不顾；她怨梅特林因而迁怒到文学，她说她现在所厌恶的是文学，她说大多数的男子仗着他容易征服女子的力量，自私自利的心肠和旺盛的体质，即有错误绝不会在女人的面前低头，除非他自己感到有着应尽的责任的时候。此外还有比这更甚的悲愤语，我们在这里不必征引。

卢布朗夫人生于洛安（Rouen），她的家境很富裕，她的父亲有许多船航行于英法间，对于美术亦有兴趣，是一个热诚的收藏家。她的哥哥也爱文艺，写过一些小说。他给她的影响很大。卢布朗夫人幼时所读的文艺书籍，都是由他购给她的。尤其是梅特林的这个名字，她第一次听到系由他的口中。他自己很爱读梅特林的作品，他告诉她米尔波称梅特林为比利时的莎士比亚。因此后来卢布朗夫人到比利时京城奏艺，很想觅机会认识梅特林。她终在一位有名气的律师家里看到梅特林了。旁人刚把梅特林的名字报出，她禁不住叫出口来："多么幸事，他这般年轻！"（Quel bonheur! il est jeune.）因为她未见梅特林以前，这位有名气的律师看见她那么顶礼梅特林特意和她开玩笑说："你不知道他已经是老头子了。"（Vous ne savez donc pas qu'il est vieux.）卢布朗夫人曾回说："管它呢，他是我的上帝。"（Qu'importe，il mon Dieu.）这次以后他们便常会面。据她自己说她和梅特林对谈，直等于和上帝对谈。而梅特林也说自从认识卢布朗夫人以后，回视他以前所写的作品都没有什么价值。由此可以想见他们两人那时相爱之深了。

卢布朗夫人原是富于热情的女性，她非常崇拜卢骚，她每读各时代的天才的历史，便想作那位天才的妻子。她自己说就她的趣味和本性论，她不应当作人家的妻子。可是认识梅特林以后，她觉得自己有做他的妻子的天职。有一次她给梅特林的信说：……我第一愿意你幸福。就是和我自己的幸福相反对，我也愿意……自从认识你以来，我爱你比爱我自己还甚，因为我爱的只是我自己能作的于人有益的事，但是我已看出你所作的比我所作的还好。（……Je veux ton bonheur avant tont. Je le vondrais meme s'il était opposé an mien……Dès que je t'ai connu je t'ai préféré à moi，car je ne m'aime que pour le bien que je puis faire et j'ai reconnu que tu pouvais en faire plus que moi）她又知道有天才的人是不容易接近的，她却相信她自己有抵抗天才的暴风雨的力量。本来她自己也是一个聪颖不羁的人。她除歌唱外，能写诗和小品文字，而且对于英文写说俱佳。十七岁的时候，她在巴黎奏艺租有一所房子。她说她的房子等于火车站，没有住食的艺术家常投奔到那里；她收留过没有钢琴的琴师，没有画布的画家，没有人雇定的歌女，没有印刷者的著作家。她十六岁的时候就死了母亲。母亲死后父亲因悼亡的缘故常在家里闹脾气，她闷不过，急想和人订婚，以便离开这沉闷的家庭。后和一位西班牙少年订了婚，不料订婚后发现这少年许多坏处。她的父亲向他要求解除婚约，这少年因此服毒死了。她原是富家的女儿，加以十七岁到巴黎后又找到了职业，所以她能毫无拘束的过活。

她和梅特林同居的时候，报纸喧传他们结了婚，其实他们并没举行结婚礼。当时她爱梅特林达于极点，她觉得这种仪式反有碍于恋爱的神圣。往后她和梅特林分离。关于她的物质生活虽因此失却一层法律上的保障，她却毫不追悔。在她写的《回忆录》里，她责梅特林盗取了她的思想作文章又不写出她的名字。有一天天气很热，他们两人跪在松树下看蚁穴，梅特林拿一根棒和蚁恶作剧。她忽然不由己的质问梅特林为什么在《谦卑者的宝藏》中常引用她的话，只说是一个老哲学家说的，或者是一个老朋友说的，或简简单单地用一个引用的符号。梅特林抬起头来很诧异的样子回答着："与出你的名字那会惹人笑，你是演剧的……你是一个歌女……人不会相信我了……"梅特林著的《智慧与运命》据她说梅特林自己也承认抄袭了她的思想。一八九八年这书将出版的时候，她的哥哥曾劝梅特林署两人的名字。梅特林以为还是在书前写几句献辞献给卢布朗夫人的好。这献辞开首说："我献给你这本书，这本书简直可以说是你的作品……"但这献词在一九二六年的新版本上被删掉了，卢布朗夫人大不谓然，她说就是两人的爱情没有了，或是现在厌恶以前的爱情，也不应该把献辞删掉。

　　平情而论，卢布朗夫人对梅特林的私生活固然有不少的帮助，然梅特林对于她亦有相当的酬报。梅特林的《阿格娜嬛》虽描写她没有描写成功，她自己也说这个作品使她愁闷过，她不满意阿格娜嬛的那些美辞结果产生了不幸，绥莉柔特为什么不离开邸宅而要自杀，然她很明白梅特林写这作品的动机原想使她欢喜的。至《蒙娜凡娜》完全是为她而写的作品。她在莫斯科、纽约、波士顿（Boston）、欧洲各地演梅特林的《青鸟》《蒙娜凡娜》《裴列哀与梅丽沙》等，曾受到热烈的欢迎。所以卢布朗夫人的哥哥为安慰她向她说："你的生活是华美的，你有过艺术和爱情上的最优美的愉乐。"

一九三一·七·四日于巴黎。

——录自中华书局 1934 年初版

《重洋怪杰》[①]

《重洋怪杰》绪言

容复初 [②]

　　力拿子爵曰："世界无不可为之事，只要吾人抱有不畏难不怕死之决心。壮哉言乎！"

[①] 《重洋怪杰》（*Count Luckner, the Sea Devil*），军人传记。美国托姆斯（Lowell Thomas，今译托马斯，1892—1981）著，容复初译述（文言）。上海商务印书馆 1934 年 9 月初版。

[②] 容复初，生平不详。

力拿子爵者，德意志之民族英雄，即本书之主人翁，亦即世间称为海魔者是也。海魔少年浮海，壮握虎符，勋业彪炳，声名显赫。莫非在艰难辛苦出生入死中缔造之。综其一生事业，有难能可贵之点多焉。以一子爵公子，仅当十三幼龄，负装浮海，躬操洗厕所涤猪圈贱役，而不以为苦；其难能可贵者一。中经遇风、坠海、挨饥、抵渴、流亡、乞食、破腹、折胫、种种惨剧，而其志不稍馁；其难能可贵者二。弱冠回国，始发奋读书，旦夕勤攻，孜孜不倦，卒毕业于航政学校。由水手而升船副，由船副而船长，而为海军将官。苦心孤诣，竟达目的；其难能可贵者三。大雪之夜，落海救人；事后不向政府领取功牌，舆论贤之。事闻于德皇，擢为宠臣；其难能可贵者四。驾一旧式帆船，假扮中立国商船，乘飓风之夜，偷渡英人封锁，越水雷禁区，入冰山险地，而船得不沉，经英舰检查，而秘密得不泄；其难能可贵者五。由北极而趋南极，由南极而走南洋。沉敌舰十余艘，乘客生命，固能一一保全，即一猫一犬之微，亦不致于溺毙；其难能可贵者六。乘小艇一叶，于二十八日之内，行二千四百里，浮沉于惊涛骇浪之中，饱受风雪饥渴之苦；其难能可贵者七。以上七事，皆其荦荦大端者。其他含辛茹苦，忍辱负重，多至书不胜书，此皆不畏难不怕死六字结成之佳果。

岳武穆云：文官不要钱，武官不怕死，则天下治矣。今东夷肆虐，寇氛深入堂奥。亡国之祸，即在目前。岂惟握军符执干戈之武人，应团结一致，掷头颅捐赤血以卫国家。凡属中华国民，亦应抱一不畏难不怕死之决心，与国家共存亡。亦惟不畏难不怕死六字，始为我国唯一之生路。

呜呼！沪滨一役，敌舰直迫京畿，沿江肆虐。吾国军舰，不敢鸣一炮以拒之。虽曰强弱悬殊，姑且忍辱；然对于武官不怕死之遗训，胡能无愧。

吾观海魔历史，可作青年法则，可为军人模范。于目前之中国，尤属对症下药。因不惜费多日之光阴，译成是书，名之曰《重洋怪杰》。贡于读者之前，文字之不工，是所望正于大雅！

中华民国二十二年元月十五日

译者识于中山南屏之纯甫别墅中

——录自商务印书馆 1935 年再版

《兰姑娘的悲剧》[①]

《兰姑娘的悲剧》译者后序

饶孟侃[②]

在一个时代里，上乘的作家本就不多，而能在多方面都擅长的尤其是少。说到现代英国文坛，可以够得上这点的，至多不过两三个人：哈代是一个，他如今却物化了两年；还有一个就是梅士斐儿。在哈代死后，实际上够领袖现代英国诗坛的只有梅氏；但是自从去年五月他继承了白里基士的遗职——桂冠诗人——以后，事实上也执掌了诗坛的牛耳。关于诗人梅士斐儿，我想凡是爱好现代文艺的人都知道的。至于他在诗歌方面的地位和他那从半生潦倒中奋发起来的身世，在国内也有人介绍过。然而梅士斐儿同时也是个上乘的剧作家，知道

---

① 《兰姑娘的悲剧》（ *The Tragedy of Nan* ），三幕剧。英国梅士斐儿（ J. Masefield，今译梅斯菲尔德，1878—1967 ）著，饶孟侃译，上海中华书局 1934 年 9 月初版，"现代文学丛刊"之一。

② 饶孟侃（ 1902—1967 ），江西南昌人。先后在清华学堂、清华大学读书，专习英语，1924 年赴美国芝加哥大学留学，1926 年回国参与创办《晨报·诗镌》、《新月》月刊等，先后任教于复旦大学、安徽大学、西北联合大学、四川大学等。另译有英国郝士曼（ Laurence Housman，今译劳伦斯·豪斯曼 ）《巴黎的回音》、与闻一多合译《山花》等。

的却比较少。他所写的剧本在数量和普遍的认识上，虽远不及哈代所写的长篇小说，然而他也并不是在实质上不足称道。反过来说，他的诗名只有妨碍一般人对于他的剧本的爱好。假如梅士斐儿一首诗都不写，他在现代英国戏剧方面也有他应有的地位。

说到他所写的剧本，似乎应该先谈一谈近三四十年来英国剧坛的总趋势。英国自从有文学史以来，在戏剧方面，可以成为趋势和够得上有真正文学价值的，只有三个时期：最初一个是有名的伊里莎白时期，其次是卡罗林（Caroline）时期，最后便是从十九世纪末叶到现在的这个乔治（Georgian）时期。说到这个乔治时期，最初或以先是王尔德（Oscar Wilde 1856—1900）左右一般的趋势，到后来英国写剧本的人认识了易卜生，便得到一个新的影响。这影响不久便形成了一种新趋势。

所谓的新趋势，是说这时候一般作家，都侧重剧本的实质，形式和表现；不像前人的作品，要靠演员和受演员艺术优劣的牵制。所以他们的作品，即是离开了舞台，也能单独存在，具有一种纯文学的价值。

把这班作家分类一下，大致可以归纳在两个阶段之下——易卜生以前和易卜生以后。梅士斐儿是属于后一个阶段的人物。前一个阶段的作家，例如罗伯森（T. W. Robertson 1829—1871），王尔德，平内罗（Sir Arthur W. Pinero 1855—　），琼士（H. A. Jones 1851—　），格兰地（Sydney Grundy 1848—1914），钱伯士（C. H. Chambers 1860—1921）等等，都各有相当的地位；内中王尔德和平内罗两位是有人介绍过的。

后一个阶段的作家，多少都是易卜生主义的信徒。这里所谓的易卜生主义，是说易卜生在英国剧坛上创立了三个新标准。第一，在舞台上不求炫新立异或勾心斗角，只用简单的方式来表现剧情；第二，说白不渗〔掺〕杂富丽陈腐的词藻，只用日常语言来表现一种灰色人生的单调；第三，打破向来在作品中惯用的伦理观念和宗教思想。这三个标准，或多或少，在这些作家的产品中都有影响，所以便成功这时期中一种新的趋势。他们的作品，因此都脱离了浪漫故事的色彩，成为一种纯粹写实和理智的调子；他们在剧本中还讨论现代问题，甚至于同剧情不相宜的心理分析也用来作题材。在这情况之下，最能代这种精神的是梅士斐儿，亨庆（St John E.C. Hankin 1869—1909），萧伯纳（G. Bernard Shaw 1856—　），高尔司华绥（John Galsworthy 1867—　），格能维巴克（H.G. Granville-Barker 1877—　），胡顿（Stanley Hougton 1881—1913）几位；就是柏勒特（Arnold Bennett 1867—1931），克能（Gilbert Cannan 1884—　），苏维比（Miss Githa Sowerby），巴莱（Sir James Barrie 1860—　）等等，也多少有一部分的影响。

　　在这一群健将之中，因这影响而启发的也各有各的不同。譬如说，萧伯纳，他认为剧场惟一的功能即是对不良的道德和习惯加以攻击，使社会上得着一种教训，因此他就怀着那股独具的热诚去痛下针砭。他自己也许否认是易卜生的信徒，只承认在思想方面受了些巴图勒（Butler）的影响，然而他的长处并不是在技巧，人物描写或词藻方面，和易卜生一样，他只从剧本中肩起了社会上一种新的使命。格能维巴克，虽与萧伯纳一般的富于写实色彩，和每个剧本同样的是一篇在舞台上扮演的小说，然而他却把全力灌注在人物的描写上，他那些形形色色的人物，分析起来，简直像实验室里瞬息万变的细菌；这种趋势也是发源于易卜生的剧本中。亨庆专门攻击婆婆妈妈式的道德观念，是和萧伯纳一样的，不同的是他只从旁面加以讽刺，和绝对不容纳感伤和虚伪的成分；因为他相信巴图勒的主张，认为绝无瑕疵的超人是和无恶不作的坏蛋一样违背造物的初衷；所以他的喜剧多半是用坏人做主角，造成一个不团圆的结局。另一位作家高尔司华绥，也是用易卜生的方法来表现人生，所有现代的婚姻制度，妇女问题，遗传病症，宗教内幕，以至于理想政治等等，都能在他的作品中找得到线索。换一句话说，这些即是高氏所表现的盎格罗撒克逊式的摩登生活。他和易卜生不同的是他那厌世的态度和在观察上比较久缺判断；易卜生还有一种富于诗意的成分他也没有。对于这点，他自己的解释是认为剧本应该有两种不同的写法，一方面可以用自然主义的方法只就实际生活去描绘，一方面也可以把内心的企慕，呼求，疑讶和挣扎用象征或虚幻的调子来表现。照这样说来，当然是指他自己的作品属于第一方面；不过据我们所知道，他所举列的两大类，在易卜生的作品中都兼收并有。然而他也不是没有独到的地方，只他那充分的伦理观念本身已经够和一班擅长技术的作家相抗。还有一位作家和萧伯纳一样，不侧重人物描绘的是胡顿，他的精力却差不多全灌注在两性间的关系表现上，他那股热诚和摩登精神，也和萧氏一样，具有绝大的力量。

上面所谈的这几位作家，都是和梅士斐儿同道的重要分子；其他关系较浅如同在前面提到的柏勒特、巴莱几位，似乎没有在这里特别提出来比较异同的必要。再说到梅士斐儿本人，他的作品里有一种不可掩的事实是诗意的洋溢。用普通的见解来解释，似乎这几句话等于没有意义；因为这位作家已经是一个大家所公认的诗人，在诗人写的剧本中当然应该如此。不过紧要的关键是在这事实与整个趋势的比较关系上面。我们知道这趋势是易卜生的影响形成的，同时却要晓得易卜生的所以伟大，并不是因为他有什么高妙的舞台技术，不是因为他创用日常语言作对话，也不是因为有那训世的癖性，而是他词藻中具有神秘的色彩和深蕴潜流的诗意。关于这一点，在前面所谈的任何剧作家的作品里，都没有梅士斐儿的显著。这并不是说梅士斐儿在戏剧方面的地位，因此便比萧伯纳他们高，其实这也即是解释各人所受的影响各有不同的发展，不过碰巧在这一点上他比旁人近似易卜生罢了。

梅士斐儿所写的剧本，在数量方面并没有他的诗歌多。他的尝试多半是倾向于悲剧方面，每一篇都具有相当的气势。最早一篇作品是一九〇七年在宫廷戏院（Court Theatre）排演的《肯白登的奇闻》（*The Campden Wonder*），导演家就是大名鼎鼎的格能维克。通篇对话用的是英国西部的方言。剧本的内容是描写一个人因为和兄弟们不睦，便在忿恨交加无从找到出路的当儿，捏造一个事实到法庭里去自首，说他兄弟、母亲和自己曾经全家同谋干过谋财害命的勾当。结果果然达到了他那同归于尽的目的，判决了死刑；在执行过他们的死刑以后，却发现了案中那个所谓的被害人依然存在，刚从异乡回来。就故事的本身说，虽则在事实上似乎有点不可能，然而采用不可思议的情节作背景却正是梅士斐儿别人不同的一种癖性。他似乎是有意偕事实的奇离怪僻来象征生活中的黑暗和人生的无常；虽则这个初期的作品受了些线索略欠分明的连累，然而一个剧本万不可没有的气势，在他这里却极其充分。

　　第二篇创作就是现在译出的《兰姑娘的悲剧》。这个剧本是一九〇八年五月二十四日在新京畿剧院（The New Royalty Theatre）第一次公演；因为成绩甚好，同年六月又在干草市戏院（Haymarket Theatre）和观众相见；两次的导演人都是格能维克，扮兰姑娘的是一位名叫玛卡西小姐（Miss Lillah McCarthy）的名角。这一篇题材的性质虽和前篇一样的是背景惨淡，然而在技巧方面绝对没有所谓结构松懈或其他可议之点，这是作者已经打破了艺术之难关的明证。说到剧情，虽则故事极其简单，只描写一个少女因为发现了她情人是个卑鄙的伧夫，便刺杀了他再去自尽，然而因为穿插的得当，一点也不觉得单调。而且在这一篇里面所描写的事实，不但都是可能的，同时还含得有一种超越时间地域的普遍性。读者只要看过了内容，便知道兰姑娘不幸的遭遇，狄克的反复无常，裴大娘的残忍嫉妒，琴妮的狡猾欺诈，朱神父的势利，金钱的罪恶，以至社会制度的矛盾，没有一点不是中外古今随时随地都可以看得见的事实。这种不可避免的事实，穿插组合起来，即是我们可以讴歌而同时又可诅咒的人生。兰姑娘假使没有她父亲那段冤枉，她当然不致于备受裴大娘的凌虐，感觉到生活的凄凉；事实上更不致于暴露出狄克最初掉首不顾和后来妄想补救的丑态，使她感觉到人生中最末一个"爱"的要求还抵不了一袋金钱的诱惑的悲惨；所以结果她只有向死那条路上去求惟一的解答和胜利。她所以要刺杀狄克，一方面固然是为被蹂躏的妇女除暴，替未来的妇女关上那扇陷入地狱的栅门，一方面却也是为了要贯彻自己那个纯洁的要求，在事势上不得不如此做去；因为假使狄克依然是存在，那末她去单独自尽便变为毫无意义了。我觉得那时候她心目中要刺杀的狄克只是现实世界中一般丑恶的替身，她把这点病根去了，狄克可爱的灵魂便依旧可以从死中救了起来，带到天堂里去实现她在人生中不能实现的真爱。

作者是个备尝艰苦和多少受了社会主义影响的人，所以在这篇作品里也无意中把兰姑娘造成了他理想中的对象。兰姑娘所处的那个绝俗孤立的境地，即是作者自己当年曾经身历过的无人了解和无人表示同情的境地，所以他在这里也布置了一个兰姑娘和任何人都不相投的局势；仅仅乎有那末一个懂得兰姑娘的心情和懂得她是奋身和举世对抗的皮老爹——那个脚底生云，看来像又聋又瞎的皮老爹，只可以算是一个人的影子，与其说他是人，不如说他是代表作者理想中的真理或死神的差官。所以自从皮老爹上场以后，他越和兰姑娘谈得来，兰姑娘便离死神的宫门越近。那神秘的角声当然也即是代表死神在那里呼唤。作者在剧本中暗示出这种神秘的意味，确能增加不少的气势和力量，这种力量也即是在好的诗歌里面可以揣摩到的暗示力，使读者或观众感觉到不尽的兴味。易卜生在作品里之擅长于这一类的表现，是前面曾经提到的。

同时从另一方面解释。一切悲剧的产生，最初都是根源于一个极小的主因，这主因有时候是直接的关系，有时候是间接的也可以，只要主因的本身一发生了变化，后来事实越聚越多，便会演成一个悲惨的结局。就兰姑娘的本身说，她的人品行为并没有什么坏的倾向，仅仅乎凭一个间接的，她父亲在行为上的冤枉，便硬派了她去受她不应当受的责罚和歧视，结果连生命也牺牲了，这是多末悲惨的一件事。所谓悲剧的产生，也正凭借的是这一点；假使兰姑娘的性格没有像作者所描写的那末刚强，那末可爱，纵令造成了一个比这样更惨的结局，也容纳不了真正可以悲叹的成分。悲剧的所以为悲剧，分别便在这一个小小的关键上；否则真正的艺术和勉强造成的技巧便没有界限可分了。

梅士斐儿还写过史剧，代表的作品是在一九一〇年写成的《彭比大帝的悲剧》（*Tragedy of Pompey the Great*）；《兰姑娘的悲剧》里那股粗犷的气势和浓厚的诗意，在这里也应有尽有。作者写这篇剧本的主旨，是偕彭比大帝在白鲁辛（Pelusium）地方驾崩作背景，来象征王室倾溃的可哀。就全般的气势看来，他未尝没有一部分的达到莎士比亚当年运用罗马皇室作背景来发抒古代情调的力量，发抒那种从台上演员动作中暗示出的，老大帝国幢幢的幻影。不过有一点可以非议的地方，就是关于彭比大帝个人的动机，还欠发挥，不够淋漓尽致，未免美中不足。因为在剧本中要是那可以左右全篇气势的动机一不鲜明，即使那气势是很浓厚，也不能完全把那随着情绪走的高低起伏和或隐或现的脉络，在观众眼帘下整个的呈露出来，成为一个具体的印象。

梅士斐儿除了这三个比较能代表他作风的一斑的悲剧以外，一共还另写了六个剧本：这六篇即是《耶稣的审问》（*The Trial of Jesus*），《信徒》（*The Faithful*），《河刺伯》（*Melloney Hotspur*），《一个公主》（*A King's Daughter*），《哀士特》（*Esther*）和《伯仁尼斯》（*Berenice*）；前四篇都是纯粹的创作，后两篇却是根据法国剧作家莱新（Jean Racine）的原本改译而成的。因为限于篇幅，没有加以论断。关于本

篇范围所及的地方，应该叙说阐明的也都多少提到了一点；至于作者
艺术的优劣究竟是不是和上面所谈论的一样，读者自己从译本里去另
加研究，当然是可以分辨得出来的，梅士斐儿还写了几本以海作背景
的小说，因为不在本篇范围以内，没有提到；现在趁结束的时候顺便
补叙一笔，表明作者在文学的领域内，曾经有过多方面的尝试。

一九三一年八月三十日译者附识

——录自中华书局 1934 年初版

《芥川龙之介集》①

《芥川龙之介集》芥川龙之介的作品作风和艺术观

冯子韬（冯乃超②）

当芥川龙之介在《新思潮》发表了小说《鼻子》（鲁迅曾译成中
文，载开明书店版《芥川龙之介集》中）的时候，他的先生夏目漱石
曾以这样的话去激励他，——"这样的作品你如果多写十篇，日本自
不消说，你可以成功世界上 Unique 作家的一人。"可是，以我看来，
这样的作品现在已经不止十篇了，世界文坛是不是如他先生那样认识
他呢，的确是一个疑问。

---

① 《芥川龙之介集》，中短篇小说集。日本芥川龙之介（1892—1927）著，冯
　　子韬译。上海中华书局 1934 年 9 月初版，"现代文学丛刊"之一。

② 冯子韬，冯乃超（1901—1983），祖籍广东南海，出生于日本横滨。先后就
　　读于日本京都帝国大学哲学系、东京帝国大学哲学系社会学科，后改学美学
　　与美术史，参加创造社东京分部。回国后曾主编《文化批判》《创造月刊》，
　　参与筹组"左联"，并任"左联"第一任党团书记兼宣传部部长，1931 年任
　　中国左翼文化总同盟党团书记。抗战全面爆发后，任国民政府军事委员会政
　　治部第三厅中共特支书记。芥川龙之介的重要翻译者。

他耸动了中国文坛的注意，大约是他的自戕而不是他的作品吧。他的作品，成功的作品大都已移植到中国来了。可是国内文坛对他依然地很冷淡。照我想，中国人对菊池宽、谷崎润一郎比之对芥川来得亲热些。即使世界的文坛也许是一样吧。有岛武郎十分受法国人的欢迎，菊池宽受英国人推崇为日本的萧伯纳。寡闻的我现在还没有听到世界上的人（日本人当然是例外）对芥川的作品，说过了些什么话。当然，我是十分愿意知道的。

据我个人的意见，他先生对他讲了的上面的话，并非是简单的激励的话。他的先生的确认识了他的天才。这里说的天才，或许应该换一个名词，叫作他的"长处"。他的"长处"，也只有他的先生最喜欢的。为什么呢？因为他的"长处"就是他的先生的作风之延长。换句话就是自然主义作风之完成。或许从浪漫派文学的观点看来，人们有些不服称他为天才或 Unique 作家。或许也就因为这个关系，——资本主义末期文学统治下的关系，使许多人忽略了他的天才，忘记了他的 Unique 的地位。本来，至少，我们应该承认他在日本文坛正如从前 Flaubert 在法国文坛一样是 Unique 的。

要知道他的作风，首先要知道他对艺术的态度，即他的艺术观。《澄江堂日记》会供给我们一些资料。

他喜欢考证，这事情不仅只在他的多量的历史小说中可以看出来，在他的随笔或其他小说中都可以看得出来。他对于历史小说的见解，也可以说明他的艺术观是怎么样的。

　　——既然说是历史小说，不能不忠实于一时代的风俗或人情。可是也会有些作品是只拿一时代的特色——特别是道德上的特色作主题的。比如日本的王朝时代，男女关系的想法，和现代的这些是十分不相同的。作者自身有如和泉式郎的朋友一样，虚心平气把这些地方描写出来。这种历史小说在他和现代的对照

中，自然很容易提出一种暗示。……（历史小说——《澄江堂日记》）

这种历史小说自然只是一种博物学的记录似的东西。从这里我们很容易发现他对艺术的态度和 Flaubert 共通的地方。自然这是站在实证科学基调上的自然主义的艺术观。

可是，他在另外一个小题目下，这样说。

——艺术至上主义的极致是 Flaubert。据他自己说："神显现于万象之创造中，却不给人们看见他的姿态。艺术家对于创作也应该如此。"因此，即在《波娃利夫人》里面，虽然展开了 Mikrokosmos，却不打动我们的情感。

艺术至上主义——至少是小说上的艺术至上主义，的确是容易使人打呵欠的东西。（"艺术至上主义"——《澄江堂日记》）

这里的艺术至上主义的涵义当然并不很广泛，只限于极致的自然主义艺术见解而言。他虽然有这样的感想，可是他的主张——至少是他的作品所表示的并不见得和 Flaubert 有多大矛盾。

实际上，他的作品也这样证明着。他的作品是表现某种性格在某种环境中如何发展的记录。换到历史小说上来说，就是一时代特色的记录。的确像他自知之明一样，也许有人因读他的作品而打哈欠呢。

在《某傻子的一生》中，他有了这样的自白。

——他（作者自己）从 Anatole France 移行到十八世纪的哲学者去了。可是，没有接近卢梭。这或许因为他自己的一面，——容易为热情所驱使的一面，近于卢梭的原故。他接近了和他自己之另一面——富于冷静的理智之一面相近的 "Candide"
的哲学者。(《人工的翼》)

从这样的人生观出发，他的艺术观必然不是唯情主义的，而是理
性主义的。这决定了他的作品之作风。

再深进的研究，这里应该中止了。

这里所选译的四篇，前两篇是属于前期的作品，后两篇是他要自
戕的那一年的作品。这里本想搜集没有被人翻译过的作品，可是翻好
了以后才知道《河童》已经有人翻过了。这里的译品却没有机会参考
别人的长处。

最后，本拟在此介绍作者的履历，可是，我觉得既然已经把《某
傻子的一生》译出，这一项工作是可以省略了。这篇作品从他的青年
时代起一直到他自戕的一年为止，他的内面生活如何变迁，如何和外
面环境错纵交接，追踪得非常简洁而完备。母亲留给他的先天的遗传
(狂病)；老姑给他的后天影响 (要倒塌的旧社会习惯)；他的先生夏
目漱石给他的艺术上的熏陶 (自然主义)；资本主义末期艺术对他的
刺激 (时代病，个人主义，世纪末)。因此，他人生中种种事变——
结婚，生儿子，家庭生活，艺术家生活，社会生活，恋爱生活都包括
无遗。许许多多的矛盾集中到他的身上来，如像被运命翻弄的人似
的毫无办法去解脱，可是他是不相信运命的，他只好称自己之一生为
"傻子的一生"。在他面前只剩下自杀和发疯两条路时，他从容地踏上
前者的道路上去了。

一九三一，八，二十，译者记

——录自中华书局 1934 年初版

《希尔和特》[1]

《希尔和特》作者传略

伍光建 [2]

　　查理·金斯黎是一八一九至一八七五年间人。他的祖父，他的父亲，与他自己，都当宗教师。他在剑桥大学读书，出校之后在爱和斯黎（Eversley）当总牧师。他得过几个优差；他当过女主的牧师，韦斯敏斯德（Westminster）大教堂的一个牧师，当过牛津大学的摩登历史教授。他的职务很烦重，却还很辛苦的著了许多书，大约就是因为这个原因不曾享大寿。他不独是一个历史家，而且是一个诗人，一个小说家，他却以小说家得名，并不以历史家得名。他是一个基督教社会党，却与其他基督教社会党如拉斯金（Ruskin）及托尔斯泰（Tolstoy）不尽相同。惟拉斯金说过，人生在世不努力做事就是罪过，金斯黎却也是这样主张；所以当时报界戏称这种主义为"筋肉基督教"（Muscular Christianity）；他著了三部小说维持这样主义；此外他还有一部小说叙英国海军大破西班牙海军的故事，又有一部说古希腊的英雄，词浅意深，最饶诗意；但是有许多人更赏识他的历史小说。当第十九世纪中叶，英国历史家起首研究其在本国历史里头的斯干的

---

① 《希尔和特》（ *Hereward The Wake* ），小说，英国 Charles Kingsley（今译金斯利，1819—1875）著，伍光建选译，上海商务印书馆 1934 年 9 月初版，"英汉对照名家小说选"之一。

② 伍光建（1867—1943），广东新会人。毕业于天津北洋水师学堂，后奉派赴英国，入格林威治海军学院，后转入伦敦大学。另译有大仲马《侠隐记》（今译《三个火枪手》、狄更生《劳苦世界》（即狄更斯著《艰难时世》）、夏罗德·布纶忒《孤女飘零记》（即夏洛蒂·勃朗特的《简爱》）、厄密力·布纶忒《狭路冤家》（即艾米莉·勃朗特的《呼啸山庄》）等。

那维亚（Scandinavia）元素，英吉利人以有其血统有其人格为荣。他著了两部历史小说很表扬斯干的那维亚人性格。今所译的《希尔和特》（Hereward）就是其中一种。他称希尔和特为最后的英吉利人。这个英雄虽然是东部盎格罗萨克森人（Anglo-Saxon），其实有最大部分是丹马血裔。这个英雄当少年时横行无忌。父母不以为子，请命于王，驱逐他出境。他在英吉利他部，爱尔兰，及法兰德斯做了许多事，打过许多仗，颇以忠勇著名。他专用他的气力与勇敢锄强扶弱，接连为扶持正义而奋斗；当他在法兰德斯时娶一个聪明智勇有学问的美貌女子名陀甫利大（Torfrida）为妻，她很能规正他少年时的恶习。后来希尔和特同英吉利，与破灭其国家的法兰西人威廉打仗，要恢复英国，恢复他父亲的土地，大败法兰西人，威廉受箭伤而逃，希尔和特的威名大著。不幸他中了法兰西人的美人计，贪已许婚他人的阿甫禄大（Alftruda）的美色，娶以为妻，而弃陀甫利大。他不久就后悔，可惜来不及了，终被法兰西人所暗算，他却奋斗而死，死得很体面。这是金斯黎的一部杰作，文章极其明净雅健；有许多画师取材于这部小说作画。

　　　　　　　　　　民国廿三年雨水日伍光建记

　　　　　　　　　—— 录自商务印书馆 1934 年再版

《红字记》 ①

《红字记》作者传略
伍光建

　　何桑是一八〇四至一八六四年间人，生于美国马萨诸塞州。他的

---

① 《红字记》（The Scarlet Letter，今译《红字》），小说，Nathaniel Hawthorne（今译霍桑，1804—1864）著，伍光建选译，上海商务印书馆 1934 年 9 月初版，"英汉对照名家小说选"之一。

父亲是一个船主。他少孤，深得母亲的性格。他自少好学，等到他入波敦（Bowdoin）大学的时候，他必定是一个读过最多书的学生。他毕业后就致力于文学。他在海关办事几年；在英国的利物浦当过四五年领事；在义〔意〕大利住了两年。自一八二五年至一八三七年他独居，只与他的书本及他的思想为伍，撰了好几篇短小说。他所撰的长篇小说都很有名，以今所译的《红字记》为最。他自从一八四七年起每天必撰文章，习以为常。一八四九年另是一党执政，他出了海关，没得事做，他的夫人鼓励他正好趁机会写一部书，当天下午他就起首动笔写《红字记》。那时候他家贫母死，穷困尤甚，幸得友人及时资助，乃得成书。书一出版，人争购读，此后他可以泰然著书了。在他的几种小说里头，以这一种为想得最透，写小说的本事又最完全。本书有三个主角。一个年老驼背医生，他强逼一个美貌少女嫁他，她同一个牧师私通；老医生自己晓得，且自己承认，害了她。少妇与牧师也晓得犯了罪害了医生。作者的本事在乎撇开原始的罪过不加判断，以全副精神去写这件罪过所及于这三个人的效果。少妇当众出丑，受尽痛苦，受了好几年。牧师是一个极有学问声誉日隆的人，怯懦诈伪，心里却受更利害的痛苦。医生是一个有学问，心存济世的人，为怨毒所逼偏要牧师不死，偏要他活着，以受心里的痛苦，可谓刻毒到了极点。何桑必定要舍原罪不论，不然就要声明一句极其为难的外示无理而其实深藏至理的话，世人由犯罪而得救。他这部书的意思是说世人所谓罪过也许不是罪过，还许是美德；众人所称赞的美德，也许可以并不是美德，而是罪恶。有些情节至少也是这样。本书的牧师及少妇后来都变作可以入圣域的人，那个报仇的医生反变作魔鬼。牧师和少妇都住在侨居于美洲的新英吉利地的清洁派的社会里头。这一派人岸然道貌，龌龊苛刻，当初诚然不如旧英吉利人那样守旧，但是他们一旦侨居此地却变本加厉，守旧更甚，日以窘逐异己为事。那两个人却太过维新，实行数百年后的主张，个人享有欢乐的权利，只顾自然法律，不顾社会法律。作者虽是一个清洁派，又生长于清洁派社会中，心里却极不以他们为然，所以撰出这一部绝妙的小说，题目是新奇的，是深奥的，有普遍的适用，并不限于时与地。美国人所撰的小说甚多，今日公论推这部《红字记》为第一。

民国二十三年雨水月　　伍光建记

——录自商务印书馆 1934 年再版

《季革斯及其指环》[①]

《季革斯及其指环》译者序

秋白（毛秋白[②]）

夫里德利希·赫伯尔（Friedrich Hebbel）于一八一三年生于狄特马申乡（Dithmarschen）味塞尔布棱（Wesselburen）寒村中。他的父亲，是一个穷苦的泥水匠。虽为人忠厚，然为穷苦所迫，对于儿子并没有什么爱好的感情。可是他的母亲却很钟爱他。严厉的父亲骂他或是白眼相看的时候，往往总是母亲替他解厄的。他在暗淡的境遇中度过了他的幼年时代。小学毕业后，即帮他父亲做工。不久，他的父亲死了。这时他虽更陷于贫困之境，但因此却得到了向

---

① 《季革斯及其指环》（ *Gyges und Sein Ring*，今译《吉格斯和他的指环》），五幕悲剧。德国赫伯尔（Friedrich Hebble，今译黑贝尔，1813—1863）著，毛秋白译。上海中华书局 1934 年 9 月初版，"现代文学丛刊"之一。

② 秋白，毛秋白（1903—？），浙江安吉人，曾赴日本留学，入东京帝国大学学习文学和电影，获文学学士学位，中华学艺社社员。历任国立戏剧学校特约讲师、教授，复旦大学、大夏大学教授。主编《中央日报·戏剧周刊》。另译有《德意志短篇小说集》、《游荡者的生活》（爱痕多夫，Eichendorff 著）、《史姑娘》（霍夫曼著）等。

自己所好的方向走的自由。于是他即到本村的一个教会管理者底下去做书记兼着出差的职务。在此，他得到了接触文学书的机会，如席勒（Schiller）、克洛卜斯托克（Klopstock）等的作品。他曾费了很大的苦心从友人处借得歌德（Goethe）的《浮士德》（*Faust*）来通宵耽读。他又爱读乌兰德（Uhland）的诗。自己也尝试做诗，并且把作品寄到汉堡（Hamburg）的某杂志去，受了那杂志发行者的赞许。二十二岁时应发行者之聘，得跳出了他的寒村。他在汉堡住了一年有余，后来得了他所寄宿的家庭的主妇爱利则·列新（Elise Lessing）及别的友人的援助，一八三六年春进了海得尔堡（Heidelberg）的大学，后来又转到闵行（München）去。在闵行极度节约了生活费总算度过了三年间的研究期，但仍然缺乏取得学位的费用。再次回到汉堡来寄食在爱利则的家里。因为感到了种种潦倒的烦恼，害了一场大病。等到恢复健康以后，不知怎样，忽而创作欲大大的兴奋了。在短期中完成了悲剧《尤狄特》（*Judith*）。翌年又作了《革诺未发》（*Genoveva*）。他想转变自己的生活，一八四二年冬到哥本哈根（Kopenhagen）去请求丹麦王基利斯当八世（Christian VIII）得到了二年间的研究费。翌年秋他又到巴黎去，在此他写成了以他独特的观念论之世界观为立论的戏剧论，《对于戏剧的我见》（*Mein Wort über das Drama*）。随后又完成了悲剧《玛利亚·玛革达雷那》（*Maria Magdalena*）。一八四四年他由巴黎到意大利。在此他虽有创作但均系失败的作品。两年的研究费已期满了，他的生活依然又感着不安起来。当他在汉堡的时候，早已和爱利则发生了关系，且已生了孩子。他虽自始就没有和爱利则结婚的意志，但爱利则这时正向他求婚，他别无良法，只得重返北方，于一八四五年秋抵维也纳（Wien）。在维也纳的逗遛［留］中，接识女伶克利斯提涅英格豪斯（Christine Enghaus）。这个女伶本来也是出身平民阶级，入梨园博得声名，成为当时维也斯帝室剧场的压台的人物。她早就读过了赫伯尔的《尤狄特》及《玛利亚·玛革达雷那》，想试演一下，所以在未见赫伯尔以前，她已经由作品认识这作家了。后来两人终于互通款曲以致结婚。因此不免有人评击他对于爱利则的态度。不过在赫伯尔自己以为诗人的义务比常人的义务要高。他因为欲完成一个诗人，不得不牺牲了做常人的义务。他说："一个人无论什么都可以牺牲，但是只不可把全生涯都牺牲，因为他的生活，在陶醉以外，还含有别的目的。"他因此与英格豪斯结婚以避免生活的不安，而得一心一意从事创作。后来由他与她协议的结果把爱利则接到维也纳来，给了她多数的慰养费与她和气地分别了。尔后赫伯尔继续创作了《赫洛德斯与玛利安涅》（*Herodes und Mariamne*）、《阿格涅斯·柏瑙厄》（*Agnes Bernauer*）、《季革斯及其指环》（*Gyges und sein Ring*）及三部剧《泥柏隆根》（*Die Nibelungen*）等大作，悲剧《狄麦多流斯》（*Demetrius*）全稿未终，竟于一八六三年十二月十三日与世长辞了。

赫伯尔是歌德，席勒以后的德国最大的文豪，在创作上他最得意的是戏剧，尤其是悲剧。他所私淑的戏剧家是克来斯特（Heinrich von Kleist）。他继承克来斯特创始了近代剧，做了易卜生（Henrik Ibsen）的先驱者。所以在文学史上，人们都承认有莱新——克来斯特——赫伯尔——易卜生（Lessing-Kleist-Hebbel-Ibsen）的系统。

他的剧作的题材，几乎全是关于两性的问题。例如《尤狄特》《革诺未发》《玛利亚·玛革达雷那》《赫洛德斯与玛利安涅》《阿格涅斯·柏瑙厄》，及这里译出的《季革斯及其指环》等无一不是两性问题的作品。

他的一生，已如前述，除了晚年的数年外，可说通篇是一部奋斗的历史。

苦闷是他平生最亲近的朋友。但他不因此而向既成的宗教求救，反而和五十年后的尼采（Friedrich Nietzsche）一样，是诅咒基督教的。他去求救的地方，是艺术的世界。他想在艺术的天地间，创造可以替代上帝之理想的伟人。在这一点，他又是尼采的超人主义的先驱者。只不过他不像尼采那样彻底，所以未达到极端的自我主义。因此他的作品中，抱着彻底的自我主义的人物，都招致了悲剧的终局。

赫伯尔的作风，有一句总括的评语，即"诗歌的写实主义"。不过德国的写实主义，本来是古典主义与浪漫主义所建设的理想世界与青年德意志（Das junge Deutschland）所代表的现实主义的综合物。所以在赫伯尔的诗歌的写实主义之中，也当然含有理想主义与现实主义等的要素。

这篇《季革斯及其指环》，据赫伯尔的日记，是一八五三年十二月起稿，翌年十一月十四日完成的。一天，他到维也纳警务部的图书馆去，该馆的爱好文艺的馆员布蓝塔尔（Braun Von Braunthal）突然问他，为什么还没有把坎多利斯与洛多珀的故事编为剧本。因为这故事布蓝塔尔前曾说给赫伯尔听过的。赫伯尔即向他借了皮拉的百科全书（Pierer's Universal Lexikon）来参看这件故事。当夜即着手写了第二幕的一部分。第一幕是在一八五三年十二月十四日告成的。这篇剧的题名本来拟定是《洛多珀》。但这时他已发觉对于王妃的动作的起因（Motivierung）很不容易应付。因为这个困难未解决，所以在一八五四年六月虽已完成了两幕半，但自此直至当年十一月止，竟未继续动笔。于是他遂决心不拘泥于历史而侧重心理，卒完成了这一篇名作品。

赫伯尔之所以能知道有如本剧的材料一般的故事的经过，是由于布蓝塔尔造成的。但是他于本剧中所采用的材料是以史家希罗多特（Herodot）的记述与柏拉图的《国家篇》（第二卷第三章）为资料的。据希罗多特的记述：希拉克略家系的末代吕底亚王坎多利斯，有一个绝美的王妃，他因此非常自夸，常于人前不绝地称扬王妃的美貌。他因为想使世人知道他藏有怎样的宝贝，欲使他的宠臣季革斯一睹其至爱的王妃的裸体美。敦厚的季革斯听了坎多利斯的话，惊惶地答道："女子若一脱去了衣服，同时连羞耻心也要丧失的。"把坎多利斯的建议拒绝了。但是坎多利斯这样那样的说了好久，终于在不使王妃知道的条件下，将季革斯屈服了。这桩事便依计实行了。可是惩罚也跟着来了。偷偷地跑进寝室去的季革斯，被王妃发觉了。她更从她的丈夫口中探知了这事件的所以然。她要求这个青年的希腊人在下面两个条件中任择其一，你自己去死或是杀死国王。季革斯虽不是出于本意，但也只得决定了第二个条件，弑了睡着的国王，获得了王妃与王位。

柏拉图的故事与此大不相同。季革斯的儿子（不是季革斯自己，与希罗多特的记事不同。）是吕底亚王的牧童。一次地震，他跌入了地面的裂缝里，在这裂缝里他发现了一个大死尸。这尸体上，除手指上戴着一只大的金指环以外，全无别的东西。他立即将这指环除了下来，回到牧童的人群中去了。他把指环的宝石捻向内部的时候，偶然发现了戴指环的人，身体会隐去的。靠了这灵妙的指环的福，这牧童即做了国王的使者，不久，与王妃通情，二人相谋，害杀了国王，他遂即了王位。柏拉图的主旨，是说纵使是正当的人，若完全赋与他以自由，那末与不正的人一样会作恶的。

赫伯尔自由地利用了上面的两种资料，从希罗多特，借用了作品的主旨，从柏拉图，采用了指环的记事，坎多利斯的性格描写，有几分依照着希罗多特的指示。季革斯，在希罗多特的记述里已有纤细的描写，具备了赫伯尔的季革斯的特色。洛多珀，在希罗多特的记载中，虽显示着残暴的性格，但赫伯尔将她构成为一个高雅纯洁的妇人。然而在性格的内面在造型的表现上，以及事件的发展上，不消说，赫伯尔完全运用了与希罗多特的记述相异的创造的手腕。

这篇剧，本已如上述，并非历史的悲剧。赫伯尔在这篇作品里所注力的一点，是人物的心理，动作的心理的发展。各人物的性格，在这个作品中，露呈着雕塑的明确性。即像托亚斯、勒斯比亚等副人物也描写得极其明显有如浮雕一般。至于心理描写的精妙细致，可说在德国文学中找不出可与比肩的作品。

不过要理解这作品中的人物的心理，才能同情于这些人物，那末，我们非想到作者用为背景的时代——神话时代与历史时代的转换期——不可。那时代的女性，并不被人当作"人"看待，是被人当作"物"看待的。赫伯尔自己也曾在一封信上述及这篇作品，他说："在希腊人看来，女性不过是一个物品（Eine Sache），这是荷马（Homer）的教训。……可是被我做了材料的希罗多特的传说中，这个'物品'，有时即在野蛮的吕底亚人之间，也化成一个'人（Eine Person）'"。

这作品中，还点缀着一种政治的背景作为副动作，即对于坎多利斯的启蒙主义的民众的反感。赫伯尔虽决意放弃"历史的"成分，但他的剧作上的特征，"历史的"与"心理的"错综，仍旧未离开他。

有人批评他剧中神秘的"指环"，有损害心理剧的价值的。但这"指环"在作品首部虽有较大的效力，在全剧上，正如劈头的诗中所说，只不过是对于动作进展的一种手段，或缘起而已。动作的主要起因，仍得在坎多利斯的性格中去追求。

赫伯尔的剧作上有一种显著的倾向，他常启示着世界的历史的进展，在主人公或主要的人物没落中暗示着新道德的将来。在本篇上这一点似乎未顾虑到，这大概因为赫伯尔著作本篇时改变了从前的艺术观，有意地避去这种倾向吧。但他的本性还不时要遮掩他的意识。例如剧中描写洛多珀的那种极端纯洁的贞操观念，对其贞操的污辱，人格的蹂躏，仅以二者死一的方法而洗清报复。在她这种决心与实行上，以及在轻率无谋的坎多利斯最后的堂堂大丈夫的态度及由衷心悔悟的事实上，尤其是在他的"世界的睡眠"的主张上，依旧露现着以作者的人格为根基的思想的背景。这个"世界的睡眠"的观念，在执笔的当初似乎不曾预存于作者的意识中，在创作的中途突然想出来的。这"世界的睡眠"的观念，据赫伯尔的解释，即是"风俗习惯及政治上的继续的状态（Das Bestehende）是在道德的反政治的大革命中间固定化了的东西"。能够摇动它开拓革命的新气运的人，不得不是具有卓越的见识与超凡的力量的人物。坎多利斯于此是一个心有余而力不足的人，他自不量力地唤醒这神圣的睡眠，受了它的忌惮，终于断送了自己的生命。在这里，显露着作者的后期的保守主义，这一点在现代的人看来，未免发生反感。这是因为赫伯尔观察了一八四八年的革命的失败，感受了一种消极的影响的缘故。不过他的保守主义，也只是反对轻躁的小儿病的革命者，并非敌视一切的进步与革新的。

赫伯尔的反对者布尔特霍卜特（H.Bulthaupt）在《戏剧评论》（*Dramaturgie des Schauspiels*）中指摘这篇作品的缺点。尤其痛击这作品的戏剧的运动的缺乏。他对剧中的洛多珀评说："高雅的情操与义务，使热情的烈火熄灭，使意志的筋腱松懈。"的确，第三幕以后的洛多珀缺乏一个"人"应用［有］的性情，胸中没有爱情与道德之间应该发生的激烈的争斗。这是"无罪过的戏剧"的通病，但综观全剧，心理描写的细腻，性格描写的圆熟，样式的古典的纯化，词藻的精炼，虽采用着很辛辣的材料，毫不使人发生反感的种种优点，实足使这作品成为赫伯尔的杰作。

最后译者还要附说几句话。这篇剧只能当作书斋中的剧本（Lese-Drama）看，拿到舞台上去，只怕很难有成效的。这原因前面已经布尔特霍卜特指摘过是缺乏戏剧的运动，那常常的惯引用希腊神话的剧辞，很易使观客发生疲倦。尤其是我们不多读希腊神话的中国人，连在书斋中读读也不免感着倦厌。这一点译者在翻译时，也与读者一样，不知皱了多少次眉头。不过我相信读者若能忍耐一点凝神读去，便一定要感着很大的兴味的。

一九三一，十二，十九，秋白

——录自中华书局 1934 年初版

《木偶游海记》^①

《木偶游海记》译者序

宋易 ^②

　　大家都喜欢读《木偶奇遇记》，这确实是一本绝好的文学童话。这本《木偶游海记》就是借着前一书里的人物——匹诺曹而写成的一本科学童话。原著者雷巴地，意大利人，是《木偶奇遇记》著者科洛地氏的侄儿，意大利很出名的海洋生物学家。

　　这本书可以说是一本儿童的海洋动物学——你们听了什么"学"，不要就头痛而丢下书来，要知道还有呢！——它同时也是一本绝好的文学童话。

　　我们在读《木偶奇遇记》的时候，很奇怪着那本书的作者，竟能这样懂透得小孩子们的心里！譬如：木偶欢喜去的玩物国，每星期四是放假的，一个星期有六天星期四，一天星期日，暑假是从正月初一放到十二月底的；以后要看木人戏而卖掉了他的初级读本等，我们觉得这顽皮的木偶的种种举动，是多么地可笑，然而试静心一想他的种种可笑的行为，不也就是我们自己么?《木偶奇遇记》这本童话的好处，就在此处，而我们觉得欢喜读它，也就在这里。这本《木偶游海记》在这方面，并不觉得比《木偶奇遇记》损色，且举一个例给大家看看——

　　匹诺曹遇到槌头鲸，相约去游海。槌头鲸因他穿的纸衣服面包帽

---

① 《木偶游海记》，童话。意大利雷巴地著，宋易译，上海开明书店 1934 年 10
　　月初版，"世界少年文学丛刊"之一。
② 宋易，生卒年不详。开明书店《新少年》杂志编辑之一。另译有法布尔《科
　　学的故事》《家常科学谈》《生物奇谈》等。

子不能下水，便给它换上一件鹞鱼皮衣，可是那鹞鱼皮衣的颜色很难看，他说——

"我不要它。这太丑了。我更欢喜我那件美丽的花纸衣服。"

"你的那件是纸做的……倘然你在水中穿了，要给弄坏的。"槌头鲸答。

"我要我的美丽的衣服"，匹诺曹坚持着说。

"但是我告诉你呀，你在水中穿了，是要弄坏的呀。"

"我要我的，我要我的，"匹诺曹哭丧着脸说。

槌头鲸终于依应了木偶的要求，还他的纸衣服，但是刚一下水，纸衣开始离开他了。他急忙跑回海岸，服帖地穿上鹞鱼皮衣。

我们有时不是也会像匹诺曹那样无理由的向爸爸要求着一件分明是错误的事物么？等到事实证明是不可能时，也会自动下场，领受爸爸给的不十分体面却很实用的东西了。

本书中像这类的描写，到处都是，显然是很出色的。

此外，在本书中，我们还可以学习到不少奇奇怪怪的知识，稀奇到难使人相信，但这些稀奇的知识并不是神仙故事都是确确实实的东西，它们都是能够呼吸吞食的海洋动物，也举点例来说。

海里有种红色的小蟹，名叫"寄居蟹"，它的腹部有硬的壳，但背部却是软的，它在海滩上寻空壳住在里面，待到长大了，嫌壳过小时，便出外寻较大的空壳住在里面。它的壳外，住有一种像植物的动物，名叫海葵，是不会走动的。那海葵和寄居蟹是好朋友，寄居蟹倘然搬到新壳里去，一定用钳子把海葵一同搬去的，你说这不是很稀奇么？

还有一种小鱼，名叫印鱼，头上生有吸盘，能够吸住在别种鱼身上，像沙鱼那般可怕的鱼，它也会吸住在那里，反把沙鱼拉来拖去的跑。

近海一带的小朋友，平常很喜欢吃的海蜇，你知道这东西在海中是怎样的形状么？它像个伞盖，上面垂着许多条线，夜间还会发磷光，好像萤火虫那样。

这些都是不但稀奇，而且还是非常有趣的真实的科学知识，为《木偶奇遇记》原书所没有，而本书却全是这类的知识。

不过本书也有一个思想上的缺点，这是有点受了英国儿童读物的影响之故。我们可以在英国出版的儿童刊物上，看到他们的故事图画等，很多是些小英雄出外冒险，探到了许多金钱，发了一大批横财回来。这是因为英国当十五世纪的时候，探险之风大盛，名探险家如哥伦布、麦哲伦等，都是建下了伟大的奇功的。所以到现在英国人的想发财的思想还很浓厚。本书在最后一段里，匹诺曹和小白鲸冒险到北极海去猎取一笔钱财，显然也犯了英国儿童读物上的庸俗思想，但我们读时应该着重在作者是借这一次的冒险，讲述到北极海的种种情形和动物，不要也跟着去做想发财的黄金梦。结束时匹诺曹不但找到了爸爸，而且还有一个幸福的生活等着他。读者也可以不必深究，因为看到结末时，我们已经学得了不少稀奇的知识了。

为了使本书的读者容易明了起见，我且在这里把书中几位主要人物介绍一下。匹诺曹是大家早就熟识了，他是一位木偶，现在要解释的是槌头鲸，小白鲸和大头鲸。

这三种动物都是海豚，是属于鲸类动物，我们大家知道海中有一种大动物名叫鲸鱼，它头顶会喷出水来的。这种鲸类的动物，有两个不同的种类：一是有牙齿的，名叫齿鲸类，这类的鲸中计有一角鲸抹香鲸（这两种本书内也有说到）等，海豚也属此类。另一种是没有牙齿，而生有鲸须的，我们平常所知的鲸鱼，便是属于此类。

海豚身体很长，约自一丈至一丈七尺，口吻尖，上下颚有尖利的牙齿五十六枚，耳很小，但很善听。它们喜欢成群的聚在海中，大的群长至数里，最喜食乌贼、章鱼、虾、蟹等，有时跟随船后，吃船上抛下来的残物，或上溯到江河里去。它们的游泳本事极大，一上一下的在浪中出没。乘长江轮船的旅客，常看见的江豚，就是游到江河里来的海豚。海豚也有几种：槌头鲸是一种鼻子突出的海豚；小白鲸是身子上有许多部分是白色的；大头鲸是因为头很圆而大。

　　这本书字数虽不过五万，我竟费了半年多的时间才译成，自己也觉惊异。这一方面是因为编务的忙碌所致。同时也因为想负责一点之故。译成以后，曾经将原文校读两遍。另在隔一月后，再校读一遍，每次都有相当的修正，内容上的有无错误，我是已经尽了最大的努力了。原书仅有人物情节的动作插画，但没有所述各动物的真实形状，故自他书中搜寻来补入，且详考各该动物的特性，加以说明。我想这样做，是很对得住这个译本了。

宋易 一九三四年一月八日
——录自开明书店 1948 年七版

《人与超人》①

《人与超人》萧伯纳评传

张梦麟②

一　他的小传

　　一世称为笑哲（Laughing philosopher）的萧伯纳（George Bernard Shaw），今年已是七十七岁的老人了。他是一八七六年，二十岁的时

---

① 《人与超人》，四幕剧，萧伯纳（G. B. Shaw，1856—1950）著，张梦麟译。上海中华书局 1934 年 10 月初版，"世界文学全集"之一。

② 张梦麟（1901—1985），贵州贵阳人。毕业于日本国立京都大学文学系，获学士学位。回国后任上海私立大夏大学英文系讲师，中华书局编译所编辑，主编过《中华少年》《学艺杂志》。抗日战争时期，任复旦大夏联合大学第二部英文教授，参与组织"中华文艺界抗敌协会"贵阳分会。另译有雨果《悲惨世界》（英汉对照）、霍桑《红字》、杰克·伦敦《老拳师》等。

候，到伦敦的。他的父亲是一个意志不定的爱尔兰人，家里十分寒苦。母亲因为看见父亲不可靠，才催促她的儿子到伦敦去。那时他不过是二十岁的青年，手里没有多余的钱，前途没有大的希望，而且一时也无相当的生计。可是二十年后，他居然能说，"我的命运，是来教育伦敦"。

萧氏以一八五六年七月二十六日，生于爱尔兰的杜布林市。小时候受舅父卡罗（William George Caroll）牧师的教养。学校教育，只进过杜布林市的小学校，就算完了。但是在学校里面——据他自己所说——一点也没有学到什么。原因大概是他自己不大用功。学校的一切功课，全让两个同学替他做，而他就对他们讲述荷马的故事，以为报酬。

萧氏后年的性格，已在小时，看得出萌芽来。从懂得人事以后，他就深恨传统、因袭的束缚。到了十岁那年，就决然不到礼拜堂里去做礼拜了。他的母亲，是个新女性，具着独立的性格和自信的精神；各事照着自己的想法去做，并不顾当时的舆论对她如何批评。她最喜欢的是音乐，因此，她的家里就变成了一个业余的歌剧场。她的音乐师李先生（John Vandelem Lee）做导演，她自己就是女优。她的这个嗜好，给予萧伯纳的影响很大。据萧氏自谓，在十五岁时，他已经能暗诵音乐大家如莫查德（Mozart），汉德尔（Handel），贝多汶（Beethoven），洛西尼（Rossini），门德森（Mendelssohn），白里尼（Bellini），杜尼齐（Donizetti），维笛（Verdi）等的名曲。过后，他因家计困难，跑到杜布林市一家土地管理所里去当会计。他就在办公时间，教授卜级职员们唱意大利的歌剧！

萧氏在管理所内作了五年的事，据说成绩还不错。但是他那样的性格，终不是池中物，遂于一八七六年，跳出了管理所，跑到伦敦去了。萧氏自到伦敦之后，一直到他的剧本在独立剧场上演为止，足足住了十六年。他去的时候，他的母亲，已先他而去，以教授音乐为业。萧氏便在母亲扶持之下拼命地写作；但是一本也找不到售主，从一八七六年起至一八八五年止，九年之间，他得到的稿费不过六金镑。其中五镑，还是写卖药的广告得来的。在这个期间，他一共作了五部小说，但都没有出版。

在这九年之后，萧氏一方面虽从事著作，一面也在自己教养。每天到国立美术馆去研究绘画，又走到大英博物馆去涉览群书。又时时出席于音乐会，与社会改革的讲演。在这样的自己修养中，最使他感觉趣味的，便是社会问题的讨论。一八七九年，认识莱基（James Leeky），由他的介绍，加入反基督教道德的考求协会（Zetetical Society）为会员。在这个协会里，萧氏最初与韦伯（Sidney Webb）氏相识。

一八八三年的一夜，他走过法铃登街（Farringdon Street）的纪念堂（Memorial Hall）时，正撞着里面有讲演。他便走进去，正遇着乔琪（Henry George）在演讲社会问题。乔氏的讲演，使萧氏精神上受极大的刺激。因此，他才加入人类的解放战争成为了一个有力的战士。从此以后，萧氏便去研究经济，熟读马克思的《资本论》。一八八四年，遂与友人韦伯等创立费边协会（Fabian Society）。主张以调查，教育，一般修养，去普及社会主义的原理，反对用激烈手段，来改革社会。萧氏初期的文章，有许多便是为费边协会而作的。

萧氏成为社会主义者以后，他的小说，也找着出版地方了。《非理智的结》（*The Irrational Knot*）和《艺术家的爱》（*Love Among the Artists*）两篇，登在白桑（Mrs. Annie Besant）主编的《我们的隅角》（*Our Corner*）上，《拜伦的职业》（*Cashel Byron's Profession*）和《非社会的社会主义者》（*An Unsocial Socialist*）登在《今日》（*To-day*）杂志上。萧氏一生，只作了这几篇小说，虽为当时的大家如斯蒂文生（R. L. Stevenson），莫利斯（William Morris）等所赏识，可还不足以入一般俗众的眼。

萧氏初入费边协会的时候，认定宣传最有力的工具，莫过于讲演。于是伦敦的街头和辩论会的席上，常见他的踪迹。一八八五年，因为经济困难，才由友人亚契（W. Archer）介绍到《帕尔米尔》(*Pall Mall Gazette*) 和《世界》(*The World*) 两志去。一八八八年为《明星》(*The Star*) 请作音乐批评。一八九五年任《礼拜六评论》(*Saturday Review*) 的剧评。萧氏在这个时期所做的剧评，后来成为两册《戏剧评论文集》(*Dramatic Opinions and Essays*) 出版。内容极其精彩，富于独创的意见，惜乎为他后年的创作所掩，读者都不常注意了。

这个时候，正是英国新文学运动勃发的时候。萧氏到伦敦的那年（1876），正是义务教育法令颁布全国的时候。到了此时（1895）社会上，已长养成了一批新的读书阶级，有历史，有权威的大新闻，渐为新运动所动摇。一般读书界所要求的，已不是有权威的东西，而是鲜活的读物了。而在当时，最鲜活的新文学者，就是萧伯纳。凡是萧氏所说的，所写的无论是哪一篇，其中都含有这么一个决意：即是：无论用什么手段，什么方法，他都非使一般民众听他的话，读他的著作不可，一旦读者听了他，他能够使他们不会发生厌倦。群众喜欢听笑话，喜欢谐谑，于是萧氏便以谐谑出之。他曾说："为要引诱民众来听我的说话，我只得装疯作傻，装成特许的疯子，做公认的小丑，……我的方法是费心竭力去找应该说的话来说，而又以轻狂的态度说出。可是说着真正的笑话自始至终我的存心，是极其真挚的。"萧氏就是这么有意装成小丑，借诙谐滑稽的武器，攻击恶政治，恶道德，教育，制度与其他一切社会害恶。他这种轻快的，热烈的，破坏的社会批评，引起一般新兴读者对于现实的注意，使他们对于人生，社会，加以深思熟考。萧氏的批评，虽然也惹起一部分的恶感，可是与他共鸣的人受他影响的人，却已布满了全世界。

经了许多方案，利用了许多讲坛之后，萧伯纳才发现舞台是最有用的宣传讲坛。于是他就不客气地利用起来，由一个伟大的雄辩家，进而成为一个伟大的剧作家。诚然，他的戏曲，没有达到完成的那一步，但是谁又达到了呢？萧氏的剧中人物，有时不是自己在说话，直是替萧氏作宣传。萧氏的诙谐，有时也会使人生厌，萧氏的社会批评，有时也会使人发生反感。可是把这些缺点都加进去，拿他和英国古今的大剧作家比较起来，除开莎士比亚以外，第二个不是萧伯纳又是谁呢？约翰生（Ben Johnson）吗？马洛（Marlowe）吗？康格雷（Congrave）吗？韦伯斯（Webbs）吗？薛里丹（Shritan）吗？他们都有缺点，不下于萧伯纳，可是他们的成功处，就远不及萧氏了。这些人们没有一个，其支配当时思想的能力，可以比得上萧，没有一个有萧氏那样热烈的道德感，没有一个有萧氏那样的丰富的机智和流丽的文体。

直接影响于萧伯纳的人，在社会主义方面如韦伯（S. Webb），马克斯（Marx），亨利（George Henrry）等，上文已曾说过。至于开萧氏剧作生涯的人，则为巴特拉（Butler）与易卜生（Ibsen）。《人与超人》出版之后，一般都说是由尼采得来。萧氏因于《救世军》（*Major Barbara*）的序文里，郑重申明，并非尼采的影响，而是巴特拉（S. Butler 1835—1902）之赐。至于易卜生给予萧氏的影响，只是使他注意到戏曲的形式，是社会批评最有力的工具，并不如一般所想的那样，以为萧氏全是脱胎于易卜生。由他所作的《易卜生主义精髓》，有许多批评家谓为无宁叫做《萧伯纳主义精髓》——由这一点看来，也就可以知道。

二　他的剧作

萧伯纳开始剧作，是在一八八五年，此时离易卜生的名剧，《玩偶之家》在伦敦初次上演的时候，已经六年了。他的第一篇剧，是取材于法国，而与亚契（W. Archer）合作，只作了两幕，亚契即谨谢不敏。一直到一九〇二年，萧伯纳才添上第三幕取名为《贫民屋》(*Widowers' Houses*)在伦敦上演，上文已曾说过了。第二篇剧，作于一八九三年，也是为独立剧场作的，名《好逑者》(*The Philanderer*)，内容讽刺当日似是而非的易卜生主义者（当时易卜生主义，正流行于伦敦）。但是格利姆（Grim）氏，认为不宜上演，因此就搁住，一直到一九〇七年，才在纽约第一次公演。

第三篇剧，便是萧氏的名作《华伦夫人之职业》(*Mrs. Warren's Profession*)作于一八九四年。这篇剧，又因政府的检查机关不许可，也没有公演。八年后，在美国纽约，曾一度上演，可是随即为警察所禁止了。但是三十年后，终于在伦敦的皇家戏院（Regent Theatre）公演，当时很受一般观众的欢迎。批评家间，也非常加以称赞。其中最中肯的，要算爱文（S. John Ervine）的批评。他说在这篇剧里，萧伯纳改造社会，批评社会的热情，已达到最高潮。过此以后的剧，已加入极浓厚的艺术味了。实际，在这篇剧里，除开萧氏的社会批评而外，剧中人物的性格描写，剧的构造，以及对白的完整，已充分示出萧伯纳的作剧天才来。上述的三剧，过后萧氏把它合为一本，题名为《不愉快的戏剧》(*Plays Unpleasant*)。他自己曾经解释过说：这三篇剧，都是暴露现实的丑恶，所以是很不愉快的东西。

隔了一年之后，萧伯纳又复执笔作剧。这一次对于剧场和观众的要求已经让步了一些，不像以前那样，只想宣传了。一八九四年作出来的剧，便是《武器与人》(*Arms and Man*)。这篇剧在那一年的四月，便在爱文义戏院（Avenue Theatre）上演，得到了极大的成功。第一次的公演，直继续了两个多月。过后歌剧方面，还将这篇剧的内容取来改成一篇喜歌剧，题名为《糖果将军》(*Chocolate Soldier*)一直到此刻，还在公演。

一八九五年，他为《礼拜六评论》(*Saturday Review*)做了一年的剧评。在这一年中，他又作了一篇喜剧《康第达》(*Candida*)。这篇剧，恐怕是在萧伯纳的作中，最有艺术味的，最成功的作品吧。最初是作来给演《武器与人》得到成功的伶人曼斯匹德（Richard Mansfield）表演的。可是曼斯匹德没有演出，便先在独立剧场上演。萧伯纳的真正得名，实自此剧始。

这一年又作了一篇《运命的人》(*The Man of Destiny*)，翌年作《谁也不知道》(*You Never can Tell*)。以上这四篇，萧伯纳也把它们合刊一册，题名叫《愉快的剧》(*Plays Pleasant*)。在这几篇里，虽也有讽刺，也有宣传，可是并不激烈地暴露现实，只是轻快地攻击维多利亚时代的恋爱观以及父子关系等而已。接着这两部愉快的与不愉快的剧本而生的，便是《为清教徒而作的三篇剧》(*Three Plays for Puritan*)。在这里面，包括了《恶魔的弟子》(*The Devil's Disciple*)，《英雄与美人》(*Caesar and Cleopatra* 1898) 及《复仇》(*Captain Brassbound's Conversion* 1899)。

这几篇剧，和上述的几篇，大多数都是最初不受欢迎，可是随后博得极大的成功的。自从一九〇三年以后，这些剧，渐次惹人注意，使剧作家萧伯纳之名声轰传于世界。即是最初一九〇三至四年间，在美国上演《康第达》，《运命的人》，《谁也不知道》及《武器与人》，博得极大的成功。其次，是一九〇四年巴卡（Granville-Barker）氏在伦敦上演萧氏的歌剧，至七百次之多。同时，萧氏德译剧，也在柏林，维也纳，节兰浮等地方上演，丹麦，瑞典，波兰，俄国，荷兰等国的译本也相继出现了。

萧氏最大的代表杰作，是《人与超人》，(*Man and Superman*) 作于一九〇一年，而出版则在一九〇三年。上演也在一九〇三至一九〇四年之间，同时在伦敦及纽约都得极热烈的成功。过此以后，他的作品，都是随作随出版，随出版随上演的。到一九一四年欧战发生，萧氏的作品，最有名的则有《救世军爱尔兰》(*John Bull's Other Island* 1907)，《医生的穷境》(*The Doctor's Dilemma*)，《结婚》(*Getting*

Married）等等。

欧战一起，萧氏又忙于宣传的工作，他的作品又偏到宣传思想这一面来，因而公众对于他，也不如以前那样热烈了。其原因，是因为爱看他的剧的智识阶级，此时都忙于别事，无暇顾及。而伦敦的观剧分子，不是那种低级的时髦人，便是由战场上回来的军人。他们所求的，只是极浅薄的，有刺戟，有异味的东西，像萧氏这种有思想的戏剧，自然不入他们的眼。因此，在这个时代，萧氏虽作了许多极真挚的关于战事的戏剧，可是都惹不起人们的注意。

到了一九一九年，大战告终。他的关于战争的最大杰作《伤心的家》（*Heart-break House*）也出版了。一九二〇年十一月在加立克戏院（Garrick Theatre）上演。最初萧氏以为一般人一定不欢迎，可是出乎意料之外，得了极大的喝彩。得了这样的鼓励，萧氏又才在一九二一年，作《回到梦塔塞拉》（*Back to Methuselah*）。一般批评家，都认定这一篇剧与《人与超人》是代表萧氏思想的两大杰作。这篇剧由五个故事联成，时间自纪元前四〇〇年，人类在亚当乐园中起，一直到纪元后的一九二〇年止，描写人类，在这样悠久的岁月中，到底能创造出什么来。这篇剧最初一九二二年二月在纽约上演。剧场因之损失了二万美金。可是萧氏对此，又用他那种逆说（Pradox）说，这不是损失，剧场方面，无宁是得到了一万美金的利益。因为在未上演之先，剧场曾拼着损失三万美金。但是结果只损失二万，当然是赚了一万美金了。

萧伯纳最近的剧作是《圣贞德》（*Saint Joan*）。一九三二年在美国上演，一九二五年成为单行本出版。在美国及英国两面都博到极大的成功。自然，在萧氏成了名后的作品，世人加以赞赏，自无足怪。不过这篇剧也是他尽心竭力之作。自此以后，在一九二八年虽有《社会主义与资本主义》之作，而剧曲方面，却歇了很久没有提笔。一九二五年，诺贝尔文学奖金的受领者，曾经拟定萧氏，但是他终于拒绝未受。拒绝时，他曾说："我拼命写作的时候，他们不奖励我，现在我不作了，他们的奖金来了。"他所谓不作，也许不只是指当时，恐怕也指今后而言吧。

三　他的思想

英国现代的批评家契斯得顿（Chesterton）曾作得有一本《萧伯纳论》。这在前一时代，关于萧氏的批评中，怕要算最有趣味，最富于机智（Wit）的书。序文非常简单，只说："许多人不是说和萧伯纳同意便是说不懂他。只有我一个人，既懂他而不和他同意。"实际，萧伯纳初次作剧时，很少人理解他。以至成了名之后，称赞他的人，倒很多，可是，理解他的人，仍是很少。因此，就在现在，批评家对于他的论评，仍是不一致。有说他是写实主义者，有说他是理想主义者，也有说他是悲观主义者，也有说他是破坏论者。因为萧氏的作品，全是对于现代文明，痛下针砭，于是大多数的批评家，都说他是一个破坏的作家，是一个消极的理想主义者。实际这种说法，完全错误。他的作品，不错，是在破坏现代的文明，可是我们要知道，这只是建设的准备工作。要做一个伟大的建设者，得先做一个伟大的破坏者。萧氏自身也曾说过，"每设立一个殿堂，就先得要破坏一个殿堂。"萧氏之所以拼命破坏，就因为他急于建设。其他的作者也许只做了一方面，只做了破坏的工作，可是萧伯纳就是两方面都尽了力的人。他不仅是一个文明批评家而且是一个哲学者。

现在先就萧氏破坏的方面来说。萧伯纳批评文明，批评社会的态度，是一个讽刺家（Satirist）的态度。讽刺的剧作者，并不真实地写出现实的人生，可是他不能不有如实地看出现实人生的本领。这种剧作者，在他一面也并不描画出人生的理想图，可是他自己却不能不有一个理想。换句话说，讽刺的剧作者，既不是写实主义者，又不是理想主义者。他同时是个现实主义者，又是一个理想主义者。他观察现实，就如一个现实主义者一样，可是一面，又像一个理想主义者，去梦想更好的世界。他不满足于现实的人生，就因为他有一个理想的人生。因而他所表现的，不是如实的现实，而是从他的理想上，看来的现实的讽刺。因此，要研究一个讽刺家，就得先理解他的人生观。他的人生观，就决定了他的讽刺。不过此外，还有个要素，也得注意。即是讽刺家特有的滑稽感（sense of comic），即是一切讽刺文学，常由两种成分而成。一种是知的成分，一种是情的成分。知的成分，就是作者的人生观，作者对于政治，经济，艺术，哲学，宗教的见解。情的成分，就是作者对于谐谑，机智等的本能的喜欢。

萧伯纳最富于机智（wit），最富于逆说（Paradox）。他的人生观，简单地说，即是伯格森所谓的创化（Creative Evolution）。他站在这个立场上，观察现实，观察人生。得到的结果，便以极机智，极逆说的讽刺，把它表现出来。他的讽刺，便是他在《易卜生主义精髓》中，所说的那两种先驱者的做法。一种是向来人们认为对的，他都以为不对，一种是向来人们以为不对的，他都以为对。他觉得这才是真理，才是真实。真理与真实，应是与常人所见不相同的东西。相传他有一次曾经到眼科医生那里，去检查眼睛；医生说他的眼睛很正常。最初，他以为所谓正常，即是与普通一般人一样。后经医生说明，正常的眼睛，并不是与普通一般人一样，正是与普通一般人不一样。像他这种正常的眼睛，在全伦敦中，不到十人。这回他才知道普通人所谓的正常，其实是异常，普通人所谓的异常，才真是正常。因此，一切真理，现实，当然也不是普通人所谓的真理和现实。于是他便以摘发普通人所承认的，所相信的真理，传统，习惯等，为最有趣味的事。他常说："我最大的谐谑，便是说真话。"他的所谓真话，便是把普通人所说的颠倒过来。譬如普通人承认两性的关系，是男子追逐女子，但是萧伯纳却主张女子追逐男子，才是真正的实情。

萧氏的这种讽刺，贯彻他的诸作。我们将它归纳起来，可以分成两种。一种是对于事物本身的讽刺，一种是讽刺我们对于事物所抱的观念和理想。前者如国籍，职业不健全的经济组织，社会组织等。后者如我们对于恋爱，战争，英雄，义务等所抱的浪漫的（Romantic）观念。

萧氏的这种讽刺，并不是断片地故意和普通人的见解为难，并不是无根据的破坏。乃是基于一定的人生观，上文已经说过。现在我们再详细来研究他的人生观。萧氏的哲学，最明显地，最丰富地表现出来的，当然是在《人与超人》之中。这篇剧的小题目（Subtitle），是"喜剧与哲学"（A Comedy and a Philosophy），就可以知道萧氏有意在发挥他的哲学。其他的诸剧，都是他根据于这个哲学的批评，只有这一篇，是他积极地在宣传他的思想，要知道他的哲学，就非来读这篇剧不可。

四　人与超人

《人与超人》是一篇四幕喜剧，一九〇三年出版。普通上演时，都省略了第三幕。把它独立成为一幕剧，叫做《地狱中之董荒》（Don Juan in Hell），而这个第三幕，实是萧氏思想的精髓。他作这篇剧的动因，在序文里，说得很明白。萧伯纳向来最爱在剧前附一长篇序文，有时比剧还长。因此有人说不知他是为剧而作序文，还是为序文而作剧。而契斯得顿（Chesterton）更嘲笑他是个"序文的人"。《人与超人》的序，是一篇歌词——献于他的友人华克雷（A. B. Walkley）的。文中开头即说，十五年前，华克雷曾要求他作一篇董荒剧，现在这篇《人与超人》便是应这个要求而生的。

剧中所谓董荒（Don Juan），本是西班牙一个传说中的人，在西洋流传已久，最初起于西班牙的诗僧特莱（G. Tellez）所作的《塞维拉的荡子与石像之客》(*El burlador de Sevilla y convidado de piedra*) 内容述一个浪子而兼剑客与诗人的贵公子董荒，到处追求女性的恋爱。后与安娜发生关系。为安娜的父亲所知。愤与董荒决斗，反为董荒所杀。过后安娜为他父亲立一石像，以作为忏悔的纪念。但是董荒一点也不后悔，为表示他的反抗和大胆，约石像到家里来晚餐。到了半夜，石像果然来了，董荒大惊。石像迫他悔过，董荒不从，遂被石像送入地狱中去了。自从有了这篇传说以后，西洋的诗人文士，以此为题材，不下数百种。其中最有名的，为一六九〇年意人岂可元 (Cicognini) 的喜剧《石像之飨宴》(*Il Convitato di Pietra*)；一六七六年英人萧特维 (Shadwell) 的悲剧《浪子董荒》(*The Libertine Don Juan*)；一六六五年法国莫利哀的《董荒与石像之飨宴》(*Don Juan ou le Festin de Pierre*)。近代则有一八一四年，德人霍甫曼 (Hoffmann) 的小说《董荒》，英人拜伦的剧诗《董荒》(*Don Juan*)；此外如缪塞 (Musset) 高底叶 (Gautier) 波得来耳 (Baudelaire) 等，都有作品。最近一点的，还有雷尼叶 (De Régnier) 的《诺哀叶伯爵夫人》(*Comtefsse*［*Comtesse*］*de Noailles*) 的长诗。而把这个传说，普遍化了的，要算莫查特 (Mozart) 的歌剧《荒高丸尼》(*Don Giovanni*) 了。萧伯纳这篇《人与超人》，虽是借名董荒剧——即是，剧中的主人公谭纳 (John Tanner) 是由董荒谭诺 (Don Juan Tenoris) 化出，女主人公安娜 (Ann) 是由达娜安娜 (Dona Ana) 之名化出，而在第三幕的梦境里，又有董荒，石像，安娜等出现。可是实际上，与董荒原剧无关。在序文中，他已曾明白说过，事实上的董荒，只不过是一淫荡的浪子，并不是二十世纪要求的人物；他的恋爱经历，也不是二十世纪应有的男女关系。那么华格雷为什么要求作一篇董荒剧呢？萧氏就自家解答道，他要求的并不是事实上的董荒，而是哲学意味上的董荒。从哲学的意味上看来，"董荒是个具有非凡才能，能够辨别善恶的人，可是偏照着自家的本能行去，不顾法律和道德的制裁。"为什么会这样，便因为董荒所行使的意志，不是他本身的意志，而是超乎他个人小我以上的，更大的意志，（a Purpose that far transcends their mortal Personal Purpose）。于此，萧伯纳便建立了他所谓的"生命力"（Life Force）的学说出来。照他的主张，女子是代自然行使意志的人，男子只是成就这种意志的工具。以前的董荒，现在变成董发娜（Dona Juana）（女性），跳出易卜生的《玩偶家庭》，自觉到本身的使命。以前是董荒到处追逐女性，现在是董发娜来追逐男性了。《人与超人》全篇的剧旨，便在于此。中间夹着极机智谐谑，极锐利的批评，确是一篇最诙谐最愉快的现代喜剧。

五　他的人生观

人生的诸相，看去是极其综错复杂，人生这两字的意义，也很暧昧笼统。但是若果我们精确地把它分析起来，可以简单而明白地，分为三个基本相（phase），第一是青年及预备时代，他的一切事业，一切感情，都是以爱（Love）为中心。第二期起于第一期的热情和鼓励之中，和第一期相互交错，而以教养慈爱子女为中心。到了所谓儿孙满堂，子女都各自独立门户时，人生就走到最后的一步了。从这一点看来，人生的精髓，即是不绝地再生产。第一，先生出一个人来，加以使他能再生产的准备和训练；其次实际去求配偶，实行再生产的事实，最后，对于新生的子女，加以扶养和教育。所谓恋爱，家庭，子女，这三者便是人生的主要成分。人们的一切努力，一切活动，无一不是与此有关。人每日的劳动，决不是仅为他一人，同时也是为扶养他的子女，教育他的子女。一般的人，都是为子女而耕，为子女而织。而他的种种社会活动，政治活动，姑无论当时的动机是如何，结局都是为子孙的安宁，为子孙的幸福。至于女子方面，她一生更是明白为子女而劳动。就是我们的休息，娱乐，也显示出人生的这个本质出来。我们读的小说，哪一本不是描写男女的恋爱的呢？我们看到戏剧，哪一篇不是有男女的关系的呢？其他艺术，音乐，谁不是饱和着恋爱的暗示。世界上任何宗教，道德，法律，无一不是以"生"（birth）为中心。老实说，世界就是一个大生产场，不绝地再生，不断地更新。世界若是除去了"生"的这个事实，便什么也没有了。

一直到十八世纪为止，大家都没有看清楚人生的这个事实。只以现时为中心，不管过去，不顾将来，而以个人的幸福，为人生究极的意义。到了十九世纪的前半，哲人叔本华（Schopenhauer）才着眼到这个事实上来了。然而因为他也是一个极端的自我主义者，所以他最痛恨这个事实；但是他那高尚的性格，又使他不能不承认这是事实。因此在他的《意志与观念的世界》（*Die Welt als wille und Vorstellung*）里，极热烈地发问为什么我们定要延长我们族类，定要连绵不绝地再生产？我们的一切活动为什么定要顾及将来的人呢？他对于这个问题的解答，只好归之于不可抗的"生存意志"（will to live）。生存意志，发现于宇宙之间，只想永远地生存着，只想向将来走去，无情地把暂时的我们推在一边，就像游泳者推开他面前的浪花，向前走去一样。一切个人的幸福，在这伟大，不可抵抗的"生存意志"之前，只有低头，只有屈服。我们不是为现在而生，不是为自己而生，而是为将来而生，为子孙而生。看着这样的事实，遂使哲人叔本华，成为一个厌世主义者了。

然而，假使人类连绵不绝的再生产，只是一代一代地生产起去，一点也没有进步，一点也没有变化，现在的时代，也和过去的时代一样，将来的子孙也和现在的祖先一样，那么，人类的这种再生产，简直没有一点意识。人生中所有的崇高，热烈的感情，也毫无意味，而人类的性欲也只是一个不可解的谜，一个罪恶而已。那么，人们为什么要建造不朽的房子来，使他人住，为什么要造出各种东西来使后人受用呢？一切人类的努力，活动，都是无目的的牺牲了。

关于这一点，又另待一个学者来替我们解释。自从达尔文倡导进化论以后，我们才知道为将来的努力，并不是无目的的牺牲。将来的时代，决不是与现代的时代一样，一点没有进步，一点没有变化的。每一时代，都是一进步，每一时代，都是一阶段，向着更伟大，更完整的人生走去。我们行使的意志，即是这伟大意志的一部分，我们的暂时生活，即是这个伟大的生活的一面。我们应该抛弃个人的小我，去顺从这个伟大的生存意志，如出征的军人一样，不是为自己，是为完成更伟大的人生。

我们若果立在这个观点上，去观察人生，那么一切政治社会的设施，都另从一个视野展开来了。一个时代，既比一个时代进步，当然没有所谓永久不变的制度与永久不变的法律道德。不单只个人的能力（物质方面如做父母的能力，医生的能力等；精神方面，如做教师，作家等的能力）要以他能否贡献于将来的建设为标准来判断；就是人类集合的能力，如政治，社会，文化等种种设施，都要以此为根据而来判断。

叔本华所谓的"生存意志"便是萧伯纳在《人与超人》中所主张的"生命力"。但是受过进化论的洗礼的萧伯纳，他的见解，自然较之叔本华，更进一步。达尔文在进化论里，未解决的问题，他在此也替我们来解决了。即是，进化论只说每一时代，较之前一时代进步，但是为什么进步呢？萧伯纳就答道：是因为生命力，想理解自己，想知道自己的目的。据萧氏的主张，生命力是藏在宇宙之后的一种力；这种力的起源，不可得而知。只是由事实上观察的结果，既不是全能，也不是全智，只是一种盲目的，不可抗的，想生存的力。但是它为要了解自己，于是遂造出种种生物，自单细胞动物起，至最高级的人类止，来达成他这个意志。每一种动物，都是它的一种试验。这一种如果不足以达到他这个目的，他又再造一种，比以前那一种，更为进步一点，以来实现他的这个目的。这样地试了不对，不对再试，试了又不对，不对又再试，经了无数的试验，造了一步比一步完整的生物，最后造出来的试验物，便是我们人类了。"生命力"创化的过程，既是想知道自己，所以他的目的，并不是在创造美（Beauty）而是在创造智（Brain），在剧中的第三幕，董荒曾说，"生命经了无数时代的奋斗，造出了那可以惊叹的眼器官来，借此可以看见自己想走的路，帮助自己，知道胁迫自己的东西，因而避开以前没有眼时，枉自送命的种种危险。同样，生命为要使人们看见生命的真目的，不要各自为谋地妨害他，使大家一齐来帮助这个大目的前进，所以才创造一个心眼来了。"

人类之中，各种人物，都是"生命力"造来行使他各种目的的。其中如哲学者，便是生命力造来替它思考的东西。第三幕里，董荒说："生命力对哲学者说：'我因为只想求生，只想走抵抗最少的路，因此无意识地，创造了许多可惊可叹的东西来了。但是现在我想知道我自己，知道我的目的地，选择我走的路，所以造出一个特别的头脑——哲学家的头脑——替我思考，就如我造出一个农人来替我拿着锄头一样。因此，你——哲学家——一直到死为止，非替我尽力的思考不可。到了那时我又另外去找一个头脑，一个哲学家来，继续你的工作。'"

然而生命力最后造出来的人类，是否已达到它的目的了呢？站在萧伯纳的这种人生观上，现代人类努力而成的文明，不是生之力，反而是破坏，是死之力。在第三幕里，他借恶魔的口中说出，伦敦有一个劳动者死了，剩下七个儿女，和十七金镑。他的妻子把这些钱，通花在男人的葬式上，第二天带着小孩们进养育院——以人类不十分充足的脑力，反有拼命替死出力，不顾生者，这便是近代文明的象征！恶魔又说：人类在生存术方面，并没有发明什么东西，可是在死的方面，简直胜过大自然。借着机械及化学之力，所杀的人，有比天灾，饥馑等所死的人总和起来那么多。人类生存方面的机械如打字机，火车头，脚踏车等，比起机关枪，潜航艇，水雷艇来，简直是玩具一样。

总之，现在人类的状况，已失去了"生命力"的期望。其原因就因不想服从生命力的大意志，而只顾自己小我的利益。人类的自救，只有努力去发现生命力的意志，而去为生命力尽力，不要再沉迷在小我之中。假若人不能自救，生命力仍然是继续要生存下去。它只有舍弃人间，另造一种比人更优越的人种来——便是萧氏所谓的超人了。人类若果不能自救，只有待超人的来临。但是超人之来，是由人类中生出呢？还是从人类以外的另一种族降临，这一点，萧氏却没有道及。

六　他的恋爱观

站在这样的人生观上，萧氏对于恋爱的见解，自然与众不同。"生命力"的本质是连绵地生存下去，因人生即是不断地再产生；生命力的目的，在了解他自己，所以人生是不断地进步，现代是将来的准备，人生的意义，只是为子孙努力。那么男女间的关系——恋爱，性欲，不过只是生命力意志的体现罢了。"从性方面说，女子是大自然想永续它最高创造物（即是人类）的工具；从性方面说，男子是女子为实行大自然的使命时，最经济的工具。……一切文明的发生，便是因为男子不甘于只做女子的工具而生。"

男子因为不甘做女子的工具，所以躲避女子的追求，而女子因为实现自然的使命，所以不顾一切来追逐男了。因此，一般诗人文士所传的什么恋爱的陶醉，恋爱的神秘，恋爱的甜蜜等，全没有这回事。至于青年人对于恋爱所抱的种种空想，以为恋爱为个人至高无上的幸福，也全没有这回事。因为女子之追逐男子，并不是出于她自身的意志，男子之降伏于女子，也不是出于他自身的意志，两者都同样是服从比他们个人的意志还要更大的意志（a Purpose that far transcends their mortal personal Purpose）而已。在这样意志之下，个人完全没有自主及反抗的能力。因此恋爱并不是甜蜜的东西，甚至于不是私人的关系！

　　安娜　不是私人的，友谊的关系！还有什么关系，会比这个更要私人的，更要圣洁更要神圣的呢？

　　董荒　安娜，你可以说他是神圣的，圣洁的关系，但是决不是私人的友谊的关系。你对于上帝的关系是神圣的，圣洁的，但是你敢说是私人的，友谊的吗？在男女的性关系里，遍在的创造力——男女两性，只是这个力的执行者，一点不能反抗——扫尽一切私人间的顾虑，一切私人间的关系。男女两人，最初也许是陌生人，也许言语不同，种族不同，颜色不同，年纪不同，性格不同。两人之间，可以维系住的，只是有生产的可能性。"生命力"便因此，在他们最初一面，就使他们发生恋爱了。……

男女的恋爱，是在替自然行使职务，为将来努力，是不由自主的，是不可反抗的，是必然的，必要的，因此并不甜蜜，更不是个人的幸福。第四幕的末尾，谭纳终于屈服于生命力命令之力，向众人宣布他们的婚约时，这么说了。

　　谭纳　我们今日下午所做的事，是舍弃了幸福，舍弃了自由，舍弃了平静，尤其是舍弃了将来未知的种种浪漫谛克的可能事情，而来经营一个家庭，一个家族。

恋爱不是幸福，并不甜蜜，更无所谓陶醉，在一般人看来又是萧伯纳的逆说（Paradox）了。所以大家听了，都不以为然。只有解事的安娜说：

> 安娜　不要睬她。继续说你的吧！
> 谭纳　说！
> ［众人大笑］

据喀利夫（Cunliffe）教授的话，"众人大笑"这几个字，不单指剧中人而言，恐怕几千万的观众，几千万的读者，也包括在内呢。

七　结论

萧伯纳是现代的一个伟大讽刺作者，读了他的作品的人，谁也承认的。讽刺家同时是现实主义者，也是一个理想主义者，上文已曾说过了。更进一步，讽刺家，又不能不是一个伟大的道德家。他对于现实的不满，对于现实的讽刺，无一不是由他对人生的热爱而生。因为热爱人生，所以憎恶现实。他若果对于人生，没有这样的关系，也不至于这样的认真，这样认真的攻击了。剧作家萧伯纳的能力，固是伟大，可是潜藏于剧曲下面的，道德家的萧伯纳的能力，更是伟大。他的文学天才，便屈服在他的道德意志之下。一千八百九十年代，正是为艺术的艺术（Art for Art's sake）流行的时候，而萧伯纳毅然认为没有道德热情的艺术之不当。在《人与超人》的序文里，他说："若只为艺术而作艺术，我真不愿费力来作一字。"我们在此，已无暇来详说他的艺术观，但就他作品来看，也可以知道一点。华德（Ward）教授称他是"天生的文才，而被改造的热情所束缚的作家"，他的戏剧作品，可说即是艺术家与道德家长期争斗的记录。

　　一般批评家大都说萧伯纳的作品，都是在讨论时事问题。一旦问题已不成问题之后，他的作品，也就不会发生兴味了。而契斯得顿（Chesterton）更嘲笑他说惟其是想新的人，结果比任何人先旧。其实这话，不必别人来说，萧伯纳自身早已说过。关于他的《贫民屋》，他曾这么说过："我希望有一天，社会能将剧中所说的害恶，改革无余，致使后人读我这篇剧时，莫名篇中所说的是什么。"这几句话，并不是一般艺术家，所能说的。萧伯纳并不想流传永久，他只是想贡献于当时。他只想为人类做一点工作，并不想为自己博名声。他的这伟大的人格，便遍在于他一切剧作里。纵令有一天，他剧中所论的问题，已不使人发生兴味，而他这个崇高的人格，仍能感动后世的读者，使他的作品，流传永久。

译者识

——录自中华书局 1934 年初版

《域外文人日记抄》[①]

《域外文人日记抄》序
施蛰存 [②]

自从文学革命运动以来，我国新文学的第一个成绩是新诗，其次是戏剧，又次是小说，在这十六七年的时期中，这三者都有了很好的发展，而美文之被重视，则是最近一二年间的事。这个现象，据我的愚见看起来，是自然的，并且是好的。

[①]《域外文人日记抄》，施蛰存编译，上海天马书店 1934 年 10 月初版。

[②] 施蛰存（1905—2003），浙江杭州人。先后就读于杭州之江大学、上海大学、大同大学、震旦大学法文特别班等。早年编辑《璎珞》《无轨列车》《新文艺》等杂志。1932—1935 年主编《现代》，1937 年起相继在云南大学、厦门大学、上海暨南大学、光华大学等校任教。另译有显尼志勒《多情的寡妇》《妇心三部曲》、司各特《劫后英雄》等。

　　这里所谓美文（Belle Lettres），即我们普通所谓散文，随笔，小品之属的文学作品。在文学的范域内，美文常常与诗同处于凌驾一切的地位。这并不是由于一种传统的观念，以为诗是戏剧的前身，而美文是小说的前身，所以尊重它们的。这实在是因为第一，在创作的技巧上，诗与美文比戏剧小说更需要精致（Delicacy），第二，在本质上，诗与美文又比戏剧及小说更是个人的（Individual）；所以从文学的艺术价值这方面看起来，美文与诗是应得有它们的崇高的地位了。

　　日记是美文中的一支，并且是最足以代表美文的特色的。其他的文学作品都是预备写给别人看的，而惟有日记是写给自己看的；其他的文学作品大都是写别人的事情，而日记则完全记的自己的言行思想。其他的文学作品是宜于早日印出来的，日记则最好是永远没有印行的机会，否则，宜于在作者死后尽可能延缓的时期中印行出来的：从这几点上看起来，日记岂不是一种最最个人的文学作品吗？

　　因为是最最个人的，所以它的写作技巧也与其他的文学作品不同得多。我们在写论文的时候。所要注意的是阐释（Exposition），而日记是不需要阐释的；我们在作小说的时候所要注意的是刻划（Description），而日记是不需要刻划的；我们在写其他一切散文的时候所要注意的是文体之明白畅达，辞藻之风华典雅，而这些又不是作日记时所必要的。

　　可是虽然不要阐释，不要刻划，但是我们在中外名家的日记中，往往看到寥寥的数语，实在已尽了阐释与刻划的能事，对于文体及辞藻也一样，虽然作者无意于求工，然而在那些简约质朴的断片中，往往能感觉到卓越的隽味。所以，从这几点上看起来，可知日记的写作技巧是与戏剧及小说之类完全不同而更需要一些精致的。

　　写日记的动机也与写戏剧及小说之类的文艺作品的动机不同。倘若必须要断言一种写日记的动机，那么最适当的还得归之于"习惯"。是的，写日记完全是一种习惯，除了"习惯"这个理由之外，我们对于写日记还有怎样好解释呢？

凭着这种习惯，人们每天写着他的日记。在晚上，临睡之前，随意地写几句，把一日来的行事思想大略地作一个记录。因为并不是预备给别人看的，所以文字不必修饰，辞句不必连贯，而思想也毋容虚伪了。所以日记这种东西，当作者正在继续写记的时候，是只对于作者个人有价值的；必须要作者死后，为人发现，被视为作者的文学遗产而印行之，它才成立了文艺的价值。

因此，我们可知，日记是不能由作者当作文艺作品似地随时发表的。可以发表的日记，大多不是真实的日记。但是，因为人往往有一种好名之心，所以不发表的日记也未必一定是最好的记录。如我们读曾国藩《求阙斋日记》及李慈铭《越缦堂日记》之类，总感觉到他们在写记的时候，早已注意到将来的读者了。所以，在这些日记中，我们非但在技巧上找不出日记的特点，并且在所表现的思想里，也很可怀疑这是作者的虚饰。这种日记，无论它在别方面的价值如何之大，但在文学上的价值是很低微的。

本编选译了欧美日本七个近代文人的日记，就是注意于上述的标准而选定的。在这七个人的日记中，读者显然可以看得出，托尔斯泰是完全将他的日记册当作备忘簿用的，他每天将他预备要写的论文材料及小说结构都顺次分段地记录下来，以为应用时的参考的；曼殊斐儿则纯然以一个女性的艺术家态度来忠实地记录她的文学上的感想及她的肺病时期的心埋，乔治·桑的这份日记则完全是热情而忠诚的恋爱苦之自白了，所以这七个作者对于写日记的目的虽然不同，但是他们都是为自己而记的。

因为日记纯粹的个人的作品，它不需要连贯的字句，所以日记之特点往往就存在于它的许多断片之连续处，自来选录日记者往往忽略了这一点，他们在选录一个断片之后，常常因为下文所记录的事情不在选录对象之内，或不免枯燥无味这无理由而删节了。这就是不能表达了原作的特点。我们往往需要在这种不相关的两个断片的连续中，看出作者在写记时的思想转移的痕迹。所以，本编所选译的七个人的日记，完全照原本选译，一点也未有删削，以存其真。

日记的体裁，约有两种：一是排日记事的，一是随笔式的。但是排日记事的当然是日记的正体。所以本编中除选录《果庚日记》一种以代表随笔式的日记之外，其余都选录了排日记事的日记（乔治·桑日记一种其实也是例外，不过因为它既系有年月时日，姑属于此）。

域外诸国近代文人之有日记遗世者，非常之多，可惜译者一则见闻有限，二则藏书未富，所以只在这里选录了七种。其他如法国茹尔·核那尔的日记三大卷的原文迄今尚未买到，不能选译一部分编入本书，殊为遗憾，因为这乃是近年来出版的最好的一部日记文学也。译者很希望他日能有将它全译问世的机会。

二十三年八月十九日施蛰存记

——录自天马书店 1934 年初版

《曼殊斐儿日记》[小序]

（施蛰存）

曼殊斐儿（Katherine Mansfield 1889—1923）现代英国女作家；批评家墨雷（John Middleton Murry）之妻。她的短篇小说有俄国柴霍甫的作风而更加以女性的纤细，是充满了艺术气氛的作品。小说集有《德国公寓》《祝福》《园舍》《鸽巢》《稚气集》等。日记一卷，系死后其夫墨雷为之整理，印行于一九二七年者。今兹所译即其中之一部分。

《倍耐脱日记》[小序]
（施蛰存）

倍耐脱（Enoch Arnold Bennett 1867—1929）现代英国大作家，小说戏剧为其著作中之大多数。他创造了五镇小说，描写 Turnhill，Barsley，等五个镇市中的人物风俗。他的长篇小说即冠以五镇小说这总名。短篇集也有五镇短篇集三种，日记两卷起一八九六年至一九二一年。方于一九三二年由其友人纽曼·弗劳浮订正出版。今兹所译即第二卷最后之一节。

《托尔斯泰日记》[小序]
（施蛰存）

托尔斯泰（Leo Tolstoy 1828—1910）不仅是俄国大文豪，也是近代世界文学的巨匠。他的人道主义的宗教观，在近代思潮中，是成为一种哲学的。其作品之译成华文者已甚多，国人对于他的介绍，亦颇不少，兹不赘述。这里所译的日记是从罗思·史屈仑斯基英译的托氏日记第一卷中选抄的。

《乔治·桑日记》[小序]
（施蛰存）

乔治·桑（George Sand 1804—1876）十九世纪法国女作家，浪漫主义的健者，著作有《鬼治缘》《因狄安娜》等。她与并世文人阿尔弗莱特·牟赛及音乐家晓邦的先后恋爱事件，一向为文坛所艳称。本书中所译的日记，乃是她在失恋于牟赛的时候所记，体裁介乎书信日记与随笔之间，一种狂热的恋情，充满于字里行间，真是罕有的恋爱日记。因为字数不多故全译了过来。

《果庚日记》[小序]

（施蛰存）

果庚（Paul Gauguin）法国近代大画家，他的画以归返人类原始生活为题旨，故所作大都为蛮荒中之初民景物。日记一卷 *Noa Noa* 久已脍炙人口，死后其子爱弥尔·果庚又出其晚年寓居马盖萨斯岛时之日记（一九〇三年一月至二月）刊行之，是为其绝笔矣。本集所载，即从此日记选出，惟全书未排比月日，故只择其较有趣味者译之，不若本集其他各选本之悉依原来月日而不加删节也。

《洛克威尔·肯脱日记》[小序]

（施蛰存）

洛克威尔·肯脱（Rockwell Kent）是现代美国文艺家中最富有美国特性的一人。因为他的教育，他的艺术观，他的成就，都纯粹是美国的。他是一个画家，但他的名誉却不仅是一个画家。在画之外他同时又是现代第一流的木刻家，文学家，旅行家。他曾写了三本游记：《荒岛记游》(1920)，《航行记》(1924) *N by E* (1930)，均有他自己的木刻画作为装饰，这里所译的一节即是《荒岛游记》中的一部分。

《有岛武郎日记》[小序]
（施蛰存）

有岛武郎，日本现代文人，生于明治十一年（一八七八）。学问范围甚博，于历史，经济，文学均有造诣。曾任东北帝国大学农科大学英语讲师。明治四十三年，三十三岁，与其弟有岛生马及友人里见淳共创刊同人杂志《白桦》，以提倡文学上之自然主义，是为氏文学事业之始，嗣后陆续在各杂志上发表作品甚多，先后刊有《武郎著作集》十三辑。大正十一年（一九二二），四十五岁，发刊个人杂志《泉》，翌年六月八日，与恋人波多野秋子同自经于信州轻井泽三笠山之别墅静月庵阶下之一室，震惊文坛。本集所选之日记系高明译自新潮社版《有岛武郎全集》第十卷。

——录自天马书店 1934 年初版

《苔丝姑娘》[①]

《苔丝姑娘》小引
吕天石[②]

谈起英国现代的大小说家，很少有人不推重哈代（Thomas Hardy

---

① 《苔丝姑娘》(*Tess of the D'Urbervilles*，今译《德伯家的苔丝》），长篇小说。英国哈代（Thomas Hardy，1840—1928）著，吕天石译。上海中华书局 1934年 10 月初版，"世界文学全集" 之一。

② 吕天石（1902—1997），安徽旌德人。早年就学于芜湖萃文书院和国立南京高等师范学校。1924 年毕业于东南大学英语系，获学士学位。历任 "中央大学"、南京大学教授。著有《欧洲近代文艺思潮》、《汉英翻译新探》(英文)，另译有哈代《微贱的裘德》(今译《无名的裘德》)、斐定《早年的欢乐》等。

1840—1928）的。他不但是天生的一位小说家，并且是一个独创一格的诗人。他幼年很喜欢做诗，中年才努力写小说，及在小说上享了盛名之后，晚年又专心专意地作诗。但一般人推重哈代并不是推重他的诗，却是推重他的小说。他在一八七一年开始创作长篇小说。《无希望的救济》（*Desperate Remedies*）虽是初次的长篇试作，然而情节复杂，布局紧凑，已经博得相当的赏赞了。翌年，作成描写乡村生活的《绿树之下》（*Under the Greenwood Tree*），后二年又作《一双蓝眼睛》（*A Pair of Blue Eyes*）与《避世》（*Far from the Madding Crowd*），这三部小说出版之后，哈代的文名益著。继之又写了一部结构严整的大作《还乡》（*The Return of the Native*），于是哈代一跃而为英国第一流小说作家。此后虽有两三部作品出版，但都表现他的技术的退步。到了一八八六年他的《铸工桥市长》（*The Mayor of Casterbridge*）刊行之后，他作小说的能力又恢复了。一八九一年，他的最有名的一部小说《苔丝姑娘》（*Tess of the D'Urbervilles*）出版。哈代看到他在文坛上的地位已经十分稳固了，于是作小说充分表扬他的定命论和悲观的思想。一八九五年，《不出名的朱德》（*Jude the Obscure*）告成；这部小说因为过于注重他的悲观主义而不顾及艺术，一般读者都诋斥哈代，但是有些喜欢哈代的人还以为这部小说是他晚年最经心经意的杰作呢。

　　哈代生平所写的十四部长篇小说（见哈代著作表）之中，当然以《苔丝》为第一杰作。这部悲剧小说开端是写一种犯罪的事，结局也是写一种犯罪的事。亚力山大杜百维为了他那不端的行为，终不免于一死。不过亚力山大是一个附属的人物，全书的主角是苔丝，而哈代始终说她是一个毫无过失的女子。英国莎士比亚的悲剧常写一个主角因为他有了某种行为而遭祸殃，这种行为也许是犯罪（如 Macbeth），也许是判断的过失（如 Brutus），也许是由于虚荣心的结果（如 Lear）。主角有了以上任何一种行为便是牺牲者。哈代却描写苔丝是一个纯洁无疵的女子，可以说是打破悲剧的成法而作小说了。

苔丝自然是一个富于柔情的女子，但她一生的不幸何尝是她自造的？她也有她自己的良心和意志，但她不特遭她的父母和亚力山大，安琪克莱尔等人的反对，并且受自然，因袭的社会，遗传的性向，以及其他颠倒乖戾的事的搬弄。她到床屈基那个冒牌的杜百维家里去，完全是受了她父母的逼迫。便是她在猎场第一次失去了贞操，也是亚力山大勾诱她的，她当然毫无过失可言。她对于安琪的爱情也是受了苛刻的自然律支配，所以双方不幸的婚姻成立，苔丝事前用了种种的方法，想打破这婚姻，但是结果只是白费气力。后来她为了不忍亲眼看见她的母亲，和弟妹们饿死，才与亚力山大同居。假如说这一点表示她的意志的懈息，那么哈代早已说过她的弱点一半是由于遗传的关系，一半是由于她生长在那种使她意志薄弱的气候和环境中之所致。她一时忽然刺死亚力山大，但这不是她在常态下所应有的行为，因为她平常性格温柔，不忍伤害一个蝇子或是一条小虫，甚至看了一只小鸟在笼里也要替它流泪（见第五十八回），所以她一怒而刺死了亚力山大，完全是由于杜百维家的血统里向来有这一种遗传的气质（见第五十七回）。结果她自己纵然也不免于一死，但是她并不是为了赎她自己的罪而死，司蒂芬王朝时代，她家穿了盔甲的祖宗在战斗后回家的时候曾经奸污了许多乡下小姑娘（见第十一回），所以她是为了赎她家祖宗的罪而死。安琪的行为也可以用遗传的说法来解释。最初他与他父母的福音教派思想格格不入，而极端推重希腊的宗教思想；但是到了紧急的时期，神秘的宗教思想又盘据了他的心，后来还是他到巴西住了一年才把这种遗传的潜伏的意识遏制下去。

哈代以为人类不但受遗传和环境的影响，并且受命运的支配。人类是造物的刍狗，冥冥之中，自有主宰，非人力所能与之抗争。大概是这位主宰动怒了苔丝，所以使她终身吃苦。她幼年略识人生意味的时候，便不幸遇着了品行不端的亚力山大。她在与安琪结婚的前一两天曾经写了一封自白的信投入了安琪的卧室门下，殊不知她的信塞在地毡之下，安琪并没有看见，一直到了结婚的那一天苔丝才知道她的信仍然固封着，没有拆动。苔丝在火石谷时候，她趁着星期日的唯一的假期走了十五里长路到爱明斯特去求安琪的父母的庇护，但是门铃按了数下，并不见一个人出来应门，因为全家的人都到教堂去做礼拜去了。同时她回火石谷时候，中途不幸又遇着了亚力山大。她寄了一封信给安琪，但是信在巴西内地又耽搁了一些日子，以致安琪迟了数日才回家。哈代认为这些颠倒乖戾的事都是人之一生中联贯而来的真事实，并且攻击大诗人华兹华斯说："'自然的神圣计划'是在哪里？"（见第三回）"赐福于人类的天神又在哪里？"（见第十一回）后来全部故事叙至紧要关头的时候，哈代又问："苔丝为何生存于世？'灿烂的彩云'到哪儿去了？"从苔丝的眼光看来，一个人是受了一种严厉的贬谪的处分，被迫而出世的；其实他活到世界上来毫无一点理由，至多也不过能减少他一生的无谓，做一个世俗成功的人罢了（见第五十一回）。哈代常在他的诗歌小说中表现这种悲观主义的思想。他看出人生是一幕大悲剧，男男女女从"无"而生，及至饱尝忧患与苦痛之后复归于"无"。所以他的小说里常有厌世恶生的思想，如第十二回里苔丝说："我愿意我没有生——在那边或是别的地方！"第十九回里安琪说："这个活着的困苦是严重的。"这就是老子所说的："吾之所以有大患者，为吾有身；及吾无身，吾有何患？"因为一个人有了身便有欲望，人类的苦痛多半是起于欲望，欲望虽然一时可以抑制下去，但是他种欲望又随之而来；欲望是不能连根斩尽的，所以世界永远是个苦痛的世界。

　　但是哈代抱悲观主义的思想并不是由于他生平受了什么极大的忧郁或是失望。一则他的性情近乎悲观思想，二则他对于宇宙间一切的生物具有深厚的同情心。他生平酷爱鸟兽，听说有许多迷路的猫子和受伤的狗子常常得他的护养。他并且实地主张禁止猎鸟的游戏。所以第四十一回中写苔丝看见了那些受伤跌落下地的野鸡便为之痛哭流泪。这完全表现哈代不但对于人类的痛苦极表同情，并且对于比人类弱小的生物也表深切的同情。

哈代的诗歌小说里所表现的定命论思想比他的悲观思想更为显著。他认为一个人生活在世界上真是渺小极了，只研究人的智慧和工作是不能了解宇宙的秘密和事物的情理的。我们在世界上受同类的人的压迫，欺凌还〔弱〕小；我们一生所与竞争的最主要的不是人类；我们一生所有的恶劣的际遇也不是别人给我们的。其实我们是受了一位主宰的支配和搬弄。这位主宰是一个顽皮的小孩子，人类就是他的玩具。小孩子看到了一个宝贵的玩具，最初有说有笑，但是玩了一会儿，等到厌心一生又毁坏他的玩具了。这位主宰对于人类也是如此。所以《苔丝姑娘》全书的末段说："正义是彰明了，万神的主宰也终止玩弄苔丝了。"哈代为了答复有些人对于这一句话的批评，曾经引用 *King Lear* 一剧中 Glo'ster 〔Gloucester〕伯爵的话替他自己辩护：

As flies to wanton boys are we to the gods;
They kill us for their sport.

因此哈代对于基督教也是没有什么感情。他觉得崇拜上帝是一件极可笑的事。世界上那些受苦痛的男女祷告上帝或是唱赞美诗歌颂上帝实在是抹杀了他们固有的埋性和常识。他常在小说里讥讽那些主日学校的教师和牧师。他观察乡下人很久之后，觉得乡下人最坦白，最率真，不为习俗所蒙蔽，而且仍然是属于异教思想的人。苔丝到陶波色牛奶场去的时候，在途中偶然念了一些祈祷文中的颂歌，好像得了莫大的安慰。但是哈代解释说：她是"假冒独神主义的调子，倾出泛神主义的话来。"（见第十六回）他看了太阳破云雾而出，便说道："这时太阳受了雾的影响，自有一种奇怪的感觉和特别的样子，要用阳性代名词才能充分把它形容出来。加之四周的山谷里找不到一个人影，所以看了它现在的面目便立刻明了古代人民崇拜太阳的理由。无论什么人都觉得从来没有比这更健全的宗教曾经普及天下了。"（见第十四回）哈代显然是赞成所谓"不知上帝有无的思想"（Agnosticism），但他并不是提倡恢复古代人的崇拜太阳，不过借此攻击崇拜上帝罢了。《苔丝》这部小说里充满了异教的思想，而且末了数回异教思想的色彩尤为浓厚。第五十八回写苔丝睡在古代督伊德教神庙里的登坛石上，到了黎明时候，她被太阳的光唤醒之后便遭捕，而判处死刑了。

　　哈代的小说里所描写的境界与他所描摹的人物有同等的重要。境界与自然在他的小说里不仅是一种装饰的背景，却是一个主动的要素。《还乡》开端所描写的艾格墩草原像人一样的有个性，并且影响那些生长以及住居在那里的人的命运和心境。《苔丝》第二十回开端所写的福卢姆谷也是如此。但是在《苔丝》这部小说里，人与自然的接触更为密切。一年的四季，各有各的特性和情调；早晨，中午，黄昏，黑夜都是各有各的性质；其他如风云，草木，山水，以及星辰也有个别的性格。苔丝住在玛瑙村时候，那个星光灿烂的夜里突然起了一阵大风，她便觉得这阵风是一个极悲忧的人的叹息（见第四回）。当她住在陶波色的时候，有一天她对安琪说："树木有好探问的眼睛，"河流也好像责备她为什么要生存（见第十九回）。又有一天的清晨她站在草场上，当她的头从地面上的一层雾伸出来的时候，安琪把她看做亚体美与德米特女神（见第二十回）。她看了那一片崎岖不平的高原，便以为是那个仰卧的多乳房西比利大神母（见第四十二回）。麦耳恰斯特平原在清晨看了有如一个伟大人物从酣睡中醒了似的。此外还有那次苔丝从爱明斯特回家，突然遇见了亚力山大而转身走出麦仓的时候，她觉得她的衣服也感觉到亚力山大在她背后对着她凝视。甚至房间里的器具也有生命，像人一样，能表现喜怒哀乐的感情。哈代常用环境中的事物解释人物的性格和心境，这是他的特长，也就是他富于同情心的表示。

　　哈代不特擅长人物与境界的描摹，并且精于小说的结构。他幼年学习建筑十三年，所以他作诗歌小说，得益于建筑术的地方甚多。他的小说除一两篇外都是结构谨严，布局缜密，文词庄严简洁之作。哈代以为一部小说应如一个完整的有机物，内容各部——如布局，对语，人物，境界——必须配置得宜，有如一所各部匀称的伟大建筑物，人家看了便得着一个单一的印象。哈代作小说处处以希腊厄斯启拉及索福客俪的悲剧为模范，所以他的小说情节变幻，布局紧凑与剧本无异。哈代结构小说的技能可以说是超乎一切与他同时代的小说家之上。

　　《苔丝姑娘》这部小说里的地名有些是古代英国的地名，有些是哈代臆造的：如福卢姆河（Froom）就是 Stour 河，沙士墩（Shaston）即 Shaftesbury，司徒堡（Stourcastle）即 Sturminster Newton，铸工桥（Casterbridge）即 Dorchester，麦耳恰斯特德（Melchester）即（Salisbury），大平原（The Great Plain）即 Salisbury Plain，猎城（Chaseborough）即 Cranborne，猎场（The Chase）即 Cranborne Chase，爱明斯特（Emminster）即 Beaminster，金斯比（Kingsbere）即 Bere Regis，青山（Greenhill）即 Woodbury Hill，井桥（Wellbridge）即 Wool Bridge，鹿脚路（Stagfool Lane）即 Hartfoot Lane，纳色堡（Nuzzlebury）即 Hazelbury，白拉第港（Port-Bredy）即 Bridport，白垩牛顿（Chalk Newton）即 Maiden Newton，雪顿亚伯司（Sherton Abbas）即 Sherborne，密得顿寺（Middleton Abbey）即 Milton Abbey，方丈村（Abbot's Cernel）即 Cerne Abbas，爱弗惜（Evershead）即 Evershot，沙河（Sandbourne）即 Bournemouth，文登色斯城（Wintoncester）即 Winchester。

　　这部《苔丝》是依据一九一二年哈代的增订本翻译的，麦美伦公司有此刊本出售。

民国二十二年一月　吕天石

——录自（昆明）中华书局 1940 年再版

《神与人之间》[1]

《神与人之间》译者叙

李漱泉（田汉[2]）

S兄：

《神与人之间》和另一篇《前科犯》也于上几天译成了。合起前寄的旧译两篇《麒麟》与《人面疮》就这么结束谷崎润一郎杰作集罢。虽说这不过是谷崎氏全作品底片麟只爪。

谷崎氏在日本近代文坛建筑的金字塔是巍然在东岛底朝日夕烧中放着特异的光彩的。他的艺术底评价虽因着时代底进展而有变迁，但因为他捉住了近代日本青年底心灵深处底某点，所以始终还是受着他们底宝爱与渴仰的。而且在距今十数年前他也曾在他的作品中替自己做过这样的"盖棺论定"："这惹人憎恨的恶魔主义者之死发表了的时候社会上毫不吝惜地承认他生前的功绩。许多杂志报纸上都揭载了故人底肖像。人们都说'故人总算对于文坛寄与了什么东西，而且是有独特的境界底富于才能的作家'。又说'那个可厌恶的人不在了，文坛不能无寂寞之感'。"（见《神与人之间》第二十章）

这个特异的天才作家底艺术，直到近年才渐得我国青年的欣赏。这自然是我国文艺界落后底结果。但文艺既然是经济基础底上层建筑，

---

① 《神与人之间》，短篇小说，戏剧集，日本谷崎润一郎（1886—1965）著，李漱泉译，上海中华书局1934年10月初版，"世界文学全集"之一。

② 李漱泉，田汉（1898—1968），湖南长沙人。曾就读于长沙师范学校，后考入日本东京高等师范学校。创造社发起人之一，回国后相继任教于长沙第一师范学校、上海大学、大夏大学等，参与创办南国艺术学院、南国社，主编《南国》《戏剧春秋》等期刊。"左联"成员，任左翼戏剧家联盟党团书记。另译有王尔德《莎乐美》、莎士比亚《罗密欧与朱丽叶》《哈孟雷特》等。

随着客观形势底发展中国青年的全神经都向中国底社会变革集中，恶魔主义的，艺术至上主义的作品许有过时之感。这就是我个人虽和谷崎氏有相当深厚的交情，却并没有努力着介绍他的作品底缘故。

可是 S 兄，你这趟却给了我这机会了，要不是你嘱托我，我或许不忙着译，同时要不是环境逼迫着我，我也没有这功夫来从事于此，这前前后后的两三个月之间，似乎又使我和谷崎氏发生多大的关系了。这些日子我每日与他的作品相对，把他的一行一句换成我的语言，使我重新认识他的心灵亲近他的謦欬，回忆起和他相处的那些日子了。实在我虽不以为他是日本唯一的大作家，确以为他是我所接近的日本作家中唯一爽快的男子。

他这些日子以另一种意义又著名起来，成为社会上的谈助了。那便是他和佐藤春夫氏换妻底事件。这件事在懂得过去他们的交涉的原也没有什么稀奇，他们不过是把《神与人之间》底最后几章演成实事罢了，而且不过是不在添田（谷崎氏自己）死后而在添田底生前罢了。读过佐藤春夫的《殉情诗集》——这实在是珠玉般的作品——的该记得那里面屡屡说到所谓"心妻"（Kokorotsuma），那自然就是现在变为佐藤夫人的谷崎氏从前那"可怜的老婆"千代子女士，也就是本集《神与人之间》中那清纯美丽的照千代了。在十数年前他们夫妇还和和睦睦的时候就想到了今日的结果而且描写得那么深刻逼真，这不能不钦服谷崎氏底观察力与想象力之伟大了。他是那么掘井似的毫无容赦地向他的心灵深处发掘去，得到了便是这一些不可逼视的东西。他自己叫它做"丑恶"而在文学史上留下的是瑰宝般的"艺术"。听他自己在《前科犯》里底自白罢："我的确是恶人。……不过请你们把我的艺术当作'真材实料'认识我这样无廉耻的人底心里也有这样美的创造。……"（见《前科犯》最末一段）。

"善"与"恶"，"道德"与"美"在谷崎氏的作品中是不断的斗争的。但时常是"恶"与"美"底胜利。看《麒麟》中的孔子与南子，《人面疮》中的丑花郎与名妓菖蒲太夫，《前科犯》中的 K 男爵与画家。特别是长篇《神与人之间》中的穗积与添田，可以概其凡。这自然是 Allen Poe，Boudelaire 们在近代文学上所投的阴影。我们的作家正是以日本的 Poe，日本的 Bondelaire 自任的。他自己的得失他自己也晓得很清楚。

但这个"善"与"恶"，"道德"与"美"底问题越是概念地，形而上地去解释它，越要弄得乌烟瘴气，远离真理。我们必须把它暴露在史的唯物论底光下去分析它才能了解它的真相，才更加亲切有味。因为善恶美丑一样有它的阶级性的。我们要赏鉴谷崎氏的艺术，譬如吃美味的荤子必须经过那样的消毒。

关于谷崎氏无论在艺术上，在实生活上要写他真是写不尽，就是我个人所知道也是很多，但是我想等到别的机会了。我所要说的是他对于中国有深厚的兴趣。他曾前后到过中国两次，他的书斋里满陈着由中国带回或由中国朋友寄赠的品物。他自己平常也很爱穿中国的衣裳，抽中国的旱烟，这也不过是他的"异国趣味"之一发现罢。但他对于中国底改革却曾由单纯的趣味变成明确的同情，这读他的《上海交游记》中与中国青年们的对话可以知道。他的年纪怕快五十岁了，他的精神却还是一样的豪迈，即如那已经腐化，平凡化的他和佐藤春夫、千代子间底三角关系，在结婚十五年后居然又活动起来，变更起来，这也可以证明他的不老，虽说这样的事在现阶段的日本已经不足以震撼青年们底心胸了。

谷崎不单是个小说家，他的戏曲乃至电影剧本都有他独特的世界，但可惜也不能收在这集子里。文学运动必然地要成就有生气的发展底中国，和对于别的作家一样，对于谷崎氏在最近的将来，应当有更亲切的理解的罢。

稿子付印的时候希望让我看一看校样，因为这在让国人认识谷崎底面目上是很必要的。

祝你安好。

　　　　　　　　　　　　　　　弟漱泉三月二十三日，一九三二

又白：

《神与人之间》底第十六章以后给日本当局抽去了好一些句子，这自然是可惜的。我也会写信给谷崎氏去问他，要他寄原稿来，但据说他已经不在冈本的旧寓——那里变成佐藤夫妇底新家庭了。——那封信恐怕是"已付洪乔"了。不过谁都看得出的，给删去的是添田和他的朋友及干子谈那些性欲上的"浑话"以及西班牙的苍蝇底地方，日本当局以为这有关风化，又怕有人真个照名字买那药来自害害人，所以很仁慈地——虽说对于作者是很残酷的——把它勾掉了。但好在咱们中国关于别的虽没有什么而讲到性欲上以及关于那方面的药物上的知识却是有一日之长的。虽然被删去了，我们实在不难以更丰富的内容把它补正的，所以也不算是多大的恨事，你以为对不对呢，S 兄？

漱泉又及

——录自中华书局 1934 年初版

《神与人之间》谷崎润一郎评传
——他的三个作品底研究——
（田汉）

"Vita Sine litteris Mors est"
"无文学之生活等于死"

一　"又是江南好风景"

虽说是秋天，却像日本这时候一样的温暖的气候，窗子外面展开着了不得晴朗的苍空，澄明作翡翠色的川流哪，池塘哪，充

满着欢喜似的璀耀着。火车终日在浴着丽日，带着幸福的光辉的
田园之绿，杨柳之枝，鹅鸟之群，丘陵，城郭，寺院的塔——这
些东西不断地继续地像祭礼的音乐似的缤纷而来到江苏省的沃野
之间驰走。任怎样走，这样丰饶的野景总是走不尽。简直就像是
童话里面的那样快乐的国土，——假使生在这样的国土里，我该
是怎样的幸福啊！假使朝朝暮暮长养在这样庄严的景色之中对于
"自然"的我的感觉该是多早就醒觉了啊！我的艺术该是多么能
够从这自然中汲取深远的秘密啊！……

　　这是谷崎润一郎氏借"南真助"的脑里道出的对于江南美丽的自
然底回忆（见《鲛人》二五页）。南是他的未完成的长篇作品《鲛人》
中的人物之一。他写这作品在一九一九年下期，就在这前一年他曾单
身游过中国。他由朝鲜而东北、而天津、北京，而汉口、九江，终乃
遍览江南名胜，在他归国后的作品中我们看见有：《苏州纪行》《秦淮
之一夜》《西湖之月》等，可知江南风景何等引动了他的感兴，丰富了
他的诗囊，而且，如上面引的文章所云，甚至使他恨不托生在这"童
话里的似的快乐的国土！"在一九二五年使他再度来游。

　　但是江南果真是"童话里的快乐的国土"么？揭开了诗人的幻想
之幕，它只是国际帝国主义者侵略中国的要冲，封建军阀剥削得最直
接最残酷的采地，当谷崎氏第一次来游的时候，适当欧战之后，中国
民族资本主义正陶醉于它的暂时的繁荣，江南的农民和池塘里鹅群似
的做着童话似的和平的梦。在他第二次来游的时候，民族资本主义被
战后一时稳定的国际资本帝国主义重新桎梏，江南人民因齐、卢之役
已尝了战争的痛苦，又适当五卅之后中国大革命已在酝酿之中，这次
谷崎氏所得的江南的印象已经和第一次不同了（见谷崎氏著《饶舌
录》中的《上海郊游记》等）。可是假使在一九三二年的今日谷崎氏
三度来游，他又将得怎样的一个印象呢？

记得当谷崎氏第二次来华的时候，他的日子主要地消耗在上海，有时候他也去逛逛江湾，他曾访过一个住在江湾的画家，颇爱他的林园，我去年也因欢喜这一带景致的清幽，宜于思索，卜居于这画家的花园的后面，那是一个小小的园子，所有者是一个没落的实业家，事业失败，使他无力收拾这园子，要卖也没有受主，大好的宅子荒废在野花乱草之中，我从一个兼管这花园锁钥的园丁手里租了下来，一时真是高兴。我安排在这里作长时期的蛰居，完成我预定的一些工作，也预备在这里写成现在写的这篇文章，我把我搜集的关于这作家的一些文献，也摆在这幽居的案头，在非常悠闲细密的探讨中，我想我可以获得相当圆满的成果，使国人对于这个特异的作家有较深的理解。

"一·二八"事件的前夜，虽则忙于别种文事，但因生活的铁鞭所驱，我是想开始这个工作的，但不幸给日本帝国主义的炮声惊醒了我午夜的酣梦，第三天便单身匆匆地逃出来，还只望我那些书籍，特别是那些已成的及未成稿件侥幸能免于此难。但这种妄想在前些日子已经打销了。我住的那屋子固然烧成了一片焦土，连我藏那些书籍的地下室，也给炮火毁灭了。在瓦砾和灰烬里面我还只想勉强找些零篇断简出来做一点点纪念，但是什么都没有了，什么都没有了，我呆呆地望了好半天，终于在尺多深的草里折了几朵花回来了——啊，"国破山河在，城春草木深！"那个爱诵唐人名句的谷崎氏若是于这时来游，也 定这样的高吟罢。"又是江南好风景"，但"江南"确已经不是"童话里的快乐的国土"了。自从"九·一八"事件以来，日本帝国主义者为着解决其内外的矛盾，维持其最后的生命，开始积极的进攻苏联以至并吞中国的积极的军事行动。这一种行动不但是引起了苏联、中国以及全世界一致的反抗。日本的劳动者，农民阶级，尤其在那里和他们的反动统治作殊死的斗争，他们国内外的进步的思想家对于日本帝国主义都有严格的批判（见何思敬编《世界大势》创刊号所载）。他们的作家除了坚定地站在无产阶级立场的集团有他们正确而英勇的表示以外，就是中间作家也多能说出较公正的话来。

在资产阶级老作家中菊池宽辈也完全成了日本帝国主义的支持者。这个固然毫不足怪……此时颇使人想要知道的却是谷崎氏的态度，他对于这次东北事件与上海事件是赞成呢？反对呢？或是漠不关心呢？——长远没有看日本最近的杂志的我不能得丝毫供我们判断的材料，但一个人的现在的行动，是他过去的思想的必然的发展，他过去的思想，又必然是他过去的时代环境决定他的。我们且研究谷崎氏所处的时代，所受的时代影响，和他在历史发展的过程中能演的脚色罢。

二　梦与现实

然而，不幸我要做前述的工作时，我是在这样的"秦火"之后，"文献不足征"，我所能入手的只是被采集在新潮社《现代长篇小说集》和改造社《日本现代文学全集》中的他的几篇作品。这一点点材料实在不够答复这些问题。但侥幸谷崎氏在他的长篇之一的《黑白》中有过这样的对话——

> "……大体创作家有两种典型；一种是把自己本身完全藏起来去写的人，一种是高兴写自己——虽非不写自己以外的人，但任写什么结果总成了自己的说明的人。……换句话，就是一种是客观的倾向底作家，一种是主观的倾向底作家。
> "那么，水野先生呢，——您是属于哪一种典型呢。"
> "我相信我是主观的方面的。"（见《黑白》七〇五页）

这里面的作家"水野先生"自然就是谷崎氏的"夫子自道"。因为谷崎氏是这样一个"主观的倾向"很显著的作家。——任写什么，结果都成了他自己的说明，所以很容易从这有限的几篇作品中找出无尽藏的答案。

首先，谷崎氏是生于日本资本主义由长期封建的地层冲出土来日益无情地破坏旧的残余，向上发展的时代，他于明治十九年七月二十四日呱呱坠地于东京日本桥区蛎壳町，——一个商业的中心区域，他的父亲是一个做谷米生意的小商人，在他六七岁以前，生意还能勉强支持，所以他的幼年时代也曾过过比较富裕的生活，这时候的记忆纪录在他的长篇小说《鬼面》之中。他在这小说中是叫"壶井让作"，一个被雇在新兴资产阶级家庭中做"家庭老师"——事实是"门房"——继续他的高等教育的苦学生，当他某学期初以买教科书为名多借了几元钱偷偷地走过"歌舞伎座"想去看看戏的时候，他的脑中——谷崎氏的脑中，发出了这样的感慨。——

> 关于歌舞伎座他还有一个被欣动的理由。那不是别的。那个剧场在他是温馨的少年时代的追忆底材料之一种。
>
> 他一走过歌舞伎座，常常想起他五六岁的幼小时候的事。在当时还相当地过着好日子的他的父母，特别是母亲，顶喜欢团十郎的戏，几乎每换一次戏目她总要上木挽町的那园子里去瞧瞧的。壶井大概每三次总有一次随着他母亲热热闹闹地去亲近那剧场的色彩。就在小孩子的心里，他似乎也很感服团、菊们的技艺之妙，到现在还模糊地记得两伶的丰采和声音。
>
> "我和我的父母在从前也有过过这样奢侈生活的时代啊。"——同时他也这样想。（见《鬼脸》三九〇页）

但随着日本资本主义的发展，城市小资产阶级，受着新兴资产阶级的残酷的压迫，逐渐破产，谷崎氏的父亲这样的小商人当然也免不了这样的运命。所以到了明治二十六年他父亲便把谷米生意不做了，自蛎壳町移居茅场町。

> 恐怕不会有这样急激的荣枯盛衰罢，在生下来开始具备意识的仅仅一年间，尝了一点略富于色彩的生活的他，忽然就移到大布褂子上系一条围裙上小学的时代，接着一年年被推到辛酸，丑恶，哀惨的境遇去的变迁之迹，已经不是遥远的梦而是牢不可移的现实。假使这梦和现实的内容倒转过来，那他可多么幸福。（见前）

可惜冷酷的现实终于是打破一切的梦想的。他父亲的商业着着失败，到了明治三十四年至于不能不使他于高小毕业后废学，因着他自己升学的意志坚定，多方恳请，旧师爱惜他的聪明从旁怂恿，亲戚们又替他帮忙，才好容易进了东京府立第一中学。就在进了中学之后，因为他父亲的生意益陷于苦境，他屡次发生废学的危机。这时使他终得继续求学的似乎大部分亏着他的汉学先生之力，明治三十三年，他曾入秋香义塾专研汉文，许就是这位旧师罢。这位老先生在他的作品《鬼脸》之中被写为温霭笃厚的人格者"泽田弘道"。——

> 壶井今天去访问的中学时代的教师是一位叫泽田弘道的会津产的汉学者，……假使壶井悲叹他自己受着浅薄的女人们的屈辱的境遇，一方面便不能不深深地感谢有泽田氏那样的有力的知己。他每访泽田先生的寓居，总是发现他受着这恩师的过分的信赖和属望，不由得惶惧起来了。忘记不了的，当他十四岁那年春天，他父亲商业失败，没有法子，想把中学半途退学的时候，老爱惜他的材干，始终替他奔走让他能继续求学的便是泽田氏。（见《鬼脸》三四三页）

明治三十六年便因这位老先生的介绍入筑地北村氏家为家庭老师，这北村氏在《鬼脸》中成了"津村坚吉"，一个由小资产阶级智识分子逐渐上升变成资本家的人。照《鬼脸》上的叙述，这津村氏原是一个"微小的法学士"，少时家里也非常贫困，苦学成功，巴到某部的高等文官，但是薪水也非常不丰厚，有名的资产家某氏爱他长才敏腕，把他的女儿仓子嫁给他做续弦夫人，给他以充分的资助，拔擢他做银行的经理，伸展其大志于实业界。因为他也是苦学出身，心里很藏着"丰富的趣味与温暖的情感"，因着泽田先生的介绍，于壶井在中学二年级的时候，就把他领来做他先妻的儿子和仓子夫人的女儿的家庭教师。但是资产阶级家庭，不能有例外的，是非常污浊的。这家里"一年到了，坐起汽车包车到处跑，热中于事业的活动家的丈夫，和每天换新衣裳出没于欢乐之巷的夫人仓子，彼此没有审察对方行动的工夫。丈夫固然没有容喙家政的权利，夫人也把大概的事都交给仆妇，连两个小孩的监督都常常不暇顾及。"因此在这少年的"家庭教师"的眼中，觉得——

> 表面上显得很荣华的骏河台的邸内，其实专集合着狡猾的人们，始终流着阴险冷酷的空气……（见《鬼脸》三四七页）

在这样的空气中，这家庭教师管的是"早晚庭院的洒扫，访客和电话的传答，主人夫妇不在的声明，月底房租的收取，深夜出使的仆妇的护卫，听差的写家信的代笔——等等不规则的事。"至于"小谷小姐"的教育，实在不曾让他与闻过。

> 我是以家庭教师的资格去受津村先生的招扶的。没有给仆妇们驱使忍受小徒弟似的侮辱的必要。我想倒不如离开他家的好。

某时，壶井因过于愤慨，记得曾这样向泽田先生诉说。

　　"那你错了。即算小徒弟似的给仆妇们驱使，只要意志坚定，决不是男子的耻辱。——不错，津村先生家里不是我起先想的那样健全的家庭。我把你介绍到那样人家做书僮是我错了。但是主人坚吉先生是懂道理的人。既然承他招扶，还是忍耐下去成就学问的好。给没有道理的人侮辱了有什么值得愤慨。你的价值最初就不是女人小孩子所能了解的。他们愚弄你，就让他们愚弄，你心里暗笑他们的无知罢。怀抱大志的人没有这程度的度量干得什么来。别说做小徒弟的事，就是课你怎样卑贱的劳役，越能忍耐下去，你的器局不是越大吗？"（见《鬼脸》四〇一页）

他听了恩师这样谆谆的忠告，他忍受着种种辛酸种种侮辱以至今日，这因为他"怀抱着大志"。梦想着"成功"的青年，现实的艰难算得什么，"韩信也曾忍胯下之辱"！

三　"唯一缕的希望"

是的，壶井——不，谷崎氏是怀抱着大志的。敏而好学的他，从小学时代起就被视为"优等生"（二年级以第一名进级）。又因为他的品行方正，从中学时代起甚至被同学们奉以"圣人"的称号。他在少年时代过度的刻苦自励的生活在他后年甚至成为悔恨的材料。——

　　……到了现在就悔恨又有什么用呢？因为喜欢人家说我是"优等生"，是"圣人"，驱于这种浅薄的虚荣心，把天真烂漫的少年时代浪费在过度的用功了。浪费——完全是浪费。不听泽田先生"也得时常运动运动"的再三的忠告，一年到了，老是伏在

案上，孜孜地涉猎群书，热中于程度不相称的知识之吸收，结果
怎么样呢？究竟有多少裨益自己的实际人格之点呢？……而且为
着获得这种徒劳的结果，我是付出了多大的牺牲啊！为着无意味
的"精神修养"，我始终把将要舒畅地发展下去的青春期的肉体
虐待而无所顾惜。那报应现在残酷地表现出来了。惨白的血色，
阴沉的容貌，憔悴的手足，矮曲的姿势——没有一样不是影响一
生运命的可怕的打击。（见《鬼脸》三六六页）

自然，壶井——谷崎氏之成为"优等生"与"圣人"，一方面固
然驱于少年时代常有的虚荣心，一方面也是他苦学生生活使他如此，
他的读书机会不是容易获得的，因此他没有求智、体、德平均发展的
余裕，同时每一个和艰难的境遇奋斗的青年他必然是思索的。所以
他说——

受"泽田先生"的恩顾由中学进到高等学校的时候，他的
志望专倾向于哲学者，宗教家方面。那时他的素质似乎适于那
方面，他自己也坚定地这样相信才进了文科。……（见《鬼脸》
三五二页）

但一个内面的，思索的青年，随着时代的发展，境遇的变迁，他
会转换他的注意力的方向的。而且在他紧紧地抓牢着某一点以前，他
必然要经过一个多方面的，彷徨眩惑的时期。在那个时期，他觉得什
么事都是应该做，都能做，他的天才是万能，他的意志力是可以征服
一切。在这时期他是一个"英雄"。——

……其后隔了一年光影他觉得他的思想，性行，开始动摇，
开始推移。他知道他对于从前不大注意的外界的种种刺戟底感受

性，忽然尖锐起来了。成为他的努力底目标，羡望底对象底世间底事业，和人物底种类渐渐加多，所见所闻的一切都跑到"欲求"底领域里来了。同样的梦想着"成功"二字，但其内容已显著地扩大，那也想干，这也想干地打不定主意，每天总有一种新的幻影在脑子里描画。读诗集便想做艺术家，翻历史便想做政治家，看见了艺妓便想做阔老，甚至于想丢了学校去做投机商人，或是投入新剧团之群去做优伶。并且觉得在此等任何一方面都可以自由地发挥他的"天才"。

底下，他具体地写出一个野心的青年底眩惑的心境。

　　……壶井又给同一的问题捉住了，脑子里一时浮着种种快乐的未来，不断地从旧的记忆中唤起那与之相匹敌的英雄豪杰的轰轰烈烈的生涯。有时想象他做了摩倬斯麦克密，笛斯列礼之类的大宰相，把国家担负在双肩，实现不世出的经纶与抱负，使盛名遍于宇内的那种极愉快的运命。刚这样想歌德哪，拜轮哪，那样奔放不羁的诗人底生活，又像绚烂的刺绣的绸绫似的在眼前展开，站在自然之美与人间之爱两样东西跳着向自己招手的歧路。一切光景像充满着欢乐的音曲似的，在他的耳边细语。……（见《鬼脸》三五二页）

虽然地，一个人的才能是有限制的，性格是有强弱的，何况在资本主义社会，任你何等的有为之士也没有选择你的职业的绝对自由，顶多你只能就你的天赋素质，教育程度，社会关系等客观条件所许的范围内去找到于你最适合的工作。

　　谷崎氏在他找到最适合的工作之前，经过了非常的绝望的境地。抱着对于社会的"成功"底强烈的幻想的他，因其对于外界的刺戟底感受性日益尖锐，换句话，就是对于物欲的诱惑之无抵抗状态，使他失去了前此的自信而陷于宿命论的叹息。——

　　他自己到达了这个结论。以非凡的天才自任的他，碰着了自己的素质中伏着凡人以下的缺点底这一奇怪的事实。怎样也得补足这一缺点，得排万难建筑强固的意志力。壶井发这样的誓，一时很努力于克己心的养成。意志与情欲底斗争，天天在他的脑子里举行。但意志每天都不可思议地败北，偶然制胜也不过一日或半日之间，最后的胜利永久给情欲之手夺去了。壶井终于只好把这一胜败看做天命。（见《鬼脸》三六四页）

虽然如此，自负心很强的他，并不以此否定他的"天才"，他以为"只要随着运命底指示，溺在情欲之海里，给烦恼的火焰烧着，辗转在一切苦闷和刺戟之中活下去，他的真的天才的光芒必能从他的素质里发射出来。"因此，他抓住了他最适合的一点。——

　　意志力弱的人可成天才底唯一缕的希望，只有走诗和艺术之路。政治家，实业家以及学者于他完全不适当。壶井以必然的结果渐促成这种自觉。"我改入文科良非偶然，我意志虽弱，而感受性极锐，记忆力虽钝了，推想力虽衰了，只要这锐敏的感受性不致模糊，还可以做伟大的诗人艺术家。"——他不服输的最后的话是这个。（见前）

于是壶井——谷崎氏便决定了他的"终身"大事。明治三十八年入第一等学校时，虽顾虑生活上的问题，想以法律支持生活，入了英、法科，但两年后终于改入英文科了。

四　恶魔的出生

使谷崎氏决心学文学，把他的一生献给艺术的神殿的最直接的动机，是他的"失恋"。

他虽然从中学时代起被称为"圣人"，但他是一个青年。他和吃饭的本能一样，同时禀赋着"慕少艾"的本能。他不能不受这一种本能的支配，去追求恋爱的对象。然而是怎样一个"恋爱"的环境呢？

> 读一高文科的他的同窗之间，颇不少赞美女性，讴歌恋爱底享乐主义之辈。即算不赞美讴歌，但他们都是富裕人家的子弟，有绚烂的变化底生活和广泛的交际社会底背景，自然就握着与年轻貌美的异性接近的机会。每听他们传着"谁与谁家的小姐要好"或者是"谁迷上了天神的艺妓"，壶井就首先痛切地引起羡慕之感。在壶井没有比那时候再悲自己的贫困的境遇的。一进学校的门，他们和他虽同是学生受着平等待遇。但一到门外，则世间冷酷的阶级制度早已等着，忽然把他堕为一介"看门人"。……他的同学和他之间不知道有多大的身份底差别。并且那种差别表现在一切事相上，衣服也好，食物也好，零用钱的多少也好，甚至于连生成的人品骨相也好，都好像作出了一目了然的径庭。壶井每自顾他那雀斑满面，丑怪不堪的容貌时，就觉得自己到底命中没有谈恋爱的资格，不能禁其无法排遣的悔恨之情。……（见《鬼脸》三五六页）

这一种环境，使一个活泼的青年的心灵上深深地笼上一抹阴云，使一个没有阶级觉悟的小资产阶级青年，也不能不朦胧地承认恋爱底阶级性。没落的小资产阶级青年对于资产阶级青年在恋爱战场之绝对劣败的地位的壶井——谷崎氏的镰仓海水浴场的生活段片中写得很深刻。

"圣人"的壶井随着仆妇阿玉姐到镰仓海岸别庄去招扶主人的儿女。他到了那样明媚清新的大自然中，耳听着海波澎湃，与海岸上青年男女欢笑之声，不能不丢弃他手里的 Ruskin、Emerson 那样枯淡的哲理书而去亲近 D'Annunzio 的《死之胜利》那样南欧的恋爱故事，又由这样恋爱故事之耽读而亲近镰仓活泼的自然与人生。壮快的海面，爽润的潮风，强烈的太阳光的反射，在这自然的怀抱中，多数男女青年之无限的自由与放肆，多么使这畸形的青年由他那窄狭蟠曲的世界中解放啊！但是他一看到那些资产阶级青年的健康活泼的肉体时，那一抹阴云又不能不盖上他的心头。——

> 中学时代蓄积来的浑身的精力，不但他们的肉体，连他们的头脑也肥满了，他们现在渐渐成为优雅聪明的青年。并且，熟识一切玩耍的他们底技术，也成为献媚女性底有力的武器，威胁着我。别说游泳，连野球网球也不晓得的我这样的人就是在恋爱方面，在他们前面也做定了败北者。（见《鬼脸》三六八页）

但是恋爱的要求一旦从平静的胸底唤醒起来，就和毒蛇似的紧紧咬住你的心，使你"不采何等处置便不能制止"。于是这"圣人"不能不有他的"独特之秘密的慰安"，"快乐的习惯"，这样便增高了他的妄想之波，加强了他的外面生活与内面生活之乖离，就是外面生活虽仍戴着"圣人"的鬼脸，而内部生活日益投入"恶魔"的铁爪。这样，一方面更促起他对于恋爱底更热烈的要求。我们听谷崎氏写的壶井在午夜被中对于蓝子小姐庇护她的恋爱的那老练而沉着的言语与大胆而敏活的行动所发的感叹罢。——

　　恋爱使她聪明了，一点不错。相反的，我近来渐渐愚蠢起来，还是不知道恋爱的缘故。因为没有对于异性底快乐与慰安，所以我的肉体与精神渐次失去气力。假使给我以恋爱这种心底粮食，那可厌的习惯一定马上可以消灭罢。蟠据我胸中的无聊的烦闷可以一扫罢，……要之，恋爱决不是堕落的机缘，而是一切"善"的东西底源泉。我的天才若不受恋爱底恩惠便不能发出真的光辉。（见《鬼脸》三七八页）

　　然而，这"一切'善'的东西的源泉"的"恋爱"——所谓"灵肉一致"的恋爱，终于不容易降到一个贫苦丑陋的学生身上来的，这样，他只能把接近他的女人——哪怕是他最厌恶的——底肉体的幻影和他自己的强烈的妄想相结合。以求得至少的"精神的慰安"——他相信女人的肉体自身，有他独在的美。特别日本资本主义的发展在欧美资本主义文明烂熟之后，欧洲资产阶级的自然主义文学传入日本，构成日、俄战后自然主义的隆盛期，同时资本主义末期的恶魔主义文学也流入东方找寻它的共鸣者，而壶井——谷崎氏这种"精神的不具者"恰好就得了风气之先。——

　　不知什么缘故，壶井对于镰仓别庄那一夜——庄之助兄妹的画笔涂上颜色的阿玉姐的脸儿还留着鲜明的印象。每看见她的眉目，那个残虐的幻影便像难忘的恶梦似的袭上心来，那正像构巢于他的胸中的，那好恶作剧的，不可思议的魔鬼，时时抬头来唆动他犯罪底快乐似的。

　　他某时翻阅波陀雷尔（Baudelaire）的《恶之华》诗集，看见有《尸骸》（*The Corpse*）一章。那诗中用蛇鳞似的美丽的句子。精细地描写着倒在夏日的草野中的一具腐烂的女尸。……读了这诗闭眼想象那尸骸的轮廓，而浮现于眼前的还是那晚怪物似的阿

玉姐的容貌。在这个意味，他欢喜看阿玉姐的脸儿。……从和恋
爱不同的感情，他爱阿玉的肉体而侮蔑她的精神。（见《鬼脸》
三九四——三九六页）

在这里，他分裂了恋爱之精神的要素与肉体的要素，而且把对于
女人"肉体"的叹美法悦提高到所谓"恋爱"以上。这在他——壶
井——后来因与阿君恋爱被逐出北村氏家，偶随他的老同学芳川看他
所爱的艺妓金弥时说得更清楚。

　　……从去年夏天住在镰仓别庄的时候起，他才朦胧地悟到女
　人的肉体中藏着一种不可思议的美。由那所受的快感和恋爱底性
　质完全不同，比恋爱更加强有力地荡他的心魄。他宁可忘记和
　阿君底恋爱，而那个夏天晚上满是颜料的阿玉姐脸儿上所飘浮
　的"bizarrerie"（怪异感）现在有时还清清楚楚地描在脑子里使他
　恍惚。每晚在他的脑子里跳跃的无数的幻影，像蜡烛的光明见太
　阳光而消失似的，一到白天影子便稀薄了，因此平时大抵不大注
　意，但任哪一个都是沉溺于女人"肉体"底他的特殊的妄想。仔
　细想起来，他是为着有这妄想的世界，为着在干燥无味的白天之
　后，迎这快乐的暗夜，才苟延着这有涯之生的。……（见《鬼脸》
　四九八页）

这可知谷崎氏胸中恶魔主义倾向的产生，是由于逃避那"枯燥无
味的白天"而制造一个"快乐的暗夜"。就是他的不可抗的爱的本能，
受着不平等的社会制度底害伤，而企图在不自然的，人工的，变态的
乃至妄想的爱欲世界中找寻他的一时的安住之境。
　　虽然如此，壶井——谷崎氏并非否认那自然的，正规的"恋爱"。
当他睡在镰仓别庄读南欧恋爱故事的时候，他也曾热烈地梦想过蓝子

小姐底那"极生动的嘴唇的肉，和齿列之美"，并且在他走到海岸时曾叹赏她那穿海衣浴服的姿态，那发达的很匀称的四肢，那"香馥馥的妖艳的曲线"。但蓝子却找了于她的身份相称的对手，一个"生长富裕家庭，过着奢侈生活"的青年。所以壶井——谷崎氏的真正的"初恋"从他爱上了津村氏——北村氏家的一个年轻的，刚从热海来的清丽的使女阿君起，用谷崎氏的话——

　　……至少，在一介穷学生的他，一定觉得与其是住在自己手伸不到的领域的蓝子还不如住在和他自己同一阶级的姑娘显得可爱得多。（见《鬼脸》四四四页）

为着这"可爱的姑娘"壶井——谷崎氏至于想做"她所信的那样的善人"，至于想如她所说"倾尽全力去研究学问"，至于一举一动都忖度着阿君的心，想起阿君相劝的话，照着她的希望去矫正自己的行为。至于使他待在学校教室里也老想着阿君，功课一完就飞也似的跑回骏河台来。"公馆内外的苦乐世界和从前完全一变"，终于大胆地写了一封情书给阿君求为夫妇。——

　　……你也大概晓得的吧，我的家里非常贫穷，财产一文也没有。因此不能使你安乐地过日子，但是只要你肯做我的妻子，我想拼命地用功，即算说不能富裕，一定可以巴到相当的身份。但是你若说不能等到我大学毕业，我马上也乐意地结婚。现在就停了学，至少可以做乡下中学校的先生，养活你一人是没有问题的。即令牺牲我月薪的全部也决不使你受困难。……（见《鬼脸》四五四页）

他曾分析他写这信的动机，第一是因为他相信"他自己有成为伟

大的诗人文学家的素质",第二他以为"诗人不能不恋爱",第三他觉
得他"似乎爱着那女人",以为"只要写一封情书给她,她自己的胸
中一定可以燃起恋爱的火",而并非真有"生活上的确信"。资本主义
发展到某程度便开始崩溃——其使用的智识劳动者也开始过剩,地位
也随之降低,所以他的母亲说:"近来连学士也有许多只能赚二十五
元一月的",这他并非不晓得,晓得生活无把握而偏要写的这样乐观,
岂不有些近于"写戏剧"了? 那么,他说了。——

> 戏剧也好,我竭全力于这恋爱试试罢。这虽到底不能做正经
> 的人,但似乎可以明知是戏剧而舍命去干,撒谎也好,戏剧也
> 好,只要能把我引到幸福,就比那干燥无味的真实,不知好到哪
> 里去了。(见《鬼脸》四五五页)

然而"世间事不像年轻人所想的那样简单的"(津村坚吉的话),
那位和他住在同一阶级的可爱的姑娘阿君终于受着阿玉的中伤逃走
了,他给阿君的这封情书也被主人发现了。他的父亲——这没落的小
商人被那巧妙地拥护封建道德的新兴资产阶组织人津村氏叫去了受这
么一顿教训——

> ……让受过近来的新教育,抱着新思想的令郎说时,恋爱
> 是神圣,心里自然毫无所愧。我也并不因为令郎和年轻的女人
> 订了夫妇约束之故,说他不规矩不道德。不过我想我不能像
> 从前一样,以主人的资格领着令郎的一身。……(见《鬼脸》
> 四三九页)

于是壶井——谷崎氏终于被他的父亲从津村氏——北村氏家里领
回来了。

映证谷崎氏自制的年谱罢。——

　　明治四十年六月离北村氏的家庭，这是写给"初恋的女人"的一使女的情书被发现的结果。

这结果又阻止了谷崎氏——壶井因爱神的牵引走上所谓"善人"的道路底机缘，消散了他追求资产阶级的"成功"底努力，使他取得灰暗的虚无主义的人生观，加强了情欲生活上恶魔主义的倾向。

　　固然，假使仅仅情书被发现，他自己被主人放逐，不会使一个自负心很强的青年陷入这种心境的。要点在他那样引起了一个颓废者的生趣，激动了一池败水的波纹的那个对象，那可爱的姑娘，也终于事实上拒绝了他的爱。照《鬼脸》上的叙述，阿君出了津村家后寄居柳桥她的表姐家，这表姐是一个开堂子的，看见柳桥近边一家袋物商的账房先生很殷实可靠，便替阿君说媒，阿君的父母也很高兴，但阿君不肯，又明知嫁给壶井那穷小子也没有法子生活，所以壶井屡次写信给她，她也不回，后来她才写信要他绝了这个念头，说她虽舍弃了他，但一生也不嫁别人，愿守独身主义。这是何等使他陷于烦闷与绝望啊。后来好容易相见了，壶井明白了她这样做的情形与理由便有这样的对话。——

　　　　"干吗为着那样微末的事下这样的决心呢？你即令给环境压迫要嫁到别家去，我也决不怨你。我反而祝你的幸福，总之，别起独身过一辈子的念头罢。即令一时有了那样的感想到底不是做得到的事。"
　　　　"不，我做着试试。我一定做得到。……就和我表姐闹架也不管，我是不嫁给那家的。"
　　　　"既然不愿嫁给那家，又何不履行和我的约束呢？现在马上不回答我也可以，仔细去想一想如何呢？"

于是，经过一些时候的商量，他们订了这样的誓约。——

除了害了重病，变了境遇等非常的时候以外，彼此不必通信。只要两心相印，徐待时节到来。

一个穷学生可以娶老婆过安稳的日子的时节，这时节弄得不好，许一辈子也不会到来罢。因此这一时难于兑现的"海誓山盟"，没有法子拯救晚晚陷溺在妄想的世界里的壶井的身心，于是他前此一切因阿君的爱而一时克服的种种坏的习惯和行为都恢复了。起先保存得非常慎重的阿君的情书也马马虎虎地乱丢，以致被人发现了。这使他得出这样的行为的信条。——

世界上的事一切是偶然的集合。做不到的休想做到。因此无论什么事没有拼命用脑筋的必要。……（见《鬼脸》四六一页）

因此，他和希腊，印度，德国的唯心的，悲观的哲学家一样承认"一切人的事业都是徒劳，世界的一切现象是虚无"。"消极的征服自己欲望的克己心，积极地对于他人的爱之发动"——成立"道德"基础的两个要素，在他的"胸臆中任哪一角都找不出残影了"。他终至这样固定地解释他的"性格"与"运命"，他以为上帝是为着证明"世上有到底不能做善人的性格"，才生出他来的。像孔子哪，基督哪，生来便具备广大无边的仁德，怀着牺牲的爱一样，他的天性只晓得肉欲的满足与现世目前的快乐。他认为"神灵的世界等于空虚，物质的世界，也不过一瞬的幻影，但又只能在这幻影里面找出生命底寄托"。他又以为对于这一种性格的人，"教育"也失去了它的影响力。

即令与以明晰的头脑，教以高尚的哲理，并不能导之为"善"，反而成为助长他从来的倾向底杠杆。他的堕落不是努力不努力的问题，而是宿命问题。若不欲自欺，他除了做恶人别无他法。具有这种性格的人，也许不适于生存在现代社会，但既生了他，也没有就这样消灭之理。神既生了他，他一定也有生活下去的意义。假使其人有何等非凡的素质，他应当就恶人的地位去努力发展。他应当强硬主张，像善人有善人的世界一样，恶人有恶人的世界。这样他把善恶这个相对的东西绝对地对立起来。这样的决定了"恶人"向"善人"的世界反攻的策略。——

  "自己违道德而还要做强者，就得养成那样胆力和信念。这样我才能征服世间。人们一定会在恶中间认识无可否定的美与真底存在罢。只要人们认识那点，我生到这世界上来的目的便达到了"。而且他说"为着完成这个目的神授了我以天才。"（见《鬼脸》四七二页）

于是为着艺术地表现这"恶中间无可否定的美与真的存在"，他决定了文学上的恶魔主义的倾向以回答那平凡的自然主义与伪善的人道主义的文学风潮。首先为着磨练他"神授的天才"他决定受文科的修养。

再映证谷崎氏的年谱罢，在同一明治四十年条。——

  ……这失恋成为动机，更加强以文学立身的决心，转英文科。

五　恶魔与黄金

上面，我们根据谷崎氏自叙传式的作品《鬼脸》，分析了他少年时代以至高等学校时代的生活，说明了他是怎样的由"优等生"变成极懒惰贪顽的"不良少年"；怎样的由"以天下国家为己任"的"圣人""英雄"变成了自觉的"恶人"；怎样的由健全的自然的恋爱走到病的，人工的变态性欲的世界。这一显著的转落，谷崎氏虽然自己把它归之于他生来就是畸形的"性格"，以为他的性格中"情欲"特别发达，而"意志力"几乎等于零。具有这种性格的人永不能克服情欲，因此也不能与境遇奋斗，只能随着境遇沉沦流转，在物质的幻影中发现仅有的生存理由。这是无可如何的。因此他把这归之于宿命，他皈依了虚无主义，因而极端的利己主义，恶魔主义。但显然这不是什么永恒的性格悲剧，而是他所属的时代性和阶级性决定他的。这我上面已经随时指摘出来了。谷崎氏的"性格"的解释，特别是他所有一切的作品中都无例外地接触到的"善"与"恶"的问题底解答，许多时候是错误的。但谷崎氏不是思想家，而的确是一个天才的诗人艺术家，所以尽管他的分析推论充满着唯心论的定命论的错误，但是他对现实生活的感觉是锐敏的，可宝贵的。所以他时常不自觉的抓住了事物的真理。在这一章里我依然以《鬼脸》为根据分析他的社会观罢。

研究谷崎在《鬼脸》里所表现的社会观，应该注意他对于"金钱"底叹美，惊异，绝望和屈服。

在资本主义社会，货币经济代替了自然经济做了统治的制度，"钱"是比什么都大，有钱的便有了一切。饮食男女的欲望，随在都可以满足。反之，没有钱，就没有一切，不但无法满足你过度的欲望，连维持生命都成为不可能。因此在由封建社会向资本主义社会推移的过程中，人们对于"钱"时常有两种相反的态度，一种是极端的崇拜金钱，以为"黄金万能"，或充分屈服于它的威权。一种是极端的诅咒金钱，至少是依然轻视金钱的作用，以为"精神高于物质"，固守着唯心的观点。

举壶井从津村家被赶出来之后，他的父亲和他的先生的不同的态度来证明罢。他的先生，泽田弘道那位安清贫的汉学先生，重然诺的会津武士，尽管自己的收入日少而小孩子加多，长男已经进中学了。在资本主义的新生活规律说来他真是"自顾不暇"，但先生为国家爱惜后才的心重，毫无勉强地说，"没有什么，以后我领着他罢，我约过的。"假使他的父亲不管，泽田先生是真会节衣缩食帮助他上学的。"这种牺牲的亲切在老人并非演戏，也非被义务观念所强制，而真是由他的心底自然涌出来的。""先生到底为什么会有这种温暖的心呢？从哪里得来这样高的利他的精神呢？"——在被利己主义蟠据着的壶井的脑中几乎是一种不可解的哑谜。自然，这完全不是什么"不可解的哑谜"，而仅仅因为"泽田先生"是封建时代的武士精神底活的残余，一个日本资本主义新兴期的"吉诃德先生"（Don Quixote）。一方面他的父亲，那没落的小商人，即使不"没落"，也受着他们的商业交易和金钱出纳底小规模性底影响，使他缺乏坚定性与进取心，怯于冒险牺牲，何况在他的生意日益失败，生活日益困难的现在。所以尽管泽田先生劝他"再耐烦等两三年"，又忠告他"教育儿子不可把一家目前的幸福做目标，要化多少的牺牲，使儿子成为伟大的人物，才是做父亲的对于儿子对于国家的义务。"但"泽田老人"这种高谊热诚，对于这小商人也是一种哑谜。所以一出门他就感叹而卑怯地说，"真是奇特的人。也许非那样不能做教育家，但真是我们学不出来的。"自然是学不来的，他比泽田先生更承认金钱支配力的伟大与残酷，他没有再耐烦等两三年的远谋和毅力，他所着急的是目前。他的理想是"与其等他儿子三年后每月赚一百元，不如目前每月能够帮助他十元的来得济急。"（见《鬼脸》四六五页）

　　介于这轻视金钱作用的武士汉学者，和充分知道金钱作用之残酷而取着保守退婴的态度的他父亲之间的壶井，因为他受过崭新的资产阶级教育，因为他有现世的快乐主义的哲学的根据，因为他不断地受着资产阶级享乐生活底刺戟，他知道禁欲的甘于清贫的思想，在资本主义社会是落后的而且有害的。对于物质的享受之追求不一定是罪恶，因此，他不能不对于取得一切享受的媒介——"金钱"五体投地的赞美。

> 啊，这样好的天气，若是袋子里放着许多钱，穿起很好的衣裳，带起年轻的美丽的女人一道在外边溜打，该是怎样感觉得人生的快乐啊。

这是壶井在某一个晴爽的秋日在街上走时发的感叹。那一天他有生以来袋子里第一次放了预备买教科书的十五元钱。这袋子里的"恶魔"，终于唆使这位圣人，把应该买教科书的钱看了一次戏，吃了一回东西，回到他的主人家还撒了一次谎。

那次去看戏，前面也曾介绍过的，是在歌舞伎座。他本想干脆的享乐一回，预备买头等票，奈何，他的衣服不对，恐怕反讨没趣，终于化了一元和他身份相等的人一道挤到三楼了。从三楼的观览席俯瞰下面的头等宫厅，他不能不深深地感觉得他一家的境遇变迁之残酷和社会阶级之显明的悬殊。——

> ……幕虽然闭了，他还没有从那种幻觉醒转来。连在东西宫座和正厅绮罗蔽体的观客，好像现在还是同那时候一样的男女，自己小孩子的时候，也是那样子坐在那里的。变迁了的就是他和他的两亲。只有他们现在由展开在这空洞之底的欢乐世界赶到三楼以上的贫穷的阶级了。世间贫富的悬隔很奇妙地由剧场的二楼与三楼截然分为两层——这情形壶井很明了地看出了。两者底自由与不自由底殊异没有比这里再滑稽地显出的。好像富人为着领会他是怎样的幸福。穷人为着感觉他是怎样可怜而来的。（见《鬼脸》三九二页）

感到了这样显明的阶级社会底残酷的对比，假使有了很有力的领导，壶井这一没落的小资产阶级青年是不难倾向革命的。但是一方受着小资产者的依存性动摇性的规定，一方给资本主义末期的颓废倾向中毒了的他，没有把他对于现实生活的不满发展到阶级战线底参加，反而汲汲于资产阶级生活的模仿与追随。假使壶井——谷崎氏有什么"堕落"，这才是真正的"阶级的堕落"。看他是怎样模仿资产阶级而回避现实罢。——

　　到什么时候我才能成一个相当的绅士营奢侈的生活呢？后年在高等学校毕了业，直到进大学做文学士还得有五六年日子。即算这样忍耐巴到了学士头衔，也并非就可以阔绰起来。顶多是拿着还不够津村夫人一天两天的娱乐费的微末的月薪过着寒素的日子。……我到底说不上结婚，连租一栋屋子都有点靠不住。何况那一年到头去看戏嫖堂子的好的身份一辈子也别想做到！

这里说明了一个小资产阶级青年受高等教育的目的，和他们的出路之绝望。但一看到目前他自己的家里，这种绝望状态更残酷地摆在面前。——

　　……壶井清清楚楚地目击着他父亲的家运，这四五年来日益沉沦于逆境底悲惨的状态。从他懂事的时候起已经不丰裕的家里的生计随着他父亲白发的添加，更走向穷迫的绝顶，近来连和壶井母妹三人糊口的钱，都是费尽气力弄来的。啊，天永劫地抛弃可怜的父亲的一家不肯把他们从世路的艰难救出来吗？壶井被领到津村家之初，因为思念父母时常回家省视，这一两年来他不忍看困惫到极点的他两亲的脸上那种尝尽辛酸的可伤的影子，所以虽同在东京市内也很少回家。他哪怕一刻子也不愿意想到他是这样可哀的两亲的儿子。到学校则和阔人家的子弟相交，回到公馆则浸润在华美的四周围的空气里，尽可能地忘记自己的可怜的境遇，竭力亲近社会底中流以上的趣味与风习。

这里很具体地说明了他是何等不忍见，甚至不愿意想到他这一阶层底没落的惨境，而以对于资产阶级生活趣味与风习之模仿，来制造他一时的自己麻醉的快乐，乃至其恶魔的宗教。

自然，他这样的想法与其说是由于他先天的无可如何的"性格"底弱点，不如说是他对于这贫富悬殊的社会现象之历史的必然性底认识不足。这认识不足的结果，使他完全否定了人的意志在历史过程中的作用，使他由科学的"有定论"堕落到"宿命论"，而完全相信"运命"，以为"运命"是统治人的一种不可抗力，人的贫富幸不幸都是运命决定的。——

> ……啊，钱，钱，总而言之是钱，只要有钱一切人的欲望都可达到。没有钱有了学问也无用。假使神拿智慧和财宝两样东西来叫我任选其一，我一定马上会要财宝罢。这样看起来，我生来就是不幸的人。有着意志很弱的性格又生在贫穷人家的我，既没有祖遗的财产，也没有白手建筑起"富"来的实力，只好一生碌碌，羡慕他人的荣华，白白地走到坟墓里去。这都是运命。

何以说他这种运命观之成立是由于认识不足呢？记得列宁谈到近代宗教的社会的基础时，他以为宗教之所以在近代仍有它的社会基础，主要的是因为近代的劳苦大众也时时有所恐惧，和那原始人对于死亡，对于不可抗的自然力底恐惧一样，他们恐惧那盲目的资本底威力。"……对于资本底盲目的力量之恐惧——这种力量之所以是盲目的，正因为它不能为民众所预见。这种力量在无产者与小资产者生活历程底每一步上，都威胁着要给他们而且正给他们以突然的，出乎意

外的，偶发的破产，毁灭，转成乞丐贫民，娼妓，或饥饿而死等等的
灾难——这种恐惧之心就是近代宗教的根基。……"假使列宁的话正
确那么难怪壶井——谷崎氏不要相信富人之所以幸福，穷人之所以可
怜乃至绝望，都是"运命"了。你瞧他对于资本之集中，资本家对于
工人阶级莫大的利润之榨取，是怎样的圆睁着怀疑的眼罢。——

　　……人说钱是天下流通的东西。这流通的东西，为什么老这
么堆积在社会底一方，一点不流到别一方去呢？……

　　他觉得在日常环绕着他的很富丽的这一社会阶级，"钱"这
东西几乎是无尽藏地贮蓄着，无际限地垄涌着。他父亲一月之间
醒醒地绞尽精神好容易才够支持一家生活的钱，在这里连主人夫
妇坐一两天的汽车费都抵不上。单就太太托阿玉保管的纸币银币
的数目已经就不是他所能想象的多。壶井有一次无意中听得一个
出入公馆时常把高价的物品卖给太太的首饰店老板，很得意地谈
起昨天在哪里卖去了一只几百块钱的戒指，今天又给哪一位爷卖
去了一付几十块钱的玳瑁眼镜。照那首饰店老板的口吻推测起
来，照顾他的生意的那些人家，似乎每月至少有一次要为他花费
数十元至数百元。买那样无意义的东西的人们底收入，究竟每月
有多少，又是怎样赚来的呢？即令说有庞大的动产不动产，而从
那里面自自然然地产出一卷卷的钞票底手续和原因在壶井完全不
可思议。（见《鬼脸》三八七页）

但谷崎氏虽不懂得本应该是天下流通的"钱"为什么会集中到几
个人手里，穷人为什么益穷，富人为什么益富的因果必然性，但亏着
他的锐敏的感受性和直觉力，他知道（一）钱可以规定你的恋爱的对
象，使你不敢爱你的手伸不到的领域的人，而只能以和你同一阶级的
为满足。蓝子小姐无论矣，壶井甚至不敢妄想阿君的表姐，那柳桥的

艺妓。——

　　……表姐的美貌权当作结根高处的花儿从远处望望罢。看门人的他的身份怎么样也只能以阿君为满足，竭力从她的容貌之中勉强找出些美点，拼命夸张地去想。……（见《鬼脸》四六七页）

　　（二）钱可以无限地剥削你的劳动力，壶井在津村家除了前述的许多看门人，书僮的服务外，最苦的每天清早庭园的扫除。特别是自秋徂冬庭中那两株大枫树"任怎么扫，任怎么扫，也无际限地落下来的枯叶"，然而假使有一片未扫，主人要说话的，还有那树梢廊檐的蛛网虽像两三寸的发丝似的飘游在空中的也得找出来除掉，要不然便要触犯那爱干净的太太的怒。壶井不能不说。——

　　任是怎样爱干净的人，没有因这样微小的事也触犯着洁癖的道理。——有钱的人大约总想找出点什么不满意来好让做工的人多替他做点事。（见《鬼脸》四〇二页）

　　（三）钱可以使你跑半月以上的冤枉腿。壶井自离了津村家后，他的先生替他写介绍信给一个报馆主笔，望他收用这个"博闻强记""才气焕发"的青年，但那主笔不知什么意思让壶井跑了半个多月都是不在，后来电车钱也没有了，又是寒冬，他每天从浅草走到本乡追分町上学，再走到银座去拜访那主笔，一点没有休息的时候，又走回浅草，他深刻地觉得他不但是精神上连肉体上也受了无限的侮辱与痛苦了，他不由得这样发恨。——

　　我为什么要吃这样的苦头。因为我做了坏事该受刑罚吗？

不，不，没有这样的道理。做了坏事不受刑罚的多着呢，我的不幸还是没有钱。（见《鬼脸》四八〇页）

（四）钱的多少不但可以影响你心理的变化，还可以影响你生理的变化。心理的影响单就小资产阶级因商业交易，金钱出纳之小规模性，而使其精神上缺乏坚定性，进取心，怯于冒险牺牲，容易依附动摇就可以知道了。谷崎氏这样描写壶井的父亲。——

　　……壶井不由得佩服的说："没有我的爸爸再适合'平凡'这一个形容词的了。"不但是不高兴顽，甚至商人的他也不曾老实借过大钱。衣服不用说，对于书画，园艺，用具，也绝不讲究什么趣味，可又不是有达观人生，很晏如的像禅宗和尚们那样超凡脱俗的悟人，一见好像道德家似的。其实他不过是一个卑怯，怠惰，并无何等才能胆气的退婴的人。

这个岂不活画出一个小规模性的小商人！这拿来和新兴资产阶级津村夫妇的习惯好尚对比一下罢。——

　　惯用汽车搬动身体的主人夫妇，连书札往还也似乎觉得平信不够意思，任什么小事他们也有拼命地欢喜迅速，尊重秘密，炫耀繁忙的习惯。他们觉得不极端利用日益进步的交通机关，便缺乏文明人的资格。……（见《鬼脸》四一六页）

这里便显出新兴资产阶级的大规模性，近代性。

但在壶井的父亲接了津村氏的快信去领他的儿子的那一场面，谷崎氏很深刻的写出了"钱"这东西对于人类的生理上的影响来。——

……虽然有庄之助那样和他（壶井）同年纪的儿子，但坐在一道看起来，主人（津村）要显得比禄三郎（壶井父）年轻五六岁。他的头上还没有一根白发，在两三年前他还把漆黑地密生的头发，假发似的分开着，但不知什么时候起改剪了整整齐齐的平头。同时他那消瘦的身体，渐渐蓄积起脂肪来开始肥满，从前的长脸似的一年年变成圆脸了。

……在他（壶井）初由泽田先生介绍见面的时候，正刚尽瘁于东奔西走惟日不足的业务，从那紧蹙的眉头，发青的额头下闪烁着野心如炽的冷酷的眼睛的坚吉，随着这两三年来渐渐地事业成功、地位稳固，他的容貌也慢慢生出春风来。现在即令他那敏锐的眸子湛着辛辣之光，从那刻薄的舌端吐出怒骂，而围绕着那些的丰满的脸儿和樱桃般的皮色，把他那愠怒的表情底效果和缓得多了。壶井心里暗暗地吃惊——有余裕的人底心境对于生理上会有这样显著的影响吗？（见《鬼脸》四一八页）

（五）钱不但是影响你的心理，生理，还影响你的行为，决定你的善恶标准，在谷崎氏的一切作品中接触得最多，解说得最啰唆的无过于"善"与"恶"的问题，他的根本错误，在把行为的善恶看成超阶级的，永恒的"性格"问题，忽视了道德底阶级性，不知道所谓道德者，只是各时代的统治阶级用来辅助法律之不及以巩固其统治底工具。在封建贵族是统治阶级的时候，日本和中国一样是以忠孝节义等巩固封建秩序底道德为主要道德，合乎此者为善，否则为恶。在资产阶级是统治阶级的时候，是以发展个人主义，拥护资产阶级的社会秩序为目的的，合乎此者为善，否则为恶。这样可知世界上不会有天生的"恶"，假使天生的恶是指饮食男女的欲望强，以致干出许多所谓"不正"的行为，那么，这"善""恶"的标准显然的因贫富的阶级而异。谷崎氏从他创造的人物壶井的口里道出这个真理了，那是在壶井

遇见他的中学时代的同学芳川，听了他谈起和一个艺妓的恋爱的故事
之后。

　　……还有是因为芳川家里有钱所以他能成善人。有钱没有
钱，在某程度是善恶的分歧点。我假使有钱即算生来有恶性也不
会那样露马脚就可以过去的。我从前所犯的错误和失败，假使是
一个有钱人的儿子的话不是都不算一回事吗？人类的欲望大抵
是平等的，但芳川这样狂嫖艺妓，没有人非难他，我只写了一封
情书给使女，社会上马上就不承认。这样的不公平完全是由钱来
的。(见《鬼脸》四九二页)

他终于承认了道德观念和经济利益底密切的关系。

六　Maria 与 Venus

　　以上，我们由《鬼脸》的研究，已经得出谷崎氏的人生观与社会
观的基础。拿这个结果，我们去衡量一下他底别的作品罢。
　　首先我们衡量的对象的是《神与人之间》。
　　假使《鬼脸》是谷崎氏学生时代的最好的自传，那么，《神与人
之间》便是他作家时代的最好的自传。固然，这作品中写两个极要好
的朋友，添田与穗积，共争一个女子，后来叫朝子的艺妓照千代。但
假使我们猜的不错，这穗积便是诗人佐藤春夫，朝子是现在变了佐藤
夫人的石川千代子，那么，那恶魔主义作家添田君，无疑地是作者自
己，谷崎氏了。

　　添田本是那时候文坛流行的颓废派（Dacadent）的大将，甚
至被称为恶魔派，但和他相交起来又觉得他对于什么事都富于同

情，很有理解，并且是非常慎重的极有礼貌的青年。至少最初穗
积这样想。"这难道是那恶魔主义者添田吗？"他不能无意外之
感。……（见《神与人之间》一六八页）

这正是谷崎自己的忠实的写照。我们与后年的他有过交际的谁都
不否定这个印象。这以他自己，他的夫人，他的好友做 Model 的长篇
小说（我们已经翻译出来收在这集子里）的故事，我们也不用重复地
叙出来罢。在第七章朝子与添田和好，穗积归卧乡里那地方，作者关
于他自己又有这样的叙说。——

　　那时候穗积……时常从顺手瞧瞧的报纸杂志等，多少知道添
　　田的名声似乎渐渐喧传文坛，他的创作和行动，始终使纸面热闹
　　成为问题，这事实不能不刺戟身心困惫到极点的他的神经。因为
　　不但仍被人赞为恶魔派骁将，并且依然素行不检，为着女人的事
　　或是金钱上的事受人攻击，讥嘲，或是赞叹其恶魔的行动，他似
　　乎把和穗积的纠纷完全忘了。在那里踌躇满志。……（见《神与
　　人之间》二一九页）

这自然也是实录，谷崎氏在近代日本文坛占有特异的地位，当他
的盛期，每一作品出来，辄能掀动文坛，特别是自然主义文学随着资
本主义开始走向下坡的时候，青年们渐渐厌恶那种平面的琐碎的描
写，要求更极端的，更有刺激性的东西，谷崎氏那种妖梦似的凄艳的
故事，蛇鳞似的美丽的文字，是怎样的迷醉着文学青年的心眼啊。

增加当时读书社会对于谷崎氏的艺术的兴趣的，自然是谷崎氏比
较富于变化的私生活，依谷崎氏年谱所载，"大正四年五月二十四日
与群马县前桥市石川千代子结婚于东京。"这便是前年谷崎氏对佐藤
春夫赠妻事件底发端，也就是《神与人之间》所写的这四角恋爱悲剧

的开始，我们对于谷崎氏恋爱生活虽不知道详细，大约他下述的这个公式是不错的罢。

　　　　那时候添田迷上了女优干子是文坛和一般社会周知的事实。并且始终添田所发表的每一创作，虽然种种地变了形，但无不是从他和她的恋史着想的。干子总被描写为才气横溢的妖妇，还有被她的魔力征服了的男子，被这男子虐待，嫌厌，却毫无志气的粘住着丈夫的愚钝的妻——把这些人物，添田用种种方式组合起来，有时候简直照事实赤裸裸地写出来了。

那"愚钝的妻子"一脚色，自然派给了石川千代子夫人了。

在第十六章，写添田以"夜路"的标题，发表了一篇恶魔主义的作品，写戏曲家 A 为着追求和女优 K 子的完全的色欲的爱，终于惨杀了他的贤淑的妻子 F 子。这篇作品发表以后，世论嚣然。作者谷崎氏在这里对于他自己的艺术借别人口里作了很多有趣味的自己批判。最妙是后来写到恶魔的添田给善人的穗积药死以后的世评，——

　　　　可憎的恶魔主义者之死，给大家知道了的时候，世间究竟不惜承认其生前的功绩。许多杂志报纸揭载了故人的肖像。人们说故人总算寄与了一些东西给文坛。并且是个有独自的境界的富于才能的作家，这个厌物没了，文坛一定要不胜寂寞之感罢。（见《神与人之间》三二二页）

这简直是替自己"盖棺论定"了。这作品的妙处是有预言的效果。即作中的朝子——千代子终于移归了穗积——佐藤春夫，所以不同的是这爱丁诺克式的场面延到十五年后的今日，同时佐藤并没有把谷崎害死，他们的这"爱人交递手续"是办得很平和的，甚至三人发出联名宣言，谷崎氏率性把爱女和家也一并送给了佐藤，——这一奇特的悲壮的行为，若在前一时期，不知道要给日本社会多大的震动，全国的艺术家，思想家，社会批评家，恋爱学者不知道要多么热烈地严肃地批评他们，赞诵他们，同情他们！但是不幸这事件是起于一九三〇年代，资本主义世界经济恐慌与政治危机达了极严重状态的时期，日本的革命青年只当这是末期的资产阶级作家应有的把戏，比先年有岛武郎的情死，芥川龙之介的自杀影响还要小。

　　但我们仅就这作品所表现的社会内容来论罢。在这作品中谷崎氏任什么事都依然捧出他们所谓"命中注定了的性格"，主张"原始的不可抗的本能"，试听添田对"以恋人资格"来接朝子的穗积所说的，他为什么明知没有爱朝子的资格而不能放弃朝子的理由罢。这免不得又要接触谷崎式的善恶问题了。——

　　　　"……穗积君，我，我，虽好像常这么说，真是寂寞啊，一想到你和朝子成了夫妇而我独自一人的时候……不懂的，你决不会懂得我所谓寂寞的意义。我吗，虽然你——你常说我是善人，善人，实在是个恶人啊。我不但是爱装恶棍，就是心里也和你那样的善良人不同。我这人所以在你的眼里显得善良，是因为那个时候戴了假面。固然，那也并非欺骗你。我和你相交起来，不觉也装起善人来，喜欢听你'善人善人'的恭维我。为着这种欢喜，我才和你要好的。我没有一个真的朋友。因为只有你真心地相信我，所以我竭力不想伤害这信用，不想负你的好意。这样的我的心里也有这种妄想。——这么和你要好，也许不知不觉的受你的感化变成善良的人也说不定。任是恶人这点点希望也是有的。……"

　　这里诉说了一个极端个人主义者——所谓恶人——的孤独与寂

窦，及其与穗积那样的"善人"的交涉。

　　　　"……因此我爱朝子也就是受了你的感化。我不合是恶人。
　　我竭力想朝子那样的女人把我当你一样的看待。可能的话，我
　　想娶了那样纯洁的女人做妻子，借她的力使我也可以加入善人
　　的队里。——我由这样的动机才欺骗你，恃蛮地成就了我的恋
　　爱。你就没有朝子已经是个堂堂的人物，朝子以上的好女人也有
　　的是……"

　　这里添田——谷崎氏似乎以为性格善恶底转变是个别的人，特别
是女人规定的。所以"恶人"的添田起先想因穗积的友情而变成善
人，后来又想借助于朝子的爱情，所以宁肯牺牲友情以获得爱情。他
们过度估量了女人的感化力，以为一切罪恶之子可因女性的美与爱而
得救。他们崇拜马利亚，他们俯伏在她的座前流着忏悔的泪，他们赞
美但丁的 Beatrice，他们讴诵歌德的 Gretchen，他们想由圣洁的女人
的素手的牵引而入天国。
　　显然的，对于"女人"的这种唯心论的观点，只是封建社会意识
形态的残余，当他们发现他们的 Beatrice，或是 Gretchen，不过是
一个要饭吃要衣穿的寻常的甚至很累赘的女人，他们便由天国急转直
下坠入地狱，他们拥抱着脱了衣服的 Venus。

　　　　"……你一定说既然如此为什么又那样虐待朝子呢？可是我
　　顶没有办法的是我这任性的脾气。虽然我现在也并非不爱她，
　　不，老实说，我真心爱的还只有那女人一个，但一碰见了'淫
　　妇'那种典型马上就被她诱惑了。虽明知道比起朝子的爱来，不
　　过是肤浅的情欲，可悲的是那种情欲对于我有不可抗的作用，唤
　　起我心里的恶魔之声。我每逢这种女人出现，简直像给恶梦魇

了似的跑到那家伙那里去拼命地耽于淫乐。可是那梦醒来之后一定有说不出的苦痛。我为什〔么〕给那样的女人迷了呢？分明有朝子，分明懂得她的心性儿好，为什么不自然地忠实地去爱她呢？……"（见《神与人之间》一八七页）

于是，在他的脑中引起了 Maria 与 Venus，灵与肉，爱与欲，神一般的理性与野兽般的本能底斗争。而结果毫无问题的是后者的胜利。对于这夺来拯救他的灵魂的女性，无论在日常生活上，在作品上，都经常地给以残酷的亚细亚的待遇，他打她，踢她，骂她，欺骗她，"在作品里惨杀过她三次"。

失恋的气愤的穗积不能不写《秋思》和《某孤独者底生活》以自慰了。然而添田不但不生气，反而觉得不够意思。

"既然写到那样了为什么不更尖锐一点把我这人赤裸裸地写出来呢？我最初就说我是恶人，决用不着客气。恶人就是恶人，只要你能深入那恶人的心理充分地写出来，我死也满足，不是天下的恶人也一定甘心瞑目。……"

实在的艺术家一谈到艺术上的问题，是能这样的不自私的，哪怕是于他很不利的事。——

"……——不要紧，我决不生气，你爱会我的老婆我让你会啊，只要是那样的老婆也成的话。……"

"那样的老婆也成，你若是那样的讨厌她，可怜你就让给我罢。"

"哈哈哈哈。那可不成！……我就想让，她本人也不肯了，怎奈已经生了孩子怎么样也离不开了。……"

"生了孩子这事对于我也是很大的打击啊。……要是没有孩子，你也许肯定让给我哩……"

"那么，你不会想若是孩子害病死了就好了吗？"

"哪有的事。——不过我也曾当小说的情节那样想象过，可是结果是一样的。最初不生孩子倒好了，一旦生了他又死了，因着这种悲哀两个人许更不愿离开了——我想写这么一篇小说。"

"不错，写得高明时竟是篇好小说。——假使这么个情节你看好不好；你阴险地装做很像没有志气似的却悄悄地把我杀了？"

"那也想象过。不过那比刚才那个更难写。杀了之后心理和事件底发展实是复杂得很，可以有种种的情形。"

"唔唔。"（见《神与人之间》二三七页）

这样，两人实生活上的残酷的斗争，变成艺术上相互的推敲了。他甚至坦然地推敲怎样巧妙地杀他自己。在一个乱舞狂欢的晚上，举起酒杯目送添田抱着他的 Venus 走着狐步的穗积却独自暗暗地进行着那情节的进一步的推敲。

　　……穗积的脑里，好一些时候，像想小说情节似的弄着这样的空想。……幸而世间，特别是文坛，一般的同情都集在我身上。我被认为忠实的谨厚的善人。比方就把添田弄死恐怕谁也不会疑我。就是朝子做梦也不会想到那样。于是我安慰她，把她的爱夺回，圆圆满满的结婚。社会上都当"正义胜了，恶魔灭了"，大家都赏赞我"难得你这样好的耐心，竟贯彻了你的纯洁的恋爱"。……对呀，把这写成一篇小说罢。……人家都当添田是恶魔，我是善人的时候，我反而渐渐成了十足的恶党。把这心理过程写出来确实有趣。……（见《神与人之间》二五三页）

这"小说的情节"到了穗积偷了"西班牙的苍蝇"以后推敲得更加严肃，更加冷静，更加周详了。从添田如何中毒，如何卧病，如何由呕吐，痉挛，昏睡状态，死，以至死前医生如何诊断，死后社会如何批评都一丝不乱的想出来了。——

> ……人们一定说这恶魔主义者是受了他的当然的果报死的。……他是受了不但不听良友穗积贤妻朝子们的哀诉与谏告，反而时常嘲笑他们，虐待他们的天罚。该是被他杀了的妻子反而得救了，要杀她的无情的丈夫反而先下世了。社会上一定对于那样寂寥地等着丈夫归来的不幸的朝子身上洒着同情之泪罢，还有对于从明里暗里替她尽力的失恋诗人穗积的身上。……（见《神与人之间》三〇二页）

很明显的，在穗积与添田底恋爱争夺战的过程中，那两个性格——善与恶的对立已渐次打破。恶魔不必恶，善人不必善。不，善人反成了十足的恶魔了。但是我们不可忘记，诗人穗积是这样清纯高洁的人啊。他曾把他的心比之于"童话中独自一朵寂寞地开在原野的蔷薇花"。

> ……我的心脏就是那蔷薇花。越是孤独，越是孤独，花的芳香越加馥郁起来。……（见《神与人之间》一六六页）

以这样一颗清纯的蔷薇之心而行那样残酷阴险的毒蛇之事，不是他吃得消的，于是他不能不对他自己的良心做出这样的 Excuse，首先说他是何等为着友情牺牲了他已经胜利的爱情，他是何等纯洁的，忍受着长期的孤独与屈辱。他为他们竭尽心力反而成了添田播弄的工具。添田的目的是在活活地苦死他和朝子。问题是这样的迫切了。善

人的他们消灭恶魔呢？或是被恶魔消灭？过去他过于逡巡反而得了助
长添田底恶德底结果。把朝子那样圣洁的 Madonna 堕落成为娼妇似的
女人，这固然是添田之罪，他也不能不负责任。把既经消失的"善"
与"美"的东西夺转到世上来不单是为她也是为全人类。容忍恶底存
在是比"恶"底自身还要恶，于是他达了这样的结论。——

> ……杀添田并非把灵魂出卖给恶魔，而是为着她，为着全人
> 类消灭恶魔。……（见《神与人之间》三〇四页）

于是，穗积这样做了。一切都照他所预想的实现了。只有两样多
少反于他的预想的，是那恶魔添田临死时的后悔，和善人穗积杀人后
的苦恼。这苦恼使他发出这样的疑问。——

> 杀人即令是以善良的动机做的，得了善良的结果，还是违背
> 人类的天性吗？代神制裁恶魔的，毕竟是他的僭越，神非罚责他
> 的冒渎不可吗？……（见《神与人之间》三二四页）

文中的穗积在和朝子结婚后一年受不住良心的苛责自杀了。这一
善恶问题在他的遗书中这样结束：——

> ……你说你从前就爱我，说现在已无悲悼添田之死的心了。
> 说爱我甚于爱道子。这么些话不但不足以慰我，更使我战栗于我
> 的罪恶。我觉得你已不是从前的清纯的朝子渐渐变成和我一样的
> 恶魔了。……
> ……好像矛盾似的，结局我恨添田君。……一人之恶，及于
> 三人。不是为着添田君一人恶使你也恶了，我也恶了吗？就在最
> 初的恶人死了之后，我们还要为那恶苦恼。你我太不合算。……

（见《神与人之间》三三〇页）

这里穗积把性格的恶化也归之于个人的影响，和添田想因清纯的朝子的感化而加入善人队里一样。——我们只能说作者谷崎氏把握不定个人和社会环境底正确的关系。恩格尔斯曾这么说："人自己是在造成自己的历史，可是他之为此是在一定决定他们的环境之中，是根据旧时代所遗留的现实关系的基础之上。而在这些关系中，经济关系归根到底总是占主位……"拿这个去检查这个恋爱斗争史时，可知这中间到处表露着两个时代的斗争。——封建残余的意识形态与资本主义末期文化底斗争。第一，这作品中写的是两个时代的女性，一个是所谓"圣洁的 Madonna"任丈夫怎样打骂，怎样嫌厌，怎样"在作品里杀过她三次"，怎样和情妇在外游荡数月不归，依然忠实地柔顺地等待着，依然哭着说"我永远是你的人"的封建型的女性。一个是才气横溢，有她自己的职业，而用她的"Coquetry"（风骚）和"西洋人式的表情"征服男子，玩弄男子，始终愉快地没有什么拘束的过着日子的摩登型的女性。——这一种和朝子相反的女性在穗积们不经意的当儿大量地产生出来了。——

　　跳舞着的女人们虽一半以上是日本人，但好像谁都是与穗积无缘的人种。日本什么时候也生出这样的女人们来了，头底梳法哪，眉底画法哪，似乎种种地方都施了很精细的技巧，因此，她们的眼睛鼻子说不上的都带西洋人味儿。并且都那么大大方方地没有一点羞涩。拿起朝子来一比，她们的确是另一人种了。她们是和生长在信州山间的穗积和朝子是完全住在不同的世界的人们。（见《神与人之间》二四五页）

自然"这样的女人们"是日本资本主义高度发展中必然地产生出

来的。我们知道日本脱离封建社会不久，虽然资本主义有高度发展而无论在政治上社会上特别是家庭生活上还保留不少封建的残余，男女生活的不平等，对于女人的亚细亚式的待遇与女人强制的服从，在许多人仍视为当然。特别是在"生长信州山间"的人猝然看见那帝国饭店 Green room 中那一些"带西洋人味儿"的摩登女郎们自然是惊心骇目，认为另一人种了。干子便是这"另一人种之一"。也就是"恶"的女人们之一。他虽然对朝子叙述了那晚的所见，但还是要保存朝子的"善"不要她学这"恶"。——

> 朝子　"有趣哩，我真是羡慕那样的人啊。"
>
> 穗积　"怎么样的人？"（他责备似的问）
>
> 朝子　"干子那样的人啊——你瞧她又爱闹，又漂亮，谁也看了欢喜，始终能快乐地过着日子。真是我要能像她那样多好。"
>
> 穗积　"哈哈哈，那你可到底不成，除非你再生过一次。"

再就这两个女性——朝子与干子——的职业来检查，也恰恰的代表两个时代。朝子原名"照千代"是长野的艺妓出身，受过封建时代遗留下来的最典型的教坊的教养。而干子是日俄战争以后隆盛起来的新剧的女优，她们俩究竟谁善谁恶呢？或是这两个时代的女性谁善谁恶呢？不承认有永恒的道德原则的我们只能这样说，站在封建地主的观点，则朝子这样的女性是"善"，而干子那样的女性是"恶"。站在资产阶级的观点，则朝子不必"善"，干子不必"恶"。为什么现代日本家庭仍充满着"不必善"的女性呢？因为资产阶级民主革命虽然也打出男女平等招牌，但在它的阶级利益上决不能彻底地反封建。女子的真正彻底的解放只有在无产阶级革命以后。因此站在新兴阶级的观点，封建的良妻贤母（如朝子），资产阶级的摩登女郎（如干子），都没有什么好。都是恶。我们要求的是另外一种"善"的女性。

这两种女性的善恶我们既然明白了，这当然影响到她们的追求者——添田与穗积。我们再来批判他们的善恶。

他们，据这作品内所表现的，虽然生在同一时代，而且同过学，但在经济关系上，添田代表了没落的城市小资产阶级，而穗积代表了乡村小资产阶级。在职业上添田是一个"靠写文章吃饭的"文士，而穗积是一个在故乡开业的颇有名望的医生。在货币经济发达的社会，女人是跟着钱跑的，所以朝子首先给一个叫木村的绸缎店老板讨去了，那绸缎店老板死了，好运才轮到他们，朝子对于他们两人虽一样的"不讨厌"，可是显然的，"穗积先生"是比较的可靠。所以她的姐夫武田才首先问穗积"要不要她"。

从辛苦里出来的添田是懂得这个的。——

> 添田　"……我假使一旦表示要讨照千代的意思，那么你那现在还不晓得是不是 Love 的，结果不会变成 Love 吗？于是我们俩不会竞争起来吗？那么一来，我知道我到底不是你的敌手。……"
>
> 穗积　"为什么不是我的敌手？"
>
> 添田　"这还用说吗？你是本地人。又有地位，又有信用。在社会上看起来比我这样浮浪的文士要不同得多。并且你和照千代认识也比我早，又有以医生的资格对她尽过种种的心的关系，若是竞争起来我想我一定要输的。……"（见《神与人之间》--七五页）

这已经是在未开始竞争之前早定了输赢了。何况在性质上添田是和《鬼脸》里的壶井似的在早年惨苦的家境和都会资产阶级的享乐生活底诱惑里铸炼出来的畸形的"不良性"的青年，而穗积是一个生长于信州山间殷实人家而以"品行方正"著名的纯朴的青年。这两者相形之下，难怪朝子说"老早以前"就爱他了。难怪她说她"自己以为爱着添田，其实当真还是爱着他"了。

从辛苦里出来的添田也懂得这个的，但明知道这样他仍必须占有朝子，以慰他所谓"恶魔的寂寞"。而穗积也在任何失望与屈辱之下，不改他的步调企图救回他的"圣洁的 Maddona"。

这样执拗的恋爱之争，表示女人在资本主义社会仍是私有财产之一部，仍是男性占有欲底物格。值得注意的是执拗的争夺者的两方都是小资产阶级青年，这因为小资产阶级就在恋爱方面也是"最执拗的私有者"，且所谓"圣洁的 Madonna"在大资产阶级与无产阶级都是用不着的，恰恰代表了小资产阶级的幻想。这里为着这幻想的追求小资产阶级青年甚至抛掉他们的一生，而毫无所惜。他们的这种"恋爱至上主义"使他们没有法子看见群众，省悟自己阶级的前途与其历史的任务。只玩弄着"善"与"恶"底抽象的超阶级概念。——这许同时是这一个很优秀的作品，打有时代火印的缺点罢。

七　东方与西方

由上面《鬼脸》与《神与人之间》的分析，我们已可以明白谷崎氏的恋爱观与社会观。

现在我们再拿他那篇未完成的作品《鲛人》来介绍他的艺术观。——这样告一个结束罢。

自然，每一个作家都是时代的人，他总是在他的作品里有意无意地表现一定的阶级利益。因此每一个作家的艺术就建筑在他的社会观上。我们在上面已经知道了谷崎氏虽然出身于没落的小市民层，虽然目击着他家里的悲惨运命，和深刻的阶级的对比，但他却逃避现实于颓废的梦里。——这就是他的艺术观的基调了。和谷崎氏每一篇作品都有自传的价值一样，每一篇作品也表现这样的唯美的艺术观。但是为着较具体地特别是于我们同国人较亲切有味的理解他对于艺术上的见解起见莫如《鲛人》的研究。

这《鲛人》系以欧洲大战后生意繁昌的浅草公园为背景，写一个优秀的颓废的艺术家服部于那扰攘叫嚣的人海中追求永远的"真"和"美"的历史，——虽说这部历史没有完就停止了。——这姓服部的虽是一个洋画家，但就看做作者自己也不会很错。他二十七岁了没有职业，又无可靠的亲故，应该是"自食其力"的了。然而他的生活费是"赚来"的少，"借来"的多，这在他是根据他多年奉行的这样的信条的。——

他虽是个洋画家，但非以画舞台背景为能事，他可是真有志于艺术的。因此与其做不高兴做的事情去赚钱，不如向人家借哪讨哪，反要来得问心无愧。他是为做艺术家而活着的，因此生活手段等是第二问题，为那样的事去劳神是傻子。但凡在第二问题范围内他就给人家看不起，轻蔑也不要紧。无论用什么方法只要能弄钱来吃喝就成。……

这虽是有些夸张，可以看出一个艺术至上主义者所理解的艺术与实生活的关系。

讲到吃喝，这艺术家在他四五年前家里还富裕的时候，也是很讲究这个的。他原是个生活欲极旺盛的都会人，但自从他落魄以来别的欲望都次第削去，独有食欲还保存着而且更加猖獗起来，他以为"食"是人类欲望之中最后的而又最真实的欲望。——

……靠得住的东西——是啊，世界上原没有那样的东西，假使是有，那就是这一瞬间的"饱食的味儿"了。……人类除了把

吃的东西塞满胃脏以外能更有什么占有得更实在的东西吗？就是
财主爷底财产，学者底知识，能有这样确实的很有斤两地压在身
上的所有感吗？任是怎样的怀疑家也不能怀疑现在吃的东西是在
胃里罢！（见《鲛人》一四页）

　　因此，他是非常怕肚子空的，他对于争取饱食是非常勇敢的，
"严寒时当了衣服去吃。吃帽子，吃书籍，吃四周围所有的东西，不
管是自己的，人家的！"浅草公园的歌台舞榭的男女戏子们被他吃了
不少。他是浅草公园的肥料，浅草公园也是他的肥料。

　　这疏于实际生活又性爱孤独的天才艺术家为什么流到了浅草公园
呢？这依作者说是与那些靠公园衣食的戏子，戏园流氓，堕落文人，
以及其他说不出名字的浮浪人丑业妇中之一部分人有同样的心理的经
过。他们同样是懒惰，没有钱，意志薄弱，可又不能从奢侈的物质欲
自拔，结果给社会压迫到没有地方走。虽是十二分不平可又没有法
子。只好"玩世不恭，或是愤时嫉俗，耽溺于廉价的享乐以自暴弃"，
为着这个目的就没有比浅草再好的地方了。只要一到浅草，这都会所
有享乐机关大概都具备在那里。不过是以最丑恶的形式。

　　不过这丑恶也不足以使我们艺术家退避，因为在他的眼中当时的
东京就整个不好。

　　　　——特别是欧战以来这倾向更激化了。亏着战争，东京大大
　　地繁昌起来了。日本变成债权国了。实业家丰足了他们的资产，
　　宰相获得新的爵位，军人得了勋章，卖破船发财的，囤染料药剂
　　发财的暴发户辈出，但因此东京这地方反而一般的成为不好住的
　　都市了。不错，也许文明的设施比从前多，但是市民由此而受的
　　便利，比起由此而受的不便来，不如没有倒好。……（见《鲛人》
　　三页）

　　这样的东京更不用谈什么都市"美"了。有的只是"文明的诈欺"！因此，与其在中心街市接触那种虚伪与不调和，他宁可在丑恶的浅草公园中找它近于"美"的东西。这样浅草公园成了这艺术家安心立命之地。

　　有一天，这艺术家的唯一的好友南贞助，刚同他父亲旅行中国回来，带了一些香烟做礼物，特到公园旁边的一条陋巷来访他。当他一接触这都会的暗黑面时。——

　　　　他忽然想起去年十一月某日的晚边，随他父亲彷徨于南京秦淮河畔时事。父亲说要查查杜牧之诗里的杏花村古迹，在那狭隘迂迴的秦淮陋巷徘徊了两三点钟，那时，他一面在那废颓的中国街走着，不由的想起服部。服部假使和我们一道，他一定欢喜这条街的情景罢，并且假使他生于中国，一定躺在那小巷里面洞穴似的巢窟里抽着鸦片罢，——他一边这样想跟着父亲走。……

　　在他请服部抽着他从中国带来的香烟的时候，从那浓郁的香味中不能不使他回忆他旅行中所接触的美妙庄严的河北、江南的自然。使他也深恨不能生于中国。

　　　　……他已经从中国回来了。他别了那为日本过去文明底父祖和渊源的尊贵的大陆，永久以日本人这样待在这里了。在他眼前的不是那幽邃而冥想的北京，却是浅薄而丑恶的东京。这两个都会之不同，不正像刚读完《东方夜谈》随即来读什么演义似的不同吗？他毕竟是东洋人，所以在艺术上也不想离开东洋主义。但他生长的这现在的日本——给西洋主义，并且是夹生熟的西洋主义中魔着的现在的日本，他想要从中发现"美"。纯朴的自然到处都破坏了。在本比中国小规模而且贫弱的这国度底自然之中，到哪里去找倪云林的山水与王摩诘的诗境呢？他现在这样坐在这里的郁闷的松叶町的街堂房子底二楼——这不正是东京底丑恶自身吗？……

因此，他的结论是住在这样的自然环境之中，不会有好的艺术，所以他以为服部的堕落是因东京不好，日本不好。他是这样崇拜自然。这样的赞美中国的自然。他是这样同意他的父亲对于东洋艺术的理想。——

　　……东洋艺术与西洋艺术不但形式不同，根本精神也殊异，……西洋常常一样创造新的美，自己建设自己独特的美底世界，使美向一切方面分化，发达。在那里有艺术之目的，艺术家的生命。但东洋艺术并非创造美而是暗示美。……家父把"美"比之于月。西洋人捉牢月光映在溪谷处，照在庭树的叶上处，射在都会的电杆柱处，而说那是美。若非相当伟大的艺术家不容易晓得那光底来源是大空之月。……在东洋人却最初就望着大空的月，就不望也感着。……家父引月亮的譬喻正是在一个满月之夜泛舟洞庭湖，两人望月之时。家父说"东洋艺术是和宗教一样。只要拿来使灵魂得救就成。佛教所谓真如，世界和艺术底美底境地，是一样东西。都是仰慕着那空中的月。……因此，我和相信月底存在一样相信有永远的生命。"（见《鲛人》三七页）

他的父亲的这一种唯心论的艺术观似乎很得了他的共鸣，因此，他以为倪云林黄大痴的南画和米克兰·詹罗的壁画同样的崇高，而拟停止西洋画研究南画。但是与天上的白云之路无缘的服部却另外有他的境界。——

——但是我和你两样，我欢喜"人间"。我欢喜"人间"的恶事丑事。我觉得"人间"的恶事丑事之中也有你那样永远的东西，我想要抓牢那个。但是走近去抓它时，永远的东西不知逃到哪里去了，只留下恶事丑事来诱惑我。你知道我的意志弱的没有办法。我是给它一诱惑马上把灵魂卖给恶魔的无用之人。……因此，我不能和诱惑斗争，只能给它诱惑着也好，把灵魂卖给恶魔也好，假使恶魔保有永远的东西——我就想抓牢它。这假使如愿的话，我可以替这世界上添一两样人们从不曾知道的新的美。否则——就堕落完事。（见《鲛人》四三页）

与其爱"自然"宁爱"人间"；从人间的丑恶之中，从恶魔的手里抓牢"永远的东西"，替这世界添一两样新的美——这是服部毕生的大志愿，也就是谷崎氏毕生的大志愿，这个大愿他应该是颇为成就了，所以我们今日尽管对于他的恋爱观，社会观，艺术观未必赞同，然而并不否认他对于我们的寄与之伟大，我们不知道他是否给了我们什么永远的东西，但这个恶魔主义作家的作品使我们强有力的，印象的，认识了日本资本主义发展过程中重要的社会现象之一面，认识其中有作用的或被作用的许多人物底典型。实在"伟大的艺术家的作品帮助我们更深刻的埋解历史过程，……他的作品内描写的典型至今还有生气"。

但我们要知道谷崎氏所描写的"典型"之所以有生气，并非由于他承认永恒的道德原则，即他那种抽象的善恶观，相反的，他一方面固定地，静态地去谈"性格"的善恶，一方面他能很不自觉地，天才地，揭出它的矛盾，即"善人"在行为的发展中，时常变成"恶魔"，而"恶魔"反而成了不一定可恨的人物（就看《御国与五平》罢）。这样的把固定的死板的善与恶的抽象概念变成功流动的活泼的艺术家底生活感觉了。——这样我们就介绍下面那样优秀的流动哲学的浅草公园观，也并不足怪了。这样，我们可以说谷崎氏至今还是民众的朋友，也是中国的朋友。正在革命过程的中国的朋友，——

　　浅草公园和别的娱乐场显著不同的地方不单是它的容纳物庞大，而在于容纳物中的几十几百种要素不断地激急地流动着，发酵着。……不用说，社会全体也随时在流动，随时在沸腾，但没有像浅草这样流动激烈的一廓。这是在缓慢的流中打一圈的某特别的漩涡。这漩涡一年年扩大它的圈儿，繁密它的波纹，把飘到周围的东西随口吐去以养育它自己。在那流中的东西可以说没有一样不被它卷进去过一次的。但是那些被卷进去过的东西什么时候到哪里去了呢？漩涡还有在那里，那卷进去的东西已经不见了！……公园的流转是这样的激烈。这里有一不可看过之事就是若把那些流转者的东西一一地仔细检查一下，几乎没有一样不是俗恶的东西，粗杂的东西，低级的东西，卑陋的东西，但因为那些东西是以停不住的眼儿的迅速拼命地流转，所以公园自身的空气，就在混浊里孕着清新，废颓里吹着活气，乱杂中作着统一，悲哀里酿着欢乐，不可思议地，时常是年青青地，溶溶的大河似的流起去。那里偶然也并非没有优秀的东西，美丽的东西，伟大的东西落进来。但是一落进来，同时它们那些伟大，美丽，优越，就像透进大地的水似的，被吸的毫无痕迹。谁也不能在那里独自逞强。横行世界的百代哪，环球的名优和日活，天活的演员，有时甚至电影说明者都是同等，都不过公园一要素。……
　　关于这公园的特色要附加的一句话，是关于——"让这个公园这样下去是否于社会有益？""那里的空气之流动是进步呢？退步呢？"对于这一问题恐怕谁也不能与以确答罢。……不过这里有一句话说出来是不会错的。即拼命流动的东西不会有退步的，流动在流动自身生出进步。我们只要以这样的观点去瞧着它那泼剌的光景就得了。……不满足于这个回答的可以离开公园到市内其他一流的娱乐机关去，在那里从来的文明的遗物——德川时代的遗物——有时不过把容器改改样子，在污泥似的沉淀着。那里没有流动，没有混合，没有发酵。有的只是徒然摆起架子的，花高价钱的，发育停止的，干枯的顽意儿和观众。一方面有公园那一切东西，一方面有市内一等的戏院，俳优，艺妓，菜馆——这两者哪一个有助于将来的日本文明呢？……那不用说是前者罢，那里有成为新文明基础底盲目的蠢动。虽是盲目，虽是蠢动，但是轻蔑它的人，便是轻蔑民众。(见《鲛人》四九页)

五月十九日

此文作于一九三二年五月十九日，距现在整整地两年了，在被给的材料的分析上似乎还没有大的错误，不过最近几年来谷崎氏的《艺》至去年的《春琴抄》已臻化境，而精神却停滞了，他显然是老了。我或者有机会再分析晚年的谷崎罢。

一九三四年五月二十四日译者

——录自中华书局 1934 年初版

《神与人之间》谷崎润一郎年谱

（田汉）

明治十九年

七月二十四日生于日本桥区蛎壳町二丁目十四番地，命名润一郎。

明治二十五年

九月入日本桥区坂本小学校。当时在父母娇养之下甚为怕生，老是和奶妈一道不肯上学，因此在第一学年进级试验落第。到了第二年却以首席进级。

明治二十六年

因父亲把谷米经纪的生意不做了，转居茅场町。

明治三十三年

进秋香义塾专学汉文，同时上筑地的 Summer School 学英语。

明治三十四年

三月，坂本寻常高等小学全科卒业。其时父亲商业失败，无使入中学校意。拟于高等小学卒业后废学。但因再三恳请，教师亦以才俊可造相劝，亲戚复从旁资助，乃于四月入府立第一中学。

明治三十六年

六月，父亲的事业益陷苦境，屡有废学的危机。以教师斡旋好容易才继续读下去。从这时起雇为筑地北村氏的家庭教师。

九月跳过一年级升到三年级。

明治三十八年

三月，府立第一中学卒业。

七月，入第一高等学校英法科。当时已好文学，有做文学者的志愿，但顾虑到生活上的问题，决心以法律支持生活，以余力从事文学。

明治四十年

六月，出北村氏的家庭。这是写给初恋的女人——北村家的婢女的情书被发现的结果。这一失恋成为动机，益巩固了以文学立身的决心，乃转入一高英文科。出北村家之后，受伯父和小学时代的友人笹沼氏的补助。

明治四十一年

七月，第一高等学校英文科卒业。入东京帝国大学国文科。选国文科的理由并非欢喜它，而是因这一科比较地平易。

明治四十二年

八月，与小山内薰、和辻哲郎、后藤末雄、木村庄太、小泉铁等创刊文学杂志《新思潮》的计划已成。

九月，奉校谕退学。为的太热心于杂志把学校的学费好几月没有缴了（日本大学学费是按月缴纳的）。虽只要补缴学费依然可继续上课，但因以创作家立身的抱负很旺盛，觉得上学反为麻烦，也就不去了。

十一月，在《新思潮》发表《刺青》。

十二月，发表《麒麟》于《新思潮》。同月为《斯巴罗》杂志写戏曲《信西》，是为获得稿费之始。

明治四十三年

三月，《新思潮》废刊。

六月，写《少年》，发表于《斯巴罗》。

明治四十四年

二月，短篇集《刺青》由籾山书店出版。

大学退学后居所无定，继续放浪生活。后来，赴京都。暂停创作之笔。

明治四十五年

七月，由京都归东京开始写长篇小说《羹》，连载于东京《日日新闻》。

大正二年

正月，短篇集《恶魔》由籾山书店出版。

同月，长篇小说《羹》，由春阳堂出版。

七月，《懂得恋爱的时候》由植竹书院出版。

大正四年

五月二十四日，与群马县前桥市的石川千代子结婚于东京。同时赁屋于本所新小梅町居之。

十月，《杀阿艳》由千章馆出版。《阿才与巳之介》以《情话新集中》之一篇由新潮社出版。

大正五年

三月十四日，生长女鲇子。

六月，转居小石川区原町三十番地。

七月，写《异端者的悲哀》。

九月，写《病褥的幻想》。

十二月，转居原町十四番地。替《中央公论》新年号写《人鱼之叹》，替《新小说》写《魔术师》。

大正六年

春，发表《玄奘三藏》于《中央公论》。

五月十四日，丧母。

九月，写《十五夜故事》。

十月，写《晚春日记》。

十一月，写《哈撒堪的妖术》

十二月，写《兄弟》。

大正七年

春，发表《莺姬》与《人面疮》。旋移居相州鹄沼。自夏至秋写《金与银》，《小小的王国》，《柳汤事件》等发表于《黑潮》，《中央公论》，《中外》等志。

十一月，上旬退了房子，把家眷寄居日本桥区蛎壳町父亲家里（谷米经纪店）。单身赴中国旅行。游历朝鲜、东北、天津、北京、汉口、九江及江浙诸地。至十二月末由上海归神户。

大正八年

二月十四日，丧父。

三月，把日本桥区的店子出让给亲戚，定居本乡曙町。其间发表《恋母记》，《苏州纪行》，《秦淮之一夜》等。自夏徂秋，写《某少年的畏怯》，《可诅咒的戏曲》，《秋风》，《西湖之月》，《富美子之足》等。

十二月，转居相州小田原十字町。

大正九年

正月，发表《途上》于《改造》。在《中央公论》开始连载长篇小说《鲛人》。登了半年，未完成地中止了。

是年五月大正活映股份公司创立，被聘为脚本部顾问。

六月，电影剧的处女作《爱美者俱乐部》脱稿。费七、八两月摄影。十一月公开于有乐座。接着编泉镜花氏《葛饰砂子》为电影剧撮影。

大正十年

三月，掇《雏祭之夜》。

四、五、六、七四月悉费于《蛇性之媱》之编剧与制作。其间写成《我》，《不幸的母亲的故事》，《鹤唳》，《A 与 B 的话》诸作。

九月，转居横滨本牧。

十一月，断绝与大正活映的关系。

十二月，发表《正因为爱她》第一幕于《改造》。

大正十一年

正月，把《正因为爱她》的第二、三幕改题为《堕落》发表于《中央公论》。旋发表戏曲《御国与五平》于《新小说》，《永远的偶像》于《新潮》，《本牧夜话》于《改造》，《她的丈夫》于《中央公论》。

十月，转居于横滨市内山平二六七号的 A。

大正十二年

正月，发表戏曲《白狐的汤》和《无爱的人们》。在《妇人公论》开始连载《神与人之间》。

九月，一日由箱根芦湖畔乘公共汽车上小涌谷途中遇大地震。此时家眷在横滨。四日发小涌谷旅馆，五日晨至大阪。九日由神户乘上海丸赴横滨。十一日至东京府下杉并町与家小重逢，欢喜可知。二十日携家小再搭上海丸赴横滨，月末傥居京都上京区等持院。

十一月，移居东山线三条，要法寺内。

十二月，移居兵库县六甲苦乐园。其间发表《横滨怀旧》，《港的人们》等。

大正十三年

正月，发表《无明与爱染》第一幕。

二月，发表《腕角力》。

三月，发表《无明与爱染》第二幕，旋连载《痴人之爱》于大阪《朝日新闻》。

同月转居武库郡本山村。

十一月，连载《痴人之爱》续稿于《女性》。

十二月，完成《神与人之间》。

大正十四年

四月，《痴人之爱》完成。接续发表《二月堂之夕》，《萝洞先生》，《红屋顶》，《友田与松永的故事》，《马粪》等。

大正十五年

正月，由长崎游上海。二月十九日归来。

迄夏为止，发表《上海交游记》，《来借钱的人》，《青塚氏的话》等。

昭和二年

正月，发表显现，《日本的克利浦事件》，《九月一日以后的事》等作。

——录自中华书局 1934 年初版

《西班牙童话集》 [①]

《西班牙童话集》译者小序

许达年 [②]

　　《西班牙童话集》既已译完，照例须于卷首随便说几句话。但是虽说"随便说话"，究竟不能"胡说乱道"的，所以我就把西班牙的历史、地理、风俗、人情等等，拉杂写一些，使各位读者对于西班牙略略有些认识，然后阅读流传于该地的童话时，更加觉得亲切有味。

　　闲话少说，言归正传。

　　西班牙共和国的位置，是在欧洲南端的半岛上。这个半岛，名叫伊比利半岛（Iberian Pen），突出在地中海和大西洋的中间。那地方，原是一片高原，所以河流湍急，不大便于行船，只因国境的四周，除去西首紧贴葡萄牙外，完全临海，所以海运很方便，国民都长于航海，在四百多年前，也是一个在海面上称霸的强国。它建国的时候，约在公元一四六九年，国势很强，和当时的葡萄牙在海上争逐。正如现在的英、美、日、法等国一样。公元一四九二年，他们资助哥伦布航海西行，发现了美洲大陆，到现在还成为美谈。

　　西班牙自从借哥伦布找到了美洲大陆以后，他的殖民地便由欧洲扩张到墨西哥、秘鲁，而远在亚洲东南的菲律宾群岛，也被他们占据去了，一跃而成欧洲唯一的强国。当时能够和他匹敌的，只有他的邻

---

　　① 《西班牙童话集》，日本丰岛次郎编著，许达年译，上海中华书局 1934 年 10 月初版，"世界童话丛书"之一。
　　② 许达年，生卒年不详，中华书局编辑，曾出任《出版月刊》主编，编辑《小朋友画报》《小朋友》周刊等。另译有《日本童话集》《伊朗童话集》《德国童话集》《埃及童话集》及原田三夫通俗科学读物《地球》《天空的神秘》等。

居葡萄牙；但到后来也曾被他压倒。那时，西班牙国势之盛，比较现在的英国还厉害。

可是不幸！"人无千日好，花无百日香"，到了十九世纪末叶，他的国运日衰，自从和美国交战不敌，菲律宾群岛被美国夺去以后，他就一蹶不振，在国际间已不能有所作为了，到现在，编历史的先生们提起笔来，对于西班牙只能这样叙述："西班牙国境，面积约五十万五千方公里，人口约二千二百万。富有铜、水银、铅等矿产，农业也尚称发达。只因人民习性贪懒好高，贱视劳动，所以许多大企业，如矿产的开掘等，大都由英国人、法国人、德国人在那里代办。现在虽然已经推翻君主专制的政体，建立共和国，国势恐仍难振作。"——我们中华民国过去的情形和西班牙相仿佛，而现在的情形却还远不及西班牙，两两相对，真令人不胜感慨也！

关于西班牙的历史和地理介绍完毕，现在且来谈谈他们的风俗人情。

西班牙有一种"国技"，那是名闻全球的，就是"斗牛"。斗牛并非单单是一种游戏，大多是利用他来赌钱的，所以每逢斗牛的时候，举国若狂，有许多人竟因此倾家荡产而不惜，实在是一种陋习！他们还有一种奇怪的民族，就是吉卜西人（Gipsies），专以歌舞为生，流浪各地，形成一种特异的生活。所以关于他们的传说很多，正如西班牙到处多山，山上大多有许多古代遗留下来的城堡，于是关于城堡，就产生了许多奇异的童话一样。这就是西班牙童话富于神怪的意义的原由。

好了，我应该说的话已经说完了，就此搁笔。爱读童话的读者，就请把下面的童话，一篇一篇的翻着仔细看罢，你一定可以获得一种新奇的趣味。

达年　二二、七、一四、炙热的下午。

——录自中华书局 1934 年初版

《红萝卜须》①

略谈赖纳和他的《红萝卜须》
黎烈文 ②

记得有一位法国批评家说过大致是这样的话：

> "平凡的人见到人生的丑恶和苦恼，便诅咒人生：聪明的人
> 却把这丑恶、苦恼的人生描写出来，使我们笑或哭。有时候笑啼
> 杂作。"

我以为借用这话的后半段来形容赖纳（Jules Renard）的作品——尤其是他的《红萝卜须》（*Poil de Carotte*），是非常恰当的。

赖纳和都德（A. Daudet）一样，与自然主义派有着很深的关系（有些文学史家干脆把他列在自然主义派里面），但却知道在"赤裸裸的人生的写照"中，加上一些"幽默"中"讥嘲"（ironie）引人啼笑，减去一般自然主义派作品所通有的沉滞。不同的是：都德是勃鲁梵斯（Provence）人，他的笔底有着南国的温柔的情趣；而赖纳则是冷静的北方人，他的著作完全用着简练的，古典的手法。

---

① 《红萝卜须》（*Poil de Carotte*，今译《胡萝卜须》，长篇小说，法国赖纳（Jules Renard，今译勒纳尔，1864—1910）著，黎烈文译，上海生活书店1934 年 10 月初版。

② 黎烈文（1904—1972），湖南湘潭人。1926 年赴日本就读于东京帝国大学，后转赴法国地雄大学和巴黎大学研究院攻读法国文学和比较文学。回国后任法国哈瓦通讯社上海分社法文编辑，后任《申报·自由谈》主编。1934 年与鲁迅、茅盾等组织译文社，出版《译文》。后赴台，任教于台湾大学。另译有法朗士《企鹅岛》、芥川龙之介《河童》、梅里美《伊尔的美神》等。

一八六四年诞生于法国西北部 Mayenne 省 Chalons 地方的农家，一九一〇年去世，总共没有活到五十岁，赖纳寿命的短促，在同时代的文人中，是与莫泊桑相差无几的。但在这短促的生涯里，他在文学上已有了惊人的成就。作品虽然并不多，却几乎全是可传的佳构。

从一八八六年起，赖纳先后发表过《蔷薇花》(*Les Roses*)，《乡村的罪恶》(*Crime de Village*)，《冷笑》(*Sourires Pincés*)，《食客》(*L'Écornifleur*) 等著，渐次引起文坛的注意。到一八九四年，《红萝卜须》出版，便名震一时。这部小说后来曾编成剧本，在舞台上又获得极大的成功（最近并已制成电影）。红萝卜须在法国，正如中国的阿 Q 一样，成为一种尽人皆知的典型人物。

《红萝卜须》一书包含的人物，只有寥寥五六个。主人公红萝卜须是一个非常不幸的孩子。他生长在很坏的家庭里，受着重重压迫：偏心的母亲虐待他，自私的父亲一向忽视他，狡猾的哥哥和姐姐也都利用环境欺负他。在这样的氛围气里面过着日子的红萝卜须，结果也渐渐地变得诡谲，懒惰，残酷了。实在说来，这书里并没有怎样惊人的情节；赖纳给我们的是一串麦绥莱勒 (Frans Masereel) 那样意思深刻，技术老练的木刻连环图画。画中每个人物都真实、生动，各人日常生活里许多不易为人见到的机诈或卑鄙的地方，都被活现在纸上。著名文学史家朗逊 (G. Lanson) 说这书是一种具有空前的独创风格的杰作，并非过誉。

《红萝卜须》出版后，赖纳还发表了《葡萄园中的种葡萄者》(*Le Vigneron dans sa vigne*)，《博物志》(*Histoires Naturelles*)，《情妇》(*La Maitresse*) 和最近出版的《日记》等，其中《博物志》和《日记》两书是和《红萝卜须》一样，博得批评家们热烈的赞美的。

读着赖纳的著作，最使我们惊叹的是作者对于自然与人生观察的细微透彻。因为有着这种观察力，所以他能突然抓着人与物的最生动的一面，以一种恰当的美丽的线条描绘出来。"观察一样东西而把它写出来；说是画师的手腕，自然也可以，可是必须是烘托重于表现的文学的画师。"从这几句话里，我们可以见出赖纳艺术的大概。

他的"幽默"和"讥嘲"，也是由他那深刻而细微的观察得来的。因为有着那种观察力，所以他能非常明了地看出事物的各方面，把那些可笑和可悲的地方，自然地，如实地描写出来，使人感着一种恬静的滑稽的情味，那便成了他的"幽默"和"讥嘲"。

现在献呈读者的这《红萝卜须》译本，因最初系给《自由谈》登载，随写随印，译得非常匆促，译者虽自信已在"信""达"两字上尽了最大的努力，但小疵许是还有的，希望博雅之士的指正。

关于赖纳和他的艺术，本来想作较详的介绍，但天气实在太热了，只好就此完结；另有旧译法国批评家果尔门（Remy de Gourmont）论赖纳一文，作为"附录"，印在后面，或者于帮助读者了解赖纳的艺术一点上，可以稍补我这篇短文的不足罢。

译者　一九三四年七月五日盛暑中挥汗

——录自生活书店 1934 年初版

《丹麦童话集》[①]

《丹麦童话集》译者小序
许达年

丹麦在欧洲的北部，它的国境，面积真小得可以，仅仅占据突出在北海（North Sea）和波罗的海（Baltic Sea）中间的半岛上，和附近

---

① 《丹麦童话集》，日本大户喜一郎（1897—1961）编，许达年译，上海中华书局 1934 年 10 月初版，"世界童话丛书"之一。

的几个小岛，所以它的总面积只有四万四千方公里。可是，他们的国民，大多属于条顿族，所以秉性刚毅，尤其是勤于劳苦，大多从事牧畜和农产，到现在，丹麦出产的牛和牛乳、牛油，品质既好，产量又多，已经夸称为全世界第一了，附近的英国、法国等，几乎完全要靠他们供给。——我国自称地大物博，以农立国，年来反要向外国买洋米吃，买洋麦吃，和丹麦比起来真是令人惭愧的。

丹麦不仅在农业方面被人称赞，就是在教育方面说来，也是一个很进步的国家。它们国内，几乎没有一个人不识字。——和我国有五千年的文化，时常自夸开化最早的，全国不识字的人竟占有百分之八十以上，真是无可比拟了。

至于儿童文学方面的著作，我国更不能和丹麦比拟，他们在公历一八〇五年时，产生了一个名闻全世界的作家，他的名字就叫做安徒生（Hans Christian Andersen）。他以卓越的天才，丰满的情趣，写了许多童话，传遍全世界，差不多把全世界儿童的心情，完全抓住了——这样的作家，我国有过吗？……

我并不是存心长别人志气，灭自己威风，连连地说了许多话，要把丹麦和我国相比，这不过我一时想起，就此写下罢了。

如今我也不再多说了，仅以北欧一国——丹麦——的童话择其趣味浓厚而传布较广的，译出来介绍给我国的小朋友们看看。至于这些童话的作风如何，结构如何，趣味如何，看完这本书，各位一定即可了解，所以也恕我不多说了。

达年　二二，一二，二
——录自中华书局 1934 年初版

《饥饿》①

《饥饿》前言

叶树芳 ②

　　《饥饿》（*Hungry*）的原著者，凯纳脱·哈姆生（Knut Hamsun），不但是斯干的那维亚半岛诸国，也是现代全欧的伟大作家之一。他曾于一九二〇年获得诺贝尔文学奖金。他的文名，在俄国尤为煊赫，在那里有他的重版多次的全集风行着，被人论及时，是与托尔斯泰、陀思妥夫斯基并列的。

　　一八六〇年八月四日，哈姆生诞生于挪威格布兰斯达尔农村，祖先都是刚愎的工匠农民。因为家况很穷，仅仅受了几年的学校教育，他就替人家牧牛去了！那时他只是一个十岁的小孩子，但已知道常常袋着些另［零］碎纸条和铅笔，一面在山上牧牛，一面把所得的印象，一一记写下来（直到现在，他还是用这种方法的）。自从十四岁时，改做鞋店学徒起，他曾转换过许多职业：担煤夫，小学教员，马车夫，修路工人，测量师侍从，新闻记者及电车司机，……于是他有了丰富的社会经验，眼光远大，理解透彻，这在他的《时代之子》，《漂泊者》诸作中都可见得。他虽身居非常厄运的生活环境中，仍能

---

① 《饥饿》（*Hungry*），自传体小说节写本，挪威哈姆生（Knut Hamsun，今译汉姆生，1859—1952）著，叶树芳编述，上海中学生书局 1934 年 10 月初版，"通俗本文学名著丛刊"之一。

② 叶树芳，生卒年不详，南湖人，曾留学日本，就学于东京中央大学。第一次国共合作时期曾任孝感县党部青年部长、工会主席。抗战时期任职于浙西行署组建的民族文化馆，出任过《民族日报》编辑部主任。出版了《敌南方侵略圈》《日本人的苏联观》《论日本人》等多种著作。1945—1946 年出任绍兴县图书馆馆长。另编述俄国路卜洵（Ropshin）《灰色马》，译有苏联鲍勃洛芙斯基《最近西南经济概观》。

努力创作。

然而哈姆生在文学方面真正受人们的赞颂，开始于一八八八—
九〇年间《饥饿》的完成。《饥饿》最初的题材是漫笔的小品文字，
述一个贫困的青年文人因饥饿发生了各种狂态，作风是属于写实的，
也略微含有浪漫主义的情趣。他把这篇《饥饿》的前半部送给丹麦一
个定期刊物《新土地》，罕见的题材，动人的文体，即为主编者大加
注意，一发表便吸引住许多许多的读者。在哈姆生的《魏都丽姑娘》，
《牧羊人》，《大地生长》，《最后欢乐》等十种作品中，《饥饿》无疑
是其中最有力的不朽的一部，所以先后有了几十国的译文，而且《饥
饿》因为系用第一人称写的，特别来得逼真。有人疑《饥饿》是哈姆
生自己过去悲惨生活的回忆录，这话或许是可信的，无论如何，在这
篇作品中，多少总带着自传的意味罢。

——录自中学生书局 1934 年初版

《好孩子》[①]

《好孩子》译者序
严大椿[②]

每一个人，不论他是智慧的，或是愚蠢的，总有着善和恶的
两面。

---

① 《好孩子》，儿童小说，法国赛居夫人（Comtesse de Ségur，今译赛居尔夫人，
   1799—1874）著，严大椿译，上海北新书局 1934 年 11 月初版。
② 严大椿（1909—1991），江苏吴县角直（今属苏州市）人。上海立达学院文
   科毕业，1928—1930 年留学法国，肄业于法国国立格诚大学文学院。译作
   多发表于《儿童世界》。曾任职于开明书店，担任《中学生》编辑。另译有
   安徒生《不死的灵魂》、黎达《海豹历险记》、罗斯金《金河王》等。

时常，这两方面是在战斗着。在天真的孩子们，善念每占着优胜的地位。

赛居伯爵夫人的作品，往往是轻巧美妙地写出了这些可珍贵的战斗来，且是有力地指示出善念胜利的欢快。

赛居伯爵夫人是法国有名的儿童文学家，于一七九九年出生于圣贝德斯堡，死于一八七四年。生时著有儿童读物数十卷，都是趣味丰富的童话、故事、小说和喜剧，文笔浅显而美丽。

不但在道德教育上，本书具有莫大的助力，而且它处处流露出真挚浓郁的幽美感情，足使小朋友读者，得到良好的影响。它胜任地维护了孩子们圣洁的灵感。于是我把它译了出来。

据常青兄看过译稿后的意思是：文中“上帝”字样太多，不合现代教育潮流。这个，当我翻译时，也曾感到这一点，不过当时我还以为全书十多处的“上帝”，似乎无损大局，一时竟笔下留情，未加革除。可是，现在，预备拿去付印时，再把原文过细看一遍，觉得“上帝”“上帝”的刺刺于耳，实在有点作呕，于是老实不客气，把这十来个“上帝”一笔勾销，代入别的文句，好在于全文原意无损。不过还有三数个不能削职的“上帝”，只好放他们留着了。

同时，还把不很重要的句子删去了一些，（全书约被删去四千字）不很明了的地方，添了几个字，加了一二句。这是须得声明的。有什么不妥的地方，倘蒙善意的纠正，竭诚欢迎指教。

关于本书内容，留待读者体味，不再在这里噜苏了。

末了，我要深深感谢景深先生的赐作序文，并谢谢替我润饰文句的敏求兄和替我誊写全稿的冠真女士，以及其他帮忙的诸位友人。

　　　　　　　　　　　　一九三四，五，一，于吕班路万宜坊

　　　　　　　　　　　　　　　——录自北新书局 1934 年初版

《好孩子》编者序

赵景深 [1]

因为在北新书局任编辑之故，得以第一次读《好孩子》，使我感到荣幸。这本书的确写得好，尤其是在教育上有很大的价值。

倘若容我把书比作人的话，那么我应该说这本书好比慈母，她只是温煦的给小朋友以很好的指导，却不是严厉的申诉。前五章写恶作剧的孩子得到惩罚，又有趣，又警惕。《功课》章写小朋友预备功课的方法亦于儿童极为有益；所谓"天下无难事，只怕有心人"，"只要工夫深，钢铁磨成绣花针"是也。遇见功课，不要怕难，怕多，慢慢的预备，不要心急，一样一样的来，自然就都会了。这真是一个读书的好方法。

本书原为二十一章。第十章《捕鼠器》以后便是孩子们轮流说故事。我因此书为写实的小说，插入神怪的故事，觉得在气韵上不类，所以大胆地将《哀斯勃卢夫·辣玛莉丝和鼹鼠》以及《翁莉爱德所讲的故事》删去；又因《令人瞌睡的故事》有侮辱我们中国人的地方，所以一并删掉；这样一来，不仅情调统一，并可免去说故事多于故事本身的缺点，同时小朋友们又可用较廉的价钱购买这本书，一举三得，在我是觉得很妥当的。倘若因此使原著有所减色，这完全是我的罪过，应该由我来担负。

赵景深。一九三四，九，一〇

——录自北新书局 1934 年初版

---

[1] 赵景深（1902—1985），生于浙江丽水，祖籍四川宜宾。毕业于天津棉业专门学校。文学研究会会员，主编过《文学周报》《现代文学》《戏剧》等。曾任教于中国公学、上海大学、艺术大学、复旦大学。历任开明书店总编辑、北新书局总编辑等。另译有《柴霍甫短篇杰作集》（八集）、《格林童话集》（十四集）、屠格涅夫《罗亭》、《格列姆童话集》等。

《新生》 [①]

《新生》题记

王独清 [②]

这在我自己也像是一件意外的事，在目前我底景况下却把这本但丁底《新生》译了出来。

记得有朋友在报上发表过一篇我的"素描"，说我有好几年口上讲要翻译《新生》，但却总不见动笔。其实这话是不十分合事实的。我动笔翻译《新生》，远在几年以前，并且已经翻译了有一大部分，只是没有继续完成。这原因是我底思想底改变，对于这项工作减少了兴会，所以便竟搁置起来，一直到了现在。

我开始起翻译这书的念头，是在欧洲浪游的期间。那时我正在沉迷着但丁的研究，总想把所谓"清新体"（Dolce stil nuovo）的诗风介绍到中国来。当时中国正是"五四运动"后新诗运动蓬勃的时代，促成我底念头的大概这便是一个主因了。

然而毕竟为了太过沉迷于但丁的研究了，所以后来翻译时是非常的矜持，工作也进行得很慢。及至已经译了有十分之八，却又被自己搁置起来，所幸译好的稿子几年来还没有纷失，现在得以有机会来整理和补译，这结果便是现在的这个译本。

尽管是这样薄薄的一本书，但是它在过去的文学史上却是一种经典，

---

① 《新生》（*La Vita Nuova*），诗歌集，意大利但丁（Dante Alighieri，1265—1321）著，王独清译，上海光明书局 1934 年 11 月初版。

② 王独清（1898—1940），出生于陕西西安。曾东渡日本，1920 年留学法国，毕业于里昂大学。回国后曾任广东中山大学文学院院长、上海艺术大学教务长等职。创造社成员，主编过《创造月刊》。另译有《诗人谬塞之爱的生活》（法国摩南著）、《独清译诗集》等。

一卷奇书，一个前驱。像这种古典作品，译时自然有种种困难，不过，我算是尽了我能尽的努力了。我相信总不会使读者有大失望的地方。

这书底本事，凡是治文学的人大概都是知道的。不消说它底内容和我们现代底思想感情距离得太远了，但是，它总是过去文学史上一个重要的文献，我们尽可用它去了解但丁时代底思想感情的。在这一点上，我以为我底工作决不是浪费。

现在，我们眼前的社会是尽可能地向后跑着。我也遂把这隔了几世纪的作品来送给读者。但是我想，它就是不能帮助读者飞扬，也总比去读一般唤回黑暗时代的时下人底作品要有意义的罢？

能译完这本书，完全由于朋友们底劝诱，其中以玖衞帮助我的地方最多，这是应该感谢的。

王独清

三，四月，一九三四

——录自光明书局 1934 年初版

《小英雄》 [1]

《小英雄》[序]

绮纹（郑超麟 [2]）

这是朵斯退也夫斯基年轻时在圣彼得堡彼得保罗监狱中写的

---

[1] 《小英雄》，短篇小说集，俄国朵斯退也夫斯基（今译陀思妥耶夫斯基，1821—1881）著，绮纹译，上海亚东图书馆 1934 年 11 月初版。

[2] 绮纹，郑超麟（1901—1998），福建漳平人，早年赴法勤工俭学，后被选派到莫斯科东方劳动者大学学习。归国后曾任上海大学教员，出任中共中央出版局负责人，编辑《向导》《布尔塞维克》《斗争报》等。另译有德国施托姆《大学时代》、法国纪德《刚果旅行》、俄国梅勒支可夫斯基（今译梅列日科夫斯基）《诸神复活》(上下册) 等。

一篇短篇小说。为此之故，这篇小说底取材及其作风与朵氏其他著作不甚相同。正如八年之后他给兄弟的信上所说："那里人们只能写些最无犯罪嫌疑的东西。"虽然如此，但孩童心里底表现以及描写的细腻，这篇小说并不逊于他的杰作《卡拉马佐夫兄弟》和《罪与罚》。

——录自亚东图书馆 1934 年初版

《结发妻》 ①

《结发妻》译者的话
常吟秋 ②

自从发表了《大地》之后，Pearl S. Buck 的名字便轰动了美国的文坛，而且立即引起了中国朝野的注意。《大地》的原本开创了三十五年来"Best-sellers"的新纪录。

她在一八九二年生于美国的希尔斯波罗地方，出世才四月，便被父母带到了中国。虽在十七岁时回到美国去进墨肯大学（Randolph-Macon College），但毕业后仍旧回到中国来，侍母病两年，便和布克教授（John Lossing Buck）结了婚。一九二五年重往美国，在 Cornell 取得学位，次年的秋天仍回中国，从那时起便潜心著作。一九二九年因要事回美一次，旋即来华。一九三二年再度返美，但去年十月

---

① 《结发妻》（ *The First Wife* ），短篇小说集，美国赛珍珠（ Pearl S. Buck，1892—1973 ）著，常吟秋译述。上海商务印书馆 1934 年 11 月初版，"世界文学名著" 之一。

② 常吟秋，生平不详。另译有美国布克夫人（赛珍珠）《旧与新》《分裂了的家庭》，W. 卡脱等著《保罗的罪状》等。

康脱卢梭号轮船又把她载回中国来了。从这上面可以知道她的大部分时间完全生活于我们的国度里。因此她认中国为她的精神上的父国。在她的作品内差不多全以中国的平民社会为背景，而深染着纯粹的东方色彩。美国的一位批评家说她能够像哈姆生那样描写饥饿的人们，像小泉八云那样表现东方的生活，确是第一流的天才。而她自己却说，"我主要的快乐与兴趣便是人，因为我生活于中国人之中，于是便是中国人……我和他们是太接近，而且共通的生活太密切了。"

《结发妻及其他》（*The First Wife and Other Stories*）是她的一部短篇小说集，去年在伦敦 Methuen 书局初版。当中一共包含着十四个短篇，虽有些是曾经在杂志上发表，但新的创作和修改却也不少。在这书内把它们分成了三组：第一组"新与旧"（Old and New），是描写西方思想侵入中国的传统思想中新旧两时代的冲突，这篇《结发妻》便是开卷第一篇；第二组"革命"（Revolution），是描写党军北伐后社会变革过程中的片段，而《大地》的主人公王龙便在这里面幌了一幌；第三组"水灾"（Flood），是描写一九三一年长江水灾中农村破碎，贫民颠沛流离的惨剧，有几篇是为助赈而写的，曾由赈灾会转送美国各大报纸发表，并用无线电广播。

在她的作品内，虽未必尽合于中国的国情，她描写的人物虽未免流于典型式的人物，但我们不能否认她的观察力的深到，和同情心的博大。Richard J. Walsh 在这部集子的《序》里说："显然没有一个中国的本国人能够写出他们自己的平民如布克夫人所写。"这话固不能算作我们的定评，却尽可视为我们的棒喝。总之，这一位外籍作家使我们不能不加以深刻的注意。

——录自商务印书馆 1934 年初版

《沙宁》①

《沙宁》前言

（邱涛声②）

　　被一般人称做俄国厌世主义、虚无主义、极端个人主义的典型作家阿志巴绥夫（Artsybashev，Michcal［Mikhail］），于一八七八年诞生于俄国南部的一个小市集上。他的母亲是波兰珂修支珂（著名革命家）的曾孙女，当他还只三岁时，便因患不治的肺病而死；他的父亲本来是一个军官，然而非常清白，没有多久就退了职；他的家况便渐现窘困了。在十六岁那年，常常过着饥饿生活，住在简陋的屋角里！他的文学创作，却在当时这样的环境中开始了。但直到二十三岁那年，他才发表了处女作《敷斯里约兹》。

　　这本沙宁（Shanin）是他的长篇杰作，在一九〇八年出版之后，立刻轰动了整个的世界文坛，译文竟多至七八个，中译本，先后也有三种。无疑的《沙宁》的成功，同时，使他挤上大作家之列。这里面，布局的周密，描写的深刻，笔调的细腻，感情的浓烈；在在都是难得的，有很多人称之曰"登峰造极！"

　　至于他的其他的重要作品，如《血痕朝影》《工人绥惠略夫》《革命党》等篇；其题材大多采取自革命的事实和心理，包含着生死的问题，性爱的问题，个性在社会上的发展问题；正因为了这点；他受无

---

　① 《沙宁》(Shanin)，长篇小说缩写本，俄国阿志巴绥（Mikhail Artsybashev，今译阿尔志跋绥夫，1878—1927）原著（封面署阿志巴绥夫原著），邱涛声编述，中学生书局1934年11月初版，"通俗本文学名著丛刊"之一。

　② 邱涛声，生平不详，另为中学生书局"通俗本文学名著丛刊"，编述有歌德《浮士德》。

限数的青年们的拥戴和同情。

　　他每每把人生看作痛苦的渊源，而他的晚年，确是十分可怜，两只眼睛都失了明！一九二七年，终于寂然长逝了！

——录自中学生书局 1934 年初版

《幽默小说集》^①

《幽默小说集》序

钱歌川 ^②

　　自林语堂先生发刊《论语》，提倡"幽默"以后，于是乎"幽默"便盛极一时。盲从附和者几遍于海上各刊物。但真正懂得"幽默"的仍然没有几人。甚至连提倡这个的大本营《论语》周刊上的许多文字，都只是《笑林广记》中的材料，而不是幽默的作品。"幽默"不是使人读了一笑即忘的东西，而是人生的啼笑皆非的事实，世人的熟视无睹的真理，以带笑的笔调出之，使读者草草读过觉得非常滑稽可笑，笑过以后便觉得要哭，因为作者愤世疾俗的意思，都蕴藏在行间字里，就同伤心人以歌当哭一样，即不知者听来虽觉可笑，也只是一种苦笑而已。俄国柴霍甫的作品便有许多是含泪的微笑，可说是"幽默"的。美国的马克·吐温以"幽默"著名，如这儿译出的《画家之

---

　①　《幽默小说集》，短篇小说集，马克·吐温（Mark Twain，1835—1910）等著，张梦麟等译。上海中华书局 1934 年 11 月初版，"新中华丛书·文艺汇刊"之一。

　②　钱歌川（1903—1990），湖南湘潭人，1920 年赴日留学，入读东京高等师范学校英文科，回国后任中华书局编辑，参与主编《新中华》杂志。1936 年入英国伦敦大学研究英美语言文学。回国后任武汉大学、东吴大学等校教授。另译有《缪伦童话集》、辛克莱《地狱》等。

死》，便是一篇典型的幽默作品。我们把这几篇新旧的名作集合拢来出一本书，题为《幽默小说集》，希望读者借此能把他向来对于幽默（Humour）的误解，改正过来。

民国二十三年九月　钱歌川
——录自中华书局 1934 年初版

《阴谋与爱情》^①

《阴谋与爱情》杨序
杨丙辰 ^②

德国文学，固然有很久的寿命，但它真正的发育时期，是在十七世纪以后，而灿烂茂盛，却在十八世纪以来。总结：不过二百年的时间而已。但它能在世界文坛上主占一席的，当然是由于它在世界文艺中首屈一指的戏剧，尤其是诗剧与悲剧。

张富岁君所译的这部《阴谋与爱情》就是德国第一部，而最有价值的平民悲剧。此剧成立的原因，是希勒尔的处女作《强盗》（已由本人翻译）上演，被公爵禁止。他在此时看出了宫廷的腐败与官僚的堕落，就写了这篇东西，讽刺当时宫廷。故这部戏剧，不是作者理想的事物；而是希勒尔耳闻目见的情状。

---

① 《阴谋与爱情》(*Kabale und Liebe*)，五幕悲剧，德国 Friedrich von Schiller（席勒，1759—1805）著，张富岁译述。上海商务印书馆 1934 年 11 月初版，"中德文化丛书"之二。

② 杨丙辰（1896，一说 1892—1966），原名杨震文，河南南阳人，早年留学德国柏林大学，攻读康德哲学。曾任教于北京大学，为德文系主任，同时在清华大学外文系兼任教授。另译有歌德《亲和力》、达恩《费德利克小姐》、霍普特曼《火焰》、席勒《强盗》等。

希勒尔是个理智敏跃，念虑深长，想象力极强烈的人。一般人公认他的文字比德国任何作家都来得深奥。要翻译他的作品，确有相当困难。

张君这本翻译，虽不敢说尽美尽善；但是我相信至少也会使读者得着相当的满意。并且我希望张君凭着这点技术努力地将德文名著介绍给中国。这不仅是张君应尽的责任，也是中国文坛上的幸运！

杨丙辰序　二三。六，二二

——录自商务印书馆 1934 年初版

《阴谋与爱情》译者序言

张富岁 [①]

这本书中的侍卫长卡尔布（Kalb）及秘书吴尔木（Wurm）两个人：Kalb 单译为"牛"，Wurm 单译为"虫"，这是作者暗示卡尔布的愚蠢及尔木的狡诈，故以命名。请读者注意。

全文脱稿后，曾蒙我的老师杨丙辰先生校改并又代为作序，这是我要十二万分感谢的。

又蒙胡适先生题字及北大德文系诸教授临时也帮过不少的忙，在此一并致谢。并希读者诸君不客气的指示，更是我所欢迎，接受。

——录自商务印书馆 1934 年初版

---

① 　张富岁（1907—1946），湖北襄阳人，德国慕尼黑大学教育学博士。曾任国民党中央教育委员会视察专员，北京大学训导长。

《奉献》①

《奉献》序

周瀋良②

亲爱的小朋友们！二年前，在《联合刊》上，吾们已经认识了，但是，掣电般的二年光阴过去，不知爱读《联合刊》的新小朋友，添了几许？

就在这二年前，当吾编辑《联合刊》时候，一有空闲，就译些法文小说，译后，搁在一边，渐渐忘记了，今年，《圣体军小丛书》，忽然又继续出版了，吾为答谢小朋友们爱戴《联合刊》的诚意，并为补充《小业书》的本数；就想把吾翻译的整理一番，献给诸位小朋友们，但是在吾杂乱的书箱中，找寻了好久，原稿竟然不翼而飞，不得已，只好寻原文。可笑，原文也零零碎碎，张张都脱落了。理后一算，只有半本。吾就以吾回忆所得，还照着未曾遗失的原文，用了一主日，才把它译完，写完，造完。

小朋友们！吾认承的：辞句上的洋化；译文的不信，不雅，不达；还有许多文法上的差误！

译者于苏州一九三四，七，八日

——录自土山湾印书馆1934年初版

---

① 《奉献》(*Pour l'Hostie*)，儿童故事，法国马尔东（V. Marmoiton）著，周瀋良译，徐家汇土山湾印书馆1934年11月初版，"圣体军小丛书"之一。该书前有《圣体军小丛书发刊旨趣》一文。

② 周瀋良，生平不详。文章多发表于《圣教杂志》《圣体军月刊》《光启中学》。

《狂人与死女》①

《狂人与死女》挪格洛孚女士与瑞典文坛
（刘大杰②）

　　十九世纪末叶的瑞典文坛，是史特林堡（August Strindberg 1849—1912）的占领时代，是自然主义的全盛时代。重现实与客观的自然主义文学，都是一些物质主义与科学精神的产物。在这个时代，人间生活中一切神秘的美妙的梦境，都随之而灭亡。这样一天天发展下去，人们就渐渐地感到心情的枯渴和灵魂的饥饿了，于是在一八九〇年的时候，发生了一种对抗自然主义的大思潮，那就是新浪漫主义（neo-Romanticism）。英国希蒙司（Symons）说"因物质之考察与调整，世界早已感着灵魂的饥饿了。今因灵魂的复归，因此起了新文学运动。这种文学有看见的世界而不是现实的，有看不见的世界而又不是梦幻的那种意味。"

　　这位批评家的话是很对的，尤其是后面两句话，更为真确，正如日本的山岸光宣所说，"新浪漫主义即是旧浪漫主义的复活，所谓主观，所谓情绪，所谓理想，全是一样的。所不同者，即是一曾受自然主义的洗礼，一未受自然主义的影响。旧者全为盲目的情绪所驱使，离开现实太远，新者虽重主观，虽重直觉，仍有自然主义细致的严密

---

① 《狂人与死女》（*The Tale of a Manor*），中篇小说。瑞典挪格洛孚女士（Selma Lagerlöf，今译拉格洛夫，1858—1940）著，刘大杰译。上海中华书局 1934 年 12 月初版，"现代文学丛刊"之一。
② 刘大杰（1904—1977），湖南岳阳人。毕业于武昌高等师范中文系，1925 年入日本早稻田大学研究科文学部，归国后任上海大东书局编辑。曾任教于复旦大学、暨南大学、四川大学等。另译有托尔斯泰《高加索的囚人》《迷途》，杰克·伦敦《野性的呼唤》（与张梦麟合译），屠格涅夫《一个不幸的女子》等。

的观察的余味。它能以沉静的态度，锐敏的理想，在现实的世界，发现梦幻的神秘的天地来。"这一段话，正是希蒙司所说的"有看见的世界而不是现实的，有看不见的世界而又不是梦幻的那种意味。"

在当时的瑞典文坛，成为一种运动的先驱的，是海德司丹（Verner Heidenstam 1859—　）和李威丁（Oscar Levertin 1862—1906）。在他们的《文艺复兴》（*Renascence* 1889），《彼皮得的结婚》（*Pepeta's Wedding* 1890）这些著作里，大胆地非难着自然主义底非艺术的倾向和过于现实过于科学而失了艺术的情味的缺点。同时主张艺术应该为艺术而存在，决不是为社会改革的目的而存在的。海德司丹那本《巡礼和放浪的岁月》（*Pilgrimage and Wander years* 1888），就是一本新浪漫主义最成功的作品。在这本书里，他是以他那枝美妙的笔，诅咒近代文明的骚乱，而讴歌东洋文明的情景的。是以《天方夜谭》为背景，展开着近代人的苦恼，人间的不调和的生活的极其美妙的故事。再如他一八八九年出版的《爱丁梦》（*Endymion* 1889）小说集，同样的也是东方的赞歌。

他的朋友李威丁出来，也写了许多文章，鼓吹新浪漫主义，如一八九八年出版的《诗人与梦想者》（*Poets and Dreamers*）和一九〇三年出版的《瑞典的人物》（*Swedish Figures*）都是很重要的批评文集。再如他的创作《传说与诗歌》（*Legends and Ballads* 1891），《梭罗门王与木洛耳甫》（*King Solomon and Morolf* 1905），是称为新浪漫派中的杰作的。可是女作家挪格洛孚的出现，她的杰作《哥司达菩尔林的传说》（*Gösta Berling's Saga*）的出现，才真正地把瑞典的文坛变了个模样，从一国的进为世界了。才真是把自然主义的壁垒毁坏无余，从史特林堡式的忧郁的悲壮的灰色的冬天，一变而为鲜明的微笑的晴朗的春天了。

斯干底那维亚文学（Scandinavian Literature）的著者 Topsöejensen 氏曾说，"如果把史特林堡看作是自然主义的代表，那末，挪格洛孚是最典型的新浪漫主义的代表。如果有人问史特林堡以后，瑞典文坛的世界代表是谁呢？无疑地，我们是要推举这位女作家的。"

挪格洛孚于一八五八年生于伐姆兰（Vermland）的马巴克（Marbocka）。这是一个充满着传说童话和美妙的梦的神秘的地方，一年中，总有七八个月是为冰雪所闭，道路艰难，行旅非常不便。好像这个地方，同瑞典脱离了似的，要到夏天的时候，外面才有人们来往，在这个童话之国里，挪格洛孚的家庭，居住了几百年。她自己在这里，从生下来，到二十二岁的时候，才找着外出的机会。童年幼年青年都在这地方过去的她，从来没有被人注意过的，没有被人描写过这个童话之国里的风土人情，给了她很深的印象，她对于那地方的特质和人物的奇异的性情，下了一种深的观察。

一八八〇年，她离开她的故乡，到司托克火姆（Stockholm）去，投考高等师范。幸而及第了，五年后，毕业，到一个小都市南资克洛拉的女学里去教书，在那里一教就是十年，和同事们处得很好，学生也很信仰她亲爱她。她进了高等师范以后，她就从事于过去回忆的组织和许多故事的结合，想写一个长篇小说。当时的瑞典文坛，正是风靡一时的社会小说自然主义的作品。不知怎的，挪格洛孚对于这里的东西，总有一点怀疑，"不这样写，就不能叫作是文学吗？这种没有灵魂的没有诗情的美的作品，可以永远地存在吗？"她时常这样自问了。"我自己的作品，也非取这种形式不可吗？"她当时几年间，常是这么踌躇着。后来，她决定用诗的形式去写它，不久，她又抛弃了原来的主张，到底用散文的形式了。于一八九〇年，她曾发表了一部分，第二年，长长的两卷全部发表了。这本书就是最有名的《哥司达菩尔林的传说》（*Gösta Berling's Saga*）。这本两卷的长书，使一个默默无闻的女学校教师的她一跃而为瑞典文坛的巨人，后来得了诺贝尔的文学奖金，她的著作译成了二十六国的外国文字，成为史特林堡以后瑞典最大的世界作家了。她在这本书里，把她故乡的奇妙的风土人情，种种他处未有的景色——大的白熊，勇敢的骑士，金发的美女，

宽润的冰河，伟大的森林，一切朦胧的神秘的景色——和她幼年时代
种种的回忆，用她那种女性特有的楚楚风姿的诗味无穷的笔调，写在
读者的眼前了。在她的笔下所写的那个伐姆兰地方，使读者感到意外
的神秘，意外的美。全部虽因篇幅过长，插话过多，结构上似乎有些
不细密的地方，但是，在全体上是毫无损害的。Topsöejensen 氏说：

—*Gösta Berling's Saga* is a great modern epos; vast in
scope, swarming with characters and episodes, nected with the
Subsidiary plots which are but loosely connected with the main plot
but all of which capture the reader's interest. It tells of the joyous
world of the wild cavaliers at Ekeby; an orgy of the joy of life and
of romantic love-making in the midst of the beautiful scenery of
Vermland. ...

挪格洛孚在一八九〇年的时候，在司托克火姆的妇女杂志上，投
了一篇悬赏的百页上下的小说。后来发表的结果，这篇小说果然当了
选。这就是在上面所说的那有名的《哥司达菩尔林的传说》最初的一
部分。后来，她想把这一篇伸长它，成一部大著。在她那篇《关于哥
司达菩尔林的传说的创作》的自序传文里，这样说着："自己幼年少
女的时候，听了许多的传说和故事，这些东西，都是和故乡的自然界
交错的，很深地印在我的头脑里。后来，有一天在司托克火姆街上散
步的时候，很想把故乡的传说和故乡的风景组合起来，写成一本书。
于是就开始把那篇当选的小说改作起来，到底实现了这本五百页的大
小说的幻梦，完成了古代兰姆的 Saga 了。"

这部作品，是近代稀有的散文的叙事诗。主人公哥司达菩尔林，
是一个乡村的牧师，疏于世事，然而又是一个情热奔放的男子。在这
个男子的周围，出现着各种各样的奇怪的有趣味的人物，卷起种种意

外的事件，使读者生出一种读古传说时候的趣味。这种特色，在挪格洛孚全部的作品里，都是一贯的。从她的短篇集《看不见的结子》（*Invisible links* 1894）一直到她那本有名的儿童读物《尼尔士奇遇记》（*The Wonderful Adventures of Nils*），都保持着她这特色。

在那种爱神秘传说与梦幻的瑞典人民，比起史特林堡的作品来，他们是宁是爱读挪格洛孚的作品的。自然主义的代表作家史特林堡，是以最锋利的最深刻的笔，暴露社会和人生最丑恶的各部分。扑灭偶像，打破传说，轻视爱情，侮蔑妇女，总之"憎恶"两字，为史特林堡作品中的基调之一，而挪格洛孚的根本基调是"爱"。在《哥司达菩尔林的传说》里，是充满着作者的温情的爱的。不仅对于人，不仅对于犯罪的人，就是对自然界的一切，她都是具有无限的温情的呢！史特林堡是以他特有的想象力，把一切丑化；挪格洛孚，是以温情的微笑，把一切美化的。在她看起来，在一切生物的底，都是善，都是爱。都是微笑。

一八九五年，她辞去了教职，纯粹以作家立身了。从瑞典王室得了旅行的补助金，于是在德国，瑞士，意大利游历了许久。以西西里为舞台的《反基督的奇迹》（*The Miracles of Antichrist*），于一八九七年完成了。这与《哥司达菩尔林的传说》完全相反，这是一本南方的情热的赞歌，也是一本非难社会主义的书。然而贯通挪格洛孚的全部作品的"爱"，在这部作品里，是更其显露的。

后来，她又游埃及，巴力斯丹各处。就在这时，完成了以达尔加利亚的农民的宗教运动为题材的大作《耶路撒冷》（*Jerusalem*）了。据许多批评家的意见，这本书是女士诸作中艺术上最成功的作品。把达尔加利亚那地方的风土人情，描写得那么细致，把那地方的农民的纯朴的性格和感情，描摹得那么活跃的那回事，是凌驾女士以前的诸作品的。

《尼尔士奇遇记》，是一本使世界的儿童熟识这位北欧的老女作家最有名的童话。第一卷于一九〇七年出版，接着不久，又出了第二卷。我们读了这本书，可以想到这位女作家的想象力是如何的丰富。这并不是一本专给小孩子的读物，就是对于大人，特别是想知道近代瑞典的社会，文化，这本书也是必读的呢！这本书与加乐尔的《阿丽思漫游记》的体裁相同。写一个十四岁的乡村孩子叫做尼尔士的，有一天，他的父母不在家，同一个小鬼玩起来，结果自己也变成一个小怪物，骑在金鹅的背上，从瑞典的这一端飞到那一端的种种见闻的故事。在这个故事中，那种活泼的新鲜的趣味，那种诗意的神秘的传说，和俯视的森林湖野的美的风景的表现，使读者如身入其境爱不忍释。特别击动着读者的心弦的，是作者对于读者那种温情的母性爱的发露。本来，女性的创造的才能，不外是美丽的母性爱的发挥。在挪格洛孚的作品里，真是充满了女性的爱，纯真，体贴和怜悯。比起安徒生来，在这位女作家的作品里，是持有更真实的童心的。

这本儿童读物，比起《哥司达菩尔林的传说》来，是有更感人的力量的。这书的主旨，是叫儿童读了，要向上，要亲爱，要慈善，要同情。瑞典一个批评家，对这位童话的女作家辩护地说。

> ……一般人一说到写儿童读物的作者，似乎多少浮着一种轻蔑的表情。然而，一想到太阳西下，家家燃着明亮的灯，无数的小孩子的头，俯在那本书上的情景的时候，无论谁也可以想得出童话作者的伟大罢……

女士其他著名的作品，有《波尔久加利亚的皇帝》(The Emperor of Portugallia 1914)，《李利哥洛那的家庭》(Liliecrona's Home 1911)，《将军的指环》(The General's ring 1925) 等作。短篇集，以《一片生活史》为最有名。于一九〇九年，她得到了诺贝尔 (Nobol Prize)

的文学奖金，于是声誉日高，她的作品，主要的大都被译成外国文字了。

《狂人与死女》，是她一部最好的中篇小说。写一对在梦幻的狂热的恋爱世界中生活着的男女的事件，是极其自然的。每个场面都能引人走入一种神秘的境界，然而细细地看去，都是极其自然的径路，都是极其真切的事实。尤其是对于女主人的性格的描写，作者一直就没有放松，自始至终，都是紧张地系着读者的心的。一时是阴森的，一时是神秘的，一时是恐怖的，一时是欢乐的，各种场面的变换，使读者的心跟着起伏而波动。加之这书的地方色彩非常浓厚，我们读它的时候，总会想到那冰天雪地的阴森恐怖的景色来。

德国托曼司曼极力地推赞这个作品说："此书对于男主人的疯狂的描写一点也不空虚，有一种确切的真实性。女主人的那种理性，勇敢和天真，真是描写得透彻极了。"批评家波里资基氏，也曾称赏这个作品构想的巧妙，艺术的成熟。挪格洛孚本来是从传说的世界出发的人，她的性格和她的作品，都是很浪漫的，浪漫的要素的丰富，比般生（B. Björnson）更为显著。在她所有的著作里，都充满着这种迷人的浪漫的情调，然而在这种情调里，无处不现出真实味自然味来。把现实幻想化而又不完全离开现实，把自然浪漫化而又不完全脱离自然的本质，这就是这位女作家天赋的特有的才能。

挪格洛孚今年已是七十三岁的老太婆了，同挪威的安特西女士（S. Undset），称为北欧现存的两大女作家。安特西也是得有诺贝尔文学奖金的光荣的。挪格洛孚女士的作品，德文已经全译了，英日文都译了不少，在中国，似乎这还是初次呢！

二十年七月五日于上海愚园
——录自中华书局 1940 年三版

《孤儿历险记》[①]

《孤儿历险记》译者序

（退思庐主人[②]）

　　近年来，译本的小说，可以说是"汗牛充栋"了，但究其内容，却多一半是讲"风花雪月"，"男女恋爱"，不然就是"绿林豪杰""海洋大盗"，读了这种小说，不但是毫无裨益，并且还难免有"诲淫诲盗"的嫌疑，晚近风俗之坏，未尝不是受了它的影响，译者幼年在教会学校里肄业，读课本《孤儿历险记》一书，觉得布局曲折，命意美善，文字流利，犹其余事，屡次想把它翻译出来，终以四方奔走，未能如愿，原书是法国文学家兼教育家布律诺君（G. Bruno）所著，出版于普法战争之后，那时法人，割地偿金，忍辱求和，但是全国复仇之念很盛，对于被割的阿尔萨司落莱，更是"时刻不忘"，这书是学校课本，无句不提倡爱国之心，每字必启发自强之念，对于富国根本的工商实业，更是三致其意，并且以爱国为经，以孝悌为纬，对于父子之情，兄弟之爱，真是"描写入微"使人生"蓼莪之思，鹡鸰之感"。我翻译这书，不知道搁了几次笔，赔了多少热泪！

　　这书出版后，"不胫而走"，每年销售数百万部，它的价值就可想而知了，爱不揣愚陋，取第一百八十五版的原书，用语体文，逐细移译，惟对于原书夸张的地方，都已略去，意在使读者"潜移默化"兴

---

① 《孤儿历险记》（ *Le Tour de la France par deux enfants* ），长篇小说，法国布律诺（G. Bruno, Augustine Fouillée 的笔名，1833—1923）著，退思庐主人译。北平东方快报社 1934 年 12 月初版。

② 退思庐主人，生平不详。

起孝悌之心，礼义之念，文字的工拙，就在所不计了。

公元一千九百三十三年，十二月译者序于北平

——录自东方快报社 1934 年初版

《黑女》[①]

《黑女》序

这集子里所载的几篇戏剧，是《新中华》创刊两年来所发表的短剧的总集。我这样说，读者当然马上会记起创刊号上熊佛西先生的《屠户》来罢，不错，那篇东西因为有三幕，虽然还是很短，但我们却把它认为长剧，而另出了一个单行本了。《新中华》为什么登得这样少的剧本呢？这句疑问的答案，除了"抱歉得很"四字以外，本没有什么可说的，不过人们老是爱强词夺理，所以这儿编者的理由是（一）剧本没有顶短的，《新中华》的文艺篇幅有限，很难找到适当的材料，（二）大多数的读者，都爱读小说，不愿看剧本，（三）投稿中几乎没有剧本。

至于说到本集所收各剧的内容，读者一读自知，似乎用不着我在这儿解说，作家——尤其是萧伯纳和获一九三四年诺贝尔文学奖金的比兰台罗，也都是毋庸介绍的。序文有什么好写呢？就是这样算数罢。

编者

——录自中华书局 1934 年初版

---

① 《黑女》(*The Dark Lady of the Sonnets*)，戏剧合集，英国萧伯纳〔Bernard Shaw，1856—1950〕等著，钱歌川等译，上海中华书局 1934 年 12 月初版，"新中华丛书·文艺汇刊"之一。

《现代随笔集》^①

《现代随笔集》代序

有种文体，在西洋叫作"爱说"（essay），在中国就统而言之叫作文。所谓"文"是包含极广的，可以说除了诗歌以外的文字，都可收在文集里面。至于西洋对于"爱说"的定义，也就各执一词，莫衷一是。措词既很含糊，观念亦不完善。只要是用散文写的不很长的东西，似乎统统可以叫作"爱说"。它的内容多是一种偶然触动心机而随手写出的东西。所以顶好是译作"随笔"或是"漫笔"，不过其中也包含着一部分"论文"。说到"论文"自然嫌太严重了一点。随笔应当是轻描淡写的。宁肯带一点"幽默"的趣味，决不可板着面孔说话。在西洋有些东西，明明是"论文"而偏要把它叫作"爱说"，实在是太不合体裁了。也许这正是"爱说"一辞，所难满意地加以解说的地方。幸而他们在"爱说"之前，还可以加上许多形容词来把它细分为："科学的爱说"，"哲学的爱说"，"批评的爱说"，"亲昵的爱说"，"诗形的爱说"等等。

在上面这些分类之外，他们甚至将"说教""讲义"都列入"爱说"之中。这比中国的"文"还要笼统，因为在中国"诗词"总不能叫作"文"，而在西洋便有所谓"诗形的爱说"（essays in verse）。

我们如果照这样说下去，那只有越说越含糊的。现在赶紧把范围缩小，才可以言归正传。

在上面所举的种种的"爱说"，我们可以把它大别之为两类。一

---

① 《现代随笔集》（*Modern Essays*），中外作家散文合集。英国赫克胥黎（A. Huxley，通译赫胥黎，1894—1963）等著，张伯符等译，上海中华书局1934年12月初版，"新中华丛书·文艺汇刊"之一。

是"严重的爱说"(Formal essay)，一是"亲昵的爱说"(Familiar essay)。就英国而说，前者如卡莱耳（Carlyle）的《彭芝论》(*Essay on Burns*)，后者如兰姆（Lamb）的《依利亚随笔》(*Essays of Elia*)。兰姆的爱读者断然地说卡莱耳不是"爱说家"(essayist)，而卡莱耳的拥护者却公然地说兰姆不过是琐话者（trifler）。两派之不能相容，足见它们是判然两途的。"严重的爱说"作者的态度是很严重的。他好像是站在讲坛上面，每说一句话，就要用他的拳头击一下桌子似地。使你读起来就好像读经书一般地干燥无味。反之"亲昵的爱说"作者却把你拉到炉边，好像一个极随便，极要好的至亲密友一样，和你促膝而谈，听去就像一种笑谈，然笑中却蕴藏着真理。使你事后回溯，意味深长。

我现在所要说的随笔文学，就是指这种"亲昵的爱说"。

随笔文学是富于文学趣味的。文字十分机智，而且流丽易懂。心有所感，就信手写出来，想说什么，就任意说下去。这完全是偶然的流露，没有一点矫揉造作之痕，看去就像一泓秋水似地，十分清澈可爱。

主题多是用身边琐事，以主观的笔调，且常用第一人称叙述他个人的经验或感想。写他自己所体验的生活，而不写他所见闻的生活。想象和虚构，只适于小说，而不宜于随笔。随笔家常要被他自己的思想所吸收垄断，被他自己的感情所震刺感动，所以他总是成为趣味专注的世界的中心。他自己所遇见的事情，都是重要的。所以随笔家老是爱和我们说他自己的事，即是他个人所有的特殊的事情；至于与一般人共通的东西，是无用于随笔家的。他对于极琐碎的事物和些微的经验，都是充满着意义的，因为从那中间可以得到一种刹那的生命和魔力。他的态度和风格都是自由自在的，读者必然地要被他那个性的魔力所屈服。

随笔家必得有一种特殊的心境，而作成他独特的文章，这是很显明的。第一他必得有个性的魔力。如果没有这个，他的文章便没有生命。他之所以能吸引读者就全在这种魔力。从古以来，有名的随笔家都成为社会团体的中心，一言一语都为人所爱听，他的谈话是趣味的，他的机智是煽动的，而且行间字里使读者不知不觉得到许多知识。

随笔家一般都是博学多才的。因为他写起文章来信笔所之，天上地下，无所不谈。而他所谈的既不能幻想或虚构，自然要有所根据。平日读书既多，知识必广，则偶然遇到什么。便可以将他这经验来证实他的学问。借题发挥，旁征博引，自然说来左右逢源，娓娓动听。所以主题尽可以小，即一顶帽子，一个烟盘，吃瓜子，睡午觉，都是很好的题目，而可由那作者一枝灵活的笔，而使它开出很奇异的花来。这种题目不过是一个引子，借以引出心灵的活动的，这正是"爱说"（essay）这字的本义，它是从法文 essai 一字转来的，意即一种小试（alight attempt）或是如约翰孙博士（Doctor Johnson）所说的"偶然流露的心机"（a loose sally of the mind）。

随笔文学是不能有组织的研究，和一定的题材的。只要有思想，机智，幽默，感情或其他无论什么对于体验有意义的东西就行了。有时和朋友的一场谈话也就是一篇很好的随笔。随笔的情调是决无任何拘束或宗规的。它必得有极自由，极放任的精神才行。随笔家的笔致是极自然的，任思想之进展，全无计划或目的。常常不晓他说到什么地方去了，既不处理什么事件，也不解决任何问题，但是他却可以给我们一种观念或见解，以丰富我们的经验，使我们对于极不经意的事情感到新的意义。读者与作者要发生一种亲常密，渐渐为他的灵笔所迷，忘乎其所以然，使我们不觉得是在读别人的文章，而觉得是身历其境。

随笔家不在乎要发现什么伟大的事实，他的趣味多注在真理的了解，借此以说明日常生活的经验。他生涯中所遇见的故事，平日所会见的人物，博览的书籍，莫不有助于他的文思，而供他的引用。因为他所说的这些事情，都是我们所常见的，不过平素没有注意而已。

随笔家的理想和目的，既在描写琐细，衬托人生，所以他的文章总是细密而优美的。过去三百年，英国散文之有长足的发达，实以随笔家之力为多。我国的代表随笔，如陶渊明的《归去来辞》，李白的《春夜宴桃李园序》，苏轼的《超然亭记》等等，都是文章极好的。他如唐、宋以降的笔记小说，实则多是一些极美的随笔。可惜它们没有严格的选择，而很少有人注意呢。

不论中国的随笔也好，外国的随笔也好，遣词立旨，大概相同，不外是文字圆润无疵，层次井然有序，字义精恰，音调华美。内容则幽默涵浑，足以唤起心灵的愉快，充实我们的生活。至于那些不快的，粗糙的或丑陋的东西，是必得竭力避免的。

随笔文学决不能具体加以分类。它完全是主观的，专表现着个性与情调，已如上述，所以它主要的美点就在其独特无双。个性与情调是没有重复的。它所表现出来的东西，每种只有一篇。如果依照标题来汇集，就和依照人名来集合人物一般，与每篇的内容或各人的个性是渺不相涉的。同名的人与同题的随笔天下尽管有，可是决不会有雷同的地方。

随笔的起源是不可稽考的。我国也许有许多很好的随笔被秦始皇焚毁了。在西洋有文献可考的要算始于蒙塔尼（Montaigne），所以大家都一致地承认他是随笔文学的创始者。那还是西历一千五百七十年的事，他退隐到他的象牙之塔里以求清静的生活和专心的研究，过了十年即一千五百八十年他发表了他的第一著作集，而题了一个新的集名，叫作"essais"。那集中固然不全是"亲昵的爱说"，但是其中一部分确是很好的随笔。蒙塔尼虽然费了十年的岁月，他却创出了这样一种新的文体。话虽这样说，其实在蒙塔尼以前，用书信等的形式而写的随笔，一定很多，并非自蒙塔尼起才有这东西的存在呢。

　　随着蒙塔尼之后，也许是受了他的影响，在英国第一个发表随笔集的人，便是倍根（Francis Bacon）。那是在一千五百九十七年，他发表了十篇像箴言一类的东西，题名作随笔集（essays）。关于这个书名，他说"这个字是新的，但是这东西是旧的。"其实，倍根这种初试的东西，很难算是随笔。但是到了一千六百二十五年他最后发表的随笔集便把蒙塔尼所发明的那种东西的面影，十分地传出来了。

　　十八世纪因各种定期刊物的影响，随笔文学便盛行起来，而正式成为一种文学的类型了。到十九世纪的初叶，大家都承认随笔是文学表现上的一种方法，而使它达到了很高的水准，当我们说到英国的随笔文学，便要马上想到兰姆（Lamb），哈兹利特（Hazlitt），洪特（Hunt），狄昆西（De Quincey）和史蒂文生（Stevenson）等人。这几位随笔家好像是给各时代造出一个标准来了，而兰姆便是他们中间的白眉。《依利亚随笔》确是一部空前的杰作。

　　到了我们的二十世纪，随笔文学更加普遍了，说到量上也就更加丰富了。可是在质方面却很少有何进步，现在随笔几乎成了短篇小说的一个劲敌。一般杂志报章上的文章，自然总是随笔多于小说。就是单行本也常常有随笔集出来。在这种时代的要求之下，随笔文学只有一天一天的兴盛起来的。

　　最后，随笔的妙味，正所谓只可神会而不可言传的，爱读随笔的人，个中滋味，了然于心，我上面的这段介绍，对于他也许全是废话罢。

——录自中华书局 1934 年初版

《红字》[①]

《红字》霍爽评传

张梦麟

一　拿散尼尔霍爽小传

拿散尼尔霍爽（Nathaniel Hawthorne）生于一八〇四年七月四日。他是美国麻沙邱塞州（Massachusetts）沙伦地方（Salem）的人。他的祖先，本是以航海为业，从事东印度方面的贸易，到他的父亲这一代，仍是以船为生，家里的景况，非常清苦。霍爽生后四年，父亲便在休利南（Surinam）病死了。剩下一儿两女，都是母亲一手抚养。他母亲原是个才色兼备的人。虽处在这么的困境，仍把他们兄妹教育成人。霍爽父亲的性格，是个沉默寡言，严格阴郁的人，这也是他们家族中，清教徒的成分太浓厚了的缘故。据说，霍爽的容貌性质，便和他的父亲一个样，我们读他所作阴郁的短篇小说，也看得出他忧郁寡欢的性格来。他的本姓，原叫"Hathorne"，后在波顿大学

---

① 《红字》（ *The Scarlet Letter* ），长篇小说，美国霍爽（Nathaniel Hawthorne，今译霍桑，1804—1864）著，张梦麟译，上海中华书局 1934 年 12 月初版，"现代文学丛刊"之一。

（Bowdoin College）读的时候，才加进一个 W，变成"Hawthorne"。

波特兰（Portland）地方的 *Transcript* 报，在一八七一年和一八七三年曾载有霍爽十二岁以来的日记。从他这个作品看来，我们可以知道霍爽从小孩子时代，就已思虑很深，文章及观察两方面，都呈现早熟的现象，他父亲死后，因为家贫，便由祖父曼林（Manning）招呼一切。曼林最喜欢霍爽，极力地想抚养他成为一个有用的人。他祖父在雷门（Raymond）地方，有很大的地产，霍爽十四岁的时候，便在这里，约住一年。这个地方的附近，有一个湖，叫沙巴果湖（Sebago Lake），这里便是他游乐之地。他在这里打猎，钓鱼，读书，领略自然的风味，形成他后来的诗人性格。据他晚年的述怀，他一生中，要算是这个时候，最快乐，最自由，最狂放了。但是，他一生的孤独癖气，也就是在这个时候养成的。所以他说：

> "I lived in Maine like a bird of air，so perfect was the freedom I enjoyed. But it was there，I got my cursed habits of solitude ..."
>
> "在罗恩这个地方，我享受了十二分的自由，我的生活，就如一只空中的飞鸟一样。但是我那可诅咒的孤独癖气，也就是在这个地方养成的。……"

一八一八年，霍爽遂从祖父的家里，返到故乡的沙伦来。三年之后，便进波顿大学里去念书去了。诗人郎费洛（Longfellow）也是在这里读书。他们两人，便成了至友。又后来做美国大总统的皮尔士（Franklin Pierce）和海军将校布里奇（Horatio Bridge）也是这个时候的学友，与霍爽的交情，尤为亲密。

霍爽的学生生活，别无可记。一八四二年，从学校里毕业出来，那时刚好二十一岁。毕业之后，仍回到沙伦的故里，住在他的旧宅，所谓"鬼室"（haunted Chamber）之中，随后十二年间，过他隐姓埋名

的隐士生活。一八二八年，开始创作。他第一篇处女作叫 *Fanshawe*
曾匿名出版，内容是以当日学校内发生的诱拐事件为材料，后年小说
家霍爽所有的性质，在这一篇，还一点也没有影响。

　　在这个时代，霍爽完全是孤独的生活，他也就利用这种生活，研
究古代神话，《天方夜谈》，沙伦地方的历史传说等。曾以他研究所
得，作为材料，也写了好几篇短篇小说，登载于当时的新闻杂志之
上。但是这些短篇作物的原稿，大部分都被霍爽自行焚毁了。其中虽
有几篇，可说是霍爽的杰作，但是他总以为都是不健全的东西，病态
的作品，因而不愿留传于世。

　　霍爽在这个时期中，也曾到附近的新英兰，及纽约去旅行过，后
年在他作品中所描写的自然景象，便是在这个时候，观察而得到的。
一八三六年，遂成为纽约有名杂志 *The Nickubocker* 的寄稿者。同年。
又为顾里奇氏编辑 *The Token* 杂志。此外，并编纂了一部《少年万国
史》。只是出版时，是用书店老板顾里奇氏的号"Peter Parley"出版。

　　到了这个时候，霍爽的学友，有的已入了政界，有的也做了诗
人，更有些成为了实业界的闻人了。可是当年在大学里，为一般所推
重的霍爽（当时，同学们因为他丰姿潇洒，又能出口成文，曾叫他做
"Oberon the-Fairy"），尚还穷愁如昔。同学们也还没有忘情，便向当
时的大总统布仑（Van Buren）推荐，为他谋一位置。但是霍爽本人，
以不悉政治为词，反而谢绝了。他的至友布里奇氏，总想设法使他成
名，因闻霍爽有托书肆主人顾里奇出版书籍的意思。便亲身去说顾里
奇，叫他主动寄信与霍爽，叫霍爽出书，顾里奇愿担任出版。言明出
版后如不能销行，布里奇氏负偿还之责，但是不可说与霍爽知道，有
这么一个曲折，于是，这事算是做成，霍爽还得了书局一百元美金，
可是书出版之后，果然一部也不能卖。然而今日的我们，也便因布
里奇这样的友情，得看见霍爽的短篇杰作即第一辑的 *Twice-Told Tales*
（《故事重谈》）了。

　　不过这个时候，霍爽的文名，也渐次提高了起来，许多杂志都请他主办，他都没有承认。过后，终于得到一个可以自由发挥的杂志《平民杂志》（Democratic Review），他便暂时作了这个杂志的编辑。

　　一方面，他的友人们又频频为他奔走。到了一八三九年，波士顿的税关长 Bancroft 氏便请他去当税关的官吏。

　　税关所得的月薪，在当时是十分的菲薄，但是在霍爽方面，却是一个很大的帮助。因为，在这个时候，他已和沙伦地方一医师的幼女，叫做沙菲亚（Sophia Amelia Peabody）的，订了婚约了。

　　霍爽一家，政治上是属于共和党。在他就职后，刚两年共和党失势，政府换了另一个党来组织，因而霍爽的官职，也就因此牺牲了。失职后，在一八四一年，曾加入当时超越主义者所创立的布鲁克（Brook）农园，但是只住了一年，便又他去。

　　一八四二年七月九日，霍爽遂同沙菲亚结婚。时他已经三十九岁，而新妇也有三十二岁了。他们结婚之后，便到了刚谷（Concord）地方的一家旧牧师馆（Old Manse）去度结婚生活，在这里住了四年，生活是美满极了。他这个时代的详情，便详记在《古馆苔痕》（Mosses from an Old Manse）的序文里。

　　讲起刚谷这个地方来，凡是研究美国文学的，都知道是和美国文学最有关系的地方。美国唯一伟大的诗哲爱谋生（Emerson），便是此地的人。美国的自然诗人沙洛（Thoreau），也就是在这个地方，营他的森林生活。霍爽和这个地方，尤为密切，他住了又走，走了又复来居住，到了晚年，终于以这个地方，作他终老之地，此刻这个地方，还保存着他和爱谋生，沙洛的遗迹。

　　霍爽的结婚生活，非常幸福，他除开沙菲亚而外，一生并没有和第二个妇人接近过，沙菲亚也是没有交过第二个男朋友。于是他们便自命是《创世记》里面的亚当，夏娃，以此自称，并且呼他们这个住屋为乐园。可是快乐虽是快乐，而经济的困迫，也就达于顶点了。

一八四六年，因友人们的种种尽力，得到故乡税关里检量官的职位，遂离开刚谷，重回到沙伦来了。《红字》这篇小说，便是在这个时候起稿的。可是在职不久，一八四八年，自由党重来组政。一八四九年六月，霍爽又免职。这时他正在写《红字》。这个打击，出乎霍爽意料之外。他回去对妻子说时，还怕沙菲亚不高兴。可是沙菲亚很快活地回答他道："那么，你可以写你的小说了!"（Now，you can write your book！）

霍爽免职后三月，他的母亲便死了，此外生活上，经济上都遇着种种困难，但是他并不在意，一心写他的小说《红字》。终于在一八五〇年脱稿。经友人费尔丁氏之劝，在未完成之前，即先付印，于一八五一年出版。此书出后，霍爽的文名，遂一高千丈。不仅美国知道这一部书，连他们的故国英吉利也莫不称赏这是一部杰作。

《红字》出版之后，霍爽遂卜居于巴克州（Berkshire）的雷诺（Lenox）地方，又作了一部小说，叫做 *The House of the Seven Gables*（一八五一年）。此外，又作了一部儿童们读的作品，*A wonder Book for boys and girls*（中译《古史钩奇录》）。文章流丽清新，甚得一般社会的欢迎，霍爽的文名，也因此增了不少。他最后的短篇小说集 *The Snow Image and other Twice-Told Tales*，也是在这个时候出版的。出了之后，又迁到波士顿的近郊去住，在此，作了他四大杰作之一，*The Blithedale Romance*。这书在一八五二年出版。这一年霍爽又迁回刚谷来住了。

一八五二年是霍爽生涯值得记忆的一年。因为他们至友皮尔士（Franklin Pierce），便是在这一年当选为美国大总统。皮尔士的当选，霍爽很有力量。皮尔士本来是武人出身，一生只有战功可记，于是霍爽在选举前，为他著了一传，铺叙他的武功，因而遂使他容易就当选了。皮尔士做了大总统之后，当然要为霍爽想法，于是遂任命他为驻英利物浦的总领事。霍爽此时，正在作《古史钩奇录》的续篇

（*Tanglewood Tales*）。出版之后，于一八五三年，到英国赴任。在职的四年。其间详细地观察英国的人物世相，回国之后，即以此为材料，著有《我们的老家》（*Our old home*）一书。

霍爽离开英国之后，曾漫游大陆诸国，约一年之久，特别在意大利逗留很久，他也和比他先到意大利来游的美国作家库巴（Cooper）一样，为这历史的名都所动，同样也想把自己的印象，表现在文字上；而霍爽的表现，较之库巴，尤为成功。他的 The Marble Faun（英国版名 Transformation）便详详细细为一般游历者，介绍了意大利美术，古迹，风景等。据批评家所论，霍爽这一方面的功绩，不亚于拜伦，拉斯金等。但是在文学方面，并没有多大的贡献。

一八六〇年霍爽始从欧洲回到英［美］国来，仍以刚谷作他的居住地。此后也作得有几篇小说，都没有成功。一半是受了南北战争的影响，一半又因他的爱女痛病。但是最大的原因，还是到了这个时代的霍爽，艺术力和体力都渐次衰竭起去了。

到了一八六四年，霍爽的衰弱，日甚一日。这一年的三月，他遂同书肆里的一个店员叫费克诺（Ficknor）的，到美国南方去养病，可是到费洛得尔菲（Philadelphia），保护人的费克诺反而急病暴死，霍爽又复回到故居来，经此一番劳顿使他更形衰弱。到了五月的时候，前大总统皮尔士特来约他一同出去旅行。此时霍爽和皮尔士，政见上已各怀一是，但是当年的友谊，仍如昨日。皮尔士此刻，也因妻子之死，精神异常沉闷，所以来约霍爽，一同出去旅行，借此养病散心。一八六四年的五月中旬，这两位白发的旧友，遂一同回到当年共学的地方去，五月十八日抵布莱马（Plymouth），宿在 Pemigewasset Hotel 里。夜中，皮尔士还到霍爽的寝室去看了两次，见他睡得很好，可是天明，再去看时，一代的才人霍爽，已经长逝了。

一八六四年五月二十日，霍爽的遗骸，运回刚谷，营葬在住宅不远的睡谷（Sleepy Hollow）墓地里。时年六十岁。

二　霍爽之时代

罗马诗人裘温拿（Juvenal）的诗里，曾有"Panem et circenses"（面包与马戏）的话。意思便是说人民只要有吃的，有玩的，便万事皆足；他们的一生目的，便是吃喝玩耍。这句话表现了当时罗马颓废的一面象。但是现在的美国，物质文明到了绝顶，资本主义发展到了极端的美国，今日它的颓废情形，不也是这样吗？美国人民的目的，便是想如何才能成一个富翁，他们的生活，便是想如何地去享乐自己。在这样崇拜物质，崇拜黄金，极端的享乐主义的文化里，谁也不曾想到它的源头，却是极端禁欲的清教主义（Puritanism）吧。

新大陆的发现，原是文艺复兴精神的产物。欧洲十五六世纪的人们，从中世纪黑暗的宗教势力，脱了出来，解放了个人的束缚，肯定了现世的生活。加以航海术，罗盘针的发明，地理知识的进步，于是一般具有冒险精神，想一跃而遂黄金之梦的人们，便离开祖国，到海外去寻求新世界。美洲便在这种精神之下，被欧人发现了。百年之间，欧洲各国人士，竞以这个地方，作为他们的殖民地。竞争的结果，终为英人占了便宜。一六〇七年，在美国南方维吉尼亚（Verginia）上陆的英人，便是禀着这种探奇冒险，求财寻富的精神，到美国殖民来的。迩来二百年间，扩张领土，发展交通，整理商业，造成物质文明的极致，都是这个精神的体现。美国南方的这种人文主义（Humanism）确是美国文化之一大原动力，但是在精神方面，另外还有一个根源，便是起于北方的清教思想。

一六二〇年在美国的东海岸，即北方新英兰的海岸布莱马，另有一群英人，渡到美国来移住。这一群人的目的精神，完全与从南方上岸的殖民者不同。这一群人，历史上叫做 Pilgrim Fathers（朝山的教父），于此可以知道他们的面目。这便是美国开国的祖先，也就是它的精神文化的建设者了。

　　十六世纪的英国，感受了文艺复兴的精神，国内出现了罗曼谛克的黄金时代，产生了莎士比亚那样的天才。现世享乐，个人解放的精神，可谓极一时之盛。但是，结果因流于极端，遂走入放纵，享乐，颓废之路，成了一个败德，伤风，无宗教，无道德的世相。于是以济世救人为怀的宗教者，便崛然而起，唱〔倡〕禁欲绝情，以挽救颓风，同时也反抗罗马教会的专制，主张良心的自由，这即是所谓的清教（Puritan）了。他们把宗教建筑在理智之上，排斥情感，禁绝欲望，连当时的戏场，都认为是败德之源而加以封锁，其严格的面目，也就可以想见。清教的精神，一面虽是严格禁欲，他一面又反抗专制，他们主张宗教自由。可是英国到了吉姆士一世即位，厉行宗教统一，不准自由信教，清教徒中的急进者，便逃亡到荷兰。随后，想在地上建立起神的王国来，遂于一六二〇年率领了百余教徒，便移住美国来了。

　　清教徒们，具有极高远的理想，和极反抗奋斗的精神，因而他们注重的，不是感情的陶养，而是理智的研磨。他们到美国不过十六年，便设立哈佛大学，于此便可以知道。当时清教徒的母亲，训诫他儿子的话，是："Child, if God make thee a good Christian and a good Scholar, thou hast all that thy mother ever asked for thee."（孩子们，假若上帝把你造成一个优良的基督徒，和一个优良的学者，这就是你母亲所希望你的一切。）从这一句话看来，就可以知道他们是如何的看重理智。因而设了极严格的信条，排斥感情，禁绝欲望。这么干了百年之后，他们的良心，便不知不觉地成了比专制暴君还厉害的专制。他们曾渴望着的自由，到了这个时候，已经成为了不可容忍的叛逆。他们的行动，完全是压迫，他的要求是绝对服从。对于异教如术士巫女之流，便只有杀害，绝不宽恕。一面禁止一切庆祝，一切游戏，剧曲。甚至妇女在街上微笑一下也要受监禁，小孩嬉戏一下，也要受鞭挞。当时，他们的祖先所具的高远理想，宽厚的心情，奋斗反抗的精神，此刻已变成理智的偏狭，宗教的顽固，精神的闭陋去了。本来是为精神的自由开放而反抗，奋斗，现在成了精神之压迫闭塞的东西了。

欧洲这一方面，此时也是受同样的或者变相的清教所压迫。到了十八世纪末叶，遂起了反抗。所谓罗曼主义，风靡了全欧。这个风潮，传到了美国，成为政治上的革命运动，成为文艺上的罗曼文学，尤其是德国发生的超越主义（Transendentalism）经哲人爱谋生之手，在美国放了特别的异彩。超越主义即是主张个人的精神独立，超越现象，超越经验，超越理智，而用直观，感情，去理解宇宙万有的本体。以个人的独创性为最尊贵，换句话说，即是文艺复兴所主张的个性解放，现在又更进一层，从感情方面解放出来了。

霍爽处的时代，正是这么一个时代；个人具有绝对的价值。而他的《红字》，即以百年前清教盛行的新英兰为背景写作出来的。

三　《红字》的评论

美国的小说史是非常简短的，因为美国本身的建国史，就已经是非常简短了。一个民族在建国的初期的时候，很少有余裕来发展想象的，审美的这一方面的力量。他们当面的急务，乃是努力于实际的，建设的文明。所以在美国的初期时代，我们看见的，也和其他民族一样，只是征服荒野，建设都市，发展土地，开垦天然富源，建设交通机关。一直要到财富既已积蓄，人民也有了闲暇，然后文学才发生起来，而小说又是文学最后才发展的阶级。英人当初到美国殖民的时代，那种努力奋斗，冒险吃苦的生活和将来展望着无限的希望和理想，这种生活就已经是一部罗曼史，一部小说，不必再在笔下去求了。因此，真正是批评人生的小说，非是到了国民已经有余裕来回想过去的生活，前人的遗迹时，不会出现的。

因为这个原故，美国建国初期，虽不是没有文艺作品，而流传永世的杰作，记录过去生活的小说，必须待到十九世纪的初头，始得出现。美国十九世纪的两大小说家，其一便是霍爽，而霍爽最杰作的作品，也是美国文学上最伟大的作品，即是本篇的《红字》。

霍爽生的时代，正是新英兰的文明业已完成，欧洲的新思想正吹送进来的时候。人们到了这个时候，正好歇一口气，回头看过去的来路。过去的种种，足以使一个哲理的心情，感觉十分的兴味。那种反抗的勇气，开辟蛮荒的雄图，那种严格的精神，那种远大的理想，好像即是一个人，在未常有的艰难困苦中，做出人来的历史。这种种，都是伟大艺术家，伟大哲人的材料。而霍爽即是兼此二者的一个人。我们知道，创造新英兰文明的祖先，即是那些清教徒，他们也是醉心于人生哲学的人。他们的生活是那么严肃刻厉，那么顽固偏执，可是他们的心情，不住地在景仰着来世，景仰着无限。换句话说，即是他们的生活上极不许有想象这种东西存在，可是在他们的心坎上，却又是极富于想象力的人。霍爽的祖先，便是一个清教徒，因此他本人是极富于这种性质的。但是除此而外，他还兼备得一个艺术家的天才，能够站在客观的地位上，来批评，观察，分析它的这种性质。他能同情于清教徒的理想与生活，可是他也能明晰地加以批评。也许就因为他这种性质，所以霍爽才成为美国文学史上最大的作家。

霍爽这种特异天才，最成熟的表现，便出现在他的《红字》里。这一篇作品最卓越的地方，恐怕即是作者艺术的人格。《红字》的内容是什么呢？简单说，即是一个绝世的美人，和一个身居高位，职掌教化的牧师，在那么严格的环境里，发生恋爱，发生肉体关系。这样的材料，试想想落在平常的小说家之手里看看，不是很容易地就流为兴味津津的通俗传奇小说，便是浅薄无聊地描写反抗精神，说他们如何如何地和环境奋斗。霍爽的艺术天才，使他不流入前者，同时，他的清教的性质，使他不会陷入于后者。霍爽的描写，使我们如看希腊悲剧一样，只感到哀怜和恐怖。两个犯了罪的人，摆在我们的面前，我们明明知道他们犯了罪，但是我们却禁不住同情他们；我们因为知道他们太深，所以不会轻蔑他们，我们对于这两个罪人，就如上帝之对于众生一样，真是：To know all is to forgive all（知道一切，即可饶恕一切）。若果文学的目的，仍在唤起我们的理解和同情，《红字》已经做到这一步了。

霍爽的特色，尚不在此。通常作这一类的小说的作者，总是把两个主人公描写成为弱者，成为受环境压迫，不能反抗的牺牲者，男的是一个意志薄弱的人，而受了不伦感情的诱惑；女的也是个弱者，做了虚荣的牺牲。我们读了这种小说之后，一面觉得他们是应该受罪，一面也同情他们，因为他们都是受了大自然的戏弄，都是受了环境的支配，是牺牲者，是可怜虫。可是霍爽的表现，却不是如此。书中的主人公赫斯脱布林，并不是一个意志薄弱的人，处处我们都可以看出她是个有品格，有个性的女子，七年之间，能够不屈不挠地受辱，时时都在找机会，想跳出那个环境，到别一天地去生活，这决不是寻常女子所能做的事。一方面，牧师丁墨斯德尔先生虽是意志稍弱，可是他精神的纯洁，也不是一般男子所有。然而这样性格极强的女子，精神极高尚的男人，竟自犯了罪了，这便是希腊悲剧的描写，这便是使人引起哀怜和恐怖的地方。因为普通的作者，只是选薄弱的性格，描写出一般的弱点，因而我们看了，并不觉得可怕，因为我们可以说其中的主人公，并不是我自己。但是霍爽的人物，便是性格极强，精神极高尚的人，叫我们看了，不敢说这不是我自己。一般作者所写的，只是一个道德问题，而霍爽的描写，便更深一步而是精神的问题去了。

总之，无论从哪一方面去看，《红字》都是一部杰作。从文体上，方法上，精神的力量上来看，这部小说，不单只是美国的杰作，且是世界文学中的一部杰作。不过我们要注意的，是这一部小说，乃是过去的记录，是人类发达史中必然要经过的最重要的生活记录。借此，我们可以知道人类在发达过程中，必然要经过这么一个严格的社会环境，同时，人类的精神，也要经过书中所描写的那种苦闷。

四　《红字》的楔子

《红字》正文之前，普通还载有一段楔子，英文名叫"The Custom-house"（海关）。内容所记，大多说是当日（一八四六年至四九年）霍爽办事的波士顿税关的事。有一小半记的是本书的缘起。原文约五十页，文章极为生动流利，评者谓为可以和蓝姆（Lamb）并称。我们因为太长，且和本文无多大关系，略而不译。现在只把与本书有关的部分，略述于此。

"有一个雨天的暇日，我正在税关的二楼上，翻我旧书看，忽然发现一个黄色羊皮纸的小包。不知道为什么，我的好奇心，会为这个小包所动，便丢下书，打开这包裹来看。内面放着一块红布绣成的东西，已经很旧而污秽，但是仍是非常美丽夺目。上面还残留着刺绣用的金线，可是已经朽烂，金色都褪得看不见了。仔细看时，才看见这块布上，绣的是一个字形，一个大 A 字。我把它的确地测量来看，A 字的左右刚好三吋又四分之一。这一定是衣服上的装饰。但是是怎样个装饰法？是表示阶级，名誉，地位的东西吗？我一点也不知道。可是这东西，老是惹我的注意，我也不知道是什么原故，对它感觉十分的兴味，看了一半天，还不忍释手。

这样地看了一阵之后，突然想到这也许是白种人想引起印度土人的注意，特意做来戴的东西。于是我也就无意识地拿它在自己的胸前来试了一试。(读者诸君，看到此处，你们笑是可以笑的，但是切不要致疑于我的话。) 刚一放在胸前，这东西就像红热的铁片一般，在我的胸前热烫着，不由自主地我便把手一松，将它落在地下。

我因为注意这个红字去了，里面还包得有几张旧而烂的纸张，我也没有去看。此时，才翻起来看时，乃是一位姓包（Pue）的检量官所记的笔记；很有好几张，内容很长。里面所说，是一个妇人叫赫斯脱布林的生涯和她的言谈。据说这妇人在当时是一个很高等的人，她的年代，大约是在麻沙邱塞州初期十七世纪末叶之间。包氏所记，是从古老的口中得来的。这些古老，在少年时代，曾经看见过布林赫斯脱。那时候的布林，已经老大，但是风采 [相] 貌，仍留有当年的面影，是一个美貌严格的妇人。她从青年时代，就为人养生送死，看护病人，周济穷人，凡是善事，她没有不做的。一般男女，有什么疑难的问题，尤其关于男女关系，都来找她求教，她也不吝为人排难解纷。因此，一般人都仰之如神明，爱之如天使等等……。再看下去，还有关于她的生活以及艰难困苦。详细的内容，便记在我这部书中，诸君请去阅读。本书所记，皆系确实无误的事实，还有包氏给我的证明书可证。他的笔记和这一块红字，现在尚保存在我的手里，诸君若果读这部书而感觉兴味，要看这个东西的时候，可以请到我这里来。"云云……

以上所说的红字及笔记等话，自然是作者故神其说，其实是没有的东西。但是男女通奸者，胸前挂红 A 字的惩罚，却实有其事。这是一六五八年布莱马殖民地制定的法律。霍爽大约在波士顿的古文书中看见，因此作了这一部小说也不可知。

五　霍爽年表

一八〇四　　生于麻沙邱塞州之沙伦地方。

一八二一　　入 Brunswick 之波顿大学。

一八二五　　波顿大学卒业。

一八二六　　小说（处女作）*Fanshawe* 出版。

一八三〇—八　向各处杂志投短篇小说。

一八三六　　就 *The American Magazine of useful and entertaining* 的编辑，《少年万国史》出版，用 Peter parley 名。

一八三七　　《故事重谈》第一集。（*Twice-Told Tales*）

一八三八　　与沙菲亚成立婚约。

一八三九　　任波士顿税关官吏。

一八四〇　　作 *Grandfathers Chair*。（童话集）

一八四一　　加入布鲁克（Brook）农园。

一八四二　　退出布鲁克农园。与沙菲亚结婚。移住于刚谷之 Old Manse，《故事重谈》第二集出版。

　　　　　　Brographical Story for Children

一八四四　　长女 Una 生。

一八四六　　任波士顿税关之检量官。长男 Jalian 生。

　　　　　　《古馆苔痕录》（*Mosses from an old manse*）出版。

　　　　　　The Snow Image，*The Great stone Face* 其他短篇小说出版。

一八四九　　税官退职。母死。

一八五〇　　移住至麻沙邱塞州之 Lenox，《红字》出版。

一八五一　　次女 Rose 生。

　　　　　　The house of seven Gables。

　　　　　　A Wonder book for Boys and girls。

The stories from History and Biography，Snow Images and other Twice Told Tales。

一八五二　　　　移至 Concord 之 Wayside 新居。

妹 Louisa 死。

Blithedale Romance 出版。

The Life of Franklin Pierce 出版。

一八五三　　　　任利物浦领事。

Tanglewood Tales 出版。

一八五七　　　　辞利物浦领事。

一八五八　　　　游历罗马。

一八五九　　　　回至英［美］国。Marble Faun 出版。

一八六〇　　　　回英国。再住 Wayside 故居。

一八六三　　　　Our old home 出版。

一八六四　　　　Philadelphia 客死。

The Dolliver Romances 出版。

死后出版书籍

一八六八　　　　American notes-book。

一八七〇　　　　English notes-book。

一八七二　　　　French and Italian notes-books，Septimius Felton；or The Elixir of Life。

一八八三　　　　Doctor Grimshawe's Secret。

一八八四　　　　The Ancestral Footstep。

（完）

——录自中华书局 1940 年再版

《郭果尔短篇小说集》[①]

《郭果尔短篇小说集》序
萧华清[②]

在十九世纪的初期，俄罗斯文学发展到一个新的时代，普希金（Puhkin）和郭果尔（Gogol）便是这时代之花。如果说普希金是俄罗斯诗歌之父，郭果尔便是散文之父了。他们两个以极不同的观点、性质和态度而携手前进，在俄罗斯文艺的园地里作披荆斩棘的工作，尤其是作残酷和丑恶之指摘者的郭果尔把俄罗斯剥得赤裸裸的，给俄罗斯和世界的人看，可算尽破坏的能事，为光明的未来奠基了。他的锐敏的眼光透彻了人间性的一切罅隙；他的犀利的笔锋把一切魑魅魍魉毕露人间，向俄罗斯人发出严重的警告。在他把《死灵》的稿子读给普希金听的时候，这位诗人开始还在笑，渐渐愈听愈变得阴郁起来，最后发出悲哀的声音说："上帝呀！俄罗斯是怎样悲惨的国度呀！"他更说："郭果尔并没有捏造，这是真情，可怕的真情！"郭果尔并不是要专写丑恶的，他在初期的作品，《狄康喀近郊农场之夜》里面也有色彩、有芬芳、有光明，但其他的现实的世界之恶魔般的面孔向他袭来，他不能闭住眼睛说这是乐园呀。他求真、善、美的心情愈是热烈，他对于丑恶和残酷愈能够锐敏地感受；所以抱着满腔热情的郭果尔到此不能不哭了，不，他不敢哭，他只有笑，虽然"笑的后面藏着看不见的眼泪"。美列兹加夫斯

[①] 《郭果尔短篇小说集》，俄国郭果尔（Gogol，今译果戈理，1809—1852）著，萧华清译，上海辛垦书店1934年12月初版。集中《死灵》系《死魂灵》的第一卷第二章。

[②] 萧华清（1894—1969），四川彭县人。早年考入成都高等师范学校英语部，后前往北京，加入李大钊领导的北京社会主义青年团，就读于北京高等师范学校教育研究科，后任重庆中法大学教务主任兼英文教员。抗战时期出任成都协进中学校长，后加入中国民主同盟，长期从事教育和民盟工作。

基（Merejkovsky）在《郭果尔论》里说："以艺术家的地位，郭果尔借着笑之光探寻着这种神秘的实体（丑恶）的本质；以人的地位，郭果尔借着笑之武器与这个现实的存在战斗。郭果尔的笑——那是人类与恶魔（丑恶）的争斗。"这算是最能了解郭果尔的了。

因为他不是平凡的滑稽者流，他被人称为伟大的幽默家。他的《死灵》常常被人拿来和塞凡提（Cervantes）的 Don Quixote 和迭更生（Dickens）的 Pickwick Papers 相比，而佛居（E.M.Vogue）更把他放在塞凡提和李塞其（Le Sage）之间；但他的杰作和他们的都不像，因为没有相当的字形容，只有说他的是特别地俄罗斯的。

郭果尔是小俄罗斯人，生于一八〇九年三月。在十九岁的时候，他离开学校到彼得堡去，满脑筋的为国家尽力的思想，但国家并不因他有满腔热诚便让他尽力，只让他在彼得堡的隆冬天气里穿一件薄薄的外套。最后他在部里得着一个书记的差事，时间虽然不久，但他看透了俄罗斯的核心，使他从头顶冷到足跟。

沮丧的情绪使他回想过去，开始文艺的生活，《狄康喀近郊农场之夜》便是这个时候的产品。普希金在他的作品中发现他的天才；随即由友人的绍介，他和普希金会面；他们的会合不只是在郭果尔的一生占有重要的地位，并且是俄罗斯文学的发展上一个大大的关键。普希金常常鼓舞他写作；从一八三一年到一八三六年，郭果尔和普希金成立了非常密切的关系。本书所译的儿篇，都是他在普希金影响之下作成的。

《死灵》作于一八四二年，是普希金给他的题目。这是一部长篇小说，共分三卷，他的计划是：第一卷摘发人类（尤其是俄罗斯人）所领有的一切主要的丑恶；第二卷描写就在丑恶当中还有着活灵魂的苦闷的人类；第三卷想表现那最理想的人物；这就如但丁的《神曲》分地狱，净土，和天堂一样。但在农奴制度下的俄罗斯，从哪儿去找第三卷里的典型人物呢？所以在作成二卷以后，因为失望和悔恨的原故，他竟把文稿都拿去焚了；现有的一二两卷是从灰堆里救出来的，故二卷多残缺不完。克鲁泡特金（Kropotkin）批评《死灵》说："齐齐可夫可以买死灵魂，或铁路股票，或为慈善机构募款，或在银行里找一个位置，但他是一个不朽的、国际的模式；我们随处都碰见他；随地随时都有他；他但采取不同的形式适应国情和时间的需要罢了。"

我因为没有更多的余暇，只把《死灵》的第一卷第二章译出，借以引起读者的兴会，整个地去读全文。但这一段虽非全豹，亦可见一斑了。课余移译，疏忽在所不免，幸望读者不客气地指正。

译者　一九三二，一二，上海

注：《死灵》系根据伦敦 Everyman's Library 出版的，D. J. Hogarth 的英译本；其余四篇系伦敦 Chatto & Windus 出版的，Constance Garnet 英译的 *Overcoat and Other Stories*。①

——录自辛垦书店 1934 年初版

《湖中的女王》②

《湖中的女王》序

曹聚仁 ③

尚德兄，

关于童话，我能说些什么话？文艺作家之异于常人，他们的孩子

---

① 此段为原文文末脚注。
② 《湖中的女王》，童话集，葛尚德译，上海北新书局 1934 年 12 月初版。
③ 曹聚仁（1900—1972），浙江浦江人。毕业于浙江第一师范，曾任教于暨南大学、复旦大学等，主编过《涛声》《芒种》等杂志，抗战时期任战地记者，《正气日报》总编辑、《前线周刊》总主笔。后赴港，任《星岛日报》《南洋商报》主笔。著有《国故学大纲》《鲁迅评传》等。

气比较重些，"孩子气"，在中国就是正人君子所看不起的"童心"。我是日夕颠连于世故的圈子里，应得看人脸色再开口的，已无从找那可宝爱的"童心"，对于童话，还能说些什么呢？

霍普特曼、法郎士、欧文在中国都是很熟悉的朋友。欧文的《克莱恩先生杂记》，二十年前已为一般青年的读物，《李迫大梦》那个故事早已萦回于我们的脑际；我今天重读你的译文，仿佛重见故知，有无限亲爱之谊（林纾译《拊掌录》页一）。李迫的梦，我从前总当作一个幻境，谁知这个大梦正不必在深谷，我们的眼前，就是加齿几而山。我初到金华读书的时候，一个流传得极普遍的韵事，就是那邵飘萍先生（北京名记者曾任《京报》主笔）怎样在照相馆的照墙对上某闺秀的名联，怎样配驸马的传说。状元时代没落了以后，才子佳人的结合以这样一种新的方式出现。但现代的佳人要得才子，必不喜欢这个新方式，再在照相馆的照墙上出对子了，或者在《时报》上登几个"玉照"，或者出几本"诗集"都可以。我在金华还躬逢一次盛会，一个成美女生的追悼会。据说，她的案下忽然发现一封异性的信（大概不是情书），那封信大半是她的同学开玩笑，因而吊颈自杀，因而开追悼会。那个追悼会有长长的挽对，有淋漓慷慨的演说，有痛哭流涕的祭文，总是风化上一大关键就是了。到了现在，"吊颈""跳黄浦""吃安眠药"的小姐未始没有，但决不为案下发现一封男性的信而自杀是无疑的。虽说是仅仅的二十年，李迫确已做了一场大梦了。然而，有一天，在图书馆看见一份香港的报纸，那报纸载着几首属于南方某诗人做的七律，还附着一徵封的上联，其意是在寻才子。我想，这必是香港还没有《时报》，或者没有出版的书局的缘故，又有一天，我记得非常清楚，的确不是做梦，在上海靶子路上看见某公学的公告，某日某宿儒讲《孝经》，某日请某宿儒讲《列女传》。又有一天，在《大公报》及《新闻报》上发现类似的广告。于是，我又疑惑起来，李迫究竟已经出了深谷没有？

假使真有知识的贵族的话，文学家应该属于那个阶级的，他们把捉了人类的灵魂。欧文于一八一五年第二次到欧洲去，直到一八三二年回到故乡，中间经过十七年的长期，他的故乡，已自农村中心社会，一转而为资本主义的都市社会，凡百可震惊的变迁，陈列在他的眼前，恍惚就是他笔下所写的李迫所经历的情景。文艺家所把捉的现实，时常是超时代而存在的真实，这是值得我们尊敬的。在我们中国，唐人传奇中有《南柯记》《邯郸记》二作，来成为北曲南曲的底本，倒与李迫大梦有异曲同工之妙。你以为如何？

其他关于法郎士、霍普特曼的话，你的序中已说得很多，我不想再说什么了。

祝您好！

弟曹聚仁。八，二九。

——录自北新书局 1934 年初版

《湖中的女王》译者的话

葛尚德 ①

让我先来将这几篇童话的内容及其作者，简略地介绍给我亲爱的少年读者们：

《罕奈兰的升天》的作者霍普特曼（Gerhart Hauptmann），生于一八六二年，是德国现代最重要的剧作家。他的处女作五幕剧《日出之前》的创作，奠树了德国近代剧的基础。有些批评家称他为彻底的

---

① 葛尚德（1910—1987），宝山（今属上海市）人，曾用名葛鸣一，笔名纹珊。陶行知开办晓庄实验乡村师范学校第一批学员，曾就学于大夏大学，留学日本。著有《乡村的火焰》，另译有《幕府末期的日本与太平天国》（日本小岛晋治著）。

自然主义者，但他也是一个象征主义的作家。他的著作，极为丰富，《寂寞的人们》（一八九一），《织工》（一八九二），《獭皮》（一八九三），《火焰》（一九〇一）等，在中国都已有了译本。

《罕奈兰的升天》，本是作者的一篇一幕二场的童话剧，我现在的译文，是根据把剧本精选改编而成的记叙文翻译而成的。这是一篇最美丽的象征主义的作品。

作者向来善用细致而又敏感的笔法，抒写他那精妙入微的文章。一个柔弱的灵魂，依随着和险恶的环境的接触，渐归灭亡，这差不多成为他的戏曲的基调。我们在《寂寞的人们》里，听到了铿婷的"咳，世界上有无穷的忧愁和痛苦啊！"的悲哀的绝叫。我们在《日出之前》里，看到了主人公叶琳娜被折服在险恶的环境之前，终于把墙上的挂刀拿下来自杀了。现在，我们在描写得非常细腻的《罕奈兰的升天》里，又看到了罕奈兰的悲哀凄切的命运。

亲爱的少年读者们，你们对于可怜的罕奈兰，将忍不住你们的同情的眼泪。

罕奈兰的思想，无疑地是非常错误的。许多批评家，因为霍普特曼专写像罕奈兰这样的只是憧憬着渺茫的幸福，无有战取真幸福的勇敢，怯懦的，畏葸的人物，对他表示最大的不满。我们试想：我们人类，就真只有被环境折服的一面，而没有折服环境的一面吗？

我们在罕奈兰错误地对于宗教发生最高的崇信这一点上，可以透切地看到罕奈兰的生活的痛苦，可以清楚地认取我们获得幸福的确切正当的途径。和罕奈兰同样沦陷于悲哀运命的旋涡中的不幸的少年们呀，我在这里虔诚地祝祷你们努力。

《列浦》的作者欧文（Washington Irving），是美国文学的建设者。一七八三年生，一八五九年死。诞生的地点，是纽约城中的威廉街。他曾学习过法律，做过律师，也曾经营过商业，但均以性情体力不合，无有成就。他的第一部著作《纽约史》，于一八〇九年刊行，这立即使他名扬大西洋两岸。他的作品极多，都清逸而富于风趣。

《列浦》是他的第二部著作《克莱恩先生的杂记》中的一篇诙诡动人的创作。林纾先生把《克莱恩先生的杂记》的一部分，译成汉文，题名《拊掌录》。林先生自然不会把《列浦》这样美好的文章忘记了的，我们翻开《拊掌录》，最先见到的就是这一篇。林先生的翻译，自有他的好处，但他的译文是文言文，非一般少年读者所能愉悦地容易地浏览，因此，我就把它另译在这里了。

又，译在这里的《列浦》，是我根据日译本翻译成的，译文中的事迹，与原文有不尽相同之处。在原文里边，当列浦从山间一梦二十年后归去时，共和党正在做重要的选举工作，他们骂这个从山间来的老头儿为保王党。那时美国已经脱离了英国的羁绊，列浦到山间去打鸟时的那种专制政体，是已经给革命的战争扫除掉了。这些，在日译本里，都是未经译入。我们不管日译者或者会有些什么其他的用意，但我觉得日译者这样翻译，对于原作的动人的风趣，以及对于文学作品的价值，都是绝没有丝毫损害的。——或且因为减少了许多繁累的名字，使人于读时益感兴味。因此，我就乐于把它介绍给中国的少年读者。

《湖中的女王》的作者法郎士（Anatole France），是在挽［晚］近的法兰西文坛上最放光彩的一个作家。一八四四年生，一九二四年死。他著有许多诗歌、小说及文学批评等著作。《波纳尔之罪》（一八八一）、《艺林外史》、《乔加斯突》、《红百合》（一八九四）等作，都已有了中国译本。他的小说，可以分做空想的、写实的及哲学的三种。但他不能归入于文学作家的任何一派里，因为他是不拘泥于派别的，他有时是写实的自然主义，有时也可以是浪漫主义。思想上面他起初是纯艺术的，因他又是一个怀疑派，对于一切都怀疑，所以后来就倾向于社会主义，无政府主义，反对一切强权的、军国的政策。

法郎士的儿童文学作品极少，所以他的关于这方面的创作，格外值得我们的宝贵。译在这里的这篇童话《湖中的女王》里所显示出来的作者想象的富丽，真是使得我们不能不加以赞叹。可爱的亚柏叶和幼利的印象，我知道定会永远活跃在读过这篇文字的少年读者的记忆里。我因为热爱这一篇，就把这一篇的名字做了这一本书的名字。

译书是一件不容易的事情，翻译童话，实为困难之尤者。我在开始翻译这几篇东西的时候，便感觉到我是在做一件冒昧的僭妄的事情，我不禁异常胆怯惭愧起来。能够把这三篇东西译完，全恃着兰直接或间接所给与我的鼓励，我在这里向她表示感谢。

蒙曹聚仁先生于百忙中抽暇为我精审校阅，并允为我作序，这是更使我非常感激的。

尚德 二〇，八，八。
——录自北新书局 1934 年初版

《蛮荒创业记》①

《蛮荒创业记》吴序
吴耀宗②

这本自传的作者是现代的一个奇人，因此，这本自传也可以说是

---

① 《蛮荒创业记》(*Out of My Life and Thought*)，自传体长篇小说，史伟策（Albert Schweitzer，今译阿尔贝特·施韦泽，1875—1965）著，沈嗣庄译述。上海青年协会书局 1934 年 12 月初版，"青年丛书"第十八种。
② 吴耀宗（1893—1979），广东顺德人。1913 年毕业于北京税务专科学堂。1918 年受洗入基督教，1921 年加入唯爱社。1924 年被中华基督教青年会保送赴美国纽约协和神学院留学，1926 年攻读哥伦比亚大学哲学硕士学位。另译有《甘地自传：我体验真理的故事》、杜威《科学的宗教观》等。

现代的一本奇书。

史伟策是一个天才，这是没有疑问的。他从小便习音乐，在大学时期则专攻神学，而在这些部门里，他以后都做了专家，做了权威。音乐我没有研究过，不敢对他加以评论，但是在神学和哲学方面，我以为他都有独到的见解，是以特在这里指出来，请读者注意。

在神学方面，史氏最大的贡献就是大胆地用历史的眼光去研究耶稣的生平。一般人对耶稣的看法，以为他是不会有错误的，而史氏却证明耶稣也受过"末世主义"的影响，而这"末世主义"的种种期望，后来并没有实现。他为这个问题所著的那本《关于历史的耶稣的研究》直到现在，还是研究耶稣生平一部重要的文献。用历史的方法去研究宗教，在史氏著书的那个时代，还不是一件寻常的事，因为像他自己所说的："这种新的历史知识不但使我们内心不安，而且又使我们减少了对基督教的信仰。"然而史氏是怎样的呢？他把握着保罗所说的一句话："凡事不能敌挡真理，只能扶助真理！"于是便不复有所顾虑。他以下所说的一段话，是值得我们永远服膺的：

　　　　真理总比非真理有价值些，这原理用之于历史如此，用之于其他方面亦如此。在表面看来，这种真理也许和信仰不符合而与之为难，但是到末了，其能无害于人，可无疑义。反之，真理仅可使我们深入堂奥而有余。因此，使宗教与史实分庭对抗，其为无理取闹，可以断言。如果基督教的真理和历史的真理处处得到了正当关系，那在现代社会中，前者不是要格外地强有力吗？惜乎我们不能如此，一碰到为难之处，我们就不能予真理以应有权利。反之，我们却有意识地或无意识地不是回避真理，就是曲解真理，不是曲解真理，便是压迫真理。（页二十九）

史氏这几句名言，不但可以应用于宗教信仰问题上去，即对于人生其他方面的思想与生活，我们亦莫不可作如是观。假如我们在这本自传里，没有得到别的东西，而只得到这一个正视真理的信仰与决心，我们读这本书的光阴，也就没有虚耗。

史氏的第二个贡献就是他从哲学、历史和文化的研究里所提示出来的那个"生命的尊重"（Reverence for life）的道理。这是一个很新鲜而且很重要的说法。"生命的尊重"是什么呢？他说：

> 人类意识中第一件事实是："我是一个要生活的生命。在这生命之外，还有着许多其他要生活的生命。"换言之，一个人一想到他自己和世界，那他就觉得他是许多"生活的意志"中间的一个"生活的意志"。（页一〇六）

> 因为我有了这种"生活的意志"，所以我才希望生活的持续及快乐。同时我又害怕着生命的破坏及痛苦。不但在自己如此，就是那在我旁边的"生活的意志"也是如此，虽然有时它们不能把它们所感到的清清楚楚以言语表示出来。（页一〇六）

> 凡是有思想的人都觉得非使一切"生活的意志"得到同样的"生命尊重"不可。他在自己的生命中经验了其他人的生命。因此，他认为善的，就是保持生命，促进生命，使生命的价值达到最高限度等行为；认为恶的，就是毁灭生命，戕害生命，压迫生命等行为。这些都是伦理的绝对和基本的原则，同时也是思想中所需要的东西。（页一〇七）

> 因此，所谓"生命的尊重"，其中包含的有仁爱，忠信和苦乐相共等美德。（页一〇七）

史氏以为自中世纪以后，因文艺复兴与耶稣所教训的爱的伦理相互影响的原故，欧洲产了一个"肯定世界和生活"的人生观，然而他以为这种人生观只是片面的，不完全的，因为它只养成了一个"进步的意志"，使人的知识和能力日渐扩大，而没有教人把有价值的东西和价值较少的东西分别出来。因此，他以为必须把"世界和生活的肯定"那个意思和"生命的尊重"那个意思联合起来，才能挽救现在世界正在衰落的文化。

史氏这种意见，是我们所绝对赞同的，因为他的"生命的尊重"实在就是我们平素所提倡的"唯爱主义"。我们以为一个人假如有了"生命尊重"的信念和热诚，他在社会上总是一个为人民服役，为大众的生存和权利而奋斗的人。假如在这信念和热诚之外，再加上他对社会应有的认识，他便永远是一个社会革命者，一个战士。今日的社会制度，处处造成了生命的压迫、剥削和毁灭的现象，除非我们抱着这样的一个信念和热诚，我们对于现社会的罪恶，便会熟视无睹，甚至会"助桀为虐"。有了这个信念与热诚，我们便会起而抗争，起而革命，——不管我们所服膺的是哪一种主义，不管我们所采取的是哪一种手段。

至于史氏自己呢？"生命尊重"这一个意义，他是在他自己的生活中实行了，坚苦地实行了。我们曾经说过史氏是一个天才。在音乐界，他早已是一个专家，在哲学和神学方面，而他也已经有了特殊的贡献。他在这两个部门里，曾写过几本专书。这几种天才，从个人发展方面说，已经很够使他享盛名，过安逸的生活，与世无争，与人无忤。然而史氏并没有这样做，因为"生命的尊重"，在他不是一个空想，不是一种玄学上的把戏，而是一种信念，一种动力，一种热诚。有了它，他便不能只为他自己的名誉地位设想。于是，史氏的生活便起了一个绝大的转变。

他终于投身到非洲的蛮荒了。但这是一件容易的事么？他在自传里说：

　　一切亲戚故旧都反对我，因为照他们看来，我的企图太无谓
了。他们说我正像一个拿天赋之才埋藏着，而要用假的钱来求蝇
头之利的人一样。只有那些不致于放弃他们在科学和艺术中所有
的天才和造诣的人，才可以在无教化的人当中服务。（页五六）

　　无疑地这是一般人的感想。就是我们自己，恐怕我们若是处在相
同的地位，也不会有别的看法。然而史氏是早已打定他自己的主意
了。他在自传里说到他决志到非洲服务的计划的经过：

　　一方面在我四周围有着成千论万的人，他们处心积虑，栉
风沐雨地挣扎着，而另一方面我却安逸度日。这情形我真不懂
啊。……于是在一八九六年夏天复活节的一个早上，在起身时候，
我就得到了一种思想，就是我断不能把这幸运看为当然的事；反
之，非有以报答之不可。……从前我曾竭力地想过，究竟耶稣所
说的"凡要救自己生命的，必丧掉生命，凡为我和福音丧掉生命
的，必救了生命。"那句话是什么意思，如今那答案我已经找到
了。（页五二）

　　至于他到非洲以前和到了非洲之后所遭遇的艰难和困苦，和他
的刻苦奋斗，那是读者可以在书中得到的，用不着我们再加以论列。
史氏这一本书并没有把他在非洲的经验详细地给我们写出来，因为
他以前曾写过一本 *On The Edge of the Primeval Forest*，记载这些经
验。我们不久以前看见他登在《世纪杂志》(*Christian Century*) 一
篇短短的文章，描写他在非洲那间医院里日常的生活状况。在那
里，我们晓得他和非洲的土人，不但是如朋友一样，简直就像弟兄一
般。他的"生命的尊重"的理想，可以说是已经在他的事业里充分的
实现。

把我们以上所说的话总括起来，我们对史氏的生平可以得到这样的一个结论：他一生所追求的是真，他一生所努力的是爱。这真和爱，在一个天才的人格里面，融成一片，结出芬芳的果实，射出灿烂的光辉。

然而我们对史氏也不能没有一点批评。史氏，在他的思想方法方面，是一个唯理主义者（Rationalist）。这一点，我们可以拿他自己的话来说明：

> 在我的生活上面，有着两种感觉。这两种感觉，阴霾弥布似的把我的生活笼罩了。一方面，我觉得这世界太不可思议了。其中满布着的是痛苦。而在另一方面，我又觉得我已经生在一个人类精神生活没落的时代。我根据我的思维力，和这两种感觉一个个地周旋着，以求其庐山真面，结果，我竟得到了"生命的尊重"的道德的"世界和人生的肯定"。在这原则中，我的生活因此肯定，生活的康庄大道，因此获得。
>
> 对于这时代的精神，我完全不赞同，因为它把思想看得太不足重轻了。（页一五二）

唯理主义在哲学上的地位我们不能在这里讨论。我们只能指出这种主义在史氏的思想和生活，以至在我们的思想和生活所发生的影响。

如果史氏的崇尚理智，崇尚思维，并不是把它们——理智和思维——看成一种先天的、超然的、独立的东西，那么，我们对他的主张，是绝无疑问的。史氏似乎未尝没有这种意思，因为他说：

> 个人思想是可以产生真理的。直等到我们有了这种自信力之后，我们才可以接受外来的真理。（页一五六）

只有使人类按照自己的方法而思想之后，人类才能恢复他们
思想动物的地位，才能得到人生中应有的知识。（页一六一）

如果这几句话的意思是说：我们应当思想，我们不应当不思想；
或者说：我们应当有独立的思想，我们不应当盲从，那我们是非常赞
成的，因为在今日，不思想和没有独立思想的人是太多了；在今日
"专家"的世界，"权威"的世界，在物质生活上日趋标准化的世界，
不思想和没有独立思想的危险也是更大了，我们应当恢复理智和思维
的王国。然而我们读这本自传若干部分的时候，似乎感觉史氏有把理
智和思维看为一种先天的、超然的、独立的东西的趋势。比如我们看
他这几句话：

他们既不能承认过去种种精神上的进步都根据于思想，又不
以为就是将来那些还没有成功的事也还是要借思想而建树的。（页
一五三）

虽然如此，我却完全相信唯理思想是可靠的。（页一五四）

对思想这样的解释，我们以为容易陷于主观和空想的错误。史氏
自己是不承认有这错误的可能的。因为他说："深邃而自由的思想，
断断不会使人流入于主观之中。"（页一五六）然而我们究竟不敢有史
氏这样的确信，因为在思想的领域里，无论它是深的是浅的，我们曾
经有过许多虚无飘渺、不切实际的幻象，而这幻象也曾产生了许多罪
恶。这就是因为这样的思想是离开现实的。假如史氏是鼓励我们一面
去认识客观的事实，一面去做深邃的思想，那我们是没有异言的，然
而史氏似乎并不是这样说法。因此，我们对于史氏的几个结论虽然是
赞成的，但我们却认为史氏在本书里面所说的一些话，容易使人误
解，使人走入只凭主观思想而忽略客观事实的歧路，而不得不叫读者

有所审慎。

末了，这本书的译名是"蛮荒创业记"，这几个字可以代表我们介绍这本书给中国青年读者的用意。"蛮荒"不一定是非洲，甚至不必是中国的边疆和中国的荒地。在我们这个闭塞的古国里，用现代的眼光看起来，随处都是"蛮荒"，随处都等着我们去开发，在这一个偌大的"蛮荒"里，我们唯一的任务便是"创业"。

假如我们是一个天才，我们就不必借口着这天才，为我们个人设想，去挤到已经开辟，已经有人满之患的所谓"文化区域"里。并且，即使我们到了"蛮荒"去，我们的天才，并不见得就要埋没。这本书出版的时候，史伟策氏不是正在欧洲各大城市作音乐的演奏么？他不是正预备着在英国作几个重要的系统演讲么？天才是不容易被埋没的，如果我们自己肯努力。

但假如我们不是一个天才，那我们就更没有可借口的余地了。医药是史氏天才所在的事业么？非洲是史氏发展天才的地方么？史氏的所以伟大，在于他肯受他的信仰的驱策，放弃他自己发展天才的机会，去致力于别人以为是埋没天才的一件事业。史氏尤其伟大的地方，在于他虽然放弃了发展天才的机会，而他的天才，终于因自己异常的努力，并没有被埋没。如果史氏能够这样，我们即使不是天才，也是没有可以借口的。

史氏是在一个太平的时代，投身到一个与世界大事没有重大关系的地域里去。而我们呢？我们即使有史氏的精神，在这狂风暴雨快要来到的中国，已经是不容易应付。何况我们没有这种精神呢？

一九三五年一月　吴耀宗序于上海

——录自青年协会书局 1940 年二版

《意志的胜利》^①

《意志的胜利》说明

（一）这位作者是最［当］代德国著名小说家汤谟斯曼（Thomas Mann），他是新古典主义者，现在还生存着。他的著作亟富，最著名是《主人与狗》《怪异的山狱》《家族的衰落》《奇异的儿童》及这几篇短篇小说。单就这几篇小说而言，已经翻印九十余版了。

（二）译者尚有一篇短序介绍这个作者的身世，现未缮就。

（三）四篇共计六万三千字。

——录自启智书局 1934 年再版

---

① 《意志的胜利》，短篇小说集，德国汤谟斯曼（Thomas Mann，今译托马斯·曼，1875—1955）著，章明生译，上海启智书局 1934 年 5 月再版，初版年月不详。

1935 年

《老拳师》[①]

《老拳师》序
张梦麟

在这里所选的几篇短篇小说里，很可以看出贾克伦敦作品的特色，同时，也可以看出贾克伦敦所代表的美国文学的特色来。第一，贾克伦敦的一生也和高尔基一样的复杂，而他的生活经验的范围，更较高尔基为广，从这几篇不同的生活描写，便可得一个大概，而《叛徒》一篇的内容更是以他自己的生活为背境写成的。第二，伦敦一方面具有伟大作家那种现实的把握和人生的观察，一面又具有引人入胜，像读通俗小说的手腕，这一点已昭示出美国文学一般的特色来了。近人每喜拿伦敦与俄国的高尔基比较，读了这几篇作品和他的《野性的呼声》，再去读高尔基的诸作，便知这个比较是想有兴味的。

——录自中华书局 1935 年版

---

① 《老拳师》(*A Piece of Steak & Other Stories*)，小说集，美国贾克伦敦（Jack London，今译杰克·伦敦，1876—1916）著，张梦麟译。内收《老拳师》《鼻子》《叛徒》《两个强盗》4 篇小说。上海中华书局 1935 年 1 月初版，"新中华丛书·文艺汇刊"之一。

《十七岁》^①

《十七岁》达肯顿

赵家璧^②

在美国的幽默作家中，布斯·达肯顿是主要的一员。他曾两次得普立芝奖金，作风近似马克吐温和胡威尔斯。生于一八六九年七月廿九日，在印第安纳州。幼童时代，神经曾受损伤，到十岁后才逐渐复原。在学校里念书的时光，因为有一张画被《生活周刊》(*Life*)录取刊出，他就决心做画家，可是继续投去的三十一幅画稿，没有一幅不退回，他便回头改写小说。第一部处女作发表的是《蒲敢尔先生》(*Monsieur Beaucaire*)，第一本书印成的是《从印第安纳来的绅士》(*The Gentleman from Indiana*)。这二部书出版后，布斯达肯顿的名誉即刻跟了每部书的问世而继续增加。他一共写过二十多部小说，十五六部剧本，其中《阿丽思亚达》(*Alice Adams*)，是他生平最成功的作品。《十七岁》(*Seventeen*) 和《摩登伽女》(*The Flirt*) 同样都是他重要的代表作（《摩登伽女》也已由大华烈士译出）。可惜从一九一七年以后，达肯顿的目力，忽然减退，到一九三〇年，已全部成盲。现在虽然已医治得可以辨别色彩和形状，医生也说他的目光或

---

① 《十七岁》(*Seventeen*)，长篇小说。美国布斯·达肯顿（Booth Tarkington，今译塔金顿，1869—1946）原著，大华烈士译。上海良友图书印刷公司1935 年 1 月初版。

② 赵家璧（1908—1997），江苏松江人。毕业于上海光华大学英国文学系。长期任职于良友图书印刷公司，主编了"良友文学丛书"、《中国新文学大系》、《良友文库》等。后改组成立良友复兴图书公司，出任经理兼总编辑。1946年与老舍合办上海晨光出版公司，主编"晨光文学丛书""美国文学丛书"等。另译有 Hugh Walpole 等著《今日欧美小说之动向》、斯坦贝克（John Steinbeck）《月亮下去了》等。

许有恢复的一天，可是从一九三〇年以后，他丰富的创作生活，已无形结束了。达肯顿的作品，在美国，已成家传户诵之读物，我们中国确没有人翻译过他的著作。大华烈士的译品是值得介绍的。

赵家璧记

——录自良友图书印刷公司 1935 年初版

《十七岁》序

林语堂 ①

大华烈士嘱我为他所译的《十七岁》作序，这当然是躲不得的。因为躲不得，故亦不推辞。

达肯顿书，我通共读过一本，就是 *Young Mrs. Greeley*，此外只有杂志上偶读其短篇小说而已。我所读一本倒是令人不得不一气读完的一本中篇小说：描写一公司职员的俗妇，偶然被邀入上流文雅家庭所闹出的笑话，文字又尖利，又滑稽，又含有大道理，诚足为势利伧夫俗子及暴富家庭之妇女之戒。达肯顿的小说。总是如此的，有幽默，有结构；结构的缜密，剧情之紧张，事态之变化，乃其所长。故氏甚足代表现代美国小说家普通之技巧，此种技巧，是值得研究的，因为他的水平线比中国小说的技巧高，犹如西洋戏剧之技巧，亦比中国戏剧之技巧高一样。

现仅依我所知关于作家的事实谈谈。他的著作，自一九〇〇至一九三〇有廿五种以上，内中有两部曾得普立芝奖金。一部分是专描写青年男女的生活，*Penrod* 及《十七岁》便是属这类。有的是专

---

① 林语堂（1895—1976），福建龙溪（今漳州）人。毕业于上海圣约翰大学，后留学美国、德国，获哈佛大学文学硕士，莱比锡大学语言学博士学位。回国后在清华大学、北京大学、厦门大学等任教。1945 年赴新加坡筹建南洋大学，任校长。曾创办刊物《论语》《人间世》《宇宙风》。另译有勃兰兑斯《易卜生评传及其情书》、萧伯纳《卖花女》等。

描写作者本省印第安纳之风土民情的（*Penrod* 亦可算在内）。有的是
描写城市实业生活，如 *The Magnificent Ambersons*，*The Turmoil*，*The
Midlander*。通常公认为氏的杰作的是 *Alice Adams*。

此公很妙。他原不想做作家，而想做画家。他曾有一张图画，投
寄《生活》（美国幽默杂志），发表以后，以为从此得出人头地了。殊
不知以后连投三十一张画片，都被退还，因此他不得不弃画就文，
但在八年中，他投稿的成绩，共得廿二元五角。后来到 *Monsieur
Beaucaire* 在 *McClure's* 杂志发表，才见称于世。但他总是一直写作，
早晨工作，平均每天有一千四字，修改前日之稿还在外。下午就是游
船，晚上看电影，或打牌，电影越坏，他越觉得舒适。晚上总是一时
才就寝。后来眼睛坏了，试用各种眼镜都不行，到了一时期，全然瞎
眼，后来施行手术，始略恢复，形色都可模糊看见。他的书脱稿修改
之后，就不敢再看，因为他不敢看，一看又觉得哪句又须修改，哪段
又须重写了。他说"我看我自己新出的书，未有不头痛者。"

他在写过很成功的戏剧，但不自认为戏剧家。他不喜欢香艳肉感
的戏。他说凡香艳肉感的戏"都带了巴黎意味，但是法国人做来比我
们细腻丰韵的多。我们的戏太板，太粗，而太露。"他佩服的还是法
国人的作风及精神。

大华烈士下愿专工翻译达氏之著作。有什么理由？我也不问。我
所知道的是他"心诚好之"，心诚好之便是最大最充分的理由，"心诚
好之"是一切学问的基础，读书的法门，做事的宝诀，记忆力之来
源，有恒心之保障，是一切成功之秘密及一切事业之报酬。就是栽花
养鸟围棋斗草亦必乐此不疲，始有成就，何况其他。若自己无癖，人
云亦云，是为他人而译书，非为自己而译书。为自己而译书者吉，为
他人而译书者灭，为自己而译书者王，为他人而译者匠。

　　　　　　　　　　　民国廿三年十二月六日龙溪林语堂序。

——录自良友图书印刷公司 1935 年初版

《十七岁》引言

大华烈士（简又文 ①）

布斯·达肯顿，Booth Tarkington 系美国当代最著名的文学家之一。其作品小说多有描写儿童之心理，性情，与行为者。作风别饶一格，布局周密有趣，语意诡奇滑稽，幽默浓厚，读之靡不令人心旷神怡，忍俊不禁。其名著多种久已风行海外，惜尚未见有介绍于吾国者，此读者之不幸亦文坛之憾事也。

达氏佳作，余最所酷爱。《十七岁》一书，主题为一年方十七岁的少年之爱恋史，刻画入神，趣味特甚，尤为余所欣赏者。适从书簏检出此书，文兴竟被引起，因顺此冲动，抽暇埋头译之，以为读者诸君作一小贡献。

然而翻译工作已难，翻译小说尤难，而翻译此项幽默作品更难之又难。何则？以其充满地方性——土话，俗语，习俗等，比别种著作为尤多故。若必求每字每句每名辞悉照原文直译，则有时简直无能下笔，即强而为之，亦多失去原有之幽默感；如是既乏趣味而绝对不令人发笑，而且着着令读者——尤其不识外国文字风俗习惯者——有莫名其妙之苦。吾今之作，固高悬"信，雅，达"三字为理想的标准，而在多处乃不能不运用文笔思想稍为改作或有增减以适应环境，庶使原文幽默神妙之点，虽不可以言传，要亦得而意会，是故谓此为 Adaptation 之作比之移译较为确实也。

——录自良友图书印刷公司 1935 年初版

---

① 大华烈士，简又文（1896—1979），广东新会人。曾留学美国奥伯林学院，获文学学士学位，后又入美国芝加哥大学，获硕士学位。回国后曾受聘出任中国基督教青年会干事、燕京大学教授、北平今是学校校长等。1936 年创办《逸经》半月刊，后又创办《大风》旬刊。另译有美国史美夫（Prof. G. B. Smith）《伦理的基督教观》、古士毕（E. J. Goodspeed）《新约小史》等。

《博爱底痕迹》[①]

《博爱底痕迹》序

大地茫茫，风尘仆仆，前途遥遥，后路悠悠。人生斯世果何为乎？为名欤抑为利欤？假令其为名也：足使名震寰宇，誉满百城，然而时过境迁，不过昙花之一现，自古以来，其令名与万世长春，与山河齐寿者，有几人哉？纵使其令名寿世矣，则令名究与人有何补乎？！假令其为利也：则黄金满屋，丰衣足食，声色狗马之好杂陈于前，果能满无底之欲壑耶？况人生百年，真弹指间耳，一旦病入膏肓，就木阖棺，则昔日之富贵荣华，不过增瞑目前之惆怅耳，果于人有何补哉？矧熙熙攘攘只为名利而往来者，无所谓超人之终向，无所谓生从何来死后何往之目标，更无所谓道德之观念，公益之思想；静目思之，然乎？否乎？行见道德不古，风俗日偷，人类之操行愈趋愈下，自私自利之主义日趋而日张，斯不过徒增尘世之扰攘，人情之浇漓，以斯而欲求平等之实现，世界之和平，岂不戛戛乎难哉！然则如之何其可也？曰其惟履行天主教之教义乎！察天主教以爱天主在万有之上及爱人如己为原则；惟其受天主也：故勤修夫慎独工夫，守真养性，洁身自好，俨乎其如十目所视十手所指，将法律所不能约束之心田，而以道德约束之；且也天主监察之下，无所谓贫贱富贵与畛域，作善则降之百祥，作不善则降之百殃，以天网恢恢疏而不漏而宰治天下，庶乎人类之道德其日趋进步欤！惟其爱人如己也：故履行慈善，博爱，和平：积极以求人类之幸福，舍身以求公共之利益；至于

---

① 《博爱底痕迹》，中篇小说，法国李膏著，魏玉良译述，天津马场道崇德堂
1935 年 2 月初版。

杀身成仁，舍生取义，尤为公教之特长，故白刃可蹈，鼎镬可赴，而信德不可失，吾于本书之费珥玉君得之矣！伟乎费君，本博爱之精神，使人类得识自由之真谛，平等之底蕴；使自私自利者，作进一步之观察；使醉生梦死者，得人类究竟之确切认识；如斯则万物之灵而人者，不徒呱呱坠地，阖泪长逝，而有所归宿矣！不徒绞脑汁，煞心血，劳筋骨，而有其代价矣！至如范铸人心，维持风化之天主教，亦得满其使命矣！将见光天化日之下，人类日趋于文明，日趋于和平，涵育熏陶，优游德化！如斯则社会人心，岂小补也哉！

编者识

——录自天津崇德堂 1935 年初版

《高龙芭》[①]

《高龙芭》梅里美小传

（戴望舒[②]）

　　泊洛思彼尔·梅里美（Prosper Mérimée）于一千八百零三年九月二十八日生于巴黎。他的父亲约翰·法杭刷·莱奥诺尔·梅里美（Jean-François-Léonor Mérimée）是一个才气平庸的画家和艺术史家；他的母亲安娜·毛荷（Anna Moreau）也是一位画家。

---

① 《高龙芭》，中篇小说集，内收《高龙芭》《珈尔曼》两部中篇小说。法国梅里美（Prosper Mérimée，1803—1870）著，戴望舒译。上海中华书局 1935 年 2 月初版，"世界文学全集"之一。

② 戴望舒（1905—1950），浙江杭州人。1923 年考入上海大学中文系，1925 年转入震旦大学特别班学习法文。后赴法留学，相继在里昂中法大学、巴黎大学旁听。曾参与编辑《现代》《新诗》月刊，在香港主编《大公报》文艺副刊、《星岛日报·星岛》副刊、《顶点》等。另译有夏多布里昂《少女之誓》、波德莱尔《恶之花掇英》等。

在这艺术家，同时又是中流阶级者的环境中，是没有感伤成分的，只有明了、良知和某种干燥的冷淡。在那再现着古典的，正确的，遒劲的，规则的图画的画室中，眼睛是惯于正确地观察事物，手是惯于切实地落笔挥毫，所以，在这环境当中长大起来的梅里美，便惯于正确地思想了。

幼年的梅里美，是没有什么出人头地的地方，他是一个少年老成的孩子。从一千八百十一年起，他进了亨利四世学校，在学校里引起他同学注意的，只是他衣服穿得很精致（这是他母亲的倾向），英文说得很流利而已。因为他的父亲——他和许多英国的艺术家如霍尔克洛普特（Holcroft），诺尔柯特（Northcote），威廉·海士里特（William Hazlitt）等人都是老朋友——在他很小的时候就教他读英文。他真正的教育，我们可以说是从他的父母那儿得来的。

因此，他很早便显出修饰癖和英国癖：这便是梅里美的持久的特点。

在十八岁时（一八二〇年），他离开了中学。他对于绘画颇有点天才，可是他的在艺术上没有什么大成就的父亲！却劝他不要习画，于是他便去学法律。他毫无兴味地没精打采地读了五年法律，他的时间大都是消磨在个人的读书和工作上，他同时学习着希腊文，西班牙文和英文。他很熟悉赛尔房提斯（Cervantes）、洛贝·代·凡加（Lope de vega）、加尔代龙（Calderon）和莎士比亚。他背得出拜伦（Byron）的《东荒》（*Don Juan*）。同时，他还研究着神学，兵法，建筑学，考铭学，古泉学，魔术和烹调术。他什么都研究到。

但是他的知识欲也并不是没有限制的。在梅里美，只有具体是存在的。纯哲学和纯理学他是不去过问的。他厌恶一切空泛的东西。他只注重客观的世界。他可以说是一个古物学家和年代史家：他以后的著作，全包括在这两辞之中。

他也憎厌一切情感的，纯粹抒情的，忧伤的诗情的东西。当然，他是读着何仙（Ossian）和拜伦。但是，他在《芬加尔之子》的歌中所赏识的，是加爱尔（Gaëls）的文化色彩，而《东荒》在他看来，也只是一种智慧的讽刺和活动的故事而已。

自一八二〇年至一八二五年，他和巴黎的文人交游，他往来于许多"客厅"之间，他认识了缪赛（Alfred de Musset），斯当达尔（Stendhal 即 Henri Beyle 的笔名），圣·佩韦（Sainte Beuve），古崭（Victor Cousin），昂拜尔（J.-J. Ampère），吉合尔（Gérard），特拉阖（Delacroix）等文士和艺术家。他特别和斯当达尔要好，因为，据朗松（Lanson）说："他们两人气味相投，憎恶相共。他们两人都爱推翻中流阶级的道德；他们两人都是冷淡无情的，都是观察者：他们嘲笑着浪漫的热兴；他们两人都有心理学的气质。"那时斯当达尔比梅里美大二十岁，已经以《合西纳和莎士比亚》和《恋爱论》得名了。他使他这位青年的朋友受了很大的影响。

一千八百二十四年是浪漫派战争爆发的一年。梅里美倾向哪一方去呢？倾向古典派呢，还是浪漫派？他是青年人，所以，他便应当归浪漫派。然而他却忍耐而缄默着。一切的激昂都使他生厌。他赞成原则而反对狂论。他加入了浪漫派的战线，他先做了一篇散文的剧诗《战斗》（Bataille），完全是受的拜伦的影响，接着又在一天星期日在 Debats 报的文学批评者德莱克吕士（Delecluze）家里宣读他的莎士比亚式的诗剧《克郎威尔》（Cromwell）。这诗剧现在一行也没有遗传下来，我们所知道的，只是那是越了一切古典的程式规范的而已。最后又在 Globe 报上发表了四篇关于西班牙戏曲艺术的论文（一八二四年四月间）。

不久，他做了五篇浪漫的戏曲，假充是一个西班牙戏曲家 Clara Gazul 那儿译过来的。其中有一篇《在丹麦的西班牙人》（Les Espagnols en Danemark），是很不错的，其余的却只是胡闹。他还假造了 Clara Gazul 的传记，注译等等。这种假造是被人很容易地揭穿了。除了一切青年文士的推崇外，这部书并没有什么大成就。只有一位批评家——梅里美——的朋友昂拜尔捧他，说"我们有一个法兰西的莎士比亚了！"

在一千八百二十七年，他又造了一件假货。一本书出来了，是在斯特拉斯堡（Strasbourg）印的，里面包含二十八首歌，题名为《单弦琴或伊力里亚诗选》(*La Guzla ou choix de poésies illyriques*)，说是一个侨寓在法国的意大利的翻译的。当然，里面还包含许多的关于语言学的研究，一篇关于巴尔干的民俗的论文，和一篇关于原著者的研究。

实际上，这本《单弦琴》从头至尾是梅里美做的。他在这本书的第二版（一八四二）的序文上自己也源源本本地讲出来了。

那时，这位法国的莎士比亚和他的批评家昂拜尔想到意大利和阿特阿特克海岸去旅行。什么都不成问题，成问题的只是钱。于是他们想了一个妙法，便是先写一本旅行记，弄到了钱作旅费，然后去看看他们有没有描写错。为了这件事，梅里美不得不去翻书抄书。可是出版之后，却没有卖了几本，这可叫梅里美大失所望。可是歌德却上了他一个当，把这本书大大地称赏了一番。

在一千八百二十八年，他发表了一本 *La Jacquerie*。这是一种用历史上的题材做的戏曲，但是似乎太散漫了。

此书出版后，梅里美便到英国去了。在英国（一八二八年四月至十一月），他认识了将来英国自由党的总秘书爱里思（Ellice）和青年的律师沙东·夏泊（Sutton Sharpe）。后者是一个伦敦的荡子，后来做了梅里美在巴黎的酒肉朋友。

在他的远游中，出了一本 *Famille de Carvajal*（一八二八），依然是一本无足重轻的东西。

回国后，他发表了两篇西班牙风味的短剧：*Carrosse du Saint-Sacrement*（一八二九年六月）和 *Occasion*（一八二九年十二月）。这两篇编入当时再版的 Clara Gazul 戏曲集中，在全书中可以算是最好的了。

同年，*Chronique du temps de Charles IX* 出版了（后来梅里美把 temps 改为 règne）。这是梅里美显出自己的长处来的第一本书，里面包含着一列连续的，但是也可以说独立的短篇故事。正如以前的戏曲 *La Jacquerie* 一样，原是借旧材料写的，但是艺术手腕却是异常地高。这部书在当时很轰动一时，我们可以说是像英国的施各德（Walter Scot），但比施各德还紧凑精致。

在一八二九年，他还在《两世界杂志》上发表了他的独立的短篇小说：《马代奥·法尔高纳》(*Mateo Falcone*)，《炮台之袭取》(*L'Enlèvement de la redoute*)，《查理十一世的幻觉》(*La Vision de Charles XI*)，《达曼果》(*Tamango*) 和《托莱陀的珍珠》(*La Perle de Tolède*)，都是简洁精致，可算是短篇中的杰作。

在经过最初的摸索之后，梅里美便渐渐地使他的艺术手腕达于圆熟之境了。他从沙维艾·德·美斯特尔（Xavier de Maistre），第德罗（Diderot），赛尔房提斯（Cervantes）学到了把一件作品范在一个紧凑的框子里，又在这框子里使人物活动的艺术，他从浪漫派诸人那里探取了把作品涂上色彩，又把人物生龙活虎地显出来的方法，他从那由斯当达尔领头的文社那儿理会到正确，简洁的手法。他集合众人的长处而造成了他自己个人的美学。

在一千八百三十年，他旅行到西班牙去。在旅行中，他在巴黎杂志上发表了五封通信，那是他在马德里和伐朗西亚写的。在这次旅行他所做的许多韵事中，他可能地认识了那位他后来借来做《珈尔曼》的主角的吉泊西女子。但他也认识了好些显贵的人们，他和德·戴巴（后名德·蒙谛约）的伯爵夫妇做了朋友，他抱过那后来成为法国的皇后的他们的四岁的小女儿。

正在他的旅行期中，法国起了一次革命。当他回国的时候，他便毫不费力地加入胜利者一方面了。他与勃劳季尔家（Brogile）和阿尔古伯爵（Comte d'Argout）有亲友关系，因而进了国务院。他在那里过了三年的放诞生活，什么事也不干，尽管是玩。据他自己说："在那个时候，我是一个极大的无赖子。"直到和乔治·桑发生了一度短促而"可恨"的关系后，他才放弃了那种无聊生活，而回到文学中，写了一篇 *Double Méprise*（一八三三年九月）。

在一千八百三十五年，梅里美被任为历史古迹总监察。从那时起，他便埋头用功读书，对于理论和纯粹批评的著作得了一种趣味。他异常忙碌，要工作，要做报告，因而文学便只能算是消遣品了。他的职务使他每年不得不离开巴黎几个月。他四处都走到，从而收集了许多材料。这些札记或印象，梅里美并未全用在他所发表的作品上，大部分都可以在他和友人的通讯上找到。

从一千八百三十五年到一千八百四十年中，梅里美是一心专注在他的新事业上，他的唯一的文学作品（但也还是染着他的古学的研究的色彩的），便是他自己认为杰作的 *Vénus d'Ille*。在一千八百三十九年和一千八百四十年，他游历意大利、西班牙（这是第二次了）和高尔斯。

这次游历的印象的第一个结果，便是《高龙芭》。这是他在周游过高尔斯回来之后起草的。在这本书里，我们可以看到梅里美的艺术手腕已到了它的最高点。他的一切的长处都凝聚在这本书里：文体的简洁和娴雅，布局的周密和紧凑，描写的遒劲和正确，人物的个性的活跃，对话的机智和自然，在不断的冲突中的心理的分析的细腻，地方色彩浓厚和鲜明。所以，虽则梅里美自己说 *Vénus de l'Ille* [*Vénus d'Ille*] 是他的杰作，但大部分的批评家却都推举这一部《高龙芭》。（《高龙芭》里的女主角高龙芭，并非完全是由梅里美创造出来的，那是实有其人的，梅里美不过将她想象化了一点而已。）

意大利的旅行和罗马艺术的研究，引起了他对于古代的趣味。在一千八百四十一年，他发表了两篇罗马史的研究：《社会战争》(*La Guerre sociale*)，和《加谛里拿的谋反》(*La Conjuration de Catilina*)。

在一八四二年，他一直旅行到希腊、土耳其、小亚细亚。回到巴黎后，他发表了他的《雅典古迹》的研究（一八四二），几月之后，又发表了他的《中世纪的建筑》。

一千八百四十三年十二月十八日，法国国家学院选他为会员（这是由于他的《高龙芭》）。这里梅里美不知怎么地又写了一篇小说：*Arsène Guillot*。但是这本书却颇受人非难。第二年，《珈尔曼》出来了，这是一本很受一般人爱读的书，但是，正确地说起来，是比不上《高龙芭》和 *Arsène Guillot* 的。

在四十三岁的时候，发表了他的《何般教士》（*L'abbé Aubain*）（一八四六年）后，他忽然抛开了他的理想的著作了。他以后整整有二十年一篇小说也没有写。

从一八四六年至一八五二年这七年间，他写了《侗·贝特尔第一的历史》（*Histoire de Don Pèdre Ier*），他研究俄国文字，他介绍普希金（Pushkin），哥果尔（Gogol），并翻译他们的作品，他研究，他做批评文，他旅行。在一千八百五十二年的时候，他丧了他的慈母——这在他是一个大打击，那时候，他已快五十岁了，他身体也渐趋衰弱了。可是在一千八百五十三年，拿破仑三世和梅里美旧友德·蒙谛约伯爵夫人的女儿结了婚。那个他曾经提携过的四岁的小女孩，现在便做了法国的皇后了。大婚后五月，梅里美便进了元老院。于是我们的这位小说家，便成为宫中的一个重要脚色了。他过度着锦衣足食的生涯，然而他却并不忘了他的著述，那时如果他不在他的巴黎李勒路（Rue de Lille）的住宅里，不在宫里，他便是在继续的旅行中：有时在瑞士，有时在西班牙，有时又在伦敦。

在一千八百五十六年，他到过苏格兰；几月之后他淹留在罗若纳（Lausanne）；一千八百五十八年，他继续地在艾克斯（Aix），在伦敦在枫丹白露（Fontainebleau），在意大利。在一千八百六十二年，他出席伦敦的博览会审查会；他受拿破仑三世之托办些外交上的事件。

在这种活跃之下，梅里美渐渐地为一种疲倦侵袭了。他感到生涯已快到尽头；自从他不能"为什么人写点东西"以来，他已变成"十分真正的不幸了"。接着疾病又来侵袭他。为了养病，他不得不时常到南方的加纳（Cannes）去，由他母亲的两个旧友爱佛思夫人（Mrs. Evers）和赖登姑娘（Miss Lagden）照料着他。

守了二十年的沉默，在一千八百六十六年，梅里美又提起笔来写他的小说了。可是重新提起他的小说家的笔来的时候，我们的《高龙芭》《珈尔曼》的作者，却发现他的笔已经锈了。

《青房子》（*La Chambre bleue*）（一八六六年）和《洛季斯》（*Lokis*）（一八六六年）都是远不及他以前的作品。不但没有进展，他的艺术是退化了。

另一方面，他的病也日见沉重，在一千八百七十年九月八日他被人扶持到加纳，十五天之后，九月二十三日，他便突然与世长辞，在临死前他皈依了新教，这是使他的朋友大为惊异的。他的遗骸葬在加纳的公墓里。

——录自中华书局 1935 年初版

《青春之恋》^① [①]

《青春之恋》序
钱歌川

这是一本欧美小说集，内容共收短篇小说八篇；计英国两篇，美

---

① 《青春之恋》（*Hubert and Minnie*），短篇小说集。赫克胥黎〔A. Huxley，今译赫胥黎，1894—1963〕等著，钱歌川译。上海中华书局 1935 年 2 月初版，"新中华丛书·文艺汇刊"之一。

国两篇，德国一篇，法国一篇，西班牙一篇，瑞典一篇。全是我一年来在《新中华杂志》上所发表的译品。

现在将赫克胥黎的《青春之恋》一篇作为书名，并不一定是因为它比其余的好，只是因为它是本集的第一篇，所以就把它举出来作代表了。至于为什么它排在第一篇，这也全无道理可言，只是编者随手这样整理出来，谁先被看见的，便先叫谁；固然，哪篇先读，哪篇后读，是完全没有关系的。

民国二十三年十一月　歌川
——录自中华书局 1935 年初版

《希腊神话》[①]

《希腊神话》周序
周作人[②]

我和郑振铎先生相识还在民国九年，查旧日记在六月十九日条下云：晚七时至青年会应社会实进会之招，讲日本新村的情形，这是第一次见面。随后大家商量文学结社事，十一月二十三日下午至万宝盖胡同耿济之先生宅议事，共到七人，这也是从日记里查出来的。二十八日晚作文学会宣言一篇，交伏园。这些事差不多都已忘记了，日前承上海市通志馆寄来期刊，在《上海的学艺团体》一文中看

---

① 《希腊神话》(上、下)，神话故事集。郑振铎编著，上海生活书店 1935 年 2 月初版。

② 周作人（1885—1967），浙江绍兴人。1906—1911 年留学日本，就读于日本法政大学预科、东京立教大学文科。回国后先后任教于北京大学、燕京大学等。与鲁迅合译《域外小说集》《现代日本小说集》等，另译有《红星佚史》《炭画》《黄蔷薇》《点滴》等。

见讲到文学研究会，并录有那篇宣言，这才想了起来，真不胜今昔之
感。那宣言里说些什么？这十多年来到底成就了些什么？我想只有上
帝知道。好几年前我感到教训之无用，早把小铺关了门，已是和文学
无缘了。郑先生一直往前走，奋斗至今，假如文坛可以比作战场，那
么正是一员老将了，这是我所十分佩服的，因为平常人多佩服自己所
缺少的那种性格。但是郑先生和我有一种共通的地方，便是对于神话
特别是希腊神话的兴趣。这恐怕不是很走运的货色，但兴趣总是兴
趣，自然会发生出来，有如烟酒的爱好，也难以压得住的。不过我
尽是空口说白话，郑先生却着实写出了几部书，这又是一个很大的差
异了。

　　我爱希腊神话，也喜欢看希腊神话的故事。庚斯莱的《希腊英
雄》，霍桑的《奇书》，都已是古典了，莃来则的《戈耳共的头》稍为
别致，因为这是人类学者的一种游艺，劳斯的《古希腊的神与英雄与
人》亦是此类作品之一。劳斯（W. H. D. Rouse）的著述我最初见到的
是现代希腊小说集译本，名曰《在希腊岛》，还是一八九七年的出版，
那篇引言写得很好，我曾经译了出来。他又编订过好些古典，这回我
所得到的是他的新著一九三四年初版，如书名所示是一册希腊神话故
事集，计五分四十五章，是讲给十一二岁的儿童们听过的。我喜欢这
册书，因为如说明所云，著者始终不忘记他是一个学人，也不让我们
忘记他是一个机智家与滑稽家。所以这书可以娱乐各时代的儿童，从
十岁至八十岁，我们只看他第一分的前六章，便碰着好些有意思的说
话，看似寻常，却极不容易说得那么有兴趣，如第一章讲万物的起源
述普洛美透斯造人云：

　　"他初次试造的用四脚爬了走，和别的动物一样，而且也像他们
有一条尾巴，这正是一个猴子。他试作了各种的猴子，有大有小，直
到后来他想出方法使那东西站直了。随后他割去尾巴，又把两手的大
拇指拉长了，使它往里面弯。这似乎是一件小事情，但是猴子的手与

人的差异就全在这里，你假如试把大拇指与第二指缚在一起，你就会知道许多事都做不来了。你如到博物馆去一看人的骨骼，你可以看出你在那地方有一个小尾巴，至少是尾巴骨，这便是普洛美透斯把它割去后所余留的。"第三章里讲到人类具备百兽的性质，著者又和他的小读者开玩笑道，"我常看见小孩们很像那猴子，就只差那一条尾巴。"第二章说诸神，克洛诺斯吞了五个自己的儿女，第六个是宙斯，他的母亲瑞亚有点舍不得了，据说是想要个小娃子玩玩，便想法子救他。

"她拿了一块和婴孩同样大小的石块，用襁褓包裹好了，递给克洛诺斯当作最后的孩子。克洛诺斯即将石头吞下肚去，很是满足了。这实在是一件很容易办的事，因为一定那神人他也正如希腊的母亲一样地养她们的小孩，她们用一条狭长的布把小孩缠了又缠，直到后来像是一个蚕蛹，或是一颗长葡萄干，顶上伸出小孩的那个脑袋瓜儿。"第六章讲宙斯的家庭，有云"我不知道谁管那些烹调的事，但是假如阿林坡斯山也像希腊的大家一样的，那么这总是那些女神们所管的罢。"这与上面所说意思有点相近。第三章讲普洛美透斯与宙斯的冲突，诸神造成了那个女人班陀拉，差人送去蛊惑普洛美透斯的兄弟厄比美透斯：

"她做了他的妻子，她就是这地上一切女人的母亲。对于男子那女人是一祸亦是一福，因为她们是美丽可爱，却也满是欺诈。自然，这是在那很早的时候。后来她们也变好起来了，正和男人一样。"班陀拉打开那忧患的匣子这是太有名的故事了，著者在这里也叙述得很有趣，不过，这不是匣子而是一个瓶，里边的种种忧患乃是人类的恩人普洛美透斯收来封镇着的：

"她很是好奇，想要知道那大瓶子是怎么的。她问道，丈夫，那瓶子里是什么呀？你没有打开过，取出谷子或是油来，或是我们用的什么东西。厄比美透斯说道，亲爱的，这不是你管的事，那是我哥哥的，他不喜欢别人去乱动它。班陀拉假装满足了的样子，却是等着，一到厄比美透斯离了家，她就直奔向瓶子去拿开那个盖子。"这结果是大家预料得到的，什么凶的坏的东西都像苍蝇黄蜂似的飞出去了，赶紧盖好只留得希望在里边，这里很有教训的机会，但是著者只说道，"到得普洛透斯回来看见这些情形的时候，他的兄弟所能说的只是这一句话道，我是多么一个傻子！"写的很幽默也是很艺术的，不过这是我自己的偏见，大抵未必可靠罢。

可喜别国的小孩子有好书读，我们独无。这大约是不可免的。中国是无论如何喜欢读经的国度，神话这种不经的东西自然不在可读之列。还有，中国总是喜欢文以载道的。希腊与日本的神话纵美妙，若论其意义则其一多是仪式的说明，其他又满是政治的色味，当然没有意思，这要当作故事听，又要讲的写的好，而在中国却偏偏都是少人理会的。话虽如此，郑先生的著述出来以后情形便不相同了。《取火者的逮捕》是郑先生的创作，可以算是别一问题。好几年前他改写希腊神话里的恋爱故事为一集，此外还有更多的故事，听说就将出版，这是很可喜的一件事，中国的读者不必再愁没有好书看了。郑先生的学问文章大家知道，我相信这故事集不但足与英美作家竞美，而且还可以打破一点国内现今乌黑的乌空气，灌一阵新鲜的冷风进去。这并不是我戏台里喝彩的敷衍老朋友的勾当，实在是有真知灼见，原书具在，读者只要试看一看，当知余言为不谬耳。

民国二十四年一月二十八日

周作人记于北平苦茶庵

——录自生活书店 1935 年初版

《希腊神话》序

（郑振铎 [1]）

　　希腊神话和《新旧约圣经》乃是欧洲文化史上的两个最弘伟的成就，也便是欧洲文艺作品所最常取材的渊薮。有人说，不懂得《圣经》和希腊神话简直没法去了解、欣赏西洋的文艺。这话是不错的。只要接触着西洋文学和艺术，你便会知道不熟悉希腊神话和《圣经》的故事，将是如何的苦恼与不便利。

　　特别是希腊的神话，直到了现在，艺术家们，诗人们，还总是不断的回过头去，向那里求得些什么。她是永远汲取不尽的清泉，人类将永在其傍憩息着、喝饮着。

　　《圣经》的故事，为了教会的宣传，熟悉的人不少；译本也极容易得到。而希腊神话，在中国却成了很冷僻的东西。前几年，有一个朋友译了一部 Ovid 的作品，为了其中充满了希腊的神话的"典故"，累得译者加了无数的注释，而读者还是索然。这便是吃了希腊神话不熟悉的苦，因而失去了多少欣赏、了解最好的文艺的机缘！

　　我在七八年前，便开始从事于希腊神话的介绍。其结果，写成一部《恋爱的故事》。但这只是一个开端。后来又译述了《依里亚特》和《亚特赛》，已经交给商务印书馆印行，却都在日本人的炮火里被烧成灰烬了。这部《希腊神话》，原为《恋爱的故事》的续编，

---

[1]　郑振铎（1898—1958），生于浙江温州，原籍福建长乐。早年入北京铁路管理传习所学习。文学研究会发起人之一，主编《时事新报·学灯》《小说月报》《文学季刊》《文艺复兴》等著名文学刊物。主编大型"文学研究会丛书"系列，"文艺复兴丛书""世界文库""美国文学丛书"等。1927年旅居英、法，回国后历任北京燕京大学、清华大学、上海暨南大学教授。另译有奥斯特洛夫斯基《贫非罪》、路卜洵《灰色马》、阿尔志巴绥夫《血痕》、泰戈尔《新月集》《飞鸟集》等。

偏重于英雄的传说的，也是前几年写成了的，却因循至今，未曾集为一书。

为了感到今日仍然需要这类的书，故将她照现在的样子出版了。

每章之末，所附的"依据及参考"对于有研究兴趣的读者们将不无用处。

这书直译希腊诸悲剧和 Ovid《变形记》等书的地方颇不少，故有的时候，有的叙述显得不匀称的冗长。但这对于未曾问鼎于希腊罗马的弘伟美丽的古典文学的人们，也许便将是一个诱引。打开了一扇窗户而向花苑里窥看着时，还有不想跑进去游观的么？

在这书里，许多重要的希腊故事，除了《依里亚特》和《亚特赛》的二大故事之外，大致都已不缺失什么了。至于《依里亚特》等二大史诗的故事，所以不收入者，一则为了太长，再则，也为了已是我们所熟知的。

二十三，九，二十六，于北平

——录自生活书店 1935 年初版

《游荡者的生活》[①]

《游荡者的生活》序

毛秋白

约瑟夫·卡尔·本泥狄克特·大赖赫尔·奉·爱痕多夫（Joseph Karl Benedikt Freiherr von Eichendorff），是一七八八年三月十日生

---

① 《游荡者的生活》，中篇小说。德国爱痕多夫（Eichendorff，今译艾兴多夫，1788—1857）著，毛秋白译。上海中华书局 1935 年 2 月初版，"世界文学全集"之一。

于士雷济恩（Schlesien）的卢波威支（Lubowip [Lubowitz]）城，一八五七年十一月十六日殁于奈塞（Neisse）。他的生活极平淡，值得我们注意的：他是生于贵族之家，所以从未过过贫困的生活。他是一个祖传的清教徒，所以宗教的信仰观念很强。他在哈勒（Halle）大学研究母国的浪漫派的文学家诺伐利斯（Novalis 1772—1801），提克（Ludwig Tieck 1773—1853），构成了他的浪漫主义的基础，所以竟博得了德国浪漫主义的最后的骑士的名声。他常常在哈勒的近村跋涉，又常在外旅行，徒步经北部德意志萨克森（Sachsen）直到北海，所以他的作品中，到处流露着这种旅行癖。

　　他的作品：小说方面，除这篇《游荡者的生活》（*Aus dem Leben eines Taugenichts*）外，尚有他的处女作《预感与现在》（*Ahnung und Gegenwart*）及《大理石像》（*Das Marmorbild*），《诗人与伴侣》（*Dichter und ihre Gesellen*）等。诗歌方面，有他的抒情诗集，这是在一八三七年集成的，内分八篇：（一）《旅行歌》（*Wanderlieder*），（二）《歌者的生活》（*Saengerleben*），（三）《随感的歌》（*Zeitlieder*），（四）《青春与恋爱》（*Fruehling und Liebe*），（五）《死者的牺牲》（*Totenopfer*），（六）《宗教诗》（*Geistliche Gedichte*），（七）《史诗》（*Romanzen*），（八）《读西班牙诗歌有感》（*Aus dem Spanischen*）。戏曲方面，有《求爱者》（*Die Freier*），《马陵不尔厄最后的勇士》（*Der letzte Held von Marienburg*）等等。其中，《旅行歌》，《青春与恋爱》，及《死者的牺牲》三篇诗包容他的杰作最多。自叔曼（R. Schumann 1810—1896），孟特尔逊·巴托第（F. Mendelssohn-Bartholdy 1809—1847）等大音乐家谱入音乐以后，他的诗更为人所爱唱了。德国小学校的儿童及乡村的妇女，虽未知爱痕多夫的名，却也会唱爱痕多夫的诗。这一部分固有赖于大音乐家的作曲，但根本的原因，还因为他的诗很平明，近于民谣的缘故。

　　爱痕多夫的最大的杰作，当推这篇《游荡者的生活》。文学史家克卢革（Dr. Hermann Kluge）说："Seine kleine Novelle *Aus dem Leben eines Taugenichts* gehoert mit zu dem Schönsten，was die Romantik bervorgebracht"。"他的短篇《游荡者的生活》，是浪漫派文学所产生的最杰出的作品。"

爱痕多夫虽有浪漫主义的骑士之称，但与沙米索（Adalbert von Chamisso 1781—1838）等纯粹的浪漫主义的信徒不同。他不像沙米索一样，只一味往空想方面走，而他在美的观念中却带有伦理的色彩。这是因为他是一个宣传的清教徒，自幼就具有宗教的思想的缘故。在这一点，他又享了新浪漫主义（Neuromantik）的先驱者的赞语。

爱痕多夫的特质，是像一个天真烂漫的孩子，他的感情像液汁很多的甜的果实一样，充满了天真的诙谐。他不甚关心于时代精神的潮流，只知投在大自然的怀抱中，由此感得宗教，恋爱，人生的喜悦，及暗黑的感情，像树林中的小鸟一般歌咏宇宙。固然，他的观念，范围很狭，他的诗，似乎过于优柔一点，不免有单调之嫌，但却非常深邃真诚轻快。随处用着两三个人物，窗前的姑娘，黄昏的亭榭，闷热的夏夜，露深的早晨，沉静的森林，幽默的山谷，流动的川河，歌唱的小鸟等用语，但随处都能赋与新鲜活泼的印象。这种鬼斧神工，除非精神已与大自然融合了的人，决不能做到。在爱痕多夫的身前，真理都已化为很单纯的形态，所以它的朴素和正直与愉快的心情相结合，或酿成歌谣，或构成小说。所以他的作品，平易畅达，轻妙流丽，他所描写的自然间的一枝树一根草也生气洋溢，印象深刻。

这篇《游荡者的生活》是他抒情的天才，发挥得最完美的作品。这里的主人公，在说明人生的运命。这主人公的性格，长闲直爽，具有诗的色彩。有人说这里的主人公就是爱痕多夫把诗歌人格化了的东西。爱痕多夫在这篇小说中，将旅行的生活，流浪的情景，用有诗意的笔墨描写，借一个纯洁无垢的青年作镜子，把宇宙与人生的真相，全盘都衬托了出来。罗伯特生（J. G. Robertson）在《德国文学史》（*The Literature of Germany*）中评说："《游荡者的生活》在形式上虽是短篇小说，事实上却只是和韵文一样的，表现在散文中的抒情诗的情绪的连续，而且是由一个当漂泊是一件常事的德国的无忧无虑的漂泊者的不可企及的故事轻轻地结成的。我们所应注意的，就是使自然和人类的心地相合调的这诗人的伎俩。"

一九三一，五，三一，译者。

——录自中华书局 1938 年再版

《三四郎》[①]

《三四郎》译者序

崔万秋[②]

《三四郎》是夏目漱石的三部作之一。其余两部为《其后》及《门》。

在这三部作中，漱石把人生的三个时期分开来观察。

第一个是青年时期，以这部《三四郎》代表之。

第二个是中年时期，以《其后》代表之。

第三个是行将入于老年时期而尚未至老年时期的一阶段。以《门》代表之。

---

① 《三四郎》，长篇小说。日本夏目漱石（1867—1916）著，崔万秋译，上海中华书局 1935 年 2 月初版，"现代文学丛刊"之一。

② 崔万秋（1904—1990），山东观城人。1924—1933 年留学日本，就读于广岛高等师范学校（后改为广岛文理科大学）。回国后主编《大晚报·火炬》文艺副刊，抗战时期任民国政府国际宣传处对敌宣传科科长，同时主编《时事新报·青光》《世界日报·明珠》。抗战胜利后，参与创办《中华时报》，并任总编辑。后赴台。另译有日本武者小路实笃《母与子》《孤独之魂》《武者小路实笃戏曲集》，夏目漱石《草枕》，林芙美子《放浪记》等。

我们通读这三部作，便可看出漱石对于人生的观察。而第二部《其后》痛切的写出个人与社会之不能调和的苦闷，尤为杰作中之杰作。

《三四郎》的唯一长处是注重个性描写。漱石在各作中都注重个性描写的，而尤以《三四郎》一作为最。

《三四郎》以一乡僻的九州青年，从熊本高等学校毕业到东京入帝国大学文科。正所谓"乡人进城"所闻所见无一不新奇稀罕。尤其是他所常往来的那几位先生，都多少有些与众不同的怪脾气。第一那位广田先生便是落落寡合，而那位神出鬼没的与次郎，尤为令三四郎所不解。但三四郎到东京后的运命，大半却为这位与次郎所支配。

三四郎与与次郎之性格正相反，广田先生与野野宫先生之相似而又实异，美祢子小姐之绝顶聪明与芳子小姐之若憨实慧，在漱石笔下，无一不神色活现。

我爱读《三四郎》，这种个性描写的巧妙，实也是一个原因。

关于漱石的生平及艺术观，我在真美善书店出版的《草枕》译序上，曾详细地说过。现在节录数段如下。

> 夏目先生是日本近代——明治大正间——第一流作家。名金之助。漱石是他的号。生于庆应三年（西历一八六五，清咸丰四年）正月五日，卒于大正五年（西历一九一六，中华民国五年）十二月九日，享年五十。

> 漱石生于二女三男之后，幼时并没能享受到双亲之特别的慈爱。生来不久，便寄养于他家，不久又送于他家为养子。漱石归故家之时年七岁。复籍时年二十二岁。是年七月卒业于第一高等

中学校预科。升于本科。

　　正冈子规是日本近代的大俳句家，他于培养"作家夏目漱石"之上，是必不可缺的人物。照《春秋》流的笔法，如无正冈子规，竟也许没有夏目漱石。漱石之得识正冈，正在此时。

　　漱石自大学毕业，即赴松山中学为教员。《哥儿》一作，即取材于松山中学校。从松山到熊本第五高等学校为教授，时明治二十九年也。明治三十三年五月十二日奉命赴英伦留学。明治三十六年一月二十四日自伦敦返日，辞五高教授而入第一高等学校及东京帝大为讲师。漱石留学期间正冈子规亡故，子规所办之俳谐杂志《子规》，即由漱石接办，而使其一跃登文坛之杰作，《我是猫》即陆续发表于《子规》之上，时明治三十八年也。三十九年四月发表《哥儿》于《子规》，同年九月发表《草枕》于《新小说》，而其反自然主义之旗帜乃大张。明治四十年四月辞一高与帝大讲师而为《朝日新闻》之文艺记者，其文学生活，乃因以确定。三部作《三四郎》《其后》《门》及其他《行人》《道草》各篇均连载于《朝日新闻》。大正五年十二月九日逝世。时最后之杰作《明暗》，只发表到第百八十八回而中断，作家及读者，均引为最大之憾事也。

　　漱石的生平，大致如此，而其学养之丰富，实为可惊，既对于中文有极深的根柢，对于禅学又有极厚的修养，既深得日本之短诗俳句的三昧，又掇得西洋文学——尤其是英国文学——的精英，所以他的作品，是句句言之有物，同时又语语意趣横生。

　　漱石的轶事甚多，未亡人夏目镜子口述松冈让笔记的《漱石之追忆》，乃最好的史料。

　　我以曾译《草枕》的关系，得与漱石长女笔子之婿松冈让氏交为朋友，今年暑假游东京，蒙他在宅设宴相待，又蒙他引导至九日会得以晤未亡人镜子夫人，听到了各书上所未道及的轶事。九日会是漱石家族及弟子纪念漱石逝于十二月九日而设的会合，每月九日夜间，齐集于漱石生前所住的早稻田南町七号夏目邸，并且在漱石的书斋内，追谈漱石的生前。我去的那一晚，因应东京《朝日新闻》之请，未亡人谈"漱石与女子"。

漱石的初恋是外务省某局长之女，因在井上病院看眼病，该女每日引一眼睛不自由的老妪入院看病，漱石爱其慈祥。至于该女之美丽，自然是不待说的。但此初恋，并无结果。

漱石爱长身细腰的旧式美人，在帝大当讲师时，甚喜帝大教授大塚氏之夫人。

漱石在朝日新闻社为文艺部长时，爱一油店之主妇，不待说是单相思。此事为儿辈所闻，曾当面嘲笑，漱石正色训斥儿辈道，"不得胡说。从那家油店前走时，是要行礼的。"至今传为话柄。

此书于去年暑假在杭州开始翻译，直至今年九月一日（暑假将告终的时节）才译完，整整有一年之久。不过这一年是我国多难之秋，所以个人的生活，也难以安定，在东三省事变与上海炮声中，不能安心，也没有闲心做这种工作是不待言的。

此书一部分译于杭州，一部分译于上海。一部分译于东京，而其他则译于广岛。这一年来我的生活之不安定，由此可见一斑。不安定中译出来的书，或者难免有一种不安的气氛浮现在书中，这只有请求读者的批评与指教了。

二十一年九月一日崔万秋记

——录自中华书局 1940 年再版

《嚣俄的情书》[①]

《嚣俄的情书》译者序

顾维熊 [②]

本书的作者大概是毋庸译者介绍的了吧。这里所要说的是关于此书本身的几句话。

本书是嚣俄自一八二〇年春至一八二二年冬整个三年中给他的未婚妻阿黛勒的情书的集成。嚣俄在幼时便认识阿黛勒：双方的家庭原系世交，他们彼此自小在一处长成。关于他们的爱的生长，嚣俄在他的《一个受罚者的末日》(*Le dernier jour d'un condamné*) 的诗集中颇有详细的叙述；而他们的爱的显明的表示，我们读了一八二一年中的一封信（见本书中一八二一年四月二十六日一信）也可以知道。是在一八一九年的四月二十六日那一天，双方吐露了各人内心的秘密，其时嚣俄年只十七，而阿黛勒则年只十六。可是当时两人虽曾表示了尊严的信誓，但最初交换的几封信都很平淡无奇，因此它们并未被保留下来。此外，那时候，一对小情人适有短时期的分离。是在那年的夏天，阿黛勒的母亲携了她的女儿去意西避暑。待秋凉之后，母女俩重返巴黎，嚣俄始得与阿黛勒重聚；自意西回归以后，在一八二〇年的一月，才开始产生这里许多热烈的信札，至一八二二年十月间两人结合时为止，经过通信的时间有三年之久，不过其间自一八二〇年四月至一八二一年二月十个月中双方因家庭的阻挠，曾停止通信，三月初才重复交换消息。不久在同年五月至

---

① 《嚣俄的情书》(*Lettres à la Fiancée*)，书信集。嚣俄（Victor Hugo, 今译雨果，1802—1885）著，顾维熊译述。上海商务印书馆1935年2月初版，"世界文学名著"之一。

② 顾维熊（1911—1987），上海松江人，1939年获法国国立南锡大学法学博士学位，曾任教于上海法学院、上海法政学院、上海法商学院和大夏大学。另译有法朗士《乔加斯突》、力喜腾堡格（André Lichtenberger）《赎罪》等。

十月中，复因嚣俄母亲抱病，嚣俄无暇写信而二人重罹厄运。此后则直至一八二二年二人都在平稳的环境中过去矣。

这些信札，无疑地，当时嚣俄是写给阿黛勒一人读的；但它们如今在我们显得是何等地宝贵。它们是多么优美；它们是纯洁的，但热烈的；它们是平淡的，但富诗意的。内中有：热情的活跃，失望的哀鸣；嫉妒的争嚣，甜蜜的私语；悲惨的诉苦，快乐的歌唱；剧烈的争辩，温柔的慰藉。

在这些忠实的伟大的情书之中，我们终于窥见了大诗人的整个的人生！

——录自商务印书馆 1935 年初版

《旧与新》[①]

《旧与新》译者赘言

常吟秋

这部翻译集子所包含的五个短篇是从布克夫人一九三三年在伦敦出版的《结发妻及其他》(*The First Wife and Other Stories*) 之中分译出来。原书因内容性质而分为三类：（一）旧与新（二）革命（三）水灾。第一类共有六篇，纯系描写中国社会旧的时代与新的时代过渡间的波澜，以及东方思想和西方思想接触上的冲突。首篇《结发妻》颇长，从质量两方看来是可以完全独立而成为一个中篇小说的。已由译者先行译出，交商务出版了。这里所收集的便是其余的五篇，约占全书三分之一，便用了它分类的子题做了这部集子的书名。

---

① 《旧与新》(*Old and New and Other Stories*)，短篇小说集，内收《花边》《回国》《雨天》《老母》《勃谿》等五篇。美国布克夫人 (Pearl S. Buck，今译赛珍珠，1892—1973) 著，常吟秋译述。上海商务印书馆 1935 年 2 月初版，"世界文学名著" 之一。

　　布克夫人的作品在中国文坛已经译出不少了，她的创作态度是有目共睹的。译者纯本客观的介绍，更没有逾越范围来说闲话的必要。在这里，只就是原书内 Richard J. Walsh 的序中节录几句有关的话在下面，以窥一斑：

　　　　……《回国》一篇是作者以一个外人的见解而非以中国人的见解所写的几篇作品之一。

　　　　《花边》暴露了侨居中国的某种形式的白色人对于中国人的侮慢，是值得注意的。

　　　　《雨天》，初见于一九二五年，可是在这部集子里略有修改，这篇东西直可以视为下编革命故事的肇端。

　　此外《老母》和《勃谿》两篇是完全写着新旧两潮流的冲激。从琐屑的细节中，我们正可以窥见大者。

译者附识
——录自商务印书馆 1935 年初版

《日射病》^①

《日射病》序

　　本书包含欧美短篇小说八篇，虽不能说全是这八位作家的代表作，但至少都是他们的力作，被选入杰作集中介绍到外国了的。

---

① 《日射病》(Sunstroke & Other Stories)，短篇小说集，内收八位作家八篇小说。布宁（Bunin，又译蒲宁，1870—1953）等著，桐君等译。上海中华书局 1935 年 2 月初版，"新中华丛书·文艺汇刊"之一。

我们把布宁的《日射病》一篇作为本集的书名，并无他意，只是因为这位没落了的俄国作家，新近得到诺贝尔文学奖金的缘故。

民国二十三年十一月编者

——录自中华书局 1935 年初版

《世界短篇小说名作选》 [①]

《世界短篇小说名作选》前记

时代的车，把人们拉上了生存竞争的险途。终日聚精会神提防着那明枪暗箭，再也没有余暇来欣赏冗长的大著。一读即完的短篇，便在这滋养下，发芽，成长，开花了。有人说："二十世纪是短篇的世纪。"这确是一句中肯的"名言"。

人们虽要求短篇，但遍读短篇也是不可能的事。一本较为完善而且是多面的选集，实有编刊的必要。在这点动机上，不揣翦陋的，选了这三十篇，代表了三十个作家，十八个国度，二十四种译笔。至于编选的好坏，自有读者批评，在这上，不愿说什么；况且东剪西裁，原不是了不得的事。

编选之初，本打算先征得本书各文的著译者同意，终因住址难觅，未能如愿。不得已，只好在这里向诸著译家致谢。

编者一九三四，二，十

——然而社出版部 1935 年初版

---

① 《世界短篇小说名作选》，然而社编，内收法、俄、美等 17 个国家，28 位作家的 28 篇译作，还收有鲁迅的小说《肥皂》、茅盾的小说《春蚕》。每个作品前有作家传。卷首尚有木村毅作、高明译《短篇小说的构成》。上海然而社出版部 1935 年 2 月初版。

《世界短篇小说名作选》小说阅读法
宋文翰 ①

（一）篇名及作家：

（1）篇名。

（2）作者姓名籍贯及其生卒年月。

（3）作者生平事略及学术思想。

（4）作者的著作。

（二）背景：

（1）在什么地方？

（2）背景和本篇要旨有什么关系？

（3）背景的大概怎样？

（4）背景是流动的或是固定的？

（三）结构：

（1）本篇的结构是单纯的或是复合的？

（2）能说明下列各点吗？

（a）全篇的情节怎样？

（b）叙述的方法怎样？

（ㄅ）怎样开端？

（ㄆ）中间怎样转折？

（ㄇ）本篇转折之处有几？其起讫如何？

（ㄈ）怎样结束？

---

① 宋文翰（1893—1971），生于浙江金华。1917 年毕业于浙江省立第七中学师
范学校，1924 年毕业于北京高等师范学校。曾任厦门集美女子师范学校、上
海劳动大学附中、沪江大学附中等校教员。1935 年，入中华书局担任《辞海》
编辑。抗战时期，主要从事教育工作。曾编辑高中、初中、普师、简师 4 套
《国文教科书》，共 24 册。著有《国语文修辞法》，编有《虚字使用法》等。

  （c）本篇最高点——使读者起了一种期待焦躁乾之情的——

   和次高点在哪里？

（3）读过这篇小说觉得有兴味吗？

（4）最感兴味的地方在哪里？

（5）最没有兴味的地方在哪里？

（6）这篇小说所述的事件是真的或是类真的？

（7）全篇开端的文字是平常的或是特别的？

  （a）下笔适当吗？

  （b）读者有兴味吗？

  （c）能给你多少暗示吗？

（8）情节进展的快慢如何？

  （a）快或慢？

  （b）约占了多少时间？

（9）本篇标题所指示的是主要人物？背景？内容？

（10）题目欠当，你能想一个更好的来代替吗？

（四）人物：

（1）篇中的主要人物或其他人物是属于社会的哪一阶级？

（2）人物是真的吗？

（3）你可能遇见过这种人物？

（4）主要人物是怎样描写的？

  （a）内面的——思想，情绪，性格。

  （b）外面的——状貌服饰，言语，行为，表情，事业……

（5）能简略地介绍其他人物吗？

（6）人物的配合适当吗？

（7）作者怎样介绍人物？

  （a）直接的表现法？

  （b）间接的表现法？

（8）对于上述的表现法能就本篇举几个例子吗？

（9）有无神秘人物混杂在内？

（10）欢喜篇中哪个人物？最恨哪个人物？能说明你的爱好或憎恶的理由吗？

（五）格式：

（1）叙述是否简明？

（2）叙述有无特殊的地方？（如诙谐或警惕之处）

（3）能指出全篇中描写最好的地方吗？

（六）价值：

（1）本文所描写的是爱情，社会幸福，家庭生活，学校，政治，旅行，冒险或其他？

（2）作者曾否指出这篇小说的目的？假如没有，你能猜中他的目的吗？

（3）情节转变有无出人意料之处？

（4）你欢喜这篇小说的结果吗？

（5）读完这篇小说，你觉得有什么价值？给你一些什么教训？

——然而社出版部 1935 年初版

《颈练》莫泊桑传

孙俍工 [①]

莫泊桑（Guy de Maupassant）是从弗洛贝尔之门而出，殆可称为

---

① 孙俍工（1894—1962），原名孙僚光，曾用名孙光策。湖南隆回人。1916 年考入北京高等师范学校。1924 年赴日本留学，入上智大学文科。1928 年回国后曾任教于复旦大学。1931 年再度赴日，九一八事变后回国，任南京国立编译馆编译。抗战时期任国民党中央军校成都分校政治主任教官、华西大学教授。著有小说散文集《海的渴慕者》，剧本《续一个青年底梦》等；译有《中国文学概论讲话》（日本盐谷温著）、《诗底原理》（日本儿岛献吉郎著）等。

法兰西达于自然派底极致的作家。他是一八五〇年八月五日生于罗尔曼地。他在受过普通教育后，在巴黎海军都充一属吏，旋辞职，从一八七〇年起到翌年从军当一兵士。归来再在教育部服务得到相当的地位，从那时起渐渐有志于文学了。

因为弗洛贝尔是他底母亲以前的朋友，所以他得出入于弗洛贝尔底家。弗洛贝尔读了他底二三篇试作后多他说："你是有天才的与否，此刻虽还不明白；但从这等文章看来，你有某种的才能是无疑的。不过不可忘掉的，天才，如谢多勃良所说的一样，只是一种精力。请进一步给我用一点苦功夫罢！"于是他在七年之间专用力于诗，故事，脚本等，每一作成便揣至其师处，弗洛贝尔读了这种作品在礼拜日的朝餐共食时便一面精细的批评，一面又把自己用功的经验教给他听。但在这七年间所作一篇也不许出版。

这样到三十岁时始发表一诗集，他底文名忽显扬于时；但因集中的一篇在风俗坏乱这一点酿成物议，以后他就舍诗而专从事于小说底创作了。《羊脂球》就是那一年发表的。这作是以绰号脂肪之块的一妓女为主人翁而描写普法战争中的一件事的，锐利的观察与技巧底精妙兼有的圆熟的作风，已经具备了大家底手腕了。这作出世他遂一跃而入于大家之列。

以后十年间出《女之一生》《良友》《蔷薇小姐》《山鸡琐语》《小傲慢家》《姊妹龙图丽》《我底左手》《侯爵夫人》《奥利濠尔之山》《比哀尔和勤强如死》《人心》等很多的名著。然因过度的工作底疲劳，得了很厉害的神经衰弱病，静养无效至于发狂而图自杀，乃送入癫狂病院，一八九三年七月六日终以手枪自杀了。遗作有诗集一卷，长篇六卷，短篇约二百篇。

《柏林之围》都德传

孙俍工

　　都德（Alphonse Daudet）是一八四〇年生于南法兰西底泥姆。他底少年时代底生活是很不幸福的。十八岁时想欲为文学者而靠着做了某公司底书记的阿兄而赴巴黎。当时所作主要的是诗，因最初的诗集一出版便与《非加罗日报》及其他新闻杂志等发生关系，时常发表作品便渐渐成为新进作家而与当代的文士交际了。

　　不久被举为马尔尼公爵底秘书，生活上的苦闷既除又不时到各地旅行，所以得专心从事于创作了。以二十六岁和二十八岁时继续发表的《磨房》中所作的书函和《小物件》，称为最初的佳作。对于普法战争底战败他是痛切地感着爱国的悲愤的一人，取材于那事件底短篇作品也颇多。如《柏宁底包围》《最后的一课》《新牧师》等，都是表现法兰西人底热烈的感情。他二十九岁结婚，三年后（一八七二）作出世作《达拉斯孔底狒狒》。

　　真正把他底名加入大家之列的作品是《年幼的弗罗门和年长的里斯列》。他因这作而得了学士院底赏金。其次作《巴拉巴卜流浪的王子》等及有名恋爱小说《沙弗》。以外并有很多篇的小说及两册的回忆录《巴黎底三十年》和《一文士底回顾谈》等，脚本也有两三篇。我们如果说弗洛具尔和弓古尔兄弟是一八五〇年代法兰西文坛底代表作家，那末左拉和都德便可以说是一八六〇年以后的代表作家了。一生不变其写实派底态度。他底作品为英国人所欢迎甚至称为法兰西底迭更斯。一八九七年在剧场突然发病死了。

《失业》左拉传

孙俍工

自然主义运动的勇将左拉（Emile Zola）是一八四〇年四月二日出生于巴黎。父亲是一个贫乏的土木师，在他七岁的时候便死去了。在穷苦之间被养于母亲之手，十八岁时始赴南法兰西在马赛尔底学校及巴黎底圣路易学校肄业，继因为生活之资为某税关的一雇员，二十二岁时又转在巴黎一书店里任发行职务得免于饥饿。

在这时期他常读书不倦，尤其爱读嚣俄底作品，在与母亲相对的晚餐席上以朗读其诗为唯一的乐趣。书店底主人认识了他底文学底才能，所以把他由发行处升为书记更转到广告部与许多的新闻杂志底关系者相接相亲，胸中的火焰愈加燃烧起来了。于是有暇辄从事创作，起初虽不能得到何等的反响，但因为有几篇作品唤起了预想以外的注意，愈加决心为文学者，便辞了书店职务而入《非加罗日报》（Figaro）充文艺评论记者了。

他倾向自然主义到了极端，大胆地展开堂堂的笔阵在法兰西文坛卷起了一大旋风。受着锐利的攻击的理想派，既以积年的势力与他对抗，又加以《非加罗日报》底迫害遂脱离了记者底职务。但刚毅不屈的他决不会停止其攻击之笔的。继因与一向来相识的书店结以后十年间每年发行两卷小说的契约，得到生活底安定从此娶一无系累的妇人，且从事于预定的《陆贡马加尔》丛书二十卷底著作。……一九〇二年逝世。

《上帝知道的，但是在等着》托尔斯泰传
孙俍工

　　托尔斯泰（Leo Tolstoi）不仅是俄罗斯文坛及思想界的巨人，他实在是世界上可惊异的一大人物，他，托尔斯泰伯爵，是一八二八年八月二十八日生于耶斯那耶波利耶那。他底家是俄罗斯贵族中可数的名家，历来在各方面都出得有有名的人。父是陆军中佐，母为公爵陆军少将底女。托尔斯泰伯［爵］是其末子。

　　十五岁时入了加森大学，但因为与老师不和而两次落第，乃休学归乡里，二十二岁止在乡间过生活。翌年至高加索访长兄，入了军队生活而充炮兵军官，在这里过了三年。

　　其次在克里米战争里从军，在这里他开始感觉着战争底罪恶了。他底文学者底生涯是从这时起开始的。在战争中出《自叙传》底第一篇《幼年》，第二篇《少年》及短篇《伐木》等，还发表一《莎巴斯托堡底故事》遂一跃而为文坛所注目了。战争后，赴圣彼得堡与屠格涅夫，龚察洛夫等相知，且出入于上流社会，穷一切的欢乐。二十九岁时，上了欧洲漫游之途。在这时期作成的有《自叙传》底第三篇《青年》，《暴雪》，《两骑士》，《家庭幸福》，《三死》，《哥萨克人》等。归来，仍住在耶斯那耶波利耶那，修学校以教育农民，大作《战争与和平》就是从三十六岁到四十一岁（一八六四——六九年）前后绵延六年间而连载于杂志《俄罗斯月报》上面。

　　到《婀娜小史》出世（一八七五年）他底文学的生活算达于绝顶。这时年龄快到了五十正是他一生底一大转机……

　　六十七岁时，他底极端的博爱的原始基督教底思想，使他欲把世袭的土地财产放弃，然因妻底谏阻而改书了他女儿底名字，以后他就寄食于妻底家里，一面过着农夫的生活，一面从事著作，出了有名的

《复活》,《伊凡依利契之死》和戏剧《黑暗的势力》等。其中以《复活》《战争与和平》《婀娜小史》称为他底三大杰作。以外还有《我底宗教》《艺术论》《人生论》《我们应该作什么?》等论文,和《克洛伊莎娜达》《主与仆》等著作。在八十二岁的秋天他深有所感,悄悄离了故乡而逃到格尔喀一个修道院,更从这里欲走到别的地方去,在途中一个小驿阿斯达波华车站发病,遂于一九一〇年十一月二十日午前六时死去了。

《在消夏别墅里》柴霍甫传
孙俍工

柴霍甫(A. P. Tchekhov)于一八六〇年生于南部的俄罗斯。父亲原是一个农奴,但因为在幼年时期早就脱了那境地而成为自由之民了,所以柴霍甫能够受到完全的教育。初在本地专门学校,后入莫斯科大学学医。

他底文学生活开始得颇早。在大学一年生年十九岁时,就开始作短篇滑稽作品,匿名投稿于某周刊。然真正下了欲成为作家的决心的,是因为在数年后发表第一小品集而受了当时批评家异口同音的推奖的缘故。以后,他底文名一篇比一篇高,所描写的人生问题一年比一年的深刻复杂;他方那种独特的表现形式也愈加地近于完璧了。这样在一九〇四年因患肺病享年仅四十四岁而去世时,完全到了圆熟的境地,为确然不拔的堂堂大作家。

他底作品里没有那所谓欢乐或喜悦等的华艳的分子。他是根据于无果敢的现实的无意识的苦闷与对于人生的病的意识所流溢出来的忧郁的情调而给与一种难堪的单调的印象的。他底作品大半是短篇。都是捉住平凡的日常茶饭事而在那里面显示可惊的深刻的人生底断面

的。八十年代在俄罗斯过去百年间里面是最黑暗的时代。他所写的
作品因为恰当这个时候，所以他感觉那时代的心气而描写所谓"聪明
者"底失败的痕迹和破灭的形态，同时又把打破那些，和灭却的痴愚
凡庸之背景活写出来是当然的了。不过他究竟不是以厌世主义终始的
人。他倘若对于人生是绝望了的，那末不能不把所谓"聪明者"底失
败作为必然的命运；然而他是对于将来固信有"较善的社会"底实现
底可能的。

这种人生观由于他底三部戏曲——《伊文诺夫》《万尼亚舅父》《樱
桃园》——的归趣可以看得出来。关于戏曲，以外还有《海鸥》《三姐
妹》等。他的夫人库尼伯尔是以优伶而博得世界底名声的。

《二十六男和一女》高尔基传

孙俍工

高尔基（Maxim Gorky）本命叫"A. Pyeshkov"，他是一八六八
年三月十四日生于俄国尼志尼诺夫格洛特。父亲是室内装饰匠，母亲
是有相当的资产的染匠底女儿，然以违背父母底意志而嫁一个贫乏的
人没有得到伊应得的财产。他三岁时遭虎疫病，其时他底父因这病死
了。父死后，母亲因为再婚把他委托于外祖母，到他九岁时母亲又患
肺病死去了，外祖父更为投机事业而失其财产，于是成了孤儿的他不
能不抛弃了未满五个月的学校教育而去做一个靴店里的徒弟了。

以后他辗转为制图底徒弟，为侍役，为伏尔加河里一只轮船上的
厨房里的助手。他有志于文学的正是这时。在朋辈的一人中有一个嗜
好文学的厨子，爱高尔基底伶俐，把自藏的书借给他读。在那里两人
一有暇工就在甲板上读歌郭里和大仲马等底著作。在蓬勃的知识欲中
的觉醒的十五岁的少年不能忍耐而赴格萨大学，但是以一钱莫名的志

愿者自然是不被欢迎的。失望的他又不得不成了饼干制造所底佣人。他所做的《二十六男与一女》实是写当时的辛酸的经验的。

这样他底放浪的生活又继续下去。或贩卖苹果，或做铁路上的脚夫，或做土工，或做锯木匠，或做起货的脚夫，遂至于以生活的无意义而有企图自杀的事。

他放浪地漂泊到了南俄罗斯高加索地方。在齐普利斯从事于铁路上的职业时，他得到与多数受了教育的人相交的机会。其中有一人很爱他，教他以做文章的方法。他底所以读过莎士比亚，歌德，摆伦等的著作的正是这时候。

他在这里开始作了一篇小说《马格尔，抽德拉》揭载了在《高加索》日报上——这是二十五岁的时候。这时科洛林科正在高尔基底故乡编辑一杂志。高尔基以友人底介绍而与这位文坛大家相识，因此渐渐为世间所认识。浮浪者高尔基因了《琪尔卡希》的一篇忽而扬其文名。……

他底作品殆全部是取材于他底自身底经验，笔态强硬，并无何等的虚饰，作品中间都横溢着一种对于社会因袭的道德的火一样的反抗精神。有《琪尔卡希》《二十六男与一女》《麻尔伐》《秋之夜》等短篇和《三人，受惊的人》等长篇作品，戏曲《深渊》，是从个人主义到社会道德即是从尼采主义到基督教主义转变其见解的过渡期的作品，在他底创作生涯里是占重要的地位的杰作。

《理想中的佳人》哈代传
孙俍工

现代英吉利文坛底代表作家哈代（Thomas Hardy）一八四〇年生于英吉利南方多塞沙地方。他底家是从十五世纪以来绵绵不断的名望之家。他底父亲其初想把他作牧师，但是知道他底习性不适合乃使他为建筑家，十六岁时被送到一个寺院建筑师约翰西克斯那里去作学徒，因对于这种工作他也很有兴味，所以专心用功，二十二岁时至伦敦作人家底助手，并入伦敦大学专门研究建筑。

廿三岁时提出一篇题为《彩瓦与烧泥建筑》的建筑学上的论文在皇家建筑家协会里得到奖章。他染笔于文学的作品是在一八六五年三月以题为《怎样地建筑我自己底房子》一短篇在 Chambers Journal 杂志上发表的为始。其后一二年耽于作诗，这时正徘徊着于将来为文学者呢，还是为建筑家呢这两歧的途中，至一八六七年才决意离开伦敦赴威伊玛斯，费了二年的工夫把这长篇《贫乏人与贵妇人》脱稿，送于书店却普曼公司，但因了公司底顾问梅列提斯底劝告，停止刊行了。梅列提斯指导后进极其恳切，哈代也因了他而被诱掖的处所颇多。

哈代奋发于梅列提斯底忠言，一八七〇年以后继续出《绿林树下一对蓝眼睛》等作品，一八七四年三十四岁结婚。他底出世作《离开杂踏》就是这一年发表的。这作品初用匿名在杂志上发表的时候，世人品评为与当时的大家爱丽特女士底作品无异。一八七六年出题为《伊色尔伯尔达底手》的滑稽小说，七八年出《还乡》。以后陆续发表《无信心者》《塔上的二人》《格斯达布里奇底市长》《借木材的人》《威塞克斯短篇集》《贵夫人之一群》等，至一八九一年 Tess of the Durbervilles 出版，他底地位遂确定了。……

他在短篇集《人生底小讽刺》《理想中的佳人》等以外，又把过去三十年间的诗集拢来为《威塞克司诗集》及《过去与现在的诗》二诗集。一九二〇年七月二日英国著作家集合而为他开了一个八十岁的祝贺大会，极一时之盛以稀有的高龄完全辍了笔，悠悠于故乡而送其自适的生活。

《平原故事》吉卜林传

孙俍工

以小说家兼爱国诗人的吉卜林（Rudyard Kipling）底名从成为世界的以来已经很久了。他是一八六五年生于印度底孟买，在本国受教育以后，再赴印度，十七岁时便进了新闻记者底生活，廿二岁时充新闻《先驱者》底总编辑，至廿四岁止还在其职。

他是一个非常早熟的人，发表有名的《经常的故事》而驰名的时候才二十三岁的光景。《平原的故事》和《三兵士》都是取材于印度底事实的小说，那种活跃的描写不但是给与英吉利人以无比类的清新的感觉，而且对于短篇小说底发达有不少的贡献。

从一八九四年到九五年发表的 *The Jungle book* 是描写印度底动物底事的作品，非常地博得时人底高评。他成为诗人是始于一八八六年所发表的《特巴德梅答尔》，《特德兹》，有一八九六年作的《七海》，一九○三年作的《五国民》等。就中，《七海》是赞美故国宣传故国民新之发展及其使命的诗集，很有名。

他鼓吹帝国主义，说是英吉利文学因了法兰西文学底影响，激成了堕于软弱的结果。以后的作品有《交通与发现》《起动与反动》《诚实的故事》《蒲克山上的巴克》等。一九○七年他被授与以诺贝尔奖金。

《马克汉》史蒂文荪传
顾凤城 ①

史蒂文荪（Stevenson, Robert Louis 1850—1894）生于苏格兰的爱丁堡，是一个独生子。他幼时身体很弱，幸赖他母亲的慎重抚养，得能长成。自幼嗜好小说，虽懒于治家却勤于著作，他在爱丁堡大学里肄业，工程和法律上的实习很少成功，而文学上的成就却很大。

一八七五年以后，他的著作日见丰富，络续刊行了《旅舍》《骑驴的旅行》《新天方夜谈》《国内旅行记》等作品。他在南欧旅行的时候，遇着奥斯蓬夫人（Mrs. Osbournen）两情缱绻，不久便宣告结婚。

一八八三年，他的杰作《宝岛》（*Treasure Island*）出版，一八八四年发表《马克汉》。史蒂文荪是一个谨严的作家，他用精密的思想而尽艺术上的能事，又有精美的章法（style），是受着一种良心上底要求而显著的。他的惹人的滑稽，豁达的感情和夸大的吐词，是出于天性的。他底最有创造的作品，要算那篇《儿童底诗的花园》了。他底感觉是敏锐的，思想是清澈而透达的，所以他是近世的一个完善作家。

---

① 顾凤城（1908—1940），江苏无锡人。左联成员。20 世纪 30 年代和谢冰莹结为夫妇，后离婚。抗战时期，曾为《古今》半月刊撰稿人。曾任上海泰东书局、光华书局、乐华图书公司编辑、总编辑等。著有《新兴文学概论》，编著有《写作的故事》《实用作文法》《新文艺辞典》等。

《回春法底实验》霍桑传

孙俍工

霍桑（Nathaniel Hawthorne）于一八〇四年七月四日生于马萨诸塞的小港塞来姆。祖先是在十七世纪中叶迁来的英国人，他的父亲是船主，在他四岁时便死掉了。他从少年时代便好漫游山野，又有着对于海的强烈的企慕。

十四岁时，母亲使他暂寄寓于美以州地方的叔父那里。那里因为很富于自然的风景，他得徘徊于林间湖畔耽于自由的沉思与游览。

他底所以怀孕文学底趣味的，实在是那里底自然风景所赐的。留居一年他便入了大学，但当时他底最得意的地方是用拉丁语做出了才华烂漫的文章。二十一岁出大学而归塞来姆，在识书，执笔，散步，沉思里面开始了孤独的生活。这样地经过三四年他始在一周刊杂志上面发表短篇，以后数年间继续发表了几篇的创作并未得到何等的反响。他失意与恐惧的结果，一时至欲断念于文学一途，然而到三十一岁时（一八三五年）果然有一真正认识他底才能的唯一的知己在英国出现。那就是音乐家科列伊其人。

于是在翌年发表了一部著作集（*Twice-toled Tales*）销售方面到还不错但反响仍是没有。他因为生活不能不求职业，于是因了人家底介绍充波士顿港底税关员在干燥无味的职务里送了二年间的生活。其后，到三十七岁之春止留滞在乡里著童话《祖父底椅子》，翌年与自己底作品底赞美者苏巴亚结婚，同年出《祖父底椅子》底续篇，更出《旧作集》底下卷及二卷的短篇集。

他底杰作《绯文字》（*The scarlet Letter*）出版的时候，他已有四十五岁（一八五〇）年了。继续著 *The House of Seven Gables*，*The Wonder Book* 等……一八六四年五月十九日遂去了世……

《马奇的礼物》奥亨利传
许子由 ①

奥亨利（O. Henry）原名 William Sydney Porter，一八六二年生于美国北加罗内拿州拉勒市。起初以写亚美利加西南部的牧夫野人们的野性与罪恶交错的生活有名，这是因为他早年的银行员通讯员时代，十多年都住在德克斯州（Texas 在南美洲）有许多实际经验的缘故，那时他自号"牧童"，但这牧童忽地变成都会的"通译者"，以洒脱轻妙的笔调，描述世界的大都会纽约的社会情相，至于博得像迭更生在伦敦市上一般的声名，颇属奇迹。这时，全美国的新闻，杂志，争着发表他的著作，正是他全盛的时候，但忽地于一九一〇年，匆匆逝去了，享年四十九岁。给称赞为"美洲的莫泊桑"的他，死后更加著名。至于有"英有迭更生，法有雨果，美有奥亨利"的评语，他死后十年间，作品卖尽四百几千万册，他的故乡拉勒市，造有奥亨利纪念碑。他的著作有十多卷，约二百五十篇，多是短篇。

《老拳师》贾克伦敦传
孙俍工

为最近亚美利加文学给与以一种清新的力的伦敦（Jack London）是一八七六年生于桑港。他从幼年时即与劳动者相处，其周围的感化使他带了社会主义的倾向，在格利波尔亚大学时，已经以青年社会主

---

① 许子由，生卒年不详。潮汕人，女作家许心影之弟，曾留学日本。译有欧·亨利短篇小说集《最后底一叶》。

义者得到相当的名声了。但他中途废学再投入劳动者生活当中，赴库罗大底金山从事劳动，又当渔夫在柏林海从事海豹底渔猎。

他底半生实在是劳动者底惨淡的纪录。而且在其时有因了浮浪犯罪而投于狱的一回事。往后渐渐置了产业而做了葡萄牙底社长，思想也渐次稳健了，一时以其所研究的社会学和经济学从合众国到加拿大，到处为社会学底讲演。日俄战争时，曾以军事通信员而从军。他底文坛生活是一九〇〇年在某杂志上发表《狼之子》，惹起注目，自此以后接连著《父神》《雪姑》《霜的小孩》《达兹拉底航海》《亚特斯底人们》等。至一九〇三年《野性底呼声》出版他底名声就确定了。他以外还有《人们底信仰》《海狼》《阶级底战争》《月底颜》《白牙》《恋爱底生命》《铁踵》《改革》《南洋底故事》《冒险》《神笑之时》《太阳之子》《老拳师》等作品。

他底作品底倾向因为有几分像托尔斯泰的地方，所以也称他作"亚美利加托尔斯泰"；至其动物心理底描写，在世界文坛里说是没有比他更好的也不是过言。一九一四年以军事通信员赴墨西哥，至十六年十二月以自杀去世。自杀的原因没有什么传说所以不明了。

《肥皂》鲁迅自传
（鲁迅[1]）

我于一八八一年生于浙江省绍兴府城里的一家姓周的家里。父亲是读书的；母亲姓鲁，乡下人，她以自修得到能够看书的学力。听人说，在我幼小时候，家里还有四五十亩水田，并不很愁生计。但到我

---

[1] 鲁迅（1881—1936），浙江绍兴人。曾留学日本，就读于弘文学院、仙台医学专门学校。归国后任职于教育部，先后在北京大学、厦门大学、中山大学任教。另译有爱罗先珂《桃色的云》、厨川白村《苦闷的象征》、法捷耶夫《毁灭》、果戈理《死魂灵》等。

十三岁时，我家忽而遭了一场很大的变故，几乎什么也没有了；我寄住在一个亲戚家里，有时还被称为乞食者。我于是决心回家，而我的父亲又生了重病，约有三年多，死去了。我渐至于连极少的学费也无法可想；我的母亲便给我筹办了一点旅费，教我去寻无需学费的学校去，因为我总不肯学做幕友或商人，——这是我乡衰落了的读书人家子弟所常走的两条路。

其时我是十八岁，便旅行到南京，考入水师学堂了，分在机关科。大约过了半年，我又走出，改进矿路学堂去学开矿，毕业之后，即被派往日本去留学。但待到在东京的预备学校毕业，我已经决意要学医了。原因之一是因为我确知道了新的医学对于日本维新有很大的助力。我于是进了仙台（Sen-dai）医学专学校，学了两年。这时正值俄日战争，我偶然在电影上看见一个中国人因做侦探而将被斩，因此又觉得在中国还应该先提倡新文艺。我便弃了学籍，再到东京，和几个朋友立了些小计划，但都陆续失败了。我又想往德国去，也失败了。终于，因为我的母亲和几个别的人很希望我有经济上的帮助，我便回到了中国来，这时我是二十九岁。

我一回国，就在浙江杭州的两级师范学堂做化学和生理学教员，第二年就走出，到绍兴中学堂去做教务长，第三年又走出，没有地方可去，想在一个书店去做编译员，到底被拒绝了。但革命也就发生，绍兴光复后，我做了师范学校的校长。革命政府在南京成立，教育部长招我去做部员，移入北京，一直到现在。近几年，我还兼做北京大学，师范大学，女子师范大学的国文系讲师。

我在留学时候，只在杂志上登过几篇不好的文章。初做小说是一九一八年，因了我的朋友钱玄同的劝告，做来登在《新青年》上的。这时才用"鲁迅"的笔名（Pen-name）；也常用别的名字做一点短论。现在汇印成书的只有一本短篇小说集《呐喊》，其余还散在几种杂志上。别的，除翻译不计外，印成的又有一本《中国小说史略》。

《春蚕》茅盾自传

（茅盾 [1]）

我于中日战争后一年，即一八九六年四月，生于浙江省桐乡县属一个四千人口的小镇。是一个大家庭中的长房儿子。我的父亲在当时是"维新派"，所以我在家塾中读的书就是澄衷学堂的《字课图说》和《正蒙必读》里抄下来的天文歌略和地理歌略那一类"新书"——当时人也就称为"洋书"。这几本书给我幼小的脑筋以许多痛苦，想来不下于我的叔叔们所读的《大学》《中庸》。大约是八岁那年，我们镇上初办学校，我就进了小学，读的是文明书局当时出版的修身教科书和历史教科书，还有《礼记》。作为选文读的是《古文观止》。

十岁上，父亲死了，留一个遗嘱，希望我将来进学校学工艺，并谆嘱不可误解自由平等之意。

这个遗嘱，我当时不很懂得，只知父亲希望我学实业，而要走此道，则算术是重要科目，而我对于算术恰是低能。我的父亲是喜欢算术的，自修到微积分。（他自修的工具，先是《数理精蕴》，后来是谢洪赉编的代数、几何、微积分等。）但我自小就最怕算术，所以自从父亲死后，我在奉行遗嘱的母亲的严格管理之下，——希望我做工业中人——看小说之类的事情是禁止的。（虽然我的母亲自己却非常爱看小说，到现在年纪老了还是什么都爱看。）

不用说，我后来并不遵照父亲的遗嘱去用心在"实科"。这因为当时的中学校只要国文英文可以通过，就给我升班，而我的母亲对于

---

[1] 茅盾（1896—1981），浙江桐乡人。北京大学预科毕业，后入上海商务印书馆编译所工作，与郑振铎、叶圣陶等发起组织文学研究会，主编、主笔《小说月报》《汉口民国日报》《文艺阵地》等。另译有苏联吉洪诺夫《战争》、卡泰耶夫《团的儿子》等。

"实科"，到底是外行之至，看见我升班，也就不噜嗦。再者，我的祖父是乐天派；对于儿孙的事，素来抱了"自然主义"，任凭我爱什么就看什么。……

十八岁从中学毕业进北京大学预科。……

到预科三年期满，这事果然自然解决。母亲因为经济日窘，不主张我再读书，而恰好我的一位亲戚又给我介绍进商务印书馆编译所办事。……

从一九二七年秋开始写小说以来，有收在《蚀》里头的《幻灭》等三部中篇及写了一半的长篇《虹》。此外有两部短篇集：《野蔷薇》和《宿莽》。另二个单行的中篇《三人行》和《路》（不久在光华书局出版）。此刻将完成的，有长篇小说《子夜》。此后我大概还是继续写小说，很希望我能够写成更像样些的作品，如果神经衰弱和胃病不至于逐渐加深。

《大除夕的忏悔》苏特曼传

孙俍工

苏特曼（Hermann Sudermann）是一八五七年九月三十日生于东普鲁士底麦兹根。他底家在麦兹根本为有名望的家世但因麦酒酿造家之父事业失败了一家落魄，所以他不能不备尝那生活底辛酸了。

他十四岁时，退学于实科学校而工作于一药剂师之家，以后得到再就学业的机会经中学而入克尼西斯堡大学学文学与历史。他在那时做戏曲《幸福的女》而投于柏林底勒吉典剧场场长，但没有得到何等的反影。然而怀着不屈不挠的精神于二十岁时赴柏林，在一以诗人而兼富豪的家里充家庭教师，大作其家庭小说而投登各报章杂志。

他以法兰西文学为范而研精十年，至三十岁时（一八八七年）

出小说《忧愁夫人》文坛才承认其价值，续出的小说《猫桥》（*Der Katzensteg*）也得到好评。

这时代的他，纯然是乡土作家。他已经以小说家出现于文坛了，至三十三岁作处女作戏曲《名誉》，更一跃而登剧作家之堂。《名誉》在柏林底列辛剧场排演恰在霍普德曼《日出之前》耸动一世底耳目的第二年。这就是在德国剧坛里二年间伟大的剧作家突然继续显现的所以。《名誉》底赞美者甚至评许他为青年期鲜勒底继承者……

他从《名誉》以来至一九一六年二月所出的戏曲集《无神的世界》止虽出了二十余篇的创作，但以剧作家的他还不出在现代德国文坛上的乡土小说底开拓者所占的地位呢。

《神童》汤马斯曼传

汤马斯曼（Thomas mann, 1875— ）生于德国律伯克市。他的世家是历代经商。九四年在闵行服务于火险公司。九五年入同市大学，修文学史及美学。后游学意大利。九九年在闵行编辑杂志（*Simp Licisslmus*〔*Simplicissimus*〕）。其后以小说家立身。其代表作《布登堡家的人们》（*Die Buddenbrooks*, 1901）就是叙述他家庭四代底历史的。兄亨利曼也为现代德国代表小说家。他的作风和他老兄不同：是古典的；明快冷静和怀疑的诙谐，高雅的讽刺，是他的特色。他只两三种长篇和数短篇，《魔山》（*Der Zauberberg*）为空前杰作，是现代文化史的世界观小说。在《威尼斯之死》（*Der Tod in Vonedig*）是描写波兰美少年的爱。*Königliche Hoheit*, Fiorenza, *Der kleine Herr Friedemann* 是他的短篇集。一九二九年得诺贝尔文学奖金。

《神童》是汤马斯曼自己发牢骚的作品。描写一般人对天才的人们认识之不同，而生出各种轻蔑的意见来。因为他的作品往往不投一般流俗之所好，虽然他的文名满世界，而一般人却说他的文章不精彩，读起来沉闷得很。正如听众不解神童音乐家的心理一样。

《女难》国木田独步传

孙俍工

自然主义的先驱者，新兴文坛底领袖作家国木田独步，生于明治四年七月九日，从少年时代以来便以聪颖见称。他底教育从山口底小学校，经中学而至东京，再从神田边底法律学校而入了东京专门学校（早大前身）底英语专修科，在卒业时期又入了新设的政治科第一期生，但每月的一半总是缺席地，优游他过去了。这样二年的光景便退了学，买了一些书籍而归了山口县的麻乡。

他一面逍遥山野一面吟诵高青邱和华兹华斯底诗，或是翻译加拉伊尔和吉田松荫等底著作。这时他在田布施村开一私塾以英语数学等教授质朴的村童，留滞一年，再至东京，一面苦于贫乏，一面发刊杂志《青年文学》。中日战争时以从军记者而赴战地，归来入民友社，从事于《国民之友》底编辑。与信子结婚及新妻底出奔正是这时代发生的事。

失恋后与田山花袋相识，共赴日光营半僧的生活二个月，发表一作品《治源》就是他底处女作。以后陆续发表《酒中日记》《牛肉与马铃薯》《第三者》《运命论者》许多的短篇和诗作；他底特点是在短篇，就中以《正直者》和《女难》二篇称为在明治文坛的最初的肉欲小说。

明治四十一年六月二十三日因肺病去世。

他底作品可分为两期，《运命论者》以前的作品和《运命论者》以后的作品。后者尤胜于前者。他底描写底大胆，态常底真实，观察底明瞭，真可以说是日本自然派底元勋了。

《鼻子》芥川龙之介传
微音 ①

芥川龙之介氏于一八九二年三月一日生在日本东京市京桥区入船町。父亲新原敏三。因辰年，辰月，辰日，辰刻降生，故名龙之介。母族无子，龙之介出继舅氏芥川道章。于是改姓芥川。

一八九八年入小学，一九一六年卒业东京帝国大学英文科。前后有十四年学生生活。芥川氏是稀有的天才的人，据说在普通小学三年级时，即喜欢读德富芦花的《自然与人生》。录取学生最严的东京第一高等学校，而芥川氏可以免试入学。

一九一四年联合菊池宽、久米正雄等，刊行第三次《新思潮》杂志，发表处女作《老年》，次年发表《罗生门》，始引起人们的注目。同年十二月拜夏目漱石为师。芥川氏的著作生活，受漱石的感化最著，次是欧外的影响。

一九一六年刊行第四次《新思潮》杂志，发表杰作《鼻子》。漱石大加赞赏与激励。

一九二七年七月二十四日芥川龙之介氏自杀，给文坛一个意外的震动。

---

① 微音，疑为林微音（1899—1982），苏州人。海派作家。1933年和朱维基、芳信、夏莱蒂等人成立绿社，创办《诗篇》月刊。著有短篇小说集《白蔷薇》《舞》，中篇小说《花厅夫人》。

《爱情与面包》史特林堡传

孙俍工

　　史特林堡（A. Strindberg）一八四九年一月二十二日生于瑞典底首都斯托哥摩，他底父亲是商人，母是酒店里的女，在与其父法律上正式承认为夫妇时止已经是有了三个小孩的母亲了。结婚后两个月就生昂格斯史特林堡。他底少年时代只在误解与孤立里过活……

　　他底文学生活是以二十岁时（一八六九）所作的戏曲《自由思想家》为始。以后继续执笔至二十九岁时做戏曲《酋长阿洛夫》，以革命的写实主义的作家表现于世，其次又发表多种的戏曲小说，用深刻的现实描写对于妇人问题两性问题加以痛烈的讽刺与攻击。其中短篇集《结婚》（一八八四年）因为是把结婚生活之里面如实地曝露了而一点也不顾忌地剥尽了装饰的假面，遂至于酿成物议而成为法庭底问题。他被环境底压迫流落于巴黎，旋因《结婚集》底辩护归国，诉讼得了胜利。三十八岁时（一八八七年）所做的悲剧《父》，是为"谁是真的父亲？"这一疑念所驱使，描写一为心性恶劣的妻所侮弄而发狂的人的作品。

　　对于这作品，作者曾述其作意底倾向在戏曲《幽丽小姐》（一八八八年）底序文中。其后，他继续做戏曲《朋党》《债鬼》《巴利亚斯》《强者》《天国之键》《最后的警戒》等五十余篇，做小说《春》《红屋》《痴人底忏悔》《地域》等约三十篇，使与历史及科学上的著述如论文、批评、诗集等相合其数更为可惊。

　　他底作品常基于为肉体的或是精神的苦痛所烦闷的人底观察。而且彻底地想穷究那组成人生和破坏人生的光明与黑暗的两种力。他底厌世思想从幼少时以来的困苦的经历发端，因尼采底哲学而更深；即对于女性的嫌恶之情也大都同是归因于过去的阅历。他底第三次的结婚是被呼为斯干迪那维亚底谜的女优巴斯，但同棲不久就以彼此束缚自由底理由离了婚。他在戏曲《克里士特尼》里曾描写这女优。他从四十岁起开始作神秘的病理的小说，渐渐经过倾于极端的自我崇拜的《痴人底忏悔》(一八九三年)、《地狱》(一八九七年) 等篇而以戏曲《答马斯克斯》(一八九八年) 一篇闯入了神秘主义底堂奥。

易卜生与他一时有立于竞争者底地位的事，某日有一客往访易卜生，因他底书桌上有装饰着的史特林堡肖像而询其理由，易卜生看着那像踌躇答道："这是比我更伟大的人物"，他底死是一九一二年五月十五日。

《罗本舅舅》拉绮尔洛孚传
沈雁冰（茅盾）

拉绮尔洛孚（Selma lagerlöf）女士一八五八年生于瑞典的发姆莱（Varmland），孩提时脑子里便充满了斯干底那维亚的古代传说。后来她做小学校教员，常教最幼的一班，直到过了三十岁。那时她又积集了许多民间故事的材料。她预备在教书之暇把这些材料作成了小说。

可是因为要救济住家的房子的出卖，她觉得非立刻弄到一注大款子不可了。那时是一八九一年，瑞典有名的杂志（*Idum* [*Idun*]）正举行文艺竞赛要给第一名奖以一千三百圆。在征文截止期的前八天，拉绮尔洛孚方想起去试试这条路。她从她旧稿——民间故事的旧稿——中抽出了五章来，修改一过，又加了四十页，扣好在征文截止最后一日的早上完篇，就送了出去。十一月，文艺竞赛的结果发表，她得了首奖；这部幸运的小说，她后来又加改作，名为《古司泰倍林的传说》。

从此以后，拉绮尔洛孚就不教书，从事著作了。接下去发表的是《耶鲁撒冷反基督的奇迹》，和许多短篇小说；她立刻成为瑞典有名的女作家了，政府请她做一部小说以便学校采为教科书读；结果就是《尼尔斯的奇异的冒险》，一部地理书性质的童话。一九一九年的诺贝尔文学奖金给了她后，国际间也颇注意这位女作家了。她是近代有国际名声的女作家中间最著名的一个。

她的作风是朴素的，耀着理想主义的光芒。所以在文艺思潮上而论，她是代表那"复归于理想主义"的一群的。虽然她的小说在描写上也有近乎写实主义的，但在精神上始终是理想主义——时或有些象征的色彩，时或有些幻想。

短篇小说集最有名的是《玛西克洛夫忒来的女子》和《看不见的连环》；这里的一篇《罗本舅舅》便是载在后者之中的。

《坎地亚的沉冤》邓南遮传

孙俍工

现代意大利文坛底元老邓南遮（Gabriele D'Annunzio）于一八六三年生于亚特里亚海上的游船中。本名叫做拉巴纳达。自十五岁时学于柏拉图学院，出版一抒情诗集《最初的诗》以来，陆续出有《祈祷歌》《间奏》《天国之诗》《海之歌》《罗马悲歌》《嚣俄赞歌》《加杜齐死时的日演与歌》等，都是诗句绚烂格调和谐的作品。以后执笔为小说，至九〇年代止很受了俄罗斯自然派的影响。先后出版的有《快乐》《无辜》《死底胜利》《严〔岩〕上处女》《火》《或者是的或者不是的》等，达到了圆熟的顶点了。

他在诗人小说家以外，以剧作家而论也占着第一流的地位，但就戏曲的结构底技艺上说，曾因过于外面的美的追求缺乏剧的要素受一部分的非难。其舞台上的成功说是爱人名叫特赛的一女优所给与的帮助。所作有《弗兰切斯克达利米尼》《觉孔达》《荣光》《死都》《约利奥底女儿》《强于恋》《船》《费德拉》《圣塞巴斯蒂安底殉教》《春朝梦》《秋夕梦》等。

他在世界大战以来中止创作，曾投入航空队从事于天空战争，驾飞机一架，越奥军阵地，直抵奥京维也纳，自空中散布劝告书于维也纳城中促奥人底反省，举世传为佳话。欧战后他组织义勇军，占据阜姆，想建设一理想的自由国家，但终被意政府用武力来压迫他弃离阜姆了。最近他把自己底住宅庭园全部捐赠给祖国作为战胜纪念，隐居拿坡里重理他底著作生涯。

《泉边》显克微支传
孙俍工

从得世界的人望这点说，显克微支（Sienkiewicz），要算波兰文学史上最大的作家，而且到了他，波兰文学始带着写实的色彩。

他是一个富于技巧的多艺的人，而兼具有激烈的诗的情热与讽刺的力。且在政治一面是抱着波兰独立的理想常努力其实现的爱国志士。他生于一八四六年长在华尔奢大学修哲学。处女作是在二十六岁时所做的《国内的预言者》的讽刺小说。四年后赴北美利加匿名在华尔奢底新闻通信投稿。做历史小说是三十四岁时起，有《火与剑》《洪水》《泉边》《音乐师杨纲》《十字骑士》《小骑士》《土之子》《往何处去》《荣光之野》等作品，就中以在一八九六年五十岁时所作的《往何处去》一篇，数年间被翻译成三十余国文字，甚至或演做戏曲，或映成电影，显克微支底名就遍传于世界。

《往何处去》是从"使徒彼得罗在暴君尼罗底支配下入了罗马底都城时，因其压迫很厉害，所以逃走而一出街道在那里就现出基督底幻影，一面恐惧一面叫着：'主呵，往何处去哟，'基督俨然答道，'你舍弃了我主，所以我赴罗马而再欲悬于十字架上。'"这样的传说取材来的，把在罗马帝国颓废期的社会底里面痛快淋漓地写出，把基督教底信仰与道德和征服异教底众神的情景写得恰如一幅画图。

他又是旅行家，英、法、意、西班牙、希腊、亚非利加大陆及东洋都游历过。一九〇五年被赠以诺贝尔奖金，一九一六年死在瑞士底塞尼华湖畔的旅舍。

《海上》伊本讷兹传
孙俍工

伊本讷兹（Vicente Blasco Ibáñez）一八六七年一月二十九日生于西班牙华林西亚市。因为家贫从幼时起常一面为饥饿所迫，一面又要从事于种种劳苦的职业。但他底志望在于法律，不绝底努力研究的结果，到十八岁已经成了一个法律家了。在这一年因作政府攻击的诗而受了六个月禁锢的宣告。其次与新闻界发生关系，反政府热愈加激烈为此被拘留投狱之数实及三十回，青年时代底全部殆在阴郁的牢狱里过去了。而且在一八九〇年竟被放逐出国。

翌年归国，发行共和党日报《民众》，依旧是攻击政府不绝，不久被选为共和党议员，前后凡六回被选并做了共和党的领袖。这样他一面做政治活动，一面在诸报上与杂志上做急进的论文，并刊行小册子，更翻译了斯宾塞、托尔斯泰、尼采等底著书，而且做了许多的小说。

一九〇九年他有所感，舍却政治而到南亚美利加诸共和国去旅行，在那里讲演文学与艺术，调查农业与矿业底开发，其结果发表一部所谓《亚尔塞丁及其伟大》。

他是一个彻头彻尾的勇敢的活动家，而且是具有可惊的精力的。这些特点在著作里面也表现出来了。他底著作有十七册的长篇和二册的短篇及其他旅行记评论等。就中以《风波》《默示录的四骑士》《富人底仇敌》《迷惑的女子》等为最著名。尤其是《默示录的四骑士》是以热烈的人类爱与世界主义为基调的，于一九一六年出版后即有英译本而且重到一百三十余版极为各国所重视，以至伊本讷兹底名与巴尔塞、罗兰一起被喧〔宣〕传于世界。

《卡里奥森在天上》包以尔传
孙俍工

包以尔（Johan Bojer）是一八七二年三月六日生于挪威北部的奥克特尔索伦。因他底母亲和史德林堡底一样是一个婢女，所以他幼时是寄养在一个田舍之家。

他是农家小屋里过了他底少年时代的大半，一周只一日或二日进学校，在星期日就到教会去做礼拜。卝始感到文学底趣味的是从十五岁时入特布达底乡村学校起。后又入特洛伊姆底军官学校并与旅馆里的侍役一起学英文，或是出外听公开的演讲，为满足知识欲的缘故是很忙迫的。抱着欲为文学者志愿也就是这时代。但因处在不能不谋自活的方法的境遇里所以离了军人学校去学商业，继续着便从事于种种的职业。一面做渔夫哪，做掮客哪，开缝衣机器店哪，一面每夜耽于小说或戏曲底构想，因此从二十二岁至二十三岁完成二种著作。

　　一是题为《母》的戏曲集，他一种是题为《海尔加》的小说。前者是描写一青年因为要救自己底母亲而谋为盗，至发觉而自杀的事，在特洛伊姆排演曾博得好评。后者底评判也不恶。他因了这两种著作得到的稿费而旅行于古本哈琴、巴黎等地方，因为金尽所以又做新闻底通讯或是演讲，并从是创作。他在这时期是很贫乏的了。二十七岁时与一大佐底女儿结婚，以后的几年间殆是过的浪漫生活。一九一九年在克里斯汀那附近自己设计建立一永住之家。

　　他底著作前所举外有童话集《在墓地的门口》（一八九七），《芦中的风》（一八九八），《白鸟》，戏曲《死之岛》（一八九五），《哲人奥洛夫》（一八九七），及《人生》《伟大的饿者》《世界底面》等。他因《伟大的饿者》而得到弓枯尔奖金，博得世界的荣誉。他底作品第一期描写政治家，解剖政治的祸根底由来；第二期一面努力于这问题底描写和敷衍一面描写蹈了某种样式或其他的样式而灭身的人物；至第三期颇成为乐天的，大半具有着美的欢喜。

《一个残败的废人》哀禾传
周作人

　　约翰尼哀禾（Juhani Aho）本名勃罗佛尔德（Brofeldt），一八六一年生于列塞尔密（芬兰内地）。早年作小说数篇，有名于时，英国倍因评云，"哀禾的艺术是将丕佛林多（Päivarinta）的一切的照相的精确与宽宏的善感，与来约南（Reijonen）的真实的滑稽结合而成，但哀禾的滑稽却更广且深；他此外又有优美的空想与活现的想象，——这些特质，在芬兰小说家大抵很是缺乏的。"一八九〇年哀禾以官费游历法国，颇受自然派的影响，一时褒贬纷然。据倍因说，因为他的真实的滑稽，优美的空想，柔的忧郁，深厚的感情，都与自然主义不甚相合；这或者是确当的断语，但是他最近的成就，我们也无从得知了。德国勃劳绥威德尔在《北方名家小说传记》里说：

> 芬兰近代诗中最重要最特别的趋向之一，是影响于芬兰人民的欧洲文明生活的潮流的反映。在这事上，少有一个诗人，能深深的攫住而且富于诗致的展布开来如站在他祖国的精神运动中间，为第一芬兰日报的领袖之一的哀禾的。……

哀禾早年著作，大抵是乡土艺术一流，因为芬兰虽为属国，但瑞典与俄国先后待他都颇宽和，不像波兰那样的受压，所以爱国思想趋重歌咏乡土，而怀慕古昔之情，也就自然而然的同时发生了。但到九十年代末，哀禾的著作便倾向于写实，与先前不同。……

《胜利》泰戈尔传
孙俍工

泰戈尔（Rabindranath Tagore）于一八六一年五月六日生于加尔各达一贵族之家。父亲是极其守严肃的宗教的人，是古代印度的追慕者。他底家世是曾出过许多的宗教家、思想家、美术家、音乐家、著述家的，所以泰戈尔底思想受了这种的影响不少。

他从小时以来便有着对于自然的深的兴味与憧憬。稍长虽然在学校受教育但他极其爱好自然界底森林原野，不喜拘囚在狭隘的教室中。他在十一岁时与父亲一起登过喜马拉雅山。喜马拉雅底自然景物给他后来在诗想与哲学上的感化是很大的。

他十三岁时，初次作童谣诗。这是他底天才底最初的萌芽。十七岁时留学英国，努力学英诗底韵律。十九岁发表处女作小说，又把彼改成剧本在加尔各达底剧场排演，因此著名。他在青春期的思想是极其动摇的。不过他底焦躁、矛盾、颓废的思想并未曾长久继续下去。而后到今日为止一面发表了多数的诗歌、小说、戏曲，论文，一面为印度民众的命运而启示无限的爱与怜悯，以至被称为大诗人，大哲学者。

他底著作最初是用彭加尔文写的；后来由他自己及他底朋友陆续译了许多种英文。诗集有《园丁集》《新月集》《采果集》《飞鸟集》《爱者之赠与》与《歧道》等；剧本有《牺牲及其它》《邮局》《暗室之王》《春之循环》等；论文集有《生之实现》《人格》《国家主义》；杂著有《我底回忆》《家庭与世界》等。

他一九一二年游英国和美国，得到盛大的欢迎，一三年得诺贝尔奖金，翌年英国赠以爵位。

《拉比阿契巴的诱惑》宾斯奇传

沈雁冰（茅盾）

自从犹太人用他们现代的口语（Yiddish）做文学作品以来，宾斯奇（David Pinski）是他们中间的一个明星。他以一八七二年生于俄罗斯的莫别罗芙（Mabilov）；一八九二年排斥犹太人风潮起时，他从莫斯科逃到华尔沙（Warsaw），即在此时开始做小说，描写无产阶级生活。但他旋即回到柏林读书。一八九九年，他到美国纽约就某社会主义周刊的文学栏记者之职。他又做过哥伦比亚大学的学生。

到一九一八年，宾斯奇所作剧本，已有二十七篇之多。短篇小说集《诱惑》亦已出世。他的著作可以分做几类；最先发表的几篇描写无产阶级痛苦的，使他得盛名的，可以算作一类。此类作品，在戏曲方面，可以《伊萨克》《西芙得尔》为代表，在小说方面可以《特拉布金》这中篇小说为代表。《最后的犹太人》于一九〇三到〇四年发表，便表示宾斯奇的描写已经从浮泛于表面的生活痛苦，再进一步，而要描写受痛苦者对于"生活改善"的憧憬，及此憧憬之心理的反应了。这是第二类——第二期的著作，可以一九一一年发表的《哑的米西亚》为代表。自此以后，他的描写点更广阔而复杂了；然大都是更发挥先前著作中的观点而已。譬如早在一九〇六年发表的《宝物》，已含有极显明的讽刺口吻与象征色调，后来更扩充为一九一二年发表的《爬山者》。而《铁匠约伯》（一九〇六年作）和有名的《茄立布与女人们》（一九〇八年作）也是把从前在独幕剧杰作《被忘却的灵魂》内已见的两性观更加以充分发挥而已。小说《觉醒》和《黑猫》也可入此类。

他是写实主义的心理学者。他夹袋中的人物都是些"摸索者"，和那些渴念权力而又被权力更大者打了的灵魂。死，自杀，退让软化，便是这些"摸索者"的普通运命。他并不是悲观者，然而他常从人性中看出脆弱来；这里的《拉比阿契巴的诱惑》便表示这个态度。

《看不见的伤痕》克思法留狄传
王日可 [1]

伽鲁雷克思法留狄（Karoly Kisfaludi，1788—1830）生于匈牙利的拉巴（Raad）。他和他的兄弟亚力山大同是匈牙利的近代文学先驱，他的著作虽然是以戏剧著名，可是他也写了几篇不平凡的短篇小说，在他这短促而多险的生命中，能有如此的成就，是值得人们景仰的。

匈牙利的批评家批评他是："一个十足的波希米亚者，醉心于梦

---

[1] 王日可，生平不详。

想和享乐。"

他是匈牙利幽默学会的创立者，他的滑稽剧具有引人发笑的魔力。直到今日还在舞台上流行着。

他是个古典派，可是他的小说却是写实的。好像这些小说都是为现代而写。

《看不见的伤痕》这个短篇，谨守着严厉批评家所定的各项短篇小说的原则，并且活泼地充满了一切艺术应有生的动力。确是一篇永垂不朽的名作。

《海滨别墅》斯太马妥夫传

王鲁彦 ①

斯太马妥夫（G. P. Stamatov）生于一八六九年。本篇由克莱斯太懦夫所编译的《现代小说集》中译出。克莱斯太懦夫在序文中云：

> 斯太马妥夫在现代保加利亚的美文学家中居特殊地位，他的小说形式极为人所爱，其散见各处的最好的小说已在一九〇五年出单行本，……最近著作更多，我（克莱斯太懦夫君自称）所译的即其中最著名的几篇。

> 他是一位讽刺的美文学家，他的小说中对于生活的讽刺，构成了精粹的容貌。他深入他的作品中英雄的灵魂里，不是想对我们掩遮，却是要捉住畸形的一边和可恶的道德，暴露出来，用他的无情

---

① 王鲁彦（1901—1944），浙江镇海人。早年在上海当学徒，1920 年受"五四"思潮影响，赴北京加入李大钊、蔡元培等创办的工读互助团，并在北京大学旁听世界语等课程。1923 年之后辗转长沙、武汉、南京、厦门、陕西、广西等地任教，并从事期刊编辑和世界语翻译工作。译有《犹太小说集》《显克微支短篇小说集》《世界短篇小说集》等。

的酷嘲与冷笑，讥剌它攻击它。他的小说以心理的实验比生活的描写为多。……他的小说的目的是在图解某一思想，论证某一问题。

《守夜人》阿哈龙尼安传
汪倜然 ①

阿哈龙尼安（Avetis Aharonian）是二十世纪的最著名的亚美尼亚（Armenia）小说家，也是为民族求自由求安全的不倦的战士。

他生于亚美尼亚阿拉拉山（Mt. Araras）附近的依格迭（Igdir），在土耳其底学校和瑞士底一个大学受过教育。他在俄属亚美尼亚当过一个杂志底编辑，但在一九〇九年为俄国政府所监禁，因为言论方面有不妥之处的缘故。他被禁两年之后才交保释放，后来就逃到法国去。

在大战的时候他回到他的故乡，在一九一八年做亚美尼亚第一届国会底议长，和欧洲和会的代表，签定了《塞芙莱条约》（The Treaty of Sevres），因威尔逊底坚持，得以划定了亚美尼亚独立国底疆界——但是由亚美尼亚被布尔札维克军侵入而它的政府被推翻了的时候，这一切是都成画饼了。

他一共发表过十五部的短篇小说集，浪漫故事，戏曲和诗歌，其中有许多都已被译成英文、法文、德文、俄文、捷克文和保加利亚文了。《守夜人》是 J·S·Wingate 底英文译出，而沉郁激昂之处是很可以表现他的风格的。

——然而社出版部 1935 年初版

---

① 汪倜然（1906—1988），生于汉口。1923 年考入上海大同大学英文专修科学习。毕业后曾任教于中国公学、中华艺术大学。1929 年任世界书局编辑，主编《综合英汉新辞典》。九一八事变后，曾任《大晚报》编辑、主笔等。译有波兰伯鲁士等《心灵电报》、英国萧伯纳《黑女寻神记》等。

《心战情变曲》[①]

《心战情变曲》译者弁言
曾觉之 [②]

从前在外国读书时，常有介绍翻译之志，且拟有种种计划：以为翻译第一在选择精要；要作品为代表作家的作品，要作家为代表时代或派别的作家。由此，译这一书，我们可以直接的窥见这位作家的全体大凡，间接的又可以窥见这个时代或这个派别的全体大凡。由小见大，即少见多，在我们现在的时代，这是一种无可奈何的经济方法。

第二，翻译外国古籍当不同于翻译现代著作：译本不单可给一班[般]人浏览，而且能供有心者研究；西洋各国翻译古希腊拉丁典籍即其例。这要译者洞解这书，这人，这时代，这国家，加以精详的说明，比较的论断；使读者可即从译本而懂得某种文学的大概，同时译本亦似能单在译文而独立生活。即我们要能因翻译而得吸收消化外国文学；这是我们译者的最大奢望。

第三，翻译怎样精确，以中西一切的相悬，总难免于隔膜。所谓淮南为橘，淮北为枳，表现相像，味道不同；翻译正如此。盖历史环境之差异，自然有许多不可以相喻；欲减少这种弊病，只有译者造出

---

① 《心战情变曲》(*Atala, René et Les Aventures du dernier Abencérage*)，小说集，内收《阿达拉》《雷仪》《阿邦色拉基末代王孙的艳遇》三篇小说。每篇前除译者导言，尚有原序等。法国夏都伯利安（Chateaubriand，今译夏多布里昂，1768—1848）著，曾觉之译。卷首尚有《夏都伯利安传》。上海中华书局 1935 年 2 月初版，"世界文学全集"之一。

② 曾觉之（1910—1982），广东兴宁人。曾就读于北京大学预科班，1920 年考取公费留学法国，就读于里昂中法大学，学习西洋文学艺术和哲学、心理学八年，获文学硕士学位。1929 年回国后曾任教于中央大学、中法大学等，抗战期间任职于法国人主办的汉学研究所。另译有罗丹《美术论》、儒勒·凡尔纳《海底两万里》等。

一种似真的环境，使读者恍若置身于原来，得似真的视影而已。所谓似真的环境的创造是一个很笨的法子，即要译者多加注解与说明，读者能循之而得到真际；换句话说，这是使读者更加理解译本的法子。

以上的意思非个人的创见，凡从事翻译的人殆都有同样的感想，只于各人在使其实现的方式上有不同罢了。

《夏都伯利安三种》便是因这些意思而翻译：我们在法国十九世纪的浪漫文学作家中，以夏都伯利安为代表，在夏都伯利安的作品中，我们以《阿达拉》，《雷仪》，《阿邦色拉基末代王孙的艳遇》三种为代表。而这三种又各代表浪漫主义文学的一特色：《阿达拉》是爱自然与外向之情的歌唱，《雷仪》为时代病的解剖与描写，《阿邦色拉基末代王孙的艳遇》则是回向中世与眷恋过去的抒发。浪漫主义文学的特色，可以说，重要的全在其中了。

我们在译文前附了一篇原作者的传，虽不详尽，轮廓要算既具。三种原作之前各有一篇导言，略说每一种的性质为怎样，及其写成，艺术，影响，等。译者于导言中或多出题之言，这因一问题的讨论，每引起他比较的兴味，下笔不能自休，读者可加以原谅。附录中的译文则于原作各种有关，而可以互相发明者，故列入。

这些外加的文字，在读者或嫌其多，在译者则尚感觉其不足。译者原来的计划是更多注释与更多说明的，外加的文字殆超过于译文：人事倥偬，时光不许；更以出版困难，读者惜力，遂节缩之如现在情形。理想实现之难，虽细小易为之事亦有然者，固不必加以感叹！

《三种》的翻译开始于六七年前；《阿达拉》与《雷仪》早既脱稿，《阿邦色拉基末代王孙的艳遇》直至最近方蒇事，其间时日之差，或显译文之异。而又以时间关系，译者不能将从前译文细加校勘，心为歉然。译事本是困难，一人能力有限，虽黾勉从事，终不能无错；译者只求其无大过，及希望明达的指正而已。

又《阿达拉》与《雷仪》曾有戴望舒君的译本，译者憾未能取以对校；《阿邦色拉基末代王孙的艳遇》则似尚未有人翻译，这是第一次译本了。

最后，译者所根据以翻译的原文是 Garnier 书局出版的夏都伯利安全集本；最近《法国大学丛书》中有《阿达拉》与《雷仪》合刊本，著名研究夏都伯利安的批评家 Chinard 特为校订与撰序，译者曾取以参考。这是《阿达拉》与《雷仪》的批导本子的影子，正式的批导本子想不久可以出来。《阿邦色拉基末代王孙的艳遇》则有 Champion 书局出版的批导本子，为译者所根据，且多取资处。

至于研究夏都伯利安的批评书籍甚多，难以悉举；兹将重要而常见者引之如下：

Sainte Beuve：*Chateaubriand et son groupe littéraire.*

Villemain：*M.de Chateaubriand.*

Faguet：*Dix-neuvième siècle.*

Lemaitre：*Chateaubriand.*

Lescure：*Chateaubriand.*

Bédier：*Etudes critiques.*

Bédier：*Nouuelles études.*

Chinare：*L'Exotisme américan dans l'œuvre de Chateaubriand.*

Noreau：*Chateaubriand.*

Giraud：*Chateaubriand，études littéraires.*

Giraud：*Origines de Génie de Christianisme.*

（这书正在出版，作者是现在专门研究夏都伯利安的人。）

Rouff：*La Vie de Chateaubriand.*

关于夏都伯利安的著作版本，以 Garnier 书局的全集为最善，但全集中无《坟外回忆录》，《回忆录》亦以 Garnier 书局本为佳。《通信》则正在出版，由 Champion 书局印行，这个书局又发行许多关于夏都伯利安的著作，如他的夫人的《回忆录》及他的仆人的《日录》等。

（附记）《心战情变曲》的原名为《夏都伯利安三种》，后应出版者之要求而改的。夏都伯利安在《阿达拉》序文中，说他的主意在描写人心之冲突与感情之多变；而这三种的题材正不外此，以心战情变一词概括，似不至过度违背原作的大意。虽然心战情变一词有些特别，也只索罢了。又直至最近我方从友人处晓得，《阿邦色拉基末代王孙的艳遇》曾经施蛰存君翻译。是则我所译的三种都是重复翻译的了。

——录自中华书局 1935 年初版

《心战情变曲》夏都伯利安传
（曾觉之）

一九二七年夏秋之交，避暑布列丹省，浴海大西洋滨：于时景物萧索，忧郁横空，既雾失之阳迷，更风号而浪走，除濛天绿水，赤地硗石外，便是渔舟古屋，顽童健妇，零落散置，闲懒游走而已。人称布列丹浪漫思想之泉源，盖以地瘠滨海，民族特异，富冒险独立精神，饶神奇怪美想象，表现于外，自然不同，今日亲临，始信不虚。我此行非仅在健身避嚣，主要目的是欲乘此机会一游夏都伯利安（Vicomte François-René de Chateaubriand，1768—1848）的故乡：盖自两年来，浸淫于他的著作，薰习于他的艺术，心犹未餍，非凭吊他生长地，不足以澈快我向往之情。所以我当旅行之终，经布列丹省会练尼而游康堡，《雷仪》一书的舞台，亦即作者消磨他幼年生活的所在；后至圣马罗，这是夏都伯利安的生身地与长眠处。

我到圣马罗时，正值高秋天气，暴风吹澈，使人知是秋分之前后；我选一家傍海岸的旅馆住下。我房面西，窗临大海，突入海中的岩石历历在望，我晓得夏都伯利安的坟便在其中的一石上了。我趁太阳未入海，暝色尚距远时，急从捷径瞻仰这座久欲一见的坟。横过沙滩，逾越岩石，我至突出最前的石端，坟现在我的面前。

坟很简单，在挺立巉岩的峭壁上，人工砌成的寻丈方地，坚实黝黑的铁栅栏保护着一块方形坟石，如普通常见之处。坟石上不特绝无装饰，即照例的坟中人的姓名，生卒年月日亦没有，没有一个字，没有一点表示，似不愿为人知而有意泯没于遗忘中者。但一副石作的大十字架矗立其上，人晓得这是有意义的，因为这有异于寻常；而彻日夜的坟下的潮声，常在望的坟前的海景，我无需以这边的寂寞孤独与那边的汹涌浩瀚相比，谓有似于人类在大自然中的命运。至少至少，这是夏都伯利安的命运，我鹄立坟前片时，我恍然悟得这坟不单明白概括的表现了坟中人的生平，思想，品性，而且这是夏都伯利安的一种最瑰美的创作，苟人能善逆其意，则知他对于他的坟的惨淡经营，一如他对于他的著述的苦心造作。

我说这坟是坟中人的创作，因为地点的选择，坟的构造与点缀等，都由坟中人尚在世时规定，他为什么这样？或由于好创作的习性，为自己的喜悦，或由于爱荣名的心理。特留此以炫异；这都不必论。总之，夏都伯利安是一位艺术家，创作者，他自造他的命运，他美化他的生活，他要全始全终的表现他的艺术精神，施展他的创作力量，直至于身后的坟墓为止，固无足怪。他借这坟表现了他的一切，又可以说他凝聚他的一切于这坟，使后人一看而晓得他是怎样的人物。因为他是海的爱人，海是他的情女，所以他要长眠于他生身地的海边；因他迷恋新大陆，从新大陆带得一位全新的女诗神，为他艺术的不尽资源，所以他要坟向着西方，时刻听着同时滚打新大陆的潮声；因为他是基督徒，他是拥护基督教而以复兴基督教为己任的人，在基督教，人是上帝的臣仆，无需将个人姓氏留于世间，所以他不要在坟上有装饰文字，所以他只要一副大十字架矗立于坟上。夏都伯利安的艺术思想，精神生活，便尽于此。

　　更游目四瞩，凝神一想，则这坟的意指仍别有在：对这巍然突入海中的孤兀岩石，看无边波浪不停的滚滚冲来，潮水片片戳石而飞溅为泡沫；秋冬暴风雨的吹打，春夏烈阳光的烤炙，岩石顽然拒抗，蒙鬵黑的表色，似无睹此而十分熟习者。间遇良时佳日，有海鸟飞过，偶然憩息，带来从无人知的远方新闻，或将翻身望神秘之国去，故来相告。又当夜静潮平，天淡云稀，幽娴素月，姗姗来临，似含羞而微笑，若无言而问讯，无限深情，特来慰岩石的最深邃的午夜岑寂。人说岩石何知徒然想象，殊不知石以人灵，坟中人早就将这些情景收罗在他的胸中了。因为夏都伯利安是茫茫人海中的孤傲岩石；他的生平性格可以孤独寂寞，倨傲自尊两项说尽，而暴风雨与烈阳光，奇海鸟与美明月，都是他在世数十年中的遭际写照，则他特选这海边的岩石为他的长眠地，又岂能比拟于无心而泛泛者！全是他个人的造作！

　　我又想到他的毕生大著《坟外回忆录》，夏都伯利安以他的在人世为在坟外，而自居为坟中人，则他对于坟的重视可知，则他必以坟为他所有一切的重要表现可知。我徘徊久久，初时颇觉这种对于坟的重视，这种处处求表现自己的精神，与我的谦虚不求知的态度不合；及我再次来到这坟前，经过了回想，我明白的懂得了坟中人的意指。这是艺术精神驱策他为此。所谓艺术，推至极端，是反于自然而结果又合于自然的人工造作；所谓艺术家，真正的艺术家，是使无形为有形，易混乱以理致，化浑沦为划一，给质料以某种法式的人们：艺术家不单创造作品，而且创作生活。艺术家的生活殆为艺术家最得意的创造，凡他的一言一动都是惨淡经营的，如造句用字，设色着笔然；是则安排自己的生活，计画自己的一切，乃艺术家的必然性质了。持此以论大艺术家的夏都伯利安，则他对于坟的预计乃他的分内事；我洞晓这层，我不禁有感，欢喜之余，试为一述他的生平，借伸积愊。

　　一千七百六十八年九月四日，夏都伯利安生于法国北方著名的海

军港，圣马罗市的一座颇有荒凉意态的房屋中，时值高秋，暴风吼号
于海上，而距海非遥，户外之飕飕，竟掩室内之呱呱，他的母亲遂于
此惨郁之际苦他以生。他排行第十，前面的九个小孩四个生来即死，
余五个，一是男，四为女。他家世贵族，颇著战绩，受封为伯爵；及
他的曾祖祖父，家道中落，封地不守，移居于圣马罗。他的父亲不耐
这种景象，决计远走，求财富于他方，初为军人，以勇敢称，继随
侨民至印度，辛苦积聚，腰缠累累而回故乡，乃购康堡故第，重整门
户；同时结婚，育子女，度他贵族的生活。我们由此晓得夏都伯利安
的父亲是历艰苦而意志坚强的尊傲的人，而他的母亲亦颇有才思，虔
信上帝而不十分注意于家事与子女教育；盖子女多不能尽心，而习俗
又重长子，所以夏都伯利安出世不久即交乳母抚育，远开家园。

　　照他说的，这是他的第一次放逐。因此而他的爱情最初寄托在乳
母身上，而乳母对他的好意亦值得他的这种情谊。除乳母外，留心他
的是比他大两岁的姊姊露茜尔；他姊姊的情形与他相同，都因前面有
长姊长兄，不大为父母所爱惜，无形中两人乃成为相怜的同病者。七
岁，母亲带他至外婆家，初次与宗教的庄严仪式接触，使他很感动，
植他对于宗教的虔敬之根基。又于外婆家听到一位失恋的姑太太的怨
歌，在他的锐敏感觉中第一次起人生多艰的感想，而知人事之易失望
而不可恃。父亲对于他的教育颇放任，让他闲散，他遂与邻居小孩日嬉
游于海边沙滩，为种种的游戏。他这时即显示他坚强桀骜的性情，爱体
面荣誉的脾气：一次与群儿厮打著名，被称为小骑士，他傲然自得；又
一次耳朵被石掷破，血流满面而不承痛苦，顽固的忍耐着。这种放任的
教育虽对于他的知识方面过于忽略，但大有造于他个性的构成。

　　他的母亲觉到放任之非计，乃与父亲商议，决定送他入学堂；同
时他的父亲亦不乐住圣马罗，全家趁此迁居康堡。这座中世纪的贵邸
表示传来的庄严而忧郁的气象，置身其中，不觉古昔尊贵情形之恢
复，所以当夏都伯利安全家入居时，虽以他对父亲的枯涩严厉多有不

满，这时则全不同了，他的父亲变为慈祥可爱的人，使他感动。在此住十多天，他便给先生带到学堂中，自然初时不惯，但不久亦熟习了。他天赋的聪明即刻显现，压倒同侪；对于数学有特长，尤有缘于文字，拉丁诗人为他所深嗜。他的记忆力更惊人的，不单能默记全本诗文，即数目表与毫无意义的篇章他亦能一字不漏的背出来。他受同学的赞美，得师长的喜欢，而他的知识情感亦因此时读书而辟开，使他思想上起一种变化，善恶情智的冲突，天堂地狱的争斗，常使他彻夜不眠，熬煎他的身心。所以，当他的第一次圣餐礼而说他的忏悔时，他锐敏的感觉与热烈的想象使他对于宗教起一种神圣的恐怖，表示稀有的虔诚。至他的品性可于下一事看出。一天先生领学生们出去郊外散步，见中途树上有鹊巢，适先生在前，他们欲得鹊巢而无人敢去，夏都伯利安自告奋勇，巢既取得而先生回来，他急从树上跃下，卵破湿衣，为先生所看出，责他，谓回校将加他以严惩。他毫不在意，游戏依然。还校，先生要加他鞭刑，他不肯，跪求先生，谓不能受这种没体面的责罚；但先生不顾，他见恳求无效，忽跃起，猛跌先生一脚，避身匿床后，与先生抗拒。两人正在争持中，他口念一句拉丁文的诗，意是求先生饶恕，先生为之失笑，终于饶恕了他，而他亦极表他感激之情。

他的三位姊姊于此时结了婚，各随丈夫去，家庭顿觉寂寞。他要继续他的学业，到省城练尼进学校；初从乡间至都会，在他自觉新鲜，别一天地。他于此找得他的儿时伴侣，认识新的同学，有几位在后来是著名的人物。他于此一样的才力轶出群侪，功课总不输人，但顽皮好玩亦甚有名，且相结以戏弄学校监察人。从这个学校出来，他既是十六七岁的青年，脑中充满纷乱的思想，对于人事社会虽没有清晰的观念，但感到的无穷的希望展在前面。他要到海军港去受海军的试验，这是他的父母的希望，他于是至布列斯港等候。这是法国海边最西的重要海港，当时重要的海船都由此出发；他时至码头瞭望，见风帆海鸟隐没于惊涛骇浪间，想象燃炽，为之神往不置，思一探海外的神奇。似乎他要以海上事业终身了；可是一天早晨，他不告诉何人，也不先通知家庭，离开海港，突然的回康堡来。海上生活使他喜欢，不过他要自由的不受人管理，他哪里能做一个为人下的水手，所以他决然舍弃。他以为父亲一定要责骂他，但仅仅摇头讥笑而已；至母亲，虽埋怨而实高兴，姊姊则十分喜欢他回来了。

父母叫他再去读书，学希伯来文，不过学校生活太苦，他不久又回家住。他的父亲想在政治上活动，多不在家，他的母亲希望他出家为僧侣，让他回想后决定，因此他得在家久居。他在康堡的生活甚形寂寞，三姊既嫁，长兄在巴黎，只父母姊姊和他四人；普通父亲是不说话的，父亲在前，静默无声，父亲走后，三人方敢说话。他独睡在一高阁中，父亲故意以此磨练他的胆力，每风号鸟叫时，使他起无限的奇思梦想。这时的他是童年既毕的春期中的青年了，感情遂乘时而发展。似乎一切在他都感染了一种特殊色调，而他亦殊需要某种神秘不可知的事物。他爱打猎，实际则凡可以宣泄他的热情的都为他所喜欢。他需要有人在前，需要将自己的心情向人散说，及有人能听他，懂得他；他的姊姊露茜尔遂为他的唯一安慰者，两人间成一种特殊的友谊。因为他姊姊的情形正与他的相似。露茜尔是文学史上稀有的女天才，虽以命薄而少创作，但在夏都伯利安的著作中留下不少的痕迹，即夏都伯利安之有意为文人，亦由她所鼓激。她的心情与她的弟弟相似；全是情感的，梦想的，年方十七即悲青春之消逝，则她的感觉与想象之非常可知。所以他们两心契合，不言而喻，他们时同散步于草场上，树林中，或注视飞掠燕子，或倾听瑟瑟芦苇，一花一叶，都为他们抒发情绪之资；即因此，在某一次的散步中他的姊姊对他说："你应该描写这些。"这句话使他瞥见了诗神，似一阵天风的吹来，激励他为文人之思想。他们同写诗，或吟古人诗句以表情；而他的感情亦因此而激增。他于是感到爱情之烦闷；以他想象之热烈，觉得情爱乃人间无上的麻福。但怎样满足他的想象呢？他是怕羞的，他是连自己亦莫明其妙的，他不能求诸于事实，他只好结想于心头了；他于是竭自己的能力造出一位无比的天仙来，以圆满自己的好梦。他做这梦有两年之久，实际上，他的一生都梦着这位他幻想中的天人。

因为天性，因为环境，他早就感到满覆人生的忧郁；秋天是他所特爱的节候，因为秋天的悲凉景色正暗合于他的这种情怀。在他以为这样濛雾的天空，这飕劲的暴风，使人凝集于内，回想人世之神秘不可测，而焦黄叶落，成熟就死，秋令殆最足发人深省。他的这时想象更为丰富，感情更为激越；梦幻的烦扰，性爱的煎熬，几使他废寝忘餐，有若疯魔！且有一次尝试自杀，幸未如愿，他的狂乱可知。而单独散步，或一人闲居，他的精神全在于他的幻影，镜花水月，追求何已！身体因而不支，他于是大病月余，几于危殆；将痊愈时，他的母亲问他将来的志愿，是否愿出家为僧侣。他因不为海军，言将出家，实则他在迟延时日，故当母亲问他时，他直言他的信仰不充，不能出家。父亲责备母亲纵容他，使他如此任情不决，后乃决定送他到东印度群岛，为冒险的事业。他候着船开，过了两个月，他正在圣马罗寻旧迹，忽然父亲来信叫他回康堡。到家的明天，父亲对他说他的哥哥替他谋得一个军中职位，要他即刻去供职上进，父亲给他钱为不时之需，同时让他要为善人，无辱姓字，和他亲吻，送他出门。他很感动，辞别母姊，离家上道。

他先至练尼，由一位亲戚的介绍，得一位女太太为伴，伴他到巴黎，这是他第一次独自与一陌生女人相对，使他很为难。到了巴黎，进了旅馆，他不知所措，巴黎的繁华气象使他惊异，而城市人的态度令他处处感到不安；幸他的哥哥和表兄来找他，带他至他的三姊郁利处，他方不觉到独在异乡之苦。郁利适因病来巴黎就医，她是美貌多才的，嫁为伯爵夫人，与一班的文人学士相往来，有名于巴黎。他因此认识了一些人，尤其是他的表兄带他至一位美貌的太太家，使他很留恋。不久有人带他至剑伯莱，这是他所属的军队的驻扎地，他即易服为军人。军人的生活除一定的训练外，便在咖啡酒店寻消遣，他亦时有所遇；不过一天家报忽来，他的父亲既长辞人世。他虽因怕他的父亲而时起反感，但噩耗传来，他为之痛哭，觉父亲的慈爱之不可再得；他告假回家奔丧，同时与家人团聚，议后事。照习惯，家产全由长兄一人承袭，他们都要走开；他至大姊处暂住，四姊则跟三姊至巴黎。在大姊家住不久，他的哥哥给他信，要他来巴黎，觐见路易十六，作进身之阶；但他怕去，大姊劝他，他于是又到巴黎。因他爱孤寂的脾气，在巴黎少与人往来，他的哥哥亦不勉强他，好在他正热心学希腊文，以翻译为消遣。同时或听戏，或游行，颇占了他的一部分时间。终于觐见之期到了；他被领至凡尔赛宫，由引见人在国王面前报了名，国王很喜欢的看看他，他便走开。他的哥哥要他留在凡尔赛，可是他怕这种庄严仪式及与人家周旋，他遄还巴黎；数日后他又要陪国王出猎，这倒投他所好，较觐见时从容得多。自后他又在巴黎了；人问他为什么不留在国王边，他答以这非他的素习，不如写爱情诗载在杂志上为好玩。

他随军队的调动而往驻各地，经过故乡，偕两位姊姊来巴黎。他的哥哥于这时结了婚，嫂子是当时政治家，卢骚的好友与保护者马列塞比（Malesherbes）的外孙女；他因此得与这位老人相亲炙，谈各种学问，而因此引起他往美洲探险，求发现新道路之心。他又认识许多文人，诗人，画家，他虽不受他们的影响，可是他看出他们的错处来。一方面他的见闻日渐开广，他渐渐的了然于时代社会；别一方面他仍是梦想他的天人，而且更加了一种城市的华美色调，既没有如前的天真自然。可是这时法国的政局既急转直下，久久酝酿的革命有一触即发之势：历史上著名的一七八九年来到，巴黎民众暴动，外省亦骚然不宁；政府不善处置，遂致民众于七月十四攻破巴士的狱。夏都伯利安时在巴黎，目睹革命狂潮之掀起，知此后大难之无已；他看见后来革命中的著名人物，如米拉布（Mirabeau），罗伯斯比（Robespierre）诸人。经这事件后，路易十六回巴黎，国民会议组成，似可以暂时苟安，这都为他所亲见。他的哥哥留心于他的将来，要他受骑士的仪式，他回家看母亲，母亲决定迁居圣马罗，他又看见外省的扰乱情形。他觉得时局日非，巴黎不可久居，同时要实现他的冒险计画，往美洲去；他与马列塞比商量，决定航海出发。但以他的喜欢热闹，为什么能决然舍去正有十分的热闹看的巴黎呢？大抵他在巴黎颇荒唐放纵，与一般纨绔子游，致经济上困难，有不能不走之势；这层他没有说，但从新近的研究以证实。他要走了，他往见马列塞比，这位老人很鼓励他，且有若非年老将偕他同行之言，他遂离开巴黎，至故乡港口候船。

航海去新大陆，这是多么使他的想象高兴的事！他于一七九一年四月初出发，同行有十余人，以传教士为多，船行三个月方抵新大陆。在海上的三个月，据同行者的记载，夏都伯利安是喜玩耍，爱说笑的，他施展他的惑人才能，使船中人都喜欢他与赞美他。他在荡莽无边，只见天水的海洋中，感到十分的愉快；有一次他执意要下海洗浴，但水一着身即手足无所措，水手快把他扶起，方免溺毙。人问他海水的滋味怎样，他答，自后他便晓得怎样浴海了。他偏要和教士们为难，时与他们讨论宗教问题，陈述他的怀疑论调，而且劝诱一位新从新教转入旧教的英国青年从他，一同探险去。总之，他以狡狯的精神，显示他的智能，使人又恨又爱。到了新大陆，他独自驰突于山野中，一观所谓原始的大自然；继至非列德尔非亚，凭吊美国独立的新战场，他又得人的介绍信，往访华盛顿，与这位自由而战的英雄谈话。自后他便雇了带路人，往各处游历，直至尼亚加拉瀑布边，欣赏这稀有的奇景。夏都伯利安的美洲旅行最受近来批评家的指摘，谓他的记载全是子虚；实际上，他留美洲不过五个月，决不能走这许多地方，凡他所未到的所在，他则以前人的记载补入，而加以安排。这层现既可以视为定谳。本来他是一位大诗人，梦想者，他来美洲的目的虽说有两：一想描写自然人，一想发现新道路；实则只有一个，即来找诗的材料。是则他所写的真实与否，无关紧要，只要能愉悦我们便了；这是他的大贡献，谁不晓得夏都伯利安自美洲回来迎得一位新的诗神与得到一把新的诗琴呢？所以他在新大陆游了五个月后，自己亦觉有些厌烦，寻新路的计画既经忘记，而原始的大自然又看到了，这时候不回去又何待呢。一晚他在旅店中偶尔读报，晓得路易十六出走为革命军所捕，他以贵族，须保护国王，应为王室牺牲，他乃乘船回法国。

　　海风顺利了他的归程，他在故乡上岸，看他的母亲；一家团聚时，即谈到他的婚姻，尤其是他的姊姊，希望他快结婚。适有拉勿尼小姐，颇有资产，而经他姊姊的撮合，不久便定婚；这婚姻为女家伯叔所反对，夏都伯利安颇性急，勉强草草完姻，几引起冲突。成婚不久，便重到巴黎：这时革命的风潮既高涨，一班贵族僧侣多岌岌自危，逃往外国。他看见了马列塞比，畅谈美洲之游，谓拟有计画，将再去续成；他目击一般政党的钩心斗角，晓得将有大祸来临，他的目的本在服务王室，见事难可为，同时又因马列塞比的劝告，他乃和他的哥哥假装酒商，逃往比国京城。当时流亡的贵族多聚居于比京，这些人依然故态，豪华快乐，夏都伯利安对之傲然，与同志投入保王军。时保王军联合普鲁士与奥大利军队攻法国边地，以勤王救路易十六为名，但军心涣散，攻城久不破，终被击败解散。夏都伯利安腿受弹伤，兼生痘疮，烧热困顿于村落间，不得饮食者数日；他强自扶持，欲寻路回比京，卒以委靡力弱，僵卧草间。幸有保王败军经过，看他尚有气息，乃载之同行，他以得休息及食物，渐觉体力恢复。他从军时，除军用必需品外，带《荷马史诗》及《阿达拉》原稿，遇有空时，即坐草地上念读或改削；而九死一生，此书与此稿总紧藏在身边，重视等于生命，艺术家重视自己作品之情跃然如见。至比京，他遇见他的哥哥，正要回巴黎去，他的哥哥给他费用，劝他回家乡。但以各处防范保王军甚严，他乃至一与故乡相近的海岛，通知家人，他遂于此将养身体，约两月之久，终觉故国不可留，他乃由此起身乘船至英国。

英国当时是反法国的革命的，伦敦遂为一般法国流亡贵族之所聚；英政府且资助他们，他们有种种的组织，俨然是一个小法国。夏都伯利安虽和他们有往来，但以他的傲兀性格，亦殊自外。他资用不充，不过他要自食其力，不愿乞丐于人，但他的病复发，医生谓他只有数月的生命，他倒不在意，依然如平时。他喜欢至大公园散步，游览坟场，看过去人物的石像，有一次竟忘记出门，被关在坟场中过一夜。他这时的好友为他的同乡印康，两人常在一起，后来两人钱都用尽，竟无法得一饱，或以纸渍水细嚼解饥，或以走过面包房，望闻面包以自足；有天印康竟以剪刀刺胸自杀，幸得救。适夏都伯利安有亲戚在伦敦，偶然晤及，得有资助，他们生活又得暂时维持。但终日坐食，不能长久，而做事又非易，结果床头又看金尽；同时他受时局的影响，心中起著述之想，他遂立意写一本关于革命的书。他乘空时到图书馆翻阅书籍，他是十分用功的，随看随录，对于他的学识增益不少。不过生活问题紧逼而来；正是无法可想时，据他的自述，是有一位乡人介绍他到一书铺翻译拉丁文的东西，及校勘书籍等文字工作，他因此得糊口。实际上，这是假的，他以面子的关系，他不愿说实话；他此时离开伦敦，到一个乡村里教法文。一位法国子爵在乡下教书！在当时是奇怪的，所以他隐住不说。因为他到乡间来，他认识埃夫斯一家，这是一位好饮酒而有学问的牧师，与夫人及一女同住；频相往来，便如一家。不久他移住牧师家里，常相讲论；埃夫斯女士尤亲热，时来问字及同出散步，无意中各倾吐心情，积久遂成爱慕。埃夫斯夫妇晓得女儿的意指，于一晚上，老母亲自向夏都伯利安提姻事，他非常感动，以已婚为辞。然他因此而要离开此地，重回伦敦。

埃夫斯女士虽未成婚媾，但这位女士的情影长留在他的心中，可以说
这是他一生最纯粹真挚的恋爱，后来在他的作品中时时流露出来。

　　他回伦敦来立即想到要将《革命论》写成，这本书的材料既有，
只待作者来安排了；而出版者亦既找得。他不顾一切的烦恼，他要这
本书与世人相见，遂终日工作；他是能继续写十四五小时而不离开
书桌的，所以这本书不久便写成。书于一七九七年七月出版，题为：
《革命论》，实际则以古今各国的政治革命拿来与这次的法国革命相比
较，为立论的大旨。这是一本二十六七岁的青年所写的书，即作者要
以凡自己的见闻，学问，思想，一切一切都在这本书中表现的时期，
所以这本书是杂乱而无所不包的；有些表示作者的精思妙想，有些又
表示他的稚嫩可笑。在思想理论上，这书没有多大的兴趣，在文字笔
墨上，则许多地方是预告将来的大艺术家夏都伯利安。尤其是这书为
我们指出作者这时的心情，因为他在书中无时不说他的"我"；即因
这一点，《革命论》对于我们有特殊兴趣的缘故。书中大意是谓法国
的这次革命，从历史上看，并不是完全新鲜的事件，相类的事件，在
历史上早既发生了；原书分两部分：第一部作者论古代希腊，埃及，
波斯等国的革命，而与法国的这次革命作平行的比较，证明革命自古
即有，毫不足异。第二部作者写斯巴达，西西利的革命，简洁叙述基
督教的历史及近代文明以至十八世纪，说明革命的非出无因。这书的
理据与说明我们无须加以注意，我们特当留心于作者暴露他内在心情
的地方，如中间有一章，题为：《给不幸者》，完全是写他自己在伦敦
时的痛苦生活，显出一种对人生的忧郁心情。又有写美洲自然的景物
之迷人的，则表示他对于自然的恋爱，与对于社会的厌恶。总之，这
时的夏都伯利安完全是十八世纪思想的儿，尤其是受卢骚的影响最
深，虽没有公然反对基督教，但是怀疑不信的，悲观失望的，觉人群
社会之腐败而以自然之美为足安慰的；所以这本书的全体腔调是抒情
的，像抒情诗一般。而读这书的最应留意的更在这点，因为可由此得

到一点作者的内在心灵。

　　自然《革命论》不能引起多数人的注意，因为这是作者的第一本著作；而且书中的思想亦不合各党派的气味，成功有不能如他之所期。可是亦有因此而器重他；这时诗人方丹尼（Fontanes）适在伦敦，他们本见过，在异地重见，自有一翻兴致。方丹尼与夏都伯利安的友谊是法国文学史上的一段佳话：他是古典派诗人的最后之一代表，论理不能理解新文学，可是他最先认识为将来新文学首领的夏都伯利安，不单认识而已，且更加以奖励帮助，这不能不算是一种奇遇了。方丹尼看到他的《革命论》，甚为高兴，两人时谈论到文艺上的问题，无形中他晓得文字的艺术应为怎样；对于所谓真正的典型艺术他因此有了悟解了。在伦敦他过这种困苦的生活，但在隔一海的巴黎，革命潮达最高点，路易十六被处死刑，法国变为恐怖时代，他的哥嫂，马列塞比一家，亦因为王室辩护而全上了断头台，这新闻他在报纸上看得。在故乡的母姊妻室，也以贵族出身，全体为囚，他无可奈何，只能凭空遥想而已。但物极必反，人民渐厌烦一班革命者的激烈手段，大家渴望和平，拿破仑将军便于此时崭露头角，收拾残局，为和平之预告。方丹尼得友人的进言，被召回法国，而与夏都伯利安相别时，答应必设法使他来巴黎，作如常的团聚。归途中，方丹尼有信给他，中有一句谓：将来是属于你，这可见他对于夏都伯利安的重视，而这句话亦遂说中了。他于是等待方丹尼的消息，一有信来，他便回法国去。然而，佳音未报，凶讯先来，人转来他的三姊的信，说他们的母亲因狱中生活的痛苦，出狱不久便病殁，临死时总以他为念，尤其是读到他的《革命论》，对于他的怀疑不信上帝的态度甚为痛苦，希望他改正。同时写这封信的姊姊，因当时交通的不方便，亦已于他未得读信前长辞人世，他经这两重丧事，痛哭愧悔，决意改过，有以慰母姊之灵于地下。他于是立意写一本拥护基督教的书，一方面在驳斥《革命论》的错误，别一方面则在阐明教义，启人信心。

他日夜的工作，写成付印；适于这时得到方丹尼的信，要他回法国，他将付印的稿子收回，因为他想到六七年未见的祖国，也许有新的材料供给他，这书应于巴黎出版。他因名字未脱流人之籍，他假做一商人的护照，乘船到法国。七八年前是一个酒商，从巴黎逃去，使他受了六七年的痛苦艰难的生活；现在又是一个商人，走入巴黎，可是这要领他入光荣之路了。夏都伯利安的第一期生活于是完毕：他孵化破壳于圣马罗与康堡，认识自己的天才于美洲，酝酿成熟，确立固定于伦敦，而今要开花结果于巴黎；他的第二期的光荣生活于是开始。

夏都伯利安于一八○○年到巴黎，经过大革命的破坏的首都自然与当年不同，尤其是宗教的建筑，少有不受伤损的，人情风俗的变化亦触动他的心目，晓得这是另外一个法兰西了。他即往见方丹尼，方丹尼替他介绍一班朋友，尤其是精细的游北尔（Joubert），转而认识布蒙夫人（Mme de Beaumont）；他住在一间中常的房子里，终日写作他的拥护基督教的书，外此则往布蒙夫人家，与一班好友谈论。布蒙夫人是贵族女子，几死于革命，体多病，即因受刺激之故，她本与游北尔交好，继认识夏都伯利安，遂成为情好，至死为止。她极力奖助夏都伯利安，为他找材料，抄写稿子，斟酌字句等；同时方丹尼又介绍他与拿破仑的兄弟姊妹认识，借作进身之阶。不一年，即一八○一年，他先将《基督教义精华》中的一段故事，借以证明其中的理论的，《阿达拉》单行出版。即刻他的声名闻于全国，而批评，注解，欣赏，攻击的文字，散见于报章，夏都伯利安遂变为社会中谈论的资料。这本小书的成功的惊人，一如其中内容的新鲜的惊人，尤其是青年与女人，无不热烈的赞美这书。而有识者亦看出崭新的文学曙光亮起来了；作者是有异于从前的文人，曾经过新大陆来，带来了一位新诗神，文字的新鲜有如书中人物的新鲜。当时人士正渴望一种能满足他们的新需要的文学，而《阿达拉》适出现，所以如疯如狂，为文学史上稀有的例子。作者感到光荣之来临，乃努力于《基督教义精华》的写作，以为时机不可失，这部必更能深入时人的心坎，得到更大的收获。自然他因此而为一班人所注意，他的交际无形中扩大，欲一见颜色者非常之多；布蒙夫人乃和他暂离巴黎，避暑乡间，他专心的写《基督教义精华》一书。他的夫人不久亦来巴黎，他的四姊露茜尔同到，约有十年的别离了。露茜尔于数年前结婚，年余即寡，故来巴黎，与他道别后事。他有意为他的姊姊撮合，使与自己的一位友人为姻好，但这位天才而薄命的女子不愿，因为她的精神此时已起变化了。一八〇二年，《基督教义精华》出版，作者一跃为唯一的最受国人欢迎的作家，这书销行之广，少有足以伦比，使人难以相信。固然这书有特殊的创见，能引摄读者，但亦恰际时会，方得此少有的成功。因这时的人心经过大革命的狂潮后，忽然感到宗教的需要，而拿破仑亦因策略的关系，利用此人心，与教皇订立条约，重开教堂之门，使人得自由信仰。恰好拿破仑下令全国准许教堂再开之日，正是夏都伯利安的《基督教义精华》出版之时，这种巧合，并非偶然，《基督教义精华》遂若为家传户诵之书。我们且一看这书的大意。

十九世纪以前的作家，以古代希腊，罗马的文艺为唯一的典型，忽略轻视中世纪的文学美术；在他们以为文艺在希腊文明的卵翼下方得发展，至基督教则仅我们行为信仰的规范，与文艺没有什么关系。至十八世纪的一班作家，乃简直称基督教为野蛮，中世纪为黑暗，不单不能助长文艺，而且从而阻塞之，基督教受人攻击，这是其中的一个原因。夏都伯利安以此为莫大的错误，欲翻此成案，乃写这书。在导言中他说，基督教在世界上的一切宗教中是最诗意的，最人性的，最顺利自由，文学，美术的发展的，现代的一切都因基督教而有，从农业以至最抽象的学问，从孤儿院与养老院以至最华伟的大建筑，无一非出自基督教。他将他的大著分为四部分，每一部分有六卷：第一部述基督教相传的信条与主要的教义，第二部与第三部论基督教的诗学即论基督教与诗歌，文学及美术的关系。这是最重要的两部分，第四部是基督的仪式，凡教中的外形仪式，持修戒律，都包括在内。中间杂以作者个人的经历，在美洲的旅行所得，遂使这本大著为一部新奇的书；尤其是在文字方面，作者以迷人的神韵，眩目的描写，是图画，是音乐的笔墨，使读者浑忘于无限的姿媚中。我们不能将这部大著加以详细的分析，但我们必需一论其要旨与其影响所在。从宗教家与神学家的眼光来看，《基督教义精华》一书多不合于正统教义，而从思想上看，夏都伯利安亦不是十分高深的有系统组织的哲学家；正如大批评家圣钵夫（Sainte-Beuve）说的，夏都伯利安的基督教是诗的与情感的基督教。夏都伯利安对于基督教的信仰是否真实的问题，我们不能加以讨论；我们只能说他的基督教有异于前人，这因时代使然。凡一种教义的进展必先为严格的实践奉行，继则加以理性的讨论，暂表怀疑，后经理性的破坏，中情悔恨，明知其不可复而心独向往，所谓诗的与情感的宗教即如此。且当大革命后的人们，谁能纤悉的恪守一切的戒律呢？只有对于宗教的情感，既足以使人心满意了；而《基督教义精华》一书正提起这一点，作者的最重要的意思亦在于指出基督教与文艺的关系，有如在导言中说。可是这书的最大影响力便因于此，尤其是对于文艺上的影响，可以说，怕没有十九世纪的哪一部著作能与这书相比的了。法国文学史上有两次绝大的改革运动：第一次是十六世纪中期的七星诗人的改革运动，排斥中世纪的琐屑文艺，复兴希腊、罗马的典型艺术；第二次是十九世纪初期的浪漫派的运动，反抗古典文艺的专横，使中世纪的本国艺术重现天日。《基督教义精华》便是后一种运动的霹雳雷；自此以后，没有人不谈中世纪文学，没有人不称赞高特的美术，凡为前人所弃置的物事，而今都抬头了。文艺的领域不知开扩了多少；从前的文艺界有如波平如镜的湖，现在则为万顷风涛，汹涌澎湃，茫无涯际的海洋了。试看十九世纪的法国作家，有哪一个不受《基督教义精华》的影响！可以说，十九世纪的法国文学由这部书产出，而夏都伯利安所以被称为浪漫文学的父亲，亦全因于这部大著，则这部书的影响力量可知！

《基督教义精华》一书销行非常之广，不单继续重印，而且外省有私自翻版者，他因此而旅行南方，查究奸商。继往西，沿海绕故乡而回巴黎。不久认识寇斯定夫人（Mme de Custine）为他感情生活中的一个倩影；而他与当时唯一著名的女作家斯泰爱夫人的争论亦殊有名，这他在《阿达拉》序文中说及。这时他生活中的重要事件便是与拿破仑相见晤谈了。他与拿破仑同年生，同在军队中为军官而不相识，拿破仑既以军功显赫一世，他尚湮没无闻，以他高傲的心情，所含的酸楚可知。所以当他从英国回来时，他说这一句话：他（拿破仑）以刀剑建立了他的帝国，我当以笔墨创造我的领土；拿破仑的事业使他迷醉，而常求与之颉颃。及《基督教义精华》出版，拿破仑颇重视作者，一天在他的兄弟的沙龙中，他便直接与夏都伯利安说话，加以称赞。且任夏都伯利安为驻罗马大使馆的头等书记。拿破仑虽不看重文人，但亦颇愿有文人在自己的保护下，而夏都伯利安因种种关系，亦遂不迟疑的接受任命，预备到罗马去。意大利的风景美术，名胜古迹，一切都足以迷摄他，而他写给方丹尼的一封信，描写他初到这阳光之国的印象，大为后来游意大利的作者所取法。他到了罗马，就他的职务，可是他即发现大使的脾气与自己不对：本来像他这样的人，只能独当一面，在人下是不能的。同时他以为罗马教皇一方面应以他拥护基督教而尊宠他，实际不然，一般教主们多不谈他的著作；他晓得罗马非他可久居的了。时布蒙夫人病甚，来意大利就养，夏都伯利安去接她；燕子虽既飞来，但是恹恹一息，他伴她出游，观览宏伟的古迹，冀使她的病体获痊，他虽倾囊为他的情人求医解闷，不过病既入骨，无法回生，布蒙夫人终于在罗马长逝。他甚悲痛，经管她的丧葬，不单竭自己所有的金钱，而且借贷立一纪念像于她的坟上。他这时急欲离开罗马，适政府以他才可用，命他为华莱共和国的大使，他遂回巴黎，重与友人相见。这是一八〇四年二月。

　　夏都伯利安正预备赴任，办理各种手续，与政府要人会见等；忽一夜听到安关公爵（Duc d'Enghien）被枪毙的消息，他懂得他不能在拿破仑政府中服务了。他对于拿破仑是赞美的，他常欲在这位英雄手下施展自己的才能；不过他是最重名誉的，安关公爵的无辜被杀，使他不能不与拿破仑分裂。本来这事在拿破仑是一件大错，因此而使多人失望。夏都伯利安连夜草辞呈，谓不能赴公使之任；他自后便与拿破仑作对了。但这时的他有什么可为呢？他于是往外省游历，处处受本地人士的欢迎，游亚尔伯斯山的最高峰白山，他不感到兴趣，他觉得山不及海的迷人。即在他的旅行中，他的姊姊露茜尔病殁于巴黎，而当他晓得噩耗赶回巴黎时，不单无从晓得她怎样病死，有无遗物，而且她葬在何处，经他辛勤的搜索，亦竟不能确知。因她精神异常，避入修道院，孤独寂寞，只有一侍者，而这侍者亦已跟主人去，所以她埋骨何地亦不能知也；多才女子结局之惨，如露茜尔的殊少有。夏都伯利安既不能在政治上活动，只好仍然从事于文学作品了；他于一八〇五年将《基督教义精华》中的两篇故事，《阿达拉》与《雷仪》提出，合刊出版，另外加一篇短序。《雷仪》是描写时代病的作者的自白，篇幅虽短，影响甚大，而文字之美，有如好诗，殆为夏都伯利安的最完全的作品。他这时想到他要写的是什么，他是拥护基督教与复兴基督教的。他写了《基督教义精华》，但这是理论的陈述，欲证明他理论的确实，必须另有一部书，即他要在历史上找出一个例子来，说明基督教是与文艺有密切的关系。历史上的例子找到了；但要加以描写，非亲身找到这些地方一看不可。同时，因他是拥护基督教的，往拜圣地，往游埃及，希腊等名胜，亦甚必须；他遂于一八〇六年七月至意大利，乘船到东方。

　　关于这次的旅行，他有专书记载，而他的同行家人亦有日录，两相比较，大致相同。他们先到希腊，继入小亚细亚，拜耶教圣地耶路撒冷，继至埃及，沿海游迦泰基古国遗迹，渡海之西班牙，游格雷那，转马德里，回法国。此行所费时日不过七八个月，在当时实在太少。而夏都伯利安所以如此急急的，完全因诺霭伊夫人（Mme de Noailles）约在西班牙等候他。《阿邦色拉基末代王孙的艳遇》便为写他们两人的情事而做，而两人的关系的热烈，从这篇小说可以窥见一二。回来巴黎，不久在他新近购得的一家报纸发表一篇文章，涉及安关公爵被杀事，颇肆讥评；拿破仑看到，立即下令报纸停刊，本欲羁禁作者，以不为过甚，仅限他离开巴黎，不得在首都居住。他买了离巴黎数十里狼谷中的一座房子，加以修饰，成为精美别墅，作蛰居计画。他即于此时写他的《阿邦色拉基末代王孙的艳遇》及久在心中用以证明他的理论的《殉道者》。同时他虽远离巴黎，但一班来访的友人非常之多，以他的豪华气概，他时设盛会款待贵客。而他的好友，方丹尼，游北尔，最常来此，他将《殉道者》的稿子念给大家听，求大家的批评改正：方丹尼时为他指点，游北尔亦常加劝言。他在文字上是很听友人的批评的，每经一次改削，即多得人的称赏，这种谦冲的态度实在是难得，尤其是在骄傲的他。《殉道者》即于这种严厉的情形下写成，要拿去印刷了，可是这时政府对于出版的检查非常严厉，几经波折，至一八〇九年春，这书方得出现于人世。

《殉道者》是一篇散文的史诗，分为二十四章，这种史诗是十分难见好的，夏都伯利安虽没有很成功，但在法国文学上，这是比较可读的史诗了。作者的主旨在取一历史上的例子，证明他在《基督教义精华》中的理论，他遂取三世纪末的罗马作他史诗的背景。书中关于各地方风景的描写甚多，希腊，耶路撒冷，罗马，古代法兰西等处：其中主要的人物有二，一男，一女，男是在信奉基督教的家庭，女则为荷马祭司的后裔。这是希腊文明与基督教文明的两个代表；男女偶然相遇便相爱慕，虽两人的信仰不同，但相形之下，女子终愿舍弃自己的信仰而委身男子。这是两种文明融合的表征。这位男子曾游罗马，生活放纵，继至高尔省，即今之法国，与法兰克人战争，有功于国家，后以事辞职，乃回故乡希腊，与这位女子相遇。当时基督教尚未为罗马国教，时受限制，教徒且被屠杀，即偶然开禁，亦完全以当时执政者的意旨为转移。严禁信教的时期又来了，而这位男子以种种关系命定为殉道者，借以显扬基督教义的，乃挺身赴罗马；为基督教辩护；但运气既定，无可转移，他乃决以身殉道。同时女子闻知爱人要为殉道者，亦即受洗为基督徒，乘船来罗马，欲于同日共爱人死于刑场。行刑期至，群众正围广场观饿狮之搏噬囚人，女子突向前抱持她的爱人，双双死于饿狮的爪牙之下，而空中天使乃接引他们而去。代表希腊文明的女子既与代表基督文明的男子配合，她历代相传的诗琴遂永为基督教所有，即希腊的文学艺术完全混融化合在基督教中了。这是《殉道者》一书的大意。《殉道者》一书虽没有《基督教义精华》一书的影响之大，但文字之精美和谐则过之；而这书的影响并不在作者想象以证明他的理论的一点；却在于它的描写地方彩色的文字上。它的描写是十分真实生动的，使人看来，恍如置身当年，亲见历史上人物的动作一般。浪漫派的历史癖，地方彩色狂，这书实有以启之，而后来一派历史家即多因读这书而成为历史家者，这便是《殉道者》独到的成功处。又书中所述，虽为历史事实，但语句多有映射，拿破仑政府加以检查，要作者更改，自非无因，夏都伯利安固时刻不忘他的敌人者！

　　一八一一年出版《巴黎至耶路撒冷行程游记》，销售之多，使人惊异。他自己说，这一年是很顺利的，因为他的游记得到很大的成功，他被举为法兰西学院的会员，他的《基督教义精华》受奖。这书是他的旅行日记，写于《殉道者》之前；书中皆他在旅行中的见闻描写，文字的宏丽，后来游东方而写游记的，殆无有人能超出，而永为典型。书共分七部分：一为希腊本部，二为希腊海岛及君士但丁堡，三为死海沿岸各地，四、五为耶路撒冷，六为埃及，七为非洲北部及回至法国。这时拿破仑既达全胜将衰时代；夏都伯利安虽不活动，但拿破仑还想用他，他的书受奖，及被举为法兰西学院会员，都是秉承拿破仑的意旨而为。进法兰西学院是荣誉的事；凡新被举的会员初入院时必有一篇演说词，他将演说词写好，因中间多暗指攻击之词，经审查而不能用，拿破仑且亲加以涂削，他的进院期由是停止延期。而他对于拿破仑自后便没有接近的机会了；本来他亦看出，他要为政治上的活动，非与拿破仑作对，他不能出人头地。他此刻已觉到活动机会之将临，拿破仑连年穷兵，壮丁死亡，国内人心不安，国外乘隙而动，崩溃之势既兆，反对党亦暗中活动甚力。夏都伯利安既倦于文学创作，要改变自己的生活，他在《殉道者》的结尾，有一段告别诗神的文字，这就是表示他自后要脱离文学的生活，为政治的生活了。表面上他在拿破仑失败后方走上政治舞台，实际上，自一八○九年后，他即预备为新的活动了。他的重要文学作品都既写成，以后的写作都关于政治的，即有例外，但于他的文学地位，毫无增加，他的文学生活可以说既终止，自后是他的第三期生活，政治生活了。这期的生活从一八一四年起至一八三○年止。

但在叙述他的政治生活以前，我们当一说他从前写成，以后刊行的几种著作。第一部分是《美洲游记》。这是他游美洲的见闻录，书中所写的地方有许多是作者未曾到的，作者根据前人的著述而酌量采入。有一部分描写美洲的动植物，殆亦多是书本中的获得，少为作者所亲见。又有一《无年月日的日记》插在其中，这是《游记》中的最好文字，表示作者的思想感情，反对人群社会，恋爱原始生活与自然风景，可以看到他完全是卢骚的学生。这部游记出版于一八二七年，距写成的时期有三十六七年了，也许在文字上曾加以修改，但大体上与原来一般，无甚更动。第二部是《纳舍兹人》。这是他理想中的自然人的纪事诗，写成于流寓伦敦时，归国时未带得，留在房主人家，过了二十余年后，他的友人花了许多时间方把这书的稿子找出来，他略加整理，将其放在一八二六年出版的他的全集中。原稿有两部分，前一部分完全取纪事诗的形式，一以希腊罗马古代的史诗为法，后一部取小说的形式，如通常小说一般的叙事。书中是述十八世纪初年法国人屠杀美洲纳舍兹国土人事。书中事实颇复杂；开始述有一位法国人名雷仪的，因讨厌欧洲社会生活，跑至美洲为自然人的生活，认一土人夹克达斯为假父，各述生平的经历，为《阿达拉》与《雷仪》两书的张本。夹克达斯为雷仪述他从前游法国的见闻，颇占篇幅。雷仪在纳舍兹娶妻生女，服从土人的一切风俗习惯，不过他仍是不能快乐，十分忧郁。适纳舍兹国人以不满法国的压逼，谋抵抗，尽杀法国侨民，而雷仪因有情敌，被指为内奸，先被杀；继发难，攻法国侨民，法国援兵至，遂尽杀纳舍兹人据有他们的土地。因为作者在写自然纪事诗，所以他要找到一种历史上的著闻事件来做题目；不过这于现在的读者没有多大兴趣。但从研究夏都伯利安的眼光来看，这书是很重要的；我们不单于此看到少年夏都伯利安的思想情感，而且他的艺术的进展亦于此显示给我们。全书的语气情调，可以说，是卢骚，的诅咒人群社会，赞祝原始自然生活，都从卢骚得来。但外此他又暴露了他的一部最深秘的心灵，书中有一封雷仪给他的妻的信，研究所谓时代病的，读《雷仪》，不如读这信的明显。除以上两部早年作品外，他又写了一篇小说，在一八〇七年写好，直至一八二六年方发表，这是《阿邦色拉基末代王孙的艳遇》。这是一本带些东方意味，骑士风流的历史小说，背景在西班牙，从前摩尔王国的都城格雷那；事实虽简单，但有浓烈的诗的情趣。文字或者有一点过火，不如《殉道者》和谐平称，但迷人神魂的姿媚并不减少，因为无论在他的哪一种著作，他都放下他的无比的艺术。我们要于述完他的文学生活后，述他的政治生活了。

大抵古今中外的文人都差不多，每当他们的文学生涯达最高点时，即有空言无补，不如见诸行事之深切著明之感；于是乃舍弃笔墨，为实行家，投身于政治生活中。这层在浪漫派文人，当过渡扰乱时代，更可以看得出来：浪漫派文人以先知先觉自任，负有改造社会的重大责任，他们都自信为伟大的政治家，立法者；而当过渡扰乱时代，人皆有尝试身手，施展才能的机会，见猎心喜，满充华美想象的文人，自更急于要献身于政治舞台上了。夏都伯利安是浪漫文学之祖宗，同时又值国家扰攘多事之秋，他必于相当时期从事政治，早为我们所料及。实际上，夏都伯利安的文学生活完毕于《殉道者》的写成，最后与诗神的告别词，便是表示他自后生活之改变。不过他和拿破仑作对，苟拿破仑一日在位，他便无活动之可能，所以当这数年间，他只能自寻消遣，静待时机。同时他与一班反政府的旧日贵族往来，因这时拿破仑的政治渐不为人所满，反对方面的势力渐就膨胀，暗中颇形活动，夏都伯利安即于此时写成他的一本著名的小册子，题为《邦纳伯与波尔旁》的，但未曾印刷，只手稿传观，为一班人所竞读。亦于此时他认识斗拉斯公爵夫人（Mme de Dauras），夫人少年时经大革命的祸难而出走外国，聪慧有文才，曾著小说数种，风行一时，她对于夏都伯利安是很赞美的，很能了解他的品性与才干，而于他的政治生活上有很大的帮助，所以两人情谊有如手足，以兄妹相称。夏都伯利安因心情上的自然趋势，环境上的必然推移，及加以朋友的奖激，他此时乃日在筹画将来应怎样的设施，怎样的发展。

一八一二年冬，远征俄国之大军的败耗传来，一班识者晓得拿破仑帝国之将崩溃，法国政治将有绝大的变动；不久各国联军侵入法国，拿破仑虽竭力防御，但大势所趋，终于无能挽回末运，一八一四年春，联军入巴黎，拿破仑退位，法国旧时的一班贵族谋恢复王室，重振从前的纪纲，夏都伯利安为其中首领之一。他于一八一三年冬即移居巴黎，要将他的小册子《邦纳伯与波尔旁》刊行；一八一四年三月，这书出版，销流之广，少有前例。这本小册子并非历史纪实之书，乃政争攻击敌人之利器；书中大意谓拿破仑非真正的伟大人物，在国内则残暴专制，剥夺人民自由，吮吸人民脂膏，而以成就个人的野心欲望为目的，在国外则举措乖方，不顾信义，至引起各国的愤怨，法国孤立无援，为众矢之的，酿成目前的大祸。这些理由是片面的，但以他的雄辩笔墨，恣肆文才，正足以鼓舞当时的人心，群起而谋反动。一方面，书中陈述拿破仑的罪状，别方面，他描绘旧日王室的宽厚仁慈，为国为民，使人民晓然知所去就，定所从违。所以小册子一出，拿破仑在行宫读之，懂得自己既棋输一着，似乎命运决定；但以他的明白深识，他对于攻击他的敌人，不能不加以赞叹。而一班保王党人，自然更重视这本小册子，觉这是王室复兴的前驱信号，人心当因此而景附，路易十八称之为贤于十万大兵，在当时并非过誉之言。夏都伯利安挟这本小册子以进政治舞台，其气魄之显赫光耀，一如他当年带《阿达拉》入文艺之宫一样，预告他将在政治上占重要的地位，他或能成某种的使命，如在文学界一般。这是他的绝大野心。

　　也许是人生有自然的限制，文人不能同时兼为政治家，也许是命运有一定，不让人理想完全实现，夏都伯利安一与当时的国王重臣接触，即觉到自己于此不能大有所为。以他的独立倨傲性格，以他的浪漫骑士态度，他自信为当时唯一的政治家，对于同时人未免过于忽略，结果遂为一班人所不喜。本来路易十八在国外颇久，阅历颇深，怀疑爱讽，轻理论而重事实，不赞成夏都伯利安的主张，所以他虽晓得夏都伯利安的功绩，终于不能用。而从当时的情形上看，也许路易十八的政策可以通行，而夏都伯利安的主张过于理论，必引起多数的反感。不过初次的复辟不久即归消灭，一班王党正在巴黎大肆报复，重做好梦之时，拿破仑复出的消息即至，人民重归拿破仑而舍弃路易十八，一班王党又不得不向外国跑。夏都伯利安在这次的短命政府毫无所得，最后以友人的努力，仅得为无关重要的瑞典公使；他晓得这是人家要他走开的意思，所以他并不忙，慢整行装，行装未毕而政府既倒，他亦不得不离开巴黎，随路易十八出走。当时王室暂住于比利时北部，拿破仑与联军决胜负于不远的滑铁卢，路易十八特召夏都伯利安在行营办事，因为胜负未决，而待理之事多端，不能不倚庇有影响力量的人。滑铁卢之战，拿破仑又失败，被逼而不得已又宣告退位，路易十八复入巴黎：是第二次复辟政府。在第二次的复辟政府中，夏都伯利安本有得一重要职位的机会，终以他的性格，他的主张，不能与时人相容，他又只得罢手。他是主张摒弃一班模棱两可的政客，而重用有风骨的旧时王党，路易十八不听；所以当路易十八任命了这班人后，夏都伯利安面对路易十八说："我觉得王政完了。"路易十八答道："我亦同你一样的觉得。"这可见他们两人间的歧异。我们不是想于此为历史的判断：夏都伯利安的政治主张是否有当，我们不管；事实是他在政治的活动中，本来是他希望成立的政府，结果他乃不能不与之相反。

这时的法国政治变为立宪君主了，这是一种重要的改变，人民心理亦因经过大革命与拿破仑政府而与从前不同；路易十八再度入巴黎后，即为国会的召集，实施宪政。夏都伯利安本可被选举为议员，但政府命他为上院贵族议员，他开始为议员的生活。他在国会中的演说和他的品性一样，表示一种内在的矛盾，即他随时是徘徊于他的热烈感情与他的中和理性之间，时为严格的论调，时为自由的主张。同时他写一本论宪政的书，题为：《按照宪章的君主政体》，这书在他的政治生活中很重要；书分两部分，第一部是理论，阐明宪政的道理，及政府各机关的权利义务，第二部是历史批评，将复辟以来政府的错误加以指摘。在这书的后面，他加上一篇附录，猛烈不客气的攻击当时的执政人物，这书被禁止，后由国会干涉，方准发行。但作者因此被政府除名，再无津贴，而他自后遂决然的为反政府党的首领之一。他主办一家报馆，名为《保守者》，时为文章攻击时政，伺隙以推翻政府。此时他以无国家津贴，经济困难，他乃尽卖他的藏书，只留《荷马史诗》。他在巴黎郊外的别墅他亦将其拍卖，终以无人能出高价，只得减价出售。这些困难他是不怕的，而且这完全是由他自己所造成，他毫不悔恨，他不能因些微的痛苦而屈抑自己的人格。

不管他在《保守者》发表攻击时政的文字，最著名的如：论言论自由，论选举制度，论政治当注意于道德精神，不应专讲物质利害等，不管他以十分的雄辩与讥讽，不管他与反对党的中坚分子结合，他不能动摇当时的执政者，路易十八的宠臣得嘉斯（Decazes）。而忽来一意外的机会，没有这机会，反对党虽怎样的强有力，恐亦无能达到他们的目的：王族伯理公爵（Duc de Berry）被刺死于歌舞院前，一时人情愤激，群归咎于执政者；夏都伯利安即发表一篇十分激烈的文字，同时又有各方面的助力，德嘉斯于是不能不去。继德嘉斯而执政的为律歇楼（Richelieu）。拉拢反对党，有三数反对党同时入阁为大臣，但仍没有夏都伯利安的分，他的性格实在过于使人惧怕，而深为路易十八所不喜，他于是又不能如愿。最后以友人的努力，尤其借列嘉米哀夫人（Mme de Récamier）的力量，任命他为驻柏林的大使，他晓得这是暂时的，政府不久有变，他且出国以待时机。他与列嘉米哀夫人认识很早，但甚泛泛，一八一七年在斯达爱夫人（Mme de Staël）的病榻前再见，两人都觉有一种势力互相摄引，渐成莫逆，终为水乳。自此以后，十九世纪之花，绝代美人列嘉米哀夫人遂为他晚年的伴侣，直至死方把他们分开。又他亲临她病榻的斯达爱夫人，与他同为十九世初年的法国大作家，两人的主张虽微有不同，且因此而起笔战，但不久便相认识而相尊敬。斯达爱夫人亦为拿破仑所不喜，流离于国外，直至王室复兴后方回法国；一八一七年，她于朋友环绕中殁于巴黎。在《坟外回忆录》中，夏都伯利安有颇详的追记。

夏都伯利安于是到柏林去赴任，但带着即要回巴黎来的急不可耐的心情，他以为政府不久便要召他回国。他在柏林不过数月，据他的自述，生活甚寂寞无味；实际上，他以法国大使及著名作家的两重资格，引起当时普鲁士王国的一般社会的赞美与尊敬，他于此有不少的往来交际。不久，他得到他的老朋友方丹尼病重与辞世的消息。这使他感到十分的悲戚；方丹尼是他早年患难中的忠实朋友，接引他入文学界而使他闻名于世的知己；虽然在政治上各人的主张微有不同，因而相见较稀，不过私人的交情仍是很厚，尤其是在夏都伯利安，方丹尼是他的文学生活的唯一知己呢。所以，当他接到这个凶信时，他整整的哭了两日；也许是真的，据他自己的自述，他视友谊较重于爱情，因为他没有哭爱人如这次哭友人之甚。同时，因这件丧事而引他重写他的《回忆录》，一个知心友人的死亡，有如割去他本身的一部分，他觉得须将过去的纪念赶快的写出来。他的《回忆录》开始写于一八一一年左右，有四年多没有动笔了，稿子是常在身边的，今日听到老朋友逝世而继续的写，他实在十分的有感于中，故尔重新执笔。方丹尼是深认识他的，不单懂得他在文学界的价值地位，而且当他从事政治生涯时，方丹尼亦说过这句预言："我等待他为大臣，但并非为他本人而这样希望。他在政治上可做些值得人纪念的事体，不过不久他便要倒下。"到柏林的四个月，他回巴黎。写伯理公爵的传，虽有些过于理想化，但亦为一时人所竞读。律歇楼的政府渐不稳，夏都伯利安的友人退出内阁，律歇楼本人亦厌于政治而辞职，夏都伯利安极力的活动，希望自己的政策得以实现。经他多方活动的结果，他看见自己的主张竟将实行，而纯粹王党的内阁终于在组织中。不过路易十八虽然采取他的政策，但忘不了他从前在报纸上攻击政府的过于尖刻的言论，不让他本人去施行，所以政权分配的结果，他又落空被摒。但这次为报酬他的劳绩，内阁命他为当时第一重要的驻英大使。他不得外交部长，则得这次要的地位亦可解嘲，而路易十八也很高兴他远开。

这一年，一八二一年是旷世怪杰拿破仑辞世于非洲荒岛圣希连尼的一年，我们上面曾述夏都伯利安与拿破仑的关系，于此当一述其究竟。夏都伯利安是十分赞美拿破仑的，他们的品性本来有相似处，不过由一种命定的法则，他们不能不相反对。可以说，夏都伯利安的政治生活，及一部分的文学生活，都由反对拿破仑的情感所引起，在骨子里，夏都伯利安常为拿破的显赫武功与神奇荣誉所眩耀迷醉；他的反对拿破仑，实不过是赞美歆羡的一种方式而已。他在他的《坟外回忆录》中，记载拿破仑的占全书六分之一，即可见他对这位英雄的心折。尤其是当王室复辟后，他看见路易十八与一班朝臣的琐屑无远志，国势凌夷，比诸拿破仑时代的光焰万丈，使他为不胜今昔之感；而无意中他遂对于自己的敌人拿破仑发赞美之辞。所以当一八一八年，他在《保守者》报上发表一篇文章，中有一句谓，万一拿破仑逃出至美国，仅他对海洋的一顾，足使旧世界扰动而有余，而当他个人立在大西洋的别一岸边时，则这一边便须有重兵的驻防。这种威震一世的人王的气势，在他的笔下写来，更觉有声有色，而定然有人将这篇文章传到荒岛中，拿破仑于他的最后谈话中曾论及夏都伯利安，谓他天生带来有神圣的火光，谓他的文字是预言者的文字，非平常的文人可比，谓他若得执政，法国必将强大有力。这当然使夏都伯利安高兴，忘记当年的仇恨。而后来法国政府将拿破仑的尸体移葬巴黎残废军人养老院时，夏都伯利安犹健在，以为这样的一位英雄的坟墓应在潮声日夜，波涛汹涌的荒岛中；放在人烟稠密，钩心斗角的巴黎，实为不称：故有拿破仑肉体在巴黎，而精神在圣希连尼之言。这就是他们两人的最后关系。

现在他到英国去赴大使的任。伦敦！这个地名在他心中引起多少的记念！二十多年前，他在伦敦不过一无名的亡人，而今呢，著名而又大使了，他将作何感想？他晓得他到伦敦必受欢迎，而当他抵英国海港时，比起从前有多少的差异！一切的荣耀仪式，一切的酬酢宴会，处处都给他以比照，使他起人生何常之感。而尤有两事，在他更不胜今昔之感。一件是伦敦文人救济会的招请，要他捐款，周济贫苦的文人；慷慨的他，当然不吝啬解囊。而遥想当年，他亦是这类待救助的文人之一，今日所捐的款，不是当年足济自己的穷乏的吗？过面包房门而大嚼，纸渍清水以解饥，景象历历犹在眼前！又一件是与萨顿夫人的会晤。一天他在大使馆，忽报有一位夫人要见他，他在会客室等待，相见方知，原来是当年为穷教师时的情侣埃夫斯女士。女士与萨顿将军结婚，生数子而寡，闻夏都伯利安的名字，忆起当年情事，特来相见，一在话旧，又一则请大使注意自己的儿子，使得有职位。这次会晤在他是多少的动情，在他引起多少甜蜜的记念！时间虽能白人头发，老人容颜，但终无力消灭人心中的情爱记念；两人相见，未免慨叹今昔之殊异，而想念从前，则固依然而未改也。在后，萨顿夫人又见他于巴黎，时他适为外交部长，正忙于政务，款待有些匆忙；后见夫人之子，谓他的母亲病甚，不久辞人世，这一段因缘遂而终结。

伦敦是当时欧洲政治的中心，而国际间的纠纷大都取决于此，各国的使臣都于此逞他们的手腕，窥觇外交上的重大事件。夏都伯利安尤其是负有特殊使命，要将法国在国际间的地位增高，同时又要使英国人士对于法国必须特别重视。是时适西班牙革命，驱逐王室，有扰乱欧洲大局之势，全欧政治家拟开会于意大利之维郎尼，谋共同干涉以解决这危机。但会议不过形式，最要是在会议之前，伦敦外交界的暗中活动；夏都伯利安晓得时机不可错过，自己显示身手的时期已到，虽以个人心情的变化无常，但他极端留心这事，为种种巧妙的活动。经他各方面的运动，他觉到他主张有实现的希望，他乃力求政府命他为这次会议的代表。他写信托友人，势非求得不可，他焦灼的等待政府命令到来。终于委任状到了，他为三代表之一，即往意大利开会，他的欢喜可知。他丁是离伦敦，赴意大利会议；这会主要在讨论西班牙事件，即各国应怎样处理这事件。当时各国提议共同干涉，而法国政府，尤其是夏都伯利安，以为这事与法国有密切关系，须让法国单独处理，各国无须过问。正在开会时，法国内政发生变化，卫列尔（Villèle），夏都伯利安的同党友人，为内阁大臣，而出席会议的外交部长因所持政策与政府意见不合，乃不得不辞职。卫列尔请夏都伯利安为外交部长，这是他多年所想望的，他初时以种种关系而拒绝，终于接受，而对西班牙事件遂急转直下。他预先与各国有相当的谅解，他即请政府出兵，与西班牙宣战，这是他政治生活的最得意的一件事，他称为这是他的战争。外交上的胜利得到，军事上的胜利续来，法军不久即平定西班牙乱事，复兴王室，结果殊出人的意料之外。由现在的眼光来看，这种拥护王权，压逼自由的举动是不对的，不过在当时，这次战事实为必须。一则在巩固各国的王权，尤其是法国的，使得相安无事，再则在法国，这次胜利将英国对西班牙的影响力缩小，伸张自己的势力。有这两层理由，西班牙的战争乃为国内外人士所赞许，而成功之速，尤使人惊异。这不特主动者夏都伯利安自觉荣耀，即旁人亦以处置的敏捷而不能不赞美。他此时遂为一世视线之所集。

　　方丹尼的预言不幸而中了；他刚实现了些他的主张，他似乎到了他政治生活的全盛时期，他要倒了。他对于此次战争未免过于居功，而他历来的态度又骄傲使人难堪，各国君王多以勋位赠他，遂未免引起同僚的不平；同时又与卫列尔的主张有相左处，路易十八乃将他免职。这使他十分怀恨，他即刻列入于反政府党中，反对他从前的友人，报章上时时看见他攻击政府的文字。卫列尔很晓得免他职的危险，不过情势所逼，不得不然；而这枝笔，曾已推翻两次内阁的，现内阁亦必为所颠覆，这层卫列尔很明白，而且曾对人说过。不过夏都伯利安因攻击他所怨恨的执政者，无意中便损伤了他所建立的王室，正统的君主政体在他的文字中暴露种种的弱点，失人民的信仰，而终于崩溃不可收拾。这非他预料所及，这亦非他所愿望；但他的生性是这样的，桀傲自尊，矛盾无常，不得志于此，便须取偿之于彼，或政府用他，否则他反对政府。有人谓他在政治上永远是与现政府相反的，这在他似乎是一种快乐，常要与现前的势力作对。实际上，他的人格是很复杂的，即他自己亦晓得，他说："我因名誉而为波尔旁王室党徒，因理性与信仰而为君主党，因气味与性格而为民主党。"他从热烈的纯粹王党渐渐走至为他所反对的民主党；而十余年的政治生活使他懂得时代既经不同，自后的世界是民主的而非君主的了。他这次下野便与一班民主党人相结，且与一切反政府党人相结，为倒阁运动。不久，路易十八辞世，继位的为查尔第十。当查尔第十即位之时，本有拉拢夏都伯利安之心，终以势成僵局，他不能与卫列尔再合，他乃安居巴黎，静待时机。

　　他这时候的生活分配在他夫人设立的教士养老院与列嘉米哀夫人的家里。养老院完全为残废孤苦的教士而设，是夏都伯利安夫人生平的重要事业，他亦时加资助与指导。下午他则到列嘉米哀夫人的沙龙里，受当时文人智识界的尊礼，因为夫人在此接待一切的有名人物，唯一目的在崇拜夏都伯利安，而使他的声誉增高。他是这个沙龙的主人，来客皆听着他，且以得见他为荣；他有时候于此读他的近作，那更了不得，震动全巴黎，视若重大事件。正如当时的人说的，他是当时智识界的老"沙善"。除了这种光荣的生活外，他时为文论时事；而这时希腊独立运动的风潮正掀起一班人士注意的时候，尤其是在文学智识界，摆伦且亲从军而病死。夏都伯利安是十分爱希腊而希望看见希望脱土耳其羁绊而独立的人，时为文以鼓吹国人，要扶助希腊。同时他以经济关系，与书铺订约，出版他的全集，他须写许多序文，手定原稿，这又花了他不少的时候。即于这时，他与夫人失和，夫人出走，他追来，夫人受劝气平，两人同时到瑞士过冬，而他的全集第一册即于一八二六年出版。他本希望他的全集可解决他的经济困难，但事实相反，他又只得回巴黎来，住在邻养老院的一家屋子里。不久卫列尔内阁辞职，他希望再度为外交部长，但人终以他脾气太坏，另用他人，而其他各部又非他所愿；最后人请他为驻罗马大使，罗马这地名颇足迷摄他，他要再去看他所爱的古城，他接受了。他此时得到斗拉斯公爵夫人逝世的消息，夫人在他的政治生活上是有很大助力的，他的成功虽不一定全由夫人，但大部分是夫人的力量，在善意与智慧上，夫人实不愧为他的异性姐妹，而他闻噩耗时的痛伤亦可想而知，真如丧亲姐妹一般。

他同他的夫人一齐到罗马，因为他的夫人早就希望看这座有名的古城。他在罗马时为古迹的寻访，与一班考古学者往来，且为过去的诗人，书画家修坟或造纪念像。这种生活在他亦殊优游自得，大有终老是乡之意，而忽然一件意外事来临。教皇于这一年，一八二九年二月逝世，罗马召集各处主教为新教皇的选举。这是使夏都伯利安十分高兴的事；他做过不少的事情，看过不少的人物，但他还没有预闻教皇的选举，这在他是一件憾事，而今又得补填了！他于是施展他的外交手腕，要新教皇是接近于法国的人物；而他在大使馆设盛大宴会以迎接一班主教们，其繁华富丽之惊人，竟使他高筑债台，几于不能付偿！选举事完毕，算是他得胜利而可以说他造出一位教皇来了，他即请假回国。他到法国矿泉处休养，即于此他见到从前神秘而今明白的女子 l'occitanienne；这是他最后的，但是理想的爱；这位年轻女子时已定婚，夏都伯利安对她有如父执。后十余年，两夫妇特到巴黎去看他，他犹对她说他当年的热情，谓长是爱她云。在假期中，他忽然听到内阁更迭的消息，而为大臣的乃是他所不喜的波利纳克（Polignac），他遄返巴黎，辞罗马大使职，退归私宅。他又归于反政府党的旗帜下，时为文攻击政府；同时列嘉米哀夫人的家，有名的 abbaye-aux-Bois，比从前更为热闹起来，一班文人学士都现身其中，以一见盖世天才与绝代美人的颜色为荣。他在此真是有如不冠之王了。

一八三○年六月，他与列嘉米哀夫人到海边休养，但巴黎政局这时既起变化。当时政府以在非洲北部军事的胜利，对于国内各派从事压逼，下种种与宪法相违的命令，人心甚为愤激，群以推倒政府为快。尤其是在王族之支派，奥列盎公爵（Duc d'Orléans）有乘机夺取王位之心，而他的党徒亦众多而有力，他又善能迎合民心，大势遂明白有所属。不过执政客昧然无知，本有可以转圜的，结果乃至于暴动革命，巴黎重现内争的军戎，局面急转而不可收拾。夏都伯利安遄返巴黎，但既迟了；当他经过皇宫前，一班学生以他拥护言论自由，阐明宪章精义，群向之呼万岁，直拥他至上议院。而当他要学生呼国王万岁时，竟无应声，这可见时人对王室的心理，所以他在上议院虽为很动听的演说，但没人听他，他是孤独者！他仍为种种的努力，希望能保存王族的正统嫡派，不过情势不许他，奥利盎公爵亦不能让到手的王位丢去，乃派人去运动他，说以利害，动以感情。那时他正在房中草文章攻击王室支派党人的不当，列嘉米哀夫人同来一贵妇人，询他对于时局的主张，他将自己的意思对她们说，谓将反对支派公爵承继大统。这位贵妇人说，这样便将波尔旁王族完全驱出于法国之外，因为嫡派既不得人心，旁支又为他们所反对，则势亦不能久，这岂不与他保护王室的初衷有违？他回想一下，他很觉得自己不欢喜嫡派的王族，不愿他们重为国王，但他因早既对王族宣誓服从，名誉体面攸关，他不能撤消自己的誓言而事王室之支派。他乃于上议院的大会中为他的严肃庄重的演说，他舍弃政治生涯的最后演说；他先说将来政治是为民主，不过现在尚非其时，最后谓他一生尽忠于王室，现当王室危机的时候而违背否认，那他不是最卑污无耻的人？他说完走下讲坛来，一切都完了，他辞去一切的头衔职位，他放弃一切公家津贴；他的政治生活从此结束，自后他的生活是完全个人一己，不问国家政治事件的生活。

夏都伯利安离开文学而从事于政治时，有与诗神的告别辞，而舍弃政治再执笔为著述事业时，有在国会中的最后演说，他的生活现在又到一新阶段。他以生活的必需，要再与文字为缘，所以这时期的著作是与从前的不同：一位阅历了世故而曾经磨练于现实的人，必然倾向于人事的考察，历史的研究。尤其是夏都伯利安，他对于历史有很深的兴趣，他的著作如：《革命论》《基督教义精华》《殉道者》等，都带有历史的研究。但他虽爱历史而加以深求，他尚未直接的为历史的著述；而当他完了他的文学著作时，他即想到写历史，《历史研究集》一书遂由此而出。这书开始于一八一二年间，时作时辍，这因他的政治活动，不容许他长时间继续。一八二六年，他拟定他的全集时，他要加入这书，现在既与政治绝缘，他乃将全部时间来写成这书，一八三一年，《历史研究集》遂见于他的全集中。这本书虽不能说是他的杰作，但亦是他的重要著述之一。书卷帙颇多；开始的导言序文，作者颇表出近代历史与从前的不同，时有新意，而对于当时的历史学说亦加以讨论。在他以为历史不是哲学，历史是图画，写历史的人应十分注意于时代与地方色彩的描述，即历史应复活当时当地的情景，给人以十分似真的影像。继则他为我们描叙古代罗马帝国的兴亡大势，共六篇，有精详的描写，使人如见当年。另外一部分是法国史的研究，旁涉十八世纪的情状，及英国革命等。总之，这书虽不是一本严整完密的历史，但其中甚多精妙的思想，美伟的文字，多为后来历史家所取法。同时他又写一本小册子述王朝复辟时的宪政的，亦是一种历史的记述。两书的成功虽不能如作者所预期，但无论如何，作者的才力并未因年老而衰减，则仍可于这书的文字中看出。

　　他每天的生活差不多一定，早上在家写文，下午三点则到列嘉米哀夫人家里，一直至夜。这时候列嘉米哀夫人的沙龙的来客与从前不同，有的已死去，有的乃远开，又有一班新文人诗人加入，如许峨（Victor Hugo），拉马丁（Lamartine）诸人；夏都伯利安仍为这沙龙之主，管领一切，他于此受时人的尊敬，觉平安无事之晚景现既来到。乃忽有一意外之事来扰乱他的安静。王族嫡派，将来的法王的母亲伯理公爵夫人，欲与一班党人起事，恢复王位，请夏都伯利安为秘密政府之一员。夏都伯利安很晓得这种举动的不能成功，他托人将他的意见贡献于公爵夫人，劝她慎重；而这人为政府所捕，夏都伯利安遂以嫌疑被拘十余天。先是巴黎大疫，人民死亡颇众，伯理公爵夫人捐万余佛郎，请夏都伯利安代救济人民；政府亦以此事为辞，同时起诉。但经检查后，理由不充分，他又恢复自由，这次他的拘禁是十分优待的，他住在警察长的家里，行动有如在家，他无聊，作诗消遣。不过他很生气，因为拿破仑都没有拘留过他呢！他的夫人最为担心，当他回家不久，适有亲戚助他金钱，他们乃暂时离开法国，往瑞士休息。他是喜欢游历的，或者这由于他的好动不安的心情使然，差不多有机会总要出外跑；他徘徊于丽芒湖边，追寻服尔德，斯达爱夫人，摆伦诸人的旧游地，起种种的感叹。不久他听到伯理公爵夫人起事无成而且被捕的消息，他即写信与当时的执政者，要求见公爵夫人。同时联络友人，要为夫人辩护，又预备一本小册子，专论夫人被捕事，冀引起一班民众的同情。这本小册子震动一时，作者几又因此而引起诉讼；实际上，书中的要旨是表示作者的政治思想既进于民主，对于王政为猛烈的抨击，这是得时人欢迎的缘故。最后他在狱中见到公爵夫人，夫人以前秘密与一意大利贵族结婚，现既有孕，消息传播，与她的地位甚形不利，她乃请夏都伯利安到废王查理第十处，替她说明，及求她不因此改变对王子的关系。夏都伯利安虽然疲倦，但这最后一次的正统王室的使命，他不能推却；一八三三年五月，他取道向匈牙利去。他见到他的老王，王太子，以及其他的王族，王族对待他很优渥，而他想及数百年相传的王室要客死于异地，为之泪下。至他所负的使命，为公爵夫人要求之事，因种种关系，未得圆满结果而回。这时伯理公爵夫人既出狱回意大利，她在意大利等夏都伯利安，要他伴她到匈牙利去见老王。他又最后一次来看他所恋爱的意大利，经许多的商议与通信，他又得老王的允许，可来朝见。不过他的主张仍不为王室所采用，他晓得久留无益，乃回法国，自后他与波尔旁王室便完全绝缘。

一八三四年在他算是重要的一年，因为他的《坟外回忆录》在列嘉米哀夫人的家里为第一次的念读。这在当时的文艺智识界是一件大事，并不是因为听者之众，是因这书的内容特别摄人。夏都伯利安很早即有写自己生活的意思，自一八一一年后，他殆无时不想这书，而时时动笔，要于自己辞世前写成。他不愿在生前发表这书，他要于死后数十年方能刊行；不过他以生活费无着，他的一班友人很为他担心，乃组织一个会，收买《坟外回忆录》的版权，借此他可维持他的生活。条件是这个会每年给他万二千佛郎的钱，直至他死，而书则于他死后即刊行，版权全归会有。因此这书为时人所十分注意；一听到要于作者死后方得见的，而今乃为念读，皆欲一知内容。同时以列嘉米哀夫人的小心宣传，使群众知这书的重要，所以入席听者虽不过十余人，但报纸上满是这书念读的消息。自然这种念读需数日的时间，而当念读完时，人将各报章上的批评文字集为一书，《坟外回忆录》一书遂于未出版前即为一班人所熟知。这在作者是一件大快事。后来这会以缺乏金钱，让一家报馆先发表这书，这是作者所十分不愿意的。所以他晚年常恨不能撤销契约，致这部大著如商品之随便转移人手；而且亦因此，这书初版时经人割裂，真价沉埋数十年，至新近方得如原来面目与世人相见，这书遂有定论。作者写这书，从开始至终结，直有三十年之久，文字上的增删修改，不知费了多少心血，在一八四〇年顷，重新阅读一次，用功之勤，使人惊叹。法国文人素以写回忆感想录著称，而能执笔为文之人，殆莫不有关于个人生平的记载。前以这种文学显名的，如孟德尼（Montaigne）的《随笔》，卢骚的《忏悔录》，最为人所艳称，《坟外回忆录》殆可与前二者鼎足而为三。《坟外回忆录》没有《随笔》的深渊思想，亦没有《忏悔录》的动人情绪，但汪洋恣意，皇华俊伟，魄力之雄浑与文章之奇丽，殆又为二者所不及。人谓这书是夏都伯利安个人的纪事史诗，从全体的结构与文字上论，诚非过誉：《坟外回忆录》为他的不朽之作，与法国文字同生命，殆无疑义。

虽然他晓得他的年纪已高，他的时间已过去，他的事业已完毕，他的主张不合于新时代，新时代的人物亦舍他而去，但他是很清楚远见的，他懂得新时代的来到，他兴趣于当时的新人物与新思想。他即远开从前的一班王党老政治家，他此时乃与一班新进的民主政治家接近；不过这时的他既不能为实行家，他只是一位同情的旁观者。这在他未免感到悲哀，老大的悲哀，但这是人生的命运，他乃时与一班少年相往来以自慰。他与少年民主党嘉列尔（Carrel）的友谊是为时人所晓得的，后嘉列尔与人决斗死。他亲临视疾，葬后又亲置鲜花于坟前，且使守坟人善加保护。对于他的乡人，主张改良基督教的拉梅乃（Lamennais）神父，他亦很加赞助，以为基督教应随时代而改进。他认得桑德夫人（Mme Sand），注意的读她的小说，她的主张女权，甚至为他所称许，觉得这种妇女的解放运动，是将来社会的必需条件。他又很注意当时社会主义者的种种运动；这些理想社会的建设的种种主张，他以敏明的眼光观察，而加以公正的讨论。他很明白过去事物的不可恢复，君主专制有其时代，时代过去，想求恢复，都为徒然。他确定将来社会必为民主，即必以基督教的慈善博爱精神为基础，所以他合将来社会的进步与基督教的进步为一，谓二者不可分离。这是他晚年的政治思想，亦可以说是他的预言；我们若比较他从前的主张其差异之大，其进化之速，实令人可惊。此固由于时代的急剧转变，但他个人性格的多方亦是其中的重大理由。

在政治上，他不能有所为而只能旁观，时代既避开他；在文学上亦然，新文学如春笋怒生，春草蓬勃，早已轶出他的范围之外。这时的新文学，浪漫文学的一班青年作家，虽然尊敬他，奉他为浪漫文学之祖，但这是远远的崇拜，实际上他们视他为前一辈人，全不受他的教训。观于以许峨为首领的浪漫文学运动的宣言与作品，可知在文学界亦换了一个局面，别有天地，非前一辈人所得预闻。这在《阿达拉》的作者自然又感到一种无可奈何的悲哀：人生真若是其无常！当时作开路先锋的人，而今乃为后进的一班人所不认！他以为他虽老，他对于文学毕竟有很深的认识；他以当时浪漫文人的极端称述英国文学，热烈崇拜莎士比亚，而他正于英国文学有深邃的研究，他即借这一方面以批评箴劝时人。他在英国作家中特别崇拜弥尔顿（Milton），他以为《失乐园》是近代成功的基督教的伟大史诗，他少年流落英国时，颇有意翻译，久而未就，现因一班少年谈英国文学使他将这部史诗翻为法文。在译文之前，他写一篇很长的导言，讨论英国文学的得失长短，同时即所以指摘一班青年文学家的过度主张。这篇导言分五段，从英国的初期文学讲起，一直至近代为止；第二段差不多是专论莎士比亚，作者于此攻击浪漫派的文人，谓他们实在不懂得，而且误解这位英国大诗人。作者承认莎士比亚的伟大天才，不过从艺术上论，莎士比亚有许多缺点，人们不应仿效；可是一班新文学家正是专摹拟这位大诗人的坏处，这就是可哀的地方。夏都伯利安在文学上和在政治上一样，他要反对他所赞成者，他要攻击他所主张者；他是浪漫文学的开基人，可是他指摘一班浪漫文人。同时他因许多人摹仿他的《雷仪》，他说他若可以消灭《雷仪》，他必将其消灭！怎样的矛盾！《失乐园》的译文是散文的直译，可以英法文对读；这种译法自有其好处，但像他这样的天才，拘拘于字句之间，未免于译文多有阻抑，反觉不美。不过他的《失乐园》译本在法文译本中是好的一种，现在仍为人所读。

他以《坟外回忆录》的出让得免于经济的压逼，且有一定的生活费用，他因此较有闲暇，时时出游。不过他尚有书未写，而《回忆录》亦须他最后的订定。一八三八年出《维朗尼会议》一书，这书的后面便继续着记述与西班牙的战事；维朗尼会议与西班牙战事是夏都伯利安的政治生活中的最大事件，他所以特别写书记载。这类的著作最难讨好，《维朗尼会议》一书算是此中的特出者，有人且谓为夏都伯利安关于政治文字的最好的一种，内容大致上面已略述，故不赘。他的最后一本书发表于一八四四年，这是《朗西传》(Vie de Rancé)；朗西是十七世纪的贵族，少年时豪华淫纵，继而忏悔，立志改过，乃出家为教士。经过苦修与勤功后，他居于拉杜拉比道院：道院当时甚腐败，教士不守清规，他乃不顾一切，决心将其改良。当时反对他的人很多，以为这种改良与传来教规不合，他持之以毅力，这座道院卒为十七世纪最著名道院之一，凡有心于宗教事业而欲求得精神上安慰的人，都来居于此。夏都伯利安所以作这本传，因他当大革命时曾遇一教士，不顾艰苦而拯人于危难，这位教士又甚为他的夫人所称述，他感于教士的热心，而他的夫人本致力于残废老教士的收养，他乃特写这传以纪念这位教士，及满足他的夫人的虔诚。这书的文字虽没有如中年所作的华丽精悍，但一种简单的伟大，足见这位老作家的精力并未衰老。从他发表《革命论》，他的第一部著作以来，至此有四十余年；以《革命论》开始，以《朗西传》结束，多少的变化，多少的影响从其间发生出来！

自后是老病的生活了。在述他的不可免的老病生活以前，应一补述他的家庭生活，情感生活。他的家庭不能说是幸福的，他们夫妇的结合颇为偶然，而结婚不过数月，他们即为十年的别离，感情自然因之而冷淡。及后同居时，他既著名为一班时髦女子所找求，所喜欢的人物了；夫人不能羁他，他亦不能安居于家庭，两人间遂时生龃龉。大抵夏都伯利安的旅行外出，多为独身，这因他的夫人身体不好，不能相伴；即为驻外公使时，他的夫人亦留在巴黎，专心于她的残废教士养老院，似不注意于她的丈人的行动者。实际上，他的夫人是很痛苦的，有两次几至决裂，夫人独自出走，夏都伯利安追去，几经苦劝，复得和好。他两人有许多相似处，所以中间虽有波澜，他们总不能分离；他的夫人固然崇拜他，他亦很明白他的夫人的长处，对于自己有很大的帮助，因此他们得偕老至终。他的夫人聪明有才，写有

《回忆录》，文笔之峭刻，观察之精细，可想见她是一位有特殊性格的
女子。至夏都伯利安的恋爱故事，最为一班人所艳称，研究者多以各
人意见下种种的猜测，我们限于篇幅，无须详述。我们可以说的是他
的一生与女子结甚深之缘，在他的文学生活中有布蒙夫人鼓励帮助，
在他的政治生活中，则斗拉斯夫人扶持他的力量最大，而使他晚年不
至过于寂寞无聊的，则为列嘉米哀夫人。中间尚有许多的情影出现，
如埃夫斯女士，诺霭伊夫人，寇斯丁夫人，但不及以上之人的重要；
至于其他，多为暂时的情爱，可以略去不述。总之，在情感上，夏都
伯利安充分表现他的性格，他是雷仪，满是幻梦，满是想象，欲为一
切，又讨厌一切，无处不是厌倦无聊的雷仪。这是他个人与生俱来的
特性，这或者又是时代病的一种形式；这点在情爱生活上尤其表现得
显著，人咎他的无常，实则他自己亦无奈自己何，也许他亦是牺牲者
呢！这是情爱生活的必然结果！

　　他患脚疯症，骨节酸软，渐渐传至脚腿和手臂，后来至于他的两
足不能抵地，每天要人抬至列嘉米哀夫人家中。列嘉米哀夫人亦日就
衰老，康健大不如前，咳嗽，失眠，这使他非常的关心。他们两人各
因病而出外就医，这种短期的分别使他感到不可名言的烦闷，因为
他这时候差不多除列嘉米哀夫人外，少与其他的人会晤。他这时候
的快乐便是在列嘉米哀夫人家中的念读，夫人尽力为他招待一班诗
人，文士，艺术家来听他，或念给他听，他静静的坐着，似是想念
人生的无常而慨叹一切终归虚无的样子。但是，不管他身体的日就不
良，一八四三年冬，他称为他的国王的王室家孙，现已成年，在伦敦
请他去相见，他勇敢的接受这个招请，渡海至英伦。他备受王子的优
待，若不是因身体的关系，他要多留时日，而且他晓得他不过是一位
只能贡献意见的无能力的老者，留亦无用，遂又回巴黎。经此次的
旅行，病更加剧，而与老俱来的种种衰弱症候，亦日渐增胜。他耳渐
聋，列嘉米哀夫人则目渐盲，但两人每天仍相见如常。当两人单独相

对，追怀往昔，盖世才华，绝代姿容，而今乃为伛偻废人，龙钟老妪，此情此景殆最足使人心怆而神伤者！这是人生悲剧中的最无可奈何的一幕，人世间有什么能逃出时间的范围而不受其戕贼！一八四六年，列嘉米哀夫人以目疾要施手术，夏都伯利安到医院去看她，中途车坏，他跌下伤肩骨，列嘉米哀夫人反而要来看他了。他这时候两脚全麻木不灵，他穿着长袍以遮掩下部，头脑仍然清楚，但为时亦不久了。一八四七年初，夏都伯利安夫人先辞人世，他感到很大的痛苦，像是自己的生命泉源干涸了的一般。他于是想到列嘉米哀夫人，他欲固结他们的情谊以婚姻，他要将自己的名字与列嘉米哀夫人分据，夫人以种种关系为很感动的辞谢。不久，他们的好友，列嘉米哀夫人的崇拜者，基督教的哲学家巴朗希（Ballanche），继夏都伯利安夫人而逝世，列嘉米哀夫人哭之甚哀，目几全盲，再施手术一次，但无多大效果。这一年，夏都伯利安又最后一次聚会几位朋友，念读他的《回忆录》，而且至海边受群众的欢迎；但这是最后一次了。他回至巴黎家中即不再出来，列嘉米哀夫人目盲而日来看他。他们谈日常琐事以消遣。一八四八年初，法国政局呈变动景象，民主党渐渐得势，王室已是动摇，有人来告他以将建设民主政府的消息，他晓得他的预言将实现，他又要亲见一度沧桑了。即在隆隆的革命炮声中，这位老作家长辞生之扰攘，永归死之寂寞，旁边站着四个人，列嘉米哀夫人，他的一个侄子，一教士，一修女，时为一八四八年七月四日。

消息传出后，一班知交多来停灵处致敬礼，而巴黎民众，虽然在政变的战争中，但也感到损失的重大，来表示他们的哀悼。他的长眠地他于十年前选定，经许多的周折，终于得圣马罗市政府的允许，他得有他愿意埋骨的地方。灵柩从巴黎至圣马罗，即在这海港，举行盛大的葬仪：执绋送殡者有数万人，除他的家族外，有地方的长官及闻人，法兰西学院亦派代表参加。教士行弥撒礼，乐队奏乐，齐唱死者所作的这首恋歌：

Combien j'ai douce souvenance 几许柔情意，

Du joli lieu de ma naissance! 长忆生死地！

送众闻之，多为下泪。时暴风走浪，电闪飞光，渺渺天空，茫茫大海，孤岛之上，万人俯首，棺徐徐下降入坟中；潮声风声，似为节奏，黄土一撮，寂寂长是，坟外回忆，今余几许？这光荣伟大的一生遂归宿于此，为最终的结穴。再过二十七年，一八七五年，全国人士为他募捐铸一铜像，立于圣马罗市。自后，这坟和这像同为圣马罗的纪念，为游客所必凭吊与徘徊。

夏都伯利安死后，声誉忽落，有如受蚀，这是伟大作家的必然经过：生前名声过大的作家必于无意中伤了许多人的偏爱自恃之心，同时这些人久在一位作家的势力范围中自然有些不耐烦，要求越出，所以作家死后，必有多人加以攻击批评，这是一方面。别一方面，作家本身有许多不能久留的事物，必经相当时间的提炼，真价方能显现出来，死后的受攻击而隐晦，可以说是一种得永久光荣的预备。夏都伯利安的经历正如此：死后三数十年间，颇为一班人所忽略，而至最近多人的研究，他的声名重得光明，他的文学价值遂有一定。他的影响是很大的，法国文学由他开出一条新路，正如批评家化格（Faguet）说的，他更新了法国的文艺。在艺术的价值上论，有人称他为法国的第一位散文家，即不是第一个，他是最大的一位，罕有人足与之比。至于他的生平，从前颇有不明白而启人猜测的地方，自他的通信发表（现尚未出完），及近人的辛勤搜索后，可以说少有不一定与不清楚的了。我们不欲多所赘述，仅译《坟外回忆录》的最后几段以作本文的结束。

你看见我出世，你看见我的童年，我在康堡大厦中的奇异创作之偶像，我在凡尔赛的引见，我在巴黎大革命之初次景象的目击。在新世界中我遇见华盛顿，我深入森林中；祸患来领我至我的布列丹省的岸边。由是为我当军人的受苦，为我当亡人的穷困。回来法国，我变为《基督教义精华》的作者。在这转变过的社会中，我得有朋友与失去交情，拿破仑止住我，及以安关公爵的血染之身奋掷于我脚步前；我又自己止住了，我领这位大人物从他的摇篮，从科斯加岛，至他的坟墓，至圣希连尼岛。我参与王室的复辟，我又亲见其终结。

即这样，公众的和私人的生活在我都认得。我四次渡海；我追随太阳于东方，探访孟菲斯，迦泰基，斯巴达，雅典的遗迹；我曾祈祷于圣比哀尔的坟前：匍伏于耶稣受刑的哥尔哥达山上。贫困又富裕，显赫又微弱，幸福又穷困，实行家，思想者，我曾置我的手入时代中，置我的智慧于荒漠里；实际的生活在幻想的中间显现给我，有如陆地于浓云之中现示于舟子一般。如果这些播散在我美梦上的事实，像保护脆弱易变的图画的油漆一样，不至消灭，则将能指点出我的生活曾经过的所在。

在我生平三种事业的每一种，我都拟有一个重要的目的：旅行家，我曾希望为极圈世界的发现；文学家，我曾试于残废基址上重新建立宗教；政治家，我曾努力将稳健的君主政体指给人民，使法国在欧洲国家中复得其原来地位，将法国在维也纳会议所丧失的势力重新恢复；我又至少曾帮助大家获得值得我们的一切自由的自由，言论自由。在神的事体上，宗教与自由，在人的事体上，名誉与光荣，（这是宗教与自由的人的产品：）这就是我曾欲为我的祖国得有的事物。

在与我同时的法国作家中，我几乎是唯一的与自己的作品相似的人；旅行家，军人，言论家，大臣。是在森林中我歌唱森林，是在海船上我描绘海洋，是在营幕中我谈说军事，是在流亡中我学会流亡，是在朝廷中，在政务中，在大会中我研究王公贵人，政治与法律。

希腊与罗马的演说家厕身于公众事体之间，及分沾其结果的命运；当中世纪之末与文艺复兴时代的意大利与西班牙，文学与美术的一等天才都参加社会的运动。但丁（Dante），达斯（Tasse），嘉磨恩斯（Camoëns），爱昔拉（Ercilla），薛万提斯（Cervantès）诸人的生活是怎样激扰与美丽的生活！在法国，古时，我们的歌谣与故事都从朝拜圣地与战场上传来给我们；但是自路易十四时代起，我们的作家常过于为孤立绝缘的人们，他们的才能只可为人心的表现，而不能为他们时代事实的描写。

我呢，幸福或幸运，在曾经住宿于衣路哥人的木屋下及阿剌伯人的帐幕下之后，在曾经穿着自然人的大衣与马美路克人的长袍之后，我来坐在王公们的桌边，为的是重复坠入于贫穷中。我曾预闻和平与战争；我曾签押条约与报告；我曾亲临军事的围攻，外交的会议，教皇的选举；又曾目击国王宝座的重建与翻拆；我曾手造历史，我又可将其写出来；而我的孤寂与静默的生活，带着我想象的女儿，阿达拉，阿美丽，伯兰佳，维列达，走过骚动与嘈闹的人世，且不说我可以谓为我生平的现实中的人儿，如果她们自身没有这虚幻空想的诱惑。我怕我有一类古代哲学家称为特殊神病的灵魂。

我置身于两个时代之间，如在两河的交会处一般；我潜身入浊乱的河水中，悔恨的要我离开自己生身地的旧岸，希望的向着未有人知的岸边泗去。

……

我写这最后几句时，是一八四一年十一月十六日，我的窗子，对着国外宣教会的花园而朝西的，正在开着：时为早晨的六

点；我看到暗淡与晕大的月亮；月下降于微微为东方的初吐金光
所显出的残废军人养老院的尖顶：人要说旧世界刚完结，新世界
正开始。我看见一种晨光的反映，而我将不能见太阳之起来。所
以我只有坐我于坟穴之边；后此则手拿十字架，我将无畏的下降
入永常中。

——录自中华书局 1935 年初版

《阿达拉》译者导言
曾觉之

世事纷繁，人情复杂，波谲云诡之奇，沧海桑田之变，在一类人
心中实苦闷而不能受，乃生遁世之心，起离群之念，将失意于烦恼的
人事者求安慰于庄严的大自然。而由这种心理的推引，常趋于极端；
以为目前现在的自然既被人事社会所点 ［玷］污，早丧失其安慰的力
量，于是舍近图远，或神往上古，或游心域外。这就是文学上一类歌
唱大自然的作品所由起，及这类文学所以多是歌唱古昔憧憬与异地风
光的缘故。因此而文学史家称为自然之感（sentiment de la nature）与
外向之情（exotisme）的两种趋向，遂若长在一块而不能分。

《阿达拉》是描写自然，同时是描写域外自然的名著之一。不管
后人的意见为怎样，《阿达拉》在法国文学史上开一个新纪元。这本
杰作是法国文学上一种特殊思想的交会点，酝酿几三百年而开的花，
所以能囊括前代，而辉映将来，成为文学史上稀有的例。《阿达拉》
的来源是怎样的呢？

欧洲中世纪及十五六世纪间的人民因苦于封建割据，宗教战争，
觉人生疾苦由于社会制度的不良；但又无力改革，乃起厌恶与别寻新
地之念。同时以古来传说，有古昔黄金时代及东方天国之思想，遂从

事探险，求一通路以实现他们的希望。迨哥仑布发现美洲，时人竞以为理想的乐土既在眼前，皆欲一观，于是有一类旅行家为种种炫人的记载。大抵往游新大陆的，满怀愤世疾俗之心，忽与原始的大自然接触，不觉神为之迷，而极情赞叹，谓新大陆为新伊甸，谓土人为裸体哲学家。盖自然是善，社会是恶的心理久已根植于人心中，自后遂渐渐的成形开展。

经十七十八世纪的文明进步，社会生活繁复至于极点，钩心斗角，使人厌倦，思有所以休息。一班文人思想家乃假国外的风俗人物，以攻击国内的种种缺点；自然人，或善良野人，遂为当时人士的口头禅。卢骚崛起，倡还诸自然之说，风气所趋，人皆谈大自然的善意，咒人群社会的罪恶；描写自然，尤其是描写域外自然的文学，乃应运而生。这类文学的作者与作品在当时多至难以指数，但或缺乏天才，或缺乏经验，除少数外，皆平凡之作，无闻于世。

《阿达拉》的作者生当这个时期，自不能不受时人思想的这种影响；所以他年很少，即有描写自然人的纪事诗之意。但他是有特殊的艺术天才的，他觉得要写这类文学，非亲至其地一看，得不到真正的颜色，他于是往游美洲。他在美洲不过数月，足迹所至，殊有限；这没有什么关系，在大艺术家只要有一点星光，便能成为燎原的天火。夏都伯利安到了美洲，看了原始的自然风景，原始的人情风俗，这在他既足；新诗神，原始的诗神既被他捉到，被他带回旧世界，带回法兰西来了。

《阿达拉》的灵魂轮廓虽然既定，但成为物质血肉之身，则尚有待；还要作者历练人事，创作方得成熟纯粹。他从美洲回来，从役于保王军，失败受伤；继逃至伦敦，过困苦的生活。无意中与埃夫斯女士相遇，这种无结果的不幸爱情，殆是使《阿达拉》成形的一个重要原因。自后，《阿达拉》不单有恍惚的精神，而且得了实质的肉体，框架确定，细节配上，姗姗来迟，呼之欲出了。

经过六七年的流人生活后，他又得重回祖国；革命风潮渐就平息，拿破仑执政，时局得以稳定。这时的人心渴望一种新文学出来，有以应他们的需要；他捉到这个绝好机会，不待他的大著《基督教义精华》的完成，将其中的一段故事《阿达拉》提前发表，时为一八〇一年。这书的刊行立刻使作者为全国知名的作家，他此后便为公众的人而非私人的人了。报章杂志的批评，私人会所的谈论，《阿达拉》的出现有如一类奇迹！人们实在等待这位荒原的天女太久了，一旦露面，自然群趋前来欢迎，《阿达拉》若为他们的安慰者！

当时人士对于《阿达拉》的似疯如狂，实难以悉述；赞成反对者固不可胜计，且有人为续貂之作，有人将其编为剧本，演于舞台，有人绘为图画，塑为雕刻，陈列于百戏场中，供人笑乐。人谓当时讨论《阿达拉》的文字多于批评康德哲学之书，可见这书的流传之广。《阿达拉》为什么能得此意外的成功呢？这由于《阿达拉》是崭新的东西，是最近将来的新文学的先声。

《阿达拉》的成功是由于新，但不如说是由于真正的古：真正新的动人，殆不及真正古的动人，因人们于古有记念，易触动，于新无痕迹，难为力。古典文学至十八世纪而就衰，陈陈相因，使人烦厌，名为古典，实则虚有其名的赝物而已。《阿达拉》的作者知其然，摒弃一切，直接问艺术的秘密于《荷马》，于《圣经》，写作俱一本诸古来的真正典型，他的艺术因此在当时人为全新的艺术。大批评家圣钵夫批评《阿达拉》说："神圣的火光于此燃起了"，意谓真正的艺术从此重生了；又谓："我们要记得作者是很久以来即仅读《圣经》与《荷马》的人。"这都在指出《阿达拉》一书所以受时人盛大欢迎的缘故；《阿达拉》是恢复真正典型艺术的作品，是开启将来一代文学的作品。

也许即因这个"新"的理由，《阿达拉》不免有些为时代性的著作，这为势所必然；作者以力求矫正前人，无意中有些过火，遂使后来的读者起隔膜之感。这点早有人论及，我们亦承认其有相当理由。不过《阿达拉》的弱点似别有在。《阿达拉》本为作者理想的自然人的纪事诗，《纳舍兹人》中的一部分，这是完全歌唱大自然，赞美自然人的作品。及后作者思想改变，为基督徒，以复兴基督教自任，觉得自然并非完全善美，必有待于人群社会，人类方得快乐幸福。他将《阿达拉》移入《基督教义精华》中。《阿达拉》经此移动，主旨不能不变，昔在歌唱自然，今则赞美宗教；根本上遂有不和一之感。即这种不和谐，殆是《阿达拉》所以缺乏一些普遍永久性的重大理由。好在作者艺术甚高，不管有此弱点，瑜尚可掩瑕，《阿达拉》在我们今日看来，仍是栩栩活在。

至于近人对于《阿达拉》的考证，我们不欲多所费辞，仅于其有关系于原书的，简述之如下。在《阿达拉》中所描写的美洲风景，如此皇华美伟，多人疑以为非真；最近有人证明，夏都伯利安实未亲至他所描写的地方，如梅斯闪斯壁河，他即未到。因此引起重大的争论，反对者谓《阿达拉》的作者向壁虚造，赞成者则谓他的描写无一非真。而此中的定论是：夏都伯利安因在美洲的时间短促，不能遍游各处，不过他的描写决非臆造，他皆有所根据。他完全根据前人的记载，皆可对校，而且他亦曾声明。结论是：艺术家总有多少想象的自由，若皆呆板记事，真确固然，但艺术价值尽失。而且他的描写能深感读者的心，即此便足答复一切的反对者；因为艺术的真高于实际的真。

《阿达拉》的内容颇简单，人物亦只有三数，正如作者所说的，其中并没有多大的情事，只是两个爱人在旷漠荒原中的谈话而已。关于这些人物的来源亦颇有人加以研究；自然里面的三个重要人物不是无所根据。有人拿作者生平的遭际与书中人物比较，谓某为某，这自有理由。因为无论哪种创作都有作者个人在内；但书中人物决不与作者一致,是则这种比较甚为有限。在《阿达拉》的三个人物中,奥伯利神父是陪角,作者拿来表现自己思想改变后的宗教主张,完全是不重要,或且是后加的人物。至夹克达斯与阿达拉是主要角色,决为情理中所有,如作者所说;但这都无关紧要。我们要一看这两个人物的内心情绪,因为我们可由此宣泄作者的深隐无人知的秘密。

我们在前面说过,《阿达拉》是描写自然,描写域外自然的作品,即表示自然之感与外向之情的作品。这类作品甚多,为什么《阿达拉》独能著闻于世呢?这因有特别的理由;作者在《阿达拉》的描写中,不是仅仅单纯的描写,是在借这瑰伟的原始自然作背景,研究人心于此所起的反应为怎样。他以自己对原始生活的情感,文明人与野蛮人的比照,复杂人事与简单自然的对较,因而脱出一种常在矛盾的人类心理,使读者于一幅一幅的美伟图画上,感到一种深细的忧郁。这就是《阿达拉》的特点。常人描写域外自然,只以其新奇可喜,能炫人耳目为足,大都不留意于在原始自然中的人们的心理,所以他们的描写皆为空洞无意指的彩色。夏都伯利安则不然,透彻书中人物的心理,使自然风景的神奇描写与一种怀旧之情和一种悔恨之念相结合,《阿达拉》中所表示的爱自然与外向心理遂十分深刻。

我们一按夹克达斯与阿达拉的身世,我们便更能明白此中的消息。夹克达斯是欲文明化而不能的自然人;他因生习习惯而不能舍弃森林生活,但他既瞥见文明社会的华彩,欲入而未能,其悔恨何如!这是一种旧人与新人的悲惨交战,结果是无可奈何的服从命运!阿达拉更形复杂,因为她从遗传便具有这两种矛盾相冲突的原素,她的父亲是西班牙人,她的母亲是印第安人。所以她一方面感情热烈如欧洲女子,别一方又愚昧迷信若美洲土人;她内心交战的悲壮惨烈,使人触目惊心,哀怜不已。而她的结局便自然而然的为悲剧了。总之,我们可如作者一般的说，《阿达拉》是在研究一类矛盾的人心，又即在这一点上，作者很成功，而使《阿达拉》成为一种杰作。

阿达拉因不胜这种冲突的痛苦而自杀了，可是作者便因写这种冲突而在心情上得到十分的安慰。人们常有"外此则佳"的心理，以为超越现前便是幸福，遂向外追求，殊不知人心处处如一，向外追求的结果不过是"不过如此！"夏都伯利安了解这层，他的思想翻变，他于此要拥护为人群社会之根基的宗教了。《阿达拉》原序中有攻击卢骚的还诸自然，且谓自然常是丑，人类得幸福专赖社会，等等主张，即因他既脱开旧人而变为一个新人。这并不是矛盾，这是自然的进展，这是艺术的功用！艺术创作的功用在于解除痛苦，开发快乐，《阿达拉》的作者于是开始他的新生活了。

但我们对于《阿达拉》的作者固应羡他的成功，我们尤应晓得他写这书的辛勤惨淡。且不说以前的长久预备与酝酿，即当写成后，受友人的批评而几无法于再改的痛苦情形，使人佩服他的坚忍。迨出版后，他改而又改，几无一版相同者，这在《坟外回忆录》与原序中颇述及。艺术的成功要经过长期的工作与忍耐，观于《阿达拉》的作者，信然。《阿达拉》，如作者所说，不是小说，是一篇诗；组织方面固然摹拟古代的诗的结构，即情节文字方面，亦全是诗的体裁。夏都伯利安在法国作家中是散文的大诗人，他的文字是大画家的彩色，又是大音乐家的曲调。他自谓他发明一类描绘的文体，这在《阿达拉》的描写中可以证明他前无古人，而后启来者。不过关于文字方面的美，他的每种作品都有同样的性质，都使人感到一种不可抵抗的诱惑力量；他同时人称他为魔术家，真是确论！

最后，我们要问《阿达拉》留给后人以什么东西呢？即对于在后的文学有什么影响呢？我们以《阿达拉》代表浪漫文学中的自然之感与外向之情的趋向，那么，我们可以说，后来这类的文学殆无不受其影响。或在思想观念上，或在艺术文字上，我们在后来的作品中，时时可以找到《阿达拉》的痕迹。惜这种工作太烦难，且少有兴趣，故我们不备举其影响所在，只略说其最为后人所依据者。

描写人心的矛盾，尤其是人心在不同的地方所表现出的矛盾，十九世纪法国文学的作家，即以写异地风景著名的作家，殆皆爱为此意旨的表现。这是一个永远常在的好题目，但《阿达拉》实有以启之。至描写自然风景而使与人心情感相渗合，这是浪漫文学的一种特别表现法，这在《阿达拉》中随处可见。而人们对自然的观念，或视之如安慰者，或视之如无情物，或歌唱，或咒骂，结果都不过是无可奈何而已。这种无可奈何的心情，在浪漫派的大诗人中，都有表现，《阿达拉》一书中的自然亦正近似，人们亦只能无可奈大自然何而已！又如《阿达拉》中的爱情观，视爱情如命定者，其特奇热烈，且愿毁灭妨碍的上帝而独有爱情，这又是使后来作家要昌言者。更有对于人生的情绪，生命之短促，时间之瞥逝，人们对之，哀叹悲悼，无可如何，忧郁之情，显然如见。这在奥伯利神父的说词中表出来；而忧郁为浪漫文学的重要质素，那是文学史上的共知事实，无须赘论。

还有组织结构上的摹仿，艺术文字上的拟效，这更难以备说。总之，夏都伯利安是法国十九世纪的大文笔家，大彩色画家，可以说，后来的文人少有不沾他余润的呢。因为，自他重新打开从前关闭了的大自然之门后，队队的画师都得有所描写了。这是他的一种贡献，是《阿达拉》的贡献。

（这篇导言以篇幅所限，不能不求简略，读者欲求较详的论述，译者曾有一篇《阿达拉的研究》，载《中法大学月刊》一卷五期与二卷一期，可以参考。）

——录自中华书局 1935 年初版

《雷仪》译者导言

曾觉之

　　值思想生活过渡转变的时期，新旧交替之间，青黄不接，人们感到一种难可名言的苦闷。传来的规矩准绳，经狂风雨的震撼，土崩而瓦解，再不足为人们的凭依；新生的信仰法则，随潮流之鼓荡而蜂起，根本之未固，更不必论有枝叶能供荫庇。于是惶惑无主，徘徊歧路，若孤舟之飘大海，似游丝之漾空际。人们际此变幻不测之风云，无适而可，有如置身空虚之中，处处都是镜花水月，着手便空，嗟我生之不辰，叹天公之何酷，遂觉有生如此，不如无生！但这不过感情的一时愤慨表现，人生不能便如此而了事，人们终要于绝望中找出一条路子来，有以安慰，而可能生活。

　　由是而有一类所谓避世避人的隐士产生：人们既以世间浊乱而不愿有所为，则洁身远引，高蹈风尘之外，自是生活之一法，不过这种隐遁的生活，因与世情隔绝，结果乃使人遁于内心，以自心为自己能力施展的所在。因为人心有种种能力，必有所以发泄，不得表现于外，乃逆折而转移诸内。这是一种无可奈何的办法：凡力皆自施他受，今则不然，自施自受，苦闷之情可知！欧洲文学史上著称的时代病（mal du siècle）即根源于此：种种能力不得见诸实行，不得在外界相当发展，无可奈何而卷转收缩于自身，销磨尽蚀于内心，即欲不病，又岂可得！

　　实际上，这种遁于内心，能力不得正当发展的人，随时随地皆有。世间有一类感情特盛的人；他们的感情十分热烈，想象十分强盛，他们晓得现实世界无足以答他们的热情，应他们的美想，他们乃以不求实现，保持一种梦幻的情态自足。他们自然而然的忽略外界生活，他们完全聚会精神于内心世界：这是一种不调和，一种畸形的发展。不过在平常无事的社会，坚稳固定的框架尚足以维系这种些微的偏欹，所以具这种心情的人不太显露，不引起人的注意。当扰乱时代，当思想生活大变动时代便不同了；外界的情形逼人为内心的折转，人们不愿或不能有所为于人群社会，遂竞奔趋入内心世界。由是而这种苦闷的心情点染了一种鲜明的色彩，为奇异的波延传染：时代病之名便因此而来。并不是以这病状为过渡转变时期所特有，不过在过渡转变时期，这病的病症特别显著，文人遂取之以成书，为时代作反映。《雷仪》是这类著作中的最有名之一种。

我们拿《雷仪》来代表浪漫文学关于时代病的描写的一面，我们并不是以为《雷仪》可包括时代病的种种形色；病以时代为名，则病情与时代一样复杂可知。实则因这病无可名言，不可定义，人乃强以空洞的时代二字名之而已。我们试取浪漫文学中的任何作家一看，殆无不有某种特殊个人的色调，而这色调便可名之为时代病；是则时代病因人而异，不可胜计。这是一方面，但在别一方面，凡事总有公同的迹象可求；时代病虽千变万化，但其根源毕竟是公同，而为我们所可识。艺术的任务便在以最特殊的形式表现最普遍的真理；我们敢以《雷仪》代表时代病，即因于此。我们不敢谓《雷仪》对于时代病的形色既囊括无遗，但主要的形色都在其中了。

所以我们现在要看《雷仪》中的时代病为怎样。《雷仪》中的时代病，说确切一点，是文明病，是一种老大的文明的病。一个国家，一种民族，文明进到很高的程度，意志力渐渐衰弱；对于一切的理论，一切的幻想，觉都无足歆慕，恰是曾经沧海难为水的一般。生在这个时代的人，知识发达，明白一切，觉得什么都没有意思；自己虽毫未有所享受，但自己不愿身体力行，求实现自己的欲望。只是静默不动，孤独无聊的细细咀嚼那空虚心理的苦楚，那厌烦一切的郁闷；结果便是愤世疾俗，麻木不仁。终则寂寞忧思，傲岸抑郁，虽不立时引决，戕贼生命，但潜销暗蚀，亦等于自杀，不过为慢性而已。

诚以能力被阻抑而不得发泄，翻转于自身上，当然郁结而为害；有如止水，不得流转，久久自然腐朽。雷仪便是这样：他有过度瑰伟的想象，但他不愿有所作为，以为一切动作皆空虚徒然；他不单是意志薄弱，而且根本即以意志为无用！人心至这样的情境，去死灭已不差毫厘，生命在雷仪已是赘疣！

《雷仪》的作者在《论感情之潮》一文中阐明这种心境的原因，这不仅是理论文字且是作者的经验谈，读《雷仪》的人决不能放过。他所举的理由多可讨论商榷，但作者不过以此为《雷仪》的说明，着重在《雷仪》的描写，所以我们不于此为哲学思想的辨难。我们当注意《雷仪》本身的研究。

《雷仪》没有什么特别的情事在说，正如书中人物的自白，这不过是他内心的历史而已。所以里面只是个人心境的描写，内在情感的表白，外面的表现减至于最小限度；当然这不是小说，这是一篇抒情诗。夏都伯利安为什么要写这样的特异东西呢？在《论感情之潮》与《答辩》中，他将理由说得很明白：他感到这种时代的苦闷，这种无益而虚空的幻想，这种无可奈何的辛酸与忧郁，他觉得这是一种绝好的文学材料，为前人所未写；苟文学为时代的反映，则文学家当不能放过这种心情，他于是当仁不让的拿起笔来了。而且，这在他亦是必需；他是受病最深的一人，此病酝酿郁结于他心中者既久，茹而欲吐，非宣泄之不快；天才非如常人之缠绵委顿，受制于病魔，他必求治疗与超出，美学的静观与艺术的表现便是他的唯一方法。更有，则《雷仪》的作者想于此指摘抨击一种在他看来是十分有害的错误，这种错误初由卢骚播散，继因哥德的《少年维特之烦恼》而滋长，有如毒菌之蔓延；他于是要写一本书来以防御抵抗，以改正治疗这种错误。实际上，夏都伯利安因《维特》一书的绝大成功，要造出一本《反维特》来。这是他写《雷仪》的一个重要原因；至他成功与否，我们在后面详述。

写《雷仪》的意思既经一定，以后便是求其实现了。夏都伯利安少年时的思想完全寄托在他所理想的自然人的纪事诗，所以《雷仪》与《阿达拉》一样，都不过是《纳舍兹人》的一部分。及后他的思想改变，他将《雷仪》从《纳舍兹人》书中提出来，放在《基督教义精华》中，作为替宗教张目的一种证明；《雷仪》因此受了不小的变化，其经过大致与《阿达拉》相仿佛。《纳舍兹人》中的《雷仪》是正在疯魔狂乱之中，欲望掀天，比拟于造物，以自己为无辜的牺牲，一切的过失都在社会。在《基督教义精华》中便不同了；《雷仪》的出奇想象与空虚幻梦虽则依然如昔，但既点染了宗教的色素，披上一层委天任命与无可奈何的忧郁的薄幕，他既匍伏在全能者之前了。这种差异，我们一看《雷仪致薛留达书》便可明白。这封信是二十岁左右的夏都伯利安所写，思想情感与复信基督教后的三十岁时的夏都伯利安不同；《雷仪》遂亦随作者而年增长，而有阅历了。

《雷仪》经过作者内心的这一种转变，是否如《阿达拉》一样使人起不和一之感，有减损其价值呢？这却不然。在《雷仪》中的宗教，譬如梭哀尔神父的说辞，虽然没有多大意旨，但宗教在全书中本不过是一种借助物，非精义所在，故可忽略，无害全书的和一。而且，阿达拉这个人物根本便有些造作，因她为一个时代的嗜好，时代性甚重；雷仪则不然，有普遍的真理作底，这个英雄不是某一时代的，是一切时代的，并非巧妙的造作，实乃亲证的真理。《雷仪》不因中间有更动而受影响，即由于此。

更有一件事实足以证明《雷仪》的永久普遍性。我们晓得《阿达拉》初出版时受人绝大的欢迎，而《雷仪》则恰恰相反，除少数人称述外，一般人皆不注意；观于这书在当时没有单行本，长附在《基督教义精华》中可知。其后只有与《阿达拉》合刊的单行本，若《雷仪》为《阿达拉》所掩者然。过了二十多年，人们对于《阿达拉》渐渐冷淡，而对于《雷仪》则日见热爱，摹仿《雷仪》之作，层出不

穷，致作者恼怒，竟欲将其消灭！此中理由易于明白：时代性的作品
能哄动一时，而具永久性者，则须经长久的时间方得群众的承认与接
受。我们不是在此比较《阿达拉》与《雷仪》的优劣，我们的主意是
在显出《雷仪》的真正价值，使读者更能细心欣赏而已。

　　《雷仪》写作的时期虽不能精确的决定，但大体上看，初稿当开
手于作者流寓伦敦时，经过与埃夫斯女士的情事后。文学创作必有感
而发，尤其是必有其策动的内心原因；作者于苦闷之余而执笔，殆无
疑义。但现在的《雷仪》必与初稿不同，因为作者后来要将这段故事
放在《基督教义精华》中，作者将其重新构造。大抵最显明的一点是
作者给《雷仪》指示出治疗补救之法；即因此，作者要拿雷仪来纠正
卢骚，哥德一般人留下的错误，要以《雷仪》为一本"反维特"的作
品。但夏都伯利安失败了；《雷仪》不单不是反维特，而且变为维持
的助手与同伴：雷仪是维特的化身，但不是抄袭模仿的化身，是势均
力敌的另一型的创作。作者的感情不受作者理性的指挥，不期然而然
的宣泄其秘密；而读者亦只看见其中诱惑人的热情图画，迷摄人的想
象美景，至梭哀尔神父的教训，当然不受人的注意而被置诸脑后。作
者胸中久既蕴藏了一种真理，欲强加变易而不可得，他的努力不过更
使这种真理纯练明显而已。这就是他失败的原因！

　　《雷仪》与《维特》的比较是文学史上一件很兴趣的事；可惜限
于篇幅，不是这短短导言所容许。这两书的同处为人们所易识，如两
书同描写时代病，同述说一件绝望的爱情，等等；我们可以略过。兴
趣的地方倒在于两书的不同的对较；这些不同来自不同的作者，因为
这两书是两位不同作者的写照。维特是佛兰克城的中产之家的人士，
雷仪则为布列丹省的家世骑士的贵族；种族，气候，土地的不同，两
人的性格遂亦殊异。维特爱与大自然相融，觉田园生活的快乐，雷仪
控制大自然，爱寂寞而厌弃一切人事；发荣滋长的春令为前者所喜
欢，而萧瑟摇落的秋季乃是后者所热爱。维特与小孩亲近，自种菜

蔬，雷仪孤僻无足为伍，不事生产；前者近卢骚而喜隐静的山林，后者因遗传而特爱汹涌的洋海。凡此种种，皆表示两书的作者针锋相对，而使人看出两书的关系特点；但我们不能多引，只举数例以说明而已。

《维特》远在《雷仪》之前，是《雷仪》的长辈；更有人常拿来与上两书相比，鼎足而三，与《雷仪》同时的《奥伯曼》。《奥伯曼》为卢骚的信徒薛南古（Senancour）所作，是书信式的自述；因作者艺术手腕不很高，不曾引起多人的注意。但从研究时代病的观点上看，这书殊重要，因为他又是一种病人；我们不须问内容为怎样，内容只是个人情感的描写，比《维特》与《雷仪》更简单，且没有男女爱情杂于其间，只是一己心情的独白！乔治桑德夫人（Mme. George Sand）曾比较这三书的英雄，谓："维特是被囚的鸟，应闷死于笼中；雷仪是受伤的鹰，将再飞去；奥伯曼是在礁石上的那只鸟，生来没有翼，对海船从之出发，残物之所归来的海滩发其安静与忧郁的怨声。"即是说：维特是想象丰富人，意志薄弱；雷仪是天才梦想者，判意欲为无用；奥伯曼是弱者，且于事物的定律中找寻他自己没有意志的理由。

我们看了这三个人物，我们晓得他们的病虽有差异，但他们都病在于意志力则一。他们的感觉十分锐敏，想象十分丰富，不过他们缺乏意志，意志薄弱，以意志为无用，他们于是烦闷痛苦而病了。他们不晓得人生得以维持全由于一点意志力，及人生的幸福亦唯在意志中方可求得；但这不是他们的过失，他们是时代的牺牲者。所以时代病是文明病；他们（作者）都是十八世纪下半期的人，那时候的文明既过熟而趋衰老，进入于转变过渡时代，意志受感染而病，自为必然的结果。老聃所谓物壮则老，老则不道，正是此意。生在这时代的人们，殆无不感受这病，维特，雷仪，奥伯曼，乃其中之代表而已。

我们并非故意哓哓于此为无益的空论，实在这点在《雷仪》的读

者甚为重要，因为这是全书的纲领；同时，这个时代病的问题是常在
的，尤其是对于现在的青年，颇为密切，故我们不惮辞费，为之展转
申说。我们现当回过来再讨论雷仪的本身问题。

有人以《雷仪》犯时代的错误；雷仪是十八世纪初年的人物，道
理上讲，雷仪这种人不能在这时候产出来。十八世纪初年的法国不过
有就衰的朕兆，尚未足使人发生如雷仪所有的感情。这固然有理由；
但这理由甚薄弱，不足损《雷仪》。而作者所以有这小失，完全因
《雷仪》在当时是《纳舍兹人》的一部，后来沿之不改；这无多大关
系。又有人以《雷仪》中描写姊弟的爱情为不德，作者殊属不思。这
点在后人可以讥评，在当时实平常无足怪；因为十八世纪末年的作家
好以出奇的事情为材料，便耸人的观听。他们都逾越常情的去写他们
的人物，这种亲族血统间的恋爱遂为他们爱好的题材，《雷仪》的作
者受当时的影响，故亦取之不疑。而且，使书中情节更为悲剧化的，
这种为礼法所不许的爱情自是使人触目惊心的好机栝。是则这点亦未
足为作者病。

不过我们要于此引起一个重大的问题：《雷仪》是自传式的作品，
是否书中的人物为作者呢？换句话说，雷仪是不是夏都伯利安，而阿
美丽是不是他的姊姊露茜尔呢？这个疑团在读《雷仪》的人们的心中
早就存着，即当作者尚在世时，已有多人纷纷议论，为种种的推测：
且有一次，作者被他的一位亲属所问，作者答以《雷仪》全是想象的
造作，作者虽爱名，又何至以自己的荣誉为孤注，博时人的欢迎？但
这种答复并不能解人的疑云，且反之而更盛；迨作者死后，一班批
评家都以这个问题为谈资，谓《雷仪》实夏都伯利安的真正自传，其
中所写皆有蛛丝马迹可寻云。这层我们不能不加以讨论，并略为之
辨正。

文艺家的创作不能不根据于个人的经验，因为艺术非科学，必有
生龙活虎般的感情活跃于其间方能感动人。所以，或直接，或间接，

文艺家必将个人的情事放在自己的作品中，而机巧恶意的批评家，只要他们愿意，随时随地都可找到一点作者的隐秘。这是广泛的说的一点。进一层的论，自传式的作品更是作者表现自己心情的工具，要加以比附，最是容易；不过我们应当注意，自传式的作品决与作者的实际生活不同，最简单的理由便是作者能写出作品来，作者与作品既二而非一了。所以，关于自传式的作品与作者实际生活的比较，常是有限，超过这个限度，不单不真，而且荒谬了。这点应为读者所切记。

据此以论《雷仪》，我们便可看出书中所述多与作者不同的地方。最重要的，《雷仪》的刊行是当作者的姊姊尚在人世时，即作者不自隐讳，他的姊姊能让他如此胡写乱说，将这种罪过的爱情公表于世？即从他的姊姊的通信上看，全没有涉到这一点，则这篇的虚构，自是必然。更比较雷仪与作者的性格，则相差亦甚远：夏都伯利安常有事于动作，自许为实行家，与梦想而一切不为的雷仪相反，若谓他至少有雷仪的一面，则他与雷仪非一致可知。至于书中的女英雄阿美丽，更非作者的姊姊露茜尔；露茜尔的性情与生活，由近来人的研究，殆为我们所全知，一相比较，即见两者相差殊远。露茜尔当少年已有恋爱情事，继嫁一老贵族，她固颇无求于人事者，后为寡妇，虽有热烈求爱的诗人，她终独身而没世；这与阿美丽的经过一何悬远！更有其他的细节，全与作者的经历不符，我们无须备举。总之，我们可以断定，雷仪固非夏都伯利安，阿美丽更不是露茜尔，作者与作品是两事，不能混而为一。

但是，既经有了以上的保留与限制，我们又要说《雷仪》中的自白的成分了。我们试将《雷仪》与《坟外回忆录》比较，我们将发现许多相同的地方。《雷仪》中所描写的风物气候，完全是作者的故乡康堡；而教堂，道院，平静的小湖，古老的府邸，亦历历可指。姊弟性格的相似，两人在家庭时的情况，同散步于林中，同荡桨于湖上，爱孤寂与幻想，同崇拜诗神，欲以抒情诗为寄托，这些都是当年夏都伯利安和他的姊姊的实际生活。即《雷仪》中的两个人物的个性，尤其是雷仪，实在多是作者自己的写照。这种倨傲的性格，这种无聊的情绪，爱寂寞，爱自然，爱海洋，变动无常，讨厌一切，凡此都为布列丹省的少年骑士夏都伯利安具有。而读《雷仪》的人们所感到的诱惑力，大抵即来源于此，因为这是活活的血肉之身，人们决不能无动于中。或者这就是自传式的作品容易讨好的缘故；但弱点亦即在此，因为有人以为将自己的一切写出来便可以成杰作了。这是何等的错误！艺术决不是如记流水账一般可能成功的，要加多少的剪裁，即要加以纯炼净化，物理学上所谓升华作用的，方能为不朽的作品呢。

夏都伯利安对于《雷仪》一书的精心结构，惨淡经营，一如他对于其他的作品，几经改削，方为现在的情形。文字的和谐美丽，圣钵夫至谓散文无复过此，既达至高之境，则《雷仪》的艺术价值可知。至《雷仪》的内容与词句亦多采取自前人，夏都伯利安有如蜜蜂，最善于抉择，经他点染，便成神品，他殆是化腐朽为神奇之能手。关于雷仪心情的描写，除卢骚与哥德的影响外，当以风行一时的《奥西安》古诗为重要，尤其是忧郁的心情，作者多所取法。夏都伯利安深于英国文学，《雷仪》中多有英国文学的情调，自是必然。于初期基督教士的写作亦有所取；这种写作描写人心的矛盾冲突甚为《雷仪》的作者所赏识，故时有采撷。所以，人们谓《雷仪》为作者的写照，实际上则字句都有根源，多可复按。批评固未易言！

《雷仪》的影响甚为深远强大，不能以数言而尽：夏都伯利安控制法国十九世纪的文学，傲然高据，君临一切；同样，《雷仪》一书的地位，在浪漫派的作品中，有如群山之最高峰，巍然特出，下临无际，似一切皆向之以环拱。试一读雷仪登越那火山而远望的一段，那种骇人的宏伟不能不压倒一切，《雷仪》的力量便有些相类，后来的自传式的作品殆难轶出其范围！又如写少年时的诗意的心情如谓："年少，我倾心礼奉诗神；断无更富诗意的，在其感情的鲜洁中，较诸一颗年华十六的心。一生之晨似一日之晨，遍迩真纯，美影，和声。"不要说当时浪漫派的文人，即我们现在读来，又有谁不感到一种十分的亲切，魂迷而神醉？其他的俊词丽句尚多，且不备举，读原文可知。

雷仪永为文学上的一位典型人物了；他的人物这样的存在或为作者所不愿，因为作者的初旨在改正时代病，结果乃反为时代病张目。所以作者晚年有若可以毁灭，必将《雷仪》毁灭之言。盖艺术有其独立性，有其存在的理由，不特旁人不能改易，即作者自己亦无奈之何！读《雷仪》的人们，试问有谁曾很注意倾听梭哀尔神父的教训，有谁不神往于雷仪常来坐对落日的那块岩石？

（关于时代病的探讨，译者曾有《浪漫主义试论》一篇，载《中法大学月刊》二卷三四期与五期，中多论及，有心这问题者可以参看。）

——录自中华书局 1935 年初版

《阿邦色拉基末代王孙的艳遇》译者导言
曾觉之

有人谓欧洲浪漫文学运动即复兴中世纪文艺运动：这种说法在普遍的思想史上不能说是全对，但从欧洲文学史上看，含有很大的真理。西洋文学有两道主要潮流，有两次重大运动：一是古代希腊思想之潮，为十五十六世纪间发自南方的复兴运动的泉源；一是基督宗教精神之流，为十八十九世纪间来从北方的浪漫运动的动因。第一次运动，我们说是古希腊文艺的复兴，结古典文学之果；是则我们说第二次运动为中世纪文艺的复兴，开浪漫文学之花，自不能说为过当了。大家晓得这两次运动是普遍于全欧的，没有一国不受到，且可以说，没有一人不受到。所以，这两次运动对于欧洲人，不单在文学史上有绝大意义，且在文明史上有不可估计的价值。试略为申论。

十五十六世纪间的复兴运动起因于教堂的专横，宗教以传统的威权压抑个人，钳制个人，人们毫无思想言论的自由，同时政治腐败，争战连年，民不聊生，群思改弦易辙，有以变革。古希腊的典籍适于此时输入，学人起而研究，觉完全与现在的思想有异，他们遂援引之以批评攻击当时的一切制度习惯，推翻传统的宗教威权，树立个人的思想自由。从前被宗教所掩没，所缚束的个人由是而抬起头来，解放出来；个人意识的激醒，批评精神的发达，遂如潮如海，汹涌澎湃，不可遏止。欧洲得到了个人存在的意识，便是欧洲得到了近代文明的种子，以后一切都由此产生了。而追根溯源，则这粒无价种子的获得全由于这次复兴运动！

但复兴古希腊文艺的运动，必然的抹杀贱视中世纪文艺。这是思想进展的法则；当两种思想对敌时，此胜彼拙，胜者必尽力铲除败者；中世纪文艺即这样的被古代文艺所完全压倒。不过中世文艺是欧洲各国的本有物，发荣滋长于本地，根深蒂固，不单不能永久受外来古代希腊文艺的阻抑，而且这种反客为主的形势亦不能久远，主人有日必要求他的权利。兼以人群社会的进化，政治经济的竞争，日益强烈，个人能力有限，必然的为团体的组织，方能立足于世；由是而国家组织应运而生。近代的国家决不是漫然的集合，是有个性与有灵魂的机体；而其构成亦非一朝一夕的功夫，经长期的酝酿方得成就。此中的酝酿时期便是国家个性与国家灵魂的找寻，必有个性与灵魂，方得为近代的国家！而欧洲此时所谓找寻，当然不在外边，而在本身，在本身的过去，换句话说，在道地的中世纪！十八十九世纪间所以发生回向中世纪的浪漫运动；即因时人感到这种强大的需要的缘故。而浪漫派的作品不都差不多全是歌唱本国的人情风俗与过去的历史光荣吗？即浪漫派文学是在试给自己的国家以一个灵魂；这班文人所以完全倾心于自己国家的历史过去，即因于此！是则谓近代国家性的显示为浪漫运动努力的结果，又岂过分！

有了个人，又有国家，人世舞台上遂扮演出近代光华灿烂的活剧：我们谓这两次运动有不可估计的价值，即指这一意义上言。自然这两次运动不是专属于文学的。但文学于此有重大的任务，则毫无可疑。人或不疑复兴运动掀起个人主义之潮，至谓浪漫文学引逗国家思想的发达，或有不信；关于这点，试一看浪漫文学中历史小说的特别发达，及浪漫派文人几无一不礼赞祖国的过去而极力描写本地风光，可知此中的消息。最明显的例是德国；德国的浪漫运动是德国文学的独立运动，亦即德国国家的独立运动。其他各国虽没有德国的明显，但按之实际，亦是这种思想潜伏于其中而不能外。所以，我们承认人谓浪漫运动即复兴中世精神的为有理；所以，我们以历史小说为浪漫文学运动的一种十分重要的表示。

其实，怀旧思古之幽情，过去历史的描写，不过是外向心理的一面，外向心理有二：一为空间的外向，一为时间的外向。空间的外向，是殊方异域的描写，美洲，东方等处，凡不是欧洲本国，都为浪漫文人所歆慕；时间的外向，是中世古代的叙述，进一步则凡非现在的过去与将来，他们都必加以热烈的歌唱。这种外向心理殆为浪漫主义的最根本的精神与特色，亦即人们对于宇宙生活的根本态度之一。所谓对现前的不满，所谓对无限的追求，皆为这心理的表德，而近来心理学家称为波华利心理（le bovarysme）的，实即不过是这种外向精神。人生所以多变，翻出无穷的花样，完全由于有这种超出向外的心理，而世间的痛苦不幸，使人惨怛不安者，亦因于有这种令大不安分的念头所致。祸福同门，忧乐原一，究极人生，如是而已！

但我们不能为这些哲学思想上的详细讨论，我们且一看外向心理在浪漫文学上的实际作用。外向心理所产出的文学作品有一种实际应用的目的：这是以外形内之陋，以古证今之劣，借以引起人改革之心。盖当时人士不满意于现前，思有以变易，乃描写外国之为如何，或古人之相异处，以说明现在情形并非一成不变而为最完全者。人们经这一种比较，明白现前之恶劣，于是油然起变革之思；所以十八十九世纪间的文人作家都取外国的人情风俗，或本国的过去情事，为攻击现在政治社会的工具。而其所收的效果亦甚宏大；尤其是历史的著作，在十九世纪初期的法国，政治家多利用之以攻击敌党，获得政权。时人因为要谋现在情形的改良，乃极端的注意于过去，历史一类著述遂风行一时。自然这不是我们现在所谓为客观的与科学的历史，但这没有什么关系，历史一样的尽其应尽的责任了。我们可说这种历史是主观的与浪漫的，因为时人对历史的兴趣完全由于浪漫派的历史小说所引起；观于司各脱（Scott）的历史小说的风行全欧，可以晓得时人都神游于各人祖国的过去了。

于是有人要问，历史小说非创自浪漫派，历史小说与其他的文学一样，早就有人写作的了，为什么以前的历史小说湮没无闻，而浪漫派的历史小说乃有这样的感人力量呢？这由于历史意识之有无，遂至为这样的差异；从前的历史小说没有历史意识，所以不能引起人的特别注意，浪漫派的历史小说则不同，正因为特殊的获得了这种意识，所以得掀动一时。历史意识是什么？说起来很简单；那不过是当我们描写或念读一件历史的事迹时，我们明白的晓得这是历史的时间，地位，人物，而全有异于现在而已。看来这很简单，但获得则非容易，要科学有相当的发达，人智至相当的阶段，历史意识方能为人们捉到。因为这是一种客观精神，人们是最不易与客观精神相习的呢。

浪漫派的历史小说家因为有这种意识，乃在他们的文学技术上提倡所谓"地方色彩"的著名理论；这种理论全由历史意识产生出来。即因有这种理论的应用，浪漫派的历史小说与从前的历史小说截然不同，在历史小说的发展上划一鸿沟。我们试取浪漫派以前的历史小说一读，我们并不感到有什么历史的意味；其中的地方风景，人物情绪，除名字为历史的以外，一切都与现在的人物风景无别。我们读这些小说固然混淆了过去与现在，即写这类著作的人们，亦毫不知其中有若许的分别，历史与非历史之当留意。结果，风景的描写固然黯淡无光，人物的图绘亦杂揉不分，这样的小说，想激起人的历史兴味，当然是不可能了。浪漫派的历史小说则不同，不单地方景物要竭力求其逼真于当年，即人物的衣饰言动亦使其与历史的记载吻合，无时代错误之可寻。这样的一种重新结构历史事件的工作是需要长久的研究与出奇的想象的，决非短期随便可以做到。所以，读这种小说的人都恍然如置身别一世界，置身别一时代，亲与历史上的人物接谈会晤一般。而由此，读者乃真正觉到古今之差异，真正能加以比较：历史的真正作用于是乎显著，人们对于历史的兴趣于是乎日趋浓厚。而眷念往昔，追怀将来，神飞奋发之情，自不期然而生。因由历史研究的昭示，祖国实有不可磨灭的精神，永远常住的活活灵魂存在，虽人们欲不爱亦不可得也。这就是历史意识得到后所产生的结果！这就是浪漫派的历史小说对于近代国家的重大贡献！

我们所以一再反复的阐明历史小说的真义，亦自有故：从比较的研究上看，中国国家的进展将与其他的国家同，即中国要为近代国家，必于得到个人存在的意识后，再获得中国的国家个性与国家灵魂方可。近来西洋文明的输入，个人好像是渐渐的解放出来，但真正的个人主义尚未成立；这且不论。而国家个性与国家灵魂的认识，颇有人提倡，但这是空言；谁不晓得应当爱国？但请先将国家可爱的地方指出来！这要靠历史研究者的努力了。中国是注重历史与历史著作甚多的国家，但这些是帝王牒谱，流水账簿，不足以言史学，虽多无补。尤其是，在我们觉得，中国人少有我们前面说过的历史意识，有人谓中国实在没有西洋人所谓为历史的历史，在这点上论，并非过言。试读中国的历史著作，例如历史小说，我们看不见其中的人情风物是古人而非今人。本来中国人最缺乏分析辨别的精神，表现于各方面，不单于历史小说为然。不过，中国要生存于现代国家之间，必需要有国性与国魂，尤其是必需要使人民懂得这国性与国魂，这要新历史家与新历史小说家的辛苦工作了。我们再加说一句：历史家不要看轻历史小说家，以他们为易于乱真，历史小说家亦无须妄自菲薄，谓不能登大雅之堂；从欧洲文学史上看，历史家与历史小说家相扶相助，效用同一，同是发现国性与国魂，及将其使民众周知的人！这便是我们逾越题外而斤斤不已于言的缘故。

现在要当就题一论。我们在夏都伯利安的作品中，应该取哪一种以代表浪漫文学的回向中世的这一特色呢？这很使人踌躇。无疑的，《基督教义精华》是夏都伯利安表扬基督教文明与中世纪文艺之美的空前大著，后来文人都歌唱中世纪，完全由于这书。不过这书是理论，且卷帙浩繁，当然不能翻。《殉道者》呢？算是很适合的，尤其是有后来著名的历史家因读这书而立志研究历史，这很足以说明我们的论旨。但这种史诗体裁的著作不易翻译，且又太长，我们也曾想到翻译其中的一段，继又以割裂为不美，复舍弃这个计划。最后乃决取描写阿剌伯人在西班牙建立的摩尔帝国的这短篇，《阿邦色拉基末代王孙的艳遇》为代表；这是很勉强的，但我们想不出别的来，只好将就了。

《艳遇》一书在文学史上是没有多大地位的，因为这书的写成与刊行相距几二十年之久，时间过了，对于时人遂没有什么特殊影响。不过在文学艺术上论，这是夏都伯利安的作品的一颗明珠，与《阿达拉》与《雷仪》堪相伯仲。这书的时代在十六世纪的初年，法兰西正开文艺复兴之花，而西班牙则适在最强盛时期；背景所在地为侵入欧洲的摩尔人，刚为西班牙人所逐出的国都格雷那。（按格雷那位于西班牙的南部，阿剌伯人侵入欧洲时，即从非洲入西班牙，西班牙几全入其版图；十三世纪初，一部分回教徒建王国于此，以格雷那为国都，至十五世纪末为西班牙王飞蝶南所灭。摩尔人本非洲北部的民族，后侵入西班牙的阿剌伯人亦得这个名称，中国古书称为大食，所指亦甚广泛。）所以，在这本小书中，虽没有真正的中世纪的景色，但尚有彬雅多情的骑士风仪，而文艺复兴的四射光芒，西班牙的炙灼热情与虔敬专诚，尤其是东方阿剌伯的迷人彩色，《一千零一夜》的摄人神秘，在在皆使人觉到这是一本特出的外向文学的佳作。至从历史小说的观点上看，《艳遇》自然不是一种大著；但历史小说的各种形态差不多都具体于其中，我们很可从之而明白浪漫派的一面。

《艳遇》本来是作者的东方《游记》的结尾：夏都伯利安从巴黎起身，至希腊，小亚细亚，埃及，非洲北部，而由西班牙回巴黎，他的游记写至他到西班牙为止，他要加一篇西班牙的小说为后殿。所以《艳遇》与《游记》写于同时，《艳遇》为《游记》的一部分；为什么《艳遇》不与《游记》同时发表，而要等待至二十年后呢？据作者的《原序》，谓因这是称赞西班牙人的书，在拿破仑的政府下决然不容出版，所以他保留起来。不过这不是一个理由，因为拿破仑政府消灭后十多年这书才见于人世呢。必然的，这里有一个秘密为作者所不愿意明白说出来的：当时有种种关系，这个秘密颇费人们的猜测，现在情形不同了，这个秘密不是秘密而为人所周知了。

原来《艳遇》是作者的艳遇，夏都伯利安为他的情人诺霭伊夫人而写的。当他从巴黎出发到东方时，他们预先约好，她在格雷那等他。所以《艳遇》是一本"她与他"的历史，难怪作者要秘密起来，久久不肯示人！诺霭伊夫人美貌多才，曾学画于当时的大师大维（David），她爱西班牙风景，她特至格雷那一带作画。《艳遇》中的伯兰佳有许多方面是她的写照。而阿邦阿密当然是从东方来的夏都伯利安了。书中有许多地方都是实情实景；因为作者是写来为讨情人的喜欢的，所以他不愿意发表，将私事示人，他要保留至十余年后。虽中间以经济困难，他总不肯将其出售，直至事过境迁时，方在全集中发表。不过这书在当时他的朋友是晓得的，而且他亦时将其在沙龙中念读；大家都等着这书的出版，乃不料竟迟延至二十年左右方与人世相见。

我们明白了《艳遇》所以迟迟出版的缘故，我们同时便可晓得这书是怎样的写成。据《原序》的自述，《艳遇》中的描写都是作者当着眼前的风景而一笔一笔图绘的，但这是靠不住的话。因为夏都伯利安到东方去，表面上是拜圣地，探古迹，实际则早与诺霭伊夫人约定，恨不得早日赶到西班牙，与她相会。这样，当然他没有从容的时间玩赏风景，而不能将其细细的描写，自更不待说了。我们拿他的《游记》与他的仆人的记录一比较，即晓得他这次的旅行实在有些是人不留步与马不停蹄的乱跑，他哪里能从容细致的刻画呢？所以，《艳遇》的写成决非如《原序》中所说的这样简单，就地写真。固然作者到过他所写的地方，但他只得到大概的轮廓，他没有时间注意及详细；是则《艳遇》中的细节作者怎样的得来呢？他得之于书本，即《艳遇》的写成，与《阿达拉》及其他的著作一样，作者根据他的最亲密的朋友，书本。

于此我们透彻了夏都伯利安的艺术的秘密。这位大画家所绘成的光彩辉煌的图画，不单是完全取诸个人亲眼看见的现实，而且多资于他人旅行的记载，即多借助于书本。我们晓得《阿达拉》的描写有为作者所未到而作者凭书本以绘成的地方风景，这多可以对勘；《艳遇》亦然，作者实多根据前人的记载处，他借人家的色料以绘成他的图画。他所根据的材料，现在都可找出来；不过这无大关系，我们只问他所写的是否活在如画而已。论到这一点，读夏都伯利安的文字的人，谁都不能致疑，谁都不能不为他的魔力所迷；所以，他的艺术价值决不因他有所根据而减少，倒反因之而增加，为什么呢？因为，人家有这样好的材料，人家不能使之为艺术品，而经他略略的渲染与安排，便立即成为不朽之作；这不是表示他有超人的力量，能点顽石为真金，化腐朽为神奇吗？这种回转变化的天才力量，我们要加说，是最宜于过去的描写与历史的著作的，因为过去历史不可复现，欲其宛然活在如当年，自非有这种特殊的艺术天才不为功。假若浪漫文学运动是回向中世的文艺运动，那么，夏都伯利安在这种运动中是最出色的一位，因为他有这种起死回生的艺术力量；而他为法兰西十九世纪浪漫文学的不桃之祖，自是当然而不足异了。

从历史事实上看，《艳遇》有时间的错误与虚设的人物；最重要的谓这段故事发生在格雷那王国亡后二十余年，这是不对的，因为巴威之战远在后十余年。又薛提无后人，罗杜列亦理想化；但这些都没有关系，我们可让作者的想象自由运用，所以我们略不详述。

——录自中华书局 1935 年初版

《野性的呼唤》[①]

关于《野性的呼唤》

刘大杰

在我读过的许许多多的小说里，没有一本，能够像这本书——像这本《野性的呼唤》这么使我惊奇，感奋和赞叹的了。这是一本小说，同时又是一本圣书，同时又是一本社会演进和人类争斗的历史。也可以说是一本哲学，是一本达尔文学说的哲学。在这里面，指示了我们优胜劣败天然淘汰的公理，使我们明了了在这世上要怎样去生存。本书的作者贾克·伦敦（Jack London），他有充分的浪漫性，却

---

① 《野性的呼唤》，中短篇小说集，美国贾克·伦敦（Jack London，今译杰克·伦敦，1876—1916）著，刘大杰、张梦麟合译。内收《野性的呼唤》《猪仔》《老拳师》三篇，书前尚有日本厨川白村的《贾克·伦敦的小说》。上海中华书局 1935 年 2 月初版，"世界文学全集"之一。

不是专写那种风花雪月男情女貌的浪漫性，他是一个自然主义者，又不是那种专写人类的丑恶方面——如遗传，性欲，酒毒等类——的左拉主义者。他有极其丰富的想象，同时对于下层社会，又有极其高尚的同情。因此，读他的作品，比起读那些自然派诸家的作品，要有趣味得多。他自己宣言他是一个社会主义者，在他的作品里，却不是宣传式的喊口号，喊革命，他只忠实地锋利地暴露着资本家的专横和罪恶，对于无产阶级泄露着优美的同情。读他的长篇《深渊的人们》（*The people of the abyss*），《铁踵》（*The iron heel*），短篇《奇妙的破片》（*A curious Fragment*），就可以看出他这种忠实的态度。他的寿命，虽只有短短的四十一年，他却是一个多产的作家，在这短短的生涯里，短篇长篇戏剧杂文，他一共写了四十九卷。因此，在美国的文坛，把他看成了一个通俗的作家，就是在我们中国，那些，写文坛消息的人，自己并没有去细嚼他的作品，也时常称他为二流三流的作家而加以褒贬了。本来，在他这许多作品里，难免有些低级的产物，其中如《铁踵》，《野性的呼唤》，《白牙》，《矜夸之家》，《海狼》等，却都是珠玉之作。尤以《野性的呼唤》，为压卷的名篇。在这篇里，极端地表现了他的浪漫性和写实性。几乎无一处不是力，不是诗，不是艺术的芬香。在这极其恐怖极其悲惨的故事里，充满了诗意，充满了北国的情调。阴郁的森林，惊人的冰川雪道，凄冷的月光山色，北地的奇怪的动物，种种的好材料，织成了一首极其鲜艳的诗。然而在这诗里，又有哲学，又有科学。又充分地表现了他个人的人生观。他自己是一个嘲笑文明和因袭的自然论者，怀恋着自然的原始的生活的形态。在这本《野性的呼唤》里，就显然地现出他这种观念了。

　　《野性的呼唤》，是一本七万字不到的中篇小说，但是，在这里面，包含了社会演变的种种原则，给了我们许多多残酷的教训。从有人类有社会有国家以来，你专讲公理讲人道讲和平讲慈悲，想在这世上存在，你别做梦。要存在，就要武力，要残暴，要流血，要阴狠的奸诈和恶毒。世界本来就是一个战场，你有力你就能生存，无力就死。什么正义，什么公道，什么不抵抗，一切好听的名词，都是弱者依赖的符节，强者所拿来欺骗弱者的话。所谓和平也只有武装的和平，在强者口中才能发生效力，在弱者看来，简直可以说等于毫无意义的呓语。日本也就凭依着它特有的武力，残暴，流血和恶毒，安然地夺取它中意的物品了。然而它仍在宣言正义，倡导和平。于是，日本就昂然地站在世界的舞台。他们的枪炮，他们的阴舌毒剑，在向四方散射了，他们就得了生存的能力。这种残暴的公理，《野性的呼唤》中的主人翁巴克——一只南方的毛长体壮的狗子——它在北地的许多悲惨的经验中，真确地感到了。它懂得世上没有法律，只知道有咬人的牙齿，世上没有道理，只有打断筋骨的棍棒。武力是最上的权威，是生存的利器。它是真的懂得了。

　　　　它的头脸和身上，满布着许多狗子的齿痕。它争斗的凶猛，和从前一样，而且比以前更要灵敏。……它很知道牙爪和棍棒的法则。它既然是以死相拼，所以决不放松任何有利的机会，也不退避任何敌人。它从司披资以及警察方面邮政方面等主要的战犬处，学到了教训，知道争斗上，决没有折衷的办法。只有征服人家，或者是被人家征服。以慈悲对敌，是一种弱点。在原始的生活中，本无所谓慈悲的存在。慈悲会被误认为恐惧的。而这种误认，便是致死之道。杀，或者被杀，吃，或者被吃，这即是法则。这个从"时代"的深渊中淘出来的法则，巴克便牢牢地守住了。

　　这段话真是不可消灭的法规。"它既然是以死相拼，所以决不放松任何有利的机会，也不退避任何敌人。"这正是日本这次对待东北和上海的战法。巴克和日本都是同样的懂得，它俩同样的得着胜利了。巴克能杀死司披资，取得了群狗的支配权，最后能战胜庞大的牡鹿。做了群狼的首领，它这种优越的权利都是用生命拼来的。因为它知道要求利就只有死，要生存就只有战的一条路。"杀，或者是被杀，吃，或者是被吃。这即是法则。"古代不要说，就是现代，就是号称文明社会的现代，这种法则，是一点也没有变的。什么坦克车，什么飞机，什么鱼雷，什么烟幕弹——都是这种法规的拥护物。

可是，这本书的故事是很简单的。这小说的舞台，是在极其寒冷的阿拉司加（Alaska）地方。十八世纪的末期，在那里发现了砂金，许多人到那里采集金子成了暴富。这个惊人的消息传到外面来，于是各处的人，都潮涌一般地疯狂一般地奔向北地去，想在那里去采集诱人的黄金。可是那地方交通既不便利，气候也非常的坏。到处是高山峻岭，一年四季都是冰冻的川流和雪道。在那方面旅行，只有狗子拖的橇车，才勉强可以行走。当时的情景，凡是看过滑稽明星卓别麟主演的《淘金记》（gold rush）的，都可以想象得出来的。因此，狗子在那时候，成为一般人的需要品了。一匹特别好的狗，可以卖到一千多块美金，真是骇人听闻了。本书的主人公巴克，就是一匹生长在旧金山一个推事家里的南国的驯良的家犬。它在推事的家里过的生活，是近代文明的生活，吃的是新鲜的煮熟了的肉类，热天里每天同着孩子们在水门汀池子里洗浴，冬天就躺在推事的客厅的炉旁烤火，这种生活，这种优裕闲逸的生活，养成一双极其驯良极其忠实没有一点野性没有一点反抗性的家犬。后来推事家里的一个门房输了钱，没有办法的时候，便偷偷地把巴克卖给一个做狗生意的了。以后，巴克便一天一天离开了文明的社会，一步一步走向原始的生活中去了。

在它此后的生活中，尝尽了苦刑和虐待。用铁链锁住颈子，完全失去了自由，重大的棍棒，锋利的斧头，一有反抗，就致命地打了下来，它真是几度的昏迷，几度地死去，在这种残酷的虐待中，它苟延残喘地痛苦地生活着。加之它的同伴们——各种各样的狗子——对它没有一点情谊，动不动就攻击它威吓它，在它这种变动生活的初期，弄得它头破血流伤痕狼藉。可是，它能忍受，它具有一种适应性和耐苦性，懂得了武力是最高的威权，懂得了牙爪和棍棒的法律的公理，并且它还懂得了如何去避开他人的武力而培养自己的武力，于是它渐渐地能够在那个艰苦的环境中生活下去了。它在那冰天雪地的北国，身体皮毛，也变得更为坚实，能够在雪洞里和冰河上睡觉了。并且，以它那种特有的适应性和战斗力，渐渐地在它的同僚中，取得首领权了。它的工作，是同着十几匹狗，拖着运送邮政的橇车。饮食缺乏，路途艰难，工作苦重，加之同类又互相残杀，这时候的生活，较之它在南国的推事家时，已是人间地狱了。每每在它冰天雪地的睡梦中，时常想起它的南国温和的故乡，想起它的天真的朋友——推事的孩子们，想起它的堂皇亲切的主人——推事——，南国的一切，都使它回忆，都使它眷恋，都使它啼笑。它做了多少时候的苦工，走了几千里冰川雪道的险阻艰难的长路，用它最残暴的争斗，杀死了它唯一的劲敌司披资——一只最凶猛的狗子，也是它的同僚。它于是因它特有的威力，获得了支配权，为它们那一组的首领了。可是，最后毕竟因为劳顿过度饥饿过度的原故，便是任何铁鞭任何利斧，打也打它不动了。别说要它拖车，就是让它空手步行，也是跟跄欲跌毫无气力了。在这紧急的关头，遇着了一个叫蒋沙登的淘金者，他是一个善良的男子，看见它可怜，就从它的主人那里讨了来，养活它，救了它的性命。它有了好的抚养，几个月后，它又长成了一只毛光体壮的雄狗了。它感着蒋沙登的恩惠，对他生出浓情厚爱来。它从离开推事的家以来，遇着的都是残暴凶恶的人，没有一个不拿鞭子击它，所谓人类爱这东西，在它是消失尽了。可是，它这次意外的遇着了蒋沙登，失去了的人类爱，一天一天地生长出来，时时刻刻怕失去了这亲爱的主人，忠心地献身于他，几次地救了它主人的性命。蒋沙登也特别地看重它，把它看为一个忠实的朋友。在辽远的北国，真是相依为命地生活着。它虽是涌出了浓厚的人类爱，可是因为在这荒野的北方住久了，存在它心灵最深处的野性——远昔的祖先传给它的野性——时时在它的内部发动。开始它还制止得住，后来时时被这野性的呼唤（The call of the wild）引动了它，在深夜的北国的清冷的月夜，时时听见它祖先的野犬对它作着长号的呼唤。于是它那种家犬的驯性一天一天地减少，野性一天一天地复活，使它陷于极端苦闷的境地了。然而使它不能决然地离开它现在的地位，加入野犬狼群中去的，就是为对于蒋沙登的人类爱所牵制。它一面受着野性呼唤的强烈的引诱，一面又受着他纯情的人类爱的强烈的羁绊，它真是彷徨，苦痛而狼狈了。后来，它的生活方面，也起了变化，欢喜去捕吃活着的禽兽，小鹿小兔被它杀害的不知道有多少。它的残暴性也渐渐地强烈起来；捕杀禽兽的技能也进步了。能够在树上追捕松鼠，能够跳起来捉雀子。有时它被那种野性的呼唤引诱得无可奈何的时候，独自地好几天地跑到深山大谷中，——去找它的野兽的同伴，去找那呼声的地方。但是每一想到它的亲爱的蒋沙登，它又飞奔似地跑了回来，躺在它主人的身旁去献奉它的温良。它这时候的生活，是它最苦痛的生活，若没有蒋沙登，它早已归还到它祖先的原始生活，成为一匹纯真的野犬，成为一匹凶狠的狼了。

不久蒋沙登和他的同伴，被伊哈特的土人打死了。当巴克从深山大谷回来的时候，正看见这场恶斗，它奋力地咬死了好几个土人，但是蒋沙登毕竟是被害了。这时候，巴克是无限的悲伤，然而它脱了人间的羁绊，它得了自由，它就安心地加入野性的狼群，回到它原始的生活中去了。但是，它每年还一度地，率领着兽群，来到主人的被害处，作着悲伤的凭吊。这本小说就在这里闭幕了。

看着这样的梗概，或者是无味也说不定，但是读原作的时候，全部是紧张的，几乎无一处不引起你极大的感叹和兴奋。描写得那么巧妙精细，又是那么尽情尽理，我们读时，感着这故事的本身，有十分的真实性和自然性。同时绝没有想到巴克是一匹狗，完全是一个人，完全是我自己。几乎在每一章每一节里，都是要为它下泪，为它痛哭，为它求救。写男女恋爱的悲剧，没有这么悲哀，穷困人自杀的惨状，没有这么悲哀。加之，那北国的冰天雪地，险道高山，人尽粮绝，日冷霜寒的环境，把这悲哀，衬托得更深刻，更沉痛了。读过这本书的人，总不会怪我过于夸张罢。

贾克·伦敦（Jack London）于一八七六年一月十二日，生于美国西部的旧金山。他有强壮的身体和冒险的精神。他的幼年时代，同着父母住在利威姆尔谷的农场。八岁到十岁，虽说年纪还很小，因为家穷的原故，已经在家里帮着父母做苦工了。当时他虽很想读书，但是没有钱买，旧有的几本书，被他读得破烂了。十岁的时候，他家移别到哦格兰。到了那里，最使他高兴的事，就是能够在公立图书馆里借书读。在那里，一面进小学，一面做着苦工度日——如贩报，送冰，跑街……。十六岁，他又在船上做着种种的小事，开始海上的生活了。当时受他母亲的鼓励，应一家报馆的悬赏，把日本海飓风的经过写了一个短篇小说寄去，不料竟得到一等的奖金了。后来使他决心投身于文学界，因为这次的成功，确是一个重要的关键。

后来，他因为多年的苦工，身体疲劳不堪，于是放弃了职工的生活，开始放浪的生涯了。太平洋，大西洋，美国，加奈大各处之间，到处都有他的游踪。不料他竟因浮浪罪而入了狱，在他后日的作品里，曾描写了这件事。

不久，他又下了决心去读书，进了中学两年，考取了大学，到底是因为经费困难又停学了。这时候，克洛达克（Knodike）金矿发现的消息，打动了他的心。他当时只二十二岁，从幼年就受金钱的窘迫的他，带着好奇的充满着希望的心情，加入北国淘金的队里了。真像巴克一样，辛辛苦苦地十几天中间，走了两千里长远的路程，谁知希望成了一个梦。黄金虽没有找到，不料竟以当时的经验，成就了他的名作《野性的呼唤》了。

他的父亲死了以后，家庭的抚养非靠他一人不可，于是他的负担更重了。他没有法，试试地执着笔了。意外地，杂志报纸上都登他的稿子，稿费的收入并不少，他的家用借此就可以维持，因此他便专在这方面努力了。一九〇三年，他二十七岁的时候，《野性的呼唤》出版，一跃而成了名家。此后他一天也不休息地写了下去，十五六年中，成了四十九册的著作，确定他在文坛上的坚固的地位了。

《白牙》（*White Fang* 1906）是称为《野性的呼唤》姊妹篇。他与《野性的呼唤》完全相同，是描写一匹在大森林中生长的幼狼，做了橇犬，做了斗犬，最后回到了南国成为家犬的有趣味的历史。作者自己也说，《白牙》是从《野性的呼唤》的结局的反面开始的。不是devolution，是 evolution。不是 decivilization，是 civilization。读了这本书的人，再去读《白牙》，更可进一层地明了作者的人性观和社会观了。

伦敦氏的少年青年时代的生活，虽是艰苦的，然而他得了各种各样的丰富的人生经验，使他的作品，加了一种异样的颜色。有人称他为美国的高尔基（American Gorky），这是确有几分相像的。他的人生经验最丰富，做过小贩，做过跑街，做过拾海蛎的，做过渔业的巡查，日俄战争的时候，到东方来做过从军记者，金矿发现的时候，冒险地到北方去淘过金，到伦敦的贫民窟里住过，同夫人 Charmian 乘着帆船，在太平洋中航过海。因他这种丰富的人生经验，使得他的作品生出力来。他的夫人说他是一个充满了好奇心，胆大，富于感动性，有女子一样的爱情与直觉，热烈的头脑和坚强的自信的男子。我们读他的作品，再看他的生活，知道伦敦氏确是这么样的一个人。

他对于生的念头，本是很强烈的，他时常对他的夫人说，他最怕的就是死。谁料在一九一六年十一月二十六日的那一天，他刚四十一岁，竟服了毒药，结束他最爱的一生了。他为什么要自杀呢，原因不明。大概像日本的芥川龙之介似的，所谓失去了生命的爱（love of life），对于这社会这人世，无所眷恋无所期待而死去的罢。

这本书我五年前，在东京第一次读它的时候，使我受了大大的感动。可是随便读下去，并不觉得什么大困难，一拿着笔译起来，可就不容易。单这个书名，真费了不少的考虑。由"野性的呼声"改为"野性的呼喊"，又改为"野性的呼唤"，又想改为"野性的诱惑"。后来看见了郁达夫先生，问他的意见，他说译作"野性难驯"罢，徐志摩先生（可怜他现在已经死了）对我说，译作"野性的复活"也很好。"野性难驯"确是译得好，似乎又不成为一个书名，"野性的复活"似乎又太意译了，最后我还是直译地用了"野性的呼唤"。

这本书是我在去年暑假中译起的，刚译到第四章的时候，安徽大学一定要邀我去教书，我便把稿子原书一齐带去，总想在教书的余暇，抽点工夫把它弄完，谁料在那里一住半年，从没有拿过笔。到了上海，中日两国打起仗来，飞机大炮，弄得我们无日不在兴奋与惊恐中，正在想写一篇小说，实在无心再来译书了。恰遇着友人张梦麟先生闲着在上海，我便托他把后面两章代为译完，他慨然地应诺了。这本小书的完成，我是得向张先生重谢的。又末附之二短篇亦出自张先生手笔，也应在此说一声。

附录的一篇《贾克·伦敦的小说》，是出自厨川白村氏的手笔。厨川氏这名字，在中国是无庸介绍的。这篇文章，做得更出色，他不仅细心地读过伦敦氏的作品，并且还亲自到夏威夷岛去访问过他。在他这篇短文里，明白地指出了伦敦氏的艺术观与人生观，并且对他那几本重要的小说，也都深切地批评到了。

最后，我得谢谢钱歌川先生借我参考书，间接地帮助了我。

民国二十一年四月刘大杰识于上海

——录自中华书局 1935 年初版

《真妮姑娘》①

《真妮姑娘》德莱塞评传

傅东华②

他一手拿着一面放大镜，照看着在其他一只手掌上颤抖跳舞的各色人等——富人，穷人，乞丐，小偷，医生，律师，商人，领袖们。

大卫·卡斯纳（David Karsner）给与我们这书的作者的这段形容，分明写出他是一个彻头彻尾的写实主义者。因为他手里拿着的是放大镜，不是幻镜；他用这面放大镜的目的，并非在幻化现实，或掩饰现实，却在把现实看得更清楚，期可写得更真实。

我们晓得我们这位作家初出茅庐的时代，正是美国被理想主义统治的时代。作家们和批评家们大都遵守何威而斯（Howells）的信条，以为不是"人生的乐观方面"（The Smiling of life）便不该写，因此在当时一般的文艺作品里，我们所发现的只是一个理想的美国，一个蒙了丑恶的现实的美国。那末德莱塞何以偏能不同流俗呢？这就须从他一生的经历和环境里去寻它的原因了。

提奥多·德莱塞（Theodore Dreiser）以一八七一年八月二十七日

---

① 《真妮姑娘》(*Jennie Gerhardt*)，长篇小说。美国德莱塞（Theodore Dreiser，1871—1945）著，傅东华译。上海中华书局 1935 年 2 月初版，"世界文学全集"之一。

② 傅东华（1893—1971），浙江金华人。毕业于上海南洋公学中学部，后入中华书局任编译员。1933 年起与郑振铎等主编《文学》月刊。曾任教于上海大学、复旦大学、中国公学、暨南大学等校。另译有荷马《奥德赛》、弥尔顿《失乐园》、霍桑《猩红文》(即《红字》)、塞万提斯《吉诃德先生传》(即《堂·吉诃德》)等。

生于美国印第安那省（Indiana）的德勒贺德城（Terre Haute），是十三个兄弟姊妹的倒数第二个。他父亲是个为避免征兵逃到美国来的德国人，家道本来还过得去，但到提奥多出世的时候，便只有贫穷和窘迫欢迎他了。因此，他不待完成青年的教育，便须投到芝加哥一家五金店里去工作。这是他十六岁时的事。

后来（十八岁时）他虽遇人帮助，得进印第安那的省立大学，但是生活经验已经很丰的他，看见"那些教授们仿佛以为生活的意义全部包含在书本之中"，感到大学教育"和日常生活并不相关"，因而不到一年就离开了。离开之后，他仍回到芝加哥一家家具店里去做收账员。

当这时候，环境的力虽然紧紧地箍住了他，而他的内在的生活力则正如发酵一般地向外冲发。他要生活，要恋爱，要跳舞，要歌唱。要吃，要梦，而尤其迫切的，是要把他的"梦所由构成的材料"写了出来。

要写，固然一部分起于艺术的动机，而大部分仍由生活的逼迫，因为他的文字生涯的憧憬已经开始凝成了。他那时所希望的，只要到报馆中去找一个起码的位置。

但是理想的实现，虽在这样平凡的地方毕竟不如做梦那般容易，所以他直到一八九二年六月方在芝加哥的 *Dairy Globe* 里得到一个位置，这才是他的真正教育和文字生涯的开头。

他的新闻记者生涯虽然不算成功，但从此之后他和新闻及杂志的关系就差不多没有间断过。从一八九二到一八九三年，他做圣路易 *Globe-Democrat* 的剧刊编辑和旅行通信员。一八九三年又做圣路易 *Republic* 的旅行通信员。从一八九五到一八九八，他编辑一种文字和音乐的定期刊物 *Every Month*，此后和他发生关系的杂志，计有 *Harper's Magazine*，*McClure's Magazine*，*The Century*，*The Cosmopolitan* 及 *Munsey's Magazine* 五种。

一九〇〇年，他出了他第一部小说《嘉丽妹妹》(*Sister Carrie*)。

但是他这种现实生活体验的记录之不能见容于一般 Smiling 的读者社会，那是意料中的事，于是这一件"打砲"的作品就因受人"不正当"（improper）一句巧语而被出版人自动封存了。只因这一下不可避免的打击，就使他不得不把他的编辑生活再延长十年之久。一九〇〇年任 Smith Magazine 的编辑；一九〇六年任 Broadway Maga-Sine 的事物编辑；一九〇七——一九一〇任 The Delineator，The Designer，The New Idea 及 The English Delineator 等杂志的主任编辑。这就是他的编辑生涯的大略。

及到一九一一年他的第二部小说《真妮姑娘》（Jennie Gerhardt）出世，他才能抛弃编辑生活而把全部的时间用在著作上。紧迫着《真妮姑娘》出来的是一套未完成的三部小说：第一部《理财家》（The Financier）出版于一九一二年，第二部《泰吞》（The Titan）出版于一九一四年，第三部未作。明年（一九一五）出版《天才》（The Genius），又十年（一九二五）才出版他的两大册的巨著《亚美利加的悲剧》（An American Tragedy）。到现在为止，他的长篇小说就只这几种。

长篇小说之外他还有几种性质不同的杂著。一九一三年出版的《四十岁的旅行家》（A Traveler at Forty）是一部旅行随感录。一九一六年出版的《自然和超自然的剧本》（plays of the Natural and the Supernatural）是他的剧作的尝试。同年又出一部印象说，名为《一个印第安那人的休息日》（A Hoosier Holiday）。三年后出短篇小说集《自由及其他故事》（Free and Other Stories）。又明年出传记集《十二个人》（Twelve Men）及悲剧《陶器师的手》（The Hand of the Potter）。一九二〇年出散文集 Hey Rub-a-Dub-Dub。一九二二年出《自传》（A Book About Myself），一九二三年出描写纽约生活的《一个大都市的颜色》（The Color of a Great City）。一九二六年夏出诗集《抒情韵语》（Moods，Cadenced and Declaimed），同年秋又出一短篇小说集《锁链》（*Chains*），及完全改编的《理财家》。最后一九二八年出《妇女陈列馆》（*A Gallery of Women*）二册，就是我们这位将近六十的作家的最近著作了。

如此，德莱塞的大半生时间都过在辛苦的奋斗里：一面是和生活奋斗，一面是和美国文坛的传统势力奋斗。因这长期奋斗的结果，他对于生活的体认愈真，而发现了所谓"人生的乐观方面"实是一种幻觉。又因他受过许多年的新闻记者的训练，所以他对于社会的观察就只会用新闻记者的态度——"有闻必录，据实直书。"

做小说这件事，在一般人的心目中——特别是在当时美国一般作家和批评家的心目中——总以为多少要带几分理想的或浪漫的色彩，以为非此就不像小说。这一种成见，就是德莱塞首先努力打破的。他完全用新闻记者的——而且特别是访员的——态度做小说。他并不是一个小说家，却是一个历史家。他搁开了一切道德的标杆，不怀伤感，不加议论，完全尽忠于现实。同时他的小说材料也用不着乞灵于想象；他只消把他的摄影机放在十字街头，材料便源源而来了。他的艺术之神不是想象，乃是注意。

若论他的哲学，他也仍旧是一个新闻记者。他所做的小说都并不含什么道德的观念，也同新闻的记载一样，只是报告那么些事实罢了。他生平没有确定的信条；若一定要说他有，那就可以用一句话总括起来——"世界上唯有事实"或"一切都不过是那么回事"。所以我们要从他的小说里去找什么道德的教训，那是徒劳的。即如《真妮姑娘》里的几个人物，若叫顽固的道德家批评起来，一定要说真妮守身不慎，因得此报；叫伤感主义者看起来，又不免要替真妮可怜，而恨罗伯脱之多事。其实罗伯脱并不是一个硬心人，就是雷斯脱的那些势利朋友，也都不是小丑扮演的角色，各人都有各人的不得已，各人都有各人的苦衷，一言以蔽之，不过是那么回事罢了。真正的写实主义的小说里是不容有恶汉式或小丑式的人物的，因为现实的社会本无这种人。

　　不过所谓那么回事者，到底是怎么回事呢？这问题的答案就构成了德莱塞的全部人生哲学。第一着，他认定了人类命运的谜不当从形而上学中去求解释，而当从生物化学中去求解释。理想主义只是一种说谎，就因为它和现实不相符之故。一切体系的伦理学都是和生物化学冲突的。在他看来，"人为万物之灵"就是大大的谎话；人不本质地是种动物吗？不是血肉做的吗？人类的生存不只是能力情欲的一场悲惨的冲突吗？唯此之故，所以他不得不把道德化为物理，灵魂化作身躯。而将心理学译成了生物化学。

　　凡是写实主义的作家，同时必定就是悲观主义的作家，这个通例当然不能把德莱塞除外。德莱塞的悲观主义是基于达尔文的进化论上的。他接受了达尔文的生存竞争的原则，以为生活的把戏无非就是伟大的个人对于多数群众的奋斗。倾向于自己表现和自己扩张的伟大的个人，往往要受大多数的人类之群所阻遏，因而产生社会和少数超人之间的斗争。但是德莱塞的进化论里面绝不包含一点进步的观念。他以为进化就是永远的变化，其中固然有消长盈虚，但经最后的分析，终不过是一种永远的循环而已。在这过程之中，成功的未必就是好的，失败的未必就是坏的，所以战争的结果不能使世界变好，因为在战争的屠杀之中，最勇敢的必定先死，那末说后亡是优胜，先死是劣败，算得合理吗？唯此之故，德莱塞只是接受达尔文主义的"生存竞争"部分，而不信他的适者生存部分。

　　这样的人生哲学，首先在他的第一部小说《嘉丽妹妹》里流露出来。女主人公嘉丽是个美国的穷女子。她离开家庭，身上不名一文的到芝加哥去找生活，在亲戚家住了几天，不耐穷苦，便和来时火车上相识的一个贾客同居，但不久就厌弃他，又同一个中年的酒店老板恋爱。那酒店老板本有妻子，但为她竭诚爱他缘故情愿牺牲一切。后来他同她到加拿大，到纽约，事业失败，终至自杀，嘉丽便投入剧场去唱戏了。这是一部描写人类欲望被阻遏的悲剧。个人和社会斗争而个人失败，人间的悲剧无非如此罢了。

所谓悲剧的特质，照亚里斯多德解释，在于遭遇悲剧结局的人本来没有罪恶；恶人得恶报算不得悲剧。德莱塞也具有类似的见解，所以如在真妮之悲剧的结局并非她自取之咎乃是一种不得已的结果。

但德莱塞的悲剧观究竟和希腊的悲剧观不同。希腊人以为一切悲剧起于神的簸弄，换言之就是由人类的命运所致。德莱塞虽也相信定命但他相信这定命是在人类自己身上——就是他生物化学的作用。

他在《理财家》的开首，写大流氓考泼乌德（Cowperwood）儿童时代的一段轶事，说他读了《创世记》里上帝造人及人类犯罪的故事，心里不信，便到附近一个渔翁家里去询问。但他到渔翁的门口时，见有一只缸放在那里且先看看里面是什么，忘记去找渔翁了。他看见缸底有一只虾在那里啮食一个乌贼鱼的肉，那乌贼鱼虽然放出墨水以自掩护，但经不得那虾厉害，终被它大大的咬了一块肉去。原来乌贼鱼是无抵抗的。儿童的考泼乌德看着津津有味，以后便日日去看。数天之后，他发现那乌贼鱼的肉快被吃完了，恍然大悟，知道弱肉强食乃是天下至公的公理。成年之后，便抹杀了一切道德的意识，也不暇选择手段，一意孤行的去从事发财。但他的个人欲望到底是和社会的利害相抵触的，所以当他侵吞公帑的罪名被发觉时，他就被判了四年的徒刑。他在监狱里，并不悔恨自己的过失，只盼望出狱的日期早到而已。这就是《理财家》的情节。

继续前书情节的第二部小说《泰吞》（希腊神名，借为巨人，超人之意），则写考泼乌德出狱之后如何重振旗鼓，如何结交权贵公行贿赂，又成了社会上能够操纵一切的大人物。但后来因运动选举不成而终失败。这时候，考泼乌德已是一个受创的巨人，却并没有死，所以作者预料他仍旧有个灿烂的前途，只可惜他的第三部始终没有做出，未知最后的结局如何。

在普通的见解看起来，也许要从这样的故事里获得所谓社会自有公道一类的安慰，但是德莱塞的本意并非如此。他不过以为像考泼乌德一流的人无非是生物化学应有的产物，而其要受社会的阻挠，也不过是定命而已。他对于考泼乌德一流的人物，并没有厌恶或憎恨的态度。反之，他对于美国现代的什么什么大王之类，都是像对于拿破仑一般崇拜的，所以他形容失败的考泼乌德道："像大彗星冲上中天，路过处留着一道光辉的痕迹，暂时显出伟大的个性的恐怖和奇观。"这不像赞美诗一般壮丽吗？唯其如此，所以他不能列入乌泼吞·辛克莱（Upton Sinclair）一流的社会小说家里面去。他并不攻击什么人，并不反对什么制度。一切都无所谓善，都无所谓恶；一切都是生物化学的作用，也都是定命罢了。这样才是彻头彻尾的写实主义者的态度。

然而他那个虾儿和乌贼的故事是永远盘踞着他心中的。他总觉得人类可以很容易的分做两大群：一群是吃人的，一群是被人吃的，一群是虾儿，一群是乌贼。但这不仍旧是生物化学的结果吗？

在他其余的两部长篇小说里，他仍用着这种生物化学的知识来处理两个重要的问题——性和犯罪。

《天才》的主人公是个色情狂的艺术家。情节很简单——恋爱，色欲过度，危及健康，节制，恢复健康，道学家读到转机之处，必定拍案叫绝道："好，赖有此悬崖勒马耳！"德莱塞却不这么用意。他只说明性的欲求也同生的欲求一样，是生物化学的作用，然而也因同样化学作用之故，过分的性欲是和健康抵触的，这就是自然的定命，就是他所谓"不可避免的方程式"（Inevitable Equation）。

《亚美利加的悲剧》写一青年犯罪的故事。青年的父母是略带病态的宗教狂者。青年则具有野心，自小就梦想着来日繁华的生活。他先在一个旅馆里做仆欧。后来得他叔父给与工厂的工作，便与一女子恋爱。正当那女子怀孕的时候，他又遇着另外一个拥有遗产的女子。他要和她结婚，而碍于第一个恋人，因诱她到一池旁，推入水中溺死。案破，判决死刑。这是报纸上常常看见的事，并没有浪漫，但正唯它是常常看见的，所以德莱塞认为值得一说明。他的说明当然也不外那个"不可避免的方程"。生物化学既然造了孽因，以后就一步步地不可避免地发展到必然的结局。这其中丝毫没有偶然，丝毫不容想象。从前犯罪学者之所谓自由意志，在这本书里就被完全否定了。

如此，这位社会的生物化学者还能和美国的理想主义妥洽吗？还能相信它那种所谓自由平等的德谟克拉四吗？所以他会有这样一番沉痛的话：

> 我们反正总是可惨的机会的牺牲者了。我们生长，我们奋斗，我们计划，而机会则将我们的梦完全打散了。所以，如果哪一个国度，哪一个国家，还敢梦想那不可能的事，为什么不等到那最后的时间才抛弃呢？为什么不梦下去呢？我们的国，光荣地真正地是个诗的国。我们受孕于狂欢之中；生育于梦想之内。如果不嫌我人微言轻，我就要对我的祖国说：梦下去吧。信下去吧。幻灭原是要来的。也如其他的大梦一样，这是终有一天要消散的。然而即使如此，又是何等光荣何等不朽的一个纪念啊！（《一个印第安那人的休息日》）

现在把 Régis Michaud 在他的 *The American Novel To-day* 里关于德莱塞的哲学的解剖译在这里作为本篇一个结束：

一　我们的意志不能克制我们的性向。

二　本能是理性的仇敌。

三　我们的本能的法则是和社会的法典正面冲突的。

四　经由他的本能，人类最完全地也最危险地显出他的真相。

　　五　性向既定之后，它就不能变化。时间无所谓道德的进步，也无所谓由恶到善的感化。

　　六　生物化学统治我们的躯体，而与社会的伦理相冲突。

　　七　因此，我们的社会组织，伦理，政治（且为什么不说我们的全部文化呢？）是生物化学地及化学地错误的。

　　八　凡不顾及生物化学的人且不深深根据着人类本能和生理的必要的一切原则和制度都是错误的。

——中华书局 1940 年重排初版

《巴黎之烦恼》[①]

《巴黎之烦恼》译者小言

石民[②]

　　波德莱尔的散文诗，是译者平日所偏嗜的少数作品中的一种，现在是全部翻译出来了，在译者仿佛是了却了一种心愿似的。在这译文之前，译者便想顺便简单地说一说自己平日对于这位作者的感想。

　　大家都知道，这位作者确是一个乖僻的诗人。乖僻，是病态的表征罢，而所谓天才，依朗布罗梭之说，则大抵是有点病态的。记得一位法国作家曾经说过这样意思的话：哲学和诗是基于精神的病态。这至少在所谓颓废派是如此，而波德莱尔便是近代颓废派的祖师。把病

---

① 《巴黎之烦恼》（ *Le Spleen de Paris* ），散文诗集，法国波德莱尔（Charles Baudelaire，1821—1867）著，石民译。上海生活书店 1935 年 3 月初版，"翻译文库"第 2 种。

② 石民（1901，一说 1902—1940），湖南邵阳人。毕业于北京大学英文系，曾任《北新》半月刊编辑，任教于武汉大学。另译有小泉八云《文艺谭》（英汉对照），与张友松合译普雷沃（Antonio Prevost）《曼侬》等。

态崇高化，美化，有如维多·雨果曾经对他所说的，"你把一种神异的阴森的光辉给予艺术之天堂；你创出了一种新的战栗呵！"——这便是波德莱尔。所谓新的战栗实成了他的艺术之法悦；而为了艺术他是怎样的一个苦行者！他的生活固然是一种最悲惨的生活。

然而人岂是甘于这种悲惨的生活的？陷于黑暗之渊，他的憧憬于理想之光明盖犹甚于一般传奇派诗人如维多·雨果者。惟以理想之光明既缥渺而不可得，而现实又是无可逃避的，于是在绝望中便反而更深地钻入黑暗里去，把地狱当作了他的天堂，仿佛是一种安慰，是一种解脱。这样，他的思想和行为诚然是乖僻的。然而在他所表出的一切乖僻中，我们却可以感到更真切的人性。译者平日之所以爱好这位诗人，盖在乎此。而他的"幻灭的灵魂之真实的经验"，在这些为他自己所称为"精工的废话"(bagatelles laborieuses) 的散文诗里，较之在他的诗集《恶之华》里，似乎更明确地表白出来。

论到他的文章，是怎样的精湛，深刻，锐利而又冷静。冷静，这似乎是完美的艺术所必需的。这些散文诗，诚如 A. Symons 所说，是暴戾的心情之产物，然而波德莱尔却是那么冷静地写了出来，虽则在他的冷静中总不免迸发出他的沉痛之呼声，如深夜中受伤的豺狼之长嗥，令人战栗。这位诗人，他曾经批评他同时代的某诗人道："于他的假面具之下，仍然与人以共见。艺术之卓越固在于冷静，隐忍，而让读者去体会一切悲愤之真价。"这话可以移来说他自己。

至于译文，虽则译者是怎样地尽心以求保持原有的风格，但其中有好几篇实在是不容易译的；不过，就整个说，译者自信可以告无罪于作者亦可告无罪于读者。因为译者对于原作实曾经过一番"心灵的探险"，然后敢于下笔的。

翻译是根据 A. Symons 的英译本而同时用原文参照。原书在当时以及一九二七年为 Georges Roth 所编纂，由巴黎 Bibliothéque Larousse 出版的本子（即译者所参照的本子）都是用了 *Le Spleen de*

Paris 这个标题，故这个译本也就用了这个名目——"巴黎之烦恼"。

译者

——录自生活书店 1935 年初版

《更生记》①

《更生记》译序

查士骥②

《更生记》是佐藤氏最近发表的长篇。出版后未及二个月，再版了四十次。

> 突然如彗星一般地出现于"地上"，又十分脆弱地被世人所摧折了的狂天才岛田，过日在松泽的病栋中寂寞地死了。他在被驱逐入的天国的墙上遗下一联即兴诗；疯狂的胸底，终于未能诉于世人。……作者是和他有过交往的人，对于当时全然被蔽曲了的事件真相，挥以剔抉之刀，是一种暴露小说。不仅是他一个狂人，也是对于后日的她的狂的歇斯的里的有味的精神分析书。

《更生记》的主人公，便是这位狂天才。须藤就是作者自身。作者痛惜少年天才之余，遂有此书的公布。日本最近文坛上的诸相，也

---

① 《更生记》，长篇小说，佐藤春夫（1892—1964）著，查士骥译。上海中华书局 1935 年 3 月初版，"现代文学丛刊"之一。
② 查士骥，生卒年不详，曾在《文艺旬刊》《文艺周刊》《浅草》发表作品，常与查士元合译。浅草社成员。另译有菲力伯（Charles Louis-Philippe）《法国代表平民短篇集》、N. Ognyov《苏俄中学生日记》、今中次麿《法西斯蒂主义运动论》等。

可由是看个明白。

最近日本文坛上长篇小说风行一时。此书体裁，也颇近之。惟作者是一个诗人，一个不苟且的老作家，故特特以福洛特心理学分析法的采用，为此书最有力的基础。和普通的拉烂调的长篇，绝然不同。

十九年十二月京都。

——录自中华书局 1935 年初版

《托尔斯泰自白》[①]

《托尔斯泰自白》小引

徐百齐[②]　丘瑾璋[③]

高尔基（Maxim Gorky）说："世上配称为天才的人，没有一个比他托尔斯泰更适合的了。无论在哪一方面，都没有一个比他更复杂更矛盾更伟大的人——是的，我说他伟大，是带着特别的意义的，广大无边，不可以言语形容的伟大，他有些地方，简直要使我对无论何人都大声叫着：'是何等奇异的一个活在这世上的人呀！'"

① 《托尔斯泰自白》（*A Confession*），回忆录，俄国托尔斯泰（Leo Tolstoy，1828—1910）著，徐百齐、丘瑾璋译述。上海商务印书馆 1935 年 3 月初版，"世界文学名著"之一。

② 徐百齐（1902—1980），上海金山亭林镇人。毕业于东吴大学，1929 年获法学学士学位，曾任"中央研究院"社会科学研究所研究员。后被王云五聘为商务印书馆法律书籍主编。抗战胜利后，王云五出任国民政府财政部部长时，又将其聘为财政部主任秘书。另译有美国标厄尔（R. L. Buell）《国际问题概观》、与丘瑾璋合译卢梭《社约论》等。

③ 丘瑾璋，生卒年不详，广东梅县西阳镇人。毕业于东南大学，曾任"中央研究院"社会科学研究所助理员，与徐公肃合著《上海公共租界制度》。担任商务印书馆、世界书局特约译述，湖南大学文学院外国语文系教授。另译有美国杜威《教育科学之资源》《思想方法论》，罗素《我的人生观》等。

亨利詹姆士（Henry James）说："研究托尔斯泰——那伟大的生命——对于我们每个人是件大事，是件庄严的事。"

克鲁泡特金（Kropotkin）说："他无所顾忌地说出现今所有最迫切的道德方面的问题，说得异常深刻动人，无论谁读了他的任何一种著作都不能忘记那些问题，或把那些问题搁置，而必然觉得要去想个法子解决。所以托尔斯泰的影响，不是几年几十年的事，而是很久远的啊。"

本书英译本译者孟特（Aylmer Mande）说："忏悔录（*A Confession*）是托尔斯泰自传的作品之最重要的，足与自来最有名的《忏悔录》比拟；但里面的考虑，很快便转为不只是他个己的生命，而是我们——在世上只有短促的生命，终为不可幸免的死亡结束的我们——全体的生命。"

依这几个人所说的话看来，本书的汉译，不是件无意义的事吧。

二十三年十一月译者于上海

——录自商务印书馆 1935 年初版

《托尔斯泰传》[①]

《托尔斯泰传》罗曼罗兰致译者书（代序）
——论无抵抗主义
罗曼·罗兰

三月三日赐书，收到甚迟。足下移译拙著《贝多芬》《米开朗琪罗》《托尔斯泰》三传，并有意以汉译付刊，闻之不胜欣慰。

当今之世，英雄主义之光威复炽，英雄崇拜亦复与之俱盛。唯此

---

① 《托尔斯泰传》（*Vie de Tolstoi*），传记，上下二册，法国罗曼·罗兰〔Romain Rolland，1866—1944〕著，傅雷译述。上海商务印书馆 1935 年 3 月初版，收入"万有文库"；1935 年 11 月另行初版，收入"汉译世界名著"。

光威有时能酿巨灾；故最要莫如将"英雄"二字下一确切之界说。

夫吾人所处之时代乃一切民众遭受磨炼与战斗之时代也；为骄傲为荣誉而成为伟大，未足也；必当为公众服务而成为伟大。最伟大之领袖必为一民族乃至全人类之忠仆。昔之孙逸仙、列宁，今日之甘地，皆是也。至凡天才不表于行动而发为思想与艺术者，则贝多芬、托尔斯泰是已。吾人在艺术与行动上所应唤醒者，盖亦此崇高之社会意义与深刻之人道观念耳。

至"无抵抗主义"之问题，所涉太广大太繁，非短简可尽。愚尝于论甘地之文字中有所论列，散见于拙著《甘地传》《青年印度》及《甘地自传》之法文版引言。

余将首先声明，余实不喜此"无抵抗"之名，以其暗示屈服之观念，绝不能表白英雄的与剧烈的行动性，如甘地运动所已实现者。唯一适合之名辞，当为"非武力的拒绝"。

其次，吾人必须晓喻大众；此种态度非有极痛苦之牺牲不为功；且为牺牲自己及其所亲的整个的牺牲；盖吾人对于国家或党派施行强暴时之残忍，决不能作何幸想。吾人不能依恃彼等之怜悯，亦不能幸图彼等攻击一无抵抗之敌人时或有内疚。半世纪来，在革命与战乱之中，人类早已养成一副铁石心肠矣。即令"非武力的拒绝"或有战胜之日，亦尚须数代人民之牺牲以换取之，此牺牲乃胜利之必须代价也。

由此可见，若非赖有强毅不拔之信心与宗教的性格（即超乎一切个人的与普动［通］的利害观念之性格），决不能具有担受此等牺牲之能力。对于人类，务当怀有信念。无此信念，则于此等功业，宁勿轻于尝试！否则即不殒灭，亦将因恐惧而有中途背叛之日。度德量力，实为首要。

今请在政治运动之观点上言，则使此等计划得以成功者，果为何种情势乎？此情势自必首推印度。彼国人民之濡染无抵抗主义也既已数千年，今又得一甘地为其独一无二之领袖；此其组织天才，平衡实利与信心之精神明彻，及其对国内大多数民众之权威有以致之。彼所收获者将为确切不易之经验，不独于印度为然，即于全世界亦皆如此。是经验不啻为一心灵之英雄及其民族在强暴时代所筑之最坚固之堤岸。万一堤岸奔溃，则恐若干时内，强暴将掩有天下。而行动人物中之最智者亦只能竭力指挥强暴而莫之能御矣。当斯时也，洁身自好之士惟有隐遁于深邃之思想境域中耳。

然亦惟有忍耐已耳！狂风暴雨之时代终有消逝之日……不论其是否使用武力，人类必向统一之途迈进！

罗曼·罗兰　瑞士、一九三四年、六月三十日

——商务印书馆 1935 年初版

《长生的苹果》[①]

《长生的苹果》引言
（陈骏[②]）

诺斯曼民族（Norsemen）的神话，起源于欧洲北方诸国。那里因接近寒带，一年中寒冷的时期很长，温和的春夏，真只有短短的几日，一刹那就过去。那里天上常密布着惨淡的彤云，地上常结着寒冷的冻冰，太阳老是羞答答地躲着不露面；利刃般的朔风，呼呼地狂刮着地上的冰流，沿着那海边的岩石，掀起凶恶的海浪。悠长的寒冬好容易过去，美丽温和的夏日才姗姗而来，但好似昙花般的一现，不久就消逝了。那里地土瘠薄，多为不毛之地，和南欧的沃土比较，真有

---

① 《长生的苹果》，北欧神话集，Amy Cruse 原编，陈骏译述。上海开明书店 1935 年 3 月初版，"世界少年文学丛刊：神话（2）"。

② 陈骏，生平不详。

天渊之别。居民在土地上既然得不到生产品，自然不得不另向别处求生活；就是在土地上获得小量物产，也必须和自然力苦苦斗争，好似从敌人手中掠得的战利品一般，非出全力苦斗不可。陆地上生活困难，遂转移目标到海上去。可是海上生活也不容易，小小的木舟冒险到大海中去漂浮，必先有战胜风浪的本领才行。但暴烈的飓风，时时刻刻向他们进攻，所以又须运用他们的智能，毅力与勇敢，去和飓风决斗。

这种奋斗的生活，使古代北欧民族（诺斯曼民族）的民族性勇敢，强悍，坚毅，耐苦；和敌人战斗，与和自然力战斗一样，总是勇往直前，不顾生死。结果，养成了他们凶悍好斗的精神，就是在休闲娱乐时，也总离不掉粗暴野蛮的民风；喝酒时大量狂饮，聚餐时生吞活咽，歌舞时怪声高叫，游嬉时生命相搏。除却见了强有力者与首领之外，谁都自尊自大，流露出骄横的气概。他们想起了光明的夏天一到，顷刻间会使大地上青葱可爱，给他们无量美丽温柔的礼物，真觉是世界上最宝贵的东西，尤其是留存的时间这样短，转瞬就要过去，所以更觉得可贵。

这种民族幻想中的神祇，性质完全与希腊的神祇大不相同。他们崇拜的是神通广大的权威，却不是温柔可爱的美丽；因此，又增添了一种神祇，名叫依色神（Aesir 是北欧条顿万神庙中的主要神祇，包括着 Odin，Thor，Tyr，Balder，Loki 等神。）这类神祇都是神通广大的巨神，手中都拿着很好的兵器，身上带着奇异的法宝，战争是他们的唯一技能，横蛮的强权是他们唯一的功绩。他们的容貌丑恶可怕；有几个巨神在战争时，还戴起凶恶奇丑的面具。他们都有极大的权威，眼睛里能冒出火来。盛怒时煞是叫怕，但也有慈悲心，虽则十分粗暴，却还可以亲近。他们既不机诈，也不奸刁；除却罗机神（Loki 是阴谋作祸，恶戏的神祇，能变成无数形体）之外，其余都是忠厚，不机警的。信仰者对于他们并不十分尊敬，虽则他们神通广大，保佑人民安康。只有一位波德神（Balder 是 Odin 和 Frigga 的儿子，是光

明，和平，美丽，雄辩及智慧的神祇）是太阳神，美丽温柔令人可
爱，北欧人以他为夏日的化身。福丽嘉神（Frigga 是 Odin 的妻子，天
上的女神，掌管人间的婚姻和家庭生活，在天堂上与地狱中都有统
治的权柄，）福赉雅神（Freya 是爱与美的女神，并且治理鬼域，是
Vanir 神之一）等，都是很美丽的女神，可是和希腊女神相比较，北
欧女神的权威比希腊的小得多。他们的权威，最大者管理人间的婚姻
配偶，是女神中的最高首领。

　　〔附注〕在北欧神话中，岳典神（Odin）为诸神之长，系是一位
戴帽执杖的独目老神，掌管人间的智慧，文章和战争，也是死者与农
业的神祇。福丽嘉女神是他的妻子，波德神是他的儿子。

——录自开明书店 1935 年初版

《福禄特尔小说集》[①]

《福禄特尔小说集》译叙

陈汝衡 [②]

　　溯自林译小说以还，国人于西洋文学之研究，日新而月异。举
凡希腊罗马英法德俄诸大家，其人其书，颇多移译与介绍之者。独
是与卢梭齐名之大文豪福禄特尔氏，为促进法国革命之一人，生前

---

① 《福禄特尔小说集》（*Voltaire's Tales*），中短篇小说集，福禄特尔（Voltaire，
　今译伏尔泰，1694—1778）著，陈汝衡译述。上海商务印书馆 1935 年 3 月
　初版，"世界文学名著"之一。
② 陈汝衡（1900—1989），祖籍江苏镇江。曲艺史学家。毕业于东南大学，师
　从吴宓，曾任教于中央大学、暨南大学。另译有汉斯（Nicholas A. Hans）《教
　育政策原理》，与张左企译尼古罗·马嘉佛利《君》（即马基雅维利的《君主
　论》）等。

已誉满全欧，死后在文学史上更属光芒万丈，其著作至今犹鲜译成
中文以饷读者，宁非一大憾事耶？福禄特尔生当十八世纪中叶，斯
时科学大兴，理性观念勃发，宗教之信条，社会之成规，在在蒙其影
响，而有根本倾覆之虞。福禄特尔即此中之一人，其小说集中每以怀
疑之态度，写其孤愤之思，悲天悯人，丑诋当世，用笔既深且刻，立
意曲而可悲。读其文，固无不击节叹赏之也！虽然，彼于提倡维新肆
意破坏之中，行文则至为整饬，遣辞则极其雅驯。而且譬喻百出，奇
趣横生，文章思想，靡不美备。则仍一古学主义之精神，十八世纪之
本色也。不谓为天才可乎？忆余初读是书，盖在负笈秣陵之时，三馀
多暇，译成《坦白少年》及《记阮讷与柯兰事》二篇。卒业后任职京
口，又续译《查德熙传》一篇。福禄特尔重要之著作，尽备于是矣。
中间作辍无常，时经三载，非不欲早日问世，盖深悉译事之难，未敢
造次耳。译稿尝杂刊于《学衡》杂志中，并蒙吴雨僧夫子悉心校对，
增益《福禄特尔评传》，各篇按语，及若干注释，以便读者。感激之
私，固须臾未能忘也。噫！世途险巇，来日大难，众生徒苦恼，天道
尽无知，读《坦白少年》末章少年之语："我们还是小心照管我们的
田园罢！"不禁心向往之矣！民国二十三年十月陈汝衡叙。

——录自商务印书馆 1935 年初版

《福禄特尔小说集》福禄特尔评传
吴宓 [1]

按并世各国各族之中，以法兰西人为最明于辨理，工于运思。故

---

[1] 吴宓（1894—1978），陕西泾阳人。1911 年考入清华学堂，1917 年获庚款赴美
留学，就读于弗吉尼亚大学，后转入哈佛大学比较文学系。回国后，与梅光迪
等创办《学衡》，主编过《大公报》文艺副刊等。先后任教于东南大学、东北
大学、清华大学、西南联大。译有罗塞蒂《逝矣逝矣》、萨克雷《名利场》等。

近世各种新学术新思想新潮流，靡不发轫于法国，由此导源，而后流传于他邦，法兰西人诚智慧之先驱者也。惟然故欲究近世学术思想变迁之迹者，首当于法国文学史中求之。约而论之，欧洲新旧之争，实始于十七世纪之末，而终于十八世纪之末，此百年中实为最要之关键。其间旧者日衰，新者渐兴，旧者卒以式微，而新者取而代之，遂有今日之世局。所谓旧者，即欧西古来之旧文明，其中有二原素：一为希腊罗马之学术文艺，属于人文之范围；二为耶稣教，属于宗教之范围。所谓新者，即是时发生之新思想新学说，其中亦有二原素：一为科学，即自然科学，如物理化学天文生物之类；二为感情的浪漫主义：以卢梭为始祖，为代表。二者皆属于物性（或曰自然）之范围，故今日者，实科学与感情的浪漫主义并立称霸，而物性大张，人欲横流之时代。彼宗教与人文，仅存一线之生机，不绝如缕，而欧西之旧文明，将归渐灭，抑有复兴之象，则皆冥冥之数，而非今人所能预断者矣。上所言十七十八世纪新旧之争，又可简释之为从古相传之礼俗教化（Tradition）与进步（Progress）之新说之争。百年中此兴彼衰，此起彼伏之陈迹，有如一结构完整之戏剧。其步骤，其线索，其因果，历历分明。就法国论之，则以所谓古文派与今文派之争（La Querelle des Anciens et des Modernes）（共分三段其中段即最主要之一段始于一六八七年）为开场之第一幕，而以法国大革命（一七八九年）为结局之大变，前后适为百年。原夫十七世纪之末，当路易十四之时代，为法国文治武功最盛之时。国运方隆，雄霸全欧，自文物制度以至衣饰陈设之微，靡不为各国所效法。又人才荟萃，为法国文学大成时代（Classical Age），乃适于此时，变端遽起，所谓盛极必衰者非耶？自古文派与今文派相争，所号为新党者，大都以攻击旧社会旧制度旧礼俗旧学说为事业，而尤集矢于君主政治与法国天主教会。此二者之势力既为一七八九年之大革命所摧灭，而所谓旧社会旧制度旧礼俗旧学说，均随之俱去矣。今更略究百年中新陈代谢之迹之见于文学者，简括述之则如下：（一）古今文派之争，其中最要之点，厥惟彼今文派信进步之说，谓路易十四时代法国之文豪，如拉辛（Racine），毛里哀（Molière），巴鲁（Boileau）等，其所著作，较之古希腊罗马之荷马，苏封克里，桓吉儿等，决无逊色，或且凌驾其上。文章如此，艺术科学亦然，可见后来居上矣。（二）巴黎城中有所谓 Salons 者，为学士文人名媛贵妇会集之地。而是时相聚，则文学以外，多谈朝政，议国是，并改革之道，俨然成一势力。而各种新说，即由是制造宣传焉。（三）朝廷虽于攻击君上，破灭礼教之新书，认为邪说，禁止出版，不许流布，严刑峻法，防范周密，然实成为具文，虚应故事。甚至以身居此职之命官，而亦暗为新党之奥援，时馈巨金，于是新说得以流行无阻云。（四）白勒（Pierre Bayle）（1647—1706）著成《历史批评大字典》（*Dictionnaire Historique et Critique*）一部，一六九七年出版，于宗教颇致怀疑，而力主宽容（Tolerance）之说。（五）圣爱勿芒（St. Évremond）（1610—1708）于其论文论学之著作中，力主无定标准之说。谓凡文艺以及法律制度等，皆不外随境设施，因事制宜，异时异地，各有其所适用者，故其中无绝对之优劣短长，断不能谓古人必胜于今人也。Historical Relativity 由是则文艺以及法律制度等，无定标准之可言，而当随时改革变更，以求适用。（六）孟德斯鸠（Montesquieu）（1689—1755）继之，其《法意》（*L'Esprit des Lois*）一书（一七四八年出版），三权分立而外，尤盛言法律制度皆环境之产物，以适于国情民性为至善，只能比较言之，而无虚空绝对之标准，亦即圣爱勿芒之意也。孟德斯鸠又于一七二一年，著《波斯人之书札》（*Lettres Persanes*）一书。设为波斯国二士人，游欧居巴黎者，致其国人之书札，以讥评法国政治社会，风俗制度之缺点，托词以明己意耳。（前乎此者有英人 Sir Thomas More 所著之《乌托邦》*Utopia* 小说〔1516〕，后乎此者有英人戈斯密 Oliver Goldsmith 所作之《世界公民之书札》*Letters from a Citizen of the World to his Friends in the East*〔1760—1761〕该游客乃中国人侨居伦敦者。近年又有英人狄克生 G. Lowes Dickinson 所作之《中国贵官之书札》*Letters from a Chinese Official*。凡此皆托为外国人士冷眼旁观之论实则自行讥评本国之现状，其宗旨其方法前后如出一辙也）。（七）其时所谓感情主义（Sentimentalism）者大盛，即凡喜怒哀乐之来，均张大其意，加重其量，于是纵感情而蔑理智，重悲悯之怀，而轻礼法之守。如 Vauvenargues（1715—1747）于其所著书中，谓人性本善，故宜纵欲任情，顺天性之所适，此感情派之道德也。如 Marivauz〔Marivaux〕（1688—1763）著 *Vie de Marianne* 及 *Le Paysan parvenu* 等书，如 Abbé Prévost（1697—1763）译英人李查生之小说，又撰《漫郎摄实戈》（*Manon Lescaut*）等书，则感情派之小说也。如 La Chaussée（1691—1754）作 *Préjugé à la mode* 及 *Mélanide* 等，所谓《流涕之谐剧》（*La Comédie Larmoyante*），则感情派之戏剧也。（八）福禄特尔出，以明显犀利之笔，嬉笑怒骂之文，投间抵隙，冷嘲热讽，其破坏攻击之力至伟。迨福禄特尔等身之著作既成，而法兰西之礼俗制度法律纪纲，亦已体无完肤，而天主教会基础倾圮，不能自存矣。（九）已而狄德罗（Denise Diderot）（1713—1784）与 D'Alembert 编撰《百科全书》，以二十余年之力，成书约二十巨帙。主理性之批判，而破宗教之观念；主科学之实验，而破本质之旧说；主仿行英国之宪法及民权，以破法国之专制政体；主公益事业及缓刑保商，以破严法重税之苦民者；此《百科全书》之大旨也。当时襄助狄德罗等任编撰之役，或互通声气，结为朋友者，有 D'Holbach，Condillac，Helvétius，Condorcet，Grimm，Marmontel 等人，皆一时名士，孟德斯鸠与卢梭亦在其列。此诸人大率皆崇信物质科学，主用理性宰制一切，而攻击宗教最力，兼及君主政治，提倡改革群治，在当时势力极大，世称之为百科全书派云。（十）卢梭虽曾与《百科全书》编撰之役，然实自树一帜。盖百科全书派诸人皆主理性，而卢梭则专重感情，故其势力与影响为尤

大云。(十一) 同时继卢梭而起者, 有 Bernardin de Saint-Pierre (1737—1814) 其人, 著 *Étueds de la Nature* (1784) 等书, 及 *Paul et Virginie* (1787) 小说。力宜自然之美, 及少年男女真挚之爱情, 纯朴勤俭之生活, 攻击社会习俗及礼教之弊, 几欲灭绝文明而崇尚野蛮, 与卢梭互为倡和云。(十二) 先是 Le Sage (1668—1747) 之小说 (*Gil Blas*), Marivaux 之戏剧 (*Le Jeu de l'amour et du hasard*), 已写社会之珠玉其外, 败絮其中之实情。及出身微贱者之聪明才力, 超轶贵族富豪, 略施小术, 即可玩弄在上位者于股掌, 而自弋获名利, 致身通显, 取而代之, 诚极易事也。及一七八四年, Beaumarchais (1782—1799) 所撰之 *Mariage de Figaro* 一剧, 当众排演, 欢声雷动。剧中叙一贵族之仆人, 不惟才智卓越, 善为主谋, 抑且品德高尚, 志行芳洁。既受屈枉, 竟慷慨陈词, 指教社会之罪恶, 谓殷鉴之不远, 其言至足动众。而当时法王及后, 率朝廷之人, 均临场观剧, 不知局势之危, 人心之变。故说者谓屠王路易十六不能禁此剧之排演, 有识之士皆知祸在眉睫, 而法国大革命为不可免矣。果也, 越五年而此亘古之奇变遂起。以上略述百年中思想变迁之大势, 及新陈代谢交争之迹, 其所以推移至此, 无论向善向恶, 为祸为福, 综而论之, 半出天运, 半由人力。而人力之最巨者, 厥推福禄特尔及卢梭二人也。

福禄特尔生平事迹略述如下:"福禄特尔"Voltaire 乃其人之别号, 其真姓名为 François-Marie Arouet (le jeune), 然以别号传 (以其姓 Arouet 之六字母再加 le jeune 之首字 l 及 j 共得八字母又变 u 为 v 变 j 为 i 将此八字母倒乱次序另行排列即得 Voltaire 之别号), 于一六九四年十一月二十一日, 生于法国巴黎。幼即丧母, 父为律师。一七〇四年, 入耶稣会所设之路易大王学校 (路易大王指法王路易十四, 时方在位), 以早慧称, 为师所钟爱。福禄特尔拉丁古文学及文章格律之工夫, 即得力于此时。出校后, 颇负才名, 常与新教中之信教不笃, 而言行狂放, 肆无忌惮者往还。其父忧之, 遣赴荷兰。福禄特尔在彼识法国某女郎，即堕情网。归后，充某律师书记。作拉丁文诗，曰《幼主》(*Puero Regnante*)，又其时有无名氏，作诗曰《吾已见》(其首句云吾年未及二十已见种种弊端)，讥刺朝政，或亦指为福禄特尔之作。以此触摄政王之怒（一七一五年路易十四崩，其孙路易十五继立，年仅五岁，故其叔 Philip Duke of Orléans 摄政，其人有才而喜为恶云），下之于巴士的狱。此一七一七年事也。福禄特尔在狱中作国史诗一篇，曰 *La Ligue*，后改为 *La Henriade*，叙法王亨利第四之勋业。又完成其 *Œdipe* 一剧，次年排演，大受欢赏。福禄特尔之文名，由是大起。一七二五年，与 Rohan 公爵因事争持，公爵雇流氓六七人，要之于途而痛殴之。福禄特尔赴愬，欲与决斗，不惟不得直，且以此被捕，复下巴士的狱。次年，释出，然不许居国内。福禄特尔乃走至英国。居三年，尽交其国枢府要人及文坛知名之士，并研究英国宪法政术及文艺，获益至巨。一七二九年返国，仍居巴黎，力行谨慎。一七三一年，著《瑞典王查尔斯十二史》，一七三二年，其所撰之剧 *Zaïre* 排演，极受欢迎。一七三四年，其所作之《英吉利书札》又曰《哲理书札》者出版。中述其在英国之闻见，极道英国宪政及风俗之善，而实即所以讥刺法国之君主政治。又称述英人洛克之实验派哲学，及牛顿之物理天文之学，而实即可以摧陷天主旧教之基础。故其书立为当道所严禁，搜得之本，悉予焚毁。福禄特尔惧祸，潜走之 Lorraine 之 Cirey 地方，依 De Châtelet 侯爵夫人以居。夫人固博学多能，互相爱悦，居此十五年，备承夫人照拂调护，得以专力文章，故著述极多。一七三六年，其庄剧 *Alzire* 始行排演。一七三八年，著《牛顿之哲学发凡》。一七四三年，所撰之 *Mérope* 一剧，初次排演，亦极受欢迎。又从事于《路易十四时代史》及《历代风俗史》(*Essai sur les mœurs*) 之著作。福禄特尔文名既大著，又得大力者缓颊，且因与路易十五之宠姬 Madame de Pompadour 之交谊，遂得朝廷赦免其罪。一七四五年，且授职为国史纂修，续迁他职。次年又被选为法兰西学会 Académie française 会员（该会于一六三五年成立，会员人数以四十人为限，被选者视为殊荣）。然福禄特尔无意仕进，朝中之虔奉宗教者，乘间谗毁，亦有忌其文名而中伤之者。而一七四九年，De Châtelet 侯爵夫人又死，福禄特尔乃决受普鲁士王弗烈得力大王之礼聘，往就之。一七五〇年七月十日，抵柏林。次年，其所著之《路易十四时代史》在柏林印行。弗烈得力大王为其时欧洲第一英主，文治武功，悉极可称。又以文人自命，礼贤下士，招纳延揽。于福禄特尔之来也，授显职，给厚俸，且面谀甚至，然终不能相安。福禄特尔行事诸多不检，骄慢自恣。且面斥王御制诗文之缺谬。王怫然，遂失和。一七五三年三月二十六日，福禄特尔不别而行，且挟王御制诗稿一卷以俱去。王命骑追及之于 Frankfort，搜得御制诗稿以归。福禄特尔走居于瑞士之日内瓦。一七五八年，购得法国境内与瑞士交界之处之丰奈田庄。次年，遂奠居于是，前后几二十年。方其初至，该地一荒凉小村耳。而福禄特尔出其资财，锐意整顿。兴水利，奖农功，营居室，起苑囿，辟市场，造戏园。不数年间，居人群集，竟成一繁华之都市。而福禄特尔俨然为其地国王，故世称之为"丰奈之族长"（Le Patriarche de Ferney）。是福禄特尔为全欧洲文艺学术思想界之领袖，以一平民，而各国王后卿相，悉常与通函，敌体为友，且多遣使馈遗。故其声势之大，谓为王者，亦非虚语，实古今来文人希有之殊荣与奇遇也。是时狄德罗等编纂《百科全书》，福禄特尔亦分任撰著之事。一七五九年，著小说 Candide（《坦白少年》）。次年，以设立戏园事，与卢梭失和，以文互诋。一七六二年三月，Toulouse 议会，诬耶稣教徒克拉 Calas 以杀子之罪，斩之，并籍其家。福禄特尔怜其屈枉，大愤，悉力营救争持。卒得于一七六五年三月御前上控于巴黎之时，法廷明其冤抑，判为无罪，给还其产。福禄特尔所为矜恤弱小，助人急难，代鸣不平之事，类此者尚多，而此特其最著者耳。福禄特尔终身虚弱多病，然勤奋过人，故经营筹谋，成事极多，而著作之富，尤为可惊云。一七六四年，重行刊印大戏剧家康乃（Corneille）全集，并为作序，得资以赡康乃后裔之贫乏冻馁者。一七七六年，作书致法兰西学会，力诋莎士比亚。盖为自保声名计，有类出尔反尔矣！路易十五既于一七七四年崩，福禄特尔无所顾忌，遂于一七七八年二月复至巴黎，备受欢迎。时法兰西戏园排演其所撰之 Irène 一剧，福禄特尔亦临观。剧毕，于戏台上置福禄特尔半身石像，加以桂冠，尊礼之为诗人，殊荣盛典，昔所未有也。时福禄特尔年已八十有四，惊喜逾分，且连日酬接劳倦，遂得疾。即于一七七八年五月三十日之夜，溘然长逝。其生时攻击宗教，无所不用其极，故至是巴黎之天主教会不许葬以教礼。卒以其侄之力，葬于 Champagne 之寺园中。及大革命起，福禄特尔之功大成，其名益著。法国之人追念先烈，尊为元勋，乃于一七九一年七月十一日举行国葬。迎取福禄特尔骸骨，改葬于巴黎城中之先贤祠（Pantheon）。以一寒微书生而能致此，无论功罪相较如何，要其影响之大，成功之巨，不可埋没，而至足惊诧者已！

　　福禄特尔著作极富，全集多至七十卷，仅即尺牍一类，已有一万余通。其最关重要之著作，除上文就其生平事迹中所已举者外，于诗，则有《世中人》（Le Mondain）（一七三六年），《可怜人》（Le Pauvre diable）（一七五八年），A Boileau（一七六九年），A Horace（一七七二年），《论人七篇》（Sept Discours sur l'homme [Sept Discours en Vers sur l'Homme]）（一七三八年）等。于哲理，则有《宽容论》（Traité sur la Tolérance）（一七六三年），《哲学字典》（Dictionnaire philosophique）（一七六四年）等，其他不胜枚举。福禄特尔又作一诗，题曰"拟上中国皇帝书，帝有御制诗集付梓印行"。又作一剧曰《中国之孤儿》（L'Orphelin de la Chine），所用者即今京戏中"搜孤救孤"事，而略有不同。该剧在巴黎演唱后，复传至伦敦演唱，亦受欢迎。戈斯密仿效之，作为英文戏剧一种，载戈斯密文集中。此又福禄特尔与吾国有关之处也。

福禄特尔所著各书之内容，今不及逐一评述。总而论之，其人与其文章，影响均极大。葛德与圣伯甫皆谓福禄特尔为最能代表法兰西人者，而福禄特尔亦最足代表十八世纪者也。其人重理性，富常识，信物质科学，乏想象，绝感情，无热烈真诚之信仰。对于宗教，及旧日之礼俗制度，学说思想，均出以怀疑而厉行攻击。虽提倡社会改良，增进人群幸福，然其立足点不高，故持论常流于肤浅及刻薄。其观察人生也，精明透彻，而忠厚之意不足。又虽力主宽容，欲祛除彼拘墟顽固之旧见，而实则己所持者，常人不免褊狭而陷于一偏，故破坏有余，而建设不足。虽于政俗种种肆行抨击，而除旧之后，所布之新，应为如何，其精密实施之办法，并未细心筹画，但自为其所为而已。以上乃十八世纪之通病，而福禄特尔亦固如是也。福禄特尔之思想言论，所可见于其著作者，至不一致，纷纭淆杂，常自矛盾冲突。然概括言之，则皆破坏之工夫，攻击摧陷旧宗教，旧礼俗，旧制度，旧学术，旧思想之利器耳。此可为福禄特尔最终之评断，而确切不易者也。惟然，故福禄特尔著作之最要者，在今日观之，非其长篇巨制之历史，精心结撰之史诗，而为其出之偶然，最不矜意之短篇小说。盖福禄特尔文章之魔力，及其破坏之大功，全恃其善用讥刺之法。冷嘲侧讽，寥寥数语，寻常琐事，而写来异常有力。极刻峭，极辛辣，极狠毒，而又极明显，极自然，极合理。此外或但用描叙之法，而加重其词，渲染过度，使读者一见，即觉旧制度，旧礼俗等之不近人情，不合天理，而当去之矣。

福禄特尔常自相矛盾，其著作之内容，虽主改革，主进步，然于著作之外形，即文辞格律，则专趋保守。彼虽攻击旧有之礼俗制度等，力倡维新与破坏，然于文学则主张遵依前人之成法与定程。且悬格极高，而取予惟严。又重摹仿，重凝练，重修琢。此盖由其幼年在学从师时，于拉丁古文学曾下切实工夫，故遵从古学派，而异于其时勃兴之浪漫派文人也。福禄特尔之文章，能如是之简洁明净，凝练峭拔，其亦以是欤！惟十七十八世纪中之所号为古学派者，大都非真正之古学派，而为后起摹仿之古学派（Neo-Classicism），或为鱼目混珠之伪古学派（Pseudo-Classicism）。福禄特尔之议论见解，虽有合于真正之古学派之处，而常近于伪古学派。如其论文学之赏鉴 le goût（Taste），则谓此事有如饮食口味之赏鉴，然可意会而不可言传；可与知者道，而难于俗人言。其标准极有定，不能丝毫假借，故宁失勿滥，宁严毋宽，此文学批评之要义也。又作《赏鉴祠》（le Temple du Gout）一篇，以譬喻之法，专论之曰：“此祠中所居者，仅古今有数之人，确能赏鉴者。祠以外，夜以继日，常有大群之蛮族，围而攻之，咆哮示威，欲闯入祠中。而文学批评家，则严扃祠门，不令启闭；又守御围墙，与蛮人苦斗，拒之使不得入。”意谓学为文者多，而能工者少；论文者众；而真能赏鉴者则寡也。福禄特尔又曰：“宇宙之大，几于无处非野蛮。全世界之中，有文学赏鉴之资格者，不过三四千人。而此三四千人，皆聚居于巴黎城中及其四周，此外皆不可与论文矣。”福禄特尔又极重诗之格律及雕琢工夫，曰：“艺术之可贵者，以其难于作成耳；如不难，则读之无复乐趣。”又曰：“法国之诗，可比之为马戏中之美女；在悬空之长绳上，跳舞回旋，极难极险，所以成其美也。”福禄特尔斥但丁之《神曲》为鬼怪不成形之呐喊。詈莎士比亚为野蛮。谓弥儿顿之诗瑜不掩瑕。其持论之刻酷失当，有如此者。其于古今文人，极少所称许。故福禄特尔虽自具真知灼见，然常流于伪古学派矫揉造作之恶习，专以雕琢为工者。

　　福禄特尔与卢梭为造成法国大革命最有力之二人，其地位之重要，可以互相颉颃。吾国人闻福禄特尔与卢梭之名，亦均近三十年，然卢梭之《民约论》，早经译出，为吾国昔年之革命家所甚称道。其《爱米儿》一书，教育家亦断断言之。独福禄特尔之著述，殊鲜译成

中文，而福禄特尔之生平及其为人，吾国人犹鲜知之者。是则福禄特尔小说集一书之问世，诚不容缓已。（吴宓）

——录自商务印书馆 1935 年初版

《父与子》①

《父与子》前言

李连萃（李辉英②）

伊凡屠格涅夫（Ivan Sorgeyeoitch Turgenief［Ivan Sergeyevich Turgenev］）一八一八年十月二十八日生于奥料儿（Oryol）的一个贵族家庭里，一八八三年九月三日客死法国，他的后境是非常不如意的。屠氏本身虽为贵族，但所写作品却少有替贵族撑腰的地方，就以他的《贵族之家》一书来说，还是暴露贵族家庭中的丑态的。若果有人问：文学作品，究竟对于社会改进有何补益，那，作者最先结集的小说集《猎人日记》就是一个明证：它的功绩是影响了后日俄国的农奴解放运动，这功绩实在是不小。

屠氏作品，翻译到中国来的，比任何别国作家多，对于他，一般读者多少都有相当的认识。所以，在这里不再述说他的身世以及作品

---

① 《父与子》，长篇小说缩写本，俄国屠格涅夫（Ivan Turgenev，1818—1883）著，李连萃编述。上海中学生书局 1935 年 3 月出版，"通俗本文学名著丛刊"之一。

② 李连萃，李辉英（1911—1991），吉林永吉人。1933 年毕业于中国公学中文系。左联成员，曾主编过《生生月刊》《创作月刊》，抗战时期主编"战地报告文学丛刊"，先后任教于长春大学、东北大学等。1950 年赴香港定居。著有长篇小说《万宝山》《松花江上》《雾都》等，另缩写有《苦恋》（奥地利显尼友勒著，署李志萃译）等。

风格等。现在只来谈谈本书。

想认识了解一部文学作品，必须抓住作品重心所在的地方才行。本书重心，就在描绘出父（代）与子（代）两者的不同。详言之就是说明作父亲的是一代人物作儿子的又是一代人物；因为他们是两代，而前者是过去的一代，后者是现时的一代。所以，父代和子代的思想、生活都无法吻合的。

屠氏告诉我们：时代是进展的。

阿卡提（本书主人公）的父亲，明了父子间不能溶合的道理，他所以跟他顽固的哥哥保罗说："看来你和我都是落伍的人了，我们的日子已经过去……可是有一件事使我不好受，我很希望在这时间同阿卡提亲近些，可是事实却是我落在后面，他走往前去，我们不能相互了解了。"

但我们问问，像巴札洛夫（本书中比阿卡提还重要的主人公），阿卡提他们子代人物，到底对于俄国有何帮助，有何补益？他们虽然是前进的，而结果是白进了，巴札洛夫临死时说的话，是非常重要的。他说："俄国需要我！不，不，显而易见的毫没有这种需要。需要的是谁呢？皮鞋匠，成衣匠，屠户……"

巴札洛夫这话，就是屠氏对于当前俄国社会需要上的认识，他这一点是看得非常明白的。

那么，读者们，如其你们想要追探过去俄罗斯民族生活史的一个横断面，你们就用心来读这本书罢，这本书会告诉你当时俄国社会上的实在情形。屠氏流利的对话，深刻的描写，都不会使你们读起来觉出干燥无味，而生厌倦的。反之，你的本心或许要你一口气读完这本书。

——录自中学生书局 1935 年初版

《日本短篇小说集》^①

《日本短篇小说集》序

(高汝鸿〔郭沫若〕^②)

最近半世纪的日本，从封建社会脱胎了出来的资本制度下的日本，其进步之速真真有点惊人。欧美演进了两三百年间的历程，她在五十年间便赶上了。要说是飞跃，的确是值得称之为飞跃。古人有"后来者居上"的话，这后来者的日本，的确是占了便宜。这是自然发展和人为意识之相违处的一个实例。一种现象，听其自然地发展了去，总是旷日弥久，要走多少转路，而且难保得一定成功。但如一加以人为的企图，将护，鞭策，便于短期间之内，取着直线之进行而稳定地达到目标。这个情形用生物学的优生实验来示例是最易明白的。自然界中要想有优良种发生是很不容易的事情，而在实验室中则简直是家常茶饭。社会进展的步骤和这不是两样。欧美人示例在先，日本人在"日本"这个实验室中，委实是把资本主义实验成功了。

近代的文化不能不说是资本制度的产物。文化上的一个分野，文艺，在近代资本制度下的绚烂的发展，校〔较〕诸中世纪以前的各个时代，无论在量上质上，都是可以骇异的。而日本的近代文艺和她的

---

① 《日本短篇小说集》(三册)，芥川龙之介等著，高汝鸿选译。共收入芥川龙之介、志贺直哉、藤森成吉、横光利一等 15 位作家的 19 篇小说。上海商务印书馆 1935 年 3 月初版，"万有文库第二集七百种"。

② 高汝鸿，郭沫若（1892—1978），四川乐山人。1919 年赴日留学，先后在东京第一高等学校预科、岗山第六高等学校、九州帝国大学医学部学习，创造社发起人之一。曾主编《创造》季刊、《创造周报》《救亡日报》等，参加过北伐和南昌起义，抗战时期出任国民政府军委会政治部第三厅厅长。另译有施托姆《茵梦湖》、歌德《少年维特之烦恼》、托尔斯泰《战争与和平》等。

全般的社会机构一样，同一是在飞跃。在明治中年还在盛行一时的汉文口调的文章，五七调的倭歌俳句，到现在被挤到了几乎没有痕迹的地位。现代的文艺之出现直等于生物界中的人类之出现，旧式的文字成了猿类了。日本人的现代的文艺作品，特别是短篇小说，的确很有些巧妙的成果。日本人自己有的在夸讲着业已超过了欧美文坛，但让我们公平地说一句话，日本的短篇小说有好些的确是达到了欧美的，特别是帝制时代的俄国或法国的大作家的作品的水准。

但是资本主义的发展已经是快要达到尽头的。欧美的社会和一切社会上的上层建设都已经陷在了沉滞的状态，有一部分竟已经崩溃，而有新时代的曙光出现了。在资本制度下飞跃了来的日本，更远的前程是在约束之外的。一个人全靠肉体工具的飞跃，任以若何猛烈的练习，其绝对的高度终是限制，除非他另行选用飞行的工具。社会制度也是一种工具。所以在目前我们似乎可以断言，日本的现代文艺，即资本制度下的文艺，要再发展已到了不可能的地步，换句话说，便是她的文艺已经登上了她所能登上的峰，造到了她所能造到的极。她的发展是约束在另一个新的方向上的。

这个集子所选的不能够说都是日本现代文坛的代表作。因为在选这个集子上有字数的限制，选译者在这个严格的限制的范围内，想要多介绍几个作家，多介绍几篇作品，因此便不免要赶各个作家的短的作品选择，无形之中便又来了一个愈短愈好的限制。因而所选的不一定是各个作家的代表作，而日本文坛的代表作家也有些因为没有相当的短篇便致遗漏了。但是选译者在这儿可以问心无愧地说一句话，自己在选和译上，对于作者和读者是十二分地负着责任的。

"后来者居上"，这是一句使我们很可以乐观的格言。一切都落人后的我们，我们又不妨选择一个新的目标作新的实验呢？

一九三四年十二月七日，译者识。

——录自商务印书馆 1935 年初版

《史姑娘》①

《史姑娘》霍夫曼小传

（毛秋白）

亚马丢斯·霍夫曼（Ernst Theodor Amadeus Hoffmann）是与美国的亚伦·坡（Edger Allan Poe），法国的波特莱尔（Charles Baudelaire）共同构成一个特殊的星座在文学的世界上放着异样的光芒的奇特的作家。不特他们的作品，连他们的生活也是一种珍奇的艺术。

霍夫曼是在一七七六年一月二十四日生于东普鲁士的哥尼斯堡（Koenigsberg），生后不久他的父母即因事离了婚，他寄居于舅父的家里，所以他幼年与青年时代的生活是极简单而无慰藉的。

他自幼对于音乐和美术就禀有天赋的奇才。十六岁进哥尼斯堡大学攻法律。十九岁已被录取于陪审推事的考试。一八〇〇年往波森（Posen）就任陪审推事，因讽刺了上官，被贬至普罗次克（Plozk）有两年之久。至一八〇四年始又被任为华绍（Warschau）的县事务官。在此他一变了他平日的生活。富丽堂皇的大厦，简陋污浊的茅舍，跳舞场，剧场，以及黑衣的僧尼等等无不各各给予他以特殊的印象。他即倾心于浪漫派尤其崇拜提克（Otto Ludwig Tieck）。他一面尽瘁于官职，一面奏乐作曲绘画，过着乐天的诗人的生活。

耶那（Jena）之战，普军一败涂地，霍夫曼亦被剥夺了官职。他遂志愿于音乐家，卒做了班堡（Bamberg）剧场的乐长。在这时代他曾在某家做音乐的家庭教授。他对于这家一个不满十五岁的少女发生

---

① 《史姑娘》(*Das Fräulein von Scuderi*，今译《斯居戴里小姐》)，中篇小说。德国霍夫曼（Ernst T. A. Hoffman，1776—1822）著，毛秋白译。上海中华书局 1935 年 3 月初版，"现代文学丛刊"之一。

了恋爱。这时他自己已年逾而立且使君有妇了，但他对于她宛如初恋一般的热烈。当时他的日记上每天都填满了她的芳名。梦也似的数年过去了。她到了十七岁弃了霍夫曼嫁了一个商人。这个爱的伤痕，影响霍夫曼的一生实在不小。他的艺术的热情就在此时燃烧起来的，他的真正的文学生活也就在此时开始的。

　　他在班堡著了他的处女作《克来斯来丽那》(*Kresleriana*）之后，即到德勒斯登（Dresden）来比锡（Leipzig）等处去流浪。一八一二年，正在战争的高潮中，他耽于《卡罗斯式的幻想篇》(*Phantasiestuecke in Callos Manier*）。这著作中包含着艺术小说与艺术论，尤其是音乐论为主要的部分，且由保罗（Jean Paul）做了一篇推举的序文。

　　由友人的推荐，他又得到了官职。起初虽只是尽义务的，但一八一四年被任为柏林高等法院的推事。此即成了他终生的职务。因同事的旧友喜戚喜（Hitzig）的介绍交识了傅岂（Fouqué），沙米索（Chamisso）等著名的诗人。于是不时在他自宅或酒馆中举行诗人的集会，名曰"塞累匹翁的夜会"（Serapions Abend）。这时代霍夫曼不绝出入于卢忒（Lutter），韦克那（Wegner）等酒馆，常常作通宵的畅饮。爱亭杜夫（Eichendorf）评他道："霍夫曼浪费了他的机智与奇想的火花，后来虽抑制了欲望而著作，但亦不过是为欲得酒资而已，他是为饮酒而著作为著作而饮酒的。"这批评虽过于苛酷，但可据以推知当时霍夫曼饮酒的狂暴了。他的传记的作者喜戚喜也说这耽溺的生活确是他日后肉体上精神上的萎顿的原因。因为这狂饮的结果，愈增剧了他相信妖魔的性情。他从酒馆里回来，自己唤出妖精以极度的兴奋，耽于诗的想象，但等他一拿起笔来，他所想象的妖魔活现地映在他眼前并向他耳边细语。他为害怕而战栗，把已就了寝的夫人唤起来，求她救他。他那贞淑的忠实的夫人，就披了衣坐在他的写字台旁结着绒线忍耐地陪他工作直至搁笔。

一八一五年出版了《恶魔的灵液》(*Die Elixiere des Teufels*)，一八一七年又出版了《夜谭》(*Nachtstuecke*)，《恶魔的灵液》是由上下两部而成的长篇，《夜谭》是八篇怪谭而成的短篇集。《恶魔的灵液》与《夜谭》中的《砂鬼》(*Der Sandmann*) 和《家督相续异闻》(*Das Majorat*) 等篇，是尽量发挥了霍夫曼最为得意的"战栗浪漫主义"(Schauer Romantik) 的作品。

一八一九——一八二一年出版了《塞累匹翁俱乐部》(*Die Serapionsbrueder*)。这是由三十篇左右的小说童话传奇而成的。《塞累匹翁俱乐部》中所收集的差不多都是霍夫曼的绝妙的作品。尤其是本篇《史姑娘》(*Das Fraeulein Von Scuderi*) 为霍夫曼的作品中最完成的作品。因为本篇是在霍夫曼的小说的技巧的圆熟期写成的，所以在复杂的多歧的情节中，却保持着巧妙的统一。各个要所均有异常的紧张。心理描写既非常确实，人物的性格也客观地构成了的。有些地方即在写实主义的小说怕也不能像这样的精妙。

一八二〇——一八二二年出版了他的未完成的作品《牡猫穆儿的人生观》。霍夫曼借了穆儿的口吻，用辛辣的讽讥轻妙的诙谐攻击社会的恶俗与启蒙主义的肤浅，痛骂似是而非的艺术家，赞美睿智与恋爱。是表露着霍夫曼的人生观及艺术观的作品。但只出了两卷，第三卷虽出了预告，未及完成他已为病魔所扰在一八二二年六月二十五日与世长逝了。同志们协了力在耶路撒冷人的公墓 (Jerusalemer Kirchnof) 替他建立了一个小小的纪念碑，碑上在他的名字下刻着这样的文字：

"Ausgezechnet im Amte, Als Dichter, als Tonkuenstler, als Maler."

"他是诗人，是音乐家，是画家，也是卓越的法官。"

——录自中华书局 1935 年初版

《战争小说集》^①

《战争小说集》序

西人曾说过 life is battle（人生即战斗）。这个话，不单只从个人
在人生里也就如兵士在战场上一样，不努力奋斗就不能生活——不单
只从这一方面，看出两者的极其相似，更从别的方面，这个比喻也是
极其正确的。譬如说人生的真相，在那洒［晒］干切好了（dry and
cut）的政治，经济历史……等里面，并看不出来，同样战争的实际，
也不能从这些东西里面得到。只有在文学里，我们才看见那些表面似
乎琐絮细微，其实却是人生最重大紧要的东西。同样，政治历史里所
没有记录的实际争战情形，只有从战争文学里去找寻。在一般文学里
我们得到生活的认识，在战争文学里，我们得到战争的评价。因此，
我们提供了这小小的一部战争小说集。

编者

——录自中华书局 1935 年初版

---

① 《战争小说集》，短篇小说集，沈起予等著，张梦麟等译。本书收入战争小
　说七篇，其中译作五篇。上海中华书局 1935 年 3 月初版，"新中华丛书·文
　艺汇刊"之一。

《暴风雨》[①]

《暴风雨》译者序

余楠秋 [②]　　王淑瑛 [③]

这本书的译成，也许是一个大错？同时我们亦觉无限羞惭，为因顾虑到"忠实"问题，原剧乃用"Beank [Blank] Verse"写成，故斗胆用五言试译。是否不曾因音韵的过分生硬，而巧合了原文部分的娬[妩]媚和幽美？这在译者殊不敢自信。不过为要求诗句的整肃，及音调的调协；因此牵强削就之处，恐在不免。除去"忠"字而外，当谈"达"字；因经过数次的校阅及改正，全书或无甚大不通处？至于"雅"否的问题？那须读者自去探讨，不敢多自妄说。

根本"Beank [Blank] Verse"，是否可用五言体译；而且音调及格式两方面，彼此有无恰可互换的地方？在译者尚只是抱一种尝试的态度，不敢毅然肯定。目前的翻译界，真是花花絮絮的；在一堆翠翠红红的芳卉里，这一朵青黄的初葩，或许会使得大家惊奇！倘能因出乎意外底惠与灌溉，使得柯长枝茂，以后继续开放的花儿，将必能另有一派婀娜的风韵，这是译者一点小小的希望。

---

① 《暴风雨》(*The Tempest*)，戏剧。英国 Shakespeare（今译莎士比亚，1564—1616）著，余楠秋、王淑瑛译。上海黎明书局 1935 年 4 月初版，"英汉对照西洋文学名著译丛"之一。

② 余楠秋（1897—1968），名箕传，字楠秋，湖南长沙人。毕业于清华大学，1914 年赴美留学，获伊利诺伊大学学士学位。回国后曾任教于东南大学、复旦大学、中国公学等。另译有沙比罗（J. Salwyn Schapiro）《欧洲近现代史》、亚斯科特（Ernest Scott）《史学概论》等。

③ 王淑瑛（1910—?），四川成都人。1933 年毕业于清华大学外国语文学系，与钱钟书同届，与吴宓有诗函往来。1947 年任教于江南大学中文系，后赴联合国工作。

　　记得孙大雨先生曾经主张用"气译"的方法去译 *Hamlet*。散文才应该讲究气魄，古人韩退之也曾有这么样的主张；至于诗词，首重韵味，才不致失去斌〔妩〕媚的好看。与其说用"豪气"去吹涨一个汉蒙特，倒不如宁肯用"韵味"去活化出一位波斯披阿，还比较好，这是译者根本的主张。

　　另外一点申明是莎氏剧的特长，专门是善于"Character"的描绘，每人有每人的口吻和神气。译者因力求保持原书这种美点，故于译文撰辞时，均十分审慎。如本剧中凡崔蔻萝·时蒂芬及开里本三人的对语，原文均十分粗陋，求合贱奴的口吻；译者于此亦不惜采用俚语粗言，俾达原意。此点尚希读者明白。

　　至关于莎氏的赫赫大名，国内学子早已遍悉，不必于此多为介绍。他的著作本可以分为三期，初期之作，辞华韵茂，惟内容十分枯涩；中期辞藻及内容互为调和；晚期则专门致力于内容的充实，及人生的探刺。本剧是他晚年精心所构，毕生对于人世的观察及经验后，所产生最后的一个结晶品。虽不以辞采丰腴见长，但字句警练，思想深密，深深足耐识者回味。为因未有先我们而译者，故乃不揣冒昧底付印，尚希海内明哲，不吝赐教，至为欢迎。

　　末了，关于用字方面；有数字我们应得申明一二，希读者原谅！如："我"用于主格，"吾"用于所有格，"吾们"意指单数言，"偌们"指多数，"汝"用于所有格及亲昵的称呼。

余楠秋，王淑瑛　22，9，18

——录自黎明书局 1935 年初版

《回顾》①

《回顾》译者写给编者的一封信 ②

曾克熙 ③

韬奋先生：（中略）*Looking Backward* 一书为美国 Edward Bellamy 所著，脍炙世界人口数十年，曾被译成许多国文字，中文似尚无译本。书系以小说体裁，描写一种社会主义的理想国：主张共同生产，平均分配，自由消费。书中所写事实，亦极为生动有趣。一人于一八八七年睡去，闭在地下室内成一永眠之僵尸，到二〇〇〇年被人救活，发现一社会主义的世界。参观当时社会一切情形，到处听人解说，心中常将二〇〇〇年的社会与一八八七年的社会比较。使人读之，颇觉羞为一八八七年之人。不但在经济方面使人生此感想，尤其在文化方面，人民品格方面，使人生此感想。此书著于一八八七年，故其所取以比较者，即为一八八七年美国社会的情形。然而现在读之，殊觉得现在一九三二年世界的情形，仍去当时一八八七年美国的情形不远，由社会主义的眼光看来，殊无何大进步。故其比较，即在现在读之，仍极生动，即完全可看作二〇〇〇年与一九三二年之比较可也。又有爱情穿插其间，此被救之人，终与救彼之家（仍有家庭组

---

① 《回顾》（*Looking Backward*），长篇小说。美国白乐梅（Edward Bellamy，今译贝拉米，1850—1898）著，曾克熙译。上海生活书店 1935 年 4 月初版，"翻译文库（3）"。

② 《回顾》译文原在《生活周刊》上按期分段陆续发表，这封信就是译者当时写给《生活周刊》编者邹韬奋的。

③ 曾克熙（1900—?），福建闽侯人。曾就读于福建高等学校，后留学日本，毕业于东京明治大学。后又留学美国，获哥伦比亚大学硕士学位。1923 年受聘为南开大学外国语学院日文教授，1929—1933 年受聘于福建协和大学，后任湖南大学政治经济系教授、系主任，1938 年受聘为厦门大学商学院经济系教授。

织，不过较为简单）之女子结婚。

此书可当做爱情的，滑稽的，冒险旅行的小说读。更要紧处，在其可为关心于经济的，政治的，社会的问题者之好参考书。可以提高一般人民之理想与对于文化道德之观念。

此书虽著于一八八七年，于今已四十五年，然至今仍为世界名著之一。且所描写之一八八七年之美国个人主义社会的情形，现仍活跃于全世界（除苏俄外）。所以现在读此小说，仍只觉得兴趣横溢，绝不觉得"旧"了。所描写西历二〇〇〇年之世界，距今尚有六十八年，现在尚很疑问六十八年后能否达到彼境也。（下略）

曾克熙上　一九三二，三，二七。福州。

《回顾》[附韬奋按]

邹韬奋 ①

韬奋按：这本书的原著者生于一八五〇年，卒于一八九九年，他曾留学德国习法律，但终以性近文艺，故从未执行律师职务而特好新闻事业，曾任过数报编辑，并在波士顿创办 *The New Nation* 周刊，自主笔政。他虽曾著小说多种，而使他成为不朽的著作家，却是这本名著——《回顾》。这本书出版后，在十年内，在英美就售出近百万本，在美国除名著 *Uncle Tom's Cabin* 一书外，没有别的书有它这样深广的力量，此外并被译成德文、法文、俄文、意大利文，及其他各国文字多种。他这本书和别的乌托邦理想不同之点，就在他有根据全国通盘筹划的工业计划，自从出了苏俄的五年计划，这本书的理想又引起著

---

① 邹韬奋（1895—1944），江西余江人，出生于福建永安。先后就读于上海南洋公学、圣约翰大学，1926 年起任《生活周刊》主编，1932 年创立生活书店，任总经理。另译有《苏联的民主》《读书偶译》等。

作界的注意。我们介绍这本书，不过意在借此显露压迫榨取的罪恶，并引起对于社会主义研究的兴趣，但讲到策略方面，这本书里所说的并非一定就是我们的主张，这是要附带声明的。

——录自生活书店 1935 年初版

《回顾》译者序

曾克熙

社会主义的世界，现在似乎已成为对于将来的社会组织的公共目标，无论各种派别的社会主义者所主张的办法是怎样地不同。我们中国的思想旧习惯，是对于以往羡慕着，追念着，崇拜着，对于现在冷笑着，怒骂着，而对于将来悲观着。这个态度可比是一个破落户哭墓的态度，追念着祖宗以往的光荣，哀诉着自己的薄命，而忧虑畏惧着将来的艰难。一面自己却不努力，只坐着过那悲叹的人生。与这个态度相反，便是社会主义者的态度。他对于将来是乐观的；对于以往他固然也尊重，然而他以为将来必可更胜于已往，愈远愈胜，人类社会是进步的，不是退化的；所以他对于目前，是很快乐地努力着。他前面看见了一个光明的目标，知道世界和自己是要到什么地方去的。所以他并不悲观，只有努力。

这本书便是描写社会主义的社会是什么样子的。在现在看来，自然还不外是一种梦境，然而，像著者自己所说的，这梦境是未必不能实现的。其中一部分，是已经在实现着了。所以著者虽然装做疯人说梦的样子，然而却未必尽是疯人梦话也。

中国陶渊明的《桃花源记》，也有点这样的风味，然而《桃花源记》还是脱不了哭墓的态度，回溯秦汉，令人厌弃现世，欲思逃避，心中冷然如槁木死灰。本书却是说的西历二〇〇〇年的世界，令人对于将来，生出希望，生出热心，因而觉得目前的生活也是很有趣味很有意义的。这也是中西思想一个大不同的地方。

　　自然，著者所描写的将来社会的情形，和著者所主张的进化过程——他以为流血的斗争是不必需要的——将来是否完全照样实现，毫厘不差，这是谁也不敢说的。推测总不外是推测的。纵使是大同，恐怕也必有小异。

　　原著是用小说体裁写成的——是一本世界驰名的乌托邦小说——其中描写恋爱之处，有时也很能使人看了好像饮了一杯醇酒。

　　原书用意既佳，行文复美，译者拙钝，错误必多，尚望高明，加之教正。

译者　一九三四年二月于上海

——录自生活书店 1935 年初版

《曼侬》①

《曼侬》序

徐仲年 ②

一

法国著名文学批评家意博利脱·丹纳（Hippolyte Taine）在他的

---

① 《曼侬》（ *Histoire du Chevalier des Grieux et Manon Lescaut* ），长篇小说。法国卜莱佛（Antoine Prévost，今译安东尼·普列沃斯，1697—1763）著，石民、张友松译。上海中华书局 1935 年 4 月初版，"现代文学丛刊"之一。

② 徐仲年（1904—1981），江苏无锡人。1914—1921 年就读于上海同济大学德文班和基督教青年日校。后赴法国里昂中法大学、里昂大学文学院学习，获文学博士学位。回国后任教于上海劳动大学、中央大学、复旦大学、中国公学等。另译有梅里美《鹁鸪姑娘》、康斯当（Bejamin Constant，今译贡斯当）《阿笃儿夫》，以及缪塞《虞赛的情诗》等。

《拉·芳丹纳及其寓言》序中说：

> 年深月久之后，空气与食料能改变改人身；气候的寒暖及其变化使我们含着习惯性的感觉，终至这种感觉成了肯定的情感：肉体和精神，整个人儿受其影响，接收天时地土的标识而保守了；试观与我们同时为了同样的原因而更动的其他动物，就可明白：一匹荷兰马与一匹珀罗望斯马不同，犹之一个阿姆司戴尔邓人和马赛人异样。

空间上、时间上的环境足以移人，这是无可疑虑的。所以，如果要研究《曼侬》和它的作者教士卜莱佛，必须从法国说起。

在卜莱佛未生以前，法国经过了不少战争；既生之后，卜莱佛亲见了祖国的兴盛和衰落。

法国国王亨利第二（Henri Ⅱ，1519—1559）先与西班牙王查理士第五（Charles-Quint，1500—1558）自一五四七年起战了八年；后又与查理士·五世的儿子菲力普第二（Philippe Ⅱ，1527—1598）战了四年（自一五五五至一五五九）。在亨利第三（Henri Ⅲ，1551—1589）——一个最无用最荒荡的君主——朝代，非但国内天主教徒反对王室，而且西班牙方面，用尽方法想推倒法国，至少西班牙王想代替法兰西王治国。一五八五年订的若杏维儿（Joinville）密约把法国的边地断送了。幸而法王打胜了西班牙（一五九五——一五九八），抢回了比加尔地（Picardie）、阁尔皮（Corbie）两地；菲力普二世逼得签约言和。不久，"三十年战争"又爆发起来，振动全欧。那时法国的主政，黎塞留公爵（Richelieu，1585—1642）先联络了省联、瑞典、德国王公中的耶稣教徒，然后于一六三五年加入了战争。法国打了几个胜仗，最重要的是一六三七年一役。黎塞留死后，外交家如儿·马沙汉（Jules Mazarin，1602—1661）居然订了魏司脱法利（Westphalie）合约，把"三十年战争"结束。只有西班牙因条件不合，拒绝签字；法国同它宣战，一战战了十一年（一六四八至一六五九）。马沙汉曾一度为幼小的路易第十四向西班牙公主玛俐·戴莱丝求婚，想用婚姻来解决两国的宿仇；无奈固执如驴的西王不肯允许。于是马沙汉改变政策，他与德国协约起来，又得到奥室同意不去帮助西班牙。势焰可怕的西班牙一旦变为独夫，只得退步：胡西庸（Roussillon）、阿尔都怀（Artois）两地也肯让出来了，玛俐·戴莱丝也肯嫁给路易第十四了！签订和约日子是一六五九年十一月十六日。

　　路易第十四是个雄主；然而一将功成万骨枯，法国的原［元］气被他的野心斫断。从前呢，奥室与西班牙是欧洲和平的魔鬼，现在轮到法国了。因为法国做了荷兰的协约国，路易第十四只能帮了荷兰去打英国；然而他究竟是个调皮人，他尽力少出海军，所谓帮助不过面子上而已。在一六六七年英荷停战，路易第十四在内颇出力调停。这边放下，他又注意到西班牙。那时西王菲力普第四已死，年幼多病的查理士第二接了王位。路易第十四用了妻子的名义，向西王索荷兰地方。不管人家愿意不愿意他就派兵占据了佛郎特尔（Flandre），这是一六六七年五月至九月间事。英、瑞典、荷兰联合起来抵拒法国。法国折而向南，先把西班牙的法郎区·公戴（Franche-Comté）抢来。照一六六八年订的协约，法国把法郎区·公戴还给西国，却得了其他八城。四年之后，路易第十四几乎占有荷兰。一六七三年，荷兰、西班牙、罗兰纳公爵（duc dè Lorraine）联结抵法；隔了一年，他们使英、德向法破除协约；这时，除了瑞典，全欧反对法国。然而，那时法国毫不畏惧，接续打了六年，得了不少城市。于是欧洲各国，除了瑞典、瑞士中立外，重有反法联盟（一六八四，一六八七）。这一次，法国的运命突然降低了。自一六八八至一六九七——正是《曼侬》著者诞生的那一年——法兰西与乌格思部联盟（Ligue d'Augsbourg）大战：海战打了败仗，陆战却胜了。胜虽则胜，利司维克（Ryswik）和约逼法国把所占地让还，甚至罗兰纳地方也须吐出！法国白白流了许多血，弄得财穷力乏，一场无结果。为了政治关系，法国挣着最后的兵力，帮助菲力普第五争西班牙王位；奥国、英国、荷兰合打法国：战了十二年（一七〇一至一七一三），结果法国劳而无得，反而英国乘机扩充了他的海战力。法国把许特生（Hudson）海湾、阿加地（Acadie）、圣·科利司督甫（St. Christophe）、其盎纳（Guyane）、刚皮（Gambie）诸地割给英国。自一七一三年起，法国休息了二十年。久静必动，战云蜂起。波兰王亚格司脱第二（Auguste Ⅱ）死后（一七三三），亚格司脱第三与司大宜司拉司（Stanislas）攘夺王位；俄国帮了亚格司脱第三，法王路易第十五帮了他的岳父司大宜司拉司；双方开起战来。直到一七三八年，法国才承认亚格司脱第三为波兰王，以罗兰纳、排尔（Bar）两地给司大宜司拉司，允彼终身享用。三十年以来（一七一一至一七四〇），奥王查理士第六预备把王位给他的女儿玛俐·戴莱丝；为了这个目的他接近列强。谁知他一死，便有五个人抢这顶王冠。法国帮着五个人中的一个，叫做"白维爱尔地方的选举人"（Electeur de Barière）。所谓"选举人"者，是贵属中有权选王的人，法国举了这人做了查理士第七（一七四二）；到了一七四五年查理士第七死了。查理士第七的儿子承认玛俐·戴莱丝登位之权。虽则如是，列强仍与法国开战，战了五年。一七四八年所订协约，诸国皆占便宜，只有法国吃亏。自一七五六至一七六三，法、奥、俄在一边，普、英在另一边，打起仗来。普王佛莱苔烈克第二（Frédéric Ⅱ，1712—1786），和一头狮子一般，所向披靡。英国亦能振发海上威力，把不少法国的属地抢了去。等到一七六三年在巴黎签订和约，法国所受的损失、耻辱，皆比一七四八年所受的为大。一七八七年，荷兰大乱，法国不知乘机自振，国势一天弱似一天，直至一七八九年为止。然而我们《曼侬》的作者，死在一七六三年，正当法国受辱最利害的一年，他死后的国家大事，我们可以不讲。

二

　　如果十七世纪十八世纪，法国的政治如是活动，法国的思想和文学具有同样精神。我们已经提过《曼侬》作者诞生在何年，当他诞生时，拉·芳丹纳不过去世了两年，拉·白吕爱尔死了仅一年。在古典派的空气中，教士卜莱佛呱呱而啼。然而他出世了三年，世界已走入十八世纪；我们想叙述他的文学及思想环境，只能着重在十八世纪。十八世纪的法国思想界有四个大运动：一、反对宗教运动；二、科学运动；三、政治及社会运动；四、文学运动。

　　大家知道以前欧洲的政治与文化权柄都握在教士们手里，政教两字是不能分离的。到了文艺复兴时代，一股暗流侵入了坚固的教堂墙根下；这一股水，起初是无足轻重的，逐渐涨大起来，到了十七世纪，这座斑斓的教堂，虽则表面上加了多少装饰品，实地里已经基础动摇。笛卡儿（R. Descartes，1596—1650）的思想，原是哲学的，影响到大众的思想上来。凡事不要相信"权威"的说法：例如教士们向你说上帝是怎么怎么样的，暂时你不要盲信，你先自去研究他们所说的对不对，得到了事实上的证明以后再下定论。"在那儿我认识我是一个以思维为本，为天职的本体"，人是一只能思维的动物，他应当用他的脑子，不应当遮住了眼听人排布。这种科学化的哲学思想，一到了群众心里，群众就把它应用到日常所见所闻的东西上去：正因为宗教很普及，他们先把这新法来解决宗教问题。宗教里所谓的"信心"(foi)，好似中国人所说的"诚则灵"的"诚"字，能否使人心满意足？进一步讲，耶稣所做种种奇事是否真的？再进一步讲，教士们说，耶稣的母亲不夫而孕，可靠不可靠？……诸如此类，掀起了以前不敢想的种种疑问。浦徐爱（Bossuet），这位著名的说教者，料到笛卡儿学说将为宗教的致命伤，所以拼命排斥它。马儿勃郎虚（Malebranche）比浦徐爱稳和一些，就应用笛卡儿方法，著了《真理之寻觅》（一六七四至一六七五）来保障宗教。然而对方走上了一个倍尔（Pierre Bayle）扑面就著了一部《对于彗星的思索》：历来人家以为彗星的出现是一种预兆，这是错的，这是迷信；他进一步说，迷信的种类很多，难道都不错么？又来了一位方登内儿（Fontenelle），他老实讲古时所谓通神，都是欺人语。甚至圣·爱佛尔蒙（Saint-Évremond）说，道德仅可与乐趣——精神上的——合作。于是把历来宗教上走尸式的假庄严打破了。这种反对宗教运动，即是思想解放运动。所谓解放者，第一、解放原有的一切思想上的束缚如宗教信仰等等，第二、放大思想范围，非但使人家知道法国文化以外还有许多其他文化值得研究、值得爱，而且文化以外，世界物事如是之多，事事物物皆堪考察或专攻。傅扶那尔格（Vauvenargues，1715—1747）主张在一个完美的社会中，应当有一种"便利的道德"；换句话，就是一个人对于精神上肉体上应有绝对自由的快乐。这种主张比上面所述圣·爱佛尔蒙的主张又进了一步；而且，与我们这本《曼侬》极有关系的，因为《曼侬》一书，无非是这种主张的演义的。孟德司鸠（Montesquieu，1689—1755）的《波斯人的信》证明那时已摒弃了闭关自满的恶习。伏尔戴尔——他的真姓名是法郎所怀·玛利·阿尔爱（Francois Marie Arouet，1694—1778），这位求肉体快乐的哲学家：

> 我爱好奢华，亦爱好怠惰，
> 种种快乐，种种艺术，
> 正实，审美观念与装饰。

在他的《哲学书信》中把英国哲学介绍到法国来；在他的《哲学辞典》中，他承认教徒是扰乱世界治安的罪人（观该书 Fanatisme 第一节）。《曼侬》的作者比伏尔戴尔早死了十五年，我们陈述十八世纪的法国的反教运动与哲学思想就止于伏尔戴尔。

如果哲学渐趋科学化，正因那时的科学渐被人看重；我说轻了，正因那时的科学是极时髦，极受人欢迎。非但男子中有真正的科学家，女子中也何尝没有？例如，公爵夫人虞·夏德莱（du Châtelet，1706—1749）、男爵夫人司大阿儿·杜·陆内（Staal de Launay，1684—1750），以及解剖学家虞凡尔内（Duvernay）、几何学家路易·贾莱（Louis Carré）、化学家雷梅俐（Lémery）等的女学生。一六八六年，方登内儿已经做了一部浅近有味的天文学书，这部书大受女界欢迎。一六九九年，国家科学学院正式鼓励科学研究。所以，上面有人提倡，下面就有人景从。而提倡诸功臣中，我们应当说到皮丰、弟突何与达郎倍尔。皮丰（Buffon，1707—1788）在一七三九至一七八八年中，做了皇帝花园的园长，这个职位使他爱上了博物学。他每天早上五点钟起身，六点钟开始做工做到十四点钟，自十七点钟又做工做到十九点钟，终身不改这个勤学习惯。他与他的助手们写一部《博物学》，虽则这万恶的死不让他写全，然而就已成就的各部分说，已很可观：关于地球的学说与人类史（一七四九年，一大册），四足动物（一七四九至一七六七年，十五大册），鸟（一七七〇至一七八三年，九大册），矿物（一七八三至一七八八年，五大册），续编（一七七四至一七八九年，一大册）。皮丰主张在科学书中作者也应当注重文学艺术如文笔、章法、修辞等等。他的研究方法是着意客观的：先有慎密的观察，然后精细地描写。皮丰的文学化的科学不久便成了若望·若克·卢梭（Jean-Jacques Rousseau，1712—1778）和倍尔那尔谭·杜·圣·比爱尔（Bernardin de Saint-Pierre，1737—1814）的科学化的文学，——关于自然的描写等。杜宜·弟突何（Denis Diderot，1713—1784）是一位哲学家、小说家、戏剧批评家、美术批评家，还须加上一个博学家的头衔！他的哲学主张属于无神

派（athéisme），伏尔戴尔尚要引上帝来证实宇宙的变化，弟突何却把
这尘沙满头的上帝踢至不知何处去了。他说，所谓道德者乃是某一时
间某一环境构成的东西：时间不息地在流，环境无止地在变，所以今
日的"善"不见得是明日的"善"，昨日的"恶"不见得今日还是为
"恶"。换句说，无所谓善恶，无所谓道德。他用这种主张来写小说，
他的小说无非是肉体享乐派无神派的小说。此外弟突何还有一种重要
主张：他厌恶社会，愿归返自然。当时有一书店主人，见了倍尔的
《历史及批评词典》（一六九七）很受欢迎，知道群众正需求这类的书，
他就想预备一部《百科全书》，聘请了杜·马儿芙（Gua de Malves）、
弟突何及若望·鸢·洪·达郎倍尔（Jean Le Rond d'Alembert，1717—
1783）来主持此事。不久杜·马儿芙与书店主人吵翻了，于是由弟
突何与达郎倍尔主干。然而这书的出版引起了无限波折，在第一期
内（一七五二至一七五七）出了七大册，政府方面曾下令毁去第一第
二两册，幸而公平的马莱瑞白（Malesherbes，1721—1794）——路易
第十六的国务员——把命令按住了没有实行。在第二期内（一七五七
至一七五九），达郎倍尔在"日内瓦"一字下所下的注脚引起了卢梭
（《致达郎倍尔函》）等热烈的反对，达郎倍尔因此辞职不干，国务会
议禁止此书发行而且把已出版的诸册毁掉；然而弟突何抱了百折不
回的精神，努力进行，经过了种种困难，终至把该书于一七七二年
出齐了，全书十七巨册，续编四巨册，插图十一册。这部《百科全
书》是十八世纪的一大名著，执笔的都是专门学者，例如：感觉说学
者龚梯崖客（Condillac）、唯物派哲学家海儿非西与司（Helvétius）、
博物学家陶朋栋（Daubenton）——皮丰的助手、文学家马尔蒙戴儿
（Marmontel）、伏尔戴尔、孟德司鸠等。而《百科全书》之所以能够
卒事，都是弟突何的功劳。法国当代文学史家郎松（G.Lanson）先生
说在十八世纪的法国，弟突何的地位不下于卢梭及伏尔戴尔，这是最
公平的定论。

　　自从马沙汉的死（一六六一）到郭儿倍尔（Golbert）的死（一六八三），中间若干年，法国颇兴旺，占尽了光荣；然而，像我在上面所说的，路易第十四的野心把法国弄穷弄乏了。继之，路易第十五是个庸主，路易第十六不知用人，法国愈降愈低。百姓中有智识的渐渐不满于政府。文哲学家起始偷偷地发表反对言论。因政治关系被驱逐出国的法人，自一六八六年起，正式发牢骚。平地一声雷，在一六九五年浦怀其儿倍尔（Boisguillebert）印行了《法兰西详情》，一七〇七年他印行了《法兰的诉件说明书》：著者要求改组财政。同一的一七〇七年，甫斑（Vauban）在他的《王家什一税》中说："为了他们的人数和他们向国家所作诸事，百姓在王国境中占了一个最大的地盘，然而最吃苦的也是他们。"费纳龙在《致路易第十四的信》中很大胆地说：

　　……您应当爱如己子而至今很拥戴您的百姓目下直直饿死了。田也几乎不种；城里乡间人口也减少；百凡工作萎靡不振，不足以养活工人。一切商业化为乌有。因此，您把国内实力的一半断送在扩充及保护国外不可靠的征服土地上。……老实说罢，就是以前如何爱您，如何对您有信仰的百姓现今起首对您失去了友情，失去了信任，甚至失去了对您的尊敬。您的胜仗，您的领土，再也不能使他们快乐了；牢骚与失望充满了他们的心怀。反叛渐渐在四方爆裂。……

　　这封信当然不能签名，大致在一六九一年至一六九七年中写就的。虽则费纳龙的政治主张是很守旧的，然而作者却重视百姓："爱你的百姓"，"不要忘掉那些人主不是为了自身的光荣而治民，却是为了百姓的益处"（参考《戴雷麦克》第十八卷）。马西雄（Massillon）于一七一八年复活祭前斋戒节中，当了路易第十五的面，演讲宗教，婉转地说要一个温柔可亲的王政：有了百姓才能有王，王的对于百姓的威权应与父亲对于子女的威权一样。拉·白吕爱尔（La Bruyère 1645—1696）也曾经把帝王比做牧童，童与羊相依为命，这意思与马西雄的极相近。同时，英国的自由思想灌入法国。这种不满意专制和爱好自由的思想在群众心目中发酵起来。终究，那一七八九年五月五日和同年六月二十日所开的宪法会议建设了"第一民国"。

法国的正宗派或古典派文学，在十七世纪里达到了最盛时期，此后逐渐衰落下来直至一七五〇年左右为止。在十八世纪的初年，古典派代表作者鸾沙时及马利芙。鸾沙时（Lesage 1668—1747）是一位努力创作的作家，在他的许多著作中，我们可以特别注意一部小说《其尔·白拉》（一七四七）。这部小说的作风受了西班牙文学的影响，尤其受了小说家爱司比内儿（Espinel）的影响。其尔·白拉自从离开了他的伯父，先后做了大学学生、贼、牧师助手、副医、律师书记、主教心腹、国务总理左右手，经过了不少风波，终于爬到了一个有钱有势的地位，他又与一位有钱的女儿结了婚，此妇死后，其尔·白拉重结了婚，在他的别业里过安静舒服的日子。这是一部描写风俗的小说，内中颇着重心理分析：鸾沙时不愧为古典派的殿军。马利芙（Marivaux，1688—1763）在一七三一至一七四一年间做了一部《玛俐阿纳传》，是一部言情小说。幼时，玛俐阿纳和她的双亲到博度去，中途马车翻身，双亲跌死，玛俐阿纳被一位老牧师的姊姊收养了；到十五岁时，老牧师与他的姊姊都过世了，玛俐阿纳孤零地在巴黎谋生；有一个年老而刁滑的杜·克利马儿爱上了这位孤女，但她却不爱他；她爱上了一个喜欢游荡的凡儿维儿了爵，然而没有同他结婚，因为马利芙没有把这部小说写完。在一七三五至一七三六年年间，马利芙做了别一部小说，《投机成功的乡下人》，亦没有写完。书中的主人翁若各白是一个乡下人，十八岁时他到巴黎去谋生。他因他的面貌美丽，颇受有力的女人们欢迎，他就利用裙带势力，做成了一

个暴发户。这两部书的长处非但善于描写狂烈的爱情，而且能使书中
的主要人物——虽则他们的动作有时不十分清高，例如若各白的利
用女人——博得读者的同情。描写爱情的趋向，渐走渐远，一落到
杜·邓襄夫人（Mme de Tencin）手里便成了还未有名称的浪漫写法；
在一七三五年，这位女小说家发表了一部中篇小说《郭孟茹伯爵的日
记》，此书曾使男女读者流了不少同情热泪。两个恋人被凶恶的家庭
拆开了，男的自行闭入修道院，女的被逼嫁了一个老头儿。老头儿死
后，寡妇改穿了男装，也进了男的所进的修道院，但她并未向她恋人
说明是她；他呢，直到她临死时才知道她是女扮男装的，而且即是他
的恋人。这种不合情理，浪漫到极点的小说在当时万分受人欢迎。鸾
沙时、马利芙、杜·邓襄夫人和《曼侬》的作者为十八世纪上半世纪
的"情感小说"名家。戏剧方面，蒲马尔轩（Beaumarchais，1732—
1799）做了两部不朽的喜剧：《塞维儿地方的剃师》（一七七五初演）
与《非茄和的结婚》（一七八四初演）。年长的摆尔德罗医士硬想讨未
成年的何静纳为妻，因为他生性极嫉而且身为她的保护人，就把何静
纳关在家里；谁知年少美貌的阿儿马未法伯爵看上了何静纳，聪敏的
非茄和——赛维儿地方的剃师——就想出种种方法使他们成婚，把摆
尔德罗气得半死。何静纳——现今成了伯爵夫人——身边有一个美丽
使女，非茄和为她向伯爵求婚却被拒绝了，因为伯爵自己就想染指此
女；于是非茄和生出一计，乘伯爵与使女订了一个私会，由伯爵夫人
改装前去。到此地步，伯爵的不可告人的计划被他的夫人完全知道
了，只能向她求恕，而许使女和非茄和结婚。诗歌方面，盎突莱·显
尼爱（André Chénier，1762—1794）——他的母亲是希腊人——为
十八世纪法国最大诗人。他是一位赞美爱情者：

　　　……我愿我的文字，——青年时代剩下的儿童，——
　　　成了爱情，快乐，温柔的律法。

他又是一位多愁善感的浪漫诗人：

> 我死了。黄昏尚未降临我却完了我的日程。
> 我那初开的玫瑰花已枯悴了。
> 生命曾让我享受些不能持久的温柔；
> 我享受未几而我要死了。

这种婉啭的泣声，要到十九世纪里才能再听得了。

总之，十八世纪之于法国，是一个蜕变时期。政治罢，大家不满于专制，向民主方面走。思想罢，受了科学的洗礼，渐成合理化。文学罢，呆板的古典派已无权威，诗人与散文家正在开辟一条新路；这条新路，一到了十九世纪便被称为浪漫派文学。开路的重要工人中，有一位叫做卜莱佛，便是《曼侬》的作者。

三

大凡一个文学家的生活与他的作品多少有些关系：或者，作者在小说或诗歌里陈述自身的经历及感触；或者，作者的经历就如一部小说，因之影响到作品上去，虽则那作品非是自传体。卜莱佛把这两点都占有了。

一六九七年四月一日，安多宛·佛朗斯瓦·卜莱佛（Antoine-François Prévost），以后改称卜莱佛·苔克齐儿（Prévost d'Exiles），生于法国北境一古省，阿尔都怀（Artois）中的海思打（Hesdin）地方。阿尔都怀地域现今归入巴·杜·贾来（Pas-de-Calais）区，新省会叫做阿拉司（Arras），在一九一四——一九一八年欧战时，受了重大的损失。他的父亲是一个律师，又当了王家法官管辖地的检察官；这位先生有五个子女，卜莱佛是第二个孩子。他是一位有见识的人，很注意子女的教育。本来卜莱佛这一家是一个很古的家庭，曾经出过法官、邑吏、牧师、军人等等，无怪卜莱佛·苔克齐儿的父亲有此识见。

卜莱佛·苔克齐儿先在海思打地方的小公学里读了几年书；这隻学校是"耶稣会"派教士们所主持的。"耶稣会"在法文中为Compagnie de Tésus，始创于一五三四年，是天主教诸派中最看重阶级的一派。在这隻乡村小校里，当然缺乏名师，不能满足卜莱佛父子两人的希望；于是他改进了巴黎的阿尔古公学。他的教师——"耶稣会"中人——见他这样聪明，便劝他进了他们一派，去当"初修道者"(novice)。"耶稣会"中分有：统领、院长、精神副主教、初修道者诸级，初修道者列入最低一级。然而在一七一三年，卜莱佛对于宗教有些厌烦了，突然离开了修道院去当兵。但是，倘使宗教中的规则来得严紧，军队中的规则还要厉害。况且，这时的法国，与西班牙联盟，合击奥、英、荷已经战了十二年，于一七一三年宣告停战。一面呢，卜莱佛觉得军队生活太苦；一面呢，战事一停，他再无升级希望。于是他重回到"耶稣会"里去。"耶稣会"派的教士素以柔顺为手段的，所以他们并不责备他的出走，宽恕了他，把他重新收留了。可是像《曼侬》中主人翁格利欧一般，"一个不可抗拒的……需要"使他再弃修道院，再进军队。这一次，与上次不同了，在军队中居然有相当的地位。带有利箭的爱神，看中了这位年轻美貌卜莱佛·苔克齐儿，就请他吃了一枝毒箭。一七二〇年，他觉察了他的爱人另有相好，无限的悲伤沉浸了他的心肝。他就去归依"笃本会"派的教士们，在圣摩尔（Saint-Maur）地方。他说：

> 一个太温柔的心约的不幸的结束直引我到坟中去：我只有一空名献给尊敬的教派，我将在那儿隐匿。……然而情感还来找我，

我觉得我剧烈的心在灰中尚是灼热。……自由的失去使我悲伤到
哭了。……我在书籍里寻我的安慰。……我的书是我的忠实永久
的朋友，可是它们同我一样已经死了。

这一段常常被人称许的文字，充满了极深诚的悲哀。它已是卢
梭的《忏悔录》（卢梭死后方印行）与沙都白利昂（Chateaubriand，
1768—1848）的《韩内》（René）的先声。事前，无论对他的双亲或朋
友，他绝对没有提起他的计划，直到一七二〇年，他宣入教誓时人家
才知道。

阿弥央（Amiens）地方的主教叫他做了牧师，所以人家称他
教士卜莱佛。他有时在胡昂（Rouen，巴黎西北一百四十个启罗密
达）地方的圣·乌昂（Saint-Ouen）修道院里，有时在圣·日尔梅尔
（Saint-Germer）地方的修道院里教书，又经过了爱佛安（Evreux，
巴黎西北一〇八启罗密达）等处的修道院而到巴黎。在巴黎，于复
活节前的封斋节内，卜莱佛演讲宗教，很得到听众的称赞。终究进了
巴黎著名的圣·日耳曼·苔·泼来（Saint-Germain-des-Prés）修
道院（一七二七），在那儿他曾参加了一部著名的《信天主教的古尔
史》（Gallia Christiana）的博学工作。古尔（Gaule）是一片大地方的
总称，包括现代的北意大利、法国的里昂及比利时等地。圣脱·伯甫
（Sainte-Beuve，1804—1869，大批评家）说：

在那时他仿佛已开始做他的《一个贵人的回忆录》（Mémoires
d'un homme de qualité）。在修道院中，他讲了很有趣的许多故事，
他是守长夜时的蛊惑悦人者。然而他思想的趋向日使他希望离开
隐修院，于是借口了一件小小不称心事，向罗马（按教皇在罗
马）请求允许他改进一个比较稍宽的教派里去，他选择了克吕宜
（Cluny）修道院。他的请求很顺利地被教皇接受了，教皇的诏书

应于某日由阿弥央地方的主教正式宣布。卜莱佛以为这是很可靠了，在该日的清早，从隐修院里逃出来，只留下几封信，在信中他向他的上司们言明出走的缘故。一个卜莱佛自始至终不知道的阴谋使这诏书没有宣布，于是卜莱佛的离院变为了私逃（按：这是一个很严重的情节），除了往荷兰去避难卜莱佛再无别法可想。那教派的统领虽则为了友谊曾同他设法使我们向他重开，可是卜莱佛已经走了，无从告诉他。……他的遁逃当在一七二七年或一七二八年左右……

　　然而精细的妃尔弟囊·白吕纳梯爱尔（Ferdinand Brunetière，1849—1906）却叫我们注意这一点：那《信天主教的古尔史》的编辑者卜莱佛是否《曼侬》作者的卜莱佛？这个疑虑是有理的，因为同时有三个卜莱佛：一个是《曼侬》作者；一个叫做比爱尔·霍培尔·卜莱佛（Pierre-Robert Prévost），自一六七五至一七三五年为"沙尔脱尔"（Chartres）教派中的教士，以善演讲宗教出名；一个叫做克路突·卜莱佛（Claude Prévost），在一六九三至一七五二年为圣脱·日内为爱扶（Sainte Geneviève）教堂的重要职员，而在《信天主教的古尔史》中（见该书第二巨册，第六百九十行）正说到了他是编辑人之一！如是，或是为《曼侬》作者做传的人说错了，或是该《古尔史》上印误了。但是白吕纳梯爱尔自己就没有下一个定论，何况后生小子的我呢？我只能把这三个人名举出，奉劝读者们存疑罢了。白吕纳梯爱尔又疑心到"教皇诏书"那件事。当代文学史大家郎松先生在他的《法国文学史》（第十四版本，第六百七十六页下面注1）中只说："在一七二八年，他逃到英吉利、荷兰……"没有提及原因。倍弟爱（J. Pédier）与哈闸尔（P. Hazard）两先生主干的《绘图法国文学史》（第二册，第六十五页）亦没有说起。莫内先生（D. Mornet）在他的《法国文学及思想史》里（第一百六十页），勃胡先生（A. Brou）

在他的《文学的十八世纪》里（第三百三十七页），台·辩朗如先生（Ch. M. des Granges）在他的《法国文学史》里（第六百八十五页）等等，都没有说清，或竟未提及。只有莫利乌先生（P. Morillot）在伯蒂·杜·如儿维儿（Petit de Julleville）主干的《法国言语及文学史》内（第六巨册，第四百六十八页末行），说了"他切望一个稍宽松的生活，就无故地走了"，终究还未说出实在原因。几位同卜莱佛作传的人说，那回诏书没有发表，因为克吕宜修道院教监恐怕卜莱佛一进他的修道院就能引坏别的修道士，所以请阿弥央地方的教主把诏书按下了。不过，这位教监，苔尔宜（d'Ergny）先生，是卜莱佛的亲戚，卜莱佛正要到他家里去躲难！如果传记上所说的是对的，那么，卜莱佛躲到苔尔宜先生家里去岂非自投虎口？其实在一九〇〇年附近，拉斐松（F. Ravaisson）在他的《古时巴黎牢狱（la Bastille）的档案》里发表了下面一项重要文件：一七二八年十一月三十日，警察中尉爱湖（Hérault）收得此信：

> 圣·摩尔地方教会的上级统领们敬请警察中尉先生使人捕捉一个在半月左右前无故亦无教皇允许改派诏书呈验私自离开圣·日尔曼·苔·泼来修道院的教士。他已经在耶稣会派教士们处离过两次；与笃本会派教士们相处已达八年之久。他叫做卜莱佛教士，海思打地方人，该地王家检察官之子；身材中下，肤白色，眼绿眶长，面色带红，颧满。他的主要相识为耶稣会派修道院与克来尔蒙（Clermont）地方公学中的教士们。他每日不畏责罚地散步于巴黎城中。他是一部短小说的作者，该小说名为《一个贵人的冒险经历》(按：即《一个贵人的回忆录》)。这部小说在巴黎颇被人注意，因为它含有对大公爵杜·笃司加纳（de Toscane）所发的糊涂言语。他的年纪约在三十五六之间。他穿着教士装束。

"这部小说在巴黎颇被人注意，因为它含有对大公爵杜·笃司加纳所发的糊涂言语"，够了! 够了! 天下老鸦一样黑，大人先生们素不喜欢小百姓的评论，何况这位中意大利的一方之主，笃司加纳地方的大公爵哩! 教皇诏书之被按不宣布，安知这位大公爵不在里面捣鬼? 即使这件"诏书案"与大公爵无关，以他的势力，只须一启齿，巴黎那时的牢狱门立即会大开而特开，请卜莱佛进去居住。无怪他匆匆跑到英国去了! 但是，究竟是何等的糊涂语呢? 卜莱佛在该小说内描写大公爵:

　　　　一个对于妇女们有剧烈兴趣的人，虽则别人不以丈夫们望之生畏的那种才能推到他身上去。

上半句是说一"淫"字，下半句却说到了……算它说到了"弱"字罢! 自高的大公爵读之安得不生气?

他先逃至英国，在一个很有势力的贵族家里当书记或家庭教师，那时他的生活是极富裕安乐的。如是过了几个月，一件"小小爱情事"(une petite affaire de coeur)，逼得他非但须离开这"很优美的位置"(un poste si gracieux)，而且连在英国都站不住了，于是逃到荷兰去，正当一七二九年。

他先住在阿姆司戴尔邓 (Amsterdam)，后住在海牙。那时的荷兰，尤其在阿姆司戴尔邓，印刷事业异常发达: 非但荷兰人自己开了许多书店，而且外人——如法人——也开了不少; 那些书店非但印各政府允许印的各种书籍，还印禁书。数年以来，卜莱佛和他的家庭早已断绝往来。他也没有朋友在法国，他的惟一的生活方法便是著书。如果马利芙把他的裤子穿破了，无钱更换，要等到圣诞节时，那位爱护文艺的杜·邓襄夫人送他两三尺布，作为过节礼物，才有新裤子穿，卜莱佛却没有这般耐心，事实上也不许他有此耐心:

卜莱佛先向书店老板们——如有名的郭司（Gosse），有名的内乌姆（Néaulme）——支了钱，然后以稿子去还账。所以在此时卜莱佛做了许多书，下面再讲。可是用这种开特别快车方法来著书，——我不由自主地想到了梁启超先生，——自然不能常得到优良的结果，无怪乎卜莱佛所做的书，除了《曼侬》，到今日都被"遗忘"所吞食！在海牙，卜莱佛认识了一位进耶稣教的女子。据说这女子是无所不为的。卜莱佛痴心梦想用爱情来更改这女子；更改没有成功，在海牙的法国人却再不愿与卜莱佛往来了，到处向他表示厌恶，请他吃冷大门。他再也不能久住海牙，于是同了他的恋人，重渡北海，还至伦敦，正当一七三二、一七三三年之间。

在伦敦的法国人对于卜莱佛的归英，即不至反对，也曾表示很冷淡的。说来说去还是因为了那位追随卜莱佛的女人！有个郎辟来·虞勿来司拿怀（Lengle Dufresnoy）教士拼力造卜莱佛的谣言：卜莱佛诱拐这女人咧，纵淫咧，动用公款咧，形形色色，无所不至。卜莱佛很镇静地在他的《赞成与反对》杂志中回答了。郎辟来·虞勿来司拿怀虽这样下作地污辱他，他却不记怨，只在《赞成与反对》中，借了梅独（Médor）的姓名，为自己写了一个正确的照：

> 这位被妇人们极爱昵的梅独是一个三十七八的男子；他的面上和他的脾气里保守着旧时伤心事所遗下的痕迹；他有时自闭在书斋里历数周之久；每日他做七八小时的工作；他很少去寻自乐的机会，而且即使有这种机会也一概拒绝了；他欢喜与一位有良知的朋友畅谈一小时，甚于一切世人所称道的快乐或消遣；他很有礼貌，因为他曾受过良好的教育，然而并不在妇人们前献殷勤；他的脾气是温柔的，但总带着悲戚神情；他很朴实，能自治。我为我写下这个很忠实的小像，我并不计划这样能使我自负或自伤。

其他耶稣教徒亦使他不堪，在他的《杜·蒙加儿先生的回忆录》里，借了杜·蒙加儿的嘴，他说：

> 很少人有留英的法人中耶稣教徒们那种爱好批评的脾气。他们拥护新教的热忱使他们不得不离开祖国，使他们变为残忍的对于人家道德上宽松处；我固不必自苦去调查那般不能恕人过失的先生们自己有无过失？在群众面前与在他们自己伴里他们的行为是否一致？我早已看清不少。例如：如果某人的行为不合他们的原则而使他们惊讶了，这位先生就把他们的怨恨引到身上来。

可是，反对仅管反对，卜莱佛却继续努力著译，他的文名一天大似一天。这个文名使他不时可以到巴黎去作数日勾留。

倦飞思还，自一七二八年冬起，卜莱佛在外飘流了多年，想回国了；目下虽能去巴黎，却不能亦不敢久住。幸而红衣主教杜·皮西（de Bissy）与那位贤惠的少年王子恭蒂（Conti）——那时他只十七岁——帮了许多忙，在一七三四年秋天他居然可以无忧无虑地返国。一到祖国就依着条件进一个修道院里去自省；这种自省是不苦的，他自己在一七三五年七月十日所写的一封信里说："（我在）一个善良而美丽的道伴里，一个包含两性的道伴。"自省时期大致与一七三五年同完。他一出院就当了王子恭蒂的私人教士，但是卜莱佛所当的是一个闲职，所以领不到多少钱。

有一次卜莱佛被他的裁缝及挂彩商逼得走投无路，如果他不将五十个路易金币还他们，官厅便要来捉他。那时，伏尔戴尔住在白吕克瑞儿（Bruxelles），颇受人攻击。卜莱佛写信去向他商借五十个路易金币，他允许在三个月内做成一部《伏尔戴尔先生及其著作的辩护》。可是幸运先生偏要作难，那时伏尔戴尔自身就没有钱！"人急悬梁，狗急跳墙"，卜莱佛上吊却没有上，只想出了一个不幸的方法：他为一张小小刊物去找可以借之敲竹杠的秘密新闻。于此道他还是外行，所以落下证据，被人告发。虽则有恭蒂等帮忙，事情终至弄僵了。于是恭蒂赠了卜莱佛二十五个路易金币，叫他出走，这时为一七四一年二月。他从比国的白吕克瑞儿逃至德国的佛郎克福（Frankfort）等地。到了同年的十月左右，巴黎方面于他不利的暴风雨平静了，卜莱佛再返祖国。

初回巴黎时，卜莱佛想到普王佛莱苔烈克第二那边去。这位爱好文哲的英雄早已在他身边聚集了许多法国的哲学家、文学家、艺术家等等，伏尔戴尔便是内中的一个。可是有三个原因阻碍他实行这个计划：第一件，也是最大的一件，旅费何在？债没有偿清，债主如何肯让他走？第二件，钱虽没有，名誉却甚高，已有人称他为"当代第一小说家"，他心里有些舍不下巴黎；第三件，他年龄渐高，好动的兴致减少了，正借口以上两种缘故，决定不走。

他起首住在王子恭蒂家里。他认识了女文学家韩内·加何琳纳·杜·佛胡莱（Renée-Caroline de Froullay），或称杜·克莱基公爵夫人（de Créqui，1714—1803）。他又时常在负有盛名的杜白莱（Doublet，1677—1771）夫人的文学沙龙（salon）里走走。在一七五四年，他做了圣·乔治·杜·日司纳（Saint-Georges de Gesne）修道院院长。那处的进款大致还不差，他积了几个钱，在山蒂意（Chantilly）附近，圣·非尔孟（St.-Firmin）地方买了一所很玲珑的乡村别业。四周的风景是极美丽的。就在那别业中，卜莱佛很快乐地度日：

> 距居缘里（Tuileries）五百步地方，有一个小冈……在那儿我想住三年；我有一个极美丽的女管理（她是一个寡妇），叫做鲁鲁，一个女厨师，一个男仆作伴。

他还加上一句：

> 亲爱的朋友，我温柔地吻你，而且向你张着两手，这就是说我在一边，那小寡妇在另一边。

读了"我在一边，那小寡妇在另一边"就可猜得在实际上这位寡妇是并不寡了！若望・若克・卢梭也谈到当时的卜莱佛：

> 一位很和气，很简朴的人……在他的举止和神情中，他并没有在他著作里可以找见的那种灰色颓废。

他苦了一世，老年来终算得到一些安静。就在这种空气中，于一七六三年十一月二十五日去世了。

在一八五二年，美艺部主任雷斯内（Laisné）向政府请求在海思打地方为卜莱佛立一大理石半身像。同年八月，政府把该请求批准了。一八五二年十月二十三日，星期日，行石像揭幕礼。参与该礼者，除了附近乡民外，有圣脱伯甫、雷斯内和卜莱佛教士的子孙卜莱佛、胡瑞儿等。那时《曼侬》的作者已经死了九十年。

四

卜莱佛的著译很多，兹就各书出版先后按年陈列如下：

一七二七：《信天主教的古尔史》（*Gallia Christiana*），已见上述。

一七二八：《一个遁世贵人的回忆及冒险经历》（*Mémoires et aventure d'un homme de qualité qui s'est retiré du monde*），简称《一个贵人的回忆录》（*Mémoires d'un homme de qualité*）。此书至一七三二年才出全，共十二开本八巨册。

一七三一：《苔·格利欧骑士与曼侬·莱斯果之历史》(*Histoire du chevalier des Grieux et de Manon Lescaut*)，为《一个遁世贵人的回忆及冒险经历》之第七种。关于此书版本，下面再讲。

一七三二：《克郎姆惠儿的私生子或英国哲学家克利佛郎特先生的历史》(*Histoire de M. Cleveland, fils naturel de Cromwell ou le philosophe anglais*)，一七三九年出全，共十二开本八巨册。

一七三三：《赞成与反对》(*Pour et Contre*)，定期刊物。自本年起出至一七四〇年止，共二百九十六期，十二开本二十巨册。自一七四〇年起，由鸢·菲佛尔·杜·圣玛克 (Le Fevre de Saint-Marc) 接收主干。

一七三五：《启儿淋纳院长，道德史》(*Le Doyen de Killerine, histoire morale*)，一七四〇年出全，六巨册。

一七四〇：《玛尔干利脱·唐如，英国皇后》(*Marguerite d'Anjou, reine d'Angleterre*)。

一七四一：《哲学化的战争或杜·蒙加儿先生的回忆录》(*Campagnes philosophiques ou Mémoires de M.de Montcal*)。

《一个近代希腊女人史》(*Histoire d'une Grecque moderne*)。（按：此小说甚佳，但此书以后卜莱佛的作品日趋平庸。）

一七四二：《预备给马尔脱史用的记录或骑士某甲的少年时代史》(*Mémoires pour servir à l'histoire de Malte ou Histoire de la jeunesse du commandeur de * * **)。

《常胜英雄其庸姆史》(*Histoire de Guillaume le Conquérant*)。

《巴美拉》(*Paméla*)，李却尔特生原著（一七四〇），卜莱佛译。

一七四四：《洛培尔·拉突的旅行》(*Voyages de Robert Lade*)。

一七四五：《一个诚实人的回忆录》(*Mémoires d'un honnête homme*)，此书极恶劣。

《须赛翁的家信》(*Lettres familières de Cicéron*)。

一七四六：《旅行统史》（*Histoire générale des voyages*）；自本年起至一七七〇年，共印成十七巨册（卜莱佛预备下二十一巨册）。先曾出过一版，后由拉·埃尔拨（La Harpe）修改一遍，重行出版。卜莱佛受了司法大臣亨利·法郎沙怀·大辫所（Henri-François d'Aguesseau，1668—1751）的劝，把自发现好望角起，直至卜莱佛同代所有的旅行记会集一处，摘要成此《旅行统史》。内中七册有英译。

一七五一：《克拉利司·哈尔勒甫》（*Clarisse Harlowe*），李却尔特生原著（一七四九），卜莱佛译，是一部书信体小说。

一七五四：《外国报》（*Tournal Etranger*），卜莱佛在内发表文章反法译小说。

《恭苔史》（*Histoire des Condés*），有此计划及预备，书却未成。

一七五五：《辫郎提生》（*sir Charles Grandisson*），李却尔特生原著（一七五三），卜莱佛译。

一七六〇：《道德世界》（*Mond moral*）。

一七六二：《预备道德史用的记录》（*Mémoires pour servir à l'histoire de la vertu*）。

一七六四：《奇异的短篇小说，冒险经历及杂事》（*Contes, aventures et faits singuliers*）。

《孟笃尔寄给一位少年贵族的信》（*Lettres de Mentor à un jeune seigneur*）。

卜莱佛的著作真多，我尽力把书名写在此地，如再有遗漏，只可请读者原谅！然而我敢说他的第一、第二、第三流的作品都在此了。

当然我们不能将上列诸书一——研究：时间、精力、篇幅都不许我们做这样工作，在实际上亦没有做这样工作的需要。我们只须把重要的几部来谈谈。

《一个遁世贵人的回忆及冒险经历》的精粹，不必说，是《曼侬》，下面详论。

克利佛郎突——不要与做北美合众国大总统的克利佛郎突（Grover Cleveland）相混——是乌利维爱·克郎姆惠儿（Olivier Cromwell，1599—1658）的私生子。大家知道克郎姆惠儿是英国革命的领袖，英共和国的保护者，后为查理士第一所杀。卜莱佛假设克利佛郎突是他的儿子，因为旅行及其他缘故，克利佛郎突与当时帝王名人名妇如他的父亲、路易第十四、蒲龚业（Bourgogne）公爵夫人等等谈话。照上面说来，情节本已很繁杂的了，卜莱佛还未心足，他把他书中的英雄一搬就搬到希腊的盎特利喏泼儿（Andrianople）城中去。从盎特利喏泼儿又到了土耳其，土耳其人正在那儿争论费纳龙所做的《戴雷麦克》（*Télémaque*，一部含有政治思想的小说）！从土耳其走到了圣脱·爱兰纳岛（Saint-Hélène）——拿破仑于一八一五至一八二一年被放此岛——岛上那些被法政府驱逐出国的耶稣教徒组织了一个女子参政的共和国。随后到了罗马、米洗洗比（Missisipi）等处，而在南美洲，卜莱佛建设了一个理想的共和国，一切组织原则等等正与日后卢梭在《民约论》（一七六二）中所说的相似：这正是卜莱佛这部小说的长处；而卜莱佛所言，比卢梭早了三十年，益见其价值。

《赞成与反对》的内容分：文艺消息、文艺批评、文苑、科学消息、名媛的性格等栏。它的精华含在三个部分中：一、卜莱佛做的许多中篇小说（后来收入《卜莱佛文选》）；二、卜莱佛译的英国文学著作；三、对于当时法国文学作品的批评。卜莱佛译有莎士比亚的剧本（节译）、突拉爱邓（Dryden，1631—1700）的悲剧、司蒂儿（Steele，1671—1729）的喜剧、司惠以非脱（Swift，1667—1745）的雄辩文章，等等。法国文学家之被批评者，有鸢沙时、马利芙、杜·邓襄夫人，及小说家克路突·克莱被雄（Claude Crébillon，1707—1777）等，均有一读的价值。

玛尔干利脱·唐如（Marguerite d'Anjou），生于法国南西

（Nancy）的磅·达·谟松（Pont-à-Mousson），一四二九年，死于法国苏裕（Saumur）附近的唐比爱儿（Dampierre）别墅，一四八二年；英王亨利第六的后。自一四五五至一四八五年，英国内部有所谓"两玫瑰之战"：宗室约克（York）一派的人都带有白玫瑰的徽章，宗室郎开司脱尔（Lancastre）一派的人都带有红玫瑰的徽章，两派争权。很勇敢地玛尔干利脱·唐如帮助郎开司脱尔派，于一四七一年，她吃了败仗，被关在狱里，直至一四七五年才恢复自由。终究郎开司脱尔派得胜了，然而玛尔干利脱·唐如很可怜地死在孤零贫穷的环境中。卜莱佛取这段历史演为小说。

《哲学化的战争》是一部很奇怪的小说。战争些什么呢？事实是如此：一位依兰女士，叫做菲苔尔小姐（Melle Fidert），弑了她的父亲，因为他杀了她的相好。官厅方面当然不肯轻易放过这件案子，于是有位蒙加儿先生出来保护女犯，把她藏起来，而且自身做了她的相好。然而蒙加儿先生念念不忘一位建夫人（Mme Gien）；他曾为她杀过一人。两雌不并立，双方想出种种方法来争斗。那个"猛恶的"爱克（Eeke）走来就把菲苔尔的兄弟杀了，因为他威逼她，抱了怀恩必报主义的菲苔尔小姐就变成了爱克夫人。爱克生性嫉妒，很不信任这位蒙加儿先生，于是把菲苔尔关闭在一所楼上。有一天，爱克听得菲苔尔与一个男子讲话的声音，他不问情由就进去把男子杀了，一看原来是他的总管。他把尸首挂起在菲苔尔房中，将它与她同关在一处。蒙加儿先生好好儿在家，忽然心血来潮，知道菲苔尔有危，马上赶去救她，杀了数人，爱克亦在其中。蒙加儿领菲苔尔回家，谁知有一位患单恋的老年贵族，愤于菲苔尔不肯嫁他，伏在屋旁，一剑把菲苔尔刺死！情节固然十分不合论理，但在这部小说中尽可发现"爱情神圣"的主张，这主张早在《曼侬》中演绎过。

李却尔特生（Samuel Richardson，1689—1761）是英国近世小说界中一个重要人物。他的学问都是自己学来的，并未从师。他曾当该时贵妇们的私人书记，为她们写爱情信。过了五十岁，他忽然想："我既善于写信，为何我不做一些书信体的小说？"在一七四〇年就出了《巴美拉》：一个穷女孩子——巴美拉——很贞洁，有一青年贵族想引诱她，她毫不动心，终至这位贵族受了她的感化，娶了她。这部小说的题目是很长，很有趣，很能表示书的内容：

> 巴美拉，或得着美果的贞操。附有一位年青美丽女子写给她的双亲的信札，为了启发两性少年们的道德与宗教观念而刊布的信札。这部著作有一真诚的根本思想，它固然同时以新奇可感的情节来给人消遣，然而绝对没有时下速成的，尽为游戏而作的书中那种不足教诲人反能使人心动的描写。

在《克拉利司·哈尔勒甫》中，李却尔特生陈述一个女子彷徨于她家庭的主张（逼她嫁一个粗暴的笨人）与她自心的主张（她爱上了一个流氓）之间。《却尔·辫郎提生》中的主人翁——即名却尔·辫郎提生——是异乎寻常地规矩，不近人情地有道德。卜莱佛把此三书译成法文，大受读者欢迎，有一时李却尔特生的名字反而把卜莱佛掩了。

终究卜莱佛的名字没有被人遗忘，因为他做了一部不朽杰作：《曼侬》。

<h2 style="text-align:center">五</h2>

《曼侬》全书的主要意义在于这几个字："爱情万能"；爱情是盲目的，专制的，不可抵拒的，能使人为善，也能使人为恶。当然，我这话不是向性欲陷人半眠状态的理学家说的。如果你曾在拉丁民族中住过了多少年数，尤其如果你与法国、意国、西国人有亲热的往来，

你就会承认我这句话不是虚浮的。"色胆大如天"，中国人也有这句俗语。彼邦仕女一遇到爱情——无论是精神上的，或肉体上的，——都抱着百折不回的精神，非求得需要上的满足不休。这却不是道学家所谓的"淫"。自从孔老夫子把女子看轻到与小人一样，道家又提倡了清净之说，于是在一般国人目光中，"性交"两字变为毒蛇猛兽。虽则暗地里，道家也罢，儒家也罢，佛家也罢，许多人很喜欢接近这条蛇，这只兽，然而表面上老是不肯承认有这种嗜好。其实"贪色性也"，若使人类没有这个需要。那早已没有了人类，没有了卜莱佛，没有了《曼侬》。而且，就文学艺术来说，倘把"爱情"驱逐了，那么，我想怎样的伟著都不会产生。欧美人的体格比我们中国人来得强，他们的性欲需要比我们的厉害：无怪乎格利欧为了曼侬颠倒得死活不顾，何况名誉？读者须先明白这一点，才能于读《曼侬》时，向格利欧分外表同情。

格利欧原来是一个规规矩矩的青年，在十七岁上就得了骑士位，足见他品学兼优。若使命运先生不蓄意和他开玩笑，格利欧年长时定做了法国国家学院会员，或在宗教界享有盛名。可是命运在里面捣鬼，偏偏使他逢见了曼侬。他一见生情，法国人所说"中了一个霹雳"：

> 我一看便觉得她是特别的美，以致从来不曾想到过两性间的差异亦不曾以丝毫注意的眼光去看女人的我——一切行为向来受一般人赞美的我，这时候简直觉得失却了理智和自制力了。

这个"霹雳"变成了他的致命伤，因为自那时起：

> 她，在这一刹那间，已经成为我心中的主宰了。

他再也不能摆脱这位"主宰"的势力。他一起手就骗了他的好友梯伯日，与曼侬逃至巴黎。曼侬很爱他，可是她为了要解决他们的经济问题，私下与有钱的 B 先生结识了。曼侬这种行为，应该不应该，下面再论。这事给格利欧知道了，当然他很悲伤，然而被爱情魔着的人，虽则有太阳般亮的事实显现于目前，他总用种种说法来自解，宁可说目眩，不肯说日亮！格利欧终至回到小家庭里。很热烈一如平日地吻曼侬。可是这位 B 先生觉得格利欧牵制他的行动，私下以格利欧藏匿处告诉格利欧的父亲，格利欧被捉回家。格利欧的父亲以为曼侬参与 B 先生密告计划的，也许他老爱子心切，言过其实；然而书上说：

> 我看出了她脸上有一种异乎寻常的神情，那虽则是温柔和驯无以复加，我却茫然不知她那种神情究竟是表示爱还是表示怜悯。……正当我的注意力是这样地专注于她的时候，我听见有人上楼来了。他们轻轻地敲了敲门。曼侬吻了我一下，便从我的怀里摆脱出去，急忙跑进里间去，在里面把门锁了。

我不知道著者是否在此伏下一笔？总之，读书时这小地方应当分外留意。十分之八九可以断定曼侬预先知道有人来捕捉的。格利欧是一位聪明少年，一经思维，便知他老父所言有理，所以立意改更行为。这是"善"与"恶"在格利欧心中第一次的交战，"善"战胜了"恶"，姑且命格利欧所为曰"恶"。

在"理智"的对方，"爱情"不断地引诱格利欧。儿乎过了一年，曼侬仍去找我们的骑士。格利欧极热切地说：

> ……我可以在你这双亮晶晶的眼睛里认清我的命运。但是有了你的爱情，我纵或遭到什么损失，却要得到多么丰富的补

偿啊！

未能悟色空的骑士又一度出奔了。曼侬在 B 先生处卷逃出来，一共拿到了六万法郎左右的东西。格利欧“非常之怕使她不高兴”，所以赞成此举。到此，格利欧的理智权力日渐低降。不幸火把他们的小屋焚了，格利欧一钱莫名。然而曼侬小姐是会用钱而且爱用钱的啊！格利欧居然进了赌棍帮！这次，真正的“恶”战胜了“善”。这次，

> 德性的念头暂时地占据了我的心，使我觉到羞耻和堕落。但是这种念头一会就过去了。

“恶”“善”之战占时不长，而自始“恶”就据了胜位。

非义之财难于久保，格利欧的男仆和女仆把他们主人在赌场里骗来的钱偷着跑了！同时，曼侬为了“我惟一的愿望就是要使我的骑士有钱而快乐”起见，由她的兄弟——一个十足的流氓——介绍给了 G.M. 先生。为了 G.M. 先生有钱，曼侬、她的兄弟莱斯果、格利欧三人串通了“放白鸽”。如果我以道学观念来批评，那么，读者先生们尽可猜到我所要说的话。确乎，格利欧的品操愈弄愈糟。“白鸽”虽然放成，G.M. 却寻到了格利欧与曼侬的藏匿处。于是男的押入感化院，女的送进妇女教养所。

不久，格利欧自感化院遁出，中间他枪杀了一个守门人；他从民事犯跌为刑事犯！他设法把曼侬救了出来，一同居住，曼侬认识了一位意大利贵族；这老贵族向曼侬献殷勤，曼侬设计使他到她居所来，当了格利欧面讥讽了他一场。事虽小事，但很足以表示曼侬的性格：曼侬固然爱钱，爱享福，然而有钱的人并未见得就能博得她的欢心。这种性格，我们在 G.M. 先生甚至 B 先生，以及最近之意国贵族诸案中都可以见到。

G.M. 先生的儿子，小 G.M. 看中了曼侬。格利欧又想乘机串"放白鸽"。可是曼侬随小 G.M. 走了；她轻描淡写地差了一个很美丽的女子与格利欧送一封通知信，信尾写着："你的亲爱的，坚贞的曼侬·莱斯果。"而且委托那送信女子与格利欧解解厌！这种爱人的方法实在出乎意表，于一七五三年确定稿本中我们得了下项的解释："我（按：曼侬自称）所望于你的忠信，乃是心的忠信。"原来只须存心忠信，肉体有所其他举动不足算的。所以，照此主张，无怪乎曼侬视跟人逃走为平常事，而且在遁匿中还遭送一位顶替人给她的心上人，而且敢签"坚贞的曼侬·莱斯果"！

欺骗小 G.M. 事几乎成功了，不料老 G.M. 闻风来救。格利欧与曼侬又关进牢里去。后来曼侬被逐至美洲的纽·奥利安，格利欧跟她到美洲。在那儿，曼侬死了，格利欧也几几乎死。

卜莱佛预计在《曼侬》中描写"爱情万能"，这个计划固然很满意地实现了，可是同时得了个一样可贵的收获：格利欧与曼侬的个性描写。无论如何你以种种美名加至格利欧身上，我总觉得他是一个懦夫。话须说清了：我并没有怪他没有勇气来抵拒曼侬的引诱，——上天知道，我以为人家处置自己有绝对的自由，不用我来宣传道德！——我只怪他有许多地方，他尽可有别的方法想，尽可表明他是勇敢的，不愧为骑士，可是他所做的恰恰与我们所希望于他的相反。例如莱斯果先生这种人如何叮以结交？结交了也罢了，如何能听信了他去进赌棍帮？这非但格利欧耳朵根软，而且似乎格利欧已有这种恶倾向。这种倾向是潜在的，人家不自觉的，一旦遇着暴露的机会，犹如爆竹着了火，一发而不可抑止。如果曼侬对于格利欧当得一"妖"字，那么，莱斯果当得一"魔"字。妖用柔的方法来引诱你，使你无力抵抗；可是魔就不同了，如你有勇气，尽可抵抗啊！又如，既然知道曼侬与 G.M. 认识了，格利欧还肯假装是曼侬的乡下弟弟，去见 G.M. 先生，向他"深深地一连行了两三个"礼，目的为的要骗他的钱，稍有气节的人肯做这样的事？我并不是诋怪卜莱佛写下这样人物，我正在佩服他描写懦夫的功夫。

曼侬是法国人所谓的"小妇人"(petite femme)。何谓小妇人？是一种轻浮的，爱享福的女人，如果她做了些世人所视为不端的行为，她却也并不"立意"要做坏事，不过神遣鬼使不知不觉地做了罢了。这种女子的心——虽则外表上不易见得——是天真的，孩子气的。正因她是天真的，不存心为恶，我们批评她时，应当保留我们向她所有的同情。曼侬爱不爱格利欧？爱的。她的爱情真诚不真诚？真诚的。她在某一时间，有没有中止爱他？自始至终没有中止过。那么，为何她要跟人跑呢？难道这也算爱格利欧么？回答这句问话有两点须注意：一、她为什么为谁要跟人跑走？二、我们所视为不忠的事在曼侬心目有否同样的批评？《曼侬》全书中，有好几处可以证明曼侬与别人相好为的要骗钱，而她同时希望把这骗来的钱使她的心上人格利欧享用。她为了格利欧去行骗，为了格利欧而私遁！在此，人家又可来非难我：上面我曾怪格利欧进了赌棍帮等等，难道我对于曼侬的行为就不置一词？格利欧是受过教育的人，而且他有优良的成绩，他的理解力自然比曼侬来得强。他几乎每次做坏事时他自知不应当的，知过犯过，此之谓懦夫。曼侬就大不相同了：她每次想行骗时，她的雀子般的脑子里只充满了格利欧的像，她绝没有把善恶来秤一秤，估一估价。自然，她的行为是不正当的，而其心则可原。

第二点，世人论到贞节两字，往往只注意外表：一个已嫁的女子与别的男子性交了，就被人视为不贞。这种主见是很浅薄的。我问你：一个畏葸的妇人，看上了一个别的男子，不敢和他发生肉体关系，——注意我没有说不愿，——当她与她的丈夫交媾时却梦想到旁的那位去了，这能不能算贞节？所以，平心静气地想来，可贵的还是精神上的贞节。我敢说在无论何时曼侬没有忘记格利欧。当她与有财有势年轻的小 G.M. 相好时，照理说她一定能很快乐而把一切忘掉了，她却想到了那位她不得已而离开的可怜的格利欧，她遣了一位美女子去和格利欧消愁。我还有一法足以证明曼侬不忘格利欧：如果说她是爱钱重于爱情，那么，她早有机会永离格利欧去过物质上安全的日子，为何还来找格利欧，以致自己丧命？我信除了真诚的爱情，别的原因不致使她肯这样牺牲罢。我对曼侬有十分的同情，我也十分佩服卜莱佛描写这个个性的手段。

如果格利欧与曼侬的个性描写是成功的，格利欧的知友梯伯日的描写却是糟之又糟。卜莱佛在一七五三年确定稿本中《记者附记》里说：

> 有明智之心的人当不致视此种作品为无聊罢。在欣赏之外，读者当可看出好些事情足以作他们的教训……

好了！好了！卜莱佛怀了文以载道之心，要把《曼侬》一书来劝世！可是，格利欧也罢，曼侬也罢，决不是道德的典型，于是造了一个梯伯日出来。当然，梯伯日这种朋友不是沿街沿路可以找到的。可是，他那种冬烘式的议论读了也要头痛，而且把小说自身弄宽松了。于此，卜莱佛失败了。这种道德观念，在李却尔特生的小说中占了很重要的位置；但此处《曼侬》并没有受李却尔特生的影响，因为《曼侬》比李却尔特生的第一部小说早出版了多年。

在《曼侬》中我们看到当时思潮的反映：反对宗教。这里的反对宗教并非像韩退之那样气得筋脉暴涨的反对，却是极平静地把宗教与爱情来比较，说得入情入理。格利欧向梯伯日道：

> 你能够说你所谓道德的幸福是可以免于烦恼困苦，和忧虑的吗？你想以什么名词来称呼专制魔王所定下的囚牢、拷具以及种种苦刑呢？你想跟着那班神秘派说灵魂的安乐是从肉体的痛苦中得来的吗？……如果人凭了幻想能力竟能够由这种种痛苦中享受

快乐，心想这些痛苦可以使他达到幸福的目的，那么，我请问你，为什么以为我的行为是无意识呢，那完全是依照这同样的原则呀？我爱曼侬：我不避艰苦以求得到和她在一块儿的幸福。

这还是说他的爱曼侬是有意识的，为求自己的幸福而爱的。转过一句，便说：

> 我的幸福是正如我的痛苦一样，这就是说，是我的感觉所亲受的；你的呢，是一种不可捉摸的，而且只能借"信仰"这种模糊的媒介物才能感得。

"信仰"（la foi），是宗教上的专门名词，是一种彻底的，全盘的，不容理解的一种信仰心。说"信仰"是"模糊的"，已是对宗教表示怀疑了，因为没有 foi，即无宗教。卜莱佛还加上这一段：

> 情爱虽往往骗人，但它总显示着幸福和欢乐的希望，而宗教则常常使它的信仰者萎靡而且愁苦。……要劝人绝念于情爱，便极力鄙薄它所含的种种快乐，而且告诉他可以从德行中得到更多的幸福，那种办法是绝对不中用的。

正因贪恋快乐是人类的本性，所以情爱超胜了宗教。这种言论非身经其境者不会说的，格利欧——即卜莱佛的假身——遍尝宗教与爱情滋味，所以他的言论比梯伯日来得深刻而近情。如果有人为了情场失意而入宗教，推其源还是爱情占第一位，因为在爱情未失望时，人家正不会想到宗教！

《曼侬》的章法是很简单：一件件事连串地用自述体写去。文笔极清润，然而并不是古典派文家的那种雕琢的文笔，反不如浪漫派文家的文笔那样富丽。除了梯伯日先生使全书情节稍稍缓松外，大体上叙事是很紧张爽快的。情节方面，尚称自然，与卜莱佛旁的小说不可比议：大概书中情节，至少有一部分是他亲身经历的事实，所以随笔写来，绝无做作。他并未注意到四周环境的描写，所谓乡土风光者，简直没有，这或是使读者感到叙事紧张的原因之一，可是正以此故略觉该书干燥单调。卜莱佛自身便似一个孩子，他极容易相信某事某物，他不像马利芙那样精细，所以在《曼侬》中有几段描写得过了分寸，几乎授人以笑柄。好在这种地方，要染有法国人脾气的人才能分别得出，恕我不一一指出，免得使读者减少兴趣。总之，除了几个无关轻重的短处外，《曼侬》一书不愧称为杰作。

《曼侬》的命运和卜莱佛的命运一样，有否有泰。固然，它一出版，便被批评界注意，卜莱佛因之而享盛名。可是称赞的人虽多，说坏的人却也并不是没有。姑且把几个代表批评辑在一起，以供读者先生们参考。

（一）反对《曼侬》者：

拿破仑读了《曼侬》，心上很不满意，说此书是为了看门人等写的！那时这位失败的英雄被禁在圣脱·爱兰纳岛中，自己心境不佳，所以有这样刻毒的批评。

法国大历史家糜时雷（Michelet，1798—1874）——他犹如我们的司马迁——读了《曼侬》，"人家哭了，但也为了哭了而发怒"，他还说："对于《曼侬》的诸批评是出乎寻常的宽大，我简直要说是懦弱的。百年之后她还害人，而人家不以正当的评判去对付她。"这个批评似乎很激烈了，实则糜时雷视《曼侬》为天主教小说，无怪他要如此生气了。然而，究竟他读了《曼侬》而哭泣了，足见此书有很大的感动力。

小说家排尔倍·杜尔维理（Barbey d'Aurevilly，1808—1889）赞成拿翁之说。

小仲马（Dumas fils，1824—1895）自己做了这部感人的《茶花女》，却呼《曼侬》为妓女经！

莫泊桑（Maupassant，1850—1893）说："这位天真地放逸的，无信的，多情的，使人畏蒽的，伶俐的，可怕的，诱人的曼侬·莱斯果是女人们中最真正的女人。作者好似把女人所以最可爱，最引人，最无耻的成分都嵌入这个饱含迷惑力与不忠信的肖像里去。曼侬视自古至今自今至将来永不更改的女人们的完全肖像。"把曼侬和妇人们骂得可算畅快了，可是翻过来说，却把卜莱佛的艺术赞扬到十分。

（二）赞扬《曼侬》者：

一八三二年，虞赛（A. Musset，1810—1857）在他的《那莫那》（*Namouna*）中做了一首赞美曼侬的诗：

> 曼侬！不可思议的人面狮身神兽！真的美人鱼！
> 呀！千真万真的女人心，筐篓里的克莱乌巴脱尔！
> 虽则人家说你做你，虽则在圣脱·爱兰纳岛上
> 有人笑你的历史是写给守门者看的，
> 你并不因之而失真，被辱，
> 而依我说，克莱乌孟纳不配吻你的足。
>
> 你振发我的兴趣，一如梯伯日使我生厌。
> 我是如何地信任你！如何地爱你，恨你！
> 怎样的邪恶！怎样闻所未闻
> 对于金钱逸乐的酷嗜！仿佛整个生命
> 都含在你寥寥数言中！呀！你是何等的狂人！
> 如你还生存，我将如何爱你！

人面狮身兽，即 Sphinx，好使人猜谜语，见希腊神话，此处形

容曼侬的神秘。美人鱼，即 Sirène，自匿礁石之下，以极温柔可听的歌曲来引诱旅子，使他触礁而没，曼侬惑人如此鱼。克莱乌巴脱尔（Cléopâtre），死在公历纪元前三十年，是一位绝世美人，埃及皇后，曼侬有绝世之美而无皇后之尊，所以被称为"筐篓里的克莱乌巴脱尔"。克莱乌孟纳（Cléomène）于纪元前二三六至二二二年为司巴尔脱（Sparte）王，以人主之尊尚不配吻曼侬的足！曼侬有这等的美，这等的妖，无怪这位诗人自问"如你还生存，我将如何爱你"了！

文学批评家保儿·杜·圣·维克托尔（Paul de Saint-Victor,1827—1881）对于《曼侬》下了一个长评，我把紧要的地方抄在下面：

在许多诲淫书中，有若干种使我们不得不佩服，虽则书里含有不洁处，我们只恨不能在页上洗去那种不洁处。《曼侬·莱斯果》却奇异地超在例外：这部小说以淫秽而得人欢心，但是人家从没有想为书中女主人翁辩护。如果曼侬比在书中所述的只须稍稍少作一些孽，稍稍有些道德，那么，曼侬也不成其为曼侬了！这一小点污泥沾在她的轻浮的头上好似一只蝇。她的相好们要找她时，只需认清这个标记就得了。不必用两字来形容这位可爱而懦弱的人物，一字已经足够了，她是一位天生的"妓"，照这字所含的一切意义而说。她属于这类的妇女：自诞生时已陷入堕落境内好似修道院的铁槛以及多妻的庭闱里的争风吃醋是为她们而设的。她们即是懦弱，脆柔，淫荡的稚气，轻佻的化身。……呀！要多少热烈的爱焰才堪洗净这些污点！所以这本小小的书颇称激昂，它焚着，颤跳着……"但是……毫不踌躇地向她走去，在这一刹那间，已经成为我心中的主宰了"，格利欧初见曼侬时说。他就头向前地滚入她的怀抱中去，仿佛地心吸力一样，无论不贞、苦难或羞耻再也不能拉开他。从第一页直至最后一页，这故事始终保持它的声调，奋动性和抒情诗般牵引人心的步序。……爱情一达到

这种焦点，自然而然地使我们生出一种恭敬的恻隐心来……自此
于我们读此奇书时，来了一种不能抵抗的同情；自此最高尚的眼
睛里为了曼侬淌出无量的热泪一滴滴落在书页上。

这个批评便能变为"最公平"的批评，如果保儿·杜·圣·维克
托尔不以道德观念来责备曼侬。其实天下不仅有一个是非，而有许多
是非，而且每个是非都有相当的价值。道德家每每以他自己的是非来
批评他人，来排斥他人的是非，所以他的见解常常是很狭窄的。人家
批评曼侬都着意在不贞骗钱两点，这两点，我在上面已经解释过了，
不必再赘；总之，曼侬"肉体"上的不贞和骗钱都是为爱情而干的：
倘使我们承认爱情是不可抵抗的，专制的，那么，我们不应当对曼侬
下这种过于严厉的批评。而且，就曼侬自身来说，她有她的是非，我
们有何种权柄，何种理由，敢说我们的是非超过她的是非呢？一女多
夫为不贞，一男多妻呢？说句笑话，譬如一个有妻有妾的汉人与一个
多夫不为怪的藏妇谈起贞操问题来，必致头部打破！自己先钻进了蜗
牛角里，在那儿还论丝论忽地与人较量，便与这位从来不知象为何形
的瞎子，偶然摸到了象鼻，便说象形似蛇一样的可笑！

一九二〇年，巴黎大学教授郎松先生（该氏后为高师校长，现已
告老）这样批评《曼侬》：

> ……然而此书包含着一件人生稀有的东西……一个极大的烈
> 情，一个占有两人吞魂破家的烈情。……在此，这个烈情并不是奥
> 妙的，神化的，能使人超过同类扫除普通生活诸条件的：这个既纯
> 洁又神圣的烈情，与人类个性的窄小处及生命的苦业交战。正因它
> 有一种不能抵拒的力量，内心外部的需要使曼侬与格利欧堕落了。

半个世纪的时间已足使批评界改换见解：昔日儿·杜·圣·维克

托尔所视为"淫秽"者，在郎松先生观之，一变为"既纯洁又神圣"的烈情。无论如何眼光已放大了，已进步了，态度客观而公平！卜莱佛由自身经验上察得烈情之莫可抵抗，他就写成一部小说来演绎他的主张，根本他就没有想"以淫秽"来求读者的欢心。所以郎松先生又说："《曼侬》这书如《投机成功的乡下人》一般纯洁可读。"

《曼侬》蒙了多年的冤，郎松先生出来仗义执言，实足快心！

一九二四年，法国里儿（Lille）大学讲师乔其·阿司各利（Georges Ascoli）先生说：

> 格利欧是个孩子，他不知何谓人生，何谓爱情。忽然一个剧烈的爱情把他的习惯悉数推翻，把他永远地征服。他一爱之后，孝道哩，友谊哩，良心哩，一切都不管。一个无条理的，艰困的，坏名誉的生活随时掀起风波。他明明知道他的损失，然而为求曼侬的快乐、曼侬的巧笑，他都永久地放弃了。在她的面前他的自我化为乌有……至于曼侬呢，她简直是修嫮与轻浮的不思索的温柔的代表。她又温柔又爱装饰，但她注重快乐比装饰还厉害，虽则她不了解她的爱人的强烈少有的爱情，她却用她的方式来爱他。并不规矩，稍涉淫邪即使她所做的极诚实的举动也蒙了一层浮荡淫乱的色彩，例如她先把意大利王子诱来，然后当了格利欧面把他取笑。

于这个批评中最中肯的是这句"在她的面前他的自我化为乌有"，格利欧毕生的不幸都从此句生出。

一九二六年，《法国时报》（Le Temps）里的著名批评盎特莱·戴利芙（André Thérive）先生说：

> 我很惊奇那班正人君子的博学家肆力翻阅警察局里的记录簿、

修道院里的卷宗、船上的日记，想找见莱斯果小姐、格利欧先生、教士梯伯日的踪迹。（如果他们三人实在是有的话），卜莱佛第一件就要把他们改名换姓。进一步说，何必等有了切实的要领才能把这位曼侬·莱斯果写成一部苟非真的至少亦是可能的小说呢？这类的青年女子与骑士从未缺少过。若使人家要给著者以一些名誉，只能从此处着想：他把一个男人为了爱情而堕落那件永远不变的公案写成小说，就是说给了它一个形体，就是说使它有系统。

　　然而这是要想到的。如果我们思索一下，当年卜莱佛发现这件公案的功劳几乎可以说是卓绝的。自然，在他之前已有人描写过爱情的恶行。……可是惟一的，令人佩服的，是秉爱情与社会及其规则战斗中去考察它。……从这点看来，《曼侬·莱斯果》是近代小说中第一部很大胆地描写为爱情所逼成道德上社会地位上的堕落的小说。

如此说来，格利欧与曼侬所经历的悲剧并非是新鲜的，在格利欧与曼侬之前已经发生过这类的悲剧，在格利欧与曼侬之后这类的悲剧还要发生，不过剧中的主人翁更姓易名罢了。剧情虽则不新鲜，可是把它记在纸上却自《曼侬》起，所以《曼侬》是部杰作。

以上的批评，有好有坏，大致郎松、阿司各利、戴利芙三位先生所言最为合理，请读者特别注意。

六

我现在把《曼侬》的版本及其他问题简单说一说。《曼侬》的版本是极多的，价值颇不一致，重要的是下面几种：

（1）一七三一年，在荷兰的阿姆司戴尔邓城出版，书名《一个遁世贵人的回忆及冒险经历》第七种。

（2）一七五三年，在阿姆司戴尔邓出版，书名《苔·格利欧骑士与曼侬·莱斯果之历史》，初与《一个遁世贵人的回忆及冒险经历》分离单印，为《曼侬》确定稿本。我藏有此版书一部。若望·若克·巴司记爱（J.-J. Pasquier）及辩拉佛罗（Gravelot）绘图。文句与一七三一年本颇有出入，卷首新加《作者附记》，卷中《曼侬》引诱及取笑意大利王子一大段亦是新增的。我把此版的书面及插图多幅放入我们的汉译本中。

（3）一八一八年，法国出版，印刷者梅那尔（Ménard）与杜省纳（Desenne）。

（4）一八三九年，法国出版，印刷者蒲尔打（Bourdin），如儿·若南（J. Janin）作《小叙》，东谊·若埃拿（T. Johannot）插图。

（5）一八三九年，法国出版，印刷者沙尔邦梯爱（éd. Charpentier），圣脱·伯甫作《小传》，泼郎时（G. Planche）批评。

（6）一八五八年，法国出版，印刷者贾宜爱兄弟（èd. Garnier frères），如儿·若南作《小叙》。

（7）一八五九年，法国出版，印刷者来味（éd. M. Lévy），若望·鸾莫外纳（J. Lemoine）序。

（8）一八六〇年，法国出版，印刷者阿儿丰司·鸾克莱尔（éd. Alph. Leclére），有插图，未详出何人笔。

（9）一八七四年，法国出版，印刷者若埃司脱（éd. Jouaust），虎赛（Arsène Hussaye）作《研究》，海杜盎（Hédouin）作墨水画。

（10）一八七五年，法国出版，印刷者辩拉提兄弟（éd. Glady frères），小仲马序，阿难托尔·杜·蒙戴辩龙（A. de Montaiglon）作《版本纪略》。

（11）一八七八年，法国出版，印刷者鸾梅尔（éd. Lemerre），法郎士（A. France）作序。

（12）一八七九年，法国出版，印刷者刚打（éd. Quantin），莱思居尔（M. de Lescure）作序。

（13）一八八五年，法国出版，印刷者陆纳脱（éd. Launette），莫泊桑作序，鸾罗怀（Leloir）绘图。

（14）一九二六年，法国出版，印刷者巴友（éd. Payot），戴利芙先生序。

卜莱佛的肖像不多，试举若干如下：

（1）一七四五年，司密脱（J.-F. Schnridt）在巴黎临了卜莱佛亲身而写的，到了柏林方雕版。

（2）一七四六年，谷香（C. N. Cochin le fils）为卜莱佛描，维儿（J.-G. Will）雕版。该图见本译。

（3）一七四六年虚来（J.-V. Schley）把司密脱的画描了下来，一七五五年由非盖（Ficquet）重雕成版。

（4）其他。

按：司密脱与谷香的画最逼肖，最可靠，现藏法国国家图书馆中（巴黎）。其余的像并非是从卜莱佛亲身描下的。

七

生性鲁钝的我很喜欢读书。在法国时一有暇便走进图书馆去。星期日呢，或者与内子远足郊外，整个日儿在旷野中呼吸新鲜空气，观赏自然，或者——雨天，雪天，寒天，——我返到图书馆里去翻书：图书馆主任与我相熟了，特别许我到书库内自行择书。返国以来，变化无定的人事叫我当了国立某大学的图书馆主任，这显然是合我脾胃的。每次进了书库，在铁制或木制排列成行的书架面前走过，抬起头来向书籍望去：大半的著者名姓与我的记忆是素昧平生的，即使一部分与我有一面交，我所读过的每家的作品不过少数几种。自然，我的学识是极浅陋，然而即使素号博学者所读过的书恐怕也有个限度罢。这些

满披尘沙的中装西装各色各样的书籍里，能有几种跳出了时间老人的势
力圈？能有几种没有被忘却先生抹杀？有一部分，在当年享受过盛名
的，到而今色老宠衰贬入冷宫，有一部分——极少数的，当年受人唾
骂，而今幸运看中了它们，使它们重与世人周旋。被忘却的安知无价
值？被人重新发现的难道比忘却的价值一定来得高？无论有价值无价
值，从新发现或抛弃，部部都是心血造成的！每位作者伏案疾书时，哪
一个不想，不梦想名垂不朽？然而事实上……思到此地，不禁叹息！

如果卜莱佛没有描写这位永存的曼侬，他的姓名，除了若干专家
外，再不会被人提起。卜莱佛的著作何等丰富，至今在读者心目中只
遗下这本小说，似乎颇不幸了，可是事实逼得我们不得不承认卜莱佛
还算侥幸：法国浪漫派文学开山大宗师沙都白利昂占据了何等地位，
执着何等权威，至今人家读他的著作也不过 *Atala*，*René*，*Mémoires
d'outre-tombe* 等而已，以此例彼，卜莱佛不该再不满意了！

其实卜莱佛一共做了三部很有价值的小说：《一个遁世贵人的回忆
及冒险经历》（内中包含《曼侬》），《克郎姆惠儿的私生子或英国哲学家
克利佛郎特先生的历史》，及《启儿淋纳院长》。我在第四节里已经谈
过《克利佛郎特先生的历史》，此处不再复述；大批评家圣脱·伯甫破
不喜欢这部不近人情的小说，但在卜莱佛生时此书比《曼侬》还被人
爱读，足见那时的读者未免怀有孩心。我把第一第三部小说约略讲讲。

《一个遁世贵人的回忆》在卜莱佛诸小说中——除了《曼侬》——
为最自然，最有观察，最雅致。毫无做作地卜莱佛把路易第十四晚年
高等社会里的生活及思想记了下来。侥天之幸卜莱佛并没有像在《哲
学化的战争》里一般大造而特造新奇古怪的情节！一位侯爵自述他的
经历，别的人也跟上来讲，这许多短篇事实放在一起便成了一部巨幅
小说，很像中国的长篇小说从甲说至乙，从乙说至丙……以至 x。作
者只注重在描写强烈的爱情而把其他环境等描写全部忽略了，这层与
《曼侬》一样。老侯爵叫做洪襄古，他的儿子小侯爵叫做何思蒙。洪

囊古在英国、德国、土国遇到了不少不幸事，终至因他的爱人赛俐玛之死，心灰意懒，隐居到修道院里去。可是有位公爵力请洪囊古与何思蒙陪他的儿子去作国外游行，经过了西班牙等处。在西班牙老侯爵爱上了提婀娜，不幸提婀娜为人刺死了！他们到荷兰去时，洪囊古无意地遇到了赛俐玛的兄弟所生的两个儿子，他最爱那年轻的一个，谁知是一个扮男装的女子！自然老侯爵的爱情波折不止于此，小侯爵也有他的恋爱经历，我不能一一陈述，但是全书颇注重道德，已开李却尔特生的《辦郎提生》之端。何思蒙曾经很热烈地爱过人，甚至杀了二三回人，不过始终没有堕落，与格利欧恰成相反。一七二八年埃意赛小姐（Melle Aïssé，1695—1733）写了这个短简："此处新出了一本书，叫做《遁世贵人记》。书是没有多大价值，不过读此一百九十页时，不禁痛哭了。"能使人"痛哭"的书还没有多大价值？

《启儿淋纳院长》是部很有趣的小说。这位驼背、曲腿、近视的启儿淋纳院长，自身本已可笑的了，偏偏当了他的两个兄弟和一位美丽的妹妹的保护者。偏偏他的弟妹不安于太严厉单调的规矩生活，于是我们的院长不绝地奔走于巴黎与杜白冷之间管束这个，劝导了那位。他自身就不免经过了许多有趣的环境：有一天，一个女子拼命要引诱他，在她的修饰间里逼他；又有一天，于一幽会中，启儿淋纳被逼代替了女子，过一会订约的男子来到，暗中分辨不清，搂住启儿淋纳狂吻！

这三部小说是卜莱佛的代表作，而《曼侬》又为这三部小说的代表。舆论界对《曼侬》的态度何如，已见上述。卜莱佛对于《曼侬》却颇自负，他在《赞成与反对》中说到此书：

> 这要何等的艺术方能振作读者的兴味，方能使他对于受过种种不幸的堕落的女子发生恻隐心！……对于该书的文笔我一些没有话讲；既无暗言，又不装腔作势，更没有诡辩派的思想；简直是自然自己在那儿写。与此书一比，一个矫饰的涂粉的作家将要

显出如何的乏味呀！……这并不是一枝简陋不畅的文笔，而是流润的，饱满的，有精采的文笔。随在是描写与情感，然而是逼真的描写和自然的情感。

自己推重自己的作品到此地步，未免有些肉麻，然而对他所言我不能不承认是对的。无怪乎在木制或铁制的书架上，他书蒙着尘灰，独有《曼侬》的金书头闪闪发光：因为时时读者们访问它。卜莱佛的姓名借此牢刻在人心中。于《曼侬》第一次在阿姆司戴尔邓出版后二百年，——可巧今年是《曼侬》的出版二百年周年！——石民张友松两先生把它介绍到中国来，于是国人得了认识这位可佩的卜莱佛，这位可爱的《曼侬》的良好机会。

徐仲年 九，十，一九三一；上海

——录自中华书局 1935 年初版

《曼侬》译者的话

（石民 张友松 ①）

一

这部书原名 *Manon Lescaut*（《曼侬莱斯果》），是属于作者的一部名著《回忆录》中的第七卷；初次单行本发行时（一七三一年），用的是一个更长的标题：*Les Aventures du Chevalier des Grieux et Manon Lescaut*（《格利欧骑士与曼侬莱斯果之奇遇》）。现在我们却只取了

---

① 张友松（1903—1995），湖南醴陵人。曾就读于北京大学，任上海北新书局编辑。后创办春潮书局，兼任经理。抗战时期，在重庆创办晨光书局。另译有契诃夫《契诃夫短篇小说集》，屠格涅夫《春潮》《薄命女》，施托姆《茵梦湖》，马克·吐温《汤姆·索亚历险记》《王子与贫儿》《镀金时代》等。

Manon（曼侬）这个字作为书名，因为在全书中，除了一两处外，这个作为书名的人名都是简称"曼侬"，"莱斯果"不过是她的姓氏。这种省略想来是可以的。

二

作者卜赫佛牧师是十八世纪前半期的人物，他的生平，译者本不甚熟悉，仅赖《大英百科全书》的参考，给他写了短短的一篇"传略"，印在这译本的正文之前。他的这部作品，被称为"法国文学中真正足以名为小说的第一部杰作"，至今尚为人所爱读，而且早已译成了好几国的文字。自然主义派的大师莫泊三，就写过一篇颇有兴味而且很警辟的文字赞赏它，"那同时期的其他诸传奇小说，"他说，"已经消灭了的不知有多少！……只有这部写实的小说，写得这样地生动，无疑地使我们联想到目前有些人的境界；写得这样地奔放，竟使人毫不想到这里面所描写的事情之真伪；只有这部书至今还存在为一大杰作——是那些算得一民族的历史之一部分的杰作之一！"至关于这女主人曼侬，"这个不专一的女子"，他说，"性格不可捉摸，浮荡而又真纯，可恨而又可爱……她之近于自然岂不是令人惊叹吗？她是怎样地异于那班痴心的传奇派所写出的那些毫无变化的'恶'或'善'的模型啊！那些作者们给我们幻想出一些不二的人物，却不了解'人'是怎样复杂的一种东西！"这些话在译者认为是确当的批评，故摘译于此。

三

我们翻译这部书是根据 Modern Library 的英译本，不过，英译中间有不甚明白的地方，便参照原本，虽则我们的法文程度很可怜。我们共同译完之后，将全部的译稿（一至五章张译，六至十三章石译）

共同看过一遍，互相校正，觉得两人的译笔尚能一致。但是我们都很少"推敲"的余裕，难免不仍有些译得不甚好或竟不对的地方，如果有人愿意作"不要钱的教师"，那倒是很欢迎的。

——录自中华书局 1935 年初版

《尼采自传》^①

《尼采自传》序

梵澄（徐梵澄^②）

这伟大底思想家，颇识一切法虚妄，空无所有；也意识地或不意识地体会着不生不灭义；却在空茫无际里，将世界，历史，人类，权威，需要，碎为微尘；因大超悟（Theoria），孤往，绝诣，独自沉酣于无上底寂寞中，以庄矜底法度统驭着整个底生活，思想之动静，使圆者中规，方者中矩，因而不断地发表着他的著述，如江河之奔赴，以涤荡以扫荡以灌溉以滋润全人类之思想，凡二十年。

虽然尼采归功于长期底疾病，疾病给他深思的机会，其思想之成就，是由于于高深艺术的了解与理性主义的养成。——如幻如化，这哲人怀想着过去希腊文化的优美，不满意十当时德国文化情形，因此憧憬着将来，寄所有的希望于将来的人类。因为寂寞，那种灵魂上的辛劳，所以悲哀，感到痛苦，然也自知其生命上的事业并非没有结

---

① 《尼采自传》，德国尼采（1844—1900）著，梵澄译。上海良友图书印刷公司 1935 年 4 月初版，"良友文库"第 4 种。

② 梵澄，徐梵澄（1909—2000），原名徐诗荃，湖南长沙人。曾就读于武汉中山大学历史系、复旦大学西洋文学系，1929—1932 年留学德国海德堡大学哲学系攻读，回国后任教于中央艺专、中央大学，1945 年赴印度泰戈尔大学中国学院任教。另译有尼采《朝霞》《苏鲁支语录》《快乐的知识》等。

果，劳苦非徒然，所以仍然有其著作的和谐，喜悦。

于是辨别着善恶的分际，和主与奴之伦理，将传统底伦理推翻；攻击着欧洲的阴柔主义，德国文化的野蛮，基督教之荒谬；思索出超人，以"力"为一切的解释，远之假借希腊狄阿立修斯，更远假借波斯教主苏鲁支之名，以诗情之浩瀚，现示出一种生命的典型，他的希望，亦即整个地悲苦与欣愉的寄托。

世间各种伟大的思想家大抵如此的，有着同样的根原，区分在表现的强弱而已。大概东方的人生观着重归真返朴，虽然经过精神上绝大底苦工，然而寂灭了，犹之浑金璞玉。反之，必将"自我"整个儿发表，更雕琢，更锻炼，是西方的人生观。然无论东西方的哲人，无论哪一种磅礴，飞扬，悲剧底典型，不见有这么浩大而又深微，发皇而又沉着，自由而又拘谨，和平而又勇武，憬梦而又炯然的表现，这么强烈，这么纯洁，这么崇高！而不碍其为一个雍容儒雅的人，蔼然翛然的态度。其文才也许有极大底关系吧，尼采是一个非常会写文章的人，文章家。

我们很难知道尼采的影响将流布多少远，他的世界是否出现于将来，何者将成为达到他的世界的桥梁。但地球永远地转下去，进化底或突变的超人也许有一日将必出现吧。观其二十年中的著述（始于一八六九，迄一八八八），支配着欧洲思想界，间接造成现代社会局面，其事不诬。目前这一部书，成于他绝笔之年，是他的生命之回光一道极澄明底返照，显示着全部思想的纲领，映现其各种著作之成因。

耶且，诃摩，ECCE HOMO，原是披那妥斯指耶稣而说的一句拉丁语：看哪，那么一个人！是提出狄阿立修斯的典型与耶稣对立而作的。"那么一个人"是说明他自己，与中国古代文人的"自序"约略相同。所标举的诸书至今还没有中文译本，也许读者感觉困难吧，但这些书是必为国之思想界所需要的。也希望有在此致力的人。

读者选择书本，书本也选择读者的；尼采目为一种幸福，一种优先权，能为某著作的欣赏者。译者自伤文字之功力欠深，冥茫中也许不无误译。好的字画是不能摹写的，无论怎样精审，传神，最高度下真迹一等，何况以一种绝不相侔的文字，翻译一异国伟大底哲人的思想，内心和生活的纪录？原著文辞之滂沛，意态之丰饶，往往使译者叹息。然为求不负著者和读者起见，竭力保存原作的风姿；所以句子每每倒装，或冗长，或晦涩。又凡遇原文字句太激昂的地方，直达反有伤本意，则稍与曲折一点，这是译者自知的错过。——凡此，皆欲诉之于此书所选出的读者们，稍耐心地读，严格地加之批评和指正。

第一个介绍尼采的名字到中国的，似乎是王国维先生。其后有鲁迅先生，译过一部分《苏鲁支》，登在《新潮》上。其后有郭开贞先生，译过一本《察拉图斯屈纳》，即《苏鲁支》四部之一。外此则很寂寥。读者们也许顺着这部著作所举的书名，在英、法、日各种文字中，能够寻读、翻译吧。留着这种愿望，深切地期待现代中国青年。

梵澄　　一九三四八月一日

——录自良友图书印刷公司 1935 年初版

《紫恋》[①]

《紫恋》译后记
戴望舒

高莱特女史，她的全名是西陀尼·迦孛丽爱儿·格劳第·高莱特（Sidonie Gabrielle Claudine Colette）。她是现代法国著名的女小说家，戏剧家，新闻记者，杂志编辑，及女优，法国人称之为"我们的伟大

---

① 《紫恋》(*Chéri*)，长篇小说，法国高莱特女史（S. G. Colette，1873—1954）著，戴望舒译。上海光明书局 1935 年 4 月初版，"世界文学名著"之一。

的高莱特"。她生于一八七三年正月二十八日，在堡根第的一个名叫圣苏佛的小城里。她是茹尔·约瑟及西陀尼·高莱特夫妇的女儿。

高莱特女史从小就爱读书，她在圣苏佛一个旧式小学校里读书的时候，曾遍读了左拉，梅里美，雨果，缪赛，都德等人的著作，但是对于那种孩子气十足的贝洛尔童话之类的书籍，她却不喜欢读。

一八九〇年，因为家庭经济关系，她跟着父母迁居到邻城高里尼去。二年以后，高莱特女史与益利·戈谛哀·维拉尔（Henri Gauthier Villars）结了婚。维拉尔比她年长十四岁，是一个音乐批评家，同时又是以维利（Willy）这个署名在巴黎负盛名的"礼拜六派"小说家。结婚之后，高莱特女史常常将她在学校时代的有趣味的故事讲给维利听，供给他以小说材料，因此维利常觉得他的妻子也有着能够写小说的天才。

于是在一八九六年，当他们夫妇旅行了瑞士及法国回来之后，高莱特女史开始自己写小说了。在一九〇〇年，她的处女作《格劳第就学记》出版了。这部书是用维利这署名出版的，虽然她取材于幼年时的学校生活，但并不是一种狭义的自传式的小说。这书出版以后，毁誉蜂起，但大家都一致地不相信是维利著的。

从此以后，高莱特女史跻上了法国的文坛。《巴黎少女》（一九〇一），《持家的格劳第》（一九〇二），《无辜之妻》（一九〇三）这一套连续性的小说次第地印行了，而书中的自传性也逐渐地隐灭了。一九〇四年，她出版了一本清隽绝伦的小品，《兽之谈话》，在这部书中，她泄露了深挚的对于动物的慈爱。

一九〇六年，她与维利离婚之后，曾经有一时在哑剧院中演过戏。但是在这种不安定的生活中，她还继续著作。从一九一〇年起，她每年有一部新著出版。

一九一〇年是高莱特女史的著作生活及私生活两方面的重要年份。在著作生活上，她这年出版了《核耐》，《恋爱的流浪女》，这是一个离婚了的妇人，一个女优的自叙。这是她第一部重要的著作，有许多人都以此书不得龚果尔奖金为可惜的。在私生活方面，则她在这年中与盎利·特·茹望耐尔（Henry de Jouvenel），一个著名的政治家及外交家，结了婚。从此以后，在一九一三年，她出版了《核耐》的续编《再度被获》。

一九一三年到一九一九年这时期，是欧洲最活动最多事的时期，但也是高莱特女史最活动最多事的时期。她除了替《晨报》写许多短篇小说之外，同时还是一个别的报纸上的剧评家，一家书局的编辑，又在《斐迦洛》，《明日》，《时尚》这三家报馆中担任分栏主笔。在大战期中，她又曾当过看护，并且把她丈夫的财产捐助给一所在圣马洛附近的医院。

从一九一九年出版的《迷左》这部短短的小说开始，高莱特女史的倾向于一种极纤微的肉感的描写，格外显著而达到了纯熟的顶点了。一九二〇年出版了《紫恋》（原名宝宝〔Cheri〕注：男女间亲狎之称也。）描写一个青春年纪的舞男（Gigolo）与一个初入老境的女人的恋爱纠纷。那女人自信有永远把那青年魅惑着的能力，而那青年虽然在与另外一个美貌的少女结婚之后，竟还禁抑不住他对于那个年纪长得可以做母亲的旧情妇的怀里。于是在挣扎了种种心理及肉体的苦恼之后，他决然舍弃了他的新娘，而重行投入他的旧情妇的怀里。然而，在一瞥见他的旧情妇未施脂粉以前的老态，一种从心底下生出来的厌恶遂不可遏止了。当那风韵犹存的妇人满心怀着的最后之胜利的欢喜尚未低落之前，一个因年老色衰而被弃的悲哀已兜上心来了。在这样的题材下，高莱特女史以她的柔软极的笔调写了这主角二人及其他关系人物的微妙的感觉，情绪，与思想，在巴黎，不，差不多全个法国，全个欧洲，或者竟是全世界的读书界中，激动了一阵热烈的称赞。于是这本短短的小说一下子就销行了一百版以上。直到一九二六年，作者还为了餍足读者的欲望起见，出版了《紫恋》的续编：《宝宝的结局》。

在法国并世作家中，高莱特女史是一个有名的文体家。她在著作的时候非常注意着她的文体。她曾说："我从来没有很容易地写作过，我常常有许多地方要改之又改，删了一些，或是增加一些，在校对的时候，我还要有一些改动的。"又说："我不能在头脑里组织我的文章，我必须在动手写的时候，一面写一面组织。"从这两句话中，我们可见这位被称为"有着文体的天才"的女作家对于她自己的作品是何等地重视，而我们即使从经过了译者的拙笔也还可以感觉得到的她那特殊纤美的风格，又是怎样的决非得之于偶然啊！

一九三四年七月　译者记

——录自光明书局 1935 年初版

书名索引

作者索引

图书在版编目(CIP)数据

汉译文学序跋集. 第十卷,1934—1935/李今主编;
屠毅力编注. —上海:上海人民出版社,2022
ISBN 978-7-208-17651-5

Ⅰ. ①汉…　Ⅱ. ①李… ②屠…　Ⅲ. ①序跋-作品集
-中国-近现代　Ⅳ. ①I265

中国版本图书馆 CIP 数据核字(2022)第 038871 号

责任编辑　陈佳妮
装帧设计　张志全工作室

汉译文学序跋集

第十卷(1934—1935)
李　今　主编
屠毅力　编注

出　　版　上海人民出版社
　　　　　(201101　上海市闵行区号景路 159 弄 C 座)
发　　行　上海人民出版社发行中心
印　　刷　上海商务联西印刷有限公司
开　　本　890×1240　1/32
印　　张　71.25
插　　页　10
字　　数　1,783,000
版　　次　2022 年 11 月第 1 版
印　　次　2022 年 11 月第 1 次印刷
ISBN 978-7-208-17651-5/I·2017
定　　价　360.00 元(全五册)